浸润中国梦 / 追寻铁军魂 / 铸就心灵史诗般的创业传奇

In spring

春天里

梁振华 刘汀 张辉 著

江苏凤凰文艺出版社
JIANGSU PHOENIX LITERATURE AND ART PUBLISHING, LTD

图书在版编目（CIP）数据

春天里 / 梁振华，刘汀，张辉著. — 南京：江苏凤凰文艺出版社，2017.9
ISBN 978-7-5594-1060-3

Ⅰ. ①春… Ⅱ. ①梁… ②刘… ③张… Ⅲ. ①长篇小说—中国—当代 Ⅳ. ①I247.5

中国版本图书馆 CIP 数据核字(2017)第 216498 号

书　　名	春天里
著　　者	梁振华　刘　汀　张　辉
责任编辑	蔡晓妮
出版发行	江苏凤凰文艺出版社
出版社地址	南京市中央路 165 号，邮编：210009
出版社网址	http://www.jswenyi.com
印　　刷	南京捷迅印务有限公司
开　　本	880×1230 毫米 1/32
印　　张	11.25
字　　数	420 千字
版　　次	2017 年 9 月第 1 版　2017 年 9 月第 1 次印刷
标准书号	ISBN 978-7-5594-1060-3
定　　价	40.00 元

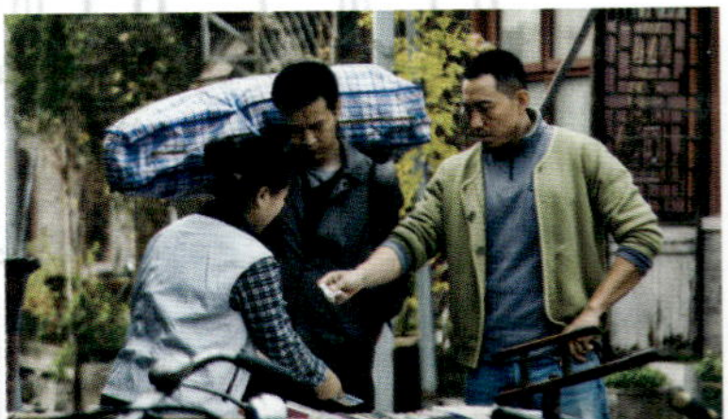

victory

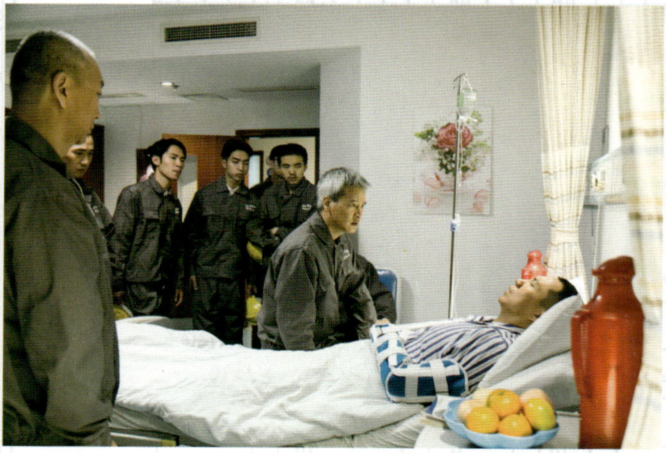

目录

第一章

铁振国豪情万丈的将中国地图挂在墙上，又在北京那颗红星上，画了一个醒目的圈。

你们看着，我一定会留在这儿。

半年以前，他还在江宁县上，是稳稳当当开了十年货车的老司机。然而命运就如多米诺骨牌依次推倒，当一个戴眼镜的少年抡着书包忽然冲到他车前，那一脚刹车，竟让他此后的人生有了波轮转动似的变化。

“你不要命了！”铁振国头一探，厉声喊道。

那白净男生一嬉笑，“二哥这技术，我有啥好怕？”他掸掸身上的土，绕过去拉开车门就跳上了副驾。

“二哥，今天没课，顺我去市里。”

“真的？”

铁振国环眼瞪着他这表弟，不想这厮已端端坐好看向前方，“快走啊，二哥。长这么大，我还没去过江宁。”

铁振国眉头一拧，探身往他那边一看，喝一声，“门关好！”

卡车轰一声发动了，铁振国微微一打方向，让过一辆四轮车，驶上正道。耳边风呼呼地吹，两边稻田一望无际，正是早春，新芽簇簇冒出，嫩绿喜人。

铁振国扭头一看，这少年已左顾右盼，兴奋无比。

“高中，你出来你爹知道不？”铁振国问。

“哪能让他知道！”这叫高中的少年一笑，看向前路，忽然大叫一声，“二哥，那有个大坑！”

“紧张个啥。”铁振国一把方向，载满货的卡车灵巧的一避，又稳稳当当向前驶去，“我早看到了。”

高中这才坐稳，视线却在铁振国身上移不开了。他痴迷地看着那方向盘在铁振国手上服服帖帖，又看着他脚在油门刹车离合器上一松一抬，简直像杰克逊的舞步一样自如。高中看了看手里的书包，忍不住感叹起来。

“二哥，当司机真爽，手握方向盘，脚踩油门，一切尽在掌握中啊。”

铁振国一笑，视线不转，“那是，你二哥我安全运营七百天，连车胎都没破过。”

高中啧啧摇头，一边又仔细看他操作，“还是当司机好，我天天读书有什么用。”

铁振国白他一眼，皱了眉，“你好好读书，将来什么都会有。”

“发展才是硬道理，不管黑猫白猫，逮着耗子才是好猫。我这高中读个没完的，真不如早早学车出去挣钱。”

铁振国一笑，仔细看路，不再理他。他这表弟母亲死得早，全靠铁振国的姑父一手带大，姑父一心要他好好读书考学，从名字都看得出，高中，是念第四声的“中”。

然而就是这名字邪气，他一连三年高考落榜，就留在了高中部不走了。

高中在一边终于按捺不住，轻扯着铁振国的袖子说，“二哥，这路上没车没人，让我开会儿。”

铁振国脸一虎，打掉他的手。“开车得有驾照，是随便什么人都能开的吗？”高中不语，眼睛一转，又叫道，“二哥，停车，我要解个急！”

铁振国一皱眉，脚一抬松油门，慢慢将车靠边停下，“真是懒人屎尿多，快去。”

“不一起？”高中回头冲他笑。

“你还真当你五六岁呐！啥都要我陪？”铁振国嘴上吼着，还是下了车，与他一同往田间走了几步，他们弟兄俩自小就在一起，读书时上厕所都结伴，铁振国无奈一笑，没想他刚刚站定解扣，高中忽然转身就跑。

“二哥，我先给你发动了等你。”

“臭小子！”铁振国慌忙提起裤子就追，却见高中已跳上车，那车突突突启动，顿了一下，便直直向田埂冲去。铁振国慌忙喊刹车，却眼见得车方向一歪猛然一蹿，一声巨响，轰然倒向田间水渠，车斗上的蛇皮袋哗哗往外泄。

铁振国几步冲过去，见高中歪在驾驶室中，正战战兢兢看着他。

“你怎么样？伤着没？”

高中木然地摇了摇头，“二哥，怎么办？”

“你先爬出来！”铁振国探过手去。

一个小时以后，两人一身泥水，坐在拖车后面，车一颠一颠，发出哐哐的响声。高中愣愣地看着被拖着的卡车，又看看远处几乎被蛇皮袋填满的水渠，在一片碧绿的稻田里，此时已成一条略微起伏的灰色细线，他低声问，“二哥，袋里装的啥？”

“水泥。”

高中只觉得脑子轰的一声，他不敢再看铁振国，只紧紧抱了抱满是泥浆的书包。

一会儿便到了工地，车还没停稳，一个中年男人就拿着大哥大走过来。铁振国和高中跳下车，那人围着卡车细看了一圈，最后转回他们面前，不可置信地看着铁振国。

“翻车了？这条路你走了八百遍，胎都没爆过，怎么会翻车？”这人是马一方，工地的总负责人。

铁振国满面歉意，一抬头说，“马总，一时没注意，都是我的错，看怎么处罚，该赔偿，该处理，我都认了。”高中一惊，拽着铁振国衣袖欲言又止，这时又有两人走来，拿着纸和笔算了片刻，递给马一方。马一方没接，只偏头看了一眼，微微一怔。“这么多？能捡回来的尽量捡回来，别算进来。”那人低头看清单，点了点说，“马总，那也得一万。”

“一万？”高中惊呆了，头上瞬时冒出细密的汗珠，他不知铁振国收入究竟多少，但一万块够农家一年的用度，他慌张地看向铁振国，见铁振国眉头都没皱一下：“马总，这钱我赔，工资不够，我去借钱也赔。”

马一方一摆手，“也不能都让你赔，我早说过了，公司的原则是奖惩分明，责任共担，你赔五千，其余的算公司的。不过，咱们的制度写得很清楚，你这是重大事故……”

“我明白，开除。”铁振国一顿，眉头都没皱一下，“我一会儿就去收拾东西。”高中大惊失色，扯着马一方叫道：“不能开除我表哥，这个事和他……”

“行了。”铁振国一把拉住他，又对马一方一拱手，说完拉着高中就走。

这是高中第一次来他的工地，起重机吊起巨大的混凝土块，在头顶缓缓移动，搅拌机和翻斗机转声轰鸣，他们穿过一排排绿色的脚手架。路上不时遇到工友，出来与铁振国说几句话，都摇头惋惜。

“到了，你小子还没来过。”铁振国一指。高中一抬头，视线穿过横七竖八的晾衣绳上湿哒哒的衣服，看到一排灰白的集装箱宿舍，他跟着铁振国走进其中一间，这是不能再简单的宿舍，三张上下铺，一张折叠的小方桌，墙壁上贴了几张杨钰莹周慧敏的海报，再无其他，铁振国从床下拿出一只军绿色旅行包，开始收拾东西。

高中怔怔地望了一会儿，凑到铁振国边上，喃喃道：“二哥，明明是我把车开到沟里的，你为什么不让我说？”

铁振国手不停歇地收衣服，“你再有一个月就高考了，这事要传到学校，你再弄个什么处分，耽误了高考，姑父非气坏不可。再说，本来就是我把你偷着带出来的。”

高中一叹，一屁股坐到床上，悻悻地说：“我本来就不愿意复读，不参加考试更好。干脆处分的我直接来开车。”

铁振国一停，看着他说，“别说气话，姑父是咱们村里最有文化的人，我最佩服的就是他。他一辈子最大的愿望就是你能考上大学，姑姑要是活着，肯定也这么想，你已经浪费了一次机会了，今年必须得考好了。”

高中眼望着铁振国把衣服一件件装进包里，又去窗台上收拾牙刷牙缸，心中万分不安，“二哥，你丢了工作，还赔了钱，可怎么办？要不，去找找那个马总求情，我看他还挺好说话的。”

“马总只让我赔一半的钱，他这么仗义，我可得要脸。”铁振国把毛巾叠好装进包里，环视四周，他本来就没什么家当，三两下就收拾得差不多了，铁振国在屋里转了一圈，目光落在墙上的中国地图上。

“二哥，你这一年多的工资都没了吧，工作又丢了……”

铁振国一笑，却没移开眼睛，“没多大事，我会开车，又会捣鼓机器，不怕没饭吃，再说，江宁那么大……”

“二哥，你先想想明天的事?”高中看着铁振国，没声好气的说。

“明天？我早想回家一趟了，这次正好……”

“回家？一个大男人，总惦记着回家去有什么出息!”这声音将两人都吓了一跳，转头一看，马一方正推门进来。

“你俩刚才的话，我都听见了，铁振国，你年轻有担当，将来必成大器。”说着，马一方递给铁振国一张名片，“这人是我朋友，他承包了一个车队，你去看看，他那儿常缺司机。”

“谢谢马总，”铁振国却没接，“不过我想先回家看看爸妈再做打算。”

“打算什么？帮爸妈种地去?”

“也不是，江宁这么大，我总能找到个新活儿。”

马一方一笑，走到那地图前招呼他，“你来看看，给我找找江宁有多大。”

铁振国与高中面面相觑，去趴到那泛黄的地图前，“这里!”高中眼尖，用手指着一个极小的点。

铁振国摇摇头，看着地图，“我一直觉得江宁挺大的，这地图上，还比不上一个芝麻。”

马一方笑了，拍着铁振国的肩说，“趁着年轻，多闯荡闯荡，开开眼界很重要，电视上老说弄潮儿，要弄潮，你得到大江大河里去，在小池塘里闹，能折腾起多大的浪花？有机会，就去北京上海看看，前几天，咱们中国北极考察队，都把国旗插到北极了，多厉害!”

铁振国和高中都一时沉默，弄潮儿，嗯，两个农民的儿子，去哪儿弄什么潮。

“好吧，咱们江湖再见，后会有期。”马一方对他笑笑，转身要走。

“马总!”铁振国忽然叫道。

“什么事?”马一方回头。

“能把这地图送我不?”

“拿着吧。”马一方哈哈一笑,推门而去。

傍晚的田园村,稻田映着一片金灿的光,炊烟已起,一片静谧。

已经好几个月没回过家,铁振国提着行李,走在这条乡间小路上,马一方的话却不时浮现出来,他十年前走出田园村,就在江宁当司机,他车技好为人踏实,收入稳中有增,自己也算满意。若不是今天高中这一脚油门当刹车,他也没有多少想法。不过他在外多年,倒不怕变化,正好此时心里还悬着一件事,此次回来就一起办了。铁振国不觉已走到家门口,深吸一口气,准备推门进去。

“振国?”他一回头,见是邻居凤英,还有一个一头黄发的小伙子在她身边。

“凤英姐?”看着眼前打扮颇有些讲究的凤英,他有些迷惑,“你不是出去打工了吗? 怎么回来了?”

“家里不是有几亩地么,承包给别人了,每年都要签承包合同,我正好回来看看。”凤英话音未落,旁边那黄毛男子就开腔了,“就那么点儿地儿,有啥意思? 卖了算了,可凤英不同意,说将来还要回来养老。”

铁振国听他口音别扭,不觉笑,“这位是谁啊?”

凤英一笑说:“忘了介绍,这是我男朋友,大家都叫他黄毛。”

那人一哼说,“这就是在你们田园村,在北京,大家可叫我黄爷。”

铁振国听着他蹩脚的乡音中杂着北京腔,像他那头枯黄杂黑的头发一样别扭,不禁心中一笑。黄毛看了眼铁振国,掏出烟来递给他一支。

“要我说,把你家地也卖掉算啦,跟我去北京,我认识你们这里出去的大老板胡胜利,咱们一起赚大钱去啦。”

铁振国一怔,“你认识胡胜利? 他可是我们这十里八乡的传奇人物,听说北京有一半房子都是他盖的?”

那黄毛一得意,嗤笑道:“何止认识,他是我哥们。”

“行了行了,别吹了。”凤英拉着黄毛,冲铁振国说,“我们得先走了,得空了来我家玩。”

铁振国点点头,望着两人走远,才推门进了自家。

一盏灯下,铁振国与家人围坐,母亲隋丽芳端来最后一盘菜,用围裙搓了搓手。

“吃吧,不知道你突然回来,家里也没你爱吃的菜。明儿早市妈给你买去。”隋丽芳笑着坐下来,把小孙子乐乐揽在身边。

哥哥铁头与嫂子小玲也笑意盈盈，唯有父亲铁国庆脸沉如阴云，隋丽芳暗暗一使眼色，铁振国忙给父亲夹了些菜，又端了杯酒到他面前。

“爸，消消气，我就是被开除了，开车的本事还在，不愁找不到活儿。”

铁国庆黑着脸，一口酒闷下去，过了半晌，终于拿起筷子。

气氛缓和下来，与家人说笑几句之后，铁振国忽然想起什么似的，看着众人说，“有件事我想宣布一下。”大家一顿，都抬头看他。

“我想结婚了，和春妮。”

刚才还热闹喧腾的房间忽然安静下来，半晌只听铁国庆说，“你以为人是个物件，说娶就娶，人家姑娘早走了。”

“走了?!”铁振国兀地站起，“去哪儿了?”

“说是去北京找她舅舅打工了，谁知道在哪儿，她家在田园村也没人了。”

走了？铁振国半晌都缓不过来，那不是他的春妮吗？那是年幼时候别的男孩总欺负的春妮，他总是挥着一双拳头打得他们鼻青脸肿落荒而逃，他对春妮特别郑重的说过啊，你是我媳妇，我不允许任何人欺负你。

虽然，那时候是那么稚嫩的少年。

想起陈年往事让铁振国不禁莞尔，这么多年，他一直觉得春妮就是他媳妇，他因此几乎不曾留意过别的女人。他每次回家都去看看她，并不说什么，只想着时候差不多了去提亲就是。

他甚至都没问过她的意愿，想到这里，铁振国苦笑了一下。

北京的秋天，天高而蓝，是北方特有的风轻云淡，一阵鸽哨声响起，只听得哗啦啦一片翅膀拍打着从屋檐飞过，老槐树落了一阵花。

已经是第三次，李春妮报考音乐学院又落榜了，为自己的音乐梦来到北京，做过服务员，小超市收银，写字楼保洁，此时她正在一户人家里做保姆，这是建筑师冯启正的家。春妮干活麻利仔细，人也踏实诚恳，冯家夫妇待她很好。

冯启正有三个女儿，与她年纪相仿。她总是边干活边哼歌，几乎是无意识的，她就是这么爱唱歌，那天电视里正放着《北京人在纽约》，冯家人还在讨论王启明最后能不能成功，春妮就在心里想，一定能，他是音乐家，音乐家必定能成功。

北京是这样一个城市，是年轻人的大型造梦工厂，无数的彩色泡泡在这里飘起，让春妮觉得她有一天一定能像明星一样站在舞台上。

有一天冯家没人，春妮擦书柜的时候看到冯友琳的小随身听和一盒磁带，她犹豫半晌，把磁带装进去按下开关。陈少华的歌声瞬时响起，《九九女儿红》在屋里回荡，春妮只觉得通身舒畅，边唱边干活更起劲。不料片刻忽然听到开门声，春妮手忙脚乱的关随身听取磁带出来，磁带却在这时卡住了。

冯友琳进来的时候，春妮手上还是一团乱缠的磁带。

尽管春妮一再道歉，冯友琳还是很生气，并气急之下说了农村人没规矩之类的。春妮愣住了，低声说我一定会赔给你，就去厨房准备晚饭了。

冯家其他的姐妹其实很好，冯启正待她也不错，但春妮知道，有一条不可逾越的沟壑在她们面前。尽管冯启正的大女儿冯美慧来安慰她，她也一直说确实是自己的错，这个晚上，春妮还是捂住嘴偷偷哭了。

她不知道自己的音乐梦何时能实现，冯友琳马上要去美国留学，大女儿冯美慧知书达理，冯启正也早给她安排好了去处。这是一个一切平顺良性发展的家庭。春妮擦干眼泪，环视自己的保姆房，她其实从不怨自己的出身，她父亲走得早，前几年母亲也生病走了，她其实很感激带她来北京打工的舅舅，但她一直觉得自己和那些一心打工挣钱的女孩不一样，那些女孩只想着找个活路养活自己，最好还能给钱补贴些家里，如果能找到合适的男人，结婚生子当然更好不过。春妮一想到这里，就锁紧了眉头。

第二天她低头擦地，想尽力掩饰自己红肿的眼睛，坐在沙发上的冯启正说，春妮，今天怎么没听你唱歌了？我这小女儿任性惯了，她心不坏，图一时嘴快说的话，你别往心里去。

叔叔哪里的话，这事本来就是我的错。

春妮，你唱歌很好听，你想过考音乐学院吗？冯启正问。

春妮一愣，低头说，考了几次，都没中，我还是先养活了自己，以后有机会再说。

冯启正点了点头，没再说话。

春妮继续擦地，她不知道，此时千里之外的江宁村落，铁振国正与几个兄弟躺在河堤上，谈论起她。

午后斜阳，小鱼塘波光粼粼，铁振国望着天，“小安，春妮去北京的事，你们都知道？”

那小安摇摇头，“我就听说她和她舅舅去北京了，她舅舅在胡胜利的工地打工，具体在哪儿，我也不知道……”

“胡胜利？就是咱们村出去的那个大老板？”

“是啊，就是他，他这些年发达了，听说要给咱们村投钱修路呢，我爷爷说，村主任给胡胜利写信，就写的是北京长安街胡胜利收，你要找春妮，就去长安街找找？”

铁振国扑哧笑了，叹道，江宁这么大，在地图上才那么一个点，北京还不知道多大呢，我上哪儿找她去。

正这时，有个小子抱着两个黑乎乎的东西跑来，往小安手里一递。

铁振国直起身来，这是啥？

“土炸药，今天炸鱼，给你接风。”小安一边说，一边捣鼓着那几个黑玩意。

“别整这个，想吃鱼，我去镇上请你们啊。”

“得了，你先找着工作再说，”一个小子过来，把小安手上的炸药一把拿过来点上，“我来！看你这磨叽劲儿。”

“别！”铁振国喝一声跳起一掌把炸药打在地上，刚要抬脚踩那呲呲燃着的引线，却看见引线马上到头，只好一脚将炸药踢进鱼塘。

众人立即捂住耳朵。

怎么没炸？哑的？

铁振国刚松了一口气，就看到几个人又点了三个土炸药，他话还没喊出来，炸药已啪啪的丢进了鱼塘。

砰地三声巨响，水花四溅，震得铁振国耳朵一时蒙住，一群鱼从空中落下，在水塘里翻出白花花的肚皮。

没事，我们经常这样。小安说着，就和那几人跳下水塘。

几个人麻利地抄着网杆把鱼捞起来，正商量晚上去谁家，忽然天上掉了雨点，小安一摸脸说，一会儿该下大了，赶紧的，去我家吧。

铁振国被他们簇拥着往回走，只听到身后一声闷响，铁振国一怔。

打雷了吧，快走。那几人说。

谁也不知道，堤坝已慢慢裂开了一道缝隙。

一夜暴雨，几人饮酒吃鱼，各自回家酣睡。

第二天一早，铁振国只听到大门被擂得山响。他迷迷糊糊披衣起身，外面已是一片叫闹。

“铁振国，给我出来！老子非打断你的腿！”这像是隔壁老赵的声音。

“铁国庆，把你家那个小兔崽子叫出来！”这个是谁？正在和铁国庆理论。

铁振国心里一惊，立在门后细细听了一会儿。才知道昨天他们炸鱼时把河堤炸裂了缝，一夜大雨引发的洪水，把老赵的鱼塘冲垮，几万只鱼苗跑了，房子也被泡了水，不仅如此，全村的稻田都冲毁了。

铁振国如巨雷扑面，狠狠一凛，正要出去给父亲解围，却被哥哥铁头一把拉住。

“你别出去，老赵那性子你知道，他真敢把你腿打断。”铁头眉头紧锁，问铁振国，“真是你干的？”

铁振国不吱声，只重重敲了一下自己脑袋，又趴在门缝往外看。

邻居们一点儿缓和之意都没有，一众人冲铁国庆喊，把铁振国交出来，给我们个交代。

人声愈沸，铁国庆怔怔地，忽然跪倒在众人面前。

“我们老铁家，对不住大伙儿，振国小不懂事，他犯的错，我来担。”

众人倏地安静下来，老赵急了，老铁，你这是干什么！

“我铁国庆教子无方，养出这么个不孝的东西，是我对不住大伙儿。”铁国庆跪在地上，深深低着头。

“爸，起来！”铁振国一把甩开铁头，冲了出去，“我惹的事，我来担！”

一阵混乱中，任凭铁国庆怎么央求，隋丽芳怎么哀号，铁振国还是被一群乡亲扭着胳膊，押去了祠堂。

在南方农村，祠堂行家法是最古老的方式，铁振国光着上身趴在条凳上，老赵一鞭子抽下去，隋丽芳号哭起来，铁振国一咬牙，没喊出声。

小安和那群小子都来了，老赵又一鞭子，铁振国背上赫然一道血印，隋丽芳惊嚎道，老天爷啊要打打我吧！小安惊惧无比，刚要出声，被身边兄弟拉了一把。铁振国一脸汗珠回头对隋丽芳说，妈，没事。

我要你好好长长教训！老赵又扬起手。

“住手！”众人忽然听到一声吼，转头一看，是高玉林走了过来，这高玉林也就是高中的父亲，在县上做老师，“什么年代了，还在祠堂里来这一套！”

老赵停住手，瞪着高玉林，高老师，你是这小子的姑父，你批评教育他这么多年，他还不是这个熊样，教孩子，就得靠鞭子！

高玉林刚要还口，却见铁国庆上前一把夺了老赵的鞭子，我自己的孽子，我来！

“都停下！”又是一声厉喝，村主任王建安冲了进来，紧紧拽住铁国庆的鞭子，看着热气沸腾的众人叫道，“你们这是乱用私刑！”

“私刑？他铁振国毁我鱼塘，房子也不能住了，我还不能教训教训他？”老赵吼道。

“现在法制社会，他就是杀了人，你也得交给法律办。”王建安夺过鞭子，扔在地上，伸手去扶铁振国，“小子，起来。”

“那好，你说法律怎么办？我的鱼塘，都不算将来鱼长大，就按鱼苗和坝，至少一万块钱，家里的房子也不能住了。”

一个村民凑过来叫道：我两亩稻田！

“我一亩七分地。”“我的……”更多的人跳出来报数目。

铁振国眉头紧锁，听着毫无办法，只见王建安安抚众人，说老铁家的情况大家清楚，一次拿出这么多来也不可能，不如分期付款，每年秋收，就还大家一批粮食。老赵又叫，说自己没房子住了，铁国庆含泪说把祖屋让给他，老赵不依不饶，说自己的房子是才盖的，铁家的是旧屋，铁国庆一咬牙，说两年内就给他盖新房。

接着在王建安的主持下，众人立了协议，签字画押，之后说了几句闲话，渐次散了。铁家几个人默然在原地。

高玉林走过来说，哥，先搬我家住去。

铁国庆默然片刻，微微一颤，轰然坐倒在地。两行老泪从指缝涌出。

铁振国怔在原地，狠狠给了自己一巴掌。

这夜，老铁一家人挤在堂屋的一盏昏灯下。

隋丽芳一边给铁振国上药，一边抹泪，铁国庆翻箱倒柜，把家里的存折一张张找出来，又拿出纸笔细细算了一会儿，隋丽芳看着就叹气，这么多钱，可怎么赔。

铁国庆听到这话，狠狠将笔掷在桌上，怎么赔？就是把我这把老骨头熬成渣，也得想法儿赔！毁屋毁田，让人家怎么过日子。

一直沉默的铁振国直起身来，走到铁国庆面前。他父亲一夜之间仿佛苍老许多，脸颊皱纹愈深，倔强却也无力。这真如飞来横祸，铁家因为一颗鱼雷一场雨从此背上山一样重的债。

爹，祸是我闯的，我不能连累您和妈。我想好了，我要去北京。

铁国庆猛的抬起头来，你去北京干吗？

我去找胡胜利，给他打工赚钱，给咱家还债。

正说着，铁头和老婆小玲也走了进来，爸，妈，我和小玲刚也商量好了，我也出去打工，要不一家人都在家里种田，一年到头也剩不下什么钱，我和振国去打工，给家里还债，我还要挣钱给小玲盖房子，供乐乐上学……我和小玲都结婚好几年了，我岳父都不认我这个女婿……

铁头还在喃喃地说，隋丽芳已抹着泪走进里屋。铁国庆只觉得每一句都锥在心间，他冲这两个儿子挥挥手，背过身去。

别说了，别说了。

走吧，都走吧。

离别前夜，隋丽芳和小玲备了满满一桌酒菜。老爷子拿过酒，为两个儿子满上。铁振国环视四顾，只看得一盏昏灯下，满座皆是愁容，眼看这祖屋也要是别人的了，铁振国只觉得似火似灼的情绪满在胸腔，一时不能言语。

“铁头，爸没本事，这些年让你受了不少委屈，但你从来没有怨言，爸谢谢你，这杯酒敬你。”

铁振国只听得父亲颤巍巍的声音，抬眼看他微微颤抖的苍老的手，更是百感交集。铁国庆与铁头喝了酒，又满上端起杯来。

“振国，你从小聪明，主意多，能闹腾，可脑子不用在读书上，也是我对你管教不严，让你高中没毕业就退学了，本想着你能找个工作，娶个媳妇安安稳稳过日子，可我看出来了，你就是孙猴子，不经历九九八十一难，你就取不到经，成不了佛，你就得出去闯荡。也好，出去吧，闯闯说不定还能成器。”

铁振国心中一战，听到父亲叹了口气。

“爸不要求你别的，就是出门在外，做事要过过脑子，不能再莽撞。你们跟凤英一起，也算有个照应。实在混不下去，你爸在家里等着你。”

铁振国眼眶一红，狠狠忍了回去。

“爸，是我不争气，闯下这么大祸，儿子今天跟你发誓，这祖屋我早晚要赎回来，我还要给家里盖上田园村最好的房子，让你们都过上好日子。”

铁振国闷着端杯一饮而尽，铁国庆笑了，“好，有你这句话就行，爸虽是个农民，可活得坦荡，从不亏欠谁，你在外面，别丢了咱老铁家的脸。”

铁振国一笑，“我就是丢了命，也不会丢咱家的脸。”

隋丽芳擦了擦泪，也笑了，“你们爷仨别只顾着喝酒，多吃菜。”

晨光熹微，公鸡此起彼伏的鸣叫，氤氲雾气逐渐散去。

铁国庆只把兄弟两人送到门口，就挥挥手背身回去了，铁振国欲言又止，还是和铁头提着行李往车站走。铁头一步三回的看向老屋，却见小玲一瘸一拐的远远跑来。这是她幼年小儿麻痹落下的病根。铁头眼睛一热，见小玲气喘吁吁地来，把一卷钱塞进他手里。

铁头一愣，“这是哪里来的钱？”

“你别管，拿着，拿着。”

小玲不敢再看铁头，生怕自己没出息哭出来。

“给我写信。”

铁头使劲点头。小玲又转身一步一瘸的跑了。

铁振国心中一叹，与铁头沉默的走到车站，黄毛已在那儿等着了。铁振国无心和他多说，几人都探头看向远路车来的方向。

“二哥——”

铁振国一回头，见高中远远跑来。

“二哥，我听小安说，你们要去北京了？我也要去！”

“胡说什么！你马上要高考了！”

“我一上考场就头晕眼花，前几年考不上，今年肯定还是考不上，我不考了，我要和你们一起去北京。”

铁振国一沉脸，声音平静却不容置疑，“回去，好好上你的学。”

高中也是脸一沉，“我票都买好了，我要去北京，打死我也不会再回去，你知道我同学都叫我什么吗，三少爷！就因为我已经上了三年的高三！二哥，我不是读书的料，再让我考几年都没用！”

正说着，一辆小巴车开来，铁振国低头掏钱准备买票，高中趁机一把推开铁振国跃到车上，坐到了最后一排。“高中，你下去！”铁振国上车揪住他往下扯，无奈后人陆续上车，售票员也向他们吼道，“车要开了，都去坐好！”铁振国无奈松手，高中整整衣领，坐定了。

车缓缓驶动，铁振国怔了一怔，回头看了看渐渐遥远的田园村，微微动容。

高中也回头看了一眼，他忽然发现后来有一个小黑点拼命追来。

“一会儿姑父非打断你的腿。”铁振国轻声说。

“他追不上我。”高中回过身来。

但偏偏，火车晚点了。

小安他们早到了站台，又给铁振国买了些江宁特产，铁振国也大方接过来，小安看着铁振国欲言又止一脸愧色，铁振国心中明白，拍拍他肩说，我们哥俩都出来了，我家就交给你了。

好好，小安使劲点头，终于觉得轻松了些。

等火车的乘客越来越多，高中焦急不已，眼巴巴望着火车进站的方向。忽然一只大手一把抓住他，高中惊的回头一看，气喘吁吁的父亲满面怒容。

“跟我回去！”

“爸，我不想考了，我要去北京！我再考多少年也考不上！我平时成绩再好，一上考场就头晕眼花，就什么都不会了，你就是逼死我我也考不上啊。”高中几乎哭了出来。

“高中，你再试一回，就当为你死去的妈，爹求你了。”

突然只听叮叮的火车鸣笛，高中扭头一看，火车进站了。高中情绪愈加激动，“爸，我今天一定要去北京，我对不起妈，我自己的路自己走！”

高玉林再也难忍，气得青筋爆出，一巴掌打在高中脸上，“高中，你今天敢走，我就敢从这站台上跳下去！”

铁振国死死拉住高玉林，冲高中吼，“高中，听话，和姑父回去，好好考到北京的大学，哥回头去接你。”

绿皮火车哐当哐当地进了站，车门打开，高中捏紧双拳，狠狠地把包砸在地上。铁振国松开高玉林，不放心地看了高中一眼，与铁头黄毛和凤英上了火车。

铁振国没有回头，他不忍看站台上那对父子的神情。也不忍看离他越来越远的家乡。

第二章

春妮还是从冯启正家辞职了。

走的时候，她给冯友琳买了新磁带，冯启正知道她还是想去唱歌，想起自己有个半熟的朋友在娱乐公司，便写了联系方式给她，并把当月工资按整月结算。

春妮很感激她在北京遇到的这些人，他们大都待她很好，即便冯友琳最后也和她真诚的道歉，她当然没想过这是她清新淳朴的气息让人喜欢，她才刚从田园村出来到这个新的世界，新鲜感能暂时赢得其他感受。

春妮拿着冯启正给她的地址来到东直门的一栋写字楼下，这里出入的年轻男女无不光鲜艳丽，春妮低头看了看自己，她已穿了自己最好的一条连衣裙，本来是清亮的鹅黄色，却因日久褪成了一种平庸乏味的浅黄，在午后的阳光下尤其如此。这有什么，春妮想，等我能在舞台上唱歌，自然就有钱买新的。她理了理头发，按地址找到了这间娱乐公司。

还没到门口，她便听到里面一个女人破口大骂的声音，她怯怯地走过去立在门口，那人啪的挂断了电话，抬头问她，你干吗的？

"您好，我是冯教授介绍的李春妮，我想来面试歌手。"

那女人一皱眉，嗯了一声，"你出过唱片吗？"

唱片？春妮一愣，连连摇头。

"Dome 呢？"

"什么？"

那女人不耐烦地说，"小样，小样总有吧？"

春妮有些紧张了，还是摇头。

"什么都没有。你来干吗？"

出去出去。那女人一挥手。

"我，我可以现场唱啊……"

"这又不是卡拉 ok，快出去，我这儿还忙着呢。"

春妮脸色赤红，推门而出，却不想过道正疾步走来个抱了一堆东西的女孩，春妮毫无防备，被狠狠撞了一下。

只听哎哟一声，女孩的东西稀里哗啦落了一地，春妮连声说对不起，蹲下与她一起捡。那女孩一叹，看了她一眼幽幽说，对不起什么啊，是我撞到你的。

两个人抱着东西往外走，春妮看她一头金发在阳光里闪闪发亮，两只大耳环咣咣当当，就问，你也是来面试歌手的？

“什么歌手，我是她们的歌手助理，伺候奶奶也没这么多事，我不干了，今儿辞职。”那女孩扭头一看她，“你来干吗的？”

我，春妮顿了一下，“我来面试歌手，我想出唱片。”

那女孩扑哧一声就笑了，“面试歌手？你穿成这样，我还以为你去面试保姆。你以为会唱就能入行啊？这里面门道多了，我在老家还拿过比赛冠军，现在还不是给人家当助理。”

春妮一窘，低下头想，难道我又得回去当保姆？

那女孩抱起箱子，看了看她说，“我下个工作是个清吧，你会唱歌，老板说不定会用你，要不你也去看看？”

清吧？春妮有点儿迷惑，看着女孩对她无奈一笑，就心下一横说，“好吧，我去看看。”

我叫玛丽。你呢？

她甩了甩自己金色的头发，有一点金灿灿的光晃到春妮眼里。

春妮自来了北京，一直也是规矩上班，最大的娱乐不过闲时看看冯家的电视，清吧这种地方，还真是第一次来。

走进这间叫梦乡的清吧，春妮放下了心中忐忑，和过去对酒吧的印象不同，这里窗明几净，墙上几幅黑白摄影，驼色的沙发卡座看起来十分舒服，还有她叫不上名字的植物枝叶舒展，在米色窗帘前葱葱翠翠。

玛丽和前台知会了一声，就带春妮在一张桌前坐下。春妮好奇的四处张望，玛丽笑一笑说，“你要唱歌，这就是你目前能到的，离梦想最近的地方了。”

春妮心里一阵激动，正这时，一个高挑美丽的女人走了过来。

“唐姐。”玛丽起身迎过去笑道，“好久没见你了。”

唐郁梦嫣然一笑，“我当是谁呢，玛丽，我过去挖你你都不来，今儿这是怎么了？”

玛丽一笑，挽着她的手引她过来。“我这不是来了嘛，你别就挤兑我了。我还给你带了个新人，唐姐看看？”

春妮已经站了半天，这时看到唐郁梦过来，赶紧一欠身，微微脸红。

唐郁梦打量了她一下，“我这儿可不是什么人都能来，玛丽歌唱得好，我喜欢她，你能做什么？”

“我能唱歌，我……我能现在唱几句您听吗？”

唐郁梦看着眼前春妮羞涩的脸，却有种璞石的光芒，不禁心里微微赞许。“好，清唱几句。”

春妮随手拿起一只杯子当作话筒，玛丽一笑，她反而不紧张了。

“想问天你在哪里——”

大家微微一怔，是齐秦的《夜夜夜夜》，春妮声音清亮柔软，如微风吹动琴弦婉转动听，其他桌的客人都侧过身来看她，唐郁梦听得入神，依着玛丽坐了下来。一曲唱完，几桌人都在鼓掌。春妮再次红了脸颊，玛丽拍着手说，“妹子，你没忽悠我，你确实唱得好。”

春妮看向唐郁梦，只见她会心而笑，说，“留下吧，有这嗓子就够了。不过我这儿也不是只唱歌，还得做些杂事，玛丽知道的，她可以教你。”

就这样，春妮开始在唐郁梦的清吧上班，和玛丽一起住在员工宿舍。她真没想到，这么快就能找到一个靠唱歌赚钱的地方。梦想似乎近了一步，春妮也更坚定了她想要的这条路。

清晨的北京站，过往的乘客已擦肩接踵，过街天桥上提旅行包编织袋或是拖杆箱的人，此时都密密麻麻挤在一起，汗水和疲惫，还有一些异样的兴奋忐忑齐在脸上。

下了天桥，穿过临街而立的肯德基和麦当劳，再往前走，便是高楼林立的东大街。直冲入天的建筑在晨光下金光闪闪，上班族行色匆匆，女人踩着细高跟鞋走得飞快。

铁振国与铁头提着编织袋，一路四处张望，偶尔与衣着光鲜的白领擦肩而过，皆是微微一避让，投来嫌弃的眼神。

“振国，这楼可真高啊。”铁头啧啧叹道，“咱们有一天能住上这种楼就好了。”

黄毛一瞥他，就奚落道，“就凭你俩，挣一辈子也不一定能买人家个厕所。你知道这里的房子多少钱吗？”

铁振国看也没看他，只一直抬眼看着两边阳光下炫目的建筑。

“那是你，我铁振国走过的地方，都会留下我的脚印。”

“哪儿都留印，你当你是狗啊？”

“你小子！”铁振国一掌拍在黄毛背上，几个人哈哈笑成一团，过路的行人纷纷皱眉绕开。

挤上公交晃到八角游乐园，下车不远就是凤英打工的理发店，凤英收拾停当便去上工，几人稍稍落脚，铁振国便抓着黄毛问，“黄毛哥，几时带我们去找胡老板？”

黄毛一皱眉，按着铁振国坐下，用蹩脚的港台腔说，“胡老板那么忙，哪有那么好见，再说去建筑工地太辛苦，你们若是为了赚钱，不如以钱生钱，和我买股票。那东西投进去一百，生出来两百，不过一般人可买不到，我正好有关系，又看大家是兄弟，就帮你们赚点儿轻松钱。”

黄毛说来说去，铁振国不为所动，却是铁头从兜里掏出两百块，黄毛一看就皱眉说他没见识，又逼得铁头拿出小玲给的一千五，一起被黄毛拿去，然后拍着胸脯打保票，就一溜烟走了。

铁振国疑惑的很，但他毕竟刚来北京，不知黄毛底细，他现在一心想着找到胡胜利，去他的工地打工，当然，这样更可能遇到春妮。

然而一连几天，黄毛都没再出现，两人实在耐不住，去凤英那儿想一看究竟。一去才大吃一惊，凤英苦着脸说黄毛几天都没回来。正当铁振国猛一砸墙说上当了，门帘一动，黄毛进来了。

黄毛这模样着实吓人一跳，眼圈深陷头发凌乱，他进来只瞥了他们一眼就瘫坐在床上，铁振国冲过去问，“我们买的股票怎样了？”

黄毛头也没抬，抱着头低低的吐出两个字，“没了。”这是他见铁振国以来第一次露出乡音。

“赔了，被套牢了，不知道什么时候才能出来。”黄毛颓然道。

铁头急了，“你不是答应我们稳赚不赔吗，我不要赚钱了，你把我的钱还给我！”

“我没钱，都没了。”黄毛往床上一躺，铁振国强压着怒火，对铁头摆摆手。

“你现在就带我们去找胡胜利，这事就这么算了。”

黄毛一愣，突然笑了起来。“兄弟，你是真傻还是假傻，我当然认识胡胜利，可是他不认识我啊。”

铁振国一怔，忽然怒喝一声，拎着黄毛领子举拳要打，只听凤英一声尖叫“振国——”拳头在黄毛鼻尖前半寸停了下来。

凤英哭着说，“振国，姐对不起你，你就饶了他吧。”

铁振国咬牙切齿将手一松，一拳砸在墙上。

一千七百块，铁家人辛苦多久攒下来，然而这钱打了水漂，找到胡胜利的计划又落空，铁头颓然地坐下，喃喃道，怎么办，怎么办，吃饭的钱都没了。

凤英抹了泪说，“是姐对不起你们，要不你们现在这店里干点儿杂活，挣口饭吃，再慢慢想办法。”

铁振国无奈一笑，点了点头。

凤英打工的那家理发店，在这条街小有名气，来的也尽是讲究的客人。铁振国不会剪头，只能先做些洗头一类好上手的活儿，然而这也着实难为这高且壮的小伙儿，他手下忽轻忽重，客人大呼小叫，纷纷要求换人。铁振国正苦着脸站在一边，忽然门被推开，一个风姿绰约的女人走了进来，凤英扭头一看，忙招呼道，唐姐来了。铁振国不知道，这便是这家美发店的老板唐郁梦。

“哟，来新人了？”唐郁梦看了一眼铁振国。

凤英忙说，“这是我家里的两个弟弟，打个零工。”

唐郁梦看铁振国老大的个子皱眉搓手立在一边，扑哧一声就笑了，就对他说，“来，你先给我洗个头吧，看看手艺。”

铁振国看了一眼凤英，硬着头皮过去，刚摆弄了几下，唐郁梦已经哭笑不得的起来，说凤英你来你来，这手重的头皮都给我扯了。

铁振国一窘，说了句对不起，就和凤英小声说，姐，我们还是走吧，在这儿就是给你添乱，我就不信，这么大的北京，我就找不到饭吃。说完，就招呼同样笨手拙脚的铁头一同离开。

唐郁梦起身哎了一声，顿了一下又作罢躺好。和凤英说，你这兄弟要是找不到活儿，回头和我说，我看他挺好。

铁振国和铁头出了美发馆，已是傍晚，两个人晃晃荡荡走在街上，路边小餐馆的味道不时飘来，铁振国早已按捺不住。

哥，江宁馆子！铁振国一眼看到路边有家江宁小馆，喜不自禁，仿佛盐水鸭糖醋小排都齐齐等着招之即来。“咱们好久没吃家乡菜了。”铁振国拉着铁头就要往里走。

铁头一把拽住他，示意他看看橱窗上的菜单。

铁振国一看，也愣了。只听铁头叹道，咱们身上的钱吃碗面都不够。

两个都叹了一声，只好继续在这街上晃荡，铁头面色越来越忧，喃喃道，要不，咱们回凤英那儿去？好歹还有碗饭吃。

不行，铁振国一皱眉，咱这粗手粗脚的，只能给凤英姐添麻烦。

哎，铁头深深叹了一口气，眼看着暮色四合，两人走得漫无目的，铁振国看一眼大哥颓然的脸，不禁问，哥，你是不是在怪我，要不是我惹麻烦，家里也不会欠那么多债，你也不用和嫂子分开，在这儿挨饿受气。

铁头心里一战，低声说，“瞎说什么，小玲跟着我委屈，我也想出来混个人样。但是振国，千万要记得爹说的话，出来凡事别冲动，能忍就忍，这比不得在家里。”

铁振国一笑，不置可否，只听得一阵欢快的歌声传来，两人一抬头，见前面是个练歌摊。原来这地方白天是菜市场，待傍晚就有人搬来桌椅，放上一台电视机和卡拉 ok 机，立个竹竿吊一盏灯，再一吆喝，很快就会有人围过来过一把练歌瘾。

哥，你听，这人是江宁口音！铁振国竖着耳朵，兴奋道。

两人冲了上去，挤进人群，看一个瘦小个子的青年正拿着话筒陶醉其中，铁振国一笑，对铁头说，哥，咱老乡。

铁头无奈一笑，他素知道铁振国精灵主意多，有主见，也颇能交际，就在一边憨等着看，果然不出片刻，待那小兄弟一曲唱完铁振国就上前攀谈，不出一会儿，三人就坐在一个小面馆里。

铁振国吸溜吸溜的吃完面，端起碗将汤一饮而尽，抹抹嘴说，“兄弟，这情我记得了，你等等，我要给你立个字据。”

铁头不知所以，看铁振国招呼服务员拿来纸笔，歪歪扭扭写下，卡拉兄弟今天给我们买了两碗面，将来一定涌泉相报。写完塞进卡拉上衣口袋。

卡拉大笑说，不用不用，老乡在外面不容易，互相照应应该的。说到这里卡拉一停，“刚刚你说北京是来找胡胜利的？也巧了，我就在他的工地打工，要不带你们去试试看能不能留下？”

铁振国一拍大腿，叫道，“真是天无绝人之路。”

从面馆出来，三人约好了明早见面的时间地点，铁振国兴奋不已，与铁头往回走。

两个姑娘迎面走来，直至擦肩而过，铁振国忽然回头，哥，那个女的，怎么这么像春妮?

铁头回头一看，说，哪儿有那么巧，我看你来北京，目的一点儿都不纯。

铁振国回过头来，一笑说，我当然要挣钱娶媳妇两不误。

夜色温柔如水，铁振国不知道，刚刚从他身边经过的，正是春妮和玛丽。

春妮在梦乡的工作并不轻松，除了唱歌，点单上酒打扫卫生，连能坐下的时间都少，然而她却比之前在冯启正家愉快很多，这里有个小舞台，每天晚上有一点儿时间是属于她的。

只要音乐一响起，聚光灯打在她身上，整个世界就都安静下来，可亲至极。

渐渐有了几个熟悉的面孔，每天都来听她唱歌。唐郁梦因此给玛丽和她涨了工资，又给春妮起了艺名叫小茉莉。因她最爱，唱的最好的就是那首《茉莉花》。春妮恬淡清新，小茉莉名如其人。

一天春妮和玛丽下工，约出来在路边吃宵夜，女孩子在一起最爱谈的无非爱情，春妮对玛丽说起她有个青梅竹马的人在老家，如果她没出来，要嫁人的话，顺理成章就应该嫁给他吧。

那你现在还想嫁给他吗？玛丽摇着啤酒问。

春妮想了半天，摇摇头说，我不知道，我觉得他一点儿都不了解我，他不喜欢我唱歌。两个没有共同语言的人，没法生活在一起吧?

春妮端起啤酒喝了一口，却戗红了脸。

第二天，铁振国兄弟如约来到工地门口，这是一栋在建的办公楼，地基已好，主体建到第二层，绿色的脚手架搭着防护网，水泥搅拌车轰轰转响，砌砖工手脚麻利节奏稳定，让铁振国看得移不开眼。

不出一会儿，就见卡拉一路小跑过来，卡拉和保安说这是胡总的老乡，便带两人进来，这到底是北京的工地，场面大，依次堆放的建材让两人眼花缭乱，工人都穿着统一的工服,上面都印着一个洋文。

这是啥意思?铁振国指着卡拉胸前问。

这个叫维克托瑞,胜利的意思,也是胡总的名字。卡拉伸两个手指比画了一个V字。正说着,忽然有一人肃然走来,冲着卡拉便问,这两人是谁?怎么随便就带到工地来了?

卡拉赔笑说,这是胡总的老乡,过来找他打工的。铁振国,这是贾长安师傅,这里的组长。

贾长安看着两人,刚要说话,只听得一阵鸣笛,几人扭头一看,一辆黑色桑塔纳开了进来。

真巧,胡总来了,卡拉说。

铁振国定睛一看,只见车门一开,一个西装革履的矮个男人走下来。他完全不像江宁十里八乡的传奇人物,黑瘦矮小,长期暴晒的皱纹深深刻在眼角眉梢,一撇胡子怪异的留在唇上。

老贾,怎么还没开工?胡胜利皱着眉走过来,又看到铁振国,“干吗的你们?”

卡拉忙说,胡总,这是江宁的老乡,来打工的,想到咱工地干活。

胡胜利一嗤笑道,哪儿都是我老乡,我搞收容的啊。

铁振国用江宁话说,胡总,我们真是江宁的,想出来挣钱,投奔您来了。

胡胜利看了看他,一转头问贾长安,缺人吗?

还行,最近赶工,多两个倒是能快点儿。贾长安说。

胡胜利想了想,挥挥手说,江宁的,多少都懂点儿建筑,老贾,去考考他们能干点儿什么,能干就留下,不能就赶紧走人。

胡胜利与贾长安带两人来到一处空地,听说试新人,一众工人跳下脚手架,嘻嘻哈哈围了过来。

铁头忐忑不已,贾长安指着一堆砖问,会砌墙吗?

铁头摇头,铁振国说,练练就会。

贾长安冷哼一声,又问,会截钢筋吗?

铁头刚要说话,就听铁振国说,这个会,这个会。

贾长安啪的打开电锯,铁头只觉得眼前一晃,齿轮闪着白光飞转,贾长安已经拿起一根钢筋递给铁振国,说,来试试,截个打桩用的。

打桩的?铁振国面不改色接过钢筋,暗地里眼睛四处瞅,只见卡拉暗暗比画,但也不得要领,只拿着那钢筋在电锯前左右摆弄。

一个工人嗤笑道,这还叫会截啊?别看建筑工人一个个五大三粗的,这可是个精细活儿,一点问题不能出。一块砖,一截钢筋,都会影响整栋楼的质量,整栋住户的安全。

铁振国脸一红，卡拉看着那人说，大力，少说两句。说着就拿起一根截好的钢筋对铁振国说，按这个长度来。

铁振国强作镇定，拿起钢筋就凑上电锯，然而他哪知手力深浅，钢筋一挨着电锯猛一反弹，众人尖叫声中，贾长安脑袋一偏，躲过了一钢棍。

你到底会不会啊！贾长安吼道。

对不住，好久没练，手生了。我再来。铁振国硬着头皮答。

众人见状纷纷后退一步齐刷刷戴好安全帽，胡胜利跳出两步一把夺过卡拉的戴上，真是要命啊，胡胜利说。铁振国又把钢筋凑近齿轮，忽然被孙大力一把拽住。

你根本就不会，再玩下去要出人命。孙大力吼。

铁振国悻悻道，北京的电锯好，还没使惯。

胡扯什么，胡胜利瞪了他一眼，又看向铁头，你会什么？

铁头一愣，看不远处一堆灰白的水泥，就说，我会和泥，我力气大。

胡胜利轻哼一声，说行，你留下当小工。又一指铁振国说，你逗我玩呢？还江宁的，江宁的都懂点儿建筑，你快给我哪儿凉快哪儿待着去。还不待铁振国辩解，胡胜利就钻进车里走了。

众人嬉笑了几声，被贾长安一声吼，也各自上工去了。

贾长安拿来一件印着 Victory 的背心给铁头，带他去和泥，留下铁振国还拿着那根钢筋琢磨。

不觉下工铃响，铁振国又在空气里闻到饭香，他抬眼一看，几只大铁盆已摆在桌上，一个三十来岁的胖女人还在往外端菜。工友陆续回来，远远就听到卡拉唱着，嫂子，嫂子借你一双小手，捧一把黑土，先把敌人埋掉，花嫂子——今天做了啥好吃的？众人哄笑，从自己宿舍拿出碗筷围过去。

做啥好吃的，也堵不住你那唱歌的嘴。周玉花一边抡着勺打饭一边笑。

花嫂子，堵他的嘴用饭可不行。一个工友笑道。

周玉花一勺敲在这人脑袋上，叫道，浑小子，就知道拿嫂子逗闷，当心今天不给你肉吃。

铁振国咽了咽口水，继续摆弄那钢筋，孙大力一眼撇到他，就拎着饭盒走了过来。

哟，这位啥都会的还没走呢？

铁振国抬头瞥他一眼，就说，我知道钢筋为啥弹出来了，我切割的角度不对，我再试一次，保准能行。

孙大力一愣，问，是卡拉跟你说的吧？

我自己琢磨的。铁振国摇摇头。

吹牛吧你，我可练了一年才能行。孙大力轻嗤一声就走，又一停转身问，吃饭了，来点儿不？

他说得阴阳怪气不怀好意，见铁振国头也没抬，只得悻悻走了。不一会儿，铁头端着饭盒过来，在铁振国身边坐下，递给他一个馒头。

“振国，你这么自己琢磨肯定也不是办法，那孙大力说他练了一年呢，要不你再让卡拉去求个情？”

铁振国咬了一口馒头，看着不远处在建的楼房，静静说，求情没用，这是凭本事吃饭的地方。我就不信我学不会。

正这时，一只大勺伸了过来，满满一勺菜扣在铁头饭盒里。

“两个大男人，这点儿哪儿够，多吃点儿有劲儿干活。”周玉花笑着说完就走了。

铁头和铁振国相视一笑，铁振国说，“哥，别担心我，我保证能留下。”

整个下午，铁振国都在工地上溜达，看了一会儿老黄砌砖，孙大力打桩，卡拉喜欢边和泥边唱，机器轰鸣，十分带感。

工地是属于男人的，铁振国直觉就喜欢这里，混凝土块一层层稳稳搭起，砌墙的兄弟手快如飞，一部部大型机械车轮次运转，抽水，和泥，搬砖，砌墙，秩序如交响乐杂而有章。

当然，铁振国没听过什么交响乐，他只觉得一帮兄弟挥汗如雨协力盖楼，这活儿十分带劲儿。

忽然，只听得咔咔地几声，抽水的柴油机停了。卡拉停了歌声，嘟囔着跳上去打火。

水泥呢？贾长安踩在二楼楼坯上喊，这半天还不上泥，怎么砌墙啊？

这柴油机又坏了，卡拉跳下抽水机说。

贾长安扔下瓦刀，踩着脚手架几步下来，对着那柴油机猛踢几下，重新打火，然而发动机丝毫没动静，几个工友围过来四处看看，也是毫无办法。

上次是怎么修的？贾长安皱着眉头问卡拉，和不成水泥，还赶什么工期啊！

正说着，胡胜利的车又开了进来，见到一群人围在一起，胡胜利把脑袋探出车窗吼道，“都干吗呢，不去干活儿！”说着他推开车门下去，几大步走过去，才知道是柴油机又坏了。

“胡总，我早说这机器该换了，现在和不了水泥，这工期还怎么赶？”

“换啥？我才买两年多，就没个人能修修？”

贾长安左右看看，摊手说，“都是粗人，谁会这个。上次坏还是厂里的技术工来的，还排了好几天才来。”

胡胜利一皱眉，环视众人说，“能有多难，谁能修好，我发奖金。”

众人早已围着看了几回，此时只能纷纷摇头，却是一直在观望的铁振国拍拍屁股过来说，我试试。

胡胜利一见是他，只不耐烦道，“怎么又是你，你打算赖在这儿了啊？”

铁振国也不看他，只趴上去细细看了会儿机器，回过头说，“胡总，我要是修好了，你得收了我干活。”

胡胜利一哼，“哪儿这么多话，你先修。”

铁振国一笑，脱了外套递给卡拉，又捡了几件工具塞给孙大力。

来打个下手，哪个修理师傅没个打下手的？

诶——孙大力不干了，却见胡胜利对他一点头说，“拿着拿着，他是骡子是马，我们遛遛。”

铁振国看定了部位，开始拆机器，一圈人围上来，大力不时把扳手或者钳子递给他，不出片刻，一个柴油机被拆得四分五裂，露出黢黑油腻的内构。铁振国看了看，拆下一个线圈，将铜丝重新缠了一遍按上，又砰砰嘭嘭把刚卸下的机器全部装好，末了将扳手向孙大力一扔，搓了搓满是机油的手，起身点了根烟抽上。

“兄弟们往后。”铁振国一挥手。只见他捡起个摇把子放好猛然摇了几下，柴油机真突突地转了起来，烟筒的浓烟喷出，熏得孙大力咳嗽不已，卡拉高兴地叫道，铁振国，你还真有两下子！

“胡总，现在我算是你的人了吧？”铁振国看向胡胜利，狡黠一笑。

老江湖胡胜利看着眼前这年轻人，自然知道他聪明灵气，但也担心他多事难管，心中还在犹豫，只是这时一众工人看着，也不好出尔反尔，就和贾长安说，行吧，这小子就给你管了，随便收拾。

铁振国一笑，接了卡拉给他拿来的工服，指指那洋文笑道，维克托瑞！

这天傍晚，工友陆续打饭休息去了，铁振国与铁头爬上脚手架，坐在这尚未建好的楼房顶上，夕阳明亮，照亮了整个眼前的整个世界。

老二，你说咱们来北京，除了挣钱，还为点儿啥？铁头突然问。

铁振国一愣，说实话，他真没想过还为什么，不过是货车翻了失业，河堤毁了欠债，被黄毛骗又顺便到了北京，哪一步，也不是自己的安排。

你说呢，哥？

铁头憨笑，说不怕你笑话，我这辈子最大的愿望，就是在老家盖一栋舒服的房子，有院子，能栽花能种菜那种，和小玲乐乐，还有爸妈一起生活。我真是做梦都想要个这样的家。

铁振国笑笑，看远处皆是工地，起重机在夕阳的金光里静静矗立，卡拉的歌声在底下远远响起，花嫂子爽朗的笑声，工友的吆喝声，让他觉得此时有一种安宁完满。

当天晚上，在再简陋不过的工棚里，铁振国从包里拿出那张旧地图，贴在床头。

静谧的夜，此时的梦乡清吧，春妮一身素净的白衫，坐在小舞台的高脚椅上，唱着张学友的《我等到花儿也谢了》。

只有几盏暖灯点着，伴奏的乐声十分轻柔，每天这个时候，春妮完全不觉得自己在工作，而是实实在在沉浸其中的好时光。前些天她发了工资，和玛丽一起去金五星买了一台随身听，她捧着这小小的机器如同珍宝，玛丽笑她对衣服包包视而不见，但她只觉得幸福无比，她太渴望能唱歌了，更渴望有一天站在万众瞩目的舞台下面乌泱泱的歌迷掌声雷动。她只想一想便就心旷神怡，玛丽说她来清吧唱歌不过是想找个有钱的男人嫁了，春妮嘴上没说，只觉得自己的心其实更大。

最近有个叫张波的客人常来，这个留一头中分长发的中年男人，总穿宽大的棉麻衣服，手上的串珠很是惹眼。他每次来点一杯鸡尾酒，就安静地坐在离舞台最近的地方。

玛丽早就说过，清吧虽比一般酒吧清净许多，但偶有客人要求过去说个话也是难免，春妮第一次被张波请去时亦是忐忑，但一听到张波说自己做音乐，并帮很多人出过唱片，春妮激动的心都要跳出来了。张波说春妮很有潜力，稍加包装，红遍大江南北不是问题。

春妮当晚就把这好消息分享给玛丽，然而玛丽并不以为然，还要春妮小心受骗。春妮想，也许玛丽是嫉妒了呢，不过这情绪难免，如果她红了，她也一定会尽力帮玛丽。

等张波这晚再过来，说公司愿意帮她出唱片，春妮开心的要飞起来，然而张波又说，公司最近资金紧张，恐怕要自费，张波伸出了五个手指。

五……千？春妮迟疑道。

张波轻轻摇头，五万。

春妮心中的小火苗忽然就黯淡了。五万，以她现在的收入，不吃不喝攒十年。春妮浅浅一笑，忽然有种被生活欺骗的感觉，她礼貌地和张波道谢，说她会考虑一下。

这天晚上，春妮失眠了。她在床上翻来覆去，还是忍不住告诉了玛丽。玛丽一嗤笑说，他还真敢要，而你还真考虑，你脑子秀逗了吗？

啥叫秀逗？春妮迷茫的看着玛丽。

玛丽无奈一笑，说睡吧睡吧，再不睡秀得更厉害。

当太阳的上部边缘与天安门广场所见地平线相平时，天安门广场早已聚集了各地游客，英俊挺拔的旗手将国旗冉冉升起，人群渐次散去，新的一天也开始了。

工地也是这时开始热闹,柴油机已经转起来,水汩汩的抽出,升降梯和起重机发出轰轰的噪音,工人爬高下低各归其位。铁头与铁振国在一处,贾长安暂时安排他们筛沙子。

铁头看着兄弟也穿上工服,想起昨日种种不禁赞道,振国,想不到你捣鼓机器这么厉害,以前就知道你会修车,没想到柴油机也能修。

铁振国一笑,凑近铁头耳边轻声说,其实我一点儿没把握,只是死马当活马医,没想到真捣鼓转了。

你小子真行!铁头扬起一铁锹沙子,正要倒进纱网却只听得啊的一声,一个黑影重重砸在网上。

是老黄!蜷缩一团抱着腿惨叫的老黄!铁头膝下一软,瘫坐在地,众人纷纷跑来,见是老黄身下的血汩汩流出,贾长安慌乱中找来一个小推车,与孙大力两人合力将他抬上去。

快快!你们赶紧把他送医院,推稳点儿别二次受伤,我马上给胡总打电话。贾长安急出一头汗来,冲他们几人大声喊道。

铁振国稍稍回神,与孙大力卡拉推着小车往外跑。

所幸医院不远,老黄此时已昏迷不醒,走的急诊绿色通道,医生稍作检查,说要马上安排手术。

铁振国与几个工友等在手术室外,心中焦急不安。这是他第一次见到工地事故,这么快,就在他上工的第二天。铁振国心中余悸还未散去,旁边卡拉几人也是一脸严肃紧张,默不作声。一会儿贾长安也来了,阴沉着脸,说胡总一会儿过来。

手术室的指示灯亮了,医生推着老黄出来,众人围过去,见老黄身上还插着呼吸机,皆是心中一沉。

只听医生说,他腿断了,打了石膏,没有生命危险,但是腰椎第七八节错位,伤了脊髓,恐怕……医生顿了一下,恐怕下半辈子要在轮椅上过了。

一众人惊得目瞪口呆,半晌说不出话。铁振国怔怔而立,余光中见到贾长安往一边走去,他偏头一看,见是胡胜利正在楼梯口招呼。眼见得两人都是一脸阴沉,铁振国想了一下,也跟了过去。

正午的光照得胡胜利眼角的皱纹愈深而凛冽,只见他掏出一个大信封递给贾长安,冷冷道,这里面是三万块,一万交医院,两万给他。

贾长安一怔,拿着信封疑惑道,就三万?他……两条腿都废了,得在轮椅上过一辈子。

胡胜利冷哼一声,皱眉道,我已经调查过了,他昨天又喝多了,今天上工搞不好还没醒酒,这是违反工地安全条例的,但他毕竟在咱们工地上出的事,出了事,我就不能不管。

可老黄毕竟跟您干了这么多年……

胡胜利一摆手说，规矩和人情哪个重要？安全条例就是工地的死规矩，在我的工地上，安全条例比什么都重要。行了，你去处理吧，他家属马上来了，看到我肯定要闹事。

胡胜利说完转身就走，贾长安几步追上去，还不待他说话，胡胜利就停步看着他说，你不是副组长吗？处理好这件事，回去就让你当代组长。记住，一定要妥善处理这事，咱们江宁建设集团，可是得过鲁班奖的，万一影响了集团的招牌，咱们谁也担不起。

这次贾长安愣住，他目送胡胜利走远，直到听见似是老黄的家属哭天喊地的来了，他一顿足，拿着信封急急的往回走。

不料迎面和铁振国撞了个满怀。

没长眼睛啊，贾长安没声好气。

我眼睛是看人的，看不见狗。铁振国冷冷的回。

你说什么！贾长安一惊。

我说什么你清楚，两条腿两万块，胡胜利随便几句话就把你收买了，好好当你的代组长吧。铁振国愤然说完，推开他就走。

当晚，铁振国在床上干瞪着眼，只听得铁头翻来覆去，他知道大哥素来胆小些，老黄掉下来的场景还不时在他眼前浮现，何况铁头。果然不出一会儿，铁头悄悄过来说，振国，我睡不着。

你说咱们会不会哪天也掉下来？铁头看着头顶灰白的铁皮天花板，忧心忡忡。

铁振国起身坐着，哥，别想了，我一定好好看着你，不让你出事。咱们现在应该想想怎么多挣钱，就这么做小工，干多少年也还不了家里的债。

铁头也坐起来，靠着墙说，是啊，还怕半道上出事掉下来。

兄弟俩又聊了几句，几个工友被吵醒，孙大力嚷嚷起来。卡拉一翻身起来，披件衣服，对铁振国两人说，走，我带你们出去转转。

暮夏的夜，风已有一丝凉意，街灯将城市隔成一处一处幻境，路上依然车水马龙。卡拉没说话只往前走，不一会儿，铁振国与铁头就知道了他们要去的地方。

不错，还是上次的路边练歌摊，同样一些农民工打扮的人围着小小的电视机放开歌喉，卡拉扔了五块钱给老板，和老板点了歌，又拿了三瓶北冰洋。几人找了一处矮桌坐下，清凉的橘子味汽水让人精神一振。

纤夫的爱，谁点的？歌摊老板喊。

我我我，卡拉应着站起身来，又对他们说，我第一次见人出事故时，也是半个月睡不着觉。后来在这儿吼了几嗓子就好了。来来来。

铁振国一笑，起身与卡拉一起，又见铁头有些拘谨，便一把将他拽起来。

大哥，试试，吼几声，让卡拉唱女声，咱唱男声。

卡拉大笑，将麦克风与铁头一递，音乐响起，三个农民工不甚动听的歌声却在这街角，给城市多添了一种别样的风情。

第三章

自从那日张波与春妮说了出唱片的事，春妮眼里的任何东西，都是换算成五万的几分之几，玛丽看着她又好笑又担心，她直觉就不喜欢张波，这人油头粉面，谙熟与姑娘交往的技巧，赞美人时直视眼睛面不改色，转过脸却是另一副模样。

当然春妮看不清这些，还沉静在攒够五万块出唱片的幻想里，她像怀抱着一个巨大而遥远的期望，又兴奋又忧伤。

当然忧伤不只因为钱，身边没人理解也让她孤独，她至今都是和舅舅说她在一家公司做文员，这是他们眼中正经体面的工作，以至于今日得闲能去看望舅舅，她还问玛丽借了一身白领的职业装换上。

话说这一夜过去，铁振国睁眼看到天光大亮，觉得神魄清明，昨日惊恐的一幕已然模糊。他十年前就出来打工，世事见了不少，知道凡事若眼下无力改变，耽溺无益，就只一心向前走。

这一日又是和铁头搬沙筛沙，直到傍晚，待到下工，铁振国兄弟与卡拉在一处吃饭，铁头精神明显好了许多，看来昨夜那一场街头卡拉 ok 效果不错。

“振国，你昨天说的对，咱们确实不能一直当小工，挣的钱刚够养活自己，哪儿还能贴补家里。”铁头边吃边说。

铁振国一叹，说，“我看了，想在这地方挣钱得有个手艺，咱现在没有。”

“没手艺就拜师学啊，谁也不是天生会的。”卡拉灌下一大口汤，一抹嘴说，“拜个师傅，厉害的半年就出师了，再不济一年也学出来了，你别看工地都是些砖头水泥，好像是粗活，每样活里的门道多着呢，没有师傅带，光靠自己琢磨哪行。”

铁头一听来了精神，“对对对，是得拜师傅，我想学钢筋工，拜谁好呢？”

“孙大力啊，”卡拉说，“他可是咱们这儿最好的钢筋工。”

看到铁振国迟疑的眼神，卡拉说，“大力是东北人，性子急点儿，有时耍点儿小坏，其实人挺仗义的。”

“好！”铁头猛然点头，“我就拜大力，诶，振国你呢？”

铁振国顿了顿，眼睛一转说，“我还得看看，谁有本事教我。”

几人都笑,说就你主意大。铁头又和卡拉问了些拜师细节,约好了明天晚上铁头做东,卡拉将大力请来拜师。

大力走进包厢的时候,几乎就明白了是什么事,新手上工,多是要找师傅带着尽快学手艺,他不算多高级,不过资格老些,带铁头还是绰绰有余。他假模假样的摆了一会儿谱,吃了几块猪头肉,又接过铁头孝敬的一条中南海,算是收了这个徒弟。

然而孙大力还意犹未尽,想让铁振国也拜他为师,因他一直对这个初来乍到又一身胆气的人有几分忌惮,想将他收拾服帖,但铁振国哪里肯依,几句话说得孙大力差点儿连铁头也不要了。

最后还是卡拉说和,铁头央求,孙大力才又软下来,和铁头交代了几句,拿了中南海转身走了。

铁头送走孙大力,回来看着铁振国气不打一处来,把他从小到大做的浑事历数一遍,见铁振国不说话,又苦口婆心劝他凡事收敛,在外面夹着尾巴做人。

第二天上工,铁头就跟在孙大力身边,时不时递烟递茶,待到中午放饭,也是先帮孙大力打好送过去。

铁振国与卡拉在一边吃饭,他看着大哥这唯唯诺诺的样子实是不能忍,正欲过去理论,铁头已端了自己的饭笑呵呵的过来。

“他毕竟是我师傅。”铁头说完又看着铁振国,“你也得找个师傅学手艺不是?”

铁振国咽下一口气,就问卡拉,“咱工地上,啥活儿最挣钱?”

“最赚钱的是砌墙工,技术要求高,然后就是钢筋工……”

“那我就学砌墙。”还不待卡拉说完,就听铁振国说,“谁技术好,我就跟谁学。”

卡拉一顿,就笑了,“那你就没戏了,技术最好的是贾长安,才被你骂过。”

铁振国咬了一口馒头,皱着眉问,“他真那么厉害?再说了,砌墙有什么难的,我保准看看就会。”

卡拉啧啧摇头,“那可是技术活儿,还得有点儿天分,你可不知道,贾长安的师傅当年在深圳建一个什么宾馆来着,据说是 15 层半的高楼,14600 平方,主体工程从破土动工到主体封顶只用了 4 个月 24 天,工期缩短了一半,被称为‘深圳速度’。据说《人民日报》都采访过,咱整个江宁都露了脸,全国谁不知道?除非你不识字不看报。不识字也肯定听人说过,这么大的事呢。”

铁振国一愣,又听卡拉继续说,“这速度,现在不算什么了,不过,你想想,那可是八十年代,主体结构工程平均五天一层楼,开玩笑吗?到了九二年,他们在深圳建什么银行,还获得了鲁班奖。鲁班知道不?那可是咱匠人的祖师爷。”

“老二，你就去拜贾师傅。”铁头急了。

“拜什么拜，他哪儿有这么厉害。”铁振国一皱眉。

卡拉喝了口汤，对铁振国说，“你别说，贾长安这师傅，真是一把好手，据说干活细致到一块砖抹多少泥都不带差半两的，都说他手里有把通灵瓦刀，用起来快得跟他自己的手一样。人家盖的不是楼，是艺术。现在那把瓦刀传到贾长安那了，所以这工地的人都特迷信他。师傅这么厉害，他能差到那儿去？都别说你不拜，你就是拜了，人家也不一定收，贾长安人讲究，好些年没收过徒弟了。”

铁振国轻哼了一声，铁头兴奋不已，说，“老二，这会儿大家还都在休息，我带你去找他。”

“要去你去。”铁振国挥挥手，端起菜汤往下灌。

“别倔！爸和你说的话都忘了？”

铁振国无奈，只得起身与铁头一起。铁头又不直接去，还去工地门口买了些瓜果烟酒提着。

远远看见贾长安与孙大力几人在树下打牌，铁振国只想转身就走，却被铁头一把拽住拖过去，铁头将水果烟酒放在贾长安旁边，恭恭敬敬说，“贾师傅，我带我家老二来向您拜师。”

贾长安斜睨一眼铁振国，手不停牌说，“你？”

“嗯，我。”铁振国皱着眉答。

“对对，我家老二一直说您砌墙技术特高，想跟您学。”铁头赔着笑脸，“您别看他脾气冲，背后经常在念您好呐。”

铁振国听不下去，哼了一声。贾长安一冷笑，头也不抬就说，“我是有那么点儿本事，但我凭什么要教给他？这碗饭难道是谁想吃就吃的？”

“哥，算了，人家不稀罕教。”铁振国要走，又被铁头一把拉住。

“师傅说不教你了吗？师傅这是在训你，让你长进。”铁头笃笃道。

贾长安噗的就笑了，孙大力按下手中的牌，看向铁振国说，“拜师就拿出诚意来，先乖乖地给师傅磕三个响头，再看师傅收不收你。”

众人哄笑，铁振国只觉面红耳赤，吼道，“我铁振国的膝盖，跪天跪地跪祖宗，其他就是天皇老子也不跪！”

“别说你不跪，你就是跪我也不收。”贾长安慢悠悠道，又扔下一张牌，“2！要不要？”

“不要不要，这把破牌，要了也倒霉。”孙大力阴阳怪气。

铁振国只觉得怒气丛生，不觉捏紧了拳头，青筋爆出，只想一拳挥去落得痛快。忽然这时，只听得身边脆脆的一声，

“铁振国——？”

他不觉怔住，回头一看，更是一时失语愣在了原地。

是春妮，是他甜美动人纯洁美好任是天仙也不如的春妮。看铁振国一副痴像，春妮又看向贾长安笑道，“舅舅，我今天有空，来看看你和舅妈。”

“这就是你舅舅！”铁振国目瞪口呆。

“走，屋里去。”贾长安扔下牌，起身与春妮先走，见她回头与铁振国打招呼，贾长安狠狠瞪了铁振国一眼。

贾长安与周玉花住着工地的单间，这也是组长才有的优待，一般工友若有老婆来探望，也只有住集体宿舍拉个布帘，更免不得被舍友调笑。

春妮很熟悉这间屋子，父母相继去世后，舅舅就是她唯一的亲人，对她来说，这里即使简陋却十分温暖，然而贾长安却丝毫不愿分享他乡遇故知的好心情，直直问，你怎么认识那个愣头青？

春妮扑哧一笑，才说了这就是村里人素知的她的娃娃亲，她看着贾长安气呼呼的模样，想起刚刚那几人剑拔弩张，就拉着贾长安坐下来说，舅舅，你们刚刚怎么了？

没什么，他想拜我为师学砌墙，我不想收。

为什么不收？他挺机灵的。春妮问。

徒弟，收了就是一辈子的事，怎么能随便收？我的手艺是师傅传下来的，师傅的手艺，是师傅的师傅传下来的。他不是这块料，我不能丢了祖师爷的脸。再说了，他这人太倔，和我不对脾气。

周玉花一听就笑了，你说别人太倔不对脾气，我看你们是倔到一块去了。

贾长安一皱眉，不言语，春妮拉着他的胳膊撒娇道，舅舅，看我的面子，就收了他吧，人家就是想学点儿本事，再说他以前在学校，一直对我挺好，别的孩子欺负我没爸，都是他护着我。

你还挺喜欢他？贾长安有些不满，你现在是办公室的白领，别和这些人来往。

春妮哎哟哟的叫道说哪儿跟哪儿啊，只拖着贾长安的胳膊摇了又摇，软磨硬泡，恩威并施。

舅，咱们都有这层关系，你要不允，我以后在朋友面前可怎么做人。再说又不是什么大事，就这么定了啊。我这就去把他叫来，给您敬酒认师傅。

说着春妮就把贾长安拖起来，往外推，你这孩子！贾长安苦笑不已。

哪里需要去找，一开门，就看到铁振国已经抓耳挠腮的立在外面。

春妮——铁振国脸上掩饰不住的喜色，春妮笑说，振国，舅舅答应收你为徒了。

啊，这个，铁振国不知为何有些失望，他现在并不想说这个啊。

然而贾长安脸一沉，对他说，你把工友都叫来，收徒弟不是小事，让大伙儿做个见证。

铁振国站着没动，却见到春妮给他使眼色，好吧，既然是你说的，他心中一叹才转身去。

夕阳赤红，贾长安站在一处稍高的石阶上，清了清嗓子。

"大伙儿，今天，我贾长安正式收铁振国为徒。不过，"贾长安一顿，看了一眼铁振国，"这次收徒，全是因为铁振国多年来对春妮的照顾，我们贾家不是知恩不报的人，这个人情无论如何要还。"

春妮戳了戳铁振国，小声说，快叫师傅。

师傅……铁振国说的不情不愿，还被贾长安一抬手止住。

你先慢点叫师傅，收徒弟不是小事，我要约法三章。

铁振国白了他一眼，觉得耐心快要耗尽，然而看了看春妮，还是暂且收敛下来。

第一，咱们盖房子，看着简单，其实里面门路多，是粗活儿，更是细活儿。再高的楼，也得一块砖一块砖地盖。建筑行业基础是什么？那是地基，你连最根本的地基还没筑固好，谈何来承受建筑物上部荷载。搞建筑就是做人，和做人是一个道理。

你得爱每一块砖，爱每一根钢筋，爱每一袋水泥。砖头就是咱的命，钢筋就是咱的骨头，水泥就是咱的血。

咱江宁是全国建筑之乡，这名誉是整个江宁人的，谁也不能是害群之马。否则，别说我贾长安翻脸，整个江宁人都要跟他翻脸。你要是敢干影响咱江宁建筑行业名声的事，我打包票，你连家都回不了。为啥？让你回你有脸吗？

铁振国斜睨了贾长安一眼，已是一脸不屑，直愣愣就说，有啥规矩，您直接说。

贾长安不急不慌，慢悠悠说，你既入了我贾长安的门下，祖师爷传咱们这门手艺，就得好好学，不能丢师门的脸。咱师门最重要的一点，就是尊敬师傅。

就是什么都听你的？铁振国皱着眉问。

没错，贾长安点点头。还有，这第二点，按老规矩，学徒期间……

贾长安故意一顿，卡拉见状便接话，"贾师傅不好说，我来说，拜师的规矩嘛，就是每个月拿出五分之二的工资来孝敬师傅，逢年过节要带好烟好酒，中秋的月饼过年的糖，一样不能少。"

铁振国刚要开口，贾长安摆摆手说，看在我外甥女的面子上，烟酒糖茶就免了，工资五分之一。

凭什么啊？我不过就学个手艺，你还能手把手教我？铁正国叫道。

这是规矩，不答应咱就散。贾长安黑着脸。

春妮又一戳铁振国，他只得说，行吧，我也看在你外甥女的面子上。众人哄笑，贾长安脸色更黑。

等等，我还没说完，还有第三条，贾长安顿了一下，我还没想好，想好了再告诉你。

这算什么！铁振国不干了，我不答应。

春妮没招了，只得瞪着铁振国说，我让你答应就答应，快，学手艺的，还怕师傅提什么条件。

铁振国又是心里一软。

铁头也上前去劝贾长安，三句两句好话说的，让贾长安觉得这工地只有自己降得了他。

卡拉给铁振国一使眼色，“快去叫师傅。”

贾师傅……铁振国拉着脸，那一声叫的不情不愿。假师傅，哼，事事听你的怎么可能。他心里想。

这终于算师徒相认，一会儿贾长安招呼让众人散了，说有话与铁振国单独说，又叫春妮留下一起听。

铁振国站在春妮边上，只觉得幸福如三九天喝一盆热汤从头到脚周身舒畅，从天而降的春妮让他的喜悦像要溢出来，他不顾贾长安黑着脸，恨不得马上拉着春妮把一肚子的话都说完。

“这第三条，我不是没想好，是给你们留着脸面，没当着大伙的面说。”贾长安冷冷一句，让铁振国的喜悦稍打折扣。

“第三条也是最重要的一条，就是你铁振国不能纠缠春妮，更不能追求她。”

铁振国猛然一愣，愤然说，“你凭什么管，这是我和她的事！”

凭我是她舅舅，凭我对你不满意，行了吧？我告诉你，春妮现在是大城市的白领，坐办公室，和我们这些民工不一样，她将来是要嫁大老板，嫁有文化的人的，你癞蛤蟆就别想着天鹅肉了！

舅舅！春妮尴尬地赤红了脸，你说的这是什么啊。你们之间的事，跟我没关系，振国你出来打工，就好好跟舅舅学手艺。

春妮说完转身就走，铁振国慌忙去追，却被春妮一句，别跟着我，听师傅的，钉在原地。贾长安浅浅一笑，转身走了。

铁振国怎么也没想到，和春妮的重逢，这么戏剧，又这么戏谑。当晚他辗转反侧难以入睡，春妮那一颦一笑和最后一扭头走了都在眼前，他想不明白。

他想起有一天和铁头坐在脚手架上，铁头指着天边问那是不是咱家的方向，他知道铁头是想家，肯定也是想小玲了，而他自己呢，这么多年心里就春妮一个人，好像是理所应当的就在那里，这事就像他出生在铁家这么合理，他不管春妮从没对他有过什么承诺，一切应该只是时间问题，春妮今天不是来帮他了吗？对，春妮说，听舅舅的，这就是没把他当外人啊。想到这里，铁振国心头又涌起一阵甜蜜，好吧，师傅也拜了，春妮也见了，还有什么不如意，好好睡吧。

一夜静谧，北京城的外乡人，做着各自的梦。

遥远的田园村，铁家终于收到了铁振国的来信，在小玲的商店里，一家人屏气凝神的围着高中，听他一字一句地读：

爸，妈，姑父，小玲，高中和乐乐，你们好。

我和老大在北京，一切都挺好的，我们已经找到了胡胜利，在他工地上找到了工作，开始挣工资了。请放心。爸，妈，你们要照顾好的自己的身体！高中，你现在应该已经高考完了吧？祝愿你取得好成绩，考到北京来。

没了？隋丽芳问。

没了。高中把信轻轻放下。

铁国庆抽了口烟轻轻一叹气说，行了，他们都平安就不错了。

这么久，铁家第一次得到兄弟俩的消息，隋丽芳和小玲尽都抹泪，想起他们在外种种，必是辛苦委屈，心中更为酸楚。

一直沉默的高中忽然静静说，爸，我也要去北京。

高玉林一下直起身来，“起什么哄，你去北京和你大哥二哥搬砖吗！好好在家里给我等通知书！”

一句话说的铁国庆和隋丽芳不是滋味，高中却倔起来，“我就是要去搬砖，您别幻想让我考大学了，我自己知道，我今年考得还不如去年！您根本等不来通知书！”

高中说完转身就走，待到高玉林万分沮丧的追到家，只见一屋狼藉，高中正把衣服一件件扔进包里。

你干什么！高玉林一声吼。

我还能干什么，我说了多少遍，我要去北京。高中努力让自己平静。

你真的要气死我吗？我这辈子是回不去了，我只想你风风光光地回去，留在那里，落个户口，你现在去北京，是要和铁头他们一样在工地上当民工吗？儿子，爸让你读了这么多年书不是为这个啊。高玉林痛苦地抱着头，声音微微颤抖。

高中停了手，怔在原地，半晌说，爸，我求你了。不是我不想读书，是我考不上，已经三年了，我考了三年都还在这里，你看我平时成绩不坏，可我就是一上考场就头晕，你再给我三十年，我也未必考得上啊，您何苦这样逼我……

看着儿子痛苦扭曲的脸，高玉林怔怔地红了眼眶。他哪知这些年自己的执念给儿子的折磨，他只记得下乡当了知青就再没回过北京，连自己父亲的葬礼都没赶上，如今他已认了命，就安心在田园村教书，但是高中无论如何都要回到北京，他过去觉得这是没得商量的事，算是他和命运的最后一点儿较劲。

但此时，他轻轻地坐下来，尽管眼里心里都是一片颓然，还是轻声说，

罢了，想去就去吧，爸不该这么自私。

高中忍着泪，看也不敢看父亲一眼，“爸，我对不起你，等我挣了钱，一定让你过上好日子。”

春妮这天回来，亦是有些心神不宁，正好玛丽贴着一张雪白的无纺布面膜过来，露出两只黑漆漆扑簌扑簌的眼睛和一张红唇，吓得春妮几乎跳起。

玛丽忍住笑，丢给春妮一张让她试试。你还真是大宝天天见。玛丽说。

春妮第一次将这个黏糊糊的东西贴在脸上，反复照了几次镜子，她学着玛丽的样子平躺在床上，看着天花板上冷白的塑料灯，就听见玛丽大咧咧说，女人啊，一定要懂得保养自己，否则过了三十岁，很快就人老珠黄了。你看人家唐姐，都快四十了，皮肤多嫩，看着比咱们还年轻呢。

春妮不由得感叹，可不是嘛，在咱们村里，三十多岁的女人没个水灵灵的了。说完她不由想，若自己一直在家乡，此时应该也快要结婚生子，很快就身材走样，光彩全无，变成田间地头里粗壮的村妇，她不禁浑身一凛。

玛丽，你猜我今天碰到谁了？

谁？碰到你偶像了？玛丽漫不经心的问。

不是。春妮的声音有点儿低下来。

玛丽扭头看着她狡黠一笑，难不成遇到你那青梅竹马了？

春妮没说话，玛丽一下却来了兴趣，坐起来盯住她问，真的真的？你俩这是演电视剧啊？这么大的北京，你能碰到他？快给我说说。

春妮笑了笑说，我也没想到，他竟然在我舅舅那个工地干活，今天去就刚好碰上。

他这是一路追到北京来的吧？

得了，玛丽姐。他肯定也是来打工，只不过刚好碰上。春妮搪塞道。

那你见到他什么感觉。玛丽浑身的八卦细胞都被调动起来，穷追不舍。

嗯，说不上，本来想着我来北京了，见不着两个人就慢慢淡了，不过今天遇上，知道他也在北京，心里确实踏实些。春妮说着就叹了口气，不过一见面就看他和我舅舅在那儿吵，真是够烦人的。

玛丽扑哧就笑，说你这就嫌弃上了，这么大个北京你们都能遇上，真是缘分，是缘躲不过，顺其自然吧。

春妮想了想，也不再说话。

阳光洒在工地上，眼看着这栋楼又起了一层，铁振国看着眼前一片明亮，只觉得万分舒畅。自从昨日见了春妮，虽然这小妮子一转身跑了不知音信，但有贾长安这个舅舅在这儿，还怕找不到她？铁振国不觉哼起小曲来。

此时，铁振国和铁头正跟着各自的师傅打下手，孙大力和铁头用搅拌机和水泥，铁振国则用泥斗，一斗斗地拎去给贾长安砌墙用。别说这贾长安还真有两下子，铁头那边的水泥几乎供应不及，还没拌好铁振国就风风火火的拎着泥斗又来。

等着装水泥时，铁振国才抹一把汗，叹这老贾真是第一快刀，就见那一瓦刀一瓦刀的，水泥嗖嗖嗖就没了，他这两只脚简直没停过。

铁头一听就笑了，说你这就是跟对了师傅，铁振国嗤笑一声，又提着泥斗跑了。

忽然，这边只听得搅拌机咔咔的响了几声，停下不转了，孙大力皱眉一看，拎起铁锹咚咚咚地杵了一阵，丝毫不见反应，这时卡拉和几个工人陆续拎着泥斗过来，铁头给装满两个泥斗，水泥就没了。

铁振国呢？孙大力铁锹一扔，冲铁头喊，还不叫他来修机器！

他送泥去了，还得等会儿才来。师傅，这会儿怎么办，还这么多人等着！

孙大力看了看一动不动的搅拌机，没声好气的说，怎么办，自己干啊，机器不转，就人工和啊。

铁头不明所以，只听孙大力指挥着将水泥灰，水，沙子一样样倒进去，然后见孙大力一指自己，你去找双胶鞋穿，进去用脚踩。

铁头一愣，这……

还不快去！水泥供不上耽误工期你赔啊？

好，铁头一咬牙。

不和匀不许出来啊。孙大力在后面喊了一句，就蹲到树下抽烟去了。

铁振国拎着那斗水泥气喘吁吁跑来时，贾长安正拎着瓦刀，满意地看着他刚砌好的墙，如此笔直，匀称，砖缝间的水泥厚度分毫不差。

什么是标准？我就是。贾长安念叨着，一偏头看到铁振国，皱眉道，怎么才来，耽误我一码砖的量。

铁振国顺着师傅的眼光看那墙，不由伸手去摸，哟，可真直，贾师傅，我亲眼见了您这技术，又快又好不得不服啊。

贾长安只顾得意，没听说他拉长了声调奉承的语气，冷哼一声说，这用你说。

师傅，要不你教教我？铁振国凑过去说。

哼，没学会爬就想跑，想得倒美，先把小工干好。贾长安冷冷看他一眼，赶紧上砖，有点儿眼色。

铁振国一看套近乎不成,只好先去默不作声的挪砖,不一会儿又凑到贾长安身边去——贾师傅,春妮在哪里上班呢?

嚯,这小子原来在惦记这个。贾长安反应过来,抄起一块砖作势要砸,铁振国举手一遮脑袋,笑道,我也是关心她嘛。

要你关心?你若再缠着她,试试我的板砖!贾长安气哼哼地说完,勾起一抹水泥继续砌墙。

铁振国一咬牙,挥着拳头就在贾长安脑袋上比画,左勾拳右勾拳打得十分快意,贾长安察觉不对一转头,铁振国的手还停在空中。

你干吗呢?贾长安皱眉问。

我学您动作呢,您砌墙这动作可真潇洒。铁振国嬉笑道。

嗯,你小子还算有心,做工匠活,就得有点工匠的精神,工匠的心。不过你现在还嫩了点,先拎好泥斗子再说吧!贾长安颔首说完,脸色一变,踢踢泥斗说,傻啊干站着,拎水泥去!

铁振国拎着泥斗过来的时候,铁头正盘腿坐在地上,他下意识地把脚往里收了收,还是不小心蹭到裤边,疼的龇牙咧嘴。

原来铁头跳进水泥槽后,没多久胶鞋就被灼开裂了,他几乎是赤脚泡在水泥石灰里,石灰烧皮肤,又有沙石磨,不出一会儿全是水泡,铁头只觉得钻心痛,然而大力正在树下看他,他就只有咬着牙一步也不敢停。直到刚刚出来洗净脚,一看很多水泡都出了血。

他言辞再闪烁,铁振国还是暴怒,说着就要去找孙大力问个究竟,铁头一把拉住他说,振国你冷静点儿,都是为了工作,别再闹事。

一句话说得铁振国更加气恼,他深知自己兄弟老实怕事,但让人这般欺负仍不言语,还为对方辩解,他只觉得一肚子窝囊气没处发泄,生生咽回肚里。

拎了水泥回去不久,就到中午歇工时间,铁振国出去买了管云南白药膏,又找了双干净的厚袜子,给了铁头,就径直往搅拌机那儿走去。

孙大力见铁振国过来,仍有几分忌惮,只站在离他几步远的地方看着。铁振国也不理他,围着搅拌机四处看看,而后抄起一根钢筋,塞进转斗里用力一撬,一块大石头飞出,铁振国一把接住。再一开机器,轰隆隆转起来了。

哟,我也找了半天,怎么就没发现?孙大力摸着脑袋说。

铁振国将石头重重砸在地上,冷哼一声道,你那心眼都在害人上,哪能看见正事。

孙大力搪塞道,我也是没办法,我们以前都这么干。眼见得铁振国狠狠瞪他一眼走远,孙大力过去敲敲那搅拌机,自言自语道,还真有两下子。

水泥一供上,不出片刻,贾长安这边的墙体又比别处高出一截,铁振国小跑着一桶桶的拎水泥，一摞摞的搬砖码砖，心里嘀咕着什么叫贾长安不收徒弟，明明是没人能当他徒弟，他抹了一把被汗蛰了的眼睛，眯着眼看贾长安噌噌地砌墙，别说那动作整齐有节奏，和那天吼歌时卡拉爱跳的舞有点儿相似。

别闲着啊！搬砖去！贾长安回头一声吼，多码点儿，这个天太他娘的热了，我去喝点儿茶。

看贾长安拎着大水杯走了，铁振国将手里的砖往边上一放，长长喘了口气。他四处看看，本想找个阴凉地休息片刻，却一眼看到贾长安那把传家瓦刀在泥斗里。

他忽然想起卡拉说这是把神刀，听说贾长安屋里专有个牌位，他下了工就会把这瓦刀洗净供着，邪乎的很。铁振国四下看看没人，走过去拎起瓦刀翻来覆去地看，也看不出名堂。

不就是砌墙吗？老子还用你教！

铁振国抄起一块砖，丢上去一坨水泥抹平，沿着刚刚的墙体小心翼翼地盖上去，刮缝抹缝，成了。他退后两步看看，嗤笑一声说，哪有那么难，一个个吹成那样！说着就来了兴致，噌噌地砌了八块，直起身子左右看了看，和贾长安砌的没多大区别。

忽然脚步声来，铁振国忙跳到一边继续搬砖，贾长安大步走来，喝一句别偷懒，就径直拎起瓦刀要开工。

铁振国偷偷瞄过去，见贾长安正要砌砖，却手一停，掀掉一块砖扔在一边又一停，掀了第二块，铁振国心虚不敢出声，待贾长安不声不响把八块砖全部拆了，转过身看着他问，你砌的？

贾长安声音平静，铁振国只好强辞道，不是啊，我哪儿会，师傅刚累了自己没砌好吧？您要求可真高，我都没看出哪儿不对？

还嘴硬！你小子胆子也忒大！贾长安把瓦刀往泥斗里一丢，怒斥道。

他这一声不小，引得不少工友回身来看，铁振国本就理亏，此时简直是恼羞成怒，一顿足道，有什么了不起的，我不就是砌了几块砖，至于这样吗！

你还好意思说，墙体垒得不直，出了安全事故，你负责吗？

铁振国一时语塞，又叫道，你这当师傅的，什么都不教我，我不得自己得空就练啊！

不教你？我没跟你说过吗？先拎好泥斗、码好砖再说！还没学会爬就想跑了？你以为你是谁啊？

师徒俩互不相让的吵起来，引来一群工友围观，铁头一瘸一拐跑进来拉住铁振国，向贾长安一赔笑，就转脸教训自家兄弟。

这墙是能随便砌的吗？幸亏贾师傅及时看见、纠正你的错误。

贾长安没声好气的说，像这样的徒弟，我贾长安真没法——

你看，要不是贾师傅宽厚，还能留你？换作旁人，早把你逐出师门了。铁头一句话堵上贾长安，又转向贾长安小心赔笑道，贾师傅，你教训的是，我们家老二，本性不坏，就是学东西太急了点，您多担待。看他有什么做得不对的，你尽管训，就像今天这样！

贾长安半晌才轻舒一口气，叹道，算了，也没啥，当徒弟都有个过程。

铁头一鞠躬，拽着铁振国说，走，跟我拎水泥去，别耽误贾师傅干活！

看着自己憨厚的兄弟，脚还一瘸一拐，铁振国没再犟着，只黑着脸跟铁头，一步步走出贾长安的视线。

只一拐，忽然有个白影跳出来。

大哥，二哥！

高中！两人都大吃一惊。

是高中，白衬衫牛仔裤，戴着眼镜，干干净净斯斯文文地站在他们面前。

家里出事了？铁振国紧张起来。

没有，我今年又考不上了，不想再复读了，我是来找你们的。高中不好意思地笑笑。

傻兄弟，这工地是你来的地方吗？铁振国苦笑道。

咱江宁那么多人干建筑，没听说哪个怕干苦力的。我要和你们一起打工，二哥，上次因为翻车的事，你赔了那么多钱，我要一起帮你还钱。高中搓着手说一顿说，而且这次，我爸也同意了。

一个工友推着小车快步经过，泥浆飞溅到他藏蓝的牛仔裤上，高中皱了皱眉。

第四章

这是再常见不过的工棚，四面灰白的石膏板，顶灯就是电线吊着一只灯泡垂下来，发出冷淡昏黄的光。四张上下铺，一张斑驳的压缩木桌子，堆满了所有人日杂用品。

高中环视四周，他自从那日别了父亲出来，经过几十个小时的火车，又循着铁振国来信的地址一路找到这里，他当然知道工地什么样，但如今要真的在这儿生活下去，高中心里还是轻轻一叹。

正愣着，铁振国和铁头端着饭盒进来。饿了吧？铁振国说着把一盒菜和一个馒头给他，自己和铁头就着另一个吃。

嗯，火车上的东西脏，没吃。高中狼吞虎咽的说。没钱了吧？还脏呢，慢点儿吃，铁头看了看，把自己的馒头给他，又拨了一大半的菜，工地的菜，无非白菜炖粉条，大块土豆炖豆角，大锅大灶铁锹炒，但一群干体力活饥肠辘辘的汉子围坐一起，吃起来也是痛快。然而今天都是铁振国和铁头看着，高中埋头吃了半天，两个饭盒吃的干干净净，才抬头说，哥，你们怎么吃这么少？

铁振国一笑，说，家里怎么样了？

高中擦擦嘴，打了个饱嗝说，挺好，嫂子在我们家村口开了个小商店，生意还行，舅舅在修路那儿干活呢。

你怎么打算的？铁振国递给他一茶缸水。

跟你们一起打工呗。高中咕咚咕咚的灌水。

铁振国一苦笑，这哪儿是你待的地方，你这小身板，哪儿受得了这个。

高中放下茶缸，看着铁振国说，哥，那我去哪儿啊？

铁振国和铁头面面相觑，铁振国起身去床头翻了一会儿，找出一件工服递给高中。

穿上这个，别人问你，就说是新来的小工，别说漏嘴哈。你先跟我们在这儿凑合吧，反正有我们一口吃的，肯定就饿不着你。

高中拿着一看，哟，维克托瑞，你们工地还挺时髦。说着高中把背心套上，一拍脑袋说，差点儿忘了，大哥二哥，家里还给你们捎东西来了。

他从包里翻出几个玻璃瓶子，都是酱菜，又拿出两件衣服，说是小玲带给兄弟俩的，末了拿出一张四折纸给铁头。

乐乐给你的。高中说。

这是一张儿童画，一个工人模样的人，站在一个高高的楼顶上，一轮太阳从后面升起，下面写着几个稚嫩的字——我的爸爸。

铁头忽然湿了眼眶，半晌说不出话来。铁振国拍了拍他的肩膀，也没说话。两个人瞬时都想家了。

高中翻出他的画板放在一边，又拿了条毛巾出来，哥，这能洗澡吗？

铁振国一苦笑，说，美的你，洗把脸得了。

高中就这么住了下来，铁振国交代了卡拉，对外只说他是新来的小工，孙大力也被糊弄了过去。

当晚，他和铁振国挤在一张床上，初来北京的兴奋其实在进工地时已打消了一半，但这座城市特别的气息还是让他不免有种蠢蠢欲动。

川流不息的车流声中，高中迷迷糊糊地醒来，天光微蓝，已经是北京的清晨。铁振国留了张纸条在桌上：高中，茶缸里有个煮鸡蛋和馒头，吃完了来找铁头上工。

高中趴在门口一看，工人们已经各从其位按部就班。

真够早的，高中蹙着眉伸了个懒腰，去把馒头鸡蛋吃了，抓起那维克特瑞的背心套上，今天他的身份是小工，其实就在铁头边上帮他递东西。铁头如今和泥已十分娴熟，高中看了一会儿，心中不免嗤笑——这事傻子都能做。

不巧今日卡拉与几个工友腹泻，缺了工位，铁振国一人做三人的活，眼看铁振国又一趟脚不沾地的飞来装水泥，高中眼睛一转，对铁头说，哥，你去帮二哥，我来和泥。

铁头一愣，说这机器你怕是不会用。

高中轻蔑的一笑说，这一上午，就是个三岁小孩也看会了。

不远处贾长安又在吼叫，铁振国一看高中说，你真行？高中拍拍胸脯说，你们快去，别这么小看我。

铁头一步三回头地说，你可千万注意，不会就等会儿，我马上就回来。

高中也不答话，转身一戳按钮，轰的一声，水泥卸在了水泥槽里，他拎起把铁锹，把石灰沙子分别铲进去些，又加了水，再一按钮，机器轰隆隆的搅拌起来。高中一哼，洗净了手，就在一边看着。

正巧孙大力过来，见铁头不在只有个小工，就留心往搅拌机了看了看，这一看不要紧，素日平滑的水泥浆里此时混着大大小小的石块旋转。

孙大力大喝一声，这谁干的！赶紧停！

高中一愣，谁？什么谁？

谁和的泥！孙大力一把扯掉电源。

高中略一犹豫，轻声说，是铁头。

铁头人呢？一早上的带脑子了吗？孙大力气不打一处来。

大力师傅——孙大力一回头，见铁头和铁振国正提着泥斗小跑过来，师傅，怎么了？

看铁头不明所以，孙大力气恼至极，抓起一把泥丢在铁头胸口，怒吼道，怎么了？这是你和的泥，你自己看看！这泥能盖房子啊？

铁头一愣，与铁振国探头往搅拌机里一看，瞬时就明白了。高中没筛沙子，沙石一股脑都倒进去了。

亏你还是我带的徒弟，说出去都丢人！孙大力气得跳脚，又听到贾长安的吼声越来越近，直到走到跟前，贾长安一看就皱了眉，叫道，都愣什么呢？快倒了重和！没一个省心的。

损失的水泥自然记在铁头账上，日后从工资里扣除，高中有些委屈，他觉得自己明明是想帮忙，到头来还是添乱。铁振国和铁头又忙起来了，高中站了片刻，悻悻说，我还是回宿舍吧。

高中在工棚里待了一会儿，拿出画板描了几笔，又觉得索然无味。他呆坐着想了想，忽然眼睛一亮，于是把背心脱了一扔，换上斯文干净的白衬衣，加之有眼镜，夹上画板，以工地技术员的身份忽悠过门卫，一溜烟就跑了出去。

这是上午的北京街头，老槐树枝叶舒展，远处仍有一片片嗡嗡的鸽哨声，抬眼天高云阔，是北方才有的天色，街道上车水马龙，这个时间，该上班的人早就坐在写字楼里，外面走的多是提着鸟笼的老人，与举着风车的幼童。

卖豆浆油条的早点摊已换了种类，小贩去坐在大树下乘凉，报刊亭一摞摞新华时报新京报还有墨香，路过的大爷手盘核桃唱着《将相和》，还十分有味道。高中随手翻了几张报纸，这是他第一次认真地走在北京街头，打量这个城市，他有些理解了父亲为何一直执念要回来，高中今日觉得，他回到这里，似乎自己原本就出生在这里，田园村的一切都遥远而模糊。

这里是北京，天高云阔，这是巍巍古都，从燕国起的两千多年，这里就开始有了无数的帝王宫殿、园林、庙宇，这有四合院和胡同，有蜿蜒的护城河，有各类城门，祭坛。高中曾经听父亲说起时并不多神往，如今站在北京的街头，他只有一个念头，便是他属于这里。

不远便是地坛，赤绿描金的门楼进去，便有一片开阔的广场，再往里要收门票，高中看了看，便在门口找了个花台坐了下来，身旁一株银杏树大得遮天，甚好。

不出一会儿，他已经支好画架，旁边一张纸上隽秀的字——精美画像，五元一张。

不时有人经过时多看他几眼，高中不急不慌，四目相迎时就呵呵一笑，问一句，要画像吗？

没有人停步，大约大庭广众之下坐着画像，还是需要些时间和大方的姿态。高中渐渐有些灰心，这时却有个女孩走来，拿起个大相机对着他拍照。

喂——干吗？我的肖像权。高中也不起身，坐着喊道。

这女孩一笑，说，我拍了上万张照片了，还没人问我要过肖像权。她一顿，指了指他的画板说，算了，要不让你也侵犯下我的肖像权，算是相抵。说完就在他对面的花坛上侧身坐下。

不能相抵，要收钱的。高中笑道。

放心，但若画得不像我可不给。她大方一笑。

高中仔细看了看她，开始起笔。这女孩长发盈肩，神态自是大方，穿米色风衣，整个人都是知性干练的气质，除了脖子上挂着一只硕大的相机与她身形不符，银杏树下光影斑驳，高中细细描摹，不时抬头看她。过路人停步的时间，也越来越长。

姐，您可是我画过最漂亮的女士。

女孩一笑，女士？同学你还真是绅士，这话听着受用，不过我猜你今天就画过我一个吧？

高中也笑，手下却不停，今天姐是第一个，不过在学校我画过很多女生，哪个也不如您好看。

你是学生？今天怎么没去上学？

嗯，我退学了。

那你同学肯定比我年轻多了，我都大学毕业两年了。

高中一怔，手下一停，姐上的是哪个大学？

人大新闻系。

厉害，那姐可是无冕之王。

高中说完，把画取下来，递给她。

这么快？她惊讶的接来一看，画中女孩与她神情甚是相似，虽是黑白灰的素描，却有十分灵动。

你把我画得太漂亮了。她笑着说。

你的美我还没画出十分之一。高中看着她笑。

她掏出十块钱递过去，高中一摸口袋，才觉得尴尬，我没钱找给你。

不用找了，你就记着欠我一幅画吧，我叫冯美慧。她笑着背上包挎上相机，转身走了。

高中看着她的背影笑笑，记下了这个名字。

很快，又有人坐过来要他画像，高中忙回到画板前，一直到下午，几乎没停歇过。

傍晚，江宁小馆里，高中和服务员一口气点了七八个菜，又要了 6 瓶燕京啤酒，看愣了对面坐着的铁振国和铁头。

高中，我还没发工资呢，我可没这么多钱请你。铁头低声说。

行，就这些。高中看了一眼服务员，得意一笑，掏出一卷钱拍在桌上——九十块，足够咱今天这顿饭了。

铁振国和铁头一时愣住，仔细一听才知这是高中今天给人画像挣的，两人不仅啧啧摇头，感叹有文化的好。

高中将钱推到一边，指了指自己的脑袋，说什么有文化没文化的，赚钱靠的是这个。

此时酒菜都已上来，高中端起杯子对铁振国说，哥，一想起把你车开进沟里的事，就觉得特对不起你，现在有点儿钱，就想请你们吃点儿好的，工地辛苦，补补身体。

铁振国端杯一碰，都是兄弟，不说见外话，再说要不是你，我可能一辈子都想不到来北京，以为江宁就足够我蹦跶了。

几人一笑，吃饭喝酒，高中粗算了一下，吃完这顿还能剩三十块，便约定明天一起去照相馆拍些照片，给家里寄去。

吃完出来，已见夜色，几人酒意微醺，走在街上，看着北京万家灯火，铁头微微伤感，大约是他老婆孩子都在家中，又想起年迈的父母尚在劳作，实在不是滋味。铁振国拍拍他，看着两边的高楼说，哥，总有一天我们能混出个人样来，到时候在这里买了房子，把嫂子和乐乐接来。

兄弟几个一笑，勾肩搭背，摇摇晃晃回了工地。

次日清晨三人溜去照相馆，换着背景拍照，心情大好，回来上工亦格外有力。铁振国小跑拎水泥，只听着搅拌机轰轰响个不停，瓦刀敲击砖头，钢筋互相碰撞，工友调笑打趣，万物协调，恍如奏鸣曲。

拎着空泥斗再回到铁头这里，却见铁头冲他神秘一笑，振国，快去宿舍去看看。

铁振国一愣，又见铁头已经按下搅拌机按钮，拎起泥斗帮他去送了，就只得摸着脑袋小跑去宿舍。

一推门，铁振国完完全全愣住了。

是春妮，此时正背对着他收拾他一床乱扔的东西，一听声响，春妮回头看是他，笑说，你们男人宿舍怎么真和猪窝一样。

铁振国揉了揉眼睛，直愣愣说，我看错了？你是春妮？

分明是一屋子春光啊。铁振国喜不自禁，笑道，你怎么来了，不怕你舅舅说你？

所以我才让铁头哥把你喊来，省的舅舅看到又嚷嚷我。春妮一笑，从床上拿起一套西服递给他。

喏，给你的，你刚去开车那年没像样的衣服，我还答应要送你一套西装呢，现在终于兑现了。

铁振国只觉得幸福来得太突然，却还傻愣愣说，买这干啥，多贵啊，我有工装。

你要不要啊？春妮一皱眉，不要我拿回去了。

铁振国赶紧接过来说，要要要，这我可得挂起来供着，哪儿舍得穿啊。春妮一笑说，怎么衣服还当神了？累不累啊你。铁振国作势捧着那西服平放在床上，让春妮坐下，又去一边翻来翻去，找出两只苹果洗了，递给春妮一个。

烟台大苹果，甜着呢。

春妮一笑，咬着苹果坐在床沿上，铁振国拉过个凳子在一边坐下，笑着说，上次都没来得及和你多说话句，我这天天苦的什么时候才能再见到你，你就自己来了。

春妮听着有些尴尬，她前几日发了工资，和玛丽逛金五星的时候正好看到男士西服，春妮想起好多年前曾对铁振国说过这么一句，加之当时玛丽在一边煽风点火，还不等她决定就砍好了价，她想想自己与铁振国也并不是全无情分，只不过不是情侣的感觉，作为同乡关心可能也并不过分。

此时她坐在这里，已经感到了一丝丝不自在，然而铁振国根本没察觉到，啃了一口苹果就看着她说，春妮，我想和你商量个事。

什么？

上次贾师傅，不，是舅舅，说咱俩以后不要再见面，你虽然没说什么，我知道你也是不愿意驳舅舅的面子，这几天我想了想，要不，你跟我回江宁去？

春妮猛的抬起头来，回江宁？为什么？

回去结婚啊，你放心，凭我的技术，在老家肯定找得到工作，咱好好过日子。铁振国一顿，笑着说当初若不是想着你也在北京，我还真下不了决心，后来又觉得来都来了，就混出个名堂，不过今天看到你，我就觉得只要和你在一起，我明天就想带着你回江宁去。

振国——春妮已经听不下去。

怎么了？春妮，我保证让你过上好日子，全田园村，不全江宁最好的日子，我发誓，我不会让你受一点苦。

春妮霍地起身，一脸肃然。

振国，你怎么一点儿都不明白，咱俩，真的不合适。春妮说出这句话，忽然觉得如释重负。

铁振国怔住，不合适？哪里不合适？咱俩年龄，性格，家庭，那叫什么词来着，门当户对啊。

振国，不是这些合适了两个人就可以在一起，我觉得你根本不了解我。春妮蹙着眉，声音激动起来。我喜欢唱歌，想当歌星，我要让天南地北的人都听到我的歌。我要留在北京，死也不会回田园村去，我一想咱们村那些三十多岁的女人，牵着大的抱着小的，在村头破口骂街，如果留在那儿，谁能说有一天我不会变成那副模样。

春妮……留在北京也不是不行，可是当歌星你真的是做梦。

对，是做梦，我现在还年轻，我就是要创造这样一个美梦，否则我会后悔一辈子的。春妮平静下来，看着铁振国轻声说，对不起。

春妮，你变了。铁振国立在原地，有些颓然。

我们都会变的。春妮静静的说。

铁振国抬头看她，她站在那里，工棚的门是关着的，一室暗淡的光，春妮穿着一件白色绞花毛衣，浅蓝的牛仔裤，直发披肩，清新的很。只是，铁振国心中微微一叹，只是他忽然觉得自己与她有了些距离，她与这工棚格格不入，与他在工地上见到的女人也确实不同。

门忽然被推开，一室光明，春妮扭头去看，却被正午的阳光恍到眼睛，在背光中她看到一个清瘦的影子，而高中看到她阳光下莹白的脸，和长发乌黑的光泽。两人都微微一怔。

高中，你回来了。铁振国说。

高中才一回神说，吃午饭了，大哥让我来叫你，这位是春妮姐吧？

铁振国嘴角微微一动，点点头，又对春妮说，这是我表弟。一起吃饭吧？

春妮大大方方和高中打了个招呼，三人就一起往外走。

正是工地的午饭时间，香气扑鼻的几大盆菜端来，周玉花挥着长勺，汤汁四溅，饥肠辘辘热汗淋淋的男人互相调笑着打饭，一片热气腾腾。

春妮本想躲着贾长安，但又觉得刚把话都说明白了，就该坦荡，此时工人们都穿着维克特瑞的背心，三五成群在工地上散坐，春妮本想和铁振国高中一起吃饭，不想那边孙大力给贾长安一使眼色，贾长安一声把春妮吼了过去。

怎么又和他们混一起？

春妮轻轻皱了皱眉，说只是碰到了，都是老乡，就打个招呼而已。

说着周玉花端着碗过来，又给春妮拨了些菜，和她亲亲热热的坐下。春妮一笑说，最喜欢吃舅妈做的。贾长安见这其乐融融，也不好再板着脸，就苦口婆心的说，你现在是坐办公室的，跟他们能一样吗？要我说，以后工地你都少来，被你的同事看见，对你影响不好。

春妮扒拉着饭，也不抬头，只说，都是打工，有啥不一样的。

她不知道不远处，铁振国和高中几人，也是时时看她。这时孙大力忽然说，春妮妹子，我听贾师傅说，你唱歌特好听，给咱们来一曲呗。

这一声刚落，卡拉那边就喊起来，来一首吧，贾师傅说你好多回了，说你比宋祖英还唱得好呐。

春妮一笑说，真那么玄乎，我早上电视去了。

贾长安见一众工友兴致盎然，也笑着说，春妮，你唱一个吧。我们这些人，整天和钢筋水泥砖头打交道，难得听，你唱一个，也丰富丰富我们生活。

嗯，你们想听啥？春妮已经吃完了饭，就着周玉花的碗喝了口汤。

这都是咱江苏老乡，就唱咱们江苏的民歌吧。贾长安一顿，说，茉莉花，好吧？

好好，就茉莉花。工友喊起来。

春妮将碗轻轻一放，大大方方起身，站到一处稍高的砖跺上，笑着说，可是你们让我唱的，要是我唱得不好听，可不许笑啊。

说着春妮一清嗓子，丹唇轻启，——好一朵美丽的茉莉花……这声音清亮如同山泉，一群汗津津的满身尘土的男人忽然安静下来，在他们的家乡，房前屋后都种着野茉莉，枝叶绿油油，小白花清香扑鼻，那是真的香也香不过它。到了傍晚村里的人都出来，男人吹牛女人闲聊，全村的小孩子在田埂上嬉笑跑跳。

铁振国也听得出神，这是他听过很多遍的，以前和春妮在一起，她常会哼这茉莉花，那时不觉得，现在听起来却这样动人。

他索性向后倒去，以手作枕躺在地上，天蓝得干干净净，鸽子一群一群地飞过，春妮的歌声散在空中，他觉得眼睛像被阳光恍到，有些模糊。

一边的高中，也在出神地看着她。

在一地的断砖乱瓦，钢筋水泥里，春妮站在一堆砖跺上，像……

像个女神。高中想。

那天下午，大家各自上工，春妮去铁振国宿舍，收拾他和铁头堆了一床的脏衣服，又加上几件高中的，装了满满一盆去洗。

周玉花看了就笑，她虽然不十分明白春妮和铁振国的关系，但作为过来人，多少能体味些这种感觉。

春妮，这个铁振国，就是你那个娃娃亲吗？周玉花端了一盆衣服，和春妮一起洗。

是，不过我刚才跟他说了，那个不算数，现在没啥娃娃亲了。春妮使劲拧着衣服的水，站起来抖一抖，去一边铁丝上晾起。

为啥退了？退了为啥还给人家洗衣服？周玉花笑着问。

这是两码事，再说，我又不是只洗他一个人的。春妮变晾衣服边说，我觉得我们应该先做点儿事。城里人说的啊，年轻要好好奔事业。

女孩子早晚要嫁人啊，找个好人可不容易。

要嫁也要嫁个志同道合的。春妮说。

周玉花一愣,这回是真没明白春妮要的什么志同道合,又说事业,这村里姑娘来了城里,真是都会变啊。心思越来越不好琢磨。

正想着,忽然铁头匆匆过来,和春妮低声说了几句话,把春妮叫到了一边。

原来铁头自从听说贾长安那把神瓦刀,就不时想如果给铁振国用用,度度灵气,说不定这小子以后功夫突飞猛进,有艺在身性子狂些也不怕了,所以他一见春妮来,便冒出这主意。

铁头把春妮叫到一边,略带神秘的表情让春妮觉得好笑。

大哥,什么事?

春妮,我家老二,整天想的都是你,我看着都愁,我也知道他是没开窍,他什么身份,你什么身份,他还想不明白。

春妮一低头,只觉得脸有些烧,顿了顿说铁头哥,别这么说,你就是多劝劝振国,让他别再总想着这事,好好干事业。

说的对!铁头一拍大腿,春妮,这还真得你帮忙。

春妮不解,抬起头一看,铁头一脸神采奕奕,看着她压低声音说,现在他不是跟你舅舅学砌墙吗?这技术也没有多少长进。我在想,如果能让他技术进步快一点,说不定他的心思就会转到干活上,这样,他不就慢慢忘了你。我听说贾师傅有把通灵瓦刀,特别神,只要用了这把瓦刀,就能练好砌墙技术。春妮,你能不能把这瓦刀借出来,给我们老二练几天?

春妮恍然,才知道铁头绕个圈子为这事,虽不论铁头的逻辑对不对,但是拿这瓦刀给铁振国用用,万一真长了手艺,也是好事。但她知道贾长安确实将这瓦刀当传家宝贝,天天回去在案上供着,上次周玉花擦桌子无意碰掉,贾长安暴跳如雷,就差砸东西了。

铁头一听这事,更觉得瓦刀必定神不可言,春妮想了想,便说去试试。

然而她一到贾长安屋里,还没提起这事,贾长安就抱怨了一通铁振国如何不省心。春妮硬着头皮左转右转说舅舅年纪大了,需要个能继承本事的徒弟,又说铁振国人浑些其实聪明又能干。贾长安一听这话更觉得火冒三丈,戴上安全帽扬长而去。

借是没戏了,铁头灵机一动,寻了把新瓦刀来,要春妮偷梁换柱。春妮想想也是办法,便约好晚上铁头把贾长安骗出来,她去屋里狸猫换太子。

这一晚可热闹了,工地只亮着几盏惨白的灯,卡拉和一众工友还坐在外面吹牛,卡拉说着说着就神秘兮兮的提到,这几天一到晚上,工地那边有片荒地就闹鬼。又说自己去问了,那边以前是个乱坟冈,埋的都是横死的人,本就灵魂不安,这下就被刨了出来,怕是要闹一阵。

大力本就胆小,不觉打了个哆嗦,说难怪这几天半夜出来撒尿,都觉得后脊背飕飕凉风。这一说,又有人一抖,说起什么故宫水井,劲松鬼楼啊,越说越起劲，孙大力吓得不由往铁振国身边靠靠。

什么鬼，我看都是自己吓自己，铁振国说。孙大力有些不好意思，嚷嚷道，你不怕，你去捉，别让它吓唬我们。

铁振国拍拍屁股就起身说，走，看看去。贾长安无奈一笑，转身要回宿舍，却被铁头一把拉住说，贾师傅，你可别走，跟我们一起去捉鬼，有你在我们还能壮壮胆。

贾长安看看那片荒地，孙大力也凑来说，师傅，一起去，有你镇着我们才不怕。

贾长安无奈，被这一群人架着往那边荒地走去。

铁头给远处的春妮打了个手势。

春妮蹑手蹑脚地回到宿舍，周玉花已经睡了，一边桌上，两只红灯烛前便供着的瓦刀，还是用红绸系着，春妮轻声过去，悄无声息的给两把瓦刀换个位置，又找了件旧衣服，包住那通灵瓦刀，心中一笑，就要往外走。

不料刚推开门，就和贾长安撞了个满怀。

舅舅，你才回来？春妮慌乱的掩饰神色，抱紧了衣服。

啊，这帮臭小子，说什么工地闹鬼，我去看了，就是个旧的破铜号在那儿，每天风吹得呜呜呜的。对了，你这是要回去了？路上小心啊。贾长安显然还沉静在刚刚那场闹戏里，都没注意刚刚撞到时什么硬物咯了他一下。

嗯，我知道，舅舅放心。春妮使劲点头，抱着衣服就走。

不远处的公交站，铁头早已等在那里，接过春妮的旧衣包，又约好明天春妮再过来换，铁头欢天喜地的小跑回了宿舍。

此时大家都已睡下，铁振国和高中挤在床上，铁头过去把他摇醒，也不管他愿不愿意，把他迷迷糊糊的拽到外面。

信大哥的，跟我来。铁头拉着他，接着头灯的光，一步步爬到工地那栋楼的最高一层，和铁振国初来时比，这楼已经建到第八层，铁振国也清醒过来，一望下面的北京夜景，远处高楼灯火通明，路面上如闪烁的一串红宝石的是夜里依然不息的车流。

大晚上的，你带我来这儿干吗？铁振国问。

铁头一笑，神秘兮兮地打开抱着旧衣包，将里面的瓦刀递给铁振国，铁振国一愣，苦笑道，哥，咱不睡了过来砌墙？咱要拿模范也不是这样啊！

得了，你仔细看看，这是啥？铁头严肃起来。

看铁振国一头雾水，铁头不无得意地说，老二，这可是贾阎王的通灵瓦刀。赶紧的，用它练练。

铁振国这才拎起瓦刀仔细看了看，又摸了摸，皱着眉扔在地上说，没啥特别的嘛，哥，我不信这个邪，我回去睡觉了。

眼见得铁振国就要往下走，铁头急中生智吼了一声，你这么做对得起春妮吗！

春妮？铁振国一回头，关春妮什么事？哥，你们这是迷信，干吗还让人春妮掺和进来？

我不管什么迷信不迷信，反正这是春妮的心意，你自己看着办。铁头扔出撒手锏，心里已偷笑起来。

果然，铁振国麻溜的回来，拿起瓦刀捧着，笑说，行，今天让你这破瓦刀，也沾沾我铁振国的仙气。

说着，铁振国拿起一块砖，学着贾长安的样子，用瓦刀一劈。

只听当的一声，惊呆了两人，砖好着，瓦刀断了。

什么通灵瓦刀，都是贾长安忽悠人的，铁振国捡起两段来看看，又扔在地上。

铁头目瞪口呆，只一个劲儿说，怎么办，可怎么还回去。

没事哥，给他买个新的就是了。铁振国拍拍铁头，又和他说，哥来坐这儿，在这儿看北京，可真漂亮。

铁头忐忐忑忑地坐下来，看楼下万家灯火，忽然也安静了些。他承认自己总是小心谨慎，怕老二惹事，又想让他赶紧练好技术出师，说不定手艺好了人也能稳重些，但他再次苦笑了。他觉得此时闯的大祸铁振国完全不以为然，他有时很羡慕老二的洒脱，然而人都是生来一个模样，不如安安分分的做自己。

哥，你知道，我在工地，最喜欢坐在脚手架上看北京，看着看着，我就慢慢觉得，干建筑是一件了不起的事情，如果没有我们这些干建筑的，眼前这一片楼就不存在，北京也不存在了。所以我就想，还真得好好练手艺，我要弄明白每一块砖是怎么砌上去的，每一根钉子是怎么钉进去的，把这些弄明白了，我就能弄明白一栋楼是怎么盖起来的。

两人吹着风，铁振国缓缓说。

晨光熹微，贾长安起身洗脸洗手，像素日一样，拿出三支香点上，对着那呈着红绸瓦刀的供台，三鞠躬，上香。

刚把香插在香炉里，贾长安忽然一愣，他怔了半晌，拿起瓦刀一看，不禁大惊失色。

玉花，玉花……贾长安大叫道。

周玉花慌慌张张地跑来，见贾长安端着个瓦刀神色大变，见到她就问，我这瓦刀，怎么回事？

什么怎么回事？瓦刀怎么了？周玉花完全不解。

这不是我的瓦刀！贾长安将瓦刀重重摔在地上，吓了周玉花一跳。

昨晚上谁来过？贾长安吼道。

周玉花被吼的一哆嗦。她昨晚睡得早，努力回忆也无济于事，却是贾长安一拍脑袋想起来昨天与春妮迎面而出，她怀里还有个什么东西咯了他一下。

肯定是春妮，这孩子胆子也太大了！贾长安气得猛一拍桌子。

她肯定是拿去给铁振国了！贾长安说，工地里都流传这瓦刀多好多邪乎，肯定是铁振国想学技术，让春妮偷的。

周玉花想想也有理，但又觉得不是多惊天动地的事，便宽慰丈夫说，不就是个瓦刀吗，就让孩子们长长见识，一会儿就给你送回来了。

你知道个屁，那是我的命！贾长安低低吼了一句。

正这时，铁振国与铁头推门而入。

师傅……铁振国自知理亏，将手里的布包向贾长安递了一递。您…您可别生气。

你们胆子也太大！贾长安一把夺过来布包，抖开一看，却是眼睛都直了——断成两截的瓦刀明晃晃地躺着。

师傅，您这瓦刀太老了，我再赔您把新的。铁振国不好意思地说。

你……你……贾长安颤颤巍巍的将瓦刀放在桌上，指着铁振国半天说不出话，却是一时气结胸闷不已，忽然捂住胸口一口老血喷出。

铁振国大惊失色，慌忙上去和周玉花一起要扶他去床上，却被贾长安一把打开。

你滚！贾长安捂着胸口喊。

周玉花一使眼色，铁振国和铁头只好悻悻而出。

当晚，春妮伏在贾长安床头，亦是难过得很。她哪里想到这件小事竟伤的舅舅旧疾发作，她小心的拿着药递上去，又倒了水给他。

断了的瓦刀仍被端端正正的供在桌上，周玉花在一边洗衣服，默不作声。

春妮，你知道舅舅为啥供着它？

他们说这是个宝贝，通着灵呢。春妮轻轻一叹。

贾长安一苦笑，看着那瓦刀上的红绸缎，缓缓道，通什么灵啊，都是我骗他们的。这把瓦刀啊，跟了我三十年了。三十多年前，我刚开始干建筑，跟着一个师傅学手艺，我师傅对我，像亲爹一样。有一回，我正跟师傅砌墙，上面的脚手架掉下来，师傅为了救我，随手就去挡脚手架，结果……结果手里的瓦刀直接被砸进了他胸口，当场就死了。师傅曾经跟我说，咱们盖房子的，没啥本事，发不了大财，但是有这把瓦刀，咱就饿不死。它是咱建筑工人的财神爷，一家老小要靠它养嘞。当年师傅拿着这把瓦刀带队获得了鲁班奖，那可是咱建筑工人最高的荣誉。他把瓦刀留给我，是希望我将来也能干出点成绩啊。这瓦刀里头，浸着我师傅的血，我欠我师父的一条命啊。所以这些年我走到哪儿都带着它，每天早晚三炷香供着。

一直站在门外的铁振国不禁深深一震，他为自己原本的狂傲稍稍羞愧，原来谁都有不为人知的过去，更何况是这样惨烈带血的渊源。

铁振国一步跨进去，还未说话，贾长安已费力挥着手叫道，出去，你给我滚……

贾师傅，我真的不知道这把瓦刀对您有这么重的意义，对不起。铁振国对着贾长安深深一鞠躬，又看了一眼那案上的断刀，转头对贾长安说，师傅，我有一天一定还您一把金瓦刀。

金的？你连铁的都拿不了，给我出去！贾长安说着就咳起来，朝铁振国拼命挥着手。周玉花赶紧过来给他拍背，见贾长安依然情绪激动，就只有让铁振国先去避一避。

春妮带着铁振国出来，一脸愤然。两个人沉默半晌，铁振国说，对不起，我也没想到会这样。

确实，他的一切都在意料之外，从高中翻车他被开除，小安炸鱼他家背债，一件事推着一件事，到了今天这样，他真的不是有意的，但他又何从解释。他只有说，春妮，你骂我吧，都是我不好，要不你打我也行。

我打你？我就是杀了你，瓦刀也不能变好了。春妮的眼泪夺眶而出，我舅舅要是有个三长两短，你让我咋办！

很少见春妮哭，铁振国不知所措，他伸手想帮她擦眼泪，春妮劈手打开，一辆公交车进站，春妮转身就上了车。

看着春妮在最后一排坐下，头扭向一边，铁振国怔怔站在原地，过了许久，他轻叹一声回身走向北京的街头，一辆辆车在他身边疾驰而过。他走上一座天桥，趴在栏杆上看这夜幕中的北京，他只觉得眼前模糊一片，红色的车灯如虚影一般流动，两边高楼林立，灯火通明，这北京大的让他第一次有些迷失，似乎什么都捉不住。

来北京的人都会变，这城市能改变所有人，他想起有一次高中这么说。

第五章

一夜过去，再次上工的时候，铁振国总觉得哪里不对，给贾长安递的水泥总不是时候，垒的砖不是地方，总之做什么贾长安都要说两句，总算做对了还没消停片刻，贾长安挥起新瓦刀劈砖，一刀下去，却劈在了手上。

看着师傅鲜血直流，铁振国扯下背心就要给贾长安包扎，却被一把推开，贾长安捂着受伤的手气急败坏的走了，铁振国只好一路追过去。

周玉花！果然贾长安是走到厨房这儿，扯开嗓子就喊。

周玉花系着围裙边出来边说，还没开饭呢，咋啦？

你个瞎娘们，没看到我手伤了啊，赶紧找个东西给我包一下。

周玉花这才一看，贾长安左手鲜血直流，口子大的和小孩儿嘴似的。周玉花吓了一跳，赶紧拿了条毛巾来替他裹上。又说，这么大口子，到医院看看去。

贾长安一皱眉说，不用，一会儿酒精消消炎得了。

铁振国已跟了过来，铁头和孙大力也跑来，一见他血又浸出了毛巾，铁头说，贾师傅，咱们还是去医院好好消毒包扎下，这么热的天容易感染，我和振国送你去。

贾长安冷哼一声说，我可不敢，你们铁家的人都和我犯冲，我怕还没到医院，一会儿再让骑车给撞了。

孙大力不由分说一把推在铁振国胸口，吼道，你良心让狗吃了啊，把师傅手弄伤，你这叫欺师灭祖你知道吗？

你别碰我，铁振国瞪着孙大力，压抑着怒气。

那孙大力却仗着贾长安在，又一把推过去，叫嚣道，我就碰你怎么了，把我师傅伤成这样，铁振国难忍怒气，一把抓住他的手，他本就力大，这么轻轻一攥，孙大力就疼得直叫唤。

铁振国，你想干吗，有脾气冲着我来！贾长安吼了一声。

师傅……铁振国松开手，声音低了下来。

别叫我师傅，从今天起我没你这个徒弟，咱们断绝师徒关系。贾长安怒斥道。

铁头焦急的拉住贾长安说好话，然而哪里管用，贾长安认定铁振国就是这工地的扫帚星，并把老黄摔残的事一并说起，这一说孙大力一流开始起哄，只有铁头极力和贾长安赔笑，然而亦无济于事。

铁振国，从你来，这工地的事故就没断过，我们打工的，赚点钱容易吗？但凡出点事故，这一辈子就毁了！我看你还是早点离开工地吧，别在这害大伙了。

离开？师傅，你这是什么意思？铁振国怔住了。

别叫我师傅，你走吧，我这儿留不下你这尊大佛。

眼看这贾长安来真的，铁头和周玉花都急了，但谁能劝得住他，然而铁振国却忽然抬头冷冷道，你有什么权力开除我？

贾长安一嗤笑，不屑道，你大概忘了吧？你刚来的时候，胡总就交代过了，你的事都是我说了算。今日咱们师傅缘分已尽，你马上离开工地。

铁振国恨恨看着贾长安，沉声道，好，我去找胡总，我不信没说理的地方。

说完铁振国大步离开，工友们交头接耳，瞠目结舌。

上工去！贾长安吼了一声。

铁振国气呼呼走到胡胜利办公室的时候，他正接着庞主任的电话，下午市建委的人要来视察，正是庞主任带队，这事非同小可，胡胜利哪儿管得了铁振国，还没听他说两句就把他轰了出去。

到了工地，胡胜利紧急召集贾长安和各组组长，庞主任这次是突击检查，就是想要他们措手不及，胡胜利安排各组人赶紧收拾，从安全网到食品卫生都按最高要求，贾长安一挥手表示没问题，胡胜利这才看到他手上厚厚的透着血迹的毛巾，皱眉问：你手怎么了？他其实心里想的是，这可不符合安全生产的要求啊。

贾长安一叹气，就把自铁振国来了工地怎么出事都历数一遍，胡胜利一心惦记他能修机器，也并不愿因为这个牵强的罪名就真开除他，但一会儿上级领导来，他却不可不防铁振国出来闹事，胡胜利略一思忖，俯身在贾长安耳边说了几句话。

贾长安听着啧啧点头，不由说，胡总，您可真高。

胡胜利一冷笑说，一个小小的猢狲，还能跳出我的五指山？去办吧。

贾长安应了一声，待其他工友都去各归其位，便找到孙大力，低声对他说，大力，有个事胡总亲自交给你办。

话说铁振国刚刚看胡胜利在人堆中说话，便去一边等着，不想这一晃眼他人不见了，他在工地上四处找，也没看到胡胜利的影子。这时孙大力过来，见了铁振国就说，你在找胡总？

铁振国理也没理他，又听孙大力神神秘秘低声说，我知道胡总在哪儿，我和你说，别看我天天哈着那贾阎王，我心里早烦透他了，可我不像你拳头硬，哪儿敢得罪他，你去找胡总吧，我还希望你留下，以后能治治那阎王。

这番话说完，铁振国方才将信将疑，瞪着孙大力说，胡总真在库房？

爱信不信，反正我告诉你了。孙大力皱皱眉，转身就走。

铁振国想了想，便往库房大步走去，然而一进里面，只见空荡荡堆放着钢筋建材高高垒起的木箱，胡总——？铁振国喊了一声，并无回应，他刚想转身出去，却见库房大门哐的一下关上，咔嚓一声上了锁。

喂——铁振国拼命拍门，只听到孙大力在外面笑说，铁老二，你就好好待着吧，下午工地检查，等检查的人走了，我再来放你出来。这可是贾师傅的命令，我们全工地的人都怕你这个祸害精。

铁振国从门缝里看着孙大力越走越远，他一腔怒火简直无处可去，一脚踹在门上。

此时工地上，远远看到庞江主任和建委的人下车，胡胜利紧张的一看贾长安，见贾长安笃定的点了点头，才赶紧换成笑脸往庞江那边迎过去，递给每人一个安全帽。

庞主任，别的工地都怕你们来，就我盼着来检查呀，我就希望您能查出点小问题，我们好改正，解决了小问题，将来就不会出大问题，您说是吧？哈哈。胡胜利笑着走在庞江身旁，亦不忘时时招呼后面的人，哪里脚下留意，哪里是排污渠气味稍不好闻，很是体贴周到。

贾长安的突击整理很见成效，此时脚手架坚固整齐，绿网挂得妥当，消防栓隔一段就可见，庞江边看边点头。微笑着和胡胜利说，嗯，工地很整洁，各种安全措施也挺齐全的，老胡，你的工地一直做得不错。

胡胜利自然谙熟这一套，笑着说，还不都是您指导有方？我经常跟工人们说，你们要时刻记得自己是在哪儿盖房子，北京，首都，祖国的心脏，安全意识必须得高。做工程，不仅要快，更要好，要精细。我这个人，有点追求完美、极致，高标准，高质量，高要求。不做精品，我是宁愿不干。

庞江更觉得满意，啧啧点头道：说的好。盖房子和做一件艺术品一样，要有点工匠精神，精雕细琢，精益求精。对楼房质量，要执着到近乎偏执，宁可晚交工两天，坚决不垒错一块砖。毫厘之差，关系重大啊。有时候，为了高质量、高标准，哪怕是降点利都是值的。好活才有好市场，从长期来看，你只会赚得更多。

胡胜利故作谦虚状频频点头，心中暗暗得意，又听了庞江说些场面的话，一行人继续往前走。

话说高中正好从外面买画回来，没见着铁振国，又听铁头说了之前发生的事，铁头虽说铁振国可能只是去外面散心，高中正将信将疑，卡拉却急急跑来，原来孙大力一得意，就将怎么把铁振国关仓库的事说了一遍，卡拉面上是和这群人站一起，私心却一直和铁家兄弟很亲，卡拉找了个铁锤，就跑来叫上高中和铁头，三人一起往仓库跑去。

二哥——高中趴在门缝里喊。

困兽一样的铁振国精神一振，跑来一看，自己的三个兄弟都在外面，不禁大喜。

快把我放出去，孙大力那个畜生，看我出去怎么收拾他！铁振国爽朗笑道。

二哥，你往后躲一下，我们砸锁。

高中从铁头手中拿过锤子，对准锁头狠狠砸去，然而铁锁毫发无伤，反而震得高中一个踉跄。铁头笑说，你这点儿劲不行，又拿了铁锤，深一运气，照准锁簧猛然一砸，哐当一声，铁锁砸开摔在地上。

铁振国一出来，阳光晃得他眯着眼睛，他看了几人一眼，对着铁头一伸手说，锤子给我！

铁头一惊，忙说老二你可别耍混，只把那锤子藏在身后左躲右闪，却不想背后高中一把夺去，递给铁振国道，哥，拿着，谁敢欺负我二哥，绝对不能饶。

卡拉已看惊了，扑到铁振国面前叫道，振国，你别冲动，大力就是个没脑子的人，咱可不能乱来，出了人命可不是闹着玩的。

然而铁振国哪里肯听，他黑着脸轻轻推开卡拉，拎着铁锤大步往工地走。孙大力正截着钢筋，一抬眼看见铁振国拿着铁锤气势汹汹地过来，高中一边对他怒目而视，卡拉和铁头在身后战战兢兢的小跑，孙大力心知不妙，扔下钢筋拔腿就跑。

孙大力，你给我站住。铁振国一声吼，硬是让孙大力两股颤颤的停在那里，振国，你听我说，孙大力已吓得话不成句。

你长本事了，会演戏了是吧？铁振国一步步逼近，眼睛直直盯着孙大力。

振国，这是贾师傅和胡总的命令，兄弟真不是故意的，我还琢磨这给你送饭去呢……

铁振国冷哼一声，拎起他的衣领说，走，跟我去找贾长安和胡胜利，我要当着面问问你说的是不是真的。

孙大力谄笑的脸忽然停住，难道，振国，这……

这什么？铁振国一拎锤子，孙大力一哆嗦，战战兢兢道，走走，我去就是，你把锤子放下。

铁振国看也不看他，将那铁锤一扛，大步向前走去，孙大力求助似的看向高中，高中瞪他一眼便走，铁头却冲到铁振国面前，双手一拦道，老二，这次我绝不许你去！你还想不想干了？咱好不容易在这儿留下的。

铁振国眉头一皱，将铁锤放在一边，铁头刚要点头称赞，却见铁振国忽然过来一把抓住他的手反身一背，将他拉到一棵树旁，扯下自己的腰带三下五除二将他绑在树上。

老大，对不住了，一会儿弟弟就来放你。

整个过程快得铁头还来不及叫喊，待到铁振国又拎起锤子与高中扬长而去，铁头方才气得破口大骂。卡拉怯怯看了铁头一眼，也只得小跑跟上铁振国。

铁老二，高中，你们如果死了，别让我收尸。

铁振国头也不回，回了一句，放心吧哥，铁老二福大命大，没那么容易死！

几个月的赶工奋战，胡胜利的工地已经初现设计图的模样，此时已是视察的最后阶段，胡胜利与贾长安引着庞江上了升降梯，从最高层缓缓而下，待一会儿落地，签字再恭送走他们上车，就又完成一件大事。胡胜利不禁心中暗喜。

忽然，他看见不远处铁振国拎着个锤子，与几人气势汹汹的走来，胡胜利心中一惊，看向贾长安狠狠一示意，贾长安也是猛然一凛，汗倏地就流下来，更糟的是，庞江显然也注意到了，他疑惑的问，老胡，下面这些人干什么的？

万万没想到，胡胜利还没来得及回答，只觉得升降机忽忽摇晃了几下，突然失灵了一般嗖嗖往下掉，庞江大惊失色，眼看着里地面越来越近，不禁抓紧栏杆半蹲下惊慌喊道，怎么回事！快来人停下！

铁振国远远看到急速下降的升降机，亦是惊了一跳，他想也没想冲上前咔的一下把铁锤别进了发动机的钢丝绳里，只听得咯吱咯吱一阵异响，升降机下坠的速度明显慢下来，最后在离地面半米高的地方缓缓停下。

脸色发白的几人扶着栏杆，颤颤从升降机上下来。庞江捂着胸口坐到一块水泥板上，下属速度掏出一个药瓶，庞江接过来拿出一颗吞下，缓了一口气看着胡胜利说，老胡，你这安全隐患太大了，必须停工整顿啊，写检查，罚款。说完又停下喘气。

胡胜利一抹汗，不知如何是好，只急着说，庞主任，你听我说……

还有什么可说的？刚刚差点儿出了大事故！

正这时铁振国走了过来，一笑说，您是庞主任吧？我有点儿事想向汇报一下。

胡胜利更是心里一紧，却见庞江轻轻摆摆手说，你等会儿，让我喘口气，这两条腿有点不听使唤，心跳得厉害。

好，我等会儿，铁振国退了两步，立在一边，胡胜利见状赶紧拉过铁振国轻声说，振国，我都知道了，一切好商量。

好商量？铁振国愣住了，这么说，胡总有可能因为刚才的事站在他这边？铁振国这么想着，不禁微微一怔。

此时，庞江刚刚歇过气来，转头看向铁振国说，你刚才要说什么？

他想就刚才的安全演习请您批评指示。胡胜利话音一落，连带铁振国在内的众人皆是一愣。见多识广的庞江也是目瞪口呆。

演习？你好好说说，到底怎么回事，演习我见多了，哪有这样的。庞江脸色稍稍恢复一些，坐在石块上擦汗。

胡胜利轻轻一笑，拍拍铁振国的肩说，振国，你表现不错，不过下次要更快，更准。记住了。你听见没有？

铁振国一怔，看着胡胜利的眼神，只硬着头皮点了点头。

胡胜利又走到升降机前，左右看看，使劲一抽将锤子拿出来，轻轻放在一边，升降机吱呀几下，缓缓落在地上。胡胜利准备好的脸上的笑容，转身对庞江说，这次升降机事故演习，目的一是防患于未然，以保证出事故时能采取紧急措施，挽救工人的生命和财产；第二个嘛，让您也体验一下工人们高空作业的感觉，对农民工的工作和生活有个直观的了解。

庞江将信将疑，凝神说，可你们这个演习，也太危险了，一旦操作不及时，可是要出大事。

胡胜利暗地里狠狠看一眼贾长安，一直两股颤颤的贾长安终于缓过神来，笑着说，演习嘛，要尽量真实。再说了，您和胡总都在上面，我们怎么也不敢拿庞主任和我们自己的生命开玩笑啊。

胡胜利一听更是有底气，语调也较之前更为轻松，可不是吗？庞主任，让您受惊了，这不是前些日子建委开会，特意强调了工地安全，我回来想了挺长时间，才搞了这么一个演习，正好您过来，我就私自做主，也让您体验了一把，没想到演得太真了，吓着您了。

两人一唱一和的说了几回，庞江终于有些相信了，他看向铁振国，直言道，这是真的？

铁振国感觉到搭在他背上的胡胜利的手一直在轻轻拍他，他略一思忖，一笑说，要不是真的，我能那么及时过来吗？这掐着点呢，一分一秒都不差。

大家都松了一口气，庞江终于点点头，觉得这搞法虽然惊险，却也十分有必要，毕竟工人安全第一，即使这次拿他做了演习道具，也并不十分过分。

之后几人又说了些场面上的话，胡胜利要请庞江晚上吃饭喝酒压压惊，庞江自然是拒绝了，对工地安全的整体评分不差，之后一行人钻进车里走了。

胡胜利直起腰来，回身狠狠拍了拍铁振国的肩，笑道，好小子，今天你立了大功！

之后的自不用说，胡胜利当着贾长安的面，宣布铁振国跳过实习期直接成为正式工，工资也高过普通小工，末了，还明里暗里的说了贾长安几句，意思无非是大家要团结齐心才能胜利云云。铁振国笑笑算是接受，之后胡胜利意味深长地看了贾长安一眼，便上车走了。

贾长安面色凝重，他自然知道胡总怕铁振国去庞江那儿抖出真相，便把自己出的馊主意转手就扣在他身上，然而这一来他与铁振国的关系只能更加激化，孙大力此时躲在他身后，贾长安深叹了一口气，带着孙大力转身离去。

回到工棚，有些工友替他叫屈，贾长安想想，今天若不是铁振国，确实那升降机上的人都性命难保，铁振国好歹算救了他一命。

夜晚的北京，似乎比白天多了温柔，没有嘈杂鼎沸的人声，路上亦不见行色匆匆的人群，沿着小街随便逛逛，保证能听全了一首当下最流行的音乐。路边小摊，铁振国与铁头几人围坐在矮桌边上，点了盘油炸花生米，又要了一块钱一罐的燕京啤酒。

夜色温柔，铁头却依然满脸怒容，铁振国先端杯敬了卡拉今日仗义之情，就拿起酒对着铁头软磨硬泡嬉皮笑脸起来。铁头性情敦厚，凡事为别人想，又听说了这件事后来神奇的反转，其实心中早已不气，只不过需要一点大哥的尊严，这下被铁振国和高中一哄，很快也忍不住笑。只是他有些担心今天铁振国这么一闹，日后他与孙大力必是不好相处，然而铁振国说他保证孙大力日后只会服服帖帖，铁头将信将疑，频频点头。

高中喝一口酒，对铁头说，哥，你怕那孙大力干啥，你看二哥今天多帅，拎着铁锤，虎虎生风，那样子，跟个大将军似的。神挡杀神，佛挡杀佛。你别天生矮人一头似的。

铁振国一笑说，也不是，我今天是运气好，我本来想找胡胜利和贾长安去说道说道的，没想到还救了他们，保住了工作。不过真是多谢卡拉，若不是他报信救我出来，后来我还不知给闹成什么样。

卡拉两个指头一比画说，卡拉永远 OK。不过振国，大力这人就是这性格，贾长安帮过他，他就什么事都护着他。老贾呢，心胸有点狭窄，但都不是坏人。

铁振国听听，不置可否，倒是高中冷哼了一声。

远处有个小孩喊，妈妈，今天月亮好圆啊。几人抬头看月，果然已是几近圆满的一个玉盘。

快该中秋了，不知道家里怎样了。

快发工资了，发了钱给家里打个电话，上次家里来信说村主任家装电话了。

兄弟几个聊着，四只杯子碰在一起，黄色的啤酒轻轻溅起，街灯与夜色一片恍然。

终于发了工资，在胡胜利的特殊照顾下，铁振国领了整月工资，与铁头凑了凑，给家里汇了三千块钱，两人心里都舒坦不少。

随后又买了张 20 块钱的 201 电话卡，离家这么久，第一次在电话里听到家人声音的感觉妙不可言。虽说过程略为曲折，需要铁振国先打电话到村主任家，然后挂了电话等村主任去通知铁国庆，约莫着一家老小都过来了，铁振国再次拨电话过去。

听到母亲的声音，铁振国心中有一点儿踏实，相互嘱咐了几句，又听到乐乐在一边叫爸爸，就把电话给了铁头。一听到乐乐的声音，铁头嘴角微微颤动，乐乐又说爸爸明天记得要吃月饼，铁头看了看月亮，想着这是第一个在外面的中秋，稍稍有些伤感。小玲还是温柔贴己，铁头听着不觉眼中有泪。又说了几句之后，高中拿过话筒，高玉林也早在那边等了许久。

一拿到电话高玉林就说，儿子，你走了之后我就一直在想，还是回来复读吧，这回我不逼你，你想学多少就学多少。

高中只觉得热血冲头，就冲电话吼道，您怎么老是这一句啊，好不容易打电话，也不问我怎么样，就知道复读复读，好了，不说了。

高中啪的挂了电话，那边的高玉林失望不已，铁国庆缓缓站起来往外走，叹道，挂就挂吧，知道孩子挺好就行了，长途电话，贵着呢。

这边气氛也有些尴尬，铁振国取下电话卡递给高中说，这里面还有十多块钱，空了再给姑父去个电话，好好说话。

这天是中秋了，贾长安依然得闲就怔怔擦他的瓦刀，春妮早早地拎着东西过来，又拿出一双皮鞋给他，贾长安依然理也不理。春妮又拿出他最喜欢的酒，贾长安嘴上说不要，鼻子却一抽一抽的闻酒味，惹笑了春妮和周玉花，一家人也算和解了。

过节总得有过节的样子，春妮和周玉花商量，晚上把工地里的老乡都叫来，一起热闹热闹，春妮本就买了好多菜过来，两人说着就要往厨房去，却听贾长安吼了一句，不准叫铁振国来。春妮一停步，转身说，舅舅，不说振国哥和我的情分，就是看在老乡的分上，大家都是出门在外的，我们也应该叫他呀。

周玉花也说，铁振国救了你一命，你本就应该感谢人家。说完和春妮一使眼色说，春妮，你现在就去请他们。

我说话没人听了是不是？贾长安叫道。

只听得周玉花和春妮一顿一笑各自走了。贾长安狠狠把烟锅在桌上磕了一下。

春妮去工棚里的时候，铁振国几人正在吃饭，见是春妮来，铁振国极力掩饰着不自然的表情，更是连声招呼都不知怎么打，倒是高中来了精神，忙前忙后的端茶倒水，春妮说了来意，铁振国仍板着脸，他知道贾长安不可能真心请他去，他更不愿莫名其妙领这个人情，但铁头一个劲儿的说老贾好歹是他师傅，又和春妮应了晚上肯定去，春妮才点头走了。

春妮刚走几步，就听背后有人叫她，一转身，是高中追了上来。

春妮姐，这个给你。高中递上一支护手霜。秋天了，风大，手容易皴。

给我的？春妮惊讶极了，这可不是普通的百雀羚什么的，还是和玛丽一个牌子，她平时还真舍不得买。

高中一笑说，逛超市顺便看到，想着给你买一个。拿着吧，谢谢你对我们兄弟都这么照顾。

春妮接过来笑笑说，好吧，我拿着，该谢谢你，晚上记得来吃饭啊。

春妮说完转身走了，高中看着那背影笑了很久。他不知身后铁头正好出来，都已看在眼里。

夜色初上，万家灯火时，贾长安屋里也十分热闹。酒菜已摆了一桌，月饼果盘也都装好，孙大力卡拉等一众工友都有落座，铁头和高中也都来了。春妮坐在贾长安边上，高中本要凑过去，却被春妮一挡轻声说，坐那边去，振国还没来呢。周玉花又端了一盘鱼来，满脸喜色道，菜齐了，大力，开酒倒酒。

好嘞，跟着花嫂子有肉吃哎。卡拉笑道。孙大力拿起啤酒在桌沿上一磕，砰的一声，瓶盖飞起，七八只杯子凑过来，都叫道，满上满上，啤酒在杯中四溢出来，春妮和铁头却不时望向门外。

贾长安刚要举杯开局，却被春妮轻轻拦下，舅舅，再等等，振国还没来呢。

贾长安砰的把杯子掷在桌上，冷哼道，说不请他，你们非要请，自找没趣！铁头脸色一窘，说，贾师傅，花嫂子，要不咱不等他了，先吃吧，振国今天有点不舒服。

正说着，忽然有人敲门，周玉花起身一看，见铁振国拎着水果月饼站在外面。

来吃个饭，还拿什么东西，周玉花笑道，又赶紧迎他进来，在春妮身边坐下。

贾长安脸色一沉，春妮见状，举杯起身道，大家先别急着吃，今儿中秋，酒都满上了，我就先说几句话。

哟，这个吃个饭咋跟开会似的。孙大力放下了筷子。

贾长安瞪他说，我侄女坐办公室的，能和你们一样吗，春妮，说。

春妮一笑，举杯说，咱们都是打工的，背井离乡，除了大力和大光，我们还都是江宁人，正好中秋佳节，大伙不能和家人团聚，咱们就在这团圆。

好好！众人叫道，同喝一杯。

诶，再等等，春妮回身拿起自己的包，翻出来一把青翠的玉坠。

前两天，同事带我去雍和宫上香，我看见有卖玉坠，说是玉的，几块钱的东西，肯定是石头，但这石头也是雍和宫的石头，我就买了一些，每人一个，你们整天在工地干活，少不了磕了碰了的，有了这个，保平安。

春妮拿了一个给贾长安戴上，又一个个分给众人，贾长安脸色终于好了些，笑着说，看看我这外甥女，白领，就是不一样。

最后一个要给铁振国时，铁振国看看她身后说，你没有？春妮一笑说，我不用，我又不在工地，没啥要保佑的。铁振国说，那不行，我们都是大老爷们，你一个女孩子得要这个，我这个给你。

给你就拿着，不要拉倒。春妮往铁振国手里一塞，坐下就招呼大家喝酒吃菜。

铁振国只觉得手心里一凉，也就默默收进了衣袋。

众人都知铁振国和贾长安不和，铁头竭力想修复两人关系，无奈这两人真是八字不合，凑在一起就别别扭扭。铁头一再坚持下，铁振国终于端起杯硬邦邦的说，贾师傅，咱们俩之间的事，有误会，也有性格，我今天给你赔不是，将来我赚了钱，一定打一把金子做的瓦刀给您。

然而贾长安根本不领情，春妮又在这边劝，好说歹说让舅舅喝下了这杯酒，算是和解。

一轮圆月升起，像是悬在起重机上，月光清华，一片静谧。

众人渐渐喝到酒酣耳热，春妮自去了清吧，也有了些酒量，喝了几杯啤酒之后，听贾长安一口一个白领的夸她，忽然眉头一皱说，舅舅，我正想跟您商量呢，我不想坐办公室了，我想去唱歌。

什么？贾长安觉得自己没听清。

我想去唱歌，我把原来的工作辞了。春妮借着酒劲儿又说了一遍。

贾长安把酒杯一掷，厉色道，你疯了吧！

春妮面色不改，却听高中说，春妮姐唱歌那么好听，真应该去唱歌，当杨钰莹江珊那样的歌星。

你闭嘴，贾长安冲高中一拍桌子。

春妮姐，我支持你，高中面无惧色。

春妮有些感激的一看高中，却是脸颊微红的样子十分动人。那边贾长安又叫道，春妮，我告诉你，只要我活着，你甭想唱歌这个事了，你妈临死的时候交代过我，让我帮你找个城里人嫁，一辈子过的安安稳稳，唱歌？别想！

对，唱什么歌啊，还是坐你的办公室吧。铁振国喝了口酒说。

众人一愣，周玉花扑哧笑了，说，你俩这还真是第一次没对着干。再说，春妮唱歌也是正经事，怎么就不能唱歌了？

就是，你这是专制！高中说。

你才吃几碗干饭，就来教训我！贾长安酒杯一扔站起来，看着春妮说，我今天就是专制了，再说一遍，只要我活着，就不行！

春妮一捂脸，转身拎着包跑了出去，铁振国和高中起身去追，铁头一把将高中拉了回来。

你就别添乱了。铁头说完，有些抱歉地看着此时气急败坏一脸颓然的贾长安。

铁振国追上春妮的时候，刚好来了一辆公交车，铁振国跟春妮跳了上去。

这是中秋的夜晚，路上行人很少，两人坐在公交车的最后一排，春妮眼中都是泪光。

你真的那么想唱歌吗？过了半晌，铁振国默然问。

想，真的做梦都想。

我不明白，到底是为什么？我们出来打工，不就是为了将来回去过安稳日子吗？只要能赚钱，做什么有区别吗？为啥非要唱歌？铁振国不解，叹了一声。

振国，你宿舍墙上有张中国地图，看着很旧了，是你的吧？你为什么一直带着它？

铁振国一愣，是啊，为什么一直带着，他一直没忘记马一方给他圈出江宁小如蚁卵时他的震动。

振国，这世界那么大，我有自己的梦想，真的不想和谁结婚生子，也不想在办公室里安稳的坐一辈子。

春妮的声音轻轻的，却很笃定有力，振国你看，今天的月亮多圆多亮。

铁振国转头一看，月亮已升的很高，高高的跳开了灯火通明的楼宇，挂在夜空一片清明。

我觉得，人就像这月亮，一辈子，总要这么圆一回，亮一回。春妮说。

铁振国一怔，无奈的笑笑说，春妮，你说话都像歌词了，这么玄玄虚虚的。我刚看着路两边的高楼大厦，想的无非是好好干，以后一定在这儿买了房子给你一个家。

别说了。春妮打断了铁振国的话，起身往车门走去。铁振国心中一叹只得跟上。待下了车，春妮把铁振国拉到对面车站，坚持要自己回宿舍。

铁振国万般无奈，也只得看着她的背影，一步步消失在夜色里。

他不知道，春妮此时正轻声唱着歌，直到将自己唱出了眼泪，她在月光下捂住了脸，泣不成声。

你是不是像我在太阳下低头，流着汗水默默辛苦地工作；

你是不是像我就算受了冷漠，也不放弃自己想要的生活；

你是不是像我整天忙着追求，追求一种意想不到的温柔……

第六章

那夜铁振国回了工棚，就一直在想春妮说的梦想，他倒在床上，眼前的中国地图渐渐模糊一片。

梦，我的梦想是什么呢。

一日一日，工地楼体层层见高，铁振国一下工，就收集些废弃砖头，用沙子与土和泥，反反复复练习砌墙，过了些时日，他叫卡拉和高中来看，高中看不出名堂，卡拉却笑了。

振国，要说你这个砌墙水平吧，挺不错的了，在农村盖个猪圈绝对没问题。

铁振国把瓦刀一丢，说，我练了一个多月，就这水平啊？你可说点儿公道话。

卡拉到底是老工地了，就细细给他解释，各处指给他看，这砌墙啊，手法是一个问题，但墙首先得直，你想想墙体有一点儿不直，往上修个 100 米是个什么概念，用不了多久就得垮啊。而且这光靠眼没用，得用水平尺，这东西就几个砌墙师傅那儿有，一般工人用不着啊，不过你等我问问，看哪儿能借来用用。

铁振国十分懊恼，一屁股坐到了砖跺上。

高中劝了他几句，又背上画板去了地坛。他其实好几天没去了，这些天跟着铁振国在工地吃住，倒也没有压力，钱对他来说，他觉得只是想不想挣的问题。

然而今天他在树阴下坐了许久，还未有人光顾，他不慌不忙的拿出画板，寥寥几笔，不觉自己一怔，高中兀自笑笑，又细细画了起来。

哟，这姑娘真漂亮，不过这打扮，是十年前的？

突然有声音在身后响起，高中回头一看，一个极面熟的年轻女孩正冲他笑。

不记得我了？冯美慧一笑。

怎么可能，美女记者，只不过今天见你更漂亮，不觉得怔了一下。

还是这么会说话，冯美慧看着画板上面容淳朴清秀的姑娘，一笑。

美慧姐，今天再画一张吧？说着高中就换下画纸。

又画啊？冯美慧扑哧就笑了，上次的我都挂在书房了。

上次我还欠你一张画，今天免费给你画，主要美慧姐太带人气。上次给你画完，一天生意都可好了，我最近需要用钱，美慧姐再帮我聚聚人气可好？高中一笑。

用多少钱啊？就画画能成？冯美慧问。

也就一百，多画几幅画就成，高中有些不好意思。

冯美慧一笑，从包里拿出一张百元钞递给高中，我今天还有采访，没时间，这钱你先拿着。冯美慧指了指一边，高中才注意到有辆出租车一直在等她。

这怎么行？高中有些犹豫。

没事，你就当多欠我几幅画吧。冯美慧把钱塞到高中手中，转身上了出租车。

目送着车离开，高中收了画板，转身就跳上了 315 路公交车，直奔金五星去。

这是打工者最喜欢的小商品市场，一间间商铺用铁丝网隔开，货品挤得满满当当，老板多是老北京，穿着白连襟背心，顾客问话也是耷拉着眼睛答几句。但若不嫌环境嘈杂，这里确实物美价廉，高中逛了几个摊位，找到一家看着略整齐的五金铺，见好的水平尺卖 135，一般的只要 100 块，高中想了想都觉得不能将就，和老板还价到 130 元，买了一把沉甸甸的银色小尺子。

这天是铁振国的生日。

江宁小馆，一桌家乡菜都已摆好，铁头开了啤酒给大家一一满上。笑着说，老二，这可是咱出来以后你的第一个生日，我们大家出份子，给你好好过。

就一个生日，过不过都行，哪儿那么多讲究。铁振国搓着手咧嘴一笑。

那不行，妈说过，当初你出生时难产，差点没活过来，长这么大可不容易。铁头这一说，引得卡拉和高中都笑了。

二哥，给你的。高中递上一个小盒子。

嗬，还有礼物，铁振国笑着打开一看，是一把亮闪闪的水平尺，简直大喜过望，不禁对着高中说，高中，你可真行，我这些天做梦想要的都是这个啊。

做梦都想要什么？一个脆生生的女声响起，众人回头一看，春妮拎着个蛋糕进来，看你们几个都不在宿舍，就知道你们在这儿。

铁振国惊喜的嘴都合不上，春妮？你也来了？

春妮一笑，把蛋糕放桌上说，我可没忘。

服务员，加个座儿！高中冲着外面一喊。

铁振国觉得这是他有生以来最圆满的一个生日，兄弟们都在，春妮也在，吹蜡烛的时候，铁振国双手抱拳向天许了个愿。

卡拉问他愿望是什么，他大笑道，我跟我老天爷说，我要多挣些钱，风风光光娶你嫂子入门，给她一个家。

春妮一窘，臊了他两句，铁振国更笑得开心，又没说娶你，你着啥急。

众人都笑，唯有高中脸色不好看，微微烛光里，他看着春妮微红的脸，心中第一次对他二哥，生出一丝嫌隙。

工地日子照常，上次中秋一聚，铁振国与贾长安的关系看似缓和了些，但使贾长安不能释怀的，不只是铁振国毁了他的通灵瓦刀，更是他极其不愿这小子追求春妮。所以他打压他，不教他技术，甚至都不愿正眼看他，就是想让他知难而退，然而铁振国无知无觉，他根本不在意贾长安的刻意刁难，也并不愿深想个中原因，对他来说，砌墙这种手艺活，只要给他一段时间，也必然能成贾长安一样的熟练技工。

这天，铁振国又拎着泥斗过来，贾长安见他站在太阳底下擦汗，丢下一句赶紧再去码砖，就放下瓦刀，往阴凉去走去。

铁振国码了一会儿砖，见贾长安已走远，便从口袋里掏出水平尺，对着已经砌好的楼坯子细细比画。他还是头一次用这个，小东西往砖上一放，一个小气泡停在刻度正中间，铁振国啧啧摇头，直叹有意思。

忽然，在一堵墙上，小气泡稍微偏了一偏，铁振国微微一怔，换了个位置，还是偏，只有 0.005，是肉眼根本看不出的倾斜。

不用量了！我砌的墙，比尺子还直。贾长安不知何时出现在身后，声音带着明显的不快。

要真是那样的话，我只能说尺子偏了。铁振国起身皱眉说。

贾长安微微一怔，嫌恶道，你啥意思，难道我这楼盖斜了？

嗯，这堵墙，偏了 0.005。铁振国指着的这堵墙，是承重墙，贾长安自然明白个中意义，他迟疑了一下，拿出自己的水平尺一量，不禁冷哼一声。

什么我的墙斜了，我看是你的眼斜了！铁振国，我知道你对我有气，想找机会报复，不过，手艺就是手艺，光有气，没用！贾长安铲起一瓦刀泥，抄起一块砖，没声好气的说，码砖去，一个小工，拎好你的泥斗子就行了，闲吃萝卜淡操心。

铁证国没动，只再次将自己的水平尺放上去，看了看，便一把夺过贾长安的瓦刀，叫道，你不能再盖了，墙都斜了！

贾长安哪儿受过这个，脸色一变吼道，铁振国，我看在中秋节你给我赔罪的份上，不想跟你计较，你也别给我登鼻子上脸。咋？给你脸不要脸是吧？

贾师傅，我说过了，你再这么盖下去，房子出了问题，到时候会出事故的！

我就是把楼盖塌了，也不关你的事。贾长安终于怒了，一把抢过瓦刀，拿起砖就要抹水泥，铁振国亦是急了，劈手推倒刚码好的砖跺，对贾长安叫道，这房子盖不好，就关我的事，还好意思念叨什么工匠精神！今天我在这儿，你就别想盖！

贾长安气得发抖，颤颤的指着铁振国说，行，算我贾长安瞎了眼收你当徒弟，你不码砖，我自己来，我就不信这工地上，还能有人挡老子盖楼！

贾长安说完，将瓦刀狠狠一扔，抱起一摞砖码在墙边，铁振国怒气未消，又毫无办法，转身大步向胡胜利办公室走去。

此时正值晌午，秋老虎尚未退场，胡胜利办公室的门开着，铁振国看到他躺在红木椅上打盹，犹豫了一下，还是敲了敲门。

胡胜利睁开眼睛，一看是他，也不起身。

胡总，有个情况我必须和您讲一下。铁振国一脸严肃。

什么？胡胜利歪了歪身子，懒懒问道。

我这几天测量，发现刚完成的一层的墙体不直，斜的。

胡胜利这才一惊，直起身来，墙不直？谁砌的？

贾长安。

不想胡胜利一怔，却似笑非笑说，他的？呵呵，不可能吧，他的活从来都是免检产品。我说振国啊，你说别的我信，可你说贾师傅的墙有问题，我不可能信。上次的事，你对他有意见，我理解，但不能因为这个影响工程，啊？

胡总，一码归一码，上次的事是上次的事，这次他确实盖的有问题。铁振国着急道。

铁振国，回去好好干活，别整天想这些鸡毛蒜皮的事情，不可能天天有升降机等你来拦的。胡胜利点了支烟，看了看表起身说，好了，我约了人，得走了。

望着胡胜利的背影，铁振国只能气得一跺脚，回工地时已是放饭时间，贾长安见他过来，冷哼一声道，咋样？去告我了？

铁振国沉脸不语，默默去打了饭来与高中铁头坐下。贾长安本就小心眼，铁振国今日那举动让他面上过不去，此时更免不了多说几句，“本事没见长，倒学会告状了。想扳倒我？小子，我吃的盐比你吃的饭还多。”

铁振国冷哼一声，却还是不说话，高中有些犹豫，他真不知道这次是谁对谁错，铁头更是不知所措，他几乎认定这是他家老二的倔脾气，又一次犯了浑。卡拉看了看埋头吃饭的铁振国，就直接说，振国，这件事，我只能相信贾师傅。

铁振国一顿，抬头见高中与铁头都不说话，就冷着脸问，你们都不相信我？

没人说话，那边孙大力却笑了起来，铁振国，你的兄弟都不相信你，你还瞎吹什么啊？我告诉你，别说贾师傅盖的没问题，就是有问题，也轮不到你来讲。你以为你是谁啊？胡总是你爸还是你姑父？

这一句说的铁头霍地起身，孙大力，我敬你是我师傅，可你也别太过分！

见铁头发怒，孙大力更觉得可笑，哟，连铁头都怒了，是你兄弟理亏，你替他长长气势？

高中正要起身，被铁振国一把拉住，他瞪着孙大力和贾长安说，我告诉你们，今天这事儿，我是管定了。说完，他将饭盒一扔，抄起一把镐头，向贾长安的砌的墙走去。

他要干吗？不是要砸墙吧？几人大惊失色，贾长安气得脸色赤红，狠狠一掷碗筷，吼道，妈蛋，我也找老胡去，这是你逼我的！

胡胜利与贾长安匆匆跑来的时候，铁振国已经抡着镐头将新砌的墙砸了一截，胡胜利老远就吼住手，却是铁振国回看他一眼，擦了把大汗，继续抡镐头砸。

赶紧给我拉住他，快点，快点。铁振国，你他妈的疯了！胡胜利吼道。

卡拉与孙大力冲过去，一人拼力拉住他，一人夺下了镐头，胡胜利上前抬手要给铁振国一巴掌，却被铁振国一把攥住了手腕。

胡胜利一甩手挣开，见腕上已是一圈红印，吼道，小子，劲儿还挺大！有劲好好盖房子，谁让你砸墙的？

我说了，这墙斜了，留着是祸害，我现在拆，是帮你。

胡胜利扑哧乐了，帮我？把我刚盖好的房子拆了是帮我？

铁振国指着墙体说，这儿都是斜的，现在大厦才盖了不到一半，按这个角度盖上去，将来肯定是危楼，到时候验收不合格，胡总你损失可就大了。

贾长安不屑，冷眼看着他说，你才干几天建筑，你说斜就斜了？

铁振国掏出水平尺递给胡胜利说，来来，胡总今天在这儿，自己量量，看这墙该砸不该砸。

胡总，你量量，我就不信了，贾长安说。胡胜利皱着眉接过水平尺，走到一截没拆的墙体上，将水平尺一放。胡胜利微微一愣，拿起水平尺又换了个地方，这次量完，胡胜利回头看了一眼贾长安，贾长安心中一虚，凑上前去，不禁吃了一惊。

那小气泡竟真的偏了一点点。

不可能啊，贾长安几乎要流汗下来，这段墙我测过好几回，都没问题。

贾长安一迟疑，拿出自己的水平尺往上一放，小气泡不偏不倚，贾长安回头看着胡胜利，胡胜利一皱眉，上前仔细一看，哟，怪了。

你俩的水平尺，肯定有一个有问题。

高中心里一紧，莫非是金五星的老板蒙了他？

胡胜利找来一块砖，把两个水平尺都放上去，大家凑近一看，其中一只的小气泡竟是偏的。

这谁的？胡胜利拿起来问。

贾长安几乎不可置信，拿着翻来覆去看了几遍，水平尺真有一处极为细微的弯曲，他一时脸色煞白。

是我的。贾长安沉着脸说。可这尺子我用了好几年，整天都不离身，咋会出问题呢。

有人捣鬼也说不定，孙大力小声嘀咕。

胡胜利一皱眉，对着贾长安说，现在说这些废话有什么用？赶紧干活，拆了的这块重新砌上！

不行！这墙斜了，得拆了重盖，铁振国一把夺回镐头，吓得胡胜利往后一退。

你还来劲啊，我告诉你，这是我的工地，我说了算。是，这段墙确实有点斜，不过我刚才自己也量过了，只有 0.005，不算违反建筑安全规定，只比合理误差多了一点点，是合理误差的合理误差，明白吗？胡胜利指着铁振国叫道。

斜就是斜，斜一点也是斜，胡总，你这么瞒天过海，早晚要出事！铁振国不由分说，一搞头砸在墙上，铁头一抬手挡住溅起的碎渣，叫道，老二，够了！

胡胜利哪里见过这样的工人，跳着脚吼道，你脑子有病吧？怎么这么轴呢?！我这工期卡着呢，就算我不在乎返工的废料，工期也赶不上啊！到时候拿不到钱，发不了工资，算谁的？

铁振国根本不听，又一镐头敲上去，胡胜利气得一跺脚，四处寻家伙想直接揍他，这时只听贾长安轻咳了一声，沉声说，胡总，依我看，铁振国这么坚持，就让他返工嘛，您现在能拦着他，保不齐他半夜里把墙全砸了，我干的活不合格，那就让他干，想拆哪段拆哪段，只要他能把工期抢出来。

这工期是靠嘴上说说能抢的？胡胜利气急败坏，又冲铁振国叫，我要是不让你拆呢，你一个打工的，我说让你滚蛋就让你滚蛋，老子教你看看这谁的工地！

我滚蛋可以，不过，我非找庞主任评评理不可。铁振国冷冷丢下一句。

胡胜利一愣，叫道，庞主任认识你是谁啊！你说吧，要真返工，你能保证工期不？

只要你信我，我愿意赶。

胡胜利略一思忖，一皱眉道，行，我胡胜利今天也破回例，这层的墙体就返工，你铁振国负责，其他人配合。不过咱丑话可说在前面，只给你十天时间，十天之内你要是抢出来，我给你发小红旗，发奖金，要是抢不出来……

干不完，我走人。铁振国撂下一句话，就继续头也不抬地抡镐去了。

胡胜利长叹了一口气，看着贾长安，几乎是带着无奈的一笑，怎么样，老贾？

行呗，我没问题。贾长安答，随后又不经意与孙大力对视一眼，不约而同露出不屑的笑容。

赶工期，哪里有铁振国想的容易，他需要的是一伙人合作，和泥，码砖，截钢筋，砌墙，一个人掉了链子，都得把另一个分成两人使。更何况，铁振国这边肯听他的只有铁头卡拉和高中，此时胡胜利一走，剩下的大部队跟着贾长安，都懒懒散散的坐去树阴下了。

高中一再出来动员，也不见有人响应，便一挥手说，兵马未动粮草先行，今晚上我们请大家吃饭。喝舒坦了，明天使出浑身的劲儿来赶工。

有几人眼睛一亮，贾长安一咳嗽，很快又消停下去，高中笑道，今晚上江宁小馆，酒管够，不见不散啊。

说完高中拉着铁振国和铁头走了，见铁振国一脸闷气，高中说，我这是帮你收买人心。你看着吧，今晚上酒一喝，明天绝对都听你使唤。

铁振国心中哼了一声，已是日落时分，工人三三两两从建工电梯下楼，铁振国说，你们先回，我自己坐会儿。说完，推开铁头，一个人缓缓上了顶楼。

顶楼是他最爱的地方，他每天下工都喜欢在这儿待一会儿，这楼越修越高，站在顶上，已经能俯瞰大片的北京城。此时不远处的地坛，红墙金瓦琉璃殿都洒上了一片金光。再一边是林立的高楼，每块玻璃都映着夕阳的影子，铁振国微微一怔，拿出水平尺来，地坛到地安门是一个标尺的距离，地安门到后海是半个标尺，积水潭与鼓楼是三分之二个，铁振国比画着，只觉得此时的北京如一座梦幻之城。

他忽然有些明白了春妮说的梦想。

只是还要面对当下的现实。这天晚上，高中叫上卡拉，与铁振国铁头早早等在江宁小馆的包厢，点了一桌子菜，但新闻联播都播完了，也没有一个人来。

高中啪的关了电视，将遥控器往桌上一扔，这才听到隔壁有些熟悉的人声。仔细一听，是孙大力几人高声说笑，喝喝喝，谁耍赖我把他扔出去。

铁振国一惊，直接冲到隔壁包间，见贾长安一众七七八八的坐着，已然喝到酒酣耳热。贾长安见是他来，从从容容倒了杯酒，站起来一递，说，几个徒弟说今天给我补过生日，我摆了一桌酒，大家都在一个工地干活，你们既然来了，就坐下，一起弄两杯。

见一屋子人盯着他看，铁振国一笑，接过酒杯道，怪我，没想到今天是贾师傅的生日，按说我们哥几个应该随个分子，我碰上了，当然得祝贺，借花献佛，祝贾师傅福如东海，寿比南山，我先干为敬。

说完他一仰脖子，一饮而尽。贾长安看看跟过来的卡拉，又说，卡拉，来，坐下喝两杯。

卡拉有些为难，看着铁振国犹豫道，振国，这贾师傅生日，要不一块儿坐呗?

铁振国将酒杯一放,拍拍卡拉的肩说,卡拉,你们在这儿给贾师傅祝寿吧,我们去那屋,不打扰了。说完,铁振国推门而出。

贾长安端起自己的酒抿了一下,似笑非笑道,跟我斗,你真还太嫩了。

孙大力随即说起水平尺的事,几人都觉得必是铁振国从中捣鬼,唯有卡拉辩驳几句,但卡拉人微言轻,再说下去更被认为与铁振国同伙,即使是工地也处处都在站队。卡拉也只好吃菜喝酒,不再说话。

隔壁包间,剩了铁家兄弟三人。

一桌菜已凉了大半,两瓶开了的二锅头摆在那儿,谁也不拿筷子。铁头垂着脑袋,念念叨叨铁振国不该管这闲事,铁振国长叹一声,语气倒是出奇的平静。

哥,你忘了赵子林他们家房子怎么塌的了?

你还好意思说,要不是你炸鱼塘,人家房子能塌?铁头一提这事就来气。

是,我炸鱼塘,水淹了人家房子是不对,可他家房子如果盖的结实,水能淹垮?他家房子不塌,咱家能欠这一屁股债?

铁头一怔,又听铁振国说,这哪里是闲事。你说我都发现了,能不管吗?

铁头和高中沉默了,他们虽不完全认同,但因了解铁振国的个性,也决意陪着他将此事完结。

不想第二天一早,过了上工时间,工地上仍不见其他人。铁振国一扔瓦刀,正欲去找,却看贾长安带着一队工人懒洋洋的走来。

高中,你记一下,今天凡是来晚的,每人扣十块。铁振国黑着脸说。

凭什么啊?你说扣就扣?你谁啊?孙大力嚷嚷道。

铁振国还没开口,就听贾长安说,嚯,让他扣,要扣就扣全天,咱们顺便也休个假。

对对,要扣就扣全天吧,一群工人都想随着贾长安往树阴处走。

哎哎,铁头赶紧上前拦住,笑道,我家老二说着玩的,哪里来晚了,这不正好。

贾长安斜睨一眼铁振国,对铁头慢悠悠说,你倒是懂事些。还扣钱吗?

铁头一把按住要发作的铁振国,笑道,又没来晚,扣什么钱啊,不过大家快干活吧,一会儿胡总来了,看咱们这样可就真扣钱了。

贾长安冷哼一声,与孙大力往一边走去。

众人散去各自的岗位,可工地完全不复往日井然有序,孙大力慢腾腾给电锯上油,贾长安一会儿说水平尺不行,一会儿嫌泥不对,铁振国强压着火气,待到下午吃完饭,铁振国站在一处高地,用勺子敲着饭盒,宣布晚上加班。

一时怨声四起，铁振国不动声色，黑着脸说，这次返工自然与本月工资挂钩，自是由他向胡总汇报，要大家自己掂量清楚。

晚上……孙大力刚要叫唤，被贾长安一把拉住，又对他一使眼色，孙大力愣了一下，不再出声。

入了秋，天越来越短，起重机旁，巨大的吊灯已经亮起，照的工地明晃晃的一片。

大伙儿干的竟然比白天还起劲儿了。

孙大力的电锯，大光的锤子，水泥搅拌机，各种声音轰鸣在一起，铁振国听得十分带劲儿。

隐约的，有警笛声响起。贾长安冷冷一笑。

不出贾长安所料，鸣声果然越来越近，不出片刻，一辆警车径直开进工地，铁振国一惊，停下手中的活儿，只见两名警察从车上走下来，直接问道，这工地谁负责？

我。怎么，有什么不对吗？铁振国走上前，诧异道。

你第一天来啊？现在几点了？你看看，这附近多少小区，你们这噪音扰民，已经有十几个居民给我打电话投诉了。

说着警官的手机又响，他接通电话一听就按了免提，铁振国只听得里面一个女人高声叫道，这什么破工地还在施工，不知道规矩啊，你们警察管不管呐，我家孩子睡着又被吵醒了……

警官回复几句挂了电话，看铁振国还愣着，不禁皱眉一吼，还不让他们停了！

铁振国这才反应过来，回身冲着工地喊道，停下，都停下。

贾长安与孙大力相视一笑，铁头小跑过来，递了支烟给警察，对方哪里肯接，严肃道，干吗？贿赂人民警察是不是？

这怎么是贿赂呢？都是为人民服务嘛。铁头尴尬道。

为人民服务？你们是给人民增加噪音！我告诉你们，别跟我套近乎，没用，晚上 6 点前必须停工，这是市建委的规定。

好嘞，响应警察同志号召，不干啦。孙大力扔下工具，吹着口哨和一众工友勾肩搭背的走了。

警车开出工地，明晃晃的灯下，此时只剩了铁振国几人。

他一屁股坐在地上，高中与铁头也叹息坐下，卡拉没走，靠着一根立柱轻声唱起，外面的世界很精彩，外面的世界很无奈。当你觉得外面的世界很精彩，我会在这里衷心的祝福你。

秋夜的雨说落就落，淅淅沥沥的，倒是将刚刚还嘈杂无比的工地瞬间清理地柔和，卡拉的歌声还在响起，每当夕阳西沉的时候，我总是在这里盼望你。

天空中虽然飘着雨，我依然等待你的归期……

几人都沉默的坐着，在他不太动听带着乡音和嘶哑的歌声里，有了一点点平静和释怀，过了良久，铁振国一抹头发，起身道，走吧，明天早点儿起来。

一连几天，铁振国几人都天蒙蒙亮就起来，一直干到其他人懒散的上工，在绝大多数人都闲聊乘凉的工地里，兄弟三人的身影格外显眼而尴尬。

十天过去，返工的墙体还高不过一截钢筋。

胡胜利到了工地，一打量这楼体，黑着脸径直去找铁振国。

说好了十天完工，十天！铁振国，你看看现在才干了多少？胡胜利叉着腰，指着那一处处秃着的墙体，气的眉毛一跳一跳。十天前，就是在这儿，你轮着镐头把刚砌好的墙给我刨了，信誓旦旦地说能抢出来。你抢出来的墙呢？啊？

胡总……铁振国摘下安全帽，只觉得十分愧疚。

胡总，这不能怪我二哥，孙大力他们故意拖拉，我二哥这几天每天都睡四五个小时。高中站过来说。

你给我闭嘴！你就是那个高中吧？胡胜利说了一声高中。

高中，中状元的中。高中强调道。

中个屁！你要中状元还来我这拎泥斗子？我告诉你，你整天在工地晃来晃去的，我没有赶走你已经够客气的了。少跟我废话！胡胜利冲他挥挥手，高中还要再说，却被铁振国按住。

还有，你大半夜的在这赶工，搞得附近的居民报警，上次建委开会，我成反面教材被点名，公司还被罚了款！我这耽误了工期又折了钱，铁振国！

胡胜利越说越气，手指颤颤指着铁振国，你，还有你们这些所有参与返工的，都扣一个月工资，事儿是你们惹下的，钱就得你们出。

这一下工人都不干了，孙大力扔了手里的活儿叫道，凭什么啊，又不是我们要返工的，谁要返工你扣谁的，关我们什么事！

胡胜利拿着大哥大的手一指孙大力，厉色道，我今天把话撂这，赶紧给我抢时间，下个月赶不上，别怪我胡胜利手黑，谁也别想拿到钱。

看着胡胜利怒气冲天的走了，一众工友炸开了锅。孙大力和大光几人开始骂骂咧咧，矛头齐齐指向铁振国。

你妈的，凭什么你的事，让大伙给你背黑锅？

你嘴巴给我干净点儿！铁振国猛的一瞪孙大力，吓了他一跳，但很快又有大光接上，我就骂你怎么了？这事儿本来就是你惹的，好好的，非要返工，你以为你是谁啊？

我要求返工，是为了墙体安全。今天话说到这儿了，我也问问各位，这十天你们凭良心干活了吗？铁振国厉色道。

一众人面有羞愧之色，却听贾长安不阴不阳的说，什么叫凭良心，你拉着一伙兄弟为你干活，我们累了抽支烟，渴了喝口茶还不行了？这一说孙大力就接了话，反正，不把工资补给我们，我们就罢工，不干了。

对，不干了！众人纷纷扔下工具，就要往一边走。

等等！这事我起的，工资不发是我对不起弟兄，我现在就去找胡总。

看着铁振国大步往胡总办公室走去，贾长安冷冷一笑。

活该，谁让你先对我动黑手。

铁振国敲了半天门，也不见有丝毫动静，却是李会计从身后经过，铁振国一把拽住他问，李会计，你知道胡总去哪儿了吗？

胡总刚去了我那儿一趟，然后就走了。

铁振国一怔，轻声问，李会计，方不方便说胡总刚找你是什么事？

哼，还能什么事，还不是你们干的好事，胡总交代下来了，你们这些返工的，这个月工资全扣了。这倒好，我又得重做工资表。

李会计说完，挥挥手就要走，又被铁振国拉住问，对不住，但是胡总今天还过来吗？

这我哪儿知道。

你能给我个他的电话吗？他那个大哥大的。铁振国目光期待，盯着李会计。

这……这你就不懂规矩了，领导电话哪儿能随便给。李会计皱皱眉，转身走了。

此时，京城最有名的西苑宾馆顶楼，旋转餐厅里，胡胜利正与一个栗色卷发的红衣女人依偎在一起。

这女人正是唐郁梦，实际上，春妮和玛丽早就发现了她们老板的秘密，城市里的人之间有千丝万缕的联系，像一张隐秘的网。那天唐郁梦带着春妮和玛丽去做头发，凤英一眼就认出了春妮，两人聊起铁振国，唐郁梦也想起这给自己洗头发的小伙子，知道他去了胡胜利的工地，也安心些。

她喝了一口红酒，看窗外整个北京城慢慢旋转变幻，灯光璀璨如同幻觉，这时胡胜利大哥大响了，他巨大的一声喂，使整个西餐厅安静如隔离世外的气氛回到现实。

铁振国？谁给你我电话的！……不行，该说的我都已经说了，没干完活，扣工资，有什么可说的。……我去不去工地还要你管，行了行就这样，我这几天都有事，不会过去的，你自己搞出的问题自己解决，别打过来了。

胡胜利挂了电话，将大哥大往桌上一扔，搂过唐郁梦说，约个会都不让消停。

唐郁梦拿过杯子与他轻轻一碰，嘴角一扬笑道，你今天出来，和你前妻怎么说的？

我说开会去了，诶，怎么又提她，那是我前妻。胡胜利在唐郁梦耳边亲了一下。

唐郁梦心里轻轻一叹，老胡离婚是事实，但他离婚不离家，说是为了孩子，但谁不知道他前妻掌握着他公司的大部分股份，他这爱财如命的人，怎么不怕与前妻撕破脸要他难堪。

所以她一直只能是他的隐秘情人，老胡给她钱，帮她开店，却从来不在任何场合承认她的身份。

唐郁梦想了想，无奈一笑，又喝了一杯。

胡胜利不知工地那边，工人已集体罢工，铁振国心中焦急，若胡胜利不承诺补工资，这工期必要无限期的拖延下去。他痴缠李会计要到了胡胜利的电话，然而还是无济于事。

铁振国想了又想，扫视众人一圈，目光在卡拉身上停了下来。

第七章

太阳缓缓升起，一辆黑色轿车在街道上疾驰。

小张，再开快点儿。胡胜利看了看表。

司机应了一声，一把方向超过了前面的车，又踩了一脚油门。

胡总，您说建委也真是的，每次都这么大早开会。

胡胜利冷哼一声，看着窗外说，那有什么办法？这世道还不是人家说了算，谁让人家管着咱呢。

正说着，他腰间的大哥大嘀嘀响了。

喂？怎么又是你？我现在忙……什么？你赶紧稳住现场，我马上赶过去！

快，掉头，去工地！胡胜利挂了电话，冲司机喊道。

胡总，建委的会……

谁的会也顾不上了！赶紧掉头！胡胜利急得用大哥大猛敲方向盘，司机看一眼后视镜，一打方向掉转车尾，引得后车鸣声一片。

赶到工地，胡胜利远远看到一人躺在地上，身下鲜血一片，胡胜利心中大惊，这种大事故多来几个，他建楼的资质就别要了，铁振国急匆匆迎过来，胡胜利叫道，怎么回事？又掉下来人了？死了没？

卡拉，是卡拉掉下来了！不知道咋样了！铁振国满面焦急。

晦气！这才几个月，又掉了一个！胡胜利疾步往卡拉身边走去，见他尘土满面，双眼似睁非睁，工服上也是尽是血污，心中叫道不好，便俯身想一试他的鼻息。

不料这一探手，却被卡拉一把抓住，胡胜利吓得一屁股坐在地上，叫道，你诈尸啊！

胡总，我没死。卡拉咧嘴一笑，顺手拉着胡胜利站起来。

你……那这血？

胡总，这是早市买来的鸡血。铁振国过来说。

贾长安与孙大力几人在一边冷眼看着，高中与铁头略有些紧张，不知铁振国这一场戏可好收场。

这到底怎么回事？不干活，还演上戏了，吃饱撑的？胡胜利恼羞成怒，暴躁道。卡拉你笑什么笑，你想干吗？平时你在工地唱唱歌我也就不说你了，今天还给我演起戏来了，你马上收拾东西给我滚蛋！

胡总，这事不怪卡拉，是我出的主意，要罚就一会儿罚我，我们不过想让你来趟工地，今天就一个事，工人返工的工资您得发了。

贾长安微微一怔，一边大光说，别说，这铁振国还挺敢出头的。孙大力不屑的摇摇头说，他闯的祸，本来就该他收场。

发工资？说得容易，你出钱啊？胡胜利瞪着铁振国，气呼呼道。

这事因我而起，当初立军令状，也是我立的，责任我一个人担，你给他们发工资，我走人，绝没二话。

铁振国这么一说，倒是所有人都一愣。铁头急了，叫道，老二，你胡说什么，咱好不容易找的饭碗，怎么说不要就不要。

好汉做事好汉当。这事儿既然是我挑起来的，我铁振国就绝不能认这个尿。而且胡总，我还告诉你了，你要真扣钱，我相信就没有人愿意跟你干了！

你算个什么！胡胜利不禁暴跳如雷，谁不干了，谁，谁，我倒要看看，他们是听你的还是听我的，你们，胡胜利一指四处蹲着围观的工人，都给我干活去！

众人神色犹疑，都去望向贾长安，而他似在闭目养神，岿然不动，刚刚想起身的工友也重新蹲了下去。

你们想干吗？听不见我说话吗！胡胜利吼道。

今天谁要不去干活，就给我滚蛋！

你们……

胡胜利破口大骂了一会儿，工地一片寂静，大家都是眼睛看着别处，他想找个目光威吓一下都没有。

这时，贾长安慢慢站了起来，扔掉手里的烟，对胡胜利说，大伙都是背井离乡出来干活的，赚点钱不容易，铁振国愿意承担责任，让他承担，您只要把钱发了，我保证带领大伙尽快把活抢出来。

胡胜利怔了怔，盯着他冷冷道，我凭什么相信你？

胡总，我跟你干这么多年，是什么样的人，您心里清楚。我贾长安吐口唾沫是个钉。再说，您现在还有更好的选择吗？

胡胜利想了一想，他何等能伸能屈，早不是为了面子死撑的人。

好，我就再给你们一次机会，上次的事就这么算了。老贾，活你给我干好，钱都补给你们。

好！众工友欢呼起来。

你，走人。胡胜利看了一眼铁振国。

我走就是。

再次回宿舍收拾行李，铁振国还是把那张地图取了下来，尽管孙大力仍是不冷不热的说几句，大多数工友都面有愧色，卡拉尤其不舍，但这些年在工地里离离合合见得多了，兄弟告别也就是拍拍肩，一切在不言中。

已是傍晚时分，工友都下了工，听说今天贾师傅家有聚会，自然是不会请铁家几个兄弟的。

陪我到楼顶坐坐。

铁振国叫上铁头和高中，升降梯坐到顶层，几人下来，坐在脚手架上，此时夕阳一片金灿，北京城尽在眼底。

再看两眼，离开这儿，没准就不干建筑了，再也不能坐在脚手架上看夕阳，看北京了。铁振国流露鲜有的伤感，他不知道自己还能不能回到工地，他其实天然喜欢这里，他喜欢一砖一瓦平地起高楼，喜欢清晨各种机器轰鸣如交响曲。砖头和钢筋在他手上拿的沉甸甸的踏实，这种踏实似是他开车握方向盘时都没有的。几个月来，他见证了这栋楼从一层盖到八层，即使他就是个不起眼的小工，他依然有一种无法言说的成就感。

高中本就背着画板，此时铺开白纸，寥寥几笔，眼下的北京跃然纸上。

另一边，贾长安家中，周玉花与春妮已在厨房忙了半天，孙大力拎着酒进来往桌上一放，就对贾长安说，师傅，你没见铁振国那脸，那嘴噘的都能拴驴了。

贾长安一笑，也不说话，春妮确实猛然一怔，铁振国怎么了？

他自作自受，被开除了。孙大力往椅子上一靠，一副舒坦模样。

开除？为什么？

贾长安摆了一下筷子，眉头一敛说，你知道他在工地干了什么事吗？为了报复我，把我的水平尺搞坏了，让我砌的墙歪了，然后到胡胜利那儿去告状。这不是打我的脸么？还充大尾巴狼，说什么十天能返工，哈哈，结果呢？一半都没干到。他现在肯定自己也觉得丢人，干不下去了。

搞坏了您的水平尺？春妮一愣，振国不是这种人，这里面有误会吧？

不是他能是谁！贾长安冷哼一声，对春妮说，他早就不是你小时候认识的铁振国了，我告诉你，别再和他联系，这个人心术不正。

春妮还没说话，就见周玉花凑过来，低声道，老贾，你说的是啥水平尺？

还能有啥，就我那水平尺啊，贾长安不耐烦的从衣袋里掏出，指给她看，你看，这儿弯了，影响我盖的楼都歪了，这铁振国，可真是心黑。

老贾……周玉花脸色赤红，吞吐道，这个可能不是铁振国弄坏的。前些天我在家里看见一个蟑螂，手头没东西，我就顺手拿起水平尺扔过去打，磕在砖头上了，我也没注意。

啊？贾长安拿起水平尺细看了几回，气得拍桌大叫一声，你这该死的娘们！

周玉花愧疚不已，春妮说，舅舅，你错怪铁振国了，把他叫回来吧。

做梦！春妮，我告诉你，你离他远点儿，你是坐办公室，要嫁北京人的，他配不上你！

舅舅！你说什么呢！春妮又气又窘，只将手里的菜往桌上一放，悻悻道，你这是冤枉人，我要去找他说明白！

春妮转身就走，贾长安气得拿烟锅狠狠敲桌子，又看了一圈目瞪口呆的众人，皱眉道，别败了兴，来，动筷子！

春妮径直去宿舍找到铁头，才知道铁振国刚刚走了，春妮转身出门，高中刚想去追，却被铁头一把拉了回来。

春妮小跑到公交站，一眼看到铁振国拎着包直直的站着，春妮大喊一声振国，他微微一怔，回头见是春妮，有些百感交集。

振国，刚已经弄清楚了，水平尺是舅妈不小心弄坏的，跟你没关系。回去吧，让舅舅和胡总说说。

铁振国无奈一笑，摇摇头说，算了，关系都已经搞成这样，回去也不自在。

可是你走了去哪儿呢？

铁振国想了想说，我也不知道，不过只要你在北京，我一定也会留在北京。

春妮一皱眉，嗔道，都什么时候了，还胡说八道。

铁振国笑了下，看着春妮微红的脸，只觉得之前一切不顺遂也无关紧要，他其实这些天想了不少事情，比如春妮为什么一定要留在北京，将来一定要唱歌，他觉得自己浑浑噩噩过了许多年，也从未有过什么清晰的想法，或是他们口中的理想，但是这次一个人出来了，连兄弟也不在，他却可以找找自己的梦想。

一辆公交车远远过来，铁振国看了一下说，我走了，等我安顿好了找你。

等等，春妮翻遍口袋，把钱都掏出来塞到铁振国手中，拿着，找工作不是一天两天的事，总不能饿着。

铁振国眼睛一热，公交车门在身后打开，铁振国轻轻握了一握春妮的手，笑着说等我再找你吧，我怎么能花女人的钱。他转身上了车，钱还留在春妮手里。

暮色渐起，铁振国在前门下了车，他在正阳门下来回走了几遍，第一次细细打量这些古建筑，北京城有种他说不住的厚重美感，他用脚丈量了一边前门，天安门，夜色中比白天更显繁华，他痴看着一片明艳灯火中的王府井，各种口音的游客来往如织，不远处一片被围栏圈起来的工地，他凑去一看，已是拆除了一半的旧楼，事实上他走了一路，已看到大大小小的许多工地，他都问过是否招人，但无人介绍，还是没人要他。

夜色渐浓，行人愈发稀少，耳边只有些车流声，这夜不知去哪里，口袋里的钱住地下旅馆他都心疼,铁振国走到稍僻静处,在一张长椅上躺了下来。

风有些冷,铁振国裹了裹衣服。北京的夜空看不到星星,却是被路灯映的微红。

不知过了多久,铁振国只觉得脸上湿乎乎的一片,睁眼一看,一只黄毛大狗正吐着舌头呼哧呼哧看他。铁振国猛地坐起往后一靠,就听有人叫,豆豆,过来,吓着人了。

那个人牵着狗走了,铁振国这才舒一口气,抹一把脸上都是被狗舔的口水,见天已经亮了,不禁苦笑一声。

这样也不是办法,铁振国想了想,还是往凤英那儿去,看看有没有可介绍的人。

这一夜睡得邋遢,加之他好久没理发,真活生生像个流浪汉了。公交车上再挤,他身边也有一处空间,人们避之唯恐不及。

此时凤英理发店里,唐郁梦正敷了面膜做头发,见铁振国进来,她微微一怔。

倒是凤英更吃了一惊,振国,你这是干吗去了?怎么弄成这样子。

姐,有水没?铁振国一笑。

凤英拿了杯子倒水给他,铁振国连着喝了两杯,喘了口气说,我啊,北京一夜游,一晚上走了前门天安门西单王府井,腿都细了。

你不是在工地吗?

不干了。铁振国看着凤英询问的眼神,又说,一两句话说不清楚,反正是离开工地了,你这咋样?

我还好,凤英说着叹了口气,就是我爸的病老是犯,住个医院,一天好几百。

铁振国一叹,从包里的内袋里掏出一卷钱来递给她,姐,拿着,先给咱爸看病。

我不能要,你现在都没工作了,你自己留着。

嫌少啊?铁振国直接塞到她手里。拿着。

振国,姐把你们带到北京来,什么忙也没帮你,现在还拿你的钱……凤英黯然的一低头,险些流出泪来。

这有啥,咱们是邻居,从小一块长大,谁帮谁都是应该的。铁振国一笑。

行啊,有情有义的。突然一个女声响起,铁振国一怔,见旁边一个女人贴着白花花的面膜,又是吓了一跳。

铁振国,自己落难了还不忘了帮助别人,你是个爷们。这女人掀开面膜,看着他说,铁振国一怔,想起这是唐老板。

凤英,这个月的流水,先不用上缴了,先拿去给你爸爸治病吧。唐郁梦看了一眼凤英，又想了想，对铁振国说，你从工地出来，打算去哪儿啊？

还没想好呢。铁振国看着镜子里邋遢的自己说，凤英姐，给我理个发。

我除了这家理发店，还有一家清吧。现在正缺个保安，你有没有兴趣？唐郁梦问。

保安？算了。铁振国脑袋里浮现出工地门口，公园门口，高级饭店门口看大门的，见人点头哈腰，他干不来。

男子汉大丈夫，能屈能伸，当保安怎么了？只要是凭自己劳动吃饭，干什么都不丢人。你去试试，不喜欢，随时走人。唐郁梦爽朗一笑。

振国，要不去看看？总得有口饭吃。凤英有些担忧的说。

铁振国想了想，冲唐郁梦一点头说，好，谢谢唐总。

华灯初上，梦都清吧里，已有几桌客人，有个女声在唱，你的柔情我永远不懂，铁振国扭头一看，一束光打在小舞台上，玛丽穿一身闪闪发光的小短裙，铁振国不由一皱眉头，唐郁梦看到就笑了，怎么，第一次来？

这姑娘穿的也太少了，这是什么地方？

唐郁梦一笑说，这又不是学校，穿时髦点儿怎么了。对了，你也去给我换上制服。说完她就招呼一个人过来，拉着不情不愿的铁振国去了宿舍。

看在钱的份上，行吧。铁振国皱着眉看自己一身笔挺的西服，只觉得浑身不自在，一推门，唐郁梦正在门口，抬眼一看他，竟有些呆住了。

果真人靠衣装，铁振国本来就高而魁梧，今日修了头发，穿这套青灰色西服随便一站，精神挺拔，竟比大多数男人都养眼。

铁振国被看得不自在，怎么了？我也觉得穿的不得劲儿，要不我去换了？

别，就这样，你可是我的门面。唐郁梦才回过神来说，走，我带你去看看你上班的地方。

保安，其实就是看门，这是两扇欧式铁艺门，对面站着一个与他衣着一样的小伙子，唐郁梦见了他就说，任建，这是你新同事，铁振国。

人贱，铁振国心里一笑，想着这都什么地方，姑娘穿如此少，爷们这么白净，看着娘里娘气。

那任建见了铁振国就扑来握住手叫道，可来人了，这几天我自己站这儿，都无聊死了。

唐郁梦也不理他，就对铁振国笑笑说，好好干。

唐郁梦刚走，任建不怀好意的一笑。行啊你，刚来就把唐总给搞定了。

说什么呢你！铁振国不自在。

一个小小的保安，唐总还亲自交代，最重要的是，唐总对你笑了。任建眼睛眯眯一看铁振国，嘴角一扬，摇头道，你小子有福。

铁振国刚想回嘴，却听到里面有《茉莉花》的歌声传出，清婉的嗓音让他不由一愣。

真像春妮，但春妮怎么可能来这种地方。铁振国想了想，对任建说，听到了吗，这歌可是我家乡的民歌，真好听。

好听，我都听了几百遍了，诶，说不定这小茉莉就是你老乡。

开玩笑，我们江宁人，行得直做得正，绝不会干这行。

这行怎么了？市场经济，不偷不抢不犯法，怎么就行的不直做的不正了？

然而那声音传来，铁振国只觉得越来越像，不由的说，还真像春妮。

谁？

我女朋友。

任建扑哧一下就笑了，哥们，行了，咱俩都是看大门的，别往自己脸上贴金了。

金什么啊，要真是她，我非得把她带回家。不过她才不会来这种地方。

铁振国想，以后最理想的，就是他挣钱，春妮想上班就去坐坐办公室，不想上班就在家，家里给她买一套音响，让她想怎么唱就怎么唱。

听着家乡的歌，铁振国有那么点儿想家。这一阵又没法给家里寄钱了，想着年迈的父母还在劳作还债，他心里有些酸楚。

第二天，铁振国已熟悉了工作流程，无非见人点头哈腰，见车便辅助停车等人出来再点头哈腰，清闲的很，为了钱，倒也罢了。

这天清吧里又响起茉莉花的歌声，任建啧啧摇头说，这小茉莉，歌唱得好，人长得美，迟早要被大款包养了。

铁振国不屑道，在这儿的能是什么好姑娘，真被包养了，那是各合心意。

说着他忽然觉得肚中不适，和任建说了一声便去清吧用洗手间。

正值周末，清吧内几乎满座，服务生穿行其中，都市男女或坐或倚，略显得有些嘈杂，铁振国斜睨一眼，心中嘀咕一句，等他再从洗手间出来的时候，舞台上又响起了茉莉花的歌声，他忍不住看了一眼，这一眼，却是惊雷一样将他炸在原地。

春妮！铁振国几乎是怒吼了一声，就冲上了舞台。

你怎么在这儿！铁振国拽着和他一样惊诧的春妮，给我下来！

你先下去，一会儿说。春妮涨红了脸，台下却骚动起来，戴着大金链子的男人喊，敢动我们小茉莉，不想混了！

振国，我在工作，你先下去，求你了。春妮一边挣扎一边说。

这时任建和几个员工冲过来，铁振国，你疯了啊！

今天谁敢拦我，我跟他没完！铁振国冲任建一声吼。

你想干吗，任建一把拉住铁振国，却不想铁振国一拳打过去，直直打在任建脸上，其他人看着一时不敢动了。

都住手！唐郁梦急匆匆的过来，放开她！铁振国一挥手，却不想带得唐郁梦一踉跄，撞在了桌角上，一时说不出话来。

铁振国这才一愣，松开了手。春妮捂着脸跑开，唐郁梦整理神色，对着话筒笑道，不好意思，出了点小状况，下面有请玛丽小姐为大家来首好听的歌，今天的酒水统统八折，请大家开怀畅饮。

铁振国与春妮被带到唐郁梦的办公室，看着唐郁梦气得绯红的脸和春妮的一脸眼泪，铁振国方觉自己有些冲动。

铁振国，你是保安，怎么还闹起事来了？唐郁梦强压着怒火，当初招他进来不过看他长的顺眼行事仗义，不想他真如老胡说的冲动。

我没闹事，她是我未婚妻，我要带她走。

铁振国，小孩子过家家说的话也算数吗！春妮又气又窘。

咋不算数，我一直就认定了你就是我媳妇。还有，你骗了我，也骗了你舅舅，你说你是坐办公室的白领。铁振国看着春妮，又气又心疼。不管怎么样，我不能让你在这种……这种场所工作！

诶？我这儿怎么了？唐郁梦听着有些别扭。春妮在这儿工作，怎么不体面了？我这里有工商发的执照，是正经注册餐饮单位，可没任何非法经营。

体面？你看她穿的这衣服，这什么呀，胳膊大腿都露着。铁振国气又上来。唐总，您这非法不非法我不管，反正春妮我得带走，我也不干了。

铁振国说着就拉春妮，却被春妮一把甩开，铁振国，我告诉过你，我的事不用你管，这是我工作的地方，我在这儿很开心，我是不会跟你走的，要走你自己走。

春妮说完话夺门而出，唐郁梦看着铁振国一摊手说，你看看，这我可管不了。

他只得一顿足追出了门。

待他气喘吁吁的追上，见春妮满面泪痕，才知自己今日真是鲁莽至极。而他坚持认为春妮所为是生活所迫，或者有什么隐情难言，春妮与他争执几句，发现完全鸡同鸭讲，不可理喻。

春妮，我们我还走吧，回老家去。铁振国恳求道。

不，振国，我不会走的，我的梦在北京，我的心在北京，我不会去任何其他地方。要走你走。

春妮的笃定让铁振国泄气，半晌他只叹了口气说，你不走，我怎么走?

有什么不能走，省得你看到我唱歌又着急。

可我看不到你更着急。铁振国急急的说出这句，却是让春妮心里微微感动。

振国,这事别告诉舅舅。

铁振国无奈苦笑,他从来都觉得自己是春妮的未婚夫,想以后春妮像小媳妇一样,他说什么她就听什么,每次一想都觉得心中甚美,然而现实,哪一次他能左右这小妮子的想法了。铁振国只得说,那你也得答应我一件事,下次唱歌时可不可以不要穿成这样？那些男人看着你,我觉得吃亏。

春妮哭笑不得,对铁振国挥挥手说,我回去了,别跟着我。说完转身就走。

喂,你答应不答应啊?

不答应。

答应吧？啊?

不答应。

春妮的声音越来越远,铁振国看着她的背影,只觉得又气又爱,摇摇头也往回走了。

此时清吧的内室里,只留了一盏台灯,胡胜利将唐郁梦揽在怀里,正在她白皙光洁的颈上吻下去,他的胡须必定是几日未理,扎的唐郁梦轻轻皱眉。

滴滴,大哥大不合时宜的响了,唐郁梦顺势起来,胡胜利一接电话便背过身去,那里面的女人声音仍听得清楚。

……好好好,那你们早点睡吧,我这边还有点事,你照顾好淘淘。胡胜利放下电话,继续要吻过来,唐郁梦轻轻推开他说,要不你还是回去吧。

胡胜利又揽过她,手下不停,嘴上说着,我来都来了,总不能让我就这样回去吧,你别吃醋,我今晚上不回去还不行吗。要不是为了孩子,我早和她撇清楚关系了。

唐郁梦不再说什么,孩子是男人最好的借口,这其中真真假假,她不愿深究罢了。此时胡胜利像往常一样娴熟的将她抱到床上,但与最初她心中尚存些激情与热切不同,她已经越来越厌倦这种不见天日的,躲躲藏藏的感情,

郁梦……我们在一起这么久了,我对你怎么样,你都知道。胡胜利喘着粗气,鼻息让唐郁梦不舒服,但她仍是闭上眼睛,用手摸索着关上了台灯。

春妮回到宿舍,早有玛丽等着打趣她,说实话,她也不清楚自己对铁振国的感觉,见了自然有种亲昵,知道有他在心里也踏实,但若真是谈情说爱,又总觉得哪里不对。

现在铁振国的宿舍就在她隔壁,就像在田园村的邻里一样,玛丽笑说不是冤家不聚头。春妮只暗自叹了口气,想了想就和玛丽说,明天陪我再去买件演出服吧?

男人之间的肢体冲突，一场酒就过去了，铁振国和任建已无嫌隙，两人又西装革履笔直的站在梦都的铁艺门边，似是左右护法。

这条街上各色酒吧，大多十分喧闹，暮色四合时，一片灯红酒绿活色生香，四处皆是穿着入时的男女，相比之下，梦都这种清吧已显得非常清雅。当别的酒吧重金属乐队要把舞台跳塌的时候，春妮还是静静的唱好一朵美丽的茉莉花。

话说铁振国常看到院内不知几时来的辆黑色桑塔纳就觉得眼熟，这日见到胡胜利拥着唐郁梦出来，真真大吃一惊。

胡胜利也一脸讶异，唐郁梦说，这是我新招的保安，铁振国，你们应该认识吧。

胡胜利看着穿西服的铁振国不禁一笑，你还真是阴魂不散啊，刚从我工地里出来，又到这儿来了。哟，这衣服不错啊，保安，好好干吧，比起搞建筑，你更适合看门，啊哈哈。

唐郁梦听着不自在，从胡胜利的手臂下绕出来，冷着脸说，快走吧。

望着两人远去的背影，铁振国气得暗骂一句，什么东西！这两人竟是两口子，我真是倒了血霉！任建一笑说，什么两口子，人家是情人。

情人，还没结婚？铁振国不解。

不懂了吧？这么大的店，你以为是唐总的钱啊，都是胡总拿的钱，没胡总罩着，唐总能撑得起？任建像是很了解内情，与铁振国得意的说。胡总离婚不离家，所以啊，现在也不能和唐总结婚。

哼，反正跟胡胜利这种人在一起，也不会是什么好人。铁振国愤愤道。

此时胡胜利与唐郁梦已到了雍和宫的金鼎轩，这里早茶宵夜都算精致，两人找了包间，胡胜利夹了块金桂马蹄糕给唐郁梦，平着脸说，郁梦，你把铁振国弄店里，怎么也不和我商量一下？他是我工地里开除的民工，这个人在工地就老是闹事，跟谁都不对付，还特别不识时务，你可别留下他，免得给自己找麻烦。

唐郁梦呷了一口茶，慢慢说，我是梦都的老板，怎么找个保安还不能自己做主了，我看他挺好的，我要留着。

你跟我较劲是不？胡胜利沉下脸，放开了揽着她的手。

你要是娶了我，我什么都听你的。唐郁梦淡淡一笑。

又是结婚。胡胜利眉头一敛，我早说了，这事从长计议，现在急不得，再说，咱们现在这样不是挺好的吗。

好？那是你，吃着碗里的，占着锅里的，我可不好。你知道吗，我今天三十二了，我已经老了，我再不结婚，连孩子都没得生了，就得自己过一辈子。我已经等了八年了，你总要给我一个结果。

唐郁梦说着已有些哽咽，胡胜利顿了一顿，深深皱了下眉，掏出一张卡递给她，这里有十万块钱，没事你就出国散散心，去趟欧洲，什么葡萄牙、大板牙的，好好玩玩。

大板牙，那是西班牙，唐郁梦嗤笑一声，拿起卡。这是张普通的银行卡，密码是老胡的生日，每当她提出什么无法满足的要求，老胡就会丢出一张卡。

除了钱，你还能有别的吗？唐郁梦娇嗔一句。

拿出真金白银的才是真爱，你不要，就还给我。胡胜利嘿嘿一笑。

我凭什么不要。唐郁梦轻哼一声，将卡装进包里。好了，你也该走了，她帮他整整衣领，轻声说。

好，我一有空就来找你。胡胜利起身，吻了她一下，就离开了。

她看着自己白皙手指鲜红的豆蔻，一枚璀璨的钻戒戴在中指，又看着自己在玻璃窗上明艳的倒影，一头卷发正适合三十岁女人的妖娆，外面人声喧闹，唐郁梦对自己无奈一笑，按下心中酸楚，也起身走了。

那一边胡胜利回到家，前妻刘芬早一副蓄势待发的样子，扑到他面前像搜救犬一样检查，竟不出意料地从他衬衫上捡起一根长卷发。

刘芬拎起战利品盯着他，昨晚上去哪儿鬼混了？

胡胜利一看心虚，只得慌忙掩饰道，陪客户去KTV，一根头发疑神疑鬼个什么，风吹过来落上不行啊！再说，咱们早就没关系了，你这么查我有意思吗？

哼，你是找了哪个狐狸精，这么着急把我们母子撇开？还有，你又从公司账上动了十万块钱，别以为我不知道！

我打点客户用的，你到底在我身边安了多少间谍？胡胜利一叹气道。

刘芬脸上浮起一丝得意，很快就变得阴冷暴躁，你别以为我不知道，让我抓到那小妖精，我肯定要她好看。

好好好，你天下第一。胡胜利皱着眉进了自己的房间。

不想刘芬是个行动派，她立刻花一千块就买通了胡胜利的司机张亮，说出了老胡在外面包养梦都女老板的事，刘芬又加了一千块，让张亮径直将她带到工地。

如果不是私事，她还真不爱来这种地方，四处的钢筋砖躁和扬起的尘土让她生厌，她掩着口咳嗽了几声，让张亮把工友都叫过来。

贾长安孙大力一众七七八八都围过来，高中和铁头也凑上来，刘芬看了看这群结实有力的男人，唇角一笑。

老少爷们，我是刘芬，胡胜利的老婆，咱们以前多少都见过一面。我今天来，要找各位帮个忙。

刘总说话，上刀山下火海，不皱一下眉头。孙大力叫道。

没那么严重，就是让各位去给我壮个声势，有个狐狸精勾引胡总，我要去找她算账，你们跟我去，把她的店砸了，出了事，我负责。

刘芬这话说完，众人面面相觑，去打砸？

大家放心，这不是打架，是主持公道，我也不会让你们白干，刘芬说着拿出厚厚一摞钱，来，每人一千。

大力两眼发光，叫道，主持公道，又有钱拿，干吗不去。兄弟们……

孙大力说着，余光看到贾长安瞪着他，便赶紧收了声，贾长安咳嗽了一声，迟疑道，咱们是工人，有活呢，耽误了工程怎么办？

师傅，这工期一个中午就赶出来了，这么高的加班费哪儿找去。孙大力靠过来小声说。

就知道钱，咱们来这是盖楼的，别的事咱管不起。贾长安皱着眉，低声说。

众人安静下来，刘芬见状不好，径直走到贾长安面前，贾师傅，我知道你一向听老胡的，我平时也敬你是个汉子，这种事，你不能不管不问吧？

贾长安本就容易拉不下脸，也知道些刘芬与胡胜利藕断丝连的关系，这一下被问得哑口无言。见贾长安不说话，刘芬又说，放心，有什么事有我担着，老胡公司的股东是谁，你们也不是不知道。

走吧贾师傅。孙大力撺掇道。

是啊，这可不是别的事，是嫂子的事，没钱我们也得去。大光也说。

好，都是汉子，都给我抄家伙，有什么拿什么，走！

这时若有人站在楼顶上俯瞰，就能看到刘芬带着一群提钢筋拿板砖的男人，一路尘土气势汹汹。出了工地刘芬拦下五辆出租车，才将这些男人全部装进去。她自己拍一拍身上尘土，冷哼一声，俯身进了张亮的小汽车。

第八章

北京，上午十点。

对清吧的人来说，一天的工作才刚刚开始，连铁振国都没上岗。

玛丽打开店门，春妮正蹲在吧里收拾杯子。

不想六辆车在门口停下，一队人浩浩荡荡的下来。

大伙儿，今天就看你们的了！刘芬一声令下，将玛丽惊得浑身一凛，就看着一众民工打扮的男人拿着家伙要往里冲。

我们还没营业呢。玛丽壮着胆子横在门口，看着刘芬说。

去叫你们老板出来！刘芬嫌恶的打量着玛丽，哼，一早就打扮的和妖精似的，看你们这儿就不是什么正经地方。去，叫你们老板！

你嘴巴干净点儿！玛丽愤然道，你们到底什么事？

小鱼小虾的在这儿瞎挡什么道。刘芬一把推开玛丽，一队人轰轰冲了进来。

狐狸精！你给我出来！在外面勾搭别人老公的时候你怎么不要脸？这会儿知道躲了！刘芬叉着腰在店里大骂。

此时春妮早进去通知唐郁梦，但她一个女人哪行，任建昨天出去了还没回来，铁振国估计去了洗手间，都找不到人。

谁找我？

唐郁梦从里面款款出来，见一屋子拿着钢筋板砖的人，还有一个张牙舞爪的中年女人。

她心中一叹，知道这天终于来了。

刘芬一看见她，这女人即使刚起床不甚装扮也明艳夺目，穿一件米色缎面衬衫优雅沉着，圆润白皙的十指涂着鲜红豆蔻，栗色大卷发披散在肩上，确实比她风情迷人百倍。

这一看不打紧，更激得刘芬几乎失去理智，像一头暴怒的母狮一样沉沉走到唐郁梦面前，抬头就是一个响亮的巴掌。

那一声打得在场人都心里一紧，玛丽拿起电话要报警，忽然孙大力一步跨过去按住电话，扬了扬手里的瓦刀。

玛丽，你不要管。唐郁梦冷声道。

你怎么能打人呢！玛丽叫道。

刘芬看都不看玛丽，直盯着唐郁梦说，不要脸，狐狸精，勾引别人老公，打死你都不冤。

你们早就离婚了。唐郁梦冷冷说。

离婚了也是我的，我吃剩下的东西，就是喂狗，也不喂你！吃别人剩饭，要不要脸啊？刘芬看唐郁梦即使是脸颊红肿，依然优雅沉静立在她面前，并未像她想象的打滚哭闹，便一挥手向身后叫道，给我砸，一点儿都别剩！

砸？不是说就壮壮声势吗？众人有点儿犹豫。

砸！砸了我再每人给一千！

大光一瓦刀抡在玻璃桌上，孙大力也抄起钢筋砸了起来。正这时，忽然听到一声大喝，都住手！

所有人一愣，铁振国?！春妮?！

看他俩一起跑了出来，在场人都惊到了。

高中和铁头冲过去，后面是贾长安，齐声道，你怎么在这里?！

自然，高中和贾长安是问春妮。

这就是你说的工作？你跟我回去！贾长安一把抓住春妮将她往外拖，喂喂喂，别这么对我春妮姐！高中也跟了出去。

这边室内更加热闹，铁振国盯着一众人，看到铁头卡拉在一边，对他们使了个眼色，哥，你们先躲开，别掺和这事。

刘芬一看众人停住，急道，砸啊，想不想要钱了你们！孙大力的钢筋停在半空，见铁振国这一身正气腾腾，只壮着胆子尴尬道，你是干吗的？我们是刘总叫来的，刘总让我们干吗我们就干吗。

我是这里的保安，大家如果还认我铁振国这个兄弟，就别闹事，马上离开这里！

不然呢？孙大力脸上无光，回嘴也回得无力。

不然就别怪我铁振国不念旧情！他怒目圆瞪，环视众人。

唐郁梦看着身前的铁振国，只觉得他真是堂堂正正的男人，刘芬看向唐郁梦一嗤笑，行啊，看来老胡满足不了你，又找了这么年轻力壮的。

我警告你，我已让你三分，你别得寸进尺。唐郁梦咬着牙说。

呵，我还就爱得寸进尺！今天好好收拾收拾你这妖精！刘芬又一扬手，却被铁振国一把抓住，使劲一推，刘芬一个踉跄后退几步。铁振国顺势抓起一个啤酒瓶，向众人吼道，想打架吗？我奉陪，你们在这儿欺负女人算什么，有种的冲我来。

我……我警告你，我手里的钢筋可没长眼睛。孙大力看着铁振国步步逼近，不由后退几步，吞吐道。

怕什么，你们这一群孬种，就他一个人有什么好怕的，给我上啊！刘芬喊。

我不管你和唐总有什么矛盾，现在我是这儿的保安，这块儿就是我罩着，谁要在我的地盘上闹事，就是跟我铁振国过不去！说着铁振国将酒瓶高高举起，吓得众人又后退几步。

众人对峙，只听咣的一声，酒瓶重重砸在他自己的脑袋上，铁振国眼都没眨一下，举着半个玻璃瓶叫道，来啊，谁不要命就过来！

老二，你疯了啊！看铁振国一头鲜血，铁头吓得惊叫，唐郁梦冲进吧台拿出条毛巾给他捂住，门外还在争执的高中春妮和贾长安，听到声响也冲了进来。

铁振国丢了毛巾，轻轻推开唐郁梦，拿起一个瓶子递给孙大力，来啊，我今天就拿命和你们玩！

孙大力步步后退，一群人也跟着步步后退。

滚！铁振国一声怒吼。众人都狼狈而出，刘芬气得大骂，铁振国看了她一眼说，请吧，这里不欢迎你，以后也别再来。

待众人散尽，铁振国方才觉得一阵天旋地转，眼前一黑就倒在了地上。

再醒来时，他已穿着病号服躺在床上，看床边忽然探过来好几个脑袋，铁振国开怀一笑说，都在啊？我这是干吗了？

我说吧，一瓶子死不了，高中对春妮笑道。

那给你来一瓶子试试，春妮瞪了一眼高中，揶揄道。

唐郁梦还是满面忧色，看着铁振国说，终于醒了？感觉怎样？

铁振国一看自己手背上这输着液，又摸摸头上的绷带，笑说，有这么严重？

哼，还不严重，做了手术，脑袋里给你取出个小玻璃片来，现在你还有轻微的脑震荡，不要做剧烈活动。唐郁梦微微皱眉说。

这时医生走进来，几人忙起身让开，医生检查了伤口，就说，没什么大事，就是需要再住院观察几天，你们先去把住院手续办了。不过谁去先买点儿粥来，让他先喝了粥再吃药。

唐郁梦赶紧接过单子，高中也跟着说，我们去。

两人走出病房，只剩了铁头和春妮在里面，铁振国嘿嘿一笑说，哥，这也没什么事了，你先回去歇着吧。

没事啊，多个人也好照顾你。铁头说。

我，我这儿有人照顾。铁振国冲铁头挤挤眼睛，铁头这才明白过来，起身说，那个，我回工地干活去了，春妮你帮忙照看下振国。

铁头一走，春妮忍不住笑出声来，铁头哥真是理由都编不好，这么晚去工地干什么活儿。

只剩他们俩了，倒也不觉得尴尬，看着满头绷带的铁振国，春妮确实有些心疼，只怨道，你怎么那么傻，怎么能打自己呢？

铁振国一笑，不打自己，打谁啊？胡胜利前妻是女的，不能打吧？孙大力他们，毕竟在一个工地待过，也不能打吧？想来想去，只能给自己来一下了。

傻子，春妮嗔道。还疼不？

疼，不过心里挺美的。铁振国乐呵呵的看着春妮，春妮可不想让他再说下去，只得打岔说，可这一来我舅舅也知道了，回去还得听他好好唠叨。

铁振国不知，当时春妮被贾长安一把拽出去时，高中也跟了出去，贾长安每说一句春妮高中就反驳一句，直到弄烦躁了贾长安，想要直接给他两下子，春妮才劝住了两人。

他更不知道高中与唐郁梦一同出去，是向唐郁梦请求让他去清吧工作，唐郁梦一眼看穿了他是为春妮，不过清吧确实也没有合适他的工作，所以直接拒绝了他。

高中提着粥回来时，见春妮正与铁振国聊的开心，心中微微不悦，他可不会像铁头一样理会铁振国要他回去的暗示，非但如此，还接过春妮要喂铁振国的粥，说自己来喂。

铁振国哭笑不得，他本想享受一下的意外甜蜜，被这小子夺走，哪有大老爷们喂大老爷们的，丢人不丢人啊，铁振国说，就挣扎起来自己喝了。

高中递给春妮一盒，说这是加了红枣的，特意给姐要的，铁振国瞅了他一眼，觉得他长大了变得心细。这时唐郁梦已办好手续进来，见着三人微妙关系，心中暗暗一叹。

我已经交了住院费，你好好养着，不着急出院，一定养好了。说着唐郁梦又拿出一摞钱递给他。

这个你先拿着，医院里用钱的地方多，说不定啥时候就要用钱。

铁振国猛一皱眉，说，不要不要，我砸自己一瓶子是为了钱吗，你把我想成什么人了？我是为了钱什么都做的吗？

我不是这个意思，唐郁梦有些尴尬。

见铁振国并不接话，手也不抬，春妮只好说，唐姐，你也累了一天，要不先回去吧，这儿有我们呢。钱如果我们真需要，我再和您说。

唐郁梦淡淡一笑，收了钱，对春妮说，有事给我打电话，就转身走了。

铁振国自然知道自己说话不好听，但他只觉得胡胜利的老婆来砸场子，和她品行不端有关，当然这不影响在需要的时候他帮上一把，这毕竟是他的职责。

被酒瓶砸的后遗症还在，铁振国一会儿觉得有些晕乎乎的，不住的打呵欠，他让春妮和高中回去就好，话还没说完，就迷迷糊糊睡着了。

我们出去守着吧。高中看着春妮轻声说。

两人走到外面走廊，在长椅上坐下，此时已是夜里，只隔几步开一盏夜灯。

春妮姐，你困不困？

春妮摇摇头，还好……你说振国的伤没事吧？

高中淡淡一笑说，放心吧，医生都说了，观察两天就能出院了，我们上学的时候，有些粗蛮的男生动不动就拿酒瓶子砸人，还不是过几天就好了。

春妮笑了笑，你被砸过吗？

还真没有，春妮姐，高中顿了一下，你是不是特别想唱歌？

春妮嘴角一动，笑而叹道，唱歌是我这辈子最愿意做的事情。只是，没什么人能理解。

二哥他也是为你好。高中说。

我真不明白我唱歌怎么像害自己了，春妮摇头轻叹，也不怪他，咱们农村出来的，只想着怎么赚钱养家，没啥理想。

也不是，我就有。高中看着对面的墙壁，轻声说。

春妮微微一怔，看着高中说，是什么，能和我说说吗？

高中微微一笑，春妮姐，我和谁都没说过，我的理想也是我爸的理想，我爸把我养大不容易，他希望我能考大学考回北京；我的理想是当世界上最好的建筑师。我爸曾经是最好的设计天才，可是摊上了上山下乡，到了江宁，和我妈结了婚，回不了城了，就把全部的希望放在我身上了。

当建筑师……在工地怎么可能？高中，你应该好好读书考学，你在工地干一辈子，也最多是个包工头、开发商。你看我舅舅，干了半辈子了，他算建筑师吗？最多是建筑师傅。建筑师傅和建筑师可差远了。要当建筑师，就得有真才实学。建筑师傅卖的是体力，建筑师卖的是脑子。能一样吗？春妮有些着急的说。

高中沉吟半晌，一低头说，不知道啥原因，我平时成绩不差，但一上考场就头疼，考了几年都不行。

再试试呢，别放弃。春妮说完看高中一脸黯然，也就不坚持刚才的话题。那你就这么出来，你爸妈得多担心。

高中苦笑了一下，低头说，我妈早就不在了。

春妮微微一怔，失母之痛她如何不知，她自从父母相继离世，已然活的像个孤儿，还好有个舅舅。高中知道她的家世，就说，春妮姐，我们太像了，看见你，就觉得特别亲昵。姐，你放心，不管什么时候，我都会支持你的。

说着高中翻开自己的帆布包，拿出一个画夹打开，春妮姐，你看。

那幅画是在乡间，一个红格子衣服的小姑娘背着书包，走在夕阳里。两边稻田郁郁。

春妮姐，这是你。是小时候的你。

春妮一愣，又仔细看那画，我，我小时候长这样？这么好看？

在我印象里可比这个好看，我都画不出。高中一笑，把画夹递给春妮说，这个送你了，用这个夹着，不会折坏。

春妮一笑说，谢谢，便大方接了过来。

两个人坐的很近，高中可以闻到春妮发丝的香味，两人又随意聊了些其他的，不觉都有些困了。

我们就在这儿靠着墙睡吧。春妮说，振国有事还可以叫我们。

天还不亮，医院已有大批查房的，预约检查的，探访的人到了，春妮醒来一看，自己竟靠在高中肩上，只觉得脸颊一烫，赶紧起身。高中揉了揉发麻的手臂，笑着说，看你睡那么沉，还以为你要睡多久呢，也是这么早就醒了。

真……不好意思，你一夜没睡吧？春妮吞吐地脸色更红。

没事，高中一笑。

他怎么会说，昨晚上她睡着了，慢慢滑到他肩上，他一动也不敢动，他说不清为什么对这个比他大几岁的姑娘一见如故，虽然他画画时也见过不少漂亮姑娘，但春妮似有种不一样的温柔，令人见之沉醉。更或者，这个姑娘身上不服输的劲头打动了他，他自然知道这是二哥最喜欢的女人，但，情感若能控制，又怎么会有那么多千回百转曲径蜿蜒的故事。

等他们到病房，铁振国已拔掉了针头，谁也劝不住的要出院。春妮与高中无奈，只得去办了出院手续，几人回到梦都。

胡胜利那边自然是焦头烂额，刘芬不但毫不掩饰自己打砸梦都的事实，还以见到唐郁梦坐实了证据，找到公司又大闹一场。胡胜利这会儿得了空，才打了几个电话将唐郁梦约出来，但他更如做贼心虚，直到坐定都在东张西望，唐郁梦见他这样，只在心中一声哀叹。

她经历不少，也能在刘芬来撒泼时保持镇定，但这种羞辱确是她有生以来从未有过，她今天即使精心化了妆，也掩饰不了一边脸颊的红肿，更何况刘芬那些话句句刺在心口。

胡胜利好生劝了她几句，又说要带她去燕莎百货血拼，唐郁梦冷笑了一下，说，你知道我想要的不是钱。

我知道，可我现在能给你的只有钱。

唐郁梦怔了一怔，静静说，我想结婚。

不行！胡胜利明显变得不耐烦，连声调都提高了几度。

能不能别在这个节骨眼上再说结婚的事儿了？刘芬刚闹了一场，咱们敢现在结婚，她就敢买凶杀了我。

唐郁梦往后一仰靠在天鹅绒椅背上，冷笑道，你就不怕我杀了你？

你？你爱我还来不及的呢，我也爱你。胡胜利一脸嬉笑，郁梦，最近咱俩就别再见面了，除非我去找你，你也别打电话给我了，风声紧，可别让刘芬抓到把柄。

他一握唐郁梦的手，坏笑道，我会经常去看你的。另一只手探过去在她屁股上捏了一把。

滚！唐郁梦一杯水泼在他脸上，推开他拎起手袋就走。

妈的，性子真烈。胡胜利拿起纸巾擦脸上的水，又一瞪旁边的服务员说，看什么看！

唐郁梦回到梦都时，正是午后，这时间没什么客人，她懒懒地去吧台，写了一张“内部装修，停业一天”的纸递给春妮，让她去外面贴上。

天色暗下来，唐郁梦拿了一杯酒随意坐下，只觉得黯然无比，又叫了春妮过来一起。看着眼前青春无限美好却不自知的春妮，唐郁梦心中一片凄然。她喝了一口酒，看着春妮说，你们，是不是都觉得我特别可笑？是不是其实私底下都瞧不上我？我跟胡胜利的事，你们都知道，我也知道你们知道。他前妻跑这儿来闹事，就等于是打我的脸，你们当面都叫我唐姐，可私底下都瞧不起我。是不是？

春妮一愣，连忙说，您怎么这么说，真的没有。

唐郁梦苦笑一声，摇头说，有也没什么，春妮，女人这一辈子遇到什么样的男人，都是她的命，我的命就是胡胜利，这不是能选择的事。你能遇见铁振国这样的男人，你比我幸运。

我，我和他的婚约早就解除了。春妮低头说。

可他还是愿意为你留在店里。唐郁梦笑笑。铁振国是个男人，为了我他都可以受伤，要是你出了什么事，我估计他连命都可以不要。

他是个好人，但我们俩真的不合适。春妮幽幽地一低头。再说了，这儿是北京，不是江宁，只有真心有什么用呢。

听着这话，唐郁梦又猛然一愣，这话如此熟悉，熟悉的她此时无法正视自己。

你还年轻，不懂，以为这些才是最重要的，到了我这个年纪，就明白了，一颗真心比什么都重要。

这话她也是说给自己听，但事到如今，明白这些又有什么用。她环视这店，哪一件都是胡胜利给的，春妮说，那是因为您什么都有了，才能说这话，她对自己苦笑一下，是啊，什么都有了，这时候才觉得，这些并不是自己想要的。

正这时，门吱呀一声被推开了。

高中？春妮有点儿惊讶。

这少年穿得清爽整齐，更不同往日模样，他和唐郁梦打了个招呼，就径直对春妮说，还想着等你下班呢，不过看到你们今天正好休息，我们去看电影？

看电影？春妮一愣。

嗯，张艺谋的新片子，《摇啊摇，摇到外婆桥》。高中说，走吧，票都买好了。

春妮看了一眼唐郁梦，唐郁梦轻轻一笑说，去吧去吧，你们年轻人就应该多出去玩玩。

春妮和高中走了，玛丽不知道去了哪里，店里只剩下她一个人，她去吧台放了小野丽莎，又拿出一瓶杰克丹尼，她喜欢烈酒，有时候看店里男人喝点儿百利甜什么的，总是不免心中一嗤笑，那不是巧克力奶吗？唐郁梦笑出了声，知道自己有几分醉了。

这是春妮来北京第一次看电影，东寺的老电影院，座位很旧，人很少，黑暗中两人再次坐在一起，大屏幕上上海滩风雨变幻，百乐门里小金宝在唱，清浅池塘，鸳鸯戏水，高中看的心神不宁，偏过头问春妮，春妮姐，你和我二哥现在是什么关系？

春妮一愣，说，嗯，老乡吧，也不是，比一般的老乡好点儿，说是朋友，也比一般的朋友好些。

那……是恋人？

当然不是，春妮笑着说。我们那娃娃亲的婚约早就解除了。

那我就放心了。高中一笑。

春妮一偏头看他，放心？

春妮姐，我喜欢你。

什么？在轰鸣的电影声中，春妮不确定自己听到的。

我说我喜欢你。高中附在春妮耳边，提高了声调。

你，春妮失声笑出来，你别学电影台词。

我说的是真的，小时候我就喜欢上你了，那天在工棚里，我一开门，阳光正好打在你身上，太美了，一下子就在我心里扎根了。我知道你和表哥有娃娃亲，所以只能默默藏在心里，但你刚才也说了，你们并没有谈恋爱，那我当然可以光明正大地追你了。高中急了，将他压抑许久的话一并说出。

春妮怔了一怔，看着高中说，高中，你是个很有才华的孩子……

我才不是孩子！

好好，你不是，可我们还是不合适。春妮抱歉的笑了笑，我跟你说过，我有自己的理想，我要唱歌，要成为明星，要当上真正的北京人，我不会因为爱情，影响我的理想的。

高中不以为然道，没关系啊，我支持你，我也可以帮你实现理想啊。

你拿什么帮我？春妮一笑。

高中愣了，一时语塞。就听春妮又说，高中，你这么聪明，为什么不回去读书？工地哪儿是你应该待的地方啊，你应该在学校里。你不是也有理想吗？

当世界上最好的设计师，不念大学，你永远当不上。

那，如果我考上大学，你会不会考虑做我女朋友？

春妮怔了怔，她还真不知道，她没想过，如果高中是大学生的身份，对她如此殷勤，她会不会有所不同。

如果你答应我，我明天就回去复读。高中笃笃道。

快说，你答应我吗……

春妮姐……

两人嘀嘀咕咕的前排观众不满了，一个中年女人转过来瞪着他们说，吵吵什么，谈恋爱回家里谈去！

春妮脸一红，看着高中低声说，好好，我答应，等你考上大学，我会考虑的。

高中一笑，往后靠在椅背上，不再说话。

事实上，一天以前，他就收到了家里的来信，说父亲病重，他打了几个电话都不通，他知道自己可能确实需要回去一趟了。

而他们根本不知道，此时梦都清吧，唐郁梦一袭明艳的红裙，坐在七楼的天台上。

警察与路人将下面围得水泄不通，急哭了的玛丽给胡胜利打了电话，人们尽都抬着头，看着在天台沿儿上唐郁梦，一声不吭的晃着长腿。

胡胜利的车疾驰而至，他透过车窗就看到天台上的唐郁梦，惊得一身冷汗，此时围观的人越来越多，胡胜利想了想，还是硬着头皮下了车。

胡总，您总算来了，玛丽急的一脸眼泪说，唐总喝多了，谁劝也不下来，我们都不知道怎么办了。

她这是为什么啊？胡胜利问。

为什么？玛丽瞪着胡胜利，别人问问为什么就算了，您还用问吗？

胡胜利一皱眉，也不想与这小姑娘多撕扯，只对着唐郁梦大喊道，郁梦，你下来，听我说啊。

唐郁梦一扭头，见是胡胜利来了，只对着他凄凄一笑。

你下来，我什么都答应你。胡胜利有些急了。

别骗我，我早就不相信你了。唐郁梦冷冷一笑。

你等我，我不骗你，我这就去找你。胡胜利说着就钻进店里，由玛丽带着，上了天台。

郁梦，别做傻事，快过来。这么近的看到唐郁梦，见她一脸醉意和哭花了的妆，胡胜利隐隐有些内疚。

咱们一切都好商量，你过来，好不好？胡胜利一步步探过去，唐郁梦尖叫道，你别过来，你过来我就跳下去！

别别，我不动，我不动，郁梦，你也别动，你喝多了，乖乖和我回去，明天就没事了,好不好?

呵,明天,我还有明天吗?唐郁梦哈哈大笑起来,又往天台下看了看,哈哈,这么多人来看,明天小报会怎么写?包工头情人之死?哈哈哈。

胡总,你别说了,你越说越刺激她。

胡胜利回头一看,竟是铁振国来了,胡胜利不知为何有种看见救星的感觉,点点头就往后退了一步。

铁振国?你也来了?不要劝我,今天你们谁劝我都晚了。唐郁梦看着天台下的人群,凄厉叫道,都闪开点儿,一会儿砸到你们别叫倒霉。

说着她就站起身来,胡胜利紧张的握紧双拳,铁振国神情肃然,大步流星朝她走去,唐姐,我今天就叫你一声唐姐吧,我不会劝你,我就是觉得我是比你还该死的人。

唐郁梦一怔,苦笑道,你凑什么热闹。

你不知道吧?我在江宁老家,本来是个货车司机,可把车开进了沟里,赔了人家一大笔钱,回到家里发现青梅竹马的人不告而别的,带着兄弟去炸鱼,却把堤坝炸坏了,淹了人家的房子和农田,害的我爸妈只能借住在别人家里。到北京来,本来想在工地好好干,可没待多长时间,又被满肚子坏水的包工头赶了出来。

胡胜利一皱眉,不过也顾不上回嘴了。

铁振国一步一步已离唐郁梦很近,然而她似乎没注意到,只呆呆地看着他。

你看,我好不容易找到了春妮,可她却说当年的话都是过家家,不算数了,唐姐,你说我是不是更该死?我还活个什么劲儿啊。此时唐郁梦才发现铁振国已到了她身边,才忽然警觉大叫,你别过来,我要跳了。

只听她啊的一声惊叫,真是脚下一滑就歪了出去,铁振国电光石火一把抓住她,却是被一拽也半个身子摔下去,好在他紧紧抓着天台上一根裸露的钢筋,然而一个人下坠的重量仍是难以支撑。他大声叫喊,胡胜利冲来帮他一起,将唐郁梦一点点拉上来。

这时唐郁梦惊得酒全醒了,吓得瘫坐在地,胡胜利一把抱住她喃喃道,你吓死我了,她却像毫无知觉,只怔怔看着对面衣服都被撕坏的铁振国,想到刚才九死一生的一幕,对,若是掉下去真是拖着他同归于尽,当真无法想象。

唐郁梦看着铁振国,嘴角微微动了动,也没说出话来。

第二天,唐郁梦将铁振国叫到办公室,要将他升为保安部经理,工资翻倍。铁振国一皱眉要推辞,唐郁梦只摆摆手说,我知道你要说什么,我给你升职加薪,既是因为你救了我,也是为了店好,我不能让员工以为我是一个知恩不报的人。说完她向内室一回头说,你说是吧,胡总?

里面传来胡胜利懒洋洋的声音，店是你的，你说了算。

唐郁梦轻轻一笑，对铁振国说，就这么定了，你去吧。

铁振国想了想，道了谢就转身走了。胡胜利这才从屋里穿好衣服传来，斜睨了一眼唐郁梦说，你故意气我？

唐郁梦冷笑一声，说，有必要吗，不过你又待了一夜，这会儿也该回去了。我的事闹得沸沸扬扬，刘芬也知道了。

是啊，这阵子我要少来些了。胡胜利恢复了往日的神色，似乎唐郁梦昨晚上险些丧命只是一个极小的插曲。

唐郁梦淡淡一笑，起身说，好啊，反正我这里是旅馆，你想来的时候来就好。胡胜利没注意她笑意之后冰冷的神色，只夸她懂事。

还有，那个铁振国，找个理由给他一笔钱，把他辞了。胡胜利说完就匆匆出了门。

呵，你以为这世上的人都像我，有了钱就可以做一切吗？唐郁梦在心中轻叹一声，神色不动的在桌边坐下，一时只觉得心灰意冷，无限疲惫。

而高中自从那天与春妮分手，回到工地便心神不宁，他坐在床上，望着外面工地尽是尘土泥污，又见到铁头一会儿汗津津的回来，他越觉得这不是他要走的路，他父亲是教师，爷爷是建筑师，他画画时别人问他做什么，他可不好意思说自己在工地打零工，特别是春妮那天一番话，更让他觉得不能在工地混下去，他不是铁头，也不是铁振国，他要改变自己是泥腿子的命运。

他将电报拿出来又看了看，便撕碎丢在垃圾桶里，当晚，高中请铁头与铁振国吃饭，说明了他要回去复读的决心。

两人自然一惊，继而又喜，一来高中在工地确不是长久之计，二来高中回去复读，也真是他们兄弟间日后能出个大学生，实为家族喜事。

只是两天后，高中突然出现在家里，让高玉林惊喜万分。

当然，高玉林是真的病了，他那肺病积日已久，那次高中负气出走，他更郁结在心，只觉得身体每况愈下，他难以接受自己一辈子被时代洪流挟卷，高中却仍要走铁家儿子的路。

高玉林激动不已，挣扎着从床上起来，抱住他又黑又瘦的儿子，当晚，隋丽芳做了一桌子菜，高中父子与铁国庆一家齐聚一堂。

自从小玲在村口开了商店，家里也境况稍好，铁家小商店每盘点一次，就要先还些钱给邻居，好在高中回来，除了给家人带的礼物，还把铁振国让带的钱交给隋艳芳，桌上的每个人都竖起耳朵想听听铁振国他们的近况，然而高中只是浮光掠影说了几句，就回房去收拾书本。

他复读的同学，都已经开学几个月了，回来的火车上他就打定主意，这次决不让自己的名字成为笑话。他要考到北京，读个好大学，他绝不像两个哥哥那样成为低下的体力劳动者，他要体面的生活，要和春妮谈个恋爱。嗯，虽然她是二哥的心上人，但是爱情哪管先来后到。

当高中将课本和辅导书重新找出，再打开看时，竟有种奇异的从未有过的感觉，似乎这么久无感而枯燥的知识今日是要为他打开一条生路，他整个人的意识似被激发，焕出一种新的活气。

而他此刻思念的春妮，正拿着一张玛丽给她的选秀比赛报名表，激动的无以言表。

春妮自来了清吧就每日唱歌做杂活，倒是玛丽因活泛的多，常被叫出去应酬，她没什么一定要成名的理想，因此拿到这张报名表时，第一个想到的就是春妮。

这是一场叫“冬天里的一把火”选秀赛，那是当红的费翔成名曲，传说这首歌一度火遍全国，并点燃了大兴安岭长达数年不灭的山火。

虽然这已是北京的冬天，一场雪过之后，整个城市都覆着残白，空气更冷。春妮穿着厚厚的棉服，手在兜里，紧紧握着那张报名表。

她太渴望这样的机会，只身在北京打拼的农村姑娘，靠的就是这样微薄甚至缥缈的希望，选秀总应该是相对公平，春妮想到这里，不禁嘴角微微一扬。

第九章

冬天的北京，雪已下得很厚，春妮小心地穿过望京大厦的旋转门，一条红毯在脚下铺开。

她去工作台递上资料，就去一边等待入场。这舞台搭得简单，此时上一轮还未结束，一个长发摇滚男青年正在疯狂地跺地嘶吼。

停停停！一个评委叫道，你这是哪儿是唱歌，你这就是喊啊。

摇滚就是要呐喊啊，是不是我还不够愤怒？那歌手甩了甩头发，又猛一跺脚，一拨吉他——我曾经问个不休，你何时跟我走——

春妮被声音一震，只觉得浑身汗毛竖起，又听这歌手说，评委老师，为了唱歌，我连工作都辞了，如今真的是一无所有，崔老师这歌就是为我写的啊。

一个主考官模样的人抬抬眼镜，摇头无奈道，崔健的一无所有，说的是中国人当下的集体尴尬，不光是物质上的。它讲的是，物质上的富有和精神上的幸福，我们从来就没有同时拥有过。

什么？什么集体尴尬？摇滚青年显然不解，评委老师，要不我再唱个唐朝的？保证特带感。说完他又要一跳脚拨吉他，就被安保人员请了下去。

你们根本不懂摇滚，不懂音乐！他叫嚷着从春妮身边挤过，还留着一身不洁的烟味和汗味。

一个女孩回头问她，你唱什么？

民歌。春妮笑笑，她有些紧张，正期待有个人聊几句，谁知那女孩一怔一嗤笑，就不再理她。

接连几人上台，评委似乎都不满意。

一个评委叹道，他们都是唱歌，没有一个人在歌唱，歌唱是什么，是用音乐直击自己灵魂，是真切的热爱自己歌唱的一切，是一种情不自禁不抒不快的情绪，而不是徒有技巧，没有灵魂，没有动人之处！

春妮听得懵懵懂懂，就听到主持人叫，下一个，李春妮。

她的心怦怦直跳，走到台上站定，例行自我介绍。

各位老师好，我叫春妮，来自江苏江宁，我是个服务员，我很喜欢唱歌。今天，我想唱一首我们家乡的民歌，《茉莉花》。

哦，有意思，这还是今天第一个唱民歌的，好，开始吧。主考官说。

春妮一开嗓，清亮的声音让人为之一振，一众评委昏昏欲睡的情绪一扫而空，几人不由对视一眼，都会心颔首。

一曲唱完，春妮轻轻鞠躬，起身看到四位评委都笑眯眯看她，心中兴奋而忐忑。

很好，我们很久没听民歌了，谢谢你。你的声音条件不错，这首民歌表现的很充分，外面虽然很冷，但我们从你的歌声里看到了江南的春天。我们一致决定你，通过！好好回去准备复赛吧，期待你的下一首歌。

哇！春妮激动地差点儿跳起来，谢谢谢谢，太好了，她捂着嘴怕自己尖叫，又捂着脸怕眼泪掉下来。她此时像疯子一样狂奔下舞台，众人见她皆闪开一条道，谢谢谢谢，她一路叫道，又踏上那条红毯，兴奋地差点儿撞上玻璃门。

这是她第一次参加晋级赛，在很多年以后春妮再想起今日，依旧有笑意，那是多么年轻无畏的时刻，以为唱赢了一首歌就赢得了全世界，虽然不久之后她就摔得极惨，但那一刻，她的兴奋几乎到达了人生的制高点。

复赛安排在半月之后，已是年关之际，节日气氛越来越浓，白色积雪映着正红色的灯笼，墨绿的冷杉树上，彩灯缠绕，夜色一来，绚烂至极。

铁振国在唐郁梦的办公室里，接过她递过来的工资，数也没数就塞进口袋，谢谢唐总，他转身欲走。

着什么急，跟我多说几句话。唐郁梦笑道。

铁振国回身坐下，看看四周说，我吧，一到您这办公室，就觉得别扭。

唐郁梦轻轻一敛眉，无奈一笑。你春节有什么打算没？想不想留在北京过年？

铁振国连连摇头，我得回去，看看家里怎么样了。

如果你愿意留下，我给你算加班，拿两倍工资。

两倍？铁振国一怔。唐总，我真想要这钱，可我得回家，出来大半年了，得回去看看爸妈。

原来你还是个孝子。唐郁梦轻轻一叹。

孝子？铁振国失声笑，我爸不拿棍子抽我就算客气了。唐总你呢？不回家吗？

我？唐郁梦一愣，笑道，不回，我四海为家。

您孙悟空啊？石头缝里蹦出来的？没父母朋友吗？过年哪儿有在外面的。

唐郁梦也不接话，只拉开抽屉拿出一张机票。

我知道你不会留在北京，但还是抱了个幻想。好吧，这是我给你买的机票，坐飞机回去，可以快一点儿。

铁振国一愣，拿过机票一看，皱眉道，一千多啊，赶上我一个月工资了，我可不敢坐。

又不要你花钱。唐郁梦嗔道。

那我更不能坐了，您把票退了吧，我坐了飞机，这年估计都过不好了。铁振国把机票推回去，起身说，谢谢唐总，不管您在哪儿过年，提前祝您新年快乐。

铁振国推门而出，唐郁梦再次无奈一笑。

看着那张机票，铁振国，这三个字她反复看了几遍，想起不久前他在她面前一酒瓶砸在自己头上，想起他一把拉住酒醉将要坠楼的自己，她看着那个名字不觉苦笑。

是的，要过年了，她回哪儿去，回家让所有人质疑她为什么还不结婚？接受亲戚朋友明里暗里的猜测？父母要颜面，她如何回得去。她苦笑了一下，将机票轻轻放回抽屉。

景山公园的清晨，雪簌簌落下来，红墙绿瓦琉璃顶，那棵承载太多故事的歪脖子树，此时亦是显得碧绿从中点点白。

铁振国与春妮踏雪而行，有一句没一句的聊天，都是白茫茫的哈气。

春妮，冷吗？铁振国搓着手问。

不冷。春妮笑着摇头，伸手去握住飘落的雪花说，我喜欢冬天，喜欢雪，在江宁的时候，还是我特别小的时候下过雪呢。

是啊，南方很少下雪，下一场都稀奇，马上过年了，你回家吗？

回家？春妮苦笑了一下，家里人都没了，我回去干吗？我估计我家院子的杂草都有一人高了。

你可以去我家啊，我家人多，热闹。

算了，我不回去了。春妮淡淡一笑，舅舅也在北京，而且，我在北京还有其他事呢。

什么事？

嗯，没什么，小事，春妮说着，嘴角微微上扬。铁振国知道春妮有意瞒他，便不再追问，只说，你自己过年我真不放心，能行吗？

有什么不行，舅舅舅妈都在，玛丽姐也不回去。春妮说完就大步往前走，边走边哼歌，雪花轻柔地落在脸上，一丛丛落光了叶子的牡丹在雪地里，等待来年春天萌发出硕大的芽点，长满碧绿叶子开出雍容的花。

腊月二十六的田园村，有比城市更为浓厚的欣欣喜气，每家都贴对联挂灯笼，小玲商店里烟酒茶糖供不应求。高中已放了寒假，一家人都在等第二天去接铁家兄弟。

而此时铁振国与铁头，费了巨大力气只买到两张站票，昏暗的绿皮火车里尽是返乡民工，座位下都不时探出脑袋。空气中混杂着难言的气味，两人在过道里挤着，不时还要起身给过路餐车让位。

一夜过去，天亮时列车终于进了江苏省内，沿途风光变得熟悉，两人都不禁心中有些悸动。随即又到江宁，挤下火车去卫生间洗脸，再去江宁车站，搭铁振国老东家运输队的车，晃晃荡荡回到田园村。

近乡情怯，铁振国自然不懂粗粝如他此时也有些异样，待他跳下车，站在田园村的土地上，看到高中已在村口等了许久，他将行李向高中一扔，张开双臂向远方喊道，父老乡亲啊，我可回来了。

北京的楼再高再好，也不如家里，铁头激动地快步走着。那话咋说，金窝银窝都不如自己的狗窝。

咋就你俩？高中问。

铁振国一愣，那还有谁？

春妮姐……没回来？

铁振国恍然，她不回来，她家里没人了，回来也难受。

高中点点头，又拿过铁头的一个包，说快走吧，舅妈一早就在准备酒菜呢。

兄弟仨走在乡间小路，铁振国忽然想起什么，大哥，高中，在家千万别提我当保安的事，就说我还在工地干活啊。你知道爸那脾气，他要知道我在外面当保安，非气坏不可。

两人点点头，不知谁家孩子放了爆竹，砰的一声在空中炸响。

皆是年前的喜庆气氛。

回到家中，圆桌上酒菜摆好，两个爸都掩不住喜色，隋丽芳与小玲与二人打了招呼，又回厨房忙碌，小玲不停端菜出来，像新媳妇一样羞涩地冲铁头笑，铁头抱着乐乐，只觉得有家无限好。

待一桌人坐定，高玉林拧开酒瓶，“我来。”铁振国拿过来给男人一一倒酒，铁国庆沉着声音问，在北京没闯祸吧？

爸，我也二十好几的人了，哪能天天闯祸？

嗯，那就好。在家千日好，出门一时难，在外面捅了娄子，天王老子也帮不了你。

知道了知道了，铁振国赔着笑。

小玲给余人倒了雪碧，铁国庆端起酒杯，也掩不住隐隐喜色，过年么，就是团圆，这一年啊，发生了这么多事，到过年能团圆了，也就不算事儿了。

众人点头，喝酒，方才动筷子。

田园村宁静的夜色，这一家人的窗户透出十分温暖动人的光，铁振国父子三人吃菜喝酒，铁国庆不觉微醺，话便多了起来。

在家千日好出门一时难，我和你妈没事。你们离家在外不容易，既然出去闯了，那就别恋着家，好好干。

我知道了，爸。

在工地里，尤其要注意安全，你们出去的时候，爸不担心别的，就是担心你们学坏了，城里头可不比咱乡下。

放心吧，爸。

来，多吃点儿，在外面都吃不到这些。

这个夜晚，铁振国感到许久未见的温暖，他从前只觉得父亲嫌他还不够，今日酒醉之下，才有难得一见的真意。

第二天清晨，铁振国叫上铁头，想去他家老宅看看。离家这么久，他偶尔知道赵子林不时来找麻烦，心中愤恨亦是无法，只想着过去晃晃，让他知道铁家还有两个儿子，并且那宅子还是铁家的。

两人刚走到门口，赵子林正好出来，见了他们就阴阳怪气的说，哟，振国回来了，在北京发大财了吧？啥时候也让乡亲们沾沾光。

混口饭吃。铁振国探头往院里看。赵叔，我能不能进去看看？

看？赵子林脸色一沉，我今天家里来客人了，改天吧。赵子林说完就退回院内，关上大门。

喂——铁振国刚想砸门，被铁头一把拉住，算了算了，这可是咱家的门，当心你的拳头。

正这时，隔壁门开了，两人转头一看，凤英和黄毛走了出来。不消说，黄毛一见他们就躲躲闪闪，铁振国却没理他，只问凤英，凤英姐，你啥时候回来的？

前天回的，你们呢？

我们昨天。腊月二十八，来我家吃饭吧？我们都没感谢你，把我们带北京去。

算了算了，大过年的，都忙。凤英笑道。

黄毛见铁振国似乎没有追究之意，便大着胆子递了支烟，振国，铁头，来抽烟。

铁振国没接，也没看他，就对凤英说，记得二十八来吃饭。说完，两人再聊几句便走了。

黄毛看了看凤英，把烟夹在耳后，不安的说，你不会真的要去吧？

当然要去，人家请咱们那是礼数，咱们得知礼。你去了给人道个歉。

黄毛点了点头，又眼珠一转，凤英，你这次回来，不就是想给你爸看病筹钱吗？可以问铁家借点儿钱。

我警告你，你再打铁振国的主意，我跟你没完。他家自己都欠了一身债。

知道，知道，我这不是想帮你爸看病吗。黄毛说着，又叹了口气，你说那病还有什么可看的，人都那样了，再看都是糟蹋钱，说完他摇摇头就往前走了。

你这说的是什么话！凤英气得一咽眼泪，还是跟了上去。

且说铁头与铁振国这会儿走在田埂上，铁头一直心神不宁，他早就察觉高中有意春妮，但老二似乎毫无知觉，昨天高中那一丝失落铁头看在眼里，他不愿兄弟间为女人闹得难堪，如果提前让铁振国知道，也好遏止事态发展。

振国，有个事我琢磨挺长时间了，得和你说一下。

什么？

昨天回来之后，高中老跟我打听春妮的事，我担心，他喜欢上春妮了。

铁振国不由一怔，不会吧？他才多大啊。

你可别当他是小孩子，你还不是高中这么大的时候喜欢上春妮的。

铁振国想想也是，但又摇头说，大哥，没事，春妮不会喜欢他的。

这谁说得准呢？别的我不怕，只要你们日后别因这事闹别扭，伤兄弟感情。

大哥，我心里有数。铁振国点点头。

这一天回去，铁振国再见到高中，多少有点儿异样，但想到他今年又在复读，考学不易，便先忍了。

很快腊月二十八，高玉林家中满满当当一屋人，凤英与黄毛也都来了。还未落座，铁国庆已去拿了一卷钱要给凤英，村里人都知凤英爹身体不好，关系好的几家都筹了钱，凤英推辞了几下，被铁国庆说生分，便眼泪打转也收了。

待到落座倒了酒，黄毛胆子越发大，话也多了起来，铁振国斜睨他一眼，平声道，黄毛，我们套牢的股票，解套了没有？

黄毛又恢复了他的北京腔，舌头捋不直的说，那点儿事你还记得，真没劲儿，我最近在做别的生意，没时间管那点小事。

铁振国本就喝了酒，一掷酒杯道，还他妈装。吓得黄毛微微一战，铁国庆不明就里，急道，振国，说什么呢，一点儿礼貌都没有。

是呀，兄弟，你不要这样，一点点钱，不在我黄毛眼里的，等我赚了大钱，一定成倍地还给你，我会赚大钱的。

铁振国嫌弃地看了他一眼，冷哼道，你要有能耐，赶紧赚大钱，给凤英爸治病。

黄毛却眉毛一挑，说到这，我就要批评凤英了，老人家的病，医生已经说了，没希望了，可是凤英不听，把所有的钱都拿去治病，不值得啊！人总是要死的，好死胜过赖活着，是不这个理儿？人总是要死的啊，现在这样活着难受，又浪费钱，图啥呢？

凤英眼圈又一红，低声道，你别胡说。

铁振国却是听不下去，一拍桌子吼道，黄毛，你他妈也太没良心了，你不是父母生养的啊？

黄毛仗着铁国庆在，便吼道，你一个清吧的保安，有什么资格管我的家事。

这一吼不要紧，铁国庆惊地酒杯一颤，什么？你不是在工地吗？

铁振国烦乱道，爸，不要听他胡说。

我哪里胡说？你就在那个梦乡清吧，里面都是男的女的唱歌搂着跳舞，你没跟铁叔叔说吗？

你给我闭嘴！铁振国一拳打在黄毛脸上。

黄毛捂着脸嚎叫起来，铁振国还要再打，被铁国庆一声喝住，我问你，你到底在盖房子还是当保安？

爸，你听我解释。铁振国眉头一皱。

我就问你是不是在歌厅？铁国庆又吼一声。黄毛不无得意看了铁振国一眼，还要再说，被凤英一把拉走。

爸，不是歌厅，虽然有人在里面唱歌，但是不是你想的那样，你听我解释。铁振国又急又气。

在田园村人眼里，歌厅是极不正经的地方，老铁这一气急攻心，捂住胸口猛咳起来，你…你……好个兔崽子，你竟敢骗我啊你，你滚，我不想看见你。

爸——铁振国还要再说，亦被铁头和高中拉到了屋外。几人都喝了酒，铁振国奋力挣开胳膊嚷嚷，你们这是干吗？你们没听见黄毛说的话啊，凤英爹也是把我们看大的，黄毛说的那是人话吗？

都在饭桌上，这样不好看，你把舅舅气坏了。高中说。

他不说话还不打紧，这一来铁振国火气更盛，一转脸瞪着高中说，行了高中，别以为我不知道你的心思，你喜欢春妮是不是？我告诉你，你别做梦了，这辈子，春妮是我的人，她绝不会喜欢你的，你死了这条心吧。

高中兀然愣住，脸色赤红，他无论如何也没想到铁振国当面说出这话，旁边铁头也狠狠一拍自己脑袋。

我就喜欢她怎么了？既然话都说到这份上了，好，二哥，我今天就告诉你，我喜欢春妮，我要光明正大的追求她，别说你和她的娃娃亲已经解除了，就算有，也不算数，现在就是自由恋爱。

自由恋爱？铁振国挥起拳头，你敢追她，我连你一起打。

行了行了，铁头上去拉住铁振国，又冲高中一使眼色，示意他先进屋去。高中悻悻走开，铁振国一拳砸在旁边的树上，对铁头怒道，你也走，别理我。

刚刚那一拳打的生疼，铁振国酒醒了大半，但听见屋里仍有父亲的怒骂声，只得叹了口气，又往远处走了走。

一直到月亮挂上了槐树梢，铁国庆耐不住焦急一遍遍往门外看，直看到铁振国大步从外面回来，才赶紧正襟危坐，沉下面孔。

谁知铁振国进屋只看了父亲一眼，就径直向自己房间走去，隋丽芳赶紧跟了进去，见铁振国已经动手收拾行李，不禁急叫道，你这是干什么？

妈，我在这儿也是惹你们生气，我回北京。

你疯了，刚回来就走，后天就过年了，你回北京干啥？隋丽芳急出泪来。

铁振国不说话，手下不停。就只听得屋外铁国庆怒道，走，让他走，谁也别拦他！

振国，你知道你爸这半年遭了多少罪吗？你就不能忍着他点儿吗？隋丽芳哭着说。

铁振国一怔，只觉得锥心无比，他看了看母亲，嘴角微微抽动，妈，我是气我自己，闯了那么多祸，出去半年，也没挣到钱，我觉得自己丢人。妈，你就让我走吧，我出去，我发誓，我一定要出人头地的回来。

隋丽芳哭着松开了手，反而是铁振国去抱住了她，轻轻拍她的背。妈，等着我，不用几年。

铁振国回了北京，大年三十的返程车轻松无比，从西客站出来已是傍晚，又看到熟悉的北京，落日前暖黄的天空似乎比平日清透，想来应是大半人都回了故乡，工厂停工，车流亦少，空气好得不同寻常。

铁振国背着帆布包在街上走了一会儿，夜幕已上，路人行色匆匆，铁振国顿了片刻，还是往清吧走去。

意料之中，清吧连灯箱都没开，这条有名的酒吧街异常清冷，打工者大多回家，铁振国习惯的拿出钥匙，却看到门并没锁，他犹豫了一下，轻轻推开了门。

然后他就听到了熟悉的歌声。

只开了一盏灯，春妮坐在高脚凳上，此时空荡荡里房间里，她拿着话筒，闭着眼睛在唱，我想有个家。

我想要有个家，一个不需要华丽的地方，在我疲倦的时候我会想到它。我想要有个家，一个不需要多大的地方，在我受惊吓的时候，我才不会害怕。

铁振国怔怔站着，看着一盏柔和的灯下春妮落寞的脸，落寞的声音和神情，让他万分心疼，又万分无奈。

他不知道，就在几天前春妮去参加复赛，一上台表现力就极好的她赢得了所有评委的赞誉，本以为胜券在握，却不想最终榜上无名。再一打听，她败给了赞助商的潜规则——入围人选早已内定。春妮从赛场出来，只觉得自己人生就像一个笑话，她之前因为抱了太大幻想，此时对自己笑出泪来。

一曲唱完，铁振国擦了擦眼角，鼓起掌来。

春妮一惊，循声见是铁振国，更是又惊又喜，半晌没说出话。

春妮，你唱得真好，把我都唱哭了。铁振国红着眼睛，有些不好意思的说。

我不是做梦吧？春妮揉揉眼睛，你不是回家过年去了吗？

回去了，又回来了。铁振国一笑。

为什么？春妮从台上下来，走到他身边来。

没为什么，铁振国一顿，这儿怎么就你一个人？

唐姐出国了，玛丽回家了，我留下看门，一个人自由自在的。春妮浅浅笑了笑。

铁振国一阵心酸，忽然更有种同病相怜。外面有早放的烟花，砰砰的几声，让他想起这是除夕夜，他抬手看了看表，再有几分钟春晚就开始了。

春妮，咱们一起过除夕吧，铁振国说，到我宿舍里看春晚去。

去我那儿吧，我那儿还有些现成的吃的。春妮笑。

果然，春妮知道这几日超市大多闭门，提前买好花生瓜子和速冻饺子，铁振国从店里拿了啤酒让春妮记在账上，两人简单收拾了一下桌子，春妮笑说，早知道你在，我就多准备些东西，也像个过年的样子。

铁振国心里几分陶醉，看着她煮好速冻饺子端来，忽然觉得有她的地方就是家，不，当然有个自己的房子更好，两人看了一会儿春晚，冯巩又出来说，我想死你们了。铁振国说，春妮，我一定好好努力，给你一个家。

春妮只淡淡一笑。

我真喜欢这种感觉，在一块儿过年，春妮，你说如果我俩都没出来，还在江宁，我们结婚了的话，过年是不是就这样？

想什么呢，那不得你爸你妈你哥你嫂子都在呢。

我就是说如果嘛。

哪有那么多如果，谁说我会嫁给你。

这是命中注定的。铁振国拿起杯子和春妮碰了一下。

得了吧。春妮一叹，我本来想去舅舅那儿，可上次去了他还在生气，也不原谅我，我怕去了反倒让他不好过年。

春妮，你后悔来北京吗？铁振国忽然问。

后悔？怎么会呢？我一点儿都不后悔，甚至有点儿庆幸我来了这里。

我也是。铁振国喝了口酒，我真想一步一步把这个城市走一遍，每一块都走了，看看它到底有多大。

春妮看着电视，忽然问，对了，高中怎么样？

高中？铁振国一愣，他，他挺好的。

他那么有才华，真应该上大学，不像我们学习不好，只能出来打工。春妮轻叹了一声。

铁振国没有说话，他想说，你还挺惦记他的，又想说，你为什么要问他？但都没说出口。

这时烟花又起，两人跑到窗口，又觉得看不分明，便爬上天台，大丛大丛烟花在空中绽开，一片荧绿黄紫的光晕如同幻觉，在人间达到一年间鼎沸的热闹之际，在北京西城一个楼顶上，两个年轻的异乡人又叫又跳，过着他们的除夕。

人要是能和烟火一样，绽放的这么好看，即使只有几秒，也值得了。春妮说。

铁振国一怔，你愿意这样？

嗯，如果能让我开一场演唱会，几万人在台下欢呼，就好比这烟花绽放，死了我都愿意。

你别死，你还要嫁给我呢。

春妮白了铁振国一眼，能不能不说这些好好过个年，等到明天，就是新的一年，一切都是新的了。

铁振国一笑，嗯，有些东西，永远不会变，这句话，他还是没说出口。

后来，夜也深了，两人回到屋里继续喝酒聊天，铁振国不知几时就醉了，再醒来时，已是晨光熹微，只见得之前杯盘狼藉都清理干净，自己躺在沙发上，盖了一条柔软的毯子。

窗外偶有几声爆竹声响，他悄悄起身，看见春妮在床上和衣而睡，他静静看了她一会儿，看她均匀的呼吸，碎发落在愈发白皙的脸蛋上，她的唇是那样倔强的姿态，他轻轻走过去，俯下身，就在嘴唇快要碰到她额头的时候，还是停住了。

他笑了笑，对自己摇摇头，转身蹑手蹑脚把屋里整理了一遍，又把垃圾袋一起提着，走了出去。

初一的清晨，街道上行人极少，风很冷，铁振国裹了裹衣领，漫无目的地走着。

满地尽是爆竹碎屑，在昨日狂欢后显得一点萧条。这次从家里负气出走，铁振国只觉得心中有一口闷气，他自离了江宁后一步步不顺利，但这不顺遂并不是他最在意的，他只觉得自己不能像当初开车一样，浑浑噩噩循规蹈矩这么一辈子，既到了北京，就要混出真名堂。

不觉，一抬头，他就走到了熟悉的工地门口。

工友自然都回家了，此时工地安安静静，两扇铁门虽锁着但缝隙不小，铁振国一侧身钻了进去，机器和砖瓦覆着残雪，洁白一片，他笑了笑，只觉得这地方虽粗粝无比，对他来说却是可亲，他四处走了走，随手捡起一把瓦刀，比画了两下，还是十分顺手。

他走之后，这栋楼已经建到了第十一层，内部楼梯都搭好了，他一层层爬，直到最高一层，又在他熟悉的脚手架上坐下来。

晨光一点点展开，新年第一天的北京有种神圣的安静祥和。他想起昨夜春妮的话，到了明天，就都是新的了，她清脆的声音和明亮的面孔还在他面前，他想的到那时她眼里的憧憬。若说之前他还不能理解，但到今日，他也在这城市过了这一年，他开始有一些明白那个憧憬。

这是一座能造梦的城市，这里能唤起很多从前他不敢想的念头，几天前他在田园村再次被乡亲的拮据贫穷触动，但若不出来，他会以为整个世界都是这样。

他看了看手里的瓦刀，忽然觉得似是命运驱使他鬼使神差又回到这里。这次与之前不同，是他心甘情愿，他有那么一刻明白了为什么那么多江宁人不辞千里到大城市盖房子，他们盖着别人的家，是为了自己有一个美丽的家。他要像他的乡亲一样，改变家的现状，改变自己的现状，而这一切都需要他在眼前的这个大城市站住脚。他手中的那把瓦刀，就是他扎根这座城市的长远可能。那里有他的事业、爱情、亲情，他的一切，都在那把不起眼的瓦刀之中。他第一次对这座自己打工的城市，产生了某种归属感。

不久他回到清吧，告诉春妮自己想明白了一件事，他最想做的还是建筑。他想要北京的任何一个地方，都有自己盖的房子。

春妮，以前我只是把盖房子当成赚钱，现在我不这么想了，我觉得盖房子就是盖一个个的家，春妮，总有一天，我要为你盖一个家。

待春节过去，铁头回到工地，领了胡胜利按惯例扣发一个月的工资，又恰好卡拉说工地现在需要个看门的人，问铁头愿不愿，一个月多领几百块钱。

铁头自然觉得好，这次回家因胡胜利扣了工钱，没多少钱带给小玲，心里也不是滋味，他一口应下，又约了铁振国晚上过来，家里还有许多带给他的东西。

晚上两人见了面，铁振国看着母亲带给他的酱菜和腊肉，听说他走以后母亲又哭了几场，心中不免愧疚，一会儿铁头又拿出一封信说是高中带给春妮的，铁振国接过来往桌上一扔，气呼呼道，这小子还真在惦记我的女人。

行了行了，就一封信，人家让带的，还是得带到。铁头说。

我知道。铁振国把信一折装在口袋里，没再多说。

回去以后，他拿出信看了几次，研究了一下封口，他真想知道这小子给春妮说了些什么，但最终他还是敲了敲春妮宿舍的门，把信完好的交给了她。

春妮一接到信，脸色稍稍不自然，铁振国也只当没看到，就打趣说，行啊，还知道给你写信，说了些啥？

我回去看吧。春妮说。

铁振国无奈笑了笑，悻悻回到自己宿舍。

没想到高中真的来信，还是由铁振国送来，春妮心情有些复杂。她关上门展开信，一页隽秀的字迹铺开，不由让她心里一动。

春妮姐，展信佳。其实在电影院之前，我就决定要回来了，但是我不想失去向你表白的机会，所以约你看电影。

你那天的话，更坚定了我回来复读的信心，我不能再逃避自己的责任，更不能逃避自己的理想，在这样的时代，没有理想的人是可耻的。

春妮姐，好久不见，不知道你有没有想起我，我又凭着记忆，画了好多你的画像，把它夹在我的课本里，每一次翻开，我都能看到你的样子……

不知何时玛丽进来，春妮一惊，把信捂在胸口，玛丽跳过来要看，又被春妮慌慌张张的赶走。

对高中的感觉，一瞬间有那么点儿改变，过去她只觉得他是孩子，比自己小好几岁的男孩，和自己说说玩笑话罢了，而现在高中是能与她说理想的人，她觉得对此刻的她来说，理解是比一切都重要的事。

至于铁振国，春妮心中轻轻一叹，她不知自己对铁振国到底是怎样的感情，但肯定，不是爱情吧。

第十章

春节很快过去，清吧恢复了往日喧闹，也许是节日综合症，城市人都比往常更需要一点欢娱，客人比往日更多，春妮和玛丽点单端酒片刻不歇。

已经第三次了，春妮一进吧台就捂着肚子蹲下，忍一会儿再出来，玛丽跟进去见春妮已痛得脸上扭成一团，一问才知道春妮生理期到了，她一直有这毛病，一受凉就十分难捱。

眼看春妮又扶着椅子站起来，玛丽想去与唐郁梦请假，可外面客人此起彼伏的催促，还没等玛丽过去，唐郁梦已经疾步走来。

干吗呢你们？那边客人都等急了。

玛丽刚要说话，被春妮一把拦住说，马上来唐姐。

说着，春妮麻利地将酒放在托盘上，端出吧台，送给客人之后，径直去了洗手间。

春妮迟迟没有出来，玛丽一人应接不暇，恨不得生出三头六臂，不时有客人向唐郁梦投诉，玛丽只好又去洗手间去看春妮。不想刚一进去，就看到春妮瘫坐在地上，旁边血迹斑斑。

玛丽姐，我太疼了，没法坚持了。春妮撑起一口气说。

你等下，我马上找人送你去医院。玛丽跑了出去。

还没听玛丽说完，铁振国就径直冲进洗手间，春妮，坚持一下啊。铁振国一把将她抱起，掠过歌厅挤挤挨挨的人，冲了出去。

到了医院，春妮疼得几乎昏死过去，医生很快做了检查开始输液，在病床上，春妮只觉得铁振国一双眼睛焦急的盯着自己，似是比自己着急千倍，她昏昏沉沉地睡着了，醒来时，铁振国已伏在她床边睡着。

春妮轻轻笑了笑，看了下手背上仍在输液，铁振国睡着一动不动，必定是累得不轻。她不知昨日铁振国抱她出来打不到车，是一路踏着雪跑到医院的。

这时医生进来，看到春妮问，感觉怎样？好多了吧？

春妮点点头，铁振国迷迷糊糊的醒来，却是抓住医生就问，她怎么样？严不严重？还要注意些什么？

医生一笑说，你是她男朋友？还没结婚吧？结婚之后要缓解一些。

春妮脸一红，是老乡，老乡。医生一笑，对铁振国说，这种情况，注意不要受凉，受凉就很容易再发作。下次生理期，买个热水袋给她，做做热敷，痛的时候不要工作了，休息为主，饮食清淡，记得了吗？

记得了记得了。铁振国忙不迭地点头。

待两人离开医院回到清吧，已是第二天清晨，唐郁梦正将保安与服务员集结一队晨训，见铁振国与春妮一身寒气的进来，唐郁梦脸色一沉，这几点了？你们两个，扣两天工资。

唐姐，对不起。春妮一低头说。

唐总，我反对，不分青红皂白就罚我们，总得搞清楚状况吧？铁振国皱眉道。

做什么都要将职业道德，迟到了受罚是自然的。唐郁梦面无表情，铁振国还要再说，被春妮紧紧拉住，“我历来赏罚分明。今天当着大家的面，再次强调，有事情可以跟我请假，所有未经批准的旷工和迟到早退，一定要罚，重罚，好，散会，都开始干活。”

说完，唐郁梦转身回到自己办公室。

春妮一低头进了吧台，铁振国愤愤去了门口，不理会任建对他挤眉弄眼。玛丽进来，见春妮还是脸色苍白，要她去宿舍先休息会儿，春妮看了看此时没有客人，自己确实浑身无力，也就回了宿舍，不料刚躺好，就听得有人进来，春妮一个激灵坐起来，叫道是不是来客人了？

谁知进来的正是唐郁梦。“别动了，快躺着。”唐郁梦把两盒药放在桌上，坐下来说，春妮，心里委屈是不是？觉得自己身体这么不舒服，还被扣钱挨批评？

没有唐姐，是我应该跟您请假。春妮轻声说。

有委屈很正常，但是我告诉你，我管理的是一个企业，企业有企业的规章制度，当着所有员工的面，我必须公事公办，否则大家都不会把规矩当回事，就成一盘散沙了。唐郁梦说完，打开一袋药，帮她冲好，“春妮，这是个偏房，一个老中医给我的，治痛经很管用。”

屋里瞬时有中药的气味，大概是红糖，闻起来还有甘甜，让春妮心中一暖。

别委屈了，你不是老说自己要追求梦想吗？吃点苦，其实是好事。

是，唐姐，春妮笑了笑。

唐郁梦看着春妮，也不觉笑了，她有那么一丝嫉妒这个女孩，在铁振国扶着她的时候，她心中有那么一瞬失落，但到了她这个年纪，她自然分得清楚，更不会把情绪丢给无辜的春妮。

好了，你睡一觉吧，今天就好好休息。唐郁梦笑了笑，轻轻关上门出去了。

铁振国站了一天岗，越想越觉得不能这么下去，当晚他约了铁头，在江宁小馆点了几样酒菜，没聊几句，铁振国就说起自己的心结，还有春节时自己所想的，一并告诉了铁头。

哥，我想清楚了，我想回工地。

工地？铁头一怔，铁振国现在的工资比他还高，工作又清闲，为何要回工地。

你不嫌累？

累谁不嫌？只是现在嫌累，将来更得累。人这辈子，受多少累享多少福都是有数的。年轻人嘛，先累了，将来就只有福了。

铁头停了筷子，看着铁振国半晌道，行啊老二，你变了。

铁振国一笑，吃了口菜，这叫成熟了。哥，这次我主意拿定了，我要干建筑，我不仅要当建筑工人，我还要当工头，什么鲁班奖、詹天佑奖，不管什么奖，我要拿一遍。我要让整个北京建筑行业，记住我的名字。

铁头更加吃惊，盯着铁振国，老二，不对，你实话告诉我，你这是为了啥？

真不为啥，我看好了，保安干一辈子也是个保安，来工地不一样，说不定哪天我也可能当老板。

铁头一笑，摇头说，你倒敢想，你先当好小工吧。不过，你都离开工地了，现在咋回去？要不我们再去找找胡总？

铁振国连连摇头，不去不去，我想好了，我要回去，就要正经八百的，而且我得把本事练好了。对了哥，你现在是不是晚上在看工地？

铁头点点头，不明就里。

就你一个人看？

嗯，就我一个。

太好了，铁振国一拍桌子，这叫什么来着，天助我也，哥，你今晚上晚点睡，我去找你。

铁振国不顾铁头一脸迷惑，大口吃起菜来。

当晚，送走清吧最后一位客人，铁振国换了身平常衣服，径直往工地去，铁头早已等得迷迷糊糊。

大门打开一条缝，铁振国一侧身钻了进来。

你要干吗？铁头迷惑道。

铁振国四处看看，捡起一把瓦刀，找了半桶水，铲了些沙子和泥进去，拎着就到一处空地。

哥，我来练练砌墙。

铁头恍然大悟，继而说，我给你和点儿水泥吧，这土泥怎么练。

铁振国连连摆手，不用不用，水泥不好弄，再说我只是练习，用水泥浪费，土泥就挺好。

铁头看着铁振国，不再说什么，只不停的递砖给他。

这夜里，胡胜利又出现在唐郁梦的房间，他总是毫无防备的来，或者说，偷偷摸摸的来，不管唐郁梦情不情愿，胡胜利依然将她直扑到床上。

窗外的车流声渐少，夜色浓重，胡胜利起身坐在床头抽了一支烟，开始穿衣服。

别走了，行吗？唐郁梦挨过来，抓住他的领带靠上去。

唉唉，当心，宝贝，千万别在我衣服上留唇印了，你不知道有多麻烦。

唐郁梦冷冷一笑，盯着胡胜利说，好，下次我就留在你胳膊上，直接咬。

好了好了，别闹。胡胜利微微不耐。

你就那么怕她？唐郁梦松了手，转身坐在一边去。你真是我见过的最窝囊的男人，只听说过怕老婆的，没听说过离了婚还怕的。

这不是怕不怕的问题，没有这么简单。胡胜利敷衍道，对了，那个铁振国，是不是还在你这儿干呢？把他辞了吧。

辞了？为什么？唐郁梦一怔。

没为什么，我看那小子对你没安好心，你赶紧辞了他，我再给你找一个退伍军人当保安。

人家对我有恩，我怎么能随便辞了他。唐郁梦轻哼了一声，怎么？你嫉妒？

你还真看上他了？胡胜利眼睛一瞪，我告诉你唐郁梦，铁振国不能留。

哼，你先去和你老婆离婚，然后你想辞谁辞谁。

胡胜利整整领带，看她一眼说，你这是胡搅蛮缠，总之，你不辞，我就自己想办法。胡胜利说完拿起包就走了。

唐郁梦点了支烟，披起衣服走到镜前看了看自己，此时头发凌乱，眼睛浮肿，她无奈轻笑了一下，坐下来细细化了个妆，推门去了吧台，给自己倒了杯酒坐下。

她连灯也没有开，从百利甜喝到杰克丹尼，直到看到铁振国半夜进了清吧，也因醉意并无吃惊。

大半夜的不睡觉，你干吗去了？唐郁梦晃着杯子问他。

唐总？倒是铁振国吃了一惊，我，没什么，散散心，如果我又违反了公司规定，请您尽管按规定扣钱。

哟，看着挺大个男人，这么小肚鸡肠。罚你，好啊，罚你来陪我喝酒。

喝酒？铁振国一愣。

怎么，不敢？唐郁梦醉眼朦胧，笑着看他。

铁振国想起上次她酒醉后闹得跳楼，不免有些担心，便大大方方坐下说，好，我陪你喝。

铁振国，我问你个问题，你得老实回答我。唐郁梦给他倒上酒，笑笑说。你心里头，是不是特瞧不起我？

没有，铁振国声音平平。

呵，你没说，但我从你眼里看得出，你觉得我是坏女人，贪慕虚荣，给胡胜利当小三，是不是？唐郁梦自嘲一笑，却是眼睛一红。

唐总，你喝醉了。回去睡吧。

不，你听我说完，我知道，你肯定跟别人想的一样，唐郁梦的一切，都是靠卖弄风情，跟男人睡觉得来的，我没说错吧？你们都把我看成这样的人，可你们知不知道，我认识胡胜利的时候，他就已经离婚了。他老婆总说是我拆散了他们家庭，我受了多少委屈你们知道吗？

铁振国愣住了，他向来不知女人的世界，哪能分辨这其中还有那么多是非曲直。

唐总……这一次他的语气缓和了些。

你能跟他们一样，叫我唐姐吗？唐郁梦凄凄一笑，我给你讲个故事。

七年前，有个小姑娘，二十出头，大学刚毕业，偶然的机会，她认识了一个男人。这个男人是个大老板，对她很好，也会制造浪漫，给她买各种礼物，心很细，很快就俘获了姑娘的心。

虽然这个人比女孩大十几岁，可在她看来，这些都不是问题，只要有爱情，什么都不是问题。她和他在一起了，倾注了自己所有的感情，义无反顾。可是，就当她以为自己被爱神眷顾，找到了自己的真命天子的时候，意外地发现，他曾经有过老婆，有过家庭。最可悲的是，他现在还和那个曾经的老婆，住在那个曾经的家庭里。

铁振国有些怔怔的，他第一次知道个中隐情，也确是他误解。

就这样，她成了他的情人。他们明明可以结婚，她却只能成为一个莫名其妙的情人。一晃就是七年，这个女孩最美好的青春年华，全都给了他。当然这些年他给了女孩很多钱，给她买车，买房子，买珠宝，开店，她生活无忧，可是她最渴望的还是一份没有欺骗的爱，渴望有一个家。

唐姐，那，你现在怎么办？

我还能怎么办？唐郁梦忽然捂着脸哭了起来，我已经把所有的青春都给他了，你让我放弃？从此一无所有？不，我不会的，我还抱着希望，希望他离婚娶我，如果连这个希望都没有了，我还活着有什么意思？

铁振国看这眼前这个风情万种埋头痛哭的女人，心中只升起莫名的悲哀，男男女女的世界实在太复杂伤神，他想起春妮，想起她单纯倔强的脸庞，感到一点点欣慰。

后来唐郁梦伏在桌上,久久未起,铁振国等了一会儿,把她扶回房间放在床上,又拉过被子搭在她身上,之后就悄悄带上门出去。

唐姐,明天起来,又是新的一天。

高中的那封信,春妮来回看了几遍,这夜的一盏灯下,春妮铺开信纸,提笔半晌却不知写些什么。说什么呢?是说她复赛失利?说她与玛丽被叫去KTV陪发福且丑陋的煤老板唱歌喝酒?这种事春妮从完全不能接受到现在已能勉强应付,常在河边走,哪能不湿鞋,这最朴素的道理,她明白。

高中,我现在越来越觉得,自己选了一条艰难的路。高中,你比我、铁振国和铁头哥都要幸运,因为你能读书,只要你高考考好了,一夜之间就能改变自己的命运,我们的命运,却需要一天天,一月月,一年年不停地努力才有可能改变……

春妮放下笔,看了看窗外夜色浓重,玛丽已在身后沉沉睡着,她不知道这夜里都发生了什么,在这一件小小的宿舍里,她依然固执地守着她的梦。

一夜过去,一夜又来,铁振国待清吧打烊之后就溜到工地,几个晚上下来,他曾经的手感又找回来了,加上有了平衡尺,即使用土泥,也能砌得有模有样。

这一夜,待铁振国洗了手从工地出来,一路小跑着回清吧,忽然一辆车停在他身前,车窗摇下,露出唐郁梦明媚的脸。

唐姐?铁振国吃了一惊。

上车吧。唐郁梦一笑。

铁振国犹豫了一下,还是打开车门坐到了副驾。

咱们这是……去哪儿?他迷惑道。

唐郁梦轻轻一笑,放心,我还能把你卖了?

不一会儿,车停在一家咖啡馆前,深夜咖啡馆客人寥寥,放的是昨日重现的音乐,唐郁梦引着铁振国找了靠窗的位置坐下来,服务生来递上酒水单。

你要什么?咖啡还是果汁?唐郁梦问。

嗯,能不能来点儿实在的,吃的吧。铁振国摸了摸肚子。

唐郁梦一笑,对服务员说,来一杯焦糖玛奇朵,一杯橙汁,一份肥牛饭。

待服务员离开,唐郁梦才看着铁振国说,每天晚上都出去,是干什么去了?

铁振国早知道唐郁梦会问,只打哈哈说,我,啊,我跑步啊,锻炼锻炼,这当保安自然得身体好。

还瞒我?你就这么不愿意在我这儿干?

铁振国一时失语,我,唐姐,我没有……

你去胡胜利工地干什么?

我,唐总,你放心,我保证不会耽误清吧的工作。

唐郁梦笑了笑，我只是想知道，你是不是特别想回工地。

铁振国沉吟片刻，看着唐郁梦点了点头，是的，唐姐，实话和您说，我自打从工地出来，我一直在琢磨，自己将来到底想干什么？现在已经搞清楚了，我喜欢搞建筑，喜欢跟砖头水泥打交道，我不想一辈子只是当一个保安，我想盖房子。

唐郁梦微微一叹，略有些失落，又对他说，我可以培养你当大堂经理，你不用一直做保安。

铁振国摇了摇头，真得谢谢你这么看得起我，可惜，人各有命，我这辈子估计就是干建筑的命了。我从那摔倒过，就得从那爬起来。摔了一跤就绕道认㞞，那不是我铁振国。

这时，服务员也端了托盘过来，唐郁梦把肥牛饭推到铁振国面前，又把橙汁给他。自己面前是一杯有漂亮花纹的焦糖玛奇朵。

她偏爱这个口味，焦糖能中和咖啡的醇苦，她是喝不了黑咖啡的人。

她看着铁振国大口大口吃的痛快，心中忽然有一丝怜爱，哪怕是个弟弟也好啊。

回去的路上，车载音响里是张信哲的《爱如潮水》，安静的夜里，两个人都没有说话。

他们都不知道，此时另一辆车里，胡胜利正看着他们，发出一声冷笑。

翌日清晨，胡胜利一个电话打到清吧，要铁振国去见他。

铁振国向唐郁梦请了假，匆匆出来，见胡胜利的司机张亮已在门口等他，待上了车，张亮一言不发，将他带到了昨天那个咖啡馆。

他一人进去，看到胡胜利坐在昨天他与唐郁梦坐的位置，心中已明白了大半，他径直走过去坐下来。

胡总找我？

喝点什么？胡胜利把酒水单递给他。

不用，有事说事，我等下还要回去上班。

胡胜利将酒水单一掷，冷笑道，铁振国，我真是低估你了。

铁振国抬头直视他，你想说什么？

我知道你有能力，性子野，但我没想到你敢动我的女人，胡胜利咬牙切齿的说。

倒是铁振国啼笑皆非，您这话从何说起？

见铁振国毫无心虚，胡胜利低沉道，你不觉得这儿很眼熟吗？

你跟踪她了？铁振国看着胡胜利，无奈道，但你多虑了，我和唐总清清白白。

我知道，我也相信你们现在清白，但我不放心将来。他看着铁振国，对他摇摇头阴沉道,你们这个苗头不好,很不好。我呢,年纪大了,如果我再年轻十岁,我是不会找你来谈的,直接雇人把你打一顿完事了,但现在,我一是不想树太多敌人,第二个嘛,也是想和平解决这件事。咱们不如做笔交易。

铁振国一嗤笑,完全觉得这是无稽之谈,就配合道,什么交易?

胡胜利从西服口袋里掏出一张支票,递给铁振国,拿着这个,什么都不用做,只要离开梦都。

白色绿纹纸上,赫然一个1,五个0。

嗬,十万?胡总出手可真够大方的。铁振国笑笑,把支票还给胡胜利,我真想要啊,但我拿了这钱,会一辈子不安生的。好了,我还得上班,您要没事,我就先走了。

你如果嫌少,我再加五万。胡胜利坐着没动。

胡总,这不是钱的事,我想要的根本不是钱。铁振国皱皱眉,准备起身走。

想回工地干吗?胡胜利冷冷问了一句。

铁振国着实一愣,又转身回来看着胡胜利。

你天天去工地练,别以为我不知道。可你回那多久才能挣十五万?铁振国,人要有点贪心。

铁振国笑了笑说,胡总,你错了,我有贪心,而且很大,这十五万差的远。

胡胜利也笑了,他到底是混世枭雄,也喜欢这样有性子的人,好,回我那儿吧,让你干组长。

事情反转的这么突然,连铁振国都没想到。这天正好休息,他又将春妮约到景山公园,已经是春日了,阳光十分和煦,两人并肩走着,铁振国告诉她自己不久就要回工地,春妮虽十分意外,也还是为他高兴,铁振国丝毫没看出春妮有一丝留恋,也是哭笑不得。

抖空竹的老人又将空竹抛向天空,风轻而暖,他对自己笑了笑。

自从见了铁振国晚上回工地,唐郁梦就知留不住他,当铁振国来辞职的时候,她只觉得心中还有许多未说的话。

这些天她其实很愿意看见他,不知几时起,她就时常想起这个人,虽然他的身份与自己相差甚远,但他身上有种强烈的吸引她的气息,与胡胜利相比,他几乎是阳光明亮有力的一切,她看着眼前站着的铁振国,叹了口气说,好,虽然要走,但我们……还是朋友。

铁振国点了点头,接着就说,唐姐,我还有件事想拜托你。

唐郁梦苦笑了一下,我知道,照顾春妮,是不是?

是的,铁振国不好意思的点点头,唐姐,还有,或许我不该说,但是对胡总,您还是留点儿心眼。

对于胡胜利同意铁振国回工地的事，唐郁梦也很纳闷，知道个中必有隐情，但铁振国不说，她也不好多问，此时铁振国这句话让她有些安慰，他到底还是会关心她一句，聊胜于无。

谢谢你，我和他相处十年了，比你更知道他是什么样的人。

铁振国回宿舍收拾东西，春妮过来递给他一双回力胶鞋，铁振国喜不自禁，几乎有媳妇照顾的感觉，但春妮也没多说什么，就收拾一下上台唱歌去了。

是第一次，铁振国坐在清吧里，静静听她唱歌，今天唱的是张信哲的《爱就一个字》，春妮坐在乐队旁边，清丽的声音和面容让他看得入迷，爱就一个字，我只说一次，你知道我只会用行动表示……

春妮，等着我。

第二天清晨，一辆黑色轿车开进工地，停在早就接到消息集合的工人面前。

车门一开，胡胜利和铁振国走了出来，惊得熟识的工人皆是一愣，更不提贾长安孙大力一众。

胡胜利站定看了看众人，问贾长安，都到齐了？

齐了，胡总。贾长安答。

好，大伙静一静，我来说句话。胡胜利一指铁振国，这位，大伙应该都不陌生，他后来因为各种原因离开了工地。

什么离开，明明就是开除。孙大力不满的说了一句。

不确切，准确点说是因为立了军令状，没完成，为了保住工人的工资才离开的，对于这种行为，我胡某人是很佩服的。还是缘分呐，现在铁振国又要回工地了。

只听众人轰的一声，便开始议论纷纷，但胡胜利的话显然还没说完。

老贾，不好意思，你本来也是代组长，我看就代到今天吧。从现在开始，铁振国就是你们这个小组的组长了，工作上的事，你们都听他安排，铁振国直接向我负责。

众人惊得失语，贾长安表情僵硬，半晌孙大力才说，胡总，这是咋回事？贾师傅的组长当得好好的，说撸就给撸了啊？他铁振国凭什么当组长啊？干啥啥不会，怎么领导大伙？

你少说两句。贾长安阴沉沉的说。胡总是老板，说让谁当就让谁当。

胡胜利一笑，冲贾长安道，好好，贾师傅高风亮节，肚子里能撑船，你是副组长，以后你们两个精诚合作，把工作搞好。我不管别的，我只看工期、质量。

贾长安动了动嘴角，没有说话。倒是铁振国一笑说，贾师傅，山不转水转，咱们又得一起干了，以前很多事，您多担待，希望咱们重新开始，合作愉快。

贾长安看也没看他，悻悻道，别来虚的，我不过是听胡总的。

铁振国这就算走马上任，待胡胜利一走，一众人都看着铁振国，自然是各自滋味不同，卡拉兴奋的说，铁组长，来说两句？

好，就两句，大伙儿该干吗干吗，散了。

有几人笑了，还真就两句。待众人散去自己的岗位，铁振国开始绕着工地四处查看，以第一时间熟悉工地的进度。

虽然众人都不解胡胜利此举何意，只是他自己明白，上次刘芬带人打砸清吧，贾长安也是跟着去了，这样的人，他如何能再用？而且贾长安本就有心机，在工地威信太高，长此以往，他的工地怕要变成贾长安的一言堂，而铁振国虽是个愣头青，怕是窜不起太大的事来。再说借机让他离唐郁梦远一点儿，又在自己眼皮子底下，实在一举两得。

胡胜利想到此处，不禁为自己的知人善任得意，手轻轻拍打在方向盘上。

我要在过去，肯定是个皇帝，把大臣治理得服服帖帖。他得意的想。

不久日上三竿，已是工地中午放饭的时间，铁振国已细细将工地看了一圈，见工人来都打饭，便敲着饭盒站到一处高地说，趁这个机会，和大伙说点事，你们边吃边听，我说。

下面的孙大力几人互相挤眉弄眼，尽是不屑。

我知道，我这次回来有点突然，还一下子当上了组长，可能有人呢心里不服，没关系，咱们慢慢来，总有一天，我会让你服气的。上午我转悠了一上午，发现工地的问题还是挺多的。胡总说的好，咱们干建筑的，得有点匠人精神，要有股子偏执劲儿。有问题就得解决，我琢磨了下，咱工地归根结底一点，就是没有规矩，或者有了规矩没有执行。我捉摸了几条制度，跟大伙商量一下。

制度？大伙儿一下紧张起来，齐刷刷看着铁振国。

第一，我要设立奖惩制度，以后每天每人安排一定的任务量，提前完成或者超额完成的，要给奖励。

众人轰地一声，孙大力说，说的容易，胡胜利那铁公鸡会出这钱？

铁振国笑了笑说，奖金嘛，当然是完不成任务的出，所以第二条就是完不成任务的要受罚，罚来的奖金奖励给完成任务的，这样大家才有点干劲儿。

嗬，你这是拿着胡萝卜吊驴子啊。有人不满道。

铁振国一笑说，你要这么想也成，反正就是奖罚分明，多劳多得。不光如此，完成了的可以早下班，完不成的就加班。

哼，真够黑的，赶得上旧社会老财主了。孙大力吐了口吐沫。

大力，你有什么意见？铁振国直视他。

我看你肯定是给胡胜利溜须拍马了，他才让你当组长的，你有啥本事？砌墙行吗？你会电工、木工吗？啥都不会，就会瞎指挥。孙大力丝毫不惧，引着大家起哄，哦不对，不是胡胜利，是胡胜利姘头，你这就是靠女人才当上组长的，真丢人，还好意思在大家面前定什么制度。

怒火腾地从铁振国心头升起，他几步冲到孙大力面前，拎起他的领子喝道，胡说，这是污蔑我告诉你。你说胡总的姘头，那你敢跟我一起找胡总对质不？

振国振国，不能刚回来就打架。铁头一把拉住铁振国，将他扯开，孙大力整整衣领，往后退了一步。一直沉默的贾长安掐灭烟，慢悠悠的说，年轻人，你想让人家服，就得有真本事，光凭认识老板，算什么能耐？服，那就得心服口服。

就是，有能耐你跟贾师傅比比砌墙，你要是能赢贾师傅，我们就认你这个组长。一众人纷纷喊道。

砌墙？铁振国一顿，笑了，好啊，比就比。

这回轮到众人愣了，孙大力噗嗤一笑，哎呀，真是初生牛犊不怕虎啊，真是不知深浅。

贾师傅，你说吧，怎么比。铁振国谁也不理会，冲贾长安一笑。

贾长安心中一冷笑，便说，砌墙嘛，每人一百块砖，谁先砌完谁赢。

成！

众人忽然都来了劲儿，铁头紧张不已，孙大力扯着嗓门喊，来人，和泥，码砖，上瓦刀嘞——

如同电影里武林高手对决，两摞砖齐齐整整码在两人面前，铁振国与贾长安在明晃晃的日光下，穿着维克特瑞的背心，一人握一把瓦刀。

这时卡拉疾步跑来，附在铁振国耳边小声说，振国，出了点问题，他们使坏，咱们石灰不够，活出来的水泥不粘啊。

铁振国一愣，低声说，告诉我大哥，用土和泥，他知道怎么弄。

贾长安投来不屑的一撇，铁振国淡淡的回敬了他，很快铁头和孙大力分别提来了泥斗，铁振国向贾长安一抱拳道，贾师傅，请。

卡拉一掐表喊道，开始。

只见到两人麻利的拿砖，抹泥，砌砖，刮泥，手法皆娴熟如同设置好的程序，工友看着只觉得眼花缭乱，此时如有配乐，一定是一曲节奏欢快明亮的交响乐。工友已分成两队，孙大力那边自不用说，卡拉与铁头还有曾与铁振国交好的几个兄弟组成一队，分别为两人喊号加油。

几乎是同时，铁振国和贾长安摞上最后一块砖，一抹泥，举起瓦刀。

卡拉停止计时，众人鸦雀无声。

完全是同时，分毫不差。

这……卡拉不知如何决断。

贾长安看了看铁振国砌的墙，又看了看铁振国，只将瓦刀一扔，悻悻道，行啊你小子，有一手，你赢了。贾长安说完转身就走，孙大力在身后喊，师傅，你怎么能认输，至少也是平手啊。

铁振国站着没动，大光等人围过来看着铁振国的墙，大吃一惊，他竟是用黄泥砌的墙，这速度还能与贾长安一样，他赢得明明白白。

恭喜铁组长！卡拉带头鼓起掌来，铁头也向他竖起了大拇指，铁振国一笑，抬了抬手，又一指那面墙说，拆了吧，这些砖还能用呢。

当天晚上，铁振国再次走进他熟悉的宿舍，简单收拾行李之后，将那张破旧的中国地图拿出来，再次贴在他的床头。

北京，我要把根扎下来，稳稳的留在这里。

第十一章

夜幕降临，工棚却不见什么人回来，连铁头也只是和他打了个招呼，就匆匆出去了。铁振国探头看了看，只见贾长安屋里一片明亮喧嚣，想必是工友又在聚众喝酒。他想了想，自己去床上躺了下来。

真舒坦啊，铁振国第一次觉得工棚的床这么舒服，准确的说是他一到工地就觉得浑身都对劲，不像过去睡在清吧的宿舍里，总觉得轻飘飘的。

不多久，他就起了鼾声。

而此时贾长安屋里此起彼伏的叫喊声，不细看会以为误入了街巷深处的赌场，孙大力卡拉一群，连同贾长安铁头，三人一组将著名的赌博游戏炸金花玩得热火朝天。

铁头已输了三百，正犹豫要不要忍痛收手，孙大力一把将五百块钱塞在他手里，喏，拿这个把本儿赢回来，要不你白输了？

就这么继续发牌打牌，输输赢赢，每个人眼里都冒着火热的光，不出一会儿，铁头那五百又输没了。

愿赌服输，欠债还钱，孙大力拿过一张纸条给铁头，来，按手印。

纸条上写着，铁头今借孙大力现款 500 元，五日内还清。铁头微微一战，低声对孙大力恳求道，我一定尽快给你钱，你可别让振国看见。

铁头和卡拉走出了贾长安家，这一夜卡拉也输的不少，两人闷闷不乐，回到工棚都倒头就睡，第二天午饭时间，铁头远远看到孙大力走来，端起饭碗要走，却被铁振国一声叫住，铁头硬着头皮坐下来，孙大力却一拍他肩说别怕我不找你。

铁振国，我给你看个东西。孙大力说着，把借条向他一递。

铁头把头埋在手臂间，狠狠拍了一下自己脑袋。

铁振国拿来一看，是那借条，就沉下脸问铁头，大哥，这怎么回事？

简单，你大哥跟我们玩牌输钱，欠的，他没钱，你是他兄弟，我当然得找你要。

铁振国轻哼了一声，将借条唰唰撕得粉碎，向脚下一扔，孙大力，赌债法律可是不保护的。铁振国说完，就暗叹自己法制在线没白看。

孙大力目瞪口呆,回身看了一眼贾长安,似乎也毫无办法,只得直愣愣盯着铁振国说,行,你小子狠。

看着孙大力气呼呼的走了,铁振国才拨开铁头的手,哥,怎么回事,我这才走多久,你们怎么赌起钱来了?

铁头只觉得窝囊委屈不已,他本来确实没去,但经不起工友三五次吆喝,更加上一开始赢了几把,就难收手。铁头一直有种错觉,因为小时候有个算命先生说他手气好,他想早点儿赚够钱,回家风风光光给小玲补个婚礼,免得她在娘家抬不起头来。但谁知越赌手气越糟,最近几日,挣的那点儿钱几乎都搭了进去。

不去了,我再也不去了,铁头拼命摇头。

这是7月7号,对工人来说最平常不过的酷热夏天,而此时在江宁的高中,今天却是他极为重要的日子。

他是第四次走进考场,连每年监场的老师都认得他,但这一次,他却觉得高考不再是洪水猛兽,而是助他走出这村落的最好途径,在考场上,高中信笔一道道答题,走出考场时,已觉得成竹在胸。

然而天不随人意,高玉林身体每况愈下,高中回到田园村时,高玉林已在床上很难起身,他胃部的肿瘤正迅速扩大吞噬着他原来就虚弱的身体。但看到儿子一脸兴奋的进来,他还是强撑着起来。

爸,我这次没问题。高中自信的说。

好好,太好了,好小子,你到底没让我失望。高玉林强忍着疼痛笑道,他是真心高兴。

儿子,爸知道你一定能考上,咱们所有志愿都填北京,一定要到北京去念书,替爸完成没能完成的心愿,只有这样,你才能出人头地。高玉林颤巍巍的说完,又一阵剧痛袭来,他不由按住胸口,眉头紧紧锁起。

爸,爸你怎么了,我去找舅舅送你去医院,高中慌忙道。

不用,给我拿两片止疼药来就行。爸没事,爸一定得看到你拿到录取通知书。高玉林说完这些话,重新躺在床上,此时生死对他来说,都已不是太纠结的事。

再说铁振国自回到工地,做了小组长,就一天也没有闲过,除了砌墙,拌水泥码砖,各种机器也大致熟了,一双手磨得尽是血泡。

这天下工,铁振国换了身干净衣服,搭了辆公交车,径直来到清吧,他有好久没见春妮了。

到门口与任建打了招呼,塞了包烟要他暗中多保护春妮,清吧虽比酒吧好些,到底也是娱乐场所。任建冲他一坏笑,还没开口就被他一手挡住,径直去了春妮宿舍。

没想到春妮一开门,已是一副完全准备好要出门的模样。

振国?你怎么来了?

你这是要出去?铁振国问。

嗯,今天工体有那英的演唱会,最后一场了,我倒了好几天班,好不容易今天空出来,我可一定要去。春妮急急的说。你来找我有事吗?

没事,我就是来看看你,我送你过去。铁振国说。

春妮还要推辞,被铁振国拉着出门,快走吧,一会儿来不及了。

两人跳上公交,又换地铁,待到了工体,已经满满当当都是歌迷和黄牛党,远远听到沸腾的人声,春妮挤进售票处去,一会儿又失望出来,票已经全部售罄。

一个黄牛走过来说,要票吗?位置特好,能看清那英的脸。

多少钱?春妮急急的问。

130一张,你们要两张的话,给你个跳楼价,两百。

太贵了。春妮嘟囔着。

铁振国在一边只觉得难堪不已,他多想拿出钱来换过那两张票,但刚发的工资都寄给了家里,此时口袋里最大的就是一张一百块。

要不要?黄牛还在问,姑娘,这真是最便宜了,我约了人喝酒,不想等了,才低价处理的。

好吧,春妮开始翻自己的包,但她越翻越急,就是不见钱包。忽然她一拍脑袋,哎呀,我一定是出来的时候把钱包忘在床上了,我怎么这么笨。

铁振国把自己口袋的钱全拿出来,一共115,递给那黄牛说,哥们,就这些,来一张。

那人想了想,抽出一张票一递说,行吧,我好人做到底。

铁振国将票塞给春妮说,快去,演唱会都要开始了,我在这儿等你。

振国,春妮一脸为难。

快去快去,铁振国轻轻把她推进了检票的人群里。

不多久,就听得里面沸腾声起,歌迷的欢呼声如潮水巨浪,尖叫声此起彼伏,铁振国刚想找个台阶坐下,却见一串糖葫芦忽然伸到自己面前,一抬头,春妮正笑眯眯的看着他。

春妮,你,你不是在里面看演唱会吗?

我想来想去,还是不能把你一个人扔在外面,春妮笑着说,我把票卖了,150呢,咱们赚啦。

看春妮乐呵呵的,铁振国心里却有些不是滋味,对不起春妮,我现在连买两张票的钱都没有。

别傻了，我想好了，回去买磁带，还能反复听，不比在这里人挤人好啊，春妮爽朗的一笑，拉起他就往回走。

回去时天色已暗了，路灯一盏盏亮起来，两人并肩走着，工体的喧嚣声越来越远。

春妮，那英的歌，你最喜欢哪一首？铁振国问。

嗯，都挺喜欢的。

最喜欢的呢？

白天不懂夜的黑吧。春妮想了想说。

说完，春妮哼起了这首歌，我们之间没有延伸的关系，没有相互占有的权利，只在黎明混着夜色时，才有浅浅重叠的片刻。白天和黑夜只交替没交换，无法想象对方的世界，我们仍坚持各自等在原地……

唱着唱着，春妮的心渐渐沉了下来，不觉又往前快走了几步。

路灯拉长了两个人的影子，一前一后。

而铁振国哪里知道，工地那边已乱成一团。铁头虽不赌了，仍在贾长安屋里凑在一边看，这卡拉连输几局，钱都被孙大力和贾长安赢了去。他气急败坏与两人生了些口角，大意无非怀疑两人出千，孙大力哪里肯认，两人几乎打了起来，卡拉气得弃牌而出，暴躁之下，一个电话打到警局。

喂，110 吗？我举报，有人聚众赌博……

这一来热闹了，不出一会儿，贾长安的门被敲开，两名警员进来，将屋里的人连同观牌的铁头，还有作为物证的赌资和扑克牌，一起带到了警局。

这一队人算是吓傻了，虽说都是出来混了许多年，还真没谁进过局子，此时贾长安铁头几人在接待室蹲成一排，第一个被叫去审问的是孙大力。

都交代了吧？咱们的政策是坦白从宽，抗拒从严，不用我强调了吧？警官冷冷的说。

孙大力早已吓得哆哆嗦嗦，带着哭腔说，警官，都交代了，我真的没干啥啊，要说玩牌，我们一共就玩了这么几次，都是没办法，工地里晚上没意思，我们就是打发时间。

打发时间的方式有很多种，非得违法吗？这警官冷冷一声，吓得孙大力又一哆嗦。

我错了，王警官，我发誓，再也不玩了。你就放了我们吧！孙大力又快哭了。

放了你们？哪有那么容易，是让你们来派出所参观的吗？警官一指他说，行了，外面蹲着去，贾长安？过来。

贾长安叹了口气，起身去坐在审讯的椅子上。

只听警官瓮声问道，姓名？

你不是知道嘛。贾长安微微一皱眉。

别废话，我问什么你答什么。

贾长安。

年龄？

48。贾长安说完，只觉得脸上一热，是啊，这把年纪被抓进警局来，他这张老脸真没处放。

你比他们还严重，他们是参与赌博，你不仅赌博，还为赌博提供场地。警官看着他说完，就见贾长安的汗顺着两鬓留下来，颤颤道，我就是提供了地方，他们到我家来，我还能撵他们走不成？天下没这个道理。

然后警官根本没接他的话，就指指示意他出去蹲着，又叫了大光的名字。

待全部审完，警官站起来了说，事实清楚，证据确凿，贾长安等聚众赌博，已经违反了治安管理条例。小张，先把他们带到拘留室。

警察同志，冤枉啊，我没赌，只是看看啊。铁头带着哭腔喊起来。

你今天没赌，前几天赌了没？警官看着他淡淡的问。

铁头不说话了，大光怯怯道，警官，我们会怎么判？

我说了不算，法律说了算，今天晚上你们肯定得在这呆着了，等你们领导来了再说吧。警官说完这句，就将众人交给另一个小同事，径自出去了。

且说铁振国送春妮回去，自己回到工地，就见卡拉一个人在工棚，而卡拉一见他，如见救星一般扑过来，振国——

怎么了？怎么就你一个人？他们都哪儿去了？铁振国疑惑道。

振国，我错了，我这回犯了件大事。卡拉满脸懊恼。他们在贾长安那儿玩牌，都让警察带走了。

铁振国大吃一惊，问道，什么？他们又赌钱了？那，警察怎么知道的？是被人举报了？

卡拉一时语塞，振国……

不会是你吧？铁振国叫道。

这不怪我。谁让孙大力他们合伙耍我，我输了不少钱！本来只想吓唬他们一下，没想到警察真来了，连铁头他们都带走了。振国，我可不是存心害铁头的啊，就凭咱们的关系，这事我干不出来。

胡闹，你们真是太胡闹了。铁振国一股火气涌上来。

要不我去派出所自首吧，就说我打的电话，闹着玩的。卡拉又急又怕，几近央求的看着铁振国。

你还嫌不够乱啊，警察能相信你这说词？再说你去了让他们知道是你报的警，能把你吃了。铁振国吼了一声，叹了口气说，行了，我先去派出所，你看好工地，可别再丢东西什么的。

铁振国转身要走，又不放心的回头叮嘱一句，你报警的事，谁也别说，知道吗？

卡拉几乎热泪盈眶说，好好，我听你的。

话说贾长安一众此刻在拘留室里，个个都是两股战战，孙大力不安的问贾长安，师傅，你来过这儿吗？是不是关一晚上就放了？贾长安啐了一口，骂道，放屁，你才来过这里呢，我就说不玩了，你们非要再玩两把，这回一锅端了！

铁头又狠狠拍了一下脑袋，气恼道，我也是倒了八辈子血霉，看个热闹也被抓了进来。

贾长安不屑的看他一眼说，你今天没玩，之前没玩啊？警察抓你不冤。

铁头又一垂头，不再说话，这时孙大力突然一怔，诶，贾师傅，你说警察咋知道咱们玩牌的？工地里平时也没外人来啊？

这么一说，大光也直起头来，对啊，咱玩了这么久都没事，咋就今天出事了？

贾长安一沉，冷冷道，肯定有人告状。

谁这么孙子，让我知道非打断他的腿不可。孙大力跳了起来。

会不会是铁振国？他就今天出去了。贾长安皱着眉说。

孙大力刚要点头同意，只听得铁头叫道，你们说啥，我家老二是这样人吗？

几人想想也是，有铁头在这里，就基本可以排除铁振国，他不至于告状连自己兄弟都搭进来。

那还有谁？想来想去，似乎只有卡拉了，但卡拉一向胆小，怎么会干这种事，几人胡乱猜了一遍，最后还是回归到正题。

你们说，胡总能不能来赎咱们？

贾长安冷笑一声，赎你？你是他亲戚啊还是他朋友啊，还赎你。

孙大力坐不住了，戳着贾长安道，贾师傅，你快出个主意啊，咱们怎么办，要不凑点儿钱打点下警察？

贾长安叹了口气，你就别添乱了，你以为是旧社会的牢头啊？现在能有什么办法，就等着看政府的处理意见吧。

振国不会不管我们的。铁头说。

他能保你，还能保我？我整天跟他不对付。孙大力很懊恼。拘留室一片哀叹。

而另一边，铁振国正匆匆赶来，聚众赌博，这事说大可大，说小可小，最高能判三年，铁振国心里掂量着，敲开了派出所接待室的门。

他一看这警官就觉得眼熟，细想便是那次连夜加班扰民被投诉时见过的，便大大方方打招呼说，王警官，咱们见过，我叫铁振国，是工地上的。我听说今天有工人赌钱，被你们给逮住了？

那警官一愣，放下手中的工作抬头细细打量他，你是负责人？

算是吧，我是这伙人的组长。铁振国一点头。

聚众赌博，这是什么性质，你知道吧？你这个组长怎么当的？他们赌钱已经一段时间了，这种败坏社会风气的事，必须严厉打击。王警官一板一眼的说。

没错，您说得太对了，他们这就是对不起人民对不起党，这就是犯罪，必须给他们点教训，让他们一辈子长记性。

铁振国捣蒜似的点头，一脸沉痛又诚恳劲儿，却把警官逗得扑哧一笑，说，也没那么严重，但被抓了现行，要依法接受制裁。

是是是，我就是想知道，政府要怎么处理他们？

赌具赌资没收，参与赌博人员全部拘留半个月，接受教育。

要半个月啊？铁振国心中一惊，这拘留半个月，对工地的损失可是不小，胡胜利那边肯定不会轻饶他们。

不多关几天，能长记性吗？出去再赌，害人害己。王警官说，但口气似是比之前缓和了些。

对对对，您说的一点没错，王警官，有些情况您可能不了解，你看我们，都是从村里出来打工的，找个活干不容易，如果关半个月，出去这工作就没了，成闲散人员了，找不到工作，成了盲流，搞不好又惹乱子，还得给您添麻烦，您说是不是？

王警官一嗤笑，坐了下来，看着铁振国，示意他继续说。

王警官，我觉得吧，该关肯定得关，该教育得好好教育，就是拘留的时间，能不能短点儿？

短点儿？多短？王警官白了他一眼。铁振国却心中定下几分，看来还是有望。

他小心的伸出一根手指，一周，您看行吗？还不待王警官说话，铁振国又接着说，要不这样，我这么琢磨着，您看对不对，政府要关他们，主要为了批评教育，对不对？

警官点了点头，想看看他葫芦里究竟卖什么药。

所以最主要是达到教育他们的目的，等一会儿您让我见见他们，保证让他们彻底吸取教训，肠子都能悔青了。铁振国笃笃道。

你要干吗？警官倒是来了兴趣。

我就是去教育教育他们，我跟您保证，一定让他们痛改前非，洗心革面，重头做人。这样，您借给我几页纸，几支笔，一会儿您带我进去，不用说话，看我的就行。

吱呀一声，拘留室的门开了，见是铁振国，里面的人几乎哗啦啦的全站了起来。只有贾长安还原地蹲着，也时不时抬眼看他一眼。

老二，老二你可来了。铁头叫道。

铁振国，你咋来了？你是来救我们的吗？

铁振国不说话。

铁组长，你把我们保出去吧，我什么都听你的。

铁振国还是不说话，人群渐渐安静，他们猜不透铁振国此来何意，更是越猜越怕。

铁振国环视了一圈，走过去递给每人一张纸和一支笔，叹道，有什么事，赶紧跟家里交代下吧。

拘留室轰的炸开，铁振国，你这是什么意思，我们要挨枪子了？打个牌，不至于吧？

铁振国缓缓说，死刑是不至于，不过，没个三五年也出不去了。

啊？这么严重？三五年，我老婆准得跟我离婚啊。

我还没起娶媳妇呢。

等我出来，我儿子都要上高中了。

几人七嘴八舌的哀号，王警官在一边绷着脸，嘴角一动不动。

贾长安有点儿迷惑，真的这么严重？又没杀人放火不就是玩了几个钱吗？

铁振国一沉脸说，最近在严打，不知道啊？好了，政府就给十分钟，十分钟后我和警察拿你们的信，抓紧时间吧，有啥要说的赶紧写上，我和警官在外面等你们。

说完，他两人出去，刚一出门，王警官就忍不住捂住嘴，低声笑道，你小子，出去以后别说是我说的，赌博能关五年，监狱还够用不了？

铁振国嘿嘿一笑，说，王警官我这也是走投无路了，您不知道，这些家伙啊，不吓唬吓唬不长记性，咱们一会儿再告诉他们，拘留七天，他们肯定会吸取教训的。

且说这十分钟，拘留室内的人过得十分漫长。

待铁振国与王警官再进去时，见一群人七七八八抱着纸或蹲或坐，神情戚戚然，铁振国板着脸，把纸笔都一一收了，整理好交给王警官。

铁振国，我们真的没救了吗？有人带着哭腔问。

铁振国也不答，只冷冷问，都写完了，现在什么感觉？

我后悔啊。铁头捶着墙。

孙大力颤巍巍的说，我再也不玩钱了，铁头，我实话跟你说，以前，我也出老千弄过你的钱，我都还给你。

你呢贾师傅？赌局开在你家，你可是首犯。铁振国看着贾长安。

我认栽，伏法，贾长安头也不抬。

可我们不想啊，这三五年出去还找什么出路啊，一群人哭叫起来。

行了行了，王警官看了眼铁振国，使了个眼色，低声说，差不多得了。

铁振国清了清嗓子，待众人都抬头看他，缓缓说，你们啊，遇见好人了，我刚在外面跟王警官求了半天情，王警官说了，念你们是第一次犯错，宽大处理，从轻发落，这次就拘留一周。

真的？大家都不相信自己的耳朵，看看铁振国，又看看一脸肃然的王警官。

嗯，王警官点了点头，看你们态度好，从轻发落。但如果再犯，就绝不是一周的事儿了。

众人一阵惊呼，纷纷道，不玩了不玩了，再玩剁手，孙大力一步冲到王警官面前说，谢谢王警官的再生之恩，你真是青天大老爷啊。

王警官忍不住笑，抽出手皱眉道，行了，你当这唱戏呢。

只有贾长安还沉着脸，他起身走到铁振国边上，低声说，铁振国，我问你，这是不是卡拉报的警？

铁振国一听，故意把声音提高道，贾师傅，都这份上了，你还管谁报的警干吗？

这一来王警官也听见了，转头对贾长安说，怎么着，你还想打击报复啊？我告诉你，这事到此为止，你们好好反省。

待披星戴月回到工地，卡拉自然还没睡，铁振国再次交代了卡拉不许和任何人说他报警的事，就径自去躺在床上，思索明天的安排。

第二天一早，胡胜利来了工地，以为自己出现了幻觉，机器的轰鸣声一如既往，零星有几个工人，但钢筋那儿不是孙大力，和泥的也不是铁头，胡胜利疑惑极了，不禁嘟囔道，这他妈还是我的工地？

好容易爬上楼，见到铁振国与卡拉在砌墙，胡胜利几乎喊了起来，这怎么回事？人都哪儿去了？卡拉吓得一哆嗦，铁振国站到他身前说，胡总，您放心，工期我们肯定能赶上。

我问你人呢！见铁振国顾左右而言他，胡胜利更加疑惑。

胡总，别急，咱们下去说。铁振国见这楼顶天高风紧，便拉着胡胜利往下走。

待到了胡胜利办公室，铁振国三言两语还没说完，胡胜利电话已经响了，只见他接着电话颜色越来越难看，铁振国转身去倒了杯水来递在他面前。挂了电话又不等铁振国说话，秘书就怯怯的敲门进来。

刚才建委打电话来，说是咱们工地有人赌博被拘留，不让咱们参与飞云项目竞标了。

什么？胡胜利大怒，一拍桌子险些震翻了水。

铁振国也愣了，不禁问，这跟项目有啥关系？

哼，怎没关系？出了这种事，肯定是竞标对手把这个捅上去，说我管理不善，谁还愿意招标给我？这些没正形的，什么时候被抓不好，非得在这个时候。你知道这个项目值多少钱吗？一千多万啊！

铁振国怔了一怔，才知做工程亦是一环套一环，一着不慎满盘皆输，确是这个道理。

胡胜利烦躁的扯了扯领带，愤愤道，他们啥时候出来？

拘留一周，还有六天。铁振国说。

一群混蛋！等他们出来，看我怎么收拾他们，现在你们都给我加班，有多少人上多少人！

见胡胜利如此暴怒，铁振国不好再说什么，只带着余下的工人起早贪黑脚不停歇的赶工。

终于到第六天，据说放人时间统一是九点，铁振国看着时间来到派出所，王警官果然一丝不苟，时针一指到九，便开了拘留室的门。

贾长安一行人鱼贯而出，个个形容憔悴，连孙大力这种常年活力加持的都如打霜一般。

待够没？王警官问。

一众人捣蒜似的点头，够了够了，再也不想来了，谢谢警官，谢谢。

别谢我，要谢就谢你们铁组长，要不是他，你们还不知要待多久。王警官说。

众人感激的齐看铁振国，铁振国心中一叹，待他们一一签字确认，一起回了工地。

路上铁头低声问，振国，你嫂子这几天没打电话吧？

铁振国心里一沉，摇头道，嫂子没事，但姑父去世了。

铁头不知，他在里面这六天，在田园村，就在放榜的那天，高中拿着京师大学建筑系的通知书狂奔回家时，高玉林刚吐出最后一口气，合上了眼睛。

高中哭得心胆俱裂，几乎泣出血来，父亲这辈子唯一的愿望就是看他回北京上大学，学建筑，在他历经四年终于考中之后，父亲却没等到他的消息。

当夜灵堂，高中拿着父亲临终时还抱着的建筑模型，看着一袭白布下的父亲，轻声说，爸，你想做的事，我一定会替你完成。

即使田园村，也不再实行土葬了，当殡仪馆的工作人员将一小盒骨灰递给高中，他抱着那个微温的盒子，颤颤走了出去。是要将这小盒子与母亲合葬的，那是高中已许久不曾去过的坟场，夕阳一照，坟堆与石碑影影绰绰，十分凄凉，铁国庆等一行人陪着他，无不是黯然抹泪。

有爹有娘在的，才叫家，如今高中，也成了孤儿一般。

还有更现实的，录取通知书上写着，学费3000，高中看着苦笑了一下，父亲治病用的钱，医保报销还遥遥无期，这几天铁国庆他们都在凑钱，但铁家这状况他知道，连乐乐都把自己十块零花钱拿了出来，高中心中叹了一声，拿过打火机，砰的一声打开，火苗就要朝通知书凑过去。

高中，你疯了啊！铁国庆一把夺过通知书，怒道。

叔，拖累大家，我不念了。高中含泪。

就这点儿出息！亏你还是个站着撒尿的！这不还有我和你舅妈，还有你表哥吗，我们说什么也得让你上学去。

正说着，门忽然被推开，呼啦啦进来一屋子人。为首的是村主任王建安。老铁？我们是为高中的事来的。说着回身一看，身后七七八八的人，已经都掏出了钱。

这是我们的一点儿心意，上学不易，拿着好好读书。一个个乡亲把钱塞到高中手里，高中，从小我就看你小子行，果然考上大学给咱们村争光了，好好上。

高中愣愣的接着钱，几乎连谢谢都不会说，连赵子林都来了，塞给高中两百元钱。铁国庆唏嘘不已，老赵，你也来了？

赵子林一白铁国庆说，老铁你别激动啊，这钱是给高中念书的，你们家铁振国欠的，可一分都不能少，赶紧还给我。

还，还，铁国庆诺诺道。

王建安拿了五百元给高中，语重心长道，高中，放心好好念书，这是村里人一片心意，也是你爸一辈子积下的功德。村里人都知道你爸这辈子不容易，他这样一个高才生，在咱们村教了一辈子书，真屈才了，你得给他好好争气。

高中再也难忍，扑通一下跪在地上，泣道，乡亲们，谢谢你们，我高中必要报答你们。

快起来，你现在可是大学生了，怎么说跪就跪。王建安一把扶起他，拍拍他的肩说，行了，快好好准备去北京上学吧，学成了好好建设咱们乡。

高中点头，泪又涌出，他知道，他这书，是替全村人念的。

铁头在与铁振国回工地的路上一直唏嘘不已，高玉林虽清高，对他们兄弟却一直照顾有加，铁头心中过意不去。铁振国看了说，等高中来北京，咱好好照顾他，也当是为姑父尽一份心了，但眼下，先要去应付狂躁的胡总才好。

果然，一队人刚到工地，就见胡胜利几步冲过来，几乎抓起贾长安的领子就问，贾长安，你知不知道这次害得老子损失多少钱？我被通报批评，罚款，还他妈丢了一个一千多万的项目。

贾长安脸色发白，努力镇定道，对不起，胡总，这事是我们不好，给你造成损失，也很抱歉，但事情已经这样了。

老贾，你在工地可不是一天两天，不让赌博的规定你不知道？胡胜利继续暴怒。

现在说什么也晚了，胡总。贾长安满面愧色，您说怎么处理吧，加班加点我们都干。

胡胜利冷哼一声，顿了一下，一挥手道，你们走吧，我这里留不住你们了，工资也别想拿了，算是赔我的损失。

开除？孙大力叫道，你要开除我们？

怎么？我难道不能开除你们？出了这种事，说到哪儿去开除也不过分吧？你们耽误我活儿，影响我工地名誉，我不追究你们责任就算不错了。

走就走，那凭什么扣我们工资啊？有几人叫道。

就凭我是老板！胡胜利冷且硬的一句，噎得人说不出话来。他看了看满面怒容的众人，又转头对贾长安说，老贾，你可以留下，其他人马上给我收拾东西走人。

走就走，你这个卸磨杀驴的白眼狼，老子还不伺候了。孙大力把背心一脱，狠狠摔在地上，转身就走。

瞎嚷嚷什么你！铁振国一把拉住他，使了个眼色。孙大力一怔，不情愿的回身过来。

胡总，他们已经吸取教训了，您就原谅他们这一回，谁还没有个犯错的时候呢？铁振国说。

胡胜利抽着烟，不说话。

胡总，您看，连警察同志还给人家一次机会呢，咱不能比警察还严啊。是吧？铁振国说完，将胡胜利拉到一边，低声说，胡总您生意人，怎么能做赔本的买卖？

胡胜利白他一眼道，让他们走，就是给我少点儿损失。

铁振国一笑，低声说，这您就不明白了，赌博事件给您造成的损失，现在谁也补不回来了，可您想想，工人的工资才几个钱？如果把他们都开除了，现在工程正是最紧张的阶段，你还得重新招人，就算招了人，也不一定是熟练工啊，是不是？大力他们在这个工程干了这么久了，哪都熟悉，他们留下，肯定会拼命给你干活。再说，我毕竟是组长，我也有责任，这板子也不能都打在他们屁股上。

你什么意思？胡胜利抬头盯着他。

胡总，只要你愿意留下他们，我铁振国担保，在一个月之内把落下的工期全都抢出来，但你要真把这些人开除了，那我也只好离开了。你开除的可不光是几个工人，还伤了工人的心，将来没人愿意死心塌地跟着你干，这个道理，您比我明白。

你威胁我？胡胜利十分不快，但心中已暗暗觉得铁振国说的在理。

这不是威胁，是为胡总，也是为大家好，只要您给大家机会，大家以后一定卖命给您干活儿。说完，铁振国回身冲着众人喊，胡总说了，只要大家加倍努力干活，他可以收回刚才的话，给大家一次机会。

人群轰的一声，大家七嘴八舌道，胡总，留下我们，我们一定好好干，我们加班，也把工程抢出来。

胡胜利冷哼一声，看着贾长安说，老贾，你觉得呢？

我听你的。贾长安面无表情。

好，那人我可以留下，但我胡胜利的钱不能白扔了，这个月的工资必须得扣。

众人微微叹息，却不再辩驳。

待胡胜利走后，孙大力走过去一拍铁振国，铁振国，谢谢你，你真够哥们，不像有些人，就他妈知道自保，兄弟不顾了。

铁振国知道他说的是贾长安，这件事贾长安从头到尾不置一词，也令他惊讶，但再一想，贾长安素日里不爱惹事，不爱出头，这时也不可能指望他出来说什么话。这么一想，铁振国只对孙大力说，好了好了，赶紧回去收拾收拾，咱们的活可不少，散了吧，一个小时候后都给我精神地集合上工，迟到的，不用胡胜利开除，我直接就赶走了。

听你的。孙大力斜睨贾长安一眼，对工友叫道，走，洗把脸干活去。

卡拉见众人回来，仍是心虚的很，但孙大力凑过来要卡拉请客，理由是那天他把卡拉的钱赢光，气走了卡拉，才成了漏网之鱼。卡拉一听，心中放下大半，便说晚上要给大家接风。

待孙大力走远，卡拉才坐下来舒了一口气。

当晚，虽然卡拉请了贾长安，不过他还是没有去，经此一事，他自己也觉得有失颜面。再者他长久的做人处世个性，决定了他不可能像铁振国一样随时挑起大梁，要说赌牌，贪心自然是有的，更是因为周玉花的妈重病在床，打针吃药天天都需要钱。人到中年，万般无奈。

江宁小馆里，铁振国坐首座，一帮工友依次坐开，孙大力给众人倒满了酒，齐齐举杯。

第十二章

北上的火车，一路轰鸣，视野越来越开阔，从南方的青山细水，渐渐变成一片疏朗的景致。

高中坐在窗边的窄座，看窗外风景飞驰而过，火车穿过一个一个隧道，漆黑与刺眼的明亮不时交替，让他有些恍然。此时他手中还摩挲着那个模型，他一路小心带着，甚至刚刚有人无意碰了一下，他都觉得不可忍受，带着它，似是把父亲带在了身边。

这一路，旁人嘈杂的交谈笑闹声不绝于耳，高中面无表情，便也无人打扰。

北京，我来了。

高中想着，想到未来的很多可能，还想到春妮，心中有一点儿淡淡的期待。

还有一封信，是父亲临终前一定要交给铁振国的，高中想着嗤笑了一下，父亲无非是要二哥多照顾他，但眼下他已要读全国最好的大学，又需要做农民工的哥哥照顾什么？

北京，我终于来了。

再次来到铁振国的工棚，高中已觉得心境不同，他的两个哥哥都十分得意自家世辈务农终于出了大学生，高中不言不语，只把信交给铁振国以后，埋头吃饭。

第二日高中入学，他自然不要铁振国和铁头送他，待到了宿舍，五个脑袋回头看他，一个正在打游戏的大个子说，这回齐了。

我是高中。他落落大方的打招呼。

我叫江河。那大个子首先说，我北京的，你呢？

哦……高中略一沉吟，我也是北京的，不过是爷爷那辈了，现在是个庄稼汉。

江河点点头说，怪不得，看你这气质也不是庄稼汉，你爷爷肯定有文化。

高中一笑，说，算有一点儿的，从他辈起，就是做建筑的。

边上一个小个子起身说，我叫邓义平，四川的。高中，你爷爷在北京，你家怎么搬到农村了？

还不是我爸，在农村待几年，说是农村空气好，不愿回来了。高中笑笑。

接下来又认识了几个室友，彼此打了照面，高中到自己床铺，略微收拾了一下行李，将那小模型小心的拿出来，摆在床头的小桌上。又将带来的书一一从包里拿出来，他随手翻开一半，看到里面夹着的春妮的画像。

咱们晚上去聚餐吧？大家天南海北走到一起，应该好好认识一下。江河提议道。

几人都响应，唯独高中顿了一下，说，你们去吧，我晚上有事。

是的，自从父亲去世的悲伤中渐渐恢复，他一到北京，就迫不及待想去见春妮了。

复读那一年，他不时想着春妮，他始终记得那个下午一推门春妮怔怔的站在那里，阳光在身上她如女神一般纯洁动人。

当他再次见到春妮，她已经有了些大城市的人脸上的神气，至少，和村里县城里那些姑娘不太一样了。

春妮，要不是你给我的鼓励，我也考不了这么好。两人在路灯下走着，高中笑着说。

春妮掩饰不住的兴奋，当高中突然而至的时候，她下意识的看了看自己穿的衣服，嗯，上星期五道口才买的，还算好看。

别这么说，那是你自己聪明努力。春妮笑。

你还记得我回去前一天，咱们的约定吗？高中忽然说。

春妮脸一红，只觉得心中大乱，嘴上却说，什么约定？

我考上大学，你就做我女朋友啊。高中看着她说。

这个……那是开玩笑的，春妮低头道。

我可没开玩笑。高中说，要不是你写的那么多信，我这一年还不知多难熬。

高中，别傻了，你现在是大学生，我，我还只是个打工妹，咱们，不适合的。春妮看着前面，说完咬了咬嘴唇。

不，我就是喜欢你，和你是谁，什么身份，都没关系。再说你就是打工妹，也是个有理想的打工妹，和别人不一样。高中看着春妮，眼里都是热切。过几天，我带你去我学校玩玩好不好？

北京的夜，依然灯火通明，车水马龙，两人看这一片生气勃勃，春妮只觉得自己赤红了脸，心中不禁莞尔。

当夜，春妮回到宿舍，玛丽一眼看出她一片春心荡漾，便打趣说，满面桃花开，是何好事？

就是去见了个人。春妮脱掉外衣，坐下来。

谁？这样子，不像铁振国。玛丽狡黠一笑。

高中。春妮装作若无其事。

玛丽却一下跳起来，她早知道这个人，每次春妮鬼鬼祟祟的写信，都躲不过她的眼睛。

高中？他来了，他专程来找你的？敢情你见的真不是令狐冲，是林平之啊。玛丽拉着春妮坐下，这阵子正是笑傲江湖风靡，电视里令狐冲正在与岳灵珊说话。

哪里呀，人家现在可是京师大学的大学生了，来上学的。春妮说着，脸上绷不住喜色。

哟哟，没看出来，他还真上大学了。玛丽啧啧摇头。

玛丽姐，你见得多，我能问你个事情吗？春妮呆着看了会儿电视，忽然说，如果，我是说如果，有两个人都在追你，一个是大学生，一个是打工的……

玛丽扑哧就乐了，还什么如果，不就一个高中，一个铁振国吗？这有啥可选的，肯定选高中啊，京师大学，将来出来肯定是城里人，跟着他也能成城里人，多好。铁振国吧，也不是说不好，人也不错，可永远都是个打工仔，现在就能把一辈子望到头。

玛丽姐，你之前还尽说铁振国好话呢。春妮喃喃道。

那是之前，爱情哪分什么先来后到，只要结婚前做最好的选择就行。选高中，别犹豫，他绝对潜力股。玛丽看着电视，笃笃道。

可是，我心里有点儿别扭的地方，我还没答应高中，也是因为，他和铁振国是兄弟。春妮说着有些难为情，这确实是她长久以来最难堪之处。如果真的和高中在一起，她与铁振国该如何相处？

嗨，爱情这玩意，是你情我愿的事儿，你和铁振国的都是小时候过家家瞎说的。再说看你今天这样子，你在心里早就答应高中了，是不是？

玛丽姐！春妮作势要去掐她。玛丽笑嘻嘻的一躲，说，好好好，不过我可劝你啊，高中追你，你最好早点答应，别拖太久了。大学里漂亮又有知识的女孩子多得是，等他发现了，你呀，就没什么事了。

看春妮沉默不说话，玛丽又一笑，靠在沙发上叹道，咋没个人追我，连个民工也没有……

出来打拼的女孩子，多数是想找个归宿的，不管这归宿是从此在家赋闲，或者只是打拼晚归时有人等着自己，总之，寂寞是在异乡，除了生活本身之外，最要对抗的东西。

春妮又看了一会儿电视，便去翻了高中曾经的信，躺在床上一封一封的看起来。

京师大学让高中觉得精神一振，他更觉得自己本就不是和泥土打交道的人，更别提砌墙抹泥。大得像礼堂一样的教室和安静整齐气息神圣的图书馆都让他暗暗赞叹，这天建筑设计课，听说是系主任亲自教。高中去看了下这位老师的履历，冯启正，全国建筑设计师排进 TOP3。

是的，就是春妮初来北京做保姆时，遇到的那个男主人。要说世界的联系不过五人。

宿舍的人早给他占了座位，高中到的时候，教室里挤得满满当当都是人，慕名而来的外校学生，竟都在后面站成一排。

喧闹的教室忽然安静，一个干净儒雅的男人推门进来，江河小声对高中说，就是他，听说他的学生，有好几个拿了世界建筑设计大奖，牛到家了。

高中暗暗点头，见冯启正拿了粉笔在黑板上爽利的写下自己的名字，一转身说，鄙人姓冯，名启正，忝任建筑设计系系主任。

学生鼓掌，他只摆摆手示意，又继续说，我还担任本科生的基础课程，也就是今天这门课建筑设计的授课老师。同学们，这是我们专业最重要的一门课，涉及有关建筑设计的许多基本原理和方法，是四年学业的基础。而要成为一个优秀的设计师，画图的功夫，是最基本的。所以，我们今天先不讲教材，我要考考大家。

考试？台下只听得一片哀号，可不是吗，刚拼力厮杀过高考，如何这么快又考试。

冯启正笑笑，说，大家不要紧张，我想考大家的是画图。既然来了建筑设计专业，总该有一点设计的理想，我希望大家能用十五分钟的时间，画出你们现在能想到的理想建筑的模样。好，现在开始。

画图……江河眉头紧锁，低声道，我只会画漫画啊。

高中一笑，握着笔，铺平了纸张。

他是高家的孩子，自小就有绘画天分，他第一次稚嫩的手指出父亲设计图透视不对时，高玉林惊喜至极。

因此，此时冯启正的考试，对他易如反掌。

江河凑过来看了一眼，不禁叹道，你太厉害了，两三笔就出了轮廓。这时冯启正也走下讲台，一步一停的看学生画图，走到高中这里，他多停了片刻。

你叫什么名字？冯启正问。

高中匆忙站起来答，我叫高中，高中状元的高中。

哦，你的名字倒有意思，好了，坐下接着画吧。

高中坐下，心里浅浅一笑。

他自然感谢父亲家族给他的好基因，又觉得自己生来灵气，读这建筑系简直如鱼得水。不久，各人画的图都交上，冯启正因刚才已粗略看过，心中有数。

他敲了敲讲桌，一笑，同学们，诸位的图纸，可谓五花八门五彩纷呈啊。来，看看这张，这一类最多，一个简单的小学生水平的房子，连窗户都没有，这样的房子，你们住吗？

台下也嘻嘻哈哈的笑。冯启正又拿起一张，笑道，这张，细高的建筑，狭窄的阁楼，多见于日本漫画，按说也算漂亮，但除了漫画里的人，还有谁愿意这这儿？

台下又笑，江河脸上起初的激动凝固，收成一个自嘲的笑。

同学们，画图是我们的基本功，你们得好好练习，一定要尽快把这关过了，否则，是当不了设计师的。

当然，也不全是，这张就非常好。冯启正拿起一张，这位同学的这个建筑图，非常规范，结构合理，线条清晰，而且标明了各种比例，可以说是一个建筑设计画图入门的范例。来，高中，站起来让大家认识一下，你今天的考试，也算是中状元了。

高中心中一阵狂喜，站起来轻轻鞠了一躬。

不过高中，你的图虽然画的不错，但也有几个地方有点小问题，课下如果有兴趣，可以到办公室来找我。冯启正说完，打开课本，开始今天的第一课。

果然是名师，一堂课听得高中如痴如醉，下课铃声一响，高中便小跑过去追上冯启正。

冯老师，您说我的图有点儿问题，我想请您给我讲讲。

冯启正点点头，拿出他的图纸，一一指给他看。高中，你的图画的不错，但有些画法比较老了，大概是十几年前的，现在国际设计界风格非常多元化，更崇尚简洁和整体感，你看这里，在实际建筑中可能会出现问题，我们做建筑设计，不光要考虑到设计的美观、前卫，更要考虑到材料、地理位置等多种因素。

高中不住的点头，一边飞快的在笔记上记下来。

高中，你很有天赋，希望你能珍惜自己的天赋，有什么困难，都可以来找我。冯启正说完，就夹上书本走了。

很快就是冬天，北方这时节冷得凛冽，但室内干燥温暖，比在南方要好过得多。

进工地一年有余，铁头已能熟练的截断钢筋，和孙大力的关系也因铁振国而融洽许多。铁振国看到这里一片秩序井然，心中欣慰，卡拉却跑来，说胡胜利召集各个小组组长去办公室。

工地素来有过年押一个月工资的做法，这是老板怕工人跑，然而过年都是用钱的时候，这不成文的规则十分不人道，因此铁振国一进去，就先对胡胜利说，胡总，咱是商量过年的事吧？你放心，年前肯定能赶上预定的工期，但胡总，别人我管不了，我的小组，你必须把工资都结算了，不能再压一个月，人过完年我保证给你带回来。

没想到胡胜利没和他争，只挥挥手说，这个待会儿再说，我今天叫大家来，是有新情况。

胡胜利顿了一下，嗯，咱们今年过年，不能放假了，得加班。

几人一片惊叫，这如何使得，工人辛苦一年就盼着过年回去团聚。

我也是没办法，我刚跟甲方见过面，他们人事上有变动，新领导希望提前一个月交房，按咱们现在的进度看，这要是放假的话，肯定来不及。胡胜利解释道。

交房日期不是合同里写着呢，咋能说提前就提前呢，这是盖房子，又不是小孩过家家。铁振国叫道。

是是是，合同是这么写的，但计划没有变化快。甲方给的条件是交房日就是结款时，工友们啊，我干了几十年建筑了，最难的是什么？不是找项目投标，不是盖房子，是要钱，跟甲方要结款啊。他要是能给我按时把全款结了，提前两月我也得赶，说多少话，也没有把钱划到账上保险。

见众人并不接受，胡胜利又补充道，我知道工人过年盼着回家，但现在情况紧急，只有加班这一个办法。你们放心，工资照发，加班费提高百分之十，伙食费也给大伙涨。总而言之一句话，只要把活按时干好，我亏不了他们，更亏不了你们这些组长。工人们出来干吗呀，不就是为了挣钱吗？加一个月班，能多挣两个月的钱，这是好事啊？

几个组长都知道，道理虽是这道理，但工人也未必情愿，这说客并不好做。几个人面面相觑，无人表态。

胡胜利看了一眼铁振国，说，你是上个季度的优秀小组，你们组必须带头啊。把人给我留住，我给你发大红包，留不住，我扣你钱。

铁振国叹了口气，说，我试试吧，真是出难题。

回到工地，铁振国将小组的人都叫拢过来，工友围了一片，嘻嘻哈哈尽是白色的气团。

组长，什么事？孙大力搓着手问。

铁振国按下一口气，好，人都到齐了，我来说件事，胡总刚才召集我们组长开了个会。

是放假的事吗？有人问。啥时候放啊？我们提前买票去。

是放假的事，但是，大伙儿听我说，咱们这个项目，工期需要提前，今年春节可能就不放假了，得在北京加班赶工。

工友哗然一片，这怎么行，过年怎么能不回家！

铁振国亦觉得为难，但他也知胡胜利难处，确实任性不得。便说，这个事情比较突然，胡总也是没有办法，他说了，加班工资涨百分之十，伙食费也涨，绝对亏不了大伙儿。

那也不行，我们不要加班费，我们要回家，孙大力闹起来。其他工友也跟着嚷嚷，累了一年，总得回去团年啊，要不我们图什么啊。

铁振国又解释几句，却更惹得众人不满，他们原先觉得铁振国能担事，凡事与他们一条心，但此时只觉得他被胡胜利收买，俨然成了那边的人。

铁哥，你胳膊肘不能往外拐啊，你得向着我们啊，我妈托人给我介绍了个对象，让过年回去相亲呢，这一下我对象还不得跟别人跑了？孙大力叫嚷起来。

大力，你相亲的事，等赶完工，我给你放一个星期的假，你专门回去相亲，我出路费行不？铁振国说。

这边孙大力不出声，那边贾长安把烟一掐，愤愤道，甭说别的，先把工资给大伙发了，都等这点钱过年呢。

这一来铁振国更加为难，胡总说，如果不加班，他就不发工资……

铁振国！孙大力又叫了一声，亏我还把你当大哥，你怎么都成胡胜利走狗了？他给了你啥好处？

大力，说话留心点儿，实话说吧，你们留下干活，胡总是说给我红包，可我铁振国是这种人吗，到时候拿了红包，必是请兄弟们吃饭。我知道你们心里不舒服，我也想回家啊，你们能不能理解理解我，这样，我先去找胡总，让他把工资结了，大家把钱寄回去，跟家里解释一下。我理解大家的心情，但话说回来了，过年回去，来回路费加上各种应酬，可能就得一千多，咱们这点钱，挣得多不易啊？车票也不好买，是不是？

众人沉默了一下，铁头点点头说，也是，这一来一去，一个月的工资没了，还真不如留着给孩子买课本呢。

铁振国又说，大伙想想，咱们出来是为了啥？还不是为了挣钱吗？加班一个月，能拿两个月的钱，还能省下路费，有这些钱，给爹妈买点营养品，给孩子买课本，多好，是不是？

越来越多的人点头，铁振国心中定下几分，接着该解决问题关键了。

要说胡总拿不发工资威胁咱们，确实不合适，我去找胡总，让他先把钱发了，大家给家里寄回去。咱们啊，还是辛苦一下，加班把工期抢出来，多挣几个钱，比啥都强，是不是贾师傅？铁振国看着贾长安，让他不得不抬起头来。

嗯，振国说的有理，咱们看看，先发钱再说。

安抚了工友，铁振国又径直去了胡胜利办公室。不管怎么说，工资问题必须要解决。

胡胜利一听来意已非常气恼，别的小组长都解决了问题，唯独铁振国带的队掉链子，工资一发，人再走了，这种人财两空的事他怎么会做。

但铁振国信誓旦旦，表示他的队只要领了钱，就必然留下加班。胡胜利一拍桌子叫道，你拿什么保证？

胡总，你要不把我的钱扣下，我就算为了自己工钱，也得把他们留下啊。

胡胜利琢磨了一下，只万分不解铁振国，按说当了小组长的人都是向着他的，这铁振国从来都向着工人，胡胜利不禁问，铁振国，我就不明白了，你就那么相信这些打工的？他们不是向来最没纪律最没信誉？说走就走，我这儿可没少吃亏。

铁振国一笑说，胡总，我就是打工的，您用人不疑，相信我就行。

好。胡胜利点了点头，那按你说的办，只要你跟着我，忠心耿耿，我亏不了你。此次若少了一个人，我拿你是问。

好，铁振国点点头，走出了办公室。

帮兄弟们拿到钱，他心中总是踏实了些。

而这一天对春妮来说，也十分不同寻常。当她看到张波在卡座里对她挥挥手，她整个人，在上个冬天比赛失利之后，第一次又在心中升腾起幻象。

张老师，好久不见您，我请您喝酒。春妮端了两杯杯酒过去，坐在他对面。

小茉莉，真是越来越漂亮了，很久没听到你的歌了，很是怀念啊，我今天一下飞机，就直奔这儿来了。张波看着她笑眯眯的说。

张波还是没变，齐肩的头发梳向脑后，手腕上的紫檀串珠油光黑亮，春妮激动不已，小心问道，您是出差了吗？

是，我去了趟香港，见了几个香港的歌星，四大天王来了三个，他们天天给我打长途，都是一个圈子，再不去太不给面儿了，还见了几个新人，都希望我给他们做专辑，哦，对了春妮，上次说过录单曲的事情，我已经安排好了，我这次去，就是约了香港最有名的音乐人罗大佑老师给你写了首歌。

罗大佑老师？他不是台湾的吗？哦，对，您是说他去了香港是不是？春妮不好意思的说。

哦，对对，跟你说，那歌非常适合你，量身定做，我今天来就是想告诉你这件事，小茉莉，你这朵小花，很快要开遍中国，不，开遍亚洲，开遍世界。张波越说越激动，双手微微颤抖，他看着春妮，难掩眼中亢奋。

真的吗张老师，春妮激动不已，我不是在做梦吧？但是录单曲的钱……春妮一黯然，她打工这么久，辛苦存下的不过一万多块。

你是要梦想成真了啊，而且你太幸运遇到我，录音棚、乐队我都有朋友，你只给制作费就好了，先拿一万，好不好？明天我先带你去录音棚看看，了解一下情况。

您真是我的贵人。春妮激动的说，便将酒杯一迎，我敬您。

张波端杯与春妮轻轻一碰，眉心一动，说，对了，这件事先不要对外人讲，我要让你一炮走红，成为歌坛的一匹黑马，现在歌坛复杂的很，竞争也激烈，若是提前走漏了消息，难说有什么变数。

好好，春妮使劲点头。

张波嘴角微微一扬，看着春妮说，快该你上台了吧？去吧，明天我来找你。

春妮这一夜兴奋不已，第二天与张波坐地铁去了京郊一间录音棚，这里比春妮想象的简单，但里面的各种设备还是让春妮大开眼界，听张波说那英都是在这里录专辑，她心中更升腾起一种巨大的希望，似乎在工体开演唱会亦不是遥不可及。

张波与春妮约好过几天打电话，她只需带制作费过来，春妮千恩万谢，回去后径直到了贾长安那里。

她每月发了工资，留够了生活费，便都存在贾长安那里，即使这样，也不过一万多，但若一万块钱能帮她实现一个梦，真不知有多值得。然而到了贾长安这里，舅舅并不在家，她等了一会儿也不见人，一转身看到铁振国过来。

春妮？你什么时候过来的？

刚来，我舅他们呢？春妮问。

今天卡拉生日，他们吃饭去了，应该也快回来了。铁振国说，你找咱舅有事啊？

什么咱舅，春妮一皱眉，那你怎么没去？

我得检查完再过去，要不不放心。铁振国笑笑，看着春妮说，你也没吃饭吧？走吧，一起去。

春妮想了想，就低头和铁振国一起走。

春妮，你是不是有什么心事？看着春妮若有所思，铁振国不放心的问。

振国，我，我要录歌了。春妮说完，几分兴奋亦几分忐忑，她知道铁振国多半不会支持，但这一次她自有主张，她和铁振国说明来意，铁振国更加吃惊。

一万块不多，他只收了我制作费，春妮解释道。

你就这么相信他？铁振国不禁问，万一是骗子呢？

就咱们把一万当钱！一万块也值得人家骗？人家张老师是著名制作人，认识那么多大牌明星，骗我一个打工妹干吗？春妮不由得心中生厌。

我还是觉得不太靠谱，你对他了解多少？小心驶得万年船，我觉得你不能把钱给他。铁振国脸色沉下来，他始终觉得春妮的事就是他的事，于是毫不客气的说，我不同意。

谁要你同意了？铁振国，我知道你打心眼里不喜欢我唱歌，我好不容易有这个机会，我不可能放弃，并且，我几时寻求你的意见了？春妮说完停下脚步，她几乎能想到一会儿舅舅如何反应，她叹了一口气，顿了一下说，算了，我不去吃了，我明天再来找舅舅吧。

春妮说完转身就走，铁振国愣愣的看着她的背影，只觉得担心不已。

待春妮回到清吧宿舍，自己怔怔在床上坐了会儿，只觉得越想越气恼，扪心自问她对张波也并非毫无疑虑，只觉得自己别无选择，刚才铁振国那些话，她听得刺耳至极，她也出来一年有余，世道的轻重利害如何也懂了一些，如何让铁振国看得傻子一般。

正想着气闷，就听到有人敲门，春妮打开门，只先看到一大束红艳的玫瑰，高中从花后探出头来。

春妮心中怦怦直跳，红着脸迎了高中进来。

想你了，就来了。高中坦坦荡荡的说。

说什么呢，春妮笑着说，但刚刚的情绪还未完全消解，高中见她脸上仍有些失落神色，便问她怎么了。

春妮想了想，高中年纪虽小，但到底是大学生，思路总会有些不同。果然与高中一说，他便说，当然要录，唱歌是你最大的梦想，这可是千载难逢的机会，钱算什么，在梦想面前，它不过是个工具。

春妮使劲点头，在心里只觉得无限感动，高中果然懂她。

录了单曲，说不定将来就有机会录专辑，以后你就大红大紫，说不定还能上春晚呢。高中说道，不由往床头一靠，看着春妮说，再说，一万块钱在我们眼里是个天文数字，在有钱人眼里，有时候就是一顿饭钱，我们宿舍的同学，买双鞋就能花一千多，这放在咱们以前，能想象吗？

春妮点点头，又看了一眼身边的高中，清清瘦瘦的男生，戴着眼镜，斯文俊朗。

这夜的铁振国，工友都睡着了，他翻来覆去想着今天春妮气恼的模样，只觉得有几分无可奈何的落寞。

第二日一早，春妮就来到贾长安家里，说明来意，舅舅在自己意料之中的暴怒。

你到北京两年，才攒了这么点儿钱，说给别人就给别人，再说那人什么底细你知道吗？

春妮早知如此，只得耐着性子解释说，舅舅，我也不是乱花，这钱是要录歌的，赶明儿我能十倍百倍的赚回来。

贾长安一听更怒，唱歌唱歌，你满脑子都是这个，我答应过你妈，好好照顾你，帮你找个安稳的人嫁了，你如今这样不学好，我怎么向你妈交代！

在一边攥着存折的周玉花，知道老贾脾气一上来谁也劝不住，果然她只开口说了一句老贾你好好说话，就被他一挥手喝道，你闭嘴。

春妮已经哭了起来，她几乎是恳切的哀求道，舅舅，我如果错过了这个机会，会后悔一辈子的，可能我再也没有这么好的机会了。您就把钱给我吧，舅舅，我求求你了，求你了。

不行。贾长安板着脸，看也不看春妮。

这时间过的格外漫长，春妮的泪扑簌簌的流下，忽然间她心下一横，对贾长安说，舅舅，这是我挣的钱，我有权利用，如果我妈还活着，也一定会给我的。

贾长安心中一阵绞痛，这孩子到底是大了不由人，他扶住桌子，吼道，好好好，你的钱，给你，给你，你爱怎么花怎么花，你就是拿到大街上扔了也没人管。

周玉花左右为难，过来拉住春妮说，你舅也是为你好，这钱攒下来不容易，家里那么困难，他都没动一分，你别乱花，知道吗？

舅妈，春妮又流下眼泪，你放心，等我赚了钱，肯定会好好孝顺舅舅。

春妮拿着存折走了，贾长安叹了口气坐下，只觉得胸口久久发闷。

拿到钱，春妮几乎是小跑到路边的电话亭，刚拿出 201 卡，就见铁头也小跑过来。

铁头哥？你也打电话？春妮问。

嗯，给家里打个电话，过年不回去了。你先打吧，铁头搓着手说，已是腊月的，冷风彻骨。

好，我很快。春妮插了卡拨通张波的电话，很快约好腊月二十八去录音棚旁边的一个旅馆见，春妮取出卡，与铁头打了个招呼，就匆匆回了清吧。

很快一学期过去，高中的同学都陆续回了家，江河和父母去美国旅行，他的舍友多是见多识广，他时常觉得相形见绌，还好学霸的地位给他找回一丝底气。

春妮刚刚来找过他，拿着自己的存折，上面一共有 12562 元钱，这是她京漂两年的全部积蓄。对于春妮要拿一万块出单曲这件事，高中没有太多感受，实现梦想自然要付出代价，用钱应该是最简单的一种。

春妮取了钱，带他去学校外面的餐馆吃饭，说起来花女友钱这种事他起初也别扭，后来只觉得十分坦然，既是你情我愿，又何必在意。春妮说腊月二十八与张波约在录音棚旁边的小旅馆见面，因为职业规则只让她一个人去，高中举杯为她祝贺，吃完饭后，两人第一次牵着手在校园里散步。风十分冷，恋爱中的人浑然不觉。

春妮不在的时候，高中几乎都泡在图书馆，他对建筑设计十分着迷，上次冯启正推荐他看的书全部看完，他第一次觉得所求知识浩如烟海，真是既兴奋又惶恐。

冯启正见他用功，空时与他深聊过一次，得知高中父母双亡，十分唏嘘，便邀请他过年时去家中做客，高中更加惶恐，速速记下先生家的电话地址。

田园村已没有家，北京或说京师大学对他来说，似乎更能感受一种归属。

而工地上的人，既安心留下加班，也总得热热闹闹过除夕。这天工地饭堂的桌椅早就摆好，每个人面前都有花生瓜子二锅头，周玉花一盆盆的端上菜来，工友探起身子看，见满眼尽是青绿，不禁皱起眉来。

孙大力放下筷子问，花嫂子，后面还有多少菜啊？

啊，还有拍黄瓜，豆腐丝，炸了点儿花生米给你们下酒。周玉花说的不太自在。又补充了一句，城里人讲究吃素食，健康。

人家坐办公室，我们盖房子，这能比吗。卡拉也放下筷子，再说今天还过年呢，怎么伙食比平时还差。

铁振国也疑惑不已，今年要在工地过年，胡胜利特意加了伙食费，怎么也不至于是今天的水准，他见贾长安黑着脸把周玉花拉了出去，一桌人意兴阑珊，几乎打算自己凑钱下馆子，铁振国起身说，花嫂子肯定和大伙开玩笑呢，你们再等一会儿，我去看看。

铁振国跟到厨房，见周玉花已哭哭啼啼抓着贾长安，老贾，我也是没办法，医院来催，说再不交钱就赶我妈出院，我真是走投无路了。

你糊涂啊，你这是贪污知道吗？让别人知道能把咱们抓起来啊，贾长安气得顿足。

反正没钱了，要杀要剐只能受着，要不我妈就得死啊，周玉花又哭起来。

铁振国心中一颤，轻轻咳嗽了一声。

两人一看铁振国在门口，皆是慌乱无措。

振国，我对不起大伙儿，贾长安一低头。

别这么说，铁振国说着摸遍口袋，数了数还有500多块钱，递给周玉花说，嫂子，我的工资还在胡胜利那儿押着，身上就这点儿钱，你赶紧去饭店要些大鱼大肉的好菜来，不够的赊着，挂我的名。

振国……怎么能让你出这个钱。贾长安无奈的叹道。

快去吧，钱是小事，大过年的，得让兄弟们吃好喝好。铁振国说完要走，又一回头说，贾师傅，这事到我这儿就为止了，千万别说出去，要不花嫂子肯定干不下去了。

谢谢你振国，我老贾服你，这钱，我以后肯定还你。贾长安叹出一口气，深深点头。

不多时，周玉花提着几大包打包的菜上来，待一一打开摆好，众人脸上的笑意舒展开，再倒上酒，铁振国宣布开局，不多时吃肉喝酒推杯换盏，好不快活。

正这时，高中忽然来了。

铁振国正要拉住他坐下，却见高中脸上鲜有的紧张，他低声对铁振国说，二哥，春妮失踪了。

第十三章

铁振国疾步跟着高中出来，发现唐郁梦已等在门口，铁振国一想到她是春妮的老板，竟让员工失踪两天，就气呼呼瞪了她一眼。

唐郁梦并未计较，只与高中过来说，春妮说的音乐制作人叫张波，你们谁知道他们去的哪个录音棚？

春妮说要一个人去，我就没问。高中吞吐道，这时铁头也跟了出来，他想起前几天和春妮在电话亭遇见，春妮在电话里提起过大兴郊区的春兰旅馆，说是在录音棚边上。

听铁头一说，唐郁梦恍然道，啊，我知道，我跟一个歌手去过那录音棚，走，上我的车。

除夕夜，轿车疾驰而过，天空偶尔烟花绽放。

半个小时后，车在一间亮灯的房子前停下，唐郁梦细细看了下，点头说，没错，就是这里，这附近就这一个录音棚。

好，铁振国跳下车去，耳朵趴在门上一听，就猛然敲起门来。

谁啊？一个长头发男人开了门，看了一眼铁振国皱眉道，干吗啊？大过年的，敲什么呢？

这几天有没有一个叫张波的人来过？铁振国急问。见这人一脸不耐，铁头忙上前递了一支烟道，大哥，打扰了不好意思，您抽烟。

张波？什么张波？干吗的啊？这人才缓和下语气。

说是音乐制作人，录唱片的。

这人想了一会儿，呸的一声啐道，什么狗屁制作人，租我录音棚好几天，说好了两千块，给了一千就跑了，孙子。

那你知道他现在在哪儿吗？看那人白他一眼，铁振国自知问得傻，又接着问，对了，这附近有个春兰旅馆吗？

那边小区里，是个地下室。这人一指，便砰的把门关上了。

几人抬眼望去，小区里黝黑一片，只有灯笼影影绰绰，铁振国心中涌起不好的预感，他镇定了一下，对唐郁梦说，唐姐，我觉得春妮出事了，你在这儿打电话报警，我和高中铁头进去。

你小心些。唐郁梦点了点，拿出电话。

三人疾步进了小区，就看到一个昏暗的灯箱写着春兰旅馆，几人一相视就齐跑过去，从一扇平常的木门顺着逼仄的楼梯走了两层地下室，才看到一张桌子摆成的前台，一个微胖的服务员正在嗑瓜子。

你好，请问张波住哪个房间，铁振国上前问。

不知道，我们这儿不登记。那人头也不抬。

我们来找人，你们能不能帮我们看看，铁振国耐着性子说。

没工夫，那人懒懒的答。

那我们自己来，铁振国冷冷说完，就径直冲了进去。高中紧随其后，问道，二哥，怎么办？

挨个敲门。铁振国说。

狭窄昏暗的走廊里，铁振国三兄弟快步向前，每过一间，都轻轻敲门，被几个女人骂过神经病，刚才那前台服务员也冲来嚷嚷，你们干什么呢？

铁振国一阵暴怒，抓过他一把按在墙上说，我们来找个人，你要是再啰嗦，当心我的拳头。那人看铁振国青筋爆出，吓得不敢言语，只赔笑道，没问题，没问题，你们找就是了。

铁振国将手一松，又与高中铁头再往前走。也是蹊跷，敲开门的基本都是情侣，而且还有几间主动开门来看，大概是以为出了什么热闹。几人又往里走，却有一间房怎么也敲不开，铁振国将耳朵贴在门上，确实丝毫动静都没有。

这间可能没住人？铁头问，铁振国想了想说，再看下一间。

然而刚走一步，只听到砰的一声，那屋里像有什么东西碎了，几人眼神一对迅速回来，就这间，铁振国坚定道。然后他开始砰砰砰的砸门，依然没人来开，铁振国示意高中铁头闪开，往后退了两步，运足力气，一脚踹开门。

他一眼看到屋里墙上挂着春妮的红色羽绒服，大叫一声，春妮！这时只见一人抄着匕首扑来就刺，铁振国躲避不及手臂中了一刀，又顺势将这人拦腰一抱按在墙上，将他拿刀的手臂一个反剪，铁头冲来踢掉匕首，也狠狠将他按住。

振国！是春妮带着哭腔的声音，铁振国扭头一看，一个平头男子正哆哆嗦嗦拖着春妮出来，一把寒刀正架在春妮颈上。

别动，都别动，再动我杀了她。小平头颤颤道。

铁振国拼命摇头，高中也在一边喊，你别乱来，你跑不了。

把门口让开，快点儿！小平头一边喊，拖着春妮走，他们都反应过来，他必是想让春妮当做人质。

你放了她，我过去给你当人质！铁振国喊。你带着个女的不好走。

你？

一个换一个，很公平。

小平头停下来，看看铁振国，又看看高中，一指高中说，你来。

我？高中努力掩饰这恐惧和惊愕。

就你，你看着就胆小怕死，你过来。

高中咬了咬嘴唇，迟疑缓步不前。

高中，先把春妮换过来，铁振国说。他要在警察来之前，先保证春妮的安全，否则届时匪徒狗急跳墙必定凶险，至于他和高中，大老爷们，总是好对付些。

高中迟疑的走过去，那平头男人推开春妮，一把将他抓过来，用刀一抵，高中双腿打颤几乎站不稳。

正这时，两个警察冲了进来，举起枪对准平头男人厉声吼道，把人放了，否开枪。

那平头本就是张波的小喽啰，根本不经事，这一声吓得手颤刀落，高中趁机挣脱，警察扑过去将那人制服，又把被铁振国紧紧按住的张波拷上。

高中，你没事吧？春妮一下扑到高中旁边，你受伤了没？

没事，春妮，你吓到了吧。高中一笑。

铁振国看愣了这一幕，又低头看了下自己手臂鲜血汩汩流出，方才觉出疼痛，唐郁梦进来，拿过一条毛巾来给他按住伤口，春妮惊魂未定，又指指卫生间说，那里面还有两个女生。

待警察将那两个姑娘救出，一行人从地下旅馆出来，天空烟花绽开，春妮只觉得恍如隔世，高中扶着她，手臂温暖安定，心中稍稍贴慰。

警察直接将铁振国送到医院，又和几个人做了笔录，大家听的惊心动魄，原来春妮一进旅馆已知情形不对，而后她与两个女生被毛巾堵口，一天未曾进食，那张波确实也是音乐制作人，只是上月去澳门欠下 50 万赌债，黑道人威胁他这月不还便断手断脚，张波情急之下，便想出利用职业之便骗来几个姑娘，转卖到东南亚，当时听到有人敲门，他示意同伙不要出声，然而春妮早听出来铁振国的声音，便急中生智一脚踢翻了暖水瓶。

听得人惊出一身冷汗，这其中一招不慎春妮便前途叵测，铁振国心疼不已，连连问道，他们伤害你了没？春妮只低头抽泣摇头，说张波对她还算客气。

警察录完笔录便回去了，铁振国在医院处理伤口，因为夜间急诊麻醉医生不在，医生只能直接缝合，铁振国紧紧咬着牙，疼出一头汗，春妮这才缓过神来，过去不由的握住他的手，铁振国冲她挤出一个笑容，说道，春妮，你受委屈了。

春妮忍着泪，一边高中脸色阴沉，缝好之后铁振国住进病房，伤口不小，他还需要输液消炎。

这是新年夜，即使在医院里也听到外面不时爆竹声响，铁振国看着一屋子人，笑笑说，没事了，你们回去吧，大过年的，在医院算怎么回事。

我们不能把你一个人搁这儿啊。春妮说。

你们？哪个你们？铁振国盯着春妮的眼睛，收敛了笑。

春妮一时尴尬无语，唐郁梦笑笑说，那你休息吧，我回去了，铁振国知道又是唐郁梦去办完了住院手续，就点点头说，谢谢你，唐姐。

客气什么，自己人。唐郁梦转身走了。

大哥，你们回去吧，高中，你也回去吧。铁振国面无表情。

二哥，我们不回去，在这儿陪你。高中说道。

我让你们回去！铁振国忽然爆发似的吼了一声，惊得几人一震，尴尬的不知如何是好。

正这时，门突然开了，孙大力，卡拉和贾长安，呼啦啦的挤了进来。

绑匪一起来了没？看我不把他脑袋拧下来！孙大力吼道。

一屋子人都乐了，铁振国恢复了笑容，问道，你们怎么来了？

卡拉在床边一坐，说道，听说春妮姐出事了，我们谁都坐不住，你们走了之后，我们又不知道你们去了哪儿，还是大力机灵，给上次那个王警官打了个电话，问问有没有你们的消息，还真问着了。振国，你勇斗歹徒，可太厉害了。

没什么，铁振国摇摇头笑着说，那我欠大伙儿一顿年夜饭，等我好了咱补上。

对了，是除夕夜，高中打开了病房的电视，蔡明和郭达的声音传了出来，大家都各自找地方坐下，小小的病房挤成一团，十分热闹。

跟我出来，高中牵起春妮的手，在她耳边低声说。

铁振国余光看到，嘴角微微一动，只继续和工友看起春晚。

出了病房，春妮就将手抽了出来，低着头说，高中，我们是不是应该照顾一下振国的感受？

你们恋爱过吗？没有的话，不过是老乡，我和你在一起有什么错？高中又握起她的手说，春妮，我明白你的感受，可是我无法抑制心中的感情，爱情是自由的，是难以控制的，而不是谁喜欢你你就要和谁在一起，你说对吗？

高中，我说不过你，可是……

相信我，我会处理好这些事的，再说，二哥现在和工友在一起，肯定还有什么话要说，咱们两个外人在那儿做什么呢，春妮，我带你去一个地方。

哪里？

高中一笑，只牵起她的手走，不再说话。

除夕的夜里，医院除了几个值班医生和护士，病人很少，高中带着春妮爬起来楼梯，一直爬到最高一层，打开一扇小门，夜色尽在眼前。

春妮，看烟花。两人牵着手来到天台边。远处大片烟花升起，绚烂至极。

春妮看眼前一场盛宴，还有身边少年，夜色里一切美如幻觉，高中轻轻抱住了她，她安然在他怀里，低声说，高中，你知道吗，我被张波绑架的时候，真怕自己再也见不到你了。

高中又紧紧抱了抱她。

我也怕再也见不到铁振国，见不到舅舅舅妈，唐姐玛丽他们，我还以为自己要死了，谢谢你高中，把我从绑匪那里换出来。

为了你，我什么都愿意。高中看着远处烟花，随意一笑，又说，春妮，你后悔吗？为了唱歌，冒了这么大的险。

春妮摇了摇头，轻叹了一声，我不后悔，有时我想，能唱歌比我的命还重要，如果不让我唱歌了，那我活着又为什么呢。

高中微微一怔，远处高楼灯火通明，忽然让他心中豪情万丈。

春妮，你看，看那些摩天大楼，多漂亮。你相信吗，我将来不但要设计这样的大楼，还要住在这样的大楼里，我要过城里人过的那种生活。

我相信你，你什么都做的到。

我想说的是，在我未来的大厦里，永远都有你的位置，春妮，永远。

春妮心中震动，静默没有说话。高中转过身来，捧起她的脸，深情的吻了下去。

铁振国醒来的时候，天已经大亮了，铁头还伏在床边，春妮正提着热水瓶进来。

你醒了？春妮说完，只觉得哪里不自在，昨天她要高中答应，暂时不告诉铁振国她与高中的关系，她心中有愧，只想着等他伤好了再说，他可是为自己受的伤。

高中呢？铁振国问。

他学校有事，一早就回去了。春妮说。

大过年的有什么事。铁振国想了想，也没再说什么，春妮和他说医生已来过，说他情况稳定，一会儿就可以出院，说完便帮他收拾东西。铁振国看她手脚麻利，便笑道，这会儿利索，当时吓坏了吧？

春妮笑了笑说，嗯，是吓坏了，不过我觉得你们肯定会来找我的。

不管你在哪儿，我都会找到你的，春妮，我不会让你受任何伤害。铁振国看着春妮，他多希望迎过他的目光，哪怕对他一笑也好。

振国……春妮停顿了一下，只说，谢谢你。

春妮，我知道，高中也喜欢你。铁振国不再看她，定定看向窗外。

振国，你伤还没好，咱们别谈这个了，好吗？春妮手上不停，低着头轻轻的说。

好。铁振国苦涩一笑，轻声说，春妮，我对你的心，永远都不会变。说完起身，拿过春妮手上的提袋往外走去。

两人默默无语，各怀心事，铁振国边走边想，走吧，我们去迎接 1997 的新年，哦，不，今天初一，是晚年了，什么都晚了。

冯启正家的新年，似乎比日常人家更寻常些，电视里在放春晚的重播，刚从美国回来的小女儿还睡眼惺忪，大女儿给她端了一杯茶来，冯启正夫人走的早，好在有两个女儿与他一起，现在也各有成就，算是欣慰。

爸，您今天不出去吗？冯美慧问。

哦，等下去学校看看。冯启正答，每年大年初一，他都要去学校与过年不回家的同学一起坐坐，春节这么盛大的传统节日，不回去的人必定各有缘由。

爸，前几天有人找我，让我去给一些农民工培训班上课，这段时间有空，我可得和您好好讨教讨教。冯美慧说。她是一家日报的记者，正好负责城市建设的板块。

夜校吗？这是好事啊，冯启正笑笑，正要拿过一本书来，突然听到敲门声起。

这么早，谁来拜年？冯美慧正要起身，却是妹妹冯友琳冲了过去。

一开门，一个清俊男生提着果篮站在门口，斯斯文文。

新年好，请问是冯老师家吗？

高中？冯美慧探头过来，惊喜道。

是你？高中也一惊，世界真小。我来给冯老师拜年。

原来你们都认识啊，冯友琳侧身一让，俏皮的一抬手。come in please.

Thank you.高中答。

高中曾跟着许国璋苦练过口语，发音标准让冯友琳十分意外。

Your English pronunciation is very standard，她继续说。

You are better，高中一笑。就看到冯启正已经过来，忙笑说，老师新年好。美慧姐也是您的学生？

哈哈，她是我女儿。冯启正爽朗的一笑，又问，你们认识？

爸，他就是给我画像的那个。冯美慧笑了。

哦，原来就是他，非常好，高中，快来坐，你来的够早的。冯启正迎着他进了里屋。又叫道，美慧，去倒茶。

我来我来，冯友琳冲了过去。被姐姐一脸调笑，小妹，今天如何这样勤快？

我勤快些你还有意见了？她又一笑，速速的端茶出去。

几人坐着随意一聊，片刻冯家电话响了，原来是几位老师已约好了同去学校，冯启正起身，要几个年轻人在家里多玩一会儿。

姐姐，你不是和张阿姨约好去相亲了吗？你和爸一起走吧，快去快去。冯友琳冲冯美慧挤挤眼睛。

呃……好吧，冯美慧无奈一笑，穿好衣服，与父亲一同出了门。

屋里就剩了高中与冯友琳两人。

嗨，喝咖啡吗？现磨的。冯友琳笑眯眯问。

好，谢谢。高中有些局促。待冯友琳转身去了厨房，他才四下细细打量这屋子，这是一间普通的住宅，但室内清雅有致，饰物不过几幅字画，几个棕红色书架占据了一面墙，他正想起身去看，却见冯友琳已经端了两杯咖啡出来。

来尝尝我的咖啡如何？她将咖啡往桌上一放，就大大方方说，你好啊，我还没正式介绍自己，我叫冯友琳，英文名字 Julier。

你好，我叫高中。他这次仔细看了她，一双灵活闪亮的眼睛，头发染成栗色，戴着闪闪发亮的耳环，笑起来浑身都发着光。

这名字有意思，冯友琳笑道。你今年大几？

大一。

哇哦，冯友琳吃惊的看着他，那你口语可真不错，你的发音，比我刚去美国的同学都好。

是吗？高中笑了笑放松下来，这么说，你在美国留学？

是啊，我也才大一，刚回来过年，还哪儿都没去呢，好闷。冯友琳说着，不觉得两条腿荡来荡去。

你想出去逛逛吗？今年大年初一，圆明园有庙会。高中笑道。

太好了！冯友琳一跳起身，你等等我。

片刻，她已穿了羽绒服，戴好帽子围巾出来，冲高中一笑道，走吧，本小姐今天的行程由你安排。

春妮与铁振国分手后，独自回到清吧，玛丽早听说了她被绑架的事，此时一见面两人抱着好久，春妮在北京就这么个好姐妹，玛丽拍着她的背，等着她呜呜的哭完。

好了，咱今天出去吃，姐带你去好的，把年夜饭补回来。玛丽说。

玛丽姐……春妮抹着眼泪，感动不已。

走吧，玛丽麻利的穿上外套，拉着春妮就往外走，一开门，正好唐郁梦经过。

你们要出去？春妮，铁振国怎样了？唐郁梦问。

他出院了，在工地呢。春妮浅浅一笑。

唐姐，你怎么也在这儿，没跟家人过年吗？玛丽问，她看着唐郁梦的样子，确实不像打算回家。

唐郁梦笑了一下，看向她俩问，你们去干吗？

出去吃饭，玛丽说。

嗯……能带上我吗？唐郁梦顿了一下，突然说了这么一句。

两人对视了一眼，齐声好，好啊。

走，我请客，咱们吃自助去。唐郁梦开怀一笑。今天想吃什么吃什么，大年初一，不能亏了自己。

走着，玛丽嘻嘻哈哈，三人勾肩搭背，一起往外走去。

这是北京的金钱豹，当下最好的自助餐厅，虽说春妮跟着唐郁梦也见过不少世面，来到这里还是暗暗惊叹。整个大厅华丽得流光溢彩，食品精细而美观，且品类繁多到一眼望不尽，两人都兴奋不已，唐郁梦取了些吃的坐下，看这两个姑娘很快将食物铺满一桌子，不由得一笑。

唐总，您过年不回去吗？玛丽边吃边问。

怎么，你们就希望我回去，给你们放假是不？

哪能啊，两人笑道，唐姐在这里多好。

我也想回去，可是，唐郁梦晃了晃酒杯，没说下去。我真是挺羡慕你们这个年纪，恋爱，成家，奔事业，一切都来得及。她眼神忽然有些黯然，每次这种大团圆的时候，她总是格外难捱。

唐姐，你和那个……春妮见她这样，不禁问道，话音刚落就觉得玛丽踢了她一脚。

我们大概，不会在一起了吧。唐郁梦苦笑了一下。说完她放下酒杯，低头说，你们聊，我去趟洗手间。

玛丽与春妮勉强一笑，目视着唐郁梦离开，玛丽拍了下春妮的脑袋道，以后说话长脑子。对了，继续说说你的事吧？我听唐姐说的和美国大片似的，是不是真的？

你还笑，春妮嗔道，我真是九死一生，不过这么一来，我好像又想通了好多事。

哟，被绑架还有正面意义了。玛丽笑道，对了，我问你，你是不是和高中好上了？你们进展到什么地步了？给我说说，那个了没有？

哪个？春妮瞪着眼睛，又一反应过来叫道，哎呀玛丽姐你说什么呢！

玛丽一皱眉，戳着她的脸说，选来选去还是高中，这铁振国还为你挨了一刀，真是冤呐。不过，爱情这个东西，本来也没什么道理可讲，对你来说，铁振国和你情如兄妹，高中却能让你脸红心跳，是不是？

春妮不觉点头，玛丽姐，你怎么知道。

没吃过猪肉，还没见过猪跑啊？玛丽夹起一块培根，气哼哼的放进嘴里，为啥我连个民工都没有。

两人调笑着，唐郁梦也回来了，她避开人群调整了一下情绪，此时又是明艳少妇一枚，一路过来，引得左右侧目。

我又拿了些酒来，咱们今天多喝点儿，唐郁梦笑盈盈的坐下，她从前不是个怕落单的人，欧洲旅行都是一个人提包就走，如今却真想和这两个姑娘在一起，她知道自己是有些老了。

来，干杯，一祝春妮平安归来，二祝清吧生意越来越好，三祝我早日找到男朋友。玛丽举杯叫道，三人喝酒，笑做一团。

而此时高中，正与冯友琳在另一家西餐厅里相对而坐，高中切牛排的手有些笨拙，冯友琳示意他，看我这样，右手刀左手叉，因为右手的力气比较大。

高中不好意思的笑，就问她，去美国，手续是不是很麻烦？实际上他想问很多有关美国的问题，但因所知太少根本无从问起。

是啊，前前后后办了好长时间，不过多亏我爸。你也想去？冯友琳问。

我哪儿去得了，高中一笑，低头吃牛排。

学校每年都和美国有交换生，你好好努力，有希望的。冯友琳边切牛排边说，我过几天要回美国去了，今天真是谢谢你陪我出来玩，我好久没这么开心了。

我也是。高中笑笑，我，我可以给你写信吗？

当然可以啊。我们可以写信。冯友琳笃定的点点头，又忽然说，对了，你有女朋友吗？

高中一愣，只半秒钟，便笑笑说，没有，为什么问这个？

你不是要给我写信吗？你如果有女朋友，她可能会不高兴吧。冯友琳完全没在意高中的神色。

不会的，你想多了，高中轻轻一笑，又补了一句，我没有女朋友。

大家的年过得各有滋味，工地这边，胡胜利吸取了上次工人闲了便聚众赌博的教训，打算今日下了工带他们去清吧唱歌，丰富娱乐生活。

任建见铁振国带着浩浩荡荡一群人到了清吧门口，不由得一惊，该不是又来砸场子吧？他不由捏紧拳头，见他们嘻嘻哈哈走近了，脸上并无凶相，便疑惑道，铁振国，你们这是？

这都是我手下兄弟，今天来消费胡总买单，胡总一会儿就到。铁振国回头一看，一辆黑色小轿车正好缓缓停下，胡胜利也到了。

这动静大，一袭红裙的唐郁梦款款从里面走了出来，看到众人一笑，哟，几位眼熟，今儿没带钢筋瓦刀的？

孙大力不好意思，搓着手笑道，唐老板，上次的事真是不好意思，我们就是个打工的，还不是凡事听老板的？

怎么，今天老板亲自带你们来砸店了？唐郁梦淡淡看一眼胡胜利，心里波澜万千。

哎呀，就别提这事了。胡胜利在众人面前颜面挂不住，尴尬笑道。

唐郁梦笑笑，好吧，我今天看铁振国的面子，进去吧，包间给你们准备好了。

胡胜利一脸别扭，也不好发作，只带着工人往里走，铁振国正在后面招呼，忽然一辆出租车在门前停下，车门一开，竟是高中和春妮走了下来。

三人一见，都吃惊而尴尬，还是春妮问，振国，你怎么来了？

胡总今天请工人唱歌，你们，怎么在一起？铁振国压抑着心中的不悦，更不想乱猜测。

二哥，春妮去学校找我有点事。高中遮掩道，他说的也对，春妮确实去了学校找他，他起初拦着不想让春妮去宿舍，又觉得略微说不过去，便嘱咐春妮闭口不提他在田园村的过去，只说他是建筑世家，春妮虽觉得别扭，但还是答应了，她被高中带着到宿舍见了舍友，坐了片刻，就下来了。

铁振国不想多问，便说，来了正好，走吧，一起玩去。

几乎所有工人都是第一次来 KTV，集体兴奋不已，卡拉把几个音响设备来回摸了几遍，拿起话筒喂喂喂，就惊叹这效果太好，简直比街头卡拉 ok 好一百倍，胡胜利豪迈的挥挥手道，大家好好玩，玩尽兴，我除了买单就不打扰大家了。

胡总万岁！工友们喊道。

胡胜利和唐郁梦一出包厢，里面就传来卡拉的难以描述的歌声，两人笑着摇摇头，碰巧看到铁振国他们过来，唐郁梦正好叫春妮去拿些酒来，高中立刻跟着去了，铁振国没说什么，自己先进了包厢。

贾长安知道春妮也回来，便径直出去找她，本来上次绑架事件后贾长安又怕又气，两人又吵一架，但此次来，贾长安确是另有想法。

春妮，舅想问你点儿事？到了吧台，贾长安把春妮拉到一边，高中自己搬了酒去包间。你和振国的事，怎么样了？

我和他？没怎样啊。春妮不知舅舅是何用意。

我是说你俩的感情，有没有什么进展？贾长安只好拉下脸，直接问了。

你怎么问起这个了，你不是最反对我和他在一块吗。再说我俩那个娃娃亲早就解除了，现在没什么这方面的关系了。

我是反对过，那时候铁振国毛毛躁躁的，要工作没工作，脾气还大，我当然要反对，但现在看，他是个不错的小伙子，做事也比以前踏实，将来肯定能成事……

您这是？

我就是想你早点找个婆家，我看铁振国不错，你要是没啥意见，就赶紧谈谈，早点把事办了，我也好早点跟你妈交差。贾长安干脆一股脑都说了，当然他不是冲动，也不是纯为了自己安心，日久天长的，确实觉得铁振国是个能托付的人，却不想春妮无奈一笑，说，舅啊，你就别乱点鸳鸯谱了，我，我有自己喜欢的人。春妮说的坦坦荡荡。

啊？贾长安一愣，谁啊？

这您就别管了。春妮塞给贾长安一箱可乐，舅，帮我拿去包厢，这箱可乐算我的。

看着贾长安走了，也不见高中出来，春妮想了想，便往包间走去，工人回头一看，就笑叫道，嫂子来了，快坐在铁哥边上，正好合唱。

别胡说，春妮一窘，看到铁振国正拿着话筒，一边高中脸色铁青。

屏幕上是《大哥大哥你好吗》，春妮没有说话，铁振国拿了瓶酒，仰头就喝了起来。

不对啊铁哥，你俩应该唱《知心爱人》，是不是啊大伙？孙大力叫道。

那个不会，就这个吧。铁振国放下酒瓶，把另一个话筒递给春妮。

每一天都走着别人为你安排的路，你终于为一次迷路离开了家，从此以后你有了一个属于自己的梦，你愿意付出悲伤的代价……

这是铁振国最喜欢的歌，他听过很多次，唱的也入情入境，他其实从内心知道自己与春妮的关系，至少现在，也不过就是这样。

每一天都做着别人为你计划的事，你终于为一件傻事离开了家，从此以后你有了一双属于自己的手，你愿意忍受心中所有的伤痕……

春妮也唱着，说实话，她也为难不已，铁振国对她一片深情她怎会不知，这么多年确也情如兄妹，她不愿伤害他，但实际上每一刻都在伤害。

两人都唱得动情，众人一片叫好之声，高中开了瓶啤酒，仰头就咕咚咕咚灌下去。

高中！你这是干吗？铁头轻声叫道。

高中不语，脸色阴沉的看着铁振国和春妮。

铁头顿时明白，一把拽住他说，你跟我出来！

他拖拖拽拽的把高中拉出来，见他手上还拿着酒，便说，你一个大学生，喝什么酒，再说，你和春妮到底怎么回事？

大哥，你想说什么？高中厌弃的看了铁头一眼。

高中，老二是和春妮一起长大的，你别为了她，影响兄弟感情。

兄弟？你们俩才是兄弟。高中冷不丁说出这句，让铁头忽然间觉得陌生无比。

高中，你说什么？你再说一遍？

我说的不对吗？春妮喜欢的是我，你要是把我也当弟弟，这话，你应该跟他说。高中瞪着铁头，竟让他一时说不出话来。

我说的对吗？铁头哥？高中冷冷一笑，把酒瓶往地上狠狠一摔，回身就往包厢走。

这时铁振国与春妮正合唱最后一段，高中鼓着掌说，好好好，再来一个，说着又开了两瓶酒，独自往下灌。

高中，你喝多了，铁头说。

我喝多了吗？我没多！二哥，咱哥俩好久没这样喝酒了，今天得喝痛快了。高中看着铁振国叫道。

好，今天陪你喝个痛快。铁振国盯着高中，自己也开了两瓶酒，与高中一晃酒瓶，径直往下灌。

别喝了——春妮叫了一声，眼见得两个人像铆足了劲儿拼酒，不知道该拦那个。

男人喝酒，没女人的事，铁振国手轻轻一挡春妮，高中又开了一排酒。

其他人不明所以，只当兄弟俩喝的痛快，卡拉还点了一首周华健的兄弟在唱，粗粝的歌声一起，铁振国揽过高中的肩，又灌下一瓶。

夜里，大伙儿酒酣耳热，勾肩搭背的出来，唐郁梦与春妮在门口送行，铁振国看了一眼春妮，笑了一笑，就与铁头摇摇晃晃的向马路走去。高中过来说，春妮，送我去公交站吧，我有话和你说。

两人慢慢的往车站走，高中一身酒气，头脑却还清醒。

春妮，公开咱们的关系，我看着你和他唱歌，我看不下去。你怕二哥难受，就不怕我难受，到底谁是你男朋友？高中吐着酒气，看着春妮。

当然是你，高中。春妮为难的不得了。

咱们谈恋爱光明正大，老这么偷偷摸摸算什么，我做了什么见不得人的事吗？

高中，再等等，有合适的机会时，我一定会说。

我不想等了。高中眼神黯然，叹了口气，我得回去了，太晚了宿舍要关门。

那你，明天还过来吗？春妮小心翼翼的问。

来，我早晨就来，咱们去公园，你练声，我看书。高中看着她，无奈一笑，他确实喜欢这女孩，尤其喜欢她小心翼翼怕失去自己的样子。

铁振国一路吹风回到工棚，已清醒了不少，工友意犹未尽，孙大力凑过来要问他和春妮的八卦，铁振国无奈一笑，我倒是想讲，可真没得讲啊。

这可不行啊，卡拉着急的说，追姑娘追姑娘，你得追人家呀，不能老等着，等别人追到手，你后悔可就晚了。

用追吗？春妮不就是我的吗？

卡拉连连摇头，做出阅人无数的样子，人家女孩子享受的就是被追的过程，而且是浪漫地追，懂不懂？再慢一点，小心别人捷足先登了。

浪漫？我一个建筑工人，会什么浪漫。铁振国又叹了口气。

没吃过猪肉也见过猪跑，浪漫吧，首先就是浪费，你只要能拿得出钱，就能浪漫。送花，请她吃饭看电影，谈恋爱嘛，总得不停的谈才行。

嗯，电影院里，还可以这个，孙大力挤眉弄眼做着搂搂抱抱的动作，铁振国一拳上去，你脑袋里都在想什么！

这夜，铁振国久久未眠，卡拉说的也许有道理，不是任何事都是他想的水到渠成，总要主动做点儿什么，虽然是虚的，但是女人喜欢。

女人，铁振国无奈笑了笑，这是个什么物种，这么麻烦。

第十四章

铁振国一觉醒来，酒意全退，兄弟们说的话还记得几分。

他还稍有些不好意思，此时工棚里只有孙大力，他便把春妮送他的西服拿来穿上，因为保存得当还服服帖帖。

不错不错，来，孙大力不知从哪儿扯了条酒红色领带，把这个套上。

你哪儿来的这玩意，铁振国哭笑不得。

嘿嘿，我在大街上抽奖抽的，这玩意我没啥用，给你戴，我留着只能当裤腰带扎。

算了算了，铁振国推开，系上这个我都不认得自己了，话还没说完，他偏头一看，惊叫道，卡拉！你这是干吗？

原来卡拉正抱了一大束红艳的花进来，他憨笑着往铁振国手里一塞，来，这是兄弟赞助你的，花了我四十块呢，给春妮，我就不信她看到花不动心。

铁振国拥着那花，红艳的光刺得眼里一热，孙大力跳过来，揪起一朵就喊，人家谈恋爱都送玫瑰，你这是啥？

卡拉买的是康乃馨，相同的价格要是买玫瑰，可买不了那么大一束，这不挺好看的吗，卡拉白了孙大力一眼。

和约好了似的，铁头也推门进来，振国，哥没啥送你，买了两张电影票，请春妮看电影去。

哟，齐活儿了。孙大力喊道。铁振国，今儿天气这么好，快出门吧您呐。孙大力学的北京话滑稽，让铁振国的忐忑缓解几分。

去表白？铁振国摸了摸脑袋，好吧，既然女人喜欢这套，就算自己浑身不自在，便也去了。

但临到出门的时候，他还是回头看了看他的兄弟，我怎么腿肚子有点儿转筋呢，上二十层的脚手架也没这样过啊。

一群人哈哈大笑起来，振国，你也有怂的时候啊。

谁怂了？铁振国嘴硬道，你们等我好消息。

铁振国一路捧着花来到清吧，任建老远见他就叫道，铁振国，你这是干吗？

我，表白啊。铁振国说的没什么底气。

任建笑得前仰后合，说，好好，祝你成功，春妮应该在宿舍吧，我这也刚来，没见她。

铁振国窘着脸，就疾步往春妮宿舍去，敲开门，出来的是玛丽。

春妮在吗？

她……玛丽看铁振国这身打扮，手中花束，一时人神交战不知如何是好，她当时知道春妮和高中出去了，但究竟要不要说，罢了，帮她快刀斩乱麻，免得夜长梦多。

春妮去对面的公园了。

好好，我去公园找她。铁振国一抹汗走了。

这是街心的小公园，铁振国一进去，就远远看到树下立着一个身影，熟悉的白裙，他看着不觉一笑，这是他的春妮，因为有她，他几乎不正视其他女人，春妮静静站着，他越走越近，听到她专注的在唱《听妈妈讲那过去的事》，声音清亮柔美，铁振国心醉神迷，在春妮身旁站下。

春妮。他轻轻叫了一声。

振国，你怎么来了？春妮一扭头，意外不已。你这是干什么去？怎么穿成这样？

铁振国将花郑重的递上，说，春妮，送给你的。

给我？春妮有些尴尬。

你先接着，听我说。铁振国笑笑，神情和素日有些不同。

春妮不知所措，只得先接过花来。

春妮，铁振国顿了一顿，只觉得心跳加快，双腿发抖，他清了清嗓子，终于一气说道，我知道自己以前做得不好，不理解你，也不支持你，我承认，刚来北京的时候我自己也天天云里雾里的。

振国，你听我说……

不，你听我说。怎么说呢，你解除婚约，我不怪你。而且，我从没放弃喜欢你。你不是总说梦想吗，娶你就是我一生的梦想。虽然我们的娃娃亲解除了，我想重新追你，重新开始恋爱，希望你能答应做我的女朋友。我以后一定会对你好，让你幸福，真的，我发誓，用我的命发誓，春妮，你，能做我女朋友吗？

我……春妮尴尬不已，正要摇头，只听得身后有人冷冷说，

不，她不能答应。

铁振国吃惊的回头，发现高中静静站着，二哥，春妮不能做你女朋友。

高中，你怎么在这里？铁振国看着一脸冰冷的高中，怔在原地。

对不起，振国。春妮低下头，那束花捧在手里，难堪无比。

春妮，没什么对不起。二哥，春妮喜欢的是我，不是你，你别再纠缠她了。高中一字一句的说完，直视着铁振国。

你胡说！铁振国冲过去一把抓住高中领子，不可能，春妮不可能喜欢你！

二哥，你醒醒吧，你知不知道你这么做，让春妮很为难。你好好想一想，你只是个民工，你能给她什么？高中面无惧色。

春妮是你嫂子，你嫂子，你知道吗！铁振国抬手就想砸上去。

振国——春妮带着哭腔喊起来。你们不要这样，我不想看到你们这样，春妮捂住脸，眼泪不停的涌出来。

铁振国的拳头在高中面前停下，他直直看着高中，嘶吼一声，你混蛋！高中一把推开他，将春妮揽过来，冷冷的，沉默的又有些炫耀地看着他。

那眼神让他怅然若失，他怔怔站了一会儿，平静的说，春妮，总有一天你会知道，我才是最适合你的那个人。

说完，他转身走了，春妮的花掉在地上，被高中一脚踢远。

他从没有这么失落过，他丢工作让全家背债被工人排挤，他都觉得扛得住，唯独这次，他只觉得自己跌跌撞撞走在路上，全然不知自己去哪儿，直到天黑，他想了想，进了梦乡清吧。

今晚玛丽看店，铁振国坐下就要了一打酒，默不作声开始喝。玛丽知道原因，却也劝不住，只能由他将自己喝到烂醉，也不停杯。

最后一桌客人也走了，玛丽困得哈欠连连，正一筹莫展时，唐郁梦走了出来，见是铁振国，不由得微微一怔。

唐姐，怎么办？玛丽轻声说。

他这是怎么回事？她从未见过铁振国如此失态。

还能怎么回事，失恋了呗。玛丽叹了口气，揉了揉眼睛。

行了，你先回去睡吧，交给我。

唐总，你陪我喝。铁振国看着唐郁梦，晃了晃酒瓶，就一头要栽倒桌子上。

走吧，到我房间先休息一下。唐郁梦使出全身力气扶起铁振国，摇摇晃晃地将他架回房间，放在床上。

别走，我喜欢你，我真的喜欢你。铁振国一把拉住唐郁梦，喃喃道，别离开我，别离开我。

唐郁梦知道他说的是谁，只是心中一黯然，她轻轻拍着他，温柔的说，我不走，我在这里，放心。说完她自己心中一化，又只能苦笑一下。天不遂人意，又能如何。

不久铁振国酒入愁肠，胃如涡旋，趴在唐郁梦身上吐得天翻地覆，唐郁梦只得抽出身来为他倒水漱口，才发现自己和他的衣服都弄脏了，待她去浴室换了衣服，铁振国已沉沉睡了，她只得找出一件胡胜利的衬衫帮他换上，自己也去浴室更衣洗澡。

她不知洗澡时，手机上已有十几个未接来电，也就是那么巧，待她裹着浴巾出来，门忽然被打开，胡胜利站在门口。

他一眼就看到躺在床上的铁振国，竟穿着他的衬衫，一扭头看到刚洗完澡的唐郁梦，不禁一股血气涌上来，冲去抬手就给唐郁梦一巴掌。

你做的什么好事！

他这一吼惊醒了铁振国，他坐起身来不知所以，就见胡胜利指着他骂道，铁振国，我对你怎么样？你他妈动我的女人，你还是不是人？老子找人废了你你信不信？

胡胜利，你别胡说八道，不是你想的那样。唐郁梦捂着脸叫道。

妈的，拿了我的钱还给我戴绿帽子，你要不要脸！胡胜利抬手又要打，被铁振国一把拉住，你再打人，我可不客气了！

此时他酒醒了大半，已明白发生了什么，胡胜利瞪着他的眼睛像要吃人一样，唐郁梦一边脸肿的赤红，他知道是自己添得麻烦，又无从解释，正好任建匆匆赶来，一见他就叫道，铁振国，你怎么还在这儿，走走，去我宿舍。

他拉拉扯扯将铁振国拖了出去，房间里只剩唐郁梦和胡胜利两人，相对无言。

我和铁振国之间清清白白，你爱信不信。唐郁梦说完，便转身坐在了床上。

有没有事，你自己心里清楚，胡胜利一扯领带，直接把唐郁梦推到在床上。

一夜过去，万事翻新。

铁振国自回了工地，阴沉脸色没人敢问，胡胜利的车在门口停下，张亮对铁振国一招手，唤他到车上来。

铁振国一拉车门，见胡胜利坐在后座，抬手招呼他进来。他神色平常，似乎昨晚什么都没发生过，倒是铁振国有些忐忑了。

胡总，我和唐总之间真的没什么，我昨天心情不好，喝多了。

没什么，胡胜利一顿说，男人嘛，喝多了犯点儿错可以理解。

不不，真的什么也没发生，请你一定相信我。铁振国有些急了。

胡胜利这才认真看了看铁振国，末了一笑说，我相信你。如果你铁振国真做了那种事，也绝不会不敢承认。

铁振国这才放下心来，坦然一笑，谢谢胡总，那胡总今日找我是什么事？

确实有事，这段时间公司财务有点困难，咱们加班的钱，还有前几个月的工资，暂时可能发不了了。胡胜利说的有些为难，钱呢，我会尽快筹到，你现在在工人那儿有威望，孙大力他们都认你，你得帮我好好安抚一下。

胡总，铁振国一皱眉，没钱，这谁也安抚不好。

铁振国，不是我不给，是晚点儿给，你现在是小组长，将来还能升大组长，甚至项目经理，你得帮公司分忧啊，胡胜利说着打开包，拿出一个厚信封递给铁振国，我相信你有办法。

铁振国轻蔑的一笑，没接，只说，胡总，你现在没钱发工资，这我理解，我也会尽力做大家的工作，但是这个，您拿回去，我铁振国不是你想象的那种人。

倒是胡胜利愣住了，他还是头一次见这种人，他看了看司机张亮，又对铁振国说，振国，拿着吧，这都是自己人，没人知道。

我不愿让大伙儿戳我脊梁骨。铁振国笑笑，打开车门，走了出去。

望着铁振国越走越远的背影，胡胜利自顾一笑，又忽然想起什么，便摇下玻璃探头出去喊，铁振国！

什么事？铁振国一回头。

财务跟我说，我在工地那个办公室的电话费，这两个月涨了 500 多块钱，你去查查，是谁老偷着打电话。

铁振国一愣，点了点头，转身走了。

到了工地，铁振国又恢复了沉闷脸色，工友见他都不敢说话，只见得铁头和泥截钢筋两头跑，铁振国不仅问，大力呢？

事实上，他已好多次见大力脱岗，问起来又神神秘秘的，他忽然想起胡胜利的话，便径直往老板办公室走去。

果然，铁振国趴在门边一听，就听到孙大力打电话的声音。

真的，我就是搞不明白，她为什么瞧不起我？农民工怎么了，农民工也得娶媳妇啊，是不是。我难受，没有人关心我们……不让我打电话？我必须打，你让她接电话……

铁振国听得一头雾水，索性猛一推门，叫道，好啊，我说电话费这么高，这回让我抓了个现行！

铁哥？孙大力惊得霍然起身，瞠目结舌，哐的挂了电话。

说吧，怎么回事？铁振国往椅子上一坐，看着孙大力。

我……没什么，就是给家里打个电话。孙大力遮掩的吞吞吐吐。

别蒙我了，这就咱们俩，有啥不好意思的？铁振国示意孙大力也坐下。

铁哥，我失恋了。孙大力带着哭腔说。

失恋？铁振国简直想笑，你什么时候恋过啊？我他妈才失恋呢。他没说出口。

我老家给我介绍的那个女的，面还没见呢，就把我给甩了，说我是农民工没前途，嫁给了我最讨厌的小学同学，就因为他们家是开商店的，铁哥，这娘们也太势利眼了。

铁振国失声笑了，就为这个？你这哭兮兮的？

铁哥，我都伤心死了，你还笑，你怎么那么狠心呢。如果春妮这样对你，你受得了吗？孙大力叫道。

不许提她！铁振国突然间怒吼了一声，吓得孙大力浑身一颤，好好，我不提。

没事了，你别紧张，继续说啊，你刚打电话，是想和她挽回感情啊？铁振国按下一口气，平静下来。

不，不是，孙大力扭捏道，我老实说了吧，我打的是《北京晚报》的情感热线，有个女的，声音特好听，真的，我都着迷了，这几天都在打电话，可报社说她不接电话，铁哥，我觉得我非见她一回，要不然一辈子后悔。

你，你这哪是什么失恋，你这是暗恋。铁振国笑道。

我就是想见她，没想怎么着，你不知道铁哥，第一天打电话的时候，她特了解我，好多话都说到我心坎里了。

铁振国一掌拍在孙大力背上，你个有贼心没贼胆的玩意儿，想见就约人家见呗，躲在这儿算怎么回事，你要不敢，我陪你去，咱们直接杀到报社去。

真的？孙大力看着铁振国。

不行咋办？你这天天魂不守舍的，哪天截钢筋把自己截到怎么办？铁振国嫌弃的看了他一眼，起身说，快，说走就走。

孙大力屁颠的跟在铁振国后面，一路问着，铁哥，我这衣服行吗？这是我最新的一套工装了，我这头发是该理理了，要不你等我理个发？

挺好的，别磨叽。铁振国头也不回一下。

到了北京晚报的接待室，孙大力只看着铁振国上前与人说了几句，便坐回来等着，铁振国四处环视，只觉得桌子抖动如同地震，低头一看，孙大力正努力按住自己的腿。

铁振国看着他失声笑道，出息。这时门开了，冯美慧走了进来。

谁是孙大力？她看看两人。

我，我是，孙大力结巴的话都说不出。

那你呢？冯美慧又看着铁振国。

我？我叫铁振国，算是……他的领导吧。

冯美慧爽朗一笑，哟，这事还惊动领导了？我就是你们要找的冯美慧，咱们找地方说吧，这不太方便。

冯美慧带着两人来到报社对面的咖啡馆，点好咖啡，听孙大力结结巴巴说明来意，冯美慧忍不住笑道，真没想到，我本来是社会新闻的记者，热线是我一个闺蜜，她出差了，我代了几天班，没想到还代出来一个暗恋者来，罪过罪过。

你的声音，比电话里听起来还好听。孙大力吞吞吐吐憋出这一句，又不停抹汗，那个，我能问你个问题吗？

冯美慧笑着说，好吧，你问。

你，你有男朋友了吗？

冯美慧噗嗤一笑，大方答，你可够直接的，我还没有。

那我……

孙大力话还没说话，就被冯美慧笑着摆手制止，我和你说啊，孙大力同志，你不是我喜欢的类型，我劝你还是让老家人好好给你介绍一个。

可是我……

行了大力，铁振国狠狠瞪了他一眼，吓得孙大力不再出声。

来，说点儿正事，冯美慧放下咖啡杯，问，你们是建筑工人，对吧？

不料这一句问得铁振国突然暴怒，建筑工人怎么了？建筑工人就不能有自己的感情吗？建筑工人就不能喜欢别人吗！你们是比我们读书多，可是，谁规定读书少的就不能有爱情！

铁振国很少这么发脾气，让余人目瞪口呆。

大力，走，这个人不值得你喜欢！

喂，你这人发什么神经，可不可以听人把话说完？冯美慧皱着眉说。

有什么好说的，你们这些有文化的人，能说出什么好话来！

冯美慧叹了口气，无奈道，我问你们是不是建筑工人，是想请你们帮个忙。

这下换铁振国两人愣住，帮忙？你家需要盖房子？没问题找我，我们的水平在全北京都数得着。孙大力殷勤不已。

冯美慧一笑，招呼两人坐下，是这样，我最近正在写一篇有关农民工感情问题的报道，赶巧就来了一个……感情出问题的，能给我好好介绍下吗？

可以可以，孙大力来了兴趣。你要知道些啥？我们俩可都是有故事的人。

大力，要聊你就聊，别拉上我！铁振国又是狠狠瞪他一眼，孙大力一低头，开始和冯美慧絮絮叨叨。

时钟从五点走到六点，铁振国因喝不惯咖啡，早已让服务员换了啤酒，此时酒瓶也堆了十余个，冯美慧的采访终于到了尾声，她合上笔记本说，谢谢你们，我今天收获可真不小，我这篇报道可以成型了。

铁振国恍然道，这是要上报纸了？

没错，冯美慧点点头，看着铁振国说，我觉得你这人挺有意思。我之前也采访了几个工地，你还是第一个为了工人的感情问题而费这么大劲的人呢，不简单。之前，我去一个工地采访，有一个工头直接领着工人去嫖娼。

是吗，铁振国耸耸肩，孙大力抢着说，这是什么工地？太不像话了，一点素质也没有,像他们这样的人,怎么建设社会主义那个……现代化啊?

哟,你还挺有觉悟的,冯美慧笑道,好了,我要回报社赶稿子去了,有缘再见吧。她拿出一张名片递给铁振国,铁振国还没接,就被孙大力一把抢了去。冯美慧笑笑,对两人挥挥手说,再见。

孙大力激动的一夜未眠,果然次日傍晚,卡拉就拿了北京晚报来,一篇《乡恋:农民工的爱与愁》占了满满一个版面。

工友围坐一团传阅,孙大力被人调笑不已,铁振国过来瞅了一眼,板着脸道,行了,这事到此为止,都别议论了。

我看没那么容易,北京晚报读者可多了,卡拉不以为然。

确实出乎意料,第二天一早,铁振国几人才刚刚走出工棚,就被一堆摄像机,照相机对准了自己。

喂,你们干什么?闪光灯照的他睁不开眼睛。

我是北京电视台的记者,昨天看到你们接受北京晚报的采访,谈得非常好,今天我们也来采访采访您。一个记者说。最近两会即将召开,农民工感情问题是热点话题,希望您能配合。另一个记者说道。

来来,我配合,我配合。卡拉跳出来。

你配合,你的活儿谁干?铁振国黑着脸。

采完我马上去干!卡拉嬉笑道,一众相机已对准了他。

铁振国没好气的走回工棚,外面热闹非凡,他在床上躺了一会儿,看了看挂在墙上的西装,他很想把它扯下来卷卷就扔箱子里,不知为什么却没动,只对自己叹了口气。

待他再走出屋去,记者已经采访完了工友,意犹未尽又将话筒对准铁振国,铁组长,请您也谈谈您的感情生活。

我没感情!铁振国又一脸暴躁。

记者一怔,马上又换成职业的微笑,那您有喜欢的女生吗?

都说了,我没感情!铁振国吼了一声,一把推开记者,往工地走去。工友惊得怔在原地,只有铁头追了过去。待两人都在树下坐着,默默坐了许久,铁头只看着铁振国沉着脸一根一根的抽烟。

春妮的事,该过去就让他过去吧。铁头拿走了铁振国嘴里的烟。

过去?铁振国苦苦一笑,我从小就喜欢她,十几年了,我一直把她当我媳妇,我相信总有一天我会娶她过门。十几年啊,哥,我现在也不过二十岁,我三分之二的时候都想着要和她在一起。你说,这些能说过去就过去吗?大哥,一辈子能有几个十几年?

铁头说不出话来,半晌低头叹道,老二,人总得往前看。

我不想!铁振国埋着脸叫道,哥,我心里真难受。

我知道，哥都知道，铁头拍着铁振国的肩，看着铁振国这样，他其实也心碎不已。振国，事情已经这样了，还能怎样，高中他人不坏，他也会好好对春妮的。

好吧，好吧，铁振国捂着脸，眼泪还是流了出来。

京师大学里，高中阴郁的脸因收到冯友琳的信，稍稍舒展了些。信还是江河帮他取的，更满足他的虚荣，江河笑他是不是认识了美国妞，高中不置可否，只说，别问了，说出来吓死你。

事实上，高中和舍友的关系都不算好，他说话刻薄，性格多疑，除了江河，其他人多对他敬而远之。

然而冯友琳的信还是给了他一些安慰。信里有一张她在自由女神像前面的照片，笑起来光彩熠熠。

她英文的钢笔字迹落在纸上，十分隽秀。

高中，你好吗？我收到了你的信，立刻就给你写回信了。不知道为什么，我第一次对一个人的消息如此迫不及待，想知道你的一切情况，想再次和你面对面聊天。你在信中说，希望自己有机会能到美国留学，如果你能来，真是太好了。我相信凭你的努力和才华，一定能够实现的。这是一个和中国完全不同的国度，特别是对学设计的人来说，这儿有无数的新鲜东西……

高中眉头逐渐舒展，他又看了一眼冯友琳的照片，她神采飞扬，尽是天之骄子的神色。

正发愣时，忽然有人敲门，高中头也没抬，却听到何林叫了一声，高中，你女朋友来了。

居然是春妮，高中慌忙把信和照片夹进书里，愠怒道，你怎么不提前说一声？

我打你宿舍电话了，一直占线呢。春妮有些歉意。

高中看了眼电话，确实没放好，就过去揽住春妮说，走吧，我们出去。

诶，等等，我给你带了件东西。春妮笑着从袋子里拿出一件衬衫，我和玛丽姐逛街，看到这个，觉得特适合你，快试试。

不用了吧。高中皱眉。

试试嘛，我和老板说好了，不合适可以拿去换的。春妮拿着衣服在高中身上比画。

好吧，高中无奈，懒懒套上衬衫，他本就高瘦，穿这清爽的格子衫再合适不过。春妮啧啧称赞，正合适诶，你穿着真好看，一百多呢，我可是狠了狠心才买的。

一百多，这是对高中最可怕的事，江河一双鞋子都是一千多，高中忽然觉得脸上赤红。

高中，你也太幸福了，女朋友漂亮，还整天给你买这买那的，都快成小白脸了。江河边打游戏边说。

谁是小白脸！高中忽然就怒了，他像被羞辱般的将衣服脱下扔给春妮，我不要，你拿回去吧！

别啊兄弟，我跟你开玩笑呢，你还当真，我道歉啊。江河目瞪口呆，一回头发现自己在游戏里又死了。

我没开玩笑，春妮，我不需要你的东西，你离我远点儿，拿走，走的远远的。

春妮怔在原地，一时眼里噙满了泪，她无法相信面前这个面目狰狞冲她嘶吼的男人是她深爱着的高中，她抱着衣服泪水夺眶而出，一扭头跑出来宿舍。

剩下的人也惊呆了，谁也不知高中为何突然爆发。江河无奈的说，我错了兄弟，我不该胡说八道，哪儿知道你会发这么大火啊。

高中阴郁地回到桌边收拾书本，抱着书头也不回的出了宿舍。

剩下的人面面相觑，何林说，得，以后我们说话小心点儿。江河摇摇头，继续打他的游戏。

且说工地那边，被采访当晚一群工人齐聚江宁小馆，眼巴巴等着北京台的新闻，等电视里各大领导人开完会，终于切换到当地新闻，主持人说，近日，北京晚报刊登了一篇记者报道，引起了很大反响，我们记者也走访了北京的几个建筑工地，对工友们的个人问题进行了调查，很多工友都表示，希望政府和有关部门能在关心工人安全保障和生活水平的同时，也能关心他们的感情生活，请看报道。

来了来了，大伙儿激动不已，屏住呼吸看着屏幕。

画面里首先出现的是铁头，记者问，大哥，您结婚了吗？

结婚了，孩子都好几岁了。镜头里的铁头说。

那你想老婆孩子吗？

想啊，做梦都想啊。

包厢内一片笑声，铁振国兀自叹了口气，又喝了杯酒。

孙大力凑过来说，铁哥，您能不能再带我见一回那个记者啊？那个叫啥，冯美慧的。

铁振国瞥了他一眼，皱眉道，怎么，你还真惦记上人家了？人家上次肯见咱们就不错了，你再去那就叫骚扰！

恋爱自由，我喜欢她追她还犯法了？孙大力觍着脸说。

狗屁恋爱自由！这么不靠谱的事，你就别想了！铁振国一声吼，吓得孙大力一震，往后退了退说，铁哥，你最近和吃了枪子一样，到底怎么了？行行，我惹不起你。

那边新闻播完，兄弟们围过来喝酒，铁振国依然沉着脸，忽然包间的门被哐地推开，胡胜利站在门口，一脸气急败坏。

铁振国，今天新闻上那个是不是咱们工地？

胡总，你也看新闻了？铁振国站起身来。

胡闹，谁让记者来的啊？胡胜利气呼呼的问道。

是他们自己来的，铁振国不明所以，疑惑道，怎么了胡总？

人家记者也关注我们民工生活，也没关系吧？卡拉在一边说。

关注生活，关注个屁的生活！胡胜利一跺脚，吼道，铁振国，你现在赶紧给我带人检查工地的所有设备和安全防护，有什么问题，立马解决，快。

啊？这大晚上的？

废什么话，赶紧去！胡胜利一声吼，铁振国也不再问，带了几个兄弟就回了工地，胡胜利匆匆一看，一把拉住大光问，你的上岗证办下来了没有？

还没呢，大光停步说。

你，马上把工地上所有没有上岗证的人都集合到一起，给你们放假一天，出去，千万别回工地。随便去哪儿，我给你们每天20块钱补贴。

就这样，一屋子人鸟兽散，铁振国一到工地，确实检查出不少安全问题，看胡胜利火急火燎，铁振国也不再多问，麻利与工友们迅速更换了合规格产品。

基本停当，胡胜利看看表，与那个重要的人约的时间正好快到，便马不停蹄一脚油门奔去。

直到进了咖啡馆，胡胜利看到那人正坐着慢慢喝咖啡，他心里才安下几分，深深呼出一口气。

马总。胡胜利微微一欠身。

那人抬起头来，竟是马一方。

什么事啊这么着急，我才到北京一个月，你这就找来了。马一方喝了口咖啡，不紧不慢的问。

马总，我这也是走投无路了，这回必须等你出手相助了。胡胜利在对面坐下，急匆匆说。

怎么？资金链出问题了还是工地出事故了？马一方问。

都不是，没那么严重，但是这事要处理不好，可是要砸咱们江宁建设的牌子。胡胜利盯着马一方。

哟，你这是绑架上我了。马一方笑，什么事，你先说，看我能不能帮。

是这样，今天，有电视台的记者去我工地采访了，镜头里我的安全网不合格啊，这一下子播出去了，万一市建委的看见了，肯定要来检查。而且，根据我估计，他们肯定已经看到了。说不定，现在正开会布置明天的检查工作呢。

马一方笑笑，那新闻我也看了，那你就换嘛，又花不了多少钱。

安全网已经在换了，我担心他们不光会看滤网，还会检查上岗证什么的，我那些工人，倒是大部分都有，但是就是有些工人的上岗证还没办下来，你也知道，工地这个地方，经常来新人，办上岗证手续又麻烦，哪儿那么快？还有的索性就不办了。胡胜利说着就皱紧了眉头。

胡胜利说的是工地的普遍现象，虽不规范，也确在情理之中，马一方点点头说，你说吧，想让我怎么帮你。

简单，借我点儿人。胡胜利说完，就紧紧盯着马一方。从其他公司帮我借几十个有上岗证的工人，把明天应付过去就行了，你说如果因为这么点事停工，通报批评，对我和对集团，都太冤枉了，是不是，马总？

马一方失声笑了，你这是明修栈道暗度陈仓啊。

是，胡胜利也笑了，但是马总，咱们工地的实际情况你了解，如果因为这点情况就让我整顿，损失太大了，工人们也有损失，是不是？咱不是得适时止损吗？

好吧，马一方想了想，我给你借人，不过，你明天检查完了必须还回去。还有就是工人的上岗证，马上补齐，不能因为麻烦就不办。

好好好，胡胜利一揖手，悬着的那三分心也放了下来。

其实马一方来北京，做的第一件事便是办了建筑工人的文化提升班，这事他与胡胜利约好，必须支持，此时胡胜利自然连声应下。

要说胡胜利果然深谙此道未雨绸缪，第二天一早，马一方的工人刚刚到位，庞江就带着北京市建委的人到了工地。

庞江细细查看新的安全网，疑惑道，我在新闻上看的，好像不是这样啊？很多地方都有洞呢。胡总，你们工地一向很认真的，你可是跟我打过包票的，说什么要用匠人精神盖房子，这就是你说的匠人精神？

庞主任，这是小疏漏，我们早就换新的了，绝对合格。胡胜利赔笑道。

嗯，庞江肃然点点头说，工人的安全千万不能马虎，这笔账很容易算，安全网才多少钱，出了事故，你胡胜利要赔钱不说，工人还要流血。安全生产比天大啊。这根弦，一天一刻一秒也不能松。

胡胜利连连点头，拍着胸脯说，庞主任您说的是，安全可是我胡胜利最看重的，还记得您上次来视察我们的安全演习，多么完美精准。

想到那次，庞江几乎又捂住了胸口，挥挥手示意胡胜利休要再提。

这一次突击检查有惊无险的过去，在马一方的协助下，用工合同和上岗证都毫无纰漏，目送庞江一行离开，胡胜利才长长舒了一口气。

这群臭小子，尽给我添麻烦！

第十五章

清吧宿舍，玛丽放了一首莫文蔚的爱情，慵懒低迷的女声在唱，爱是折磨人的东西。春妮静静坐了一会儿，和玛丽说，我想了几天，那天惹高中生气，是我不对。

是你不对？玛丽差点儿背过气去，那日春妮哭着回来，问清原因玛丽气愤不已，要春妮好好晾他几天，哪知这姑娘整日魂不守舍，茶饭不思，刚刚又说出这鬼话来，当真不可救药。

更巧的是，不多久高中的电话就来了，要春妮带着衣服去学校找他。

春妮喜不自禁，跳过来对玛丽说，他原谅我了是不是，你看吧玛丽姐，我就说高中不会这样对我的。

别叫我姐，玛丽皱着眉把她推开，瞧你个没出息的样子，你这样就输定了。

恋爱又不是打战，什么输啊赢啊的，谁输了不都是自己的人吗？春妮笑嘻嘻的，将衬衫装好，提着包就走了。

春妮坐在京师大学的长椅上，看着校园尽是意气风发的青年学生，不禁嘴角微扬，她的高中，也是这其中一个，他年轻，有见识有作为，虽然她完全不明白高中那天为何发火，只觉得他一定有自己的理由，自己尚不能理解罢了。

一会儿高中来了，不出三言两语，已哄得春妮眉开眼笑。他拿了衣服，揽着春妮说，春妮，我只是不想让宿舍同学看低我，这个世界特别现实，我们自己觉得自己好没用，一定要有别人的认可，好比你唱歌，其实比那些歌星唱的好多了，但是现在谁会看重你，所以你必须成名，我做设计必须拿奖，让所有人都瞧得起我们。

春妮深深的点点头，高中的确懂她。

两人依偎在一起，春妮只觉得自己幸运无比。

时间推移，铁振国也并没有好一些，并且年关已过，加班的工钱胡胜利至今拖着，让他和兄弟们十分不好交代。

铁振国再次去要工资的时候，胡胜利依然说拿不出钱来，他公司新开了几个工程，全部是垫资买的材料，现金流早就很困难了，只有再等一个月这边工程彻底完工，届时甲方的工程款一次到位，工人才能拿到钱。

铁振国见胡胜利也确实无奈，只得又回去百般安抚，胡胜利又正好安排了建筑工人文化培训班的事，上次就卡拉一人凑热闹报了名，这回真的开了课，他便被铁振国拎去，两人一同上课。

铁振国到了课堂才大吃一惊，原来这讲师不是别人，正是上次遇见的冯美慧，今天的主题是当今世界建筑的几大趋势，听冯美慧在讲台上侃侃而谈，铁振国很快从惊异中回神，那些他从未听过的建筑人文历史十分令人着迷。

他从未想过，自己一介农民工，不过是添砖加瓦，然而冯美慧说建筑是非常独特的艺术，绝不仅仅是钢筋水泥，更浓缩着中国人的智慧，文化和历史，而建筑工人，是参与创造文化的人。

虽然受了一次洗礼，但当他和卡拉回到工地，孙大力等人已经将胡胜利办公室围得水泄不通。

一见到铁振国，几人就喊道，铁哥，到底怎么回事，刚胡总来电话你不在，我们问薪水，他便说钱还是发不了，这到底什么意思！胡总人在哪儿，为什么他不出现？

铁振国招呼大家静下来，事实上他这几天也在找，可自完工之后，胡胜利就不见了。

铁振国，你今天要么让胡胜利把钱发了，要么我先把这办公室砸了。孙大力跳起来说。

大力，你还想再进看守所吗！铁振国吼了一声。

妈的，进就进，我还不信没说理的地方了，警察也得站在有理的一边，是他胡胜利欠我们钱，凭什么抓我们？砸！说着孙大力一把抡起来椅子，狠狠砸在窗户上。

众人一看也来了精神，抄起家伙不过片刻将办公室毁的一片狼藉。铁振国气得胸口起伏，吼道，我管不了你们了！

我有冯记者的名片，你不管我们了，我们自己想办法，我要把这老狐狸捅到报社去！孙大力一怔，冲铁振国叫道。

铁振国微微一愣，面无表情不置可否。

接到孙大力电话，冯美慧一时没想起他是谁，直到失落的孙大力提到铁振国，她又听孙大力说铁振国如今与资本家站在一起，不再为工人伸冤，这引起了她的好奇心，当下同意到工地一看。

冯美慧出现在工地时，铁振国与铁头正在收拾刚刚打砸的东西，见了她来，铁振国一笑，行啊孙大力，你还来真的了。

孙大力往后一退，就见冯美慧对铁振国说，怎么回事？我记得上次采访你的时候，还觉得你挺为工人着想的，怎么这就变成资本家了？国家三令五申，不能拖欠工人的工钱，你为什么不帮着去要？

一番话说的铁振国火气上冲，冯记者，你要是来采访请自便，要是来教训我，我和你说，这可不是课堂，你怎么知道我没去要？

那你要来的钱呢？冯美慧咄咄逼人。

你！懒得和你说，有本事你采访胡胜利去。再说，就算你能采到，你敢报道吗？铁振国气呼呼道。

怎么不敢，就算市长也管不了记者。冯美慧掷地有声。

那行，你跟我走，铁振国将手上东西一扔，拽着她就往外走。

你这是要带我去哪儿啊？冯美慧见自己被带上一辆出租车，一路上铁振国也不说话，车终于在一个清吧门口停下。

唐郁梦看着铁振国带了个漂亮知性的女人进来，心中升起微微的醋意，待铁振国简单一介绍，她不过伸出手去淡淡的说，哦，冯记者，你好。

唐姐，我今天来就是问一件事，胡胜利在哪儿？铁振国直截了当，让唐郁梦心中一叹。

我哪儿知道，反正不在我这儿。唐郁梦笑了笑。

唐姐，我们找他，是为了要工人的工钱，你如果知道他的下落，一定要告诉我。铁振国有些着急，他本来十拿九稳在这儿能打听到胡胜利的藏身之处。

是吗？唐郁梦浅浅一笑，看着铁振国，我告诉你，对我有什么好处？

你这人怎么这样，冯美慧急了，我们帮工人讨薪，你怎么还开口要好处！

唐郁梦不急不火，慢悠悠说，冯记者，我没你那么高尚，我是个生意人，没有好处的事情，我怎么会做，是不是铁振国？

铁振国素知唐郁梦不是这种人，正纳闷她今天是怎么了，冯美慧已经难以忍耐，起身说，铁振国，你这认识的都是什么人！

我可没请你来。唐郁梦笑盈盈说。

这叫什么话！冯美慧不由得看向铁振国，却发现他坐着不动，她冷哼一声，提起包起身推门而出。

哟，你这朋友，脾气不小啊。唐郁梦看着铁振国，许久未见，他似乎更成熟了些。

唐姐，我今天哪儿得罪你了？铁振国终于问道。

铁振国，你，是不是不喜欢春妮了？唐郁梦突然问了这么一句。

没有，您怎么这么说。铁振国说完忽然明白过来，你说这个记者啊？不不不，你误会了，我跟她没什么关系。再说了，我一个打工仔，怎么可能高攀什么记者。

真的？唐郁梦忽然有些欣慰，为什么宁愿他喜欢的是春妮，虽然都不是她。

我什么时候说过谎啊，铁振国无奈一笑，唐姐，麻烦你告诉我胡胜利躲哪儿了，我必须得找到他，要不和兄弟们都没法交代。

唐郁梦一伸手到铁振国面前，给我好处。

哎，铁振国起身要走，唐郁梦才笑了一下，等着，真是天生一物降一物，我写个地址给你，这地方，连他前妻都不知道。

铁振国出了清吧，却见冯美慧还在外面等着，看到铁振国的表情，必是有所收获，近些年农民工讨薪事件不少，她极有兴趣看铁振国如何从老狐狸那儿套出钱来，得到一篇好素材。

可她没想到铁振国还认识这种地方的老板娘，说不定还是什么不正当的关系，真看不出呢。

等到了唐郁梦给的地址，两人拿着纸条一确认，就开始敲门。

没有动静。

又敲了一会儿，还是丝毫没有。

没找错吧？冯美慧问。

错不了，他肯定在，肯定是猫眼里看到我们，不开门。铁振国说。

你怎么知道？

亏你还是记者，铁振国白她一眼，你看这门口的垃圾，都是刚吃完的盒饭水果，这还有双脏袜子，直接扔出来的，肯定是胡胜利的。

就你能，你是福尔摩斯？

谁？轮到铁振国瞪着眼睛问她了。

冯美慧一笑，算了算了，说了你也不懂，但现在咱们怎么办啊？

我得想个法子，把这小子逼出来，铁振国慢腾腾的往下走，冯美慧紧跟着他。

到了楼下，铁振国仰头，对着窗子一个个数过去，兀自点了点头，对冯美慧说，冯记者，交给你个艰巨的任务，我出去一下，你就在他门口堵着，千万别让胡胜利跑了，我一会儿就回来。

你干吗去？冯美慧不放心的问。

别问了，就记住，千万别让他跑了，跑了工友可只能找你要钱了。铁振国交代完，就匆匆走了。

这什么人啊，冯美慧嘟囔了一句，又绕回单元门口。

约莫过了半个小时，冯美慧忽见一辆巨大的吊车开进小区，她正吃惊，见那车开近，司机竟是铁振国。再过一会儿，孙大力卡拉几人，也从后面跟来。

好家伙，冯美慧大笑。铁振国停了车，从驾驶室跳下来，见了她就问，人还在吧？

在，就没出来过，你这是要干吗？可别胡来啊。冯美慧笑道。

好，任务完成的不错，卡拉，铁振国一回头，你把吊车开到这栋楼前面去。

好嘞，卡拉跳上车，突突突的开到铁振国指挥的位置。

停！铁振国一示意，轻轻一跳握住了吊钩，卡拉，左边数第七个，3楼。

卡拉沉着点头，一步步操作机器，他看着铁振国在那个吊钩上慢慢升起来，刚刚好停在3楼的阳台前，铁振国轻巧一跳，卡拉松了一口气。

屋里，胡胜利早就知道铁振国敲过门，以为他已无功而返了，却不想突然听到阳台门一开，铁振国赫然出现在他面前。

你……胡胜利惊得半晌说不出话。你这是私闯民宅你知道吗？

胡总，见你一面可真不容易，看我这一身汗。铁振国抹抹额头说。

你来了也白来，我没钱。胡胜利直截了当。

咱说话得算数，这笔工钱，您拖得时间够长的了，今天无论如何得给我。

胡胜利挥挥手，我不是说了吗，公司最近现金流困难，你们再等等，少不了的。

等不了了，我已经在工人面前替你挡了多少回了，再等，他们能把我吃了。铁振国气不打一处来。

手里没钱，我也没辙啊，胡胜利皮笑肉不笑的说。

铁振国叹了口气，在屋里打量了一圈，往沙发上一坐，说，胡总，您不给我钱呢，咱们就耗着，我已经让卡拉去买方便面了，你住多久，我就在这陪多久，咱俩谁也别想出这屋子。

你，你怎么这么无赖？胡胜利没想到铁振国出这招。

铁振国也不理他，径自拿了遥控器，打开电视。

日头一寸一寸移动，楼下一众人等得焦急。铁头盯着窗户，他担心胡胜利会为难他家老二，但冯美慧气定神闲，说铁振国那么狡猾，不会有事。

此时与胡胜利同处一室的铁振国，确实气定神闲的坐着，刚刚胡胜利电话铃响，铁振国抢先一步接了，恶作剧般说胡胜利昨晚上突发心脏病死了，也不顾电话那边人的反应，啪的挂了电话，又回到沙发上瘫倒。

你到底想干吗！胡胜利坐不住了。

要钱。铁振国盯着电视，看也不看他。

哼，你别以为耍无赖就行，现在不是那个年代了，都靠脑子赚钱。你啊，还是太嫩，跟我年轻那会儿一个德性。胡胜利愤然说完最后一句，心中不禁一嗤笑，这就是为什么他一直对这小子又爱又恨，他年轻时也是这么混蛋。

然而铁振国哪听得进去，只淡淡说，胡总，你好好把钱拿出来，大家都好，我告诉你，孙大力他们都在外面等着呢，手里攥着钢筋板砖，我硬拦下的。我要是把他们放进来，您可就危险了，你也知道，为了血汗钱，他们可什么事都干得出来。

一想着楼下守着一群愣小子，胡胜利还真是头皮一麻，不禁叫道，你敢威胁我？你个兔崽子，毛还没长齐呢！

我还可是善意的提醒，不信你敢不敢伸出脑袋往下看看？我们哥几个今天都商量好了，这笔钱不拿到不罢休，你掂量着办吧。

妈的！你这人完全不按常理出牌！胡胜利破口大骂。

我都是跟您学的。铁振国淡淡一笑。

胡胜利在房间里走来走去，如同困兽，他还真不敢探出脑袋往下去，那帮小子说不定丢个石头上来，也不值当。想来想去，他狠狠叹了口气，去内室打开保险箱，拿出一包钱数好，丢给铁振国。

你干的好事！再等半个月，我他妈就能省一大笔利息！

我替兄弟们谢谢啦，胡总，铁振国抱着钱，开怀一笑。

赶紧滚，胡胜利挥挥手。

拜拜了您呐，铁振国学着北京人拉长了腔调，三蹦两跳的下楼去了。

众人欢呼，抱着钱要回去找王会计，铁振国看了眼冯美慧，便对兄弟们一挥手说，行，你们先回去吧，吊车我来开。

一众人唱着歌勾肩搭背的走了，冯美慧说，看不出，你还真狡猾，竟让那老狐狸吐出钱来了。

唉唉，一个大记者，用词讲究点儿，什么叫狡猾。再说，你该不该给我道歉？

好，我道歉，之前误会你了。冯美慧大大方方笑着说，好了，你回工地吧，我也回去了。

我捎你一段吧，走。铁振国一挥手。

看着大吊车，冯美慧惊得捂住了嘴，坐这个？她忍不住哈哈大笑起来，好好好，我还没坐过。

待一会儿爬上副驾，宽阔的视野让她新奇不已，北京的街道上坐这种车着实拉风，冯美慧笑道，真没想过，我还有机会坐这个车。

视野好吧？站得高，才看得远。盖房子的时候，我就喜欢往远处看，看一座座高楼。虽然没有一个房子是我的。铁振国淡淡一笑，目不斜视。

冯美慧又看了他一眼，这个农民工确实与她素日见过的多少不同，嗯，孺子可教。

钱拿到了，工程告一段落，铁振国一再争取的工人假期，胡胜利也不得不同意，工友欢天喜地收拾东西准备回家，铁振国掏出四百块钱递给孙大力，说是早就答应他，回家相亲的钱他来出。

他就是这样的人，说出的话如他砌在墙上的砖，牢靠的不得了，孙大力知他仗义，也没推辞，大大方方收了。

下一个项目还不知在哪儿，工棚肯定是要搬了，铁振国简单收拾了行李，看了看床头的地图，去把它小心的取下来折好。他当然不知马一方现在怎样了，更不知他已经来了北京甚至成了他的大老板，他还想着回了江宁好好去看看他。

老二，高中说明天到车站汇合。铁头突然闷闷说了一句。

铁振国愣了一下，没接话，只四下环视，缓缓说，住了两年多，真要走了，还有点儿舍不得。

别舍不得，下一个工程的工棚，还不是这样。铁头说。

好吧，铁振国凝了下神，说，哥，我出去一下。

你是要去找春妮吗？铁头问。

不是，我就是随便走走。铁振国不再说话，推门出去了。

他真不知道要去哪里，但还是跳上一辆公交车，在清吧前一站下了车。

嘴上说着不想，却不知觉还是往清吧走去，他想见到春妮，但是现在的春妮已不是田园村那个小姑娘。

他想想不禁苦笑，这么多年他认为理所应当的事如今狠狠和他开了个玩笑。但情难自禁，忽然，他脚步一停躲到一侧。

是的，春妮和高中手挽手迎面过来，铁振国躲在墙后难堪不已，好在两人并未看见他。

真舍不得你回去啊，春妮说。

没事，我很快就回来了，高中一笑，紧紧抱了抱春妮。

等两人过去，铁振国松了一口气，他静静站了好一会儿，出来挥手打了辆出租车，直接回了工地。他一步也不想再走了。

春妮带着一包高中的脏衣服回了宿舍，一想到好些天见不到他，就只觉得食不甘味，寝亦难安，玛丽说这就是恋爱的感觉，开心的时候全世界都开心，而失落和相思也真是难捱。

她不知高中今天见她之前又寄走了一封航空信，到美国，每次邮费 120 元，他为此省吃俭用。大洋彼岸的姑娘对他来说究竟是什么，他也不想深究，许多人对他来说大约是桥梁，这是他是向往的通达人生必不可少的捷径。

冯友琳在窗边展开他的信，字迹如同高中人一样清秀漂亮。

友琳，这是我给你写的第二十封信了吧？我的零用钱，都用来邮寄给你的航空信了。你上次的信里问，我的理想是什么。我现在可以告诉你，我的理想就是成为世界上最棒的设计师，在中国设计出世界级的大楼。这个理想看起来遥不可及，但拿破仑说过，不想当将军的士兵不是好士兵，我要做个好兵。要说我这一年的最大收获，当然是认识了你这个朋友，虽然你远在地球的另一端，但是我常常感觉你就在我身边。我真希望自己也能有机会去美国，和你一起留学，一起去看看美国的月亮啊……对了，如果夏天放假，请回中国来，我很想见你。

冯友琳合上信，站到窗口，抬眼望去，这里月亮自然没有更圆，但她知道，这个男孩正在慢慢打动她，就像她见他第一面，也有油然而生的好感。

她坐下来，将本来暑假在美国的安排一一延期，然后给家里打了电话，告诉冯启正她想家了。

火车在北方大地上疾驰，穿过一个又一个隧道，铁头与高中睡着了，铁振国看着窗外田野，是他越来越熟悉的南方景致。

那时候油菜花田里，他们还都是少年，他与春妮追逐笑闹，一晃眼时过境迁，物是人非。

不知过了多久，高中醒了，看到铁振国还怔怔看着窗外，就轻声说，二哥，我刚刚做了一个梦，梦见了我们小时候的事情。

什么事？

有一次，你不知道从哪儿弄了一个铅笔盒，特别漂亮，我也想要，你不给我。我就哭闹，后来你还是把铅笔盒让给了我。

铁振国默然片刻，看着窗外说，我不记得了。

我一直记得，高中靠在椅背上，淡淡的说。

去洗把脸吧，快到站了，铁振国说。

离家一年半，再回来时，大约是带了比上次多的钱，铁振国心中略有安稳，他过去阴差阳错闯的祸，终于可以对父母补偿一些。

晚饭时，铁振国拿出厚厚一摞钱给铁国庆，爸，让你们受苦了，咱去把老宅子赎回来。

铁国庆嘴角微微一抽动，没有说话，隋丽芳红了眼圈说，儿子，这钱你攒着娶媳妇，赎老宅的，我跟你爸慢慢攒。

妈，那祸是我闯的，我来担，而且将来我还要盖全村最好的房子给你们。铁振国说着又看向父亲，爸，一会儿吃完饭，咱就去找赵子林，把房子赎回来。

爷爷奶奶，能吃饭了吗？乐乐在一边叫道。

哟，孙子饿了，来吃饭吃饭，隋丽芳抹了泪，一家人坐下来。

两年，那老宅子终于能赎回来了，铁家人端起酒杯说笑，心中热泪不已。这两年田园村变化亦大，连铁家都安了电话，电视频道更是多了起来，不过铁头上电视的镜头大家还是没看到，都纷纷抱怨他没提前通知，席间其乐融融。

几天以后，赎回的老宅已收拾停当，铁家人感慨不已，但到底是好事，每个人都觉得一片欣欣之气，唯有铁振国，多数时候还是沉默不语。

这屋子一点儿没变，高中进来环视一圈，和两年前一样，似乎什么都没发生一样。

铁振国淡淡一笑，在一边坐下。

不，房子没变，可人变了。

此时屋里只有他和高中两人，他一时有许多话想说。

人总是要变的，谁也不能一辈子像孩子一样。高中淡淡的说，也坐下来。

高中，铁振国顿了一下，我问你件事。

高中没答话，一室沉默。

你真喜欢春妮吗？铁振国问。

为什么这么问，高中冷冷的答。

你应该明白，我不希望她受任何伤害。铁振国看着高中。

我不会伤害她，二哥，我和春妮是两情相悦，我喜欢她，她也喜欢我。而你，应该放手了。高中说完，起身出了门。

他出去给春妮打了电话，本是说好到了就打，结果也忘了。

电话那边春妮似乎有些闷闷不乐，问他几时可以回去，有事要问他，高中只说他要给父亲过完周年祭，怕还要再等等。

挂了春妮的电话，高中想了一下，又拨了冯友琳的电话，他只是试试，看她回国没有，没想到还真的拨通了。

冯友琳十分开心，她说自己不过停留十日，又要匆匆赶回美国，她本以为高中回了老家，高中听到这里，只好顿了一下说，不，我在北京。

冯友琳是他计划的一部分，他很想见她，也知道她的热切。高中挂了电话，默默去了父亲的坟前，已是暮色沉沉，他独自跪在碑前，看日光一点一点黯淡，一阵风过来卷走了刚烧的纸灰，高中磕了一个头，起身说，爸，对不起，我要走了。

他看了看远方，村庄一片星星点点的灯火，只在心里轻叹了一声，他理解不了父亲怎能在这里这么久，仅仅是因为母亲吗？如果他早些带他们离开，自己的生活又会是什么样子。

在父亲的周年祭之前，不顾乡亲劝说，高中还是走了。

这些天的春妮，一刻也忘不了她洗衣时，从高中口袋中掉出来一张已经模糊了身影的照片。

那是一个女孩的照片。

春妮不愿相信这样的场面发生在自己身上，这些天她茶饭不思，只想等高中回来解释。

当她百无聊赖的收拾吧台，一抬头看到高中进来的时候，简直惊异的半晌没回神。

我回来了。高中笑一笑，过去抱住了她。

她不知该哭还是该笑，或者她的手要不要回抱住他，高中没感到她的异样，只看着她笑着说，想我了没？

春妮笑了笑，轻轻挣脱了高中的怀抱，看着眼前清俊的少年，她这些天所有的猜忌实在难忍，不禁眼圈一红，说，高中，你为什么回来了。

想你了，我想见到你。高中说。

高中，春妮抬头看他，我问你，你真的爱我吗？

什么？高中一愣。

你回答我。

爱。高中平静道。

只爱我一个人？春妮盯着他的眼睛。

当然了。高中眼角有不易察觉的犹豫，然而他很快就掩饰住了。

那她是谁？春妮从口袋中拿出那种照片，看得高中猛然一惊。

她？高中拿过照片，见上面的人已经面目模糊，就哈哈一笑说，你这傻瓜！

我就是傻瓜！你口袋里藏着她的照片被我发现，我才知道自己是傻瓜！春妮的眼泪夺眶而出。

傻子，你看不出来啊，这不是唱歌的那个明星嘛，叫什么陈淑桦还是什么的，江河知道你喜欢唱歌，特意让我给你的。

真的？春妮有一丝疑惑。

我骗你干吗？让我忘在口袋了，你不喜欢啊？不喜欢就扔了吧？高中刷刷的撕了照片，丢在一边。

我没说不喜欢啊？你怎么就扔了？春妮有些着急。

反正也不清楚了，以后有了再给你。高中一笑，又说，春妮，我都回来看你了，你不开心吗？

春妮哪儿经得起他的甜言蜜语，三言两语之后，只觉得感天动地，待晚上回到宿舍，又是满面春风。

高中回来的第二天，就带着江宁的土特产去了冯启正家，冯启正见他好学又懂事，十分喜欢，又聊起高中的老家，冯启正想起自己曾有很好的师兄下放到那里，后来就失去了联系，时间一晃二十年，让人唏嘘。

一边坐着的冯友琳和冯美慧言笑晏晏，随即冯启正说要去写报告，冯美慧见状也起身去写稿子，留下高中与冯友琳。

多日未见，高中看了看冯友琳，她还是青春洋溢活力四射的那个女孩，只是此时有些脸红。

我们出去走走吧？冯友琳一笑。

两人在北京的街上边走边聊，冯友琳学的是服装设计，高中为此没少补课，从时尚聊到范思哲，又说到香奈儿小姐的生平，冯友琳不由惊叹他涉猎之广。正聊到兴起，突然一辆摩托飞车过来一把抢走了冯友琳的背包，高中几乎是下意识就冲了出去死死拖住摩托车。

妈的！怎么碰见不要命的了！劫匪看着身后死死拖住自己的高中，只得一把将包扔远，又一脚刹车停住，巨大的惯性将高中一下甩到路边，一头撞在花坛上。

高中！冯友琳惊叫着冲过去，扶起他才看到，高中的额头都磕出了血迹。

干吗这么不要命，冯友琳嗔道，她想想又吸口冷气，她回来还没来得及收拾，身份证护照都在包里，若真被抢走，当真十分麻烦。

因为是你的包啊，怎么能让别人随便抢走。高中笑笑，还觉得眼前时时金光闪闪。

要不要去医院？

不用，小事，高中说，轻轻碰了碰额头，疼得龇牙咧嘴。

冯友琳看着他，忽然凑过去在他额上轻轻一吻。高中，谢谢你。

你有女朋友了吗？她看着他的眼睛。

……没有。高中答。

那从今天起，你就有了。冯友琳看着高中，又轻轻一吻。

田园村，这是告别的一日，铁头这次带了钱，岳父脸色也好看了，尽管告别了几次，他还是舍不得小玲和乐乐，和铁振国在火车上，铁头自己出神到眼睛湿润。铁振国知道缘由，也在心里暗暗打算。

接到通知到了新工地，收拾进新的工棚，铁振国还是先把地图贴在了床头，这似乎成为他的一个仪式。

随即胡胜利招呼众人到工地空处，简单介绍工地状况，又说要选一个大组长。

还选啥，必须是铁哥啊，是不是啊同志们。孙大力叫道。

就铁哥了，除他别的人都不行，众人纷纷说。

兄弟们都太客气了，铁振国笑着拱手。

行，那就铁振国，主要分管砌墙、钢筋、水泥等几个部分，铁振国空出来，小组长呢？胡胜利问。

胡总，我提议贾长安贾师傅，他无论从能力经验和是资历，都够了。铁振国说。

贾长安感激了看了铁振国一眼，陈年旧事他居然都不记得。

好，胡总信任，我就一定好好干。贾长安说。

待工人散了，胡胜利单独将铁振国叫到办公室，这是上次铁振国讨薪之后，两人第一次单独见面。

倒也不十分尴尬。

只是胡胜利对铁振国招招手说，你过来。

突然扬手一拳，铁振国躲也不躲，只一闭眼，拳头在他鼻尖前停了下来。

是条汉子，胡胜利哼了一声，手落下。行，我就喜欢你这个性格。不然我也不能交给你一个工地，上次把我堵在屋里的事，扯平了。

谢谢胡总，铁振国咧嘴一笑。

你小子好好给我干。这间办公室，我平时不来的时候，你用。胡胜利说完，又扔出一把车钥匙，这车给你开，我换了台新车，你现在没个车不方便。

铁振国一笑，大方接过来，胡胜利这把一巴掌给两甜枣，铁振国笑了笑，装好钥匙回了工地。

每年 9 月，高校运动会如期进行，高中报了五千米长跑。

这多数人避之不及的项目，高中的理由很简单，如果赢得比赛，有五千块的奖金，并且保研加分。

但他完全没想到，就在他拼尽全力冲刺获得了冠军之后，他重重的倒在地上，江河他们长唤他不起，被 120 送到了医院。

外科大夫平静冰冷的说，他脑袋里有一个肿瘤，本来没什么大问题，但最近好像头部受到了重击，脑震荡引起了肿瘤的轻微破裂，压迫到神经了。必须尽快做手术，切除脑瘤，释放渗出的血液，否则后果十分严重。

春妮的眼泪忍不住流，铁振国焦急道，那请马上帮我们安排手术吧。

我可以安排，但这个手术需要大量备血，医院的常规血源不足。

我们都可以输血啊，铁振国说。

就算你们几个血型都合适，也不够，没有足够的血，我们就没法做手术，这个需要你们自己想办法，如果能找到血源，我这边就马上安排手术。医生说。

振国，怎么办，春妮哭着问。

别急，我回工地一趟。铁振国顿了一下，转身离开。

赶到工地，铁振国跳上高处拿了钢筋铁桶敲着集合，大伙儿都凑过来，铁哥，开会啊？

铁振国点点头，是这样，我刚从医院回来，我表弟高中，脑子里长了个瘤，必须得做手术。他在咱们工地呆过，这是个大手术，需要输血量很多，可医院的存血不足，他手术又耽误不了，我想来想去，只能来找大伙儿帮忙。

输血啊？行啊，咱们谁身上划一下，还不淌个半碗血，这是救命的事。贾长安说，等啥，咱赶紧走吧？

浩浩荡荡的农民工进了医院，个个卷起袖管，待护士一一查了血型，准备输血，春妮也过来，被铁振国轻轻推开，说，有我们，不用你。

六小时的手术过去，高中终于脱离危险，只是还未从昏迷中醒来，春妮守在他身边茶饭不思，铁振国看着不忍，也只有好生相劝。但又能劝些什么，他其实隐隐觉得高中对春妮并非一片真心，但又如何开口，铁头在病房进进出出，更多的时候只有他们三人在，春妮满心忧惧，而他尴尬无比。

出院那天，他带着春妮和高中，径直去了工地。

高中，你的命是这些工人给的，你出了院，得先给他们鞠个躬。铁振国平静的说。

二哥！高中忽然觉得一种羞辱冲涌上来，我不！用了他们多少血，我以后还他们多少钱！

见高中十分挣扎，下面的工友叫道，算了算了，鞠不鞠躬没啥要紧的，人好了就行。

快点儿！你别忘恩负义。铁振国说着，把高中一把拉过来，硬生生的按着他的脖子，人得知道感恩，连这点都做不到，跟猪狗有啥分别？

铁振国，我恨你！高中低低说完这句，用力一抬手推开铁振国，径直走了。

第十六章

窗外车水马龙，天色未暗，春妮在吧台里给自己倒了杯红酒。

来清吧这几年，她偶尔也喝一点儿酒，多数是必须要应付的客人，今日这酒，实在是她心中苦闷不得解。高中最近不知为何，经常对她恶言相向，她有时甚至觉得不认识他，但他终究是她喜欢上的第一个男人，他的一举一动都在影响她，成为她生活中极其重要的事。

而另一边，马一方定的豪华包间里，一众江宁的建筑企业老板正汇集一起，几位老板刚刚出国考察，纽约麦迪逊大街的摩天大楼让他们惊叹不已，后现代的设计在中国还只空闻概念。

马一方喝了口茶，看了看表，眉头轻轻一皱。

这个胡胜利，平时都很准时的，怎么今天马总请客反而来晚了？这不是不给马总面子吗？啊？赵大富假意一笑。

他呀，估计又倒在温柔乡里喽。李老海说。

众人大笑，都心知肚明。正在此时，包间门开了，胡胜利疾步走了进来。

各位，对不住对不住，家里有点儿事，来晚了。胡胜利抱拳照了一圈。

众人又笑，说看看吧，确实是家事。

胡胜利摇头苦笑，麻烦啊，马总，我认罚，一会儿我多喝几杯。

迟到，该罚。马一方一笑，来来来，大家都落座。

快，都坐下，胡胜利忽然变得像主人一样，他自然的在马一方身边坐下，又高声说，马总，有件事，我必须代表大家提个意见。

哟，这罚酒还没喝，要先将我的军呢。马一方笑笑。

罚酒跑不了，你看，你调北京也有段时间了，想请你吃个饭，一直排不上号，您得给我们这些老乡一个机会啊。胡胜利说。

众人纷纷附和，但马一方只抬抬手说，别来这些虚的，我今天招呼大家吃饭，是有正事。

什么事您说，马总一句话。胡胜利拍着胸脯说。

马一方点点头，看向众人说，最近，北京市建委又出了几个文件，要求建筑企业加强质量监控。我仔细研究了下，也和咱们江宁市建委秦副主任沟通了下，我们都觉得，搞个咱们江宁建筑工人比武很有必要。

比赛？大家皆是一愣，建筑工人比赛，这不瞎耽误工夫吗。

只有胡胜利不失时机说，你们懂啥？只有比赛，才能看清咱们的优点和差距，是为了提高学习，是吧马总？

嗯，还是老胡有觉悟，这事就这么定了，时间就在这周六，明天大家准备一下，届时会有专家教授来观赛评分。

周六，就是后天，众人惊叫起来，这也太急了。然而马一方要是的就是这效果，只为看看工人平时的技术水准，而且搞建筑，本来就要应对很多突发状况，这次比赛比的是技术，更是心态。

铁振国自从当了大组长，也并未和过去有多少不同，更多时候还是和贾长安一起砌砖。贾长安笑他来凑热闹，铁振国依然叫声师傅，说，办公室里闷得慌，除了电话，啥声也听不到。哪有咱们这搅拌机声音好听，你不知道，我几天不拿砖头，不拿瓦刀，手就痒痒。

你就是这干活的命。贾长安笑。

我这是当建筑工人的命，盖楼可不是一般的活，这是技术活，咱们老祖宗，可都是靠瓦刀养家糊口的。铁振国感慨道，自从他上了培训班文化课，总觉得哪里确实不同了。

此时，一辆汽车鸣笛声响起。众人循声望去，见一辆黑色奥迪车停了过来，随即胡胜利走下车，向众人挥了挥手。

我简单说个事，胡胜利一抬手，周六，咱们江宁建筑下面的各公司，要举行一个技术大比武。大家也知道，咱们胜利建筑公司，好几年没拿着奖了，我胡胜利都被人笑话成胡失败了。

一片哄笑，确认了传闻不假。

我希望大家都把最好的状态拿出来。我把话说前面，这次比武，能拿到个人一等奖的，我奖两千；要是拿到团体一等奖，每人奖五百。

好！叫好声起，奖金从来都是最大的驱动力。

好了，振国，一会儿你安排一下，周六你来带队，我这脸，全靠你来挣了。胡胜利拍了拍自己的脸，笑道。

胡总放心，奖金准备好就是。铁振国一笑，比赛，他还真有几分自信。

这晚的夜校课下，铁振国又追着冯美慧问了一堆问题，他从前学习的时候哪有这股劲头，冯美慧说学习建筑要从基础数学学起，他重新找来数学书，一页页翻看。

周六，一片新建的工地前，砖块水泥都已垒好，几位江宁建筑企业的老板坐在临时搭建的主席台上，马一方被北京建委叫去开会，比武临时由他的秘书主持。

台下，已俨然是紧张的赛场气氛，各建筑公司的工人站成六个阵列，工人手持瓦刀水桶，只等一声令下。

各位，今天，我们很荣幸地请来了京师大学建筑系主任冯启正冯教授，大家欢迎。

循着主持人的声音望去，铁头说，这不是高中的学校吗？高中就是建筑系吧？

铁振国点点头，没有言语。只看着这清朗儒雅的教授接过喇叭，起身说，我和江宁市渊源极深，这次能够参加江宁在京建筑企业大比武，我本人非常荣幸。另外，我想说明一下，为什么要举行这次比赛，为什么要这么突然举行这次比赛，我和马总的根本目的，就是为了一种工匠精神。社会上老把我们建筑工人看成是大老粗，觉得我们是干粗活的，我说他们都错了，我们是精雕细琢的工匠，是用钢筋水泥创造作品的艺术家。既然是工匠，那就得有点工匠精神，是艺术家，就得有点艺术家的水平。好，闲话不多说了，希望大家拿出看家的本领，赛出精神，赛出水平。

工匠精神，铁振国默默重复，好个工匠精神，他向来是有一套自己主意的人，这个精神他认可的很。

一声哨响，每一队搬砖拌泥轧钢筋，有条不紊，领导们也走下主席台，在工人中间细细查看。

胡胜利几步摸到冯启正边，递烟不接，又递了名片过去，见冯启正依然面色平淡，灵机一动又说，冯教授，你们学校是不是有个叫高中的？

这回是冯启正一怔，问，你怎么知道？

不瞒你说，他在我的工地干过，我早就看出他不是当工人的料，劝他回去复读。这小子现在出息了，成了大学生了。胡胜利嘿嘿一笑。

这确实让冯启正有些意外，没想到高中还有这个经历。

我还跟他说，要想让人看得起，就要有钱、有名、有人脉、有地位，四有新人嘛。胡胜利见套近乎有效，更加得意。

这是四有新人？冯启正失声笑了，摇摇头，就往别处走了。

天空湛蓝，日光底下，工人的墙都已小有模样，孙大力与铁头的配合绞钢筋，也十分默契流畅。

一声哨响，众人停手，铁振国砌的墙明显高出别人许多，冯启正拿了标尺下去，一量也不由得暗暗吃惊。

这面墙体，不仅砌得最快，而且砌得最好。所有标准达标，灰缝是灰缝，砖是砖，干干净净，这简直是艺术品。

他看向铁振国问，师傅，你这身手，没个五六年下不来吧？

冯教授，他可是个新手。孙大力就抢着说，

哦？冯启正又吃了一惊，胡胜利谄笑道，这都是我们胜利建筑公司培养出来的。事实上，他在我们公司，也就中等水平。最近项目赶得紧，有些技术好的，都在项目上，我没叫他们过来。

知道是套路，冯启正看也没看他，不过刚刚胜利建筑公司的团队协作能力也很强，冯启正看在眼里，心中还是暗许。

本以为胜券在握，不想主持人宣布还有第二场，铁振国一听即愣在原地，是笔试。

几人抓耳挠腮的进了考场，他们早就听说，另几个公司有些工人的文化课非常厉害，但他们几个，除了铁振国其他人连名字能写不顺。

好容易捱过时间，主持人敲着桌子叫道，好，时间到，别睡了，都起来，起来。

众人叹气起身交卷，主持人看到孙大光把名字都写在了公司一栏里，实在哭笑不得。

冯启正阅卷，众人在外面候着，铁振国正与孙大力说话，听到旁边公司有个工人正议论刚才的考题。

你说第三题啊？那题简单，用勾股定理，a 的平方加上 b 的平方，就是 c 的平方。

铁振国一众目瞪口呆，面面相觑，如闻天书。

片刻，领导重上主席台，胡胜利猛然带着大家股掌，铁振国抬头一看，兀地一惊，正中间多了一个人，是马一方。

对，是马一方，铁振国惊诧极了，也拼命鼓起掌来。

大家的考试情况，我已经知道了，这个成绩，我一喜一忧。喜的是，一群年轻的技术工人，成长起来了，我们江宁建筑行业，后继有人。忧的是，大家的文化水平还亟待提高啊，马上进入二十一世纪了，和二十年前不一样了，我们建筑工人不能只会砌砖和泥，还得懂知识，这样才能在新的环境里立于不败之地，才能成为真正的工匠。江宁建设的牌子，就是咱们的脸面，这脸面是要靠能力挣出来的。我希望你们在干活的同时，能把学习重视起来，各建筑公司也要尽量创造条件，咱们共同努力，给江宁建筑长脸，给咱们自己长脸。

一片掌声之后，穿旗袍的礼仪小姐上来，捧了三个奖杯。大家尽是眼前一亮，翘首以待。

冯启正拿过喇叭，获得江宁市建筑业技能状元称号的是，铁一振一国。

只看得马一方微微一惊。

另外，铁振国同志在建筑知识考核中，获得第二名。根据综合评比，获得团体技能一等奖的是，胜利建筑公司。

胡胜利大喜，看着铁振国大步上台，却对马一方笑着说，马总，是你。

好小子，有你的啊，我没看错你！马一方猛然拍了拍铁振国的肩。

胡胜利眉心一动，他哪里想到一个泥腿子铁振国还与马一方有这层关系，不禁更对他刮目相看。

颁了奖，胡胜利的工人开心散去，忽然一辆轿车在铁振国身边停下，车窗摇下，露出马一方的脸。

振国，上车。马一方一招手。

一群人看的目瞪口呆，铁振国点点头钻进车里，马一方笑说，怎么样，去哪儿喝？

听您的。铁振国一笑。

车停在江宁饭店，两人下来，落座点了酒菜。聊过几句，铁振国才知，马一方的公司和江宁建筑集团合并了，北京办事处的负责人去了深圳，集团就把马一方调来，补了这个空缺。

我现在和你一样，都是打工的了。马一方自嘲笑道。

马总，我哪能跟您比，您是将军，我就是个小兵。铁振国说。

想当将军吗？马一方问得直截了当。

您看我当得了吗？铁振国说。

我以前在部队待过些年头。我觉得，搞建筑和带兵一样。要想让他们服你，你就得样样走他们前面。马一方喝了口酒，看着铁振国说，就像今天考试，你盖房子走在了他们前面，他们服你。但是，你最多也就是个小工头，当不了大老板，更不可能引领建筑的潮流。

这刚刚好说到铁振国的尴尬之处，心间那一点儿豪情胆气悄悄按下了些。

我……我还真没往这方面想。铁振国说。

可以想想，要将当将军，你还得先好好当一名好兵。我知道你小子不是一辈子随遇而安的人，但是年轻时，找准自己的梦想，自己的路，很重要。马一方向铁振国举了举杯。

窗外灯火通明，红尘万丈，铁振国顿了片刻，亦举杯与马一方轻轻一碰说，马总，谢谢你。

朗月下，铁振国回到工地，远远的车灯晃他，一回头，见是胡胜利向他招手。

胡总，这么晚找我有事？铁振国走过去问。

嗐，能有什么事？好久没跟你谈心了，来跟你聊聊。胡胜利拍拍副驾，让他坐进来。

胡总，您有事直说，一绕弯子，我就觉得有圈套。铁振国笑着说。

真行啊你，胡胜利无可奈何，便直接拿出一个黑色皮包，递给铁振国，拿着，这是你们比赛的奖励。

铁振国刚要收下，又觉得那皮包十分沉手，打开一看，厚厚的三沓人民币。

胡总，要不了这么多。个人一等奖两千，团体奖每人五百，总共也要不了一万块。铁振国说。

拿着，今天我高兴，这钱，你来分。胡胜利看着铁振国，别有意味的一笑，铁振国才恍然明白，只从包中拿出一摞钱说，胡总，这些够了，你知道，我铁振国只拿该拿的钱。

我……胡胜利想说，我这钱难道是臭的，这铁振国真是一把铁锁，执拗成这样。他为了不尴尬只好收起皮包，两人都看向窗外工地，胡胜利随意问道，在这儿住了多久了？

我也记不住了。反正，自打来工地那天起，就一直住在这。铁振国淡淡一笑。

你现在是组长了，按说，也该给你个单间了。明天你找下李会计，钥匙都在他那。让他腾个单间给你。

不用了胡总。铁振国说，我习惯听着大伙儿的呼噜睡。

你，胡胜利简直无可奈何，给他办公室，他要和大家一起上工，给他车，他还是坐大巴，现在给个单间多少人求不来的，他都不要。

如此，他只能放弃示好，直奔主题。

你和马总很熟？

铁振国完全明白，一笑说，以前了，我在江宁的时候跟着他干。

就这么简单？

就这么简单。我就是他那一打工的。

你小子，还瞒着我。胡胜利眼睛一眯，他马一方闲的，请一打工的吃饭？不过你不愿说也没事。不过，既然你和马总有这层关系，以后咱们公司的项目，你可得多上点心。胡胜利又把钱往前推了推，要用钱，随便说。

铁振国笑笑，他年纪不大，但涉世不浅，自然明白关系重要，他推开钱，胡总，该做的事，我自然会做。

回了工棚，铁振国将钱数好，留了自己的奖金，剩下的均分了，一众兄弟乐的冲来抱他，嘻嘻哈哈闹成一片。

而此时高中宿舍，几人亦在笑闹，因最近高中的美国来信越来越多，舍友猜他美国有一朵红玫瑰，高中不解释，冯友琳的信几乎一周一封的写来，热切的希望他能去美国，他拿着信黯然出神，顺口问江河去美国留学需要多少钱，江河正在准备此事，说学费先不论，得先交三万保证金。

三万，高中心里狠狠叹了口气。生而为人，差距竟如此大。

宿舍里还好有何林，这个四川农村来的小伙儿，家境一般时时捉襟见肘，而高中自入学以来，铁振国都按月送来生活费，让他不至于太过窘迫。

江河日复一日的打游戏，并立志要成为冠军，何林笑他沉迷这虚拟世界，江河却说，这是虚拟与现实的界限。人最怕的，是用现实的眼睛审视虚拟，某种程度上，比用虚拟的眼睛审视现实更可怕。

一席话说的何林与高中愣住，半晌何林说，我真是对你刮目相看，不过有时间咱们去游戏机房玩吧，那里面玩的好，一晚上能挣好几千。

高中眼睛一亮，正要再问，却听有人叫道，高中！

铁振国提着水果和牛奶走了进来。

你来干吗。高中声音冰冷。

看看你好了没有。铁振国把东西放在桌上。

放心，死不了。高中依然冷冷的，见江河和何琳望着铁振国，便说，这个是……铁振国。

你哥吧？江河笑着说。

我可没这个哥哥，高中冷冷一笑。

气氛尴尬，何林过来拿了个苹果，向铁振国笑道，哥，以后常来啊，下次带点儿猕猴桃火龙果什么的，那个好吃。

铁振国笑了笑，又把一个苹果扔给江河，就起身去高中的书架那儿看。

你们建筑设计都学什么课啊？你觉得什么最有用？铁振国看着一排排书问。

你院领导啊？问这些干吗，你也弄不明白。高中在一边坐下，并不理他。

说真的，我最近想看看建筑方面的书，你帮我推荐几本？铁振国在高中身边坐下，说的诚恳。

你看得懂吗？高中不屑道。

这世上就没你哥我整不明白的东西。铁振国笑道，说着从桌上拿过一张纸，递给高中说，写下来。

行吧，看不懂别找我啊，高中懒懒的接过来，略一思索，刷刷地列了一堆书单。

铁振国接过来一看，小心叠好装进口袋，又拿出两千块钱放在高中桌上，和室友打了声招呼，转身走了。

一个书单两千块，这样的哥我也想要，那两人叫道。一会儿又问，高中，你哥做什么的？

嗯，建筑生意，高中顿了一下说。看着何林羡慕的扑倒在床上，叫着为什么我没有一个无良开发商大哥，他心里冷冷一笑。

他已经很久没去看春妮了，自从上次铁振国按着他的头给工人鞠躬，春妮并未替他说话,只在情急时说要不她来替,他后来厉色和春妮说,以后不准再和铁振国来往,春妮当时一脸泪水,也并未给他个肯定的答复。

他很生气,春妮有时被舍友调侃为社会主义新农村丫头,他觉得这是他们有意刺伤自己,他深刻的自卑在骨血里,通过春妮时时投射出来。所以他有时厌弃她,又离不开她。

在又一个百无聊赖的早晨,春妮看到捧了一束红玫瑰的高中在门口,终于精神一振。

他终于来了。

春妮和玛丽招呼了一声,两人就去了对面的公园,春妮抱着玫瑰,只觉得天地又都有了颜色。

我还以为,你不愿再来看我了。春妮说。

怎么会呢,我想你还来不及,高中温柔的一笑,主要是最近课多,实在太忙。

你身体才刚好,别累着,春妮看着高中,只觉得他眼角眉梢都是憔悴,便从口袋摸出一卷钱来,拿出一张放回自己口袋。

这钱你拿着,买点儿营养品补补。

高中伸手接了,又有些不好意思,这怎么好,你就一百了,哪里够用。

放心吧,我吃住都在吧里,不用花什么钱。

嗯,那好,我先拿着,谁让咱们是一家人。高中说着,紧紧抱了抱春妮。

两人在草坪上坐下,秋色和美,天空云阔,高中突然说,春妮,你说,如果咱们以后到美国生活怎么样?

美国?春妮一惊,怎么要去美国?

我想好了,我现在还年轻,想到美国留学,见见世面。等留学回来,那就是海龟,待遇都不一样。到时候,我一定好好对你。说不定,我还可以带你出国呢。高中看着远方,笃笃说道。

我才不要出国。到那两眼摸黑,啥都不认识。还有,外国话跟鸟语一样,我听不懂也说不好。春妮靠着高中,以为只是他的突发奇想。

高中搂紧了春妮的肩,说道,有我啊,你不会说,我来说。我就是你的嘴,你的耳朵,你的眼睛。

他的温柔几乎融化了她,春妮抱着高中的手臂,不再说话。

春妮,你能不能先借我点儿钱,去美国的话,需要很多钱。

多少?春妮不经意的问。

四五万吧。高中说。

这么多,春妮惊得直起身来。

如果没有那么多,四万也行,要么,三万多也差不多。高中已经有些恼怒。

春妮苦笑了一下,叹道,我有三千就不错了。

你在清吧那么多年,连这点儿钱都没有?高中皱起眉头。

我前段时间被人骗了,你也知道的,春妮说完,觉得隐隐不悦。

是是是,你是被人骗了。可是,你们那儿有时候来大老板,难道不一高兴就给个千八百的小费?

高中,你这个混蛋!春妮终于站起身来,一张粉脸已气得赤红,你说的这是什么话!她一把将玫瑰花扔在地上,转身掩面就跑。

她听到高中叫了她几声,她脚步稍慢了点儿,但脸上的泪流下来,她摇摇头,又加快了脚步。

这个周日,铁振国生平第一次去了书店,这里大的他差点儿迷失在里面,一排排极高的书架底下,人们或蹲或坐,社科,心理,现代文学,摄影,铁振国细细的一排排看过,有种微微的眩晕。

他第一次觉得这里和工地一样,一个未知的世界对他有巨大的吸引力,他只顾痴迷,忽然被一只手拍了肩膀,铁振国猛然一惊。

怎么你也在这里?是冯美慧,正笑盈盈的看着他。

铁振国一喜,笑道,是你啊,我正想当面谢你呢,幸亏有你帮忙,上次比赛,我们工地得了全体第一。

你个人呢?成绩也不错吧?冯美慧笑。

还行吧,建筑技能第一,建筑知识差了点,第二。不过,还是幸亏你让我恶补了数学,不然,肯定也拿不到这个名次。

不错了,加油,冯美慧笑笑,又问他,你来找什么书?

铁振国不禁挠头,递给冯美慧一张纸条说,喏,就是这些,我还一本都没找到。

冯美慧看了书单,都是建筑学的书籍,这愣头愣脑的小伙子果然好学,她心中一笑,引他到另一个区域。

哟,果然都在这儿,铁振国眼前发亮,目光再也移不开,冯美慧笑笑说,好了,那我走了,对了,我爸是教建筑设计的,我从小也看了些建筑方面的书,有不明白的,可以给我打电话。她又拿出张名片递给铁振国,然而他还是像上次一样,说了声谢谢就随手夹在了书里。

冯美慧无奈笑笑,转身离去。

而铁头怎么也没想到,离家不过两个月,竟又能见到老婆孩子,直到他和铁振国去火车站接到她们,把乐乐抱在怀里的时候,他才相信一切是真的。

原来铁振国有一天接到小玲的电话,说村里的小学要和镇上中心小学合并,送乐乐上学十分不方便,能不能把小商店留给妈看着,她和乐乐到北京来。

铁振国知道铁头思家心切,确实家乡的教学怎能与北京同日而语,当即就给小玲和乐乐订了晚上的车票，随即又给胡胜利打了电话，问他要了当初那个单间。

火车准点到了，铁头与铁振国在站台，眼睛都不敢眨一下，却也没看到小玲和乐乐，人群熙攘，乌泱乌泱的往站外流动，铁头急的两眼通红。

都是你，叫她们来北京干吗！她一人带个孩子，这要出点儿事咋办！铁头强忍着剧烈的忧心，铁振国也有些着急，但一转眼，看到小玲带着乐乐从一边走来。

哥，在那儿！铁振国一指。铁头拨开人群挤过去，见了小玲劈头就说，你乱跑个啥，不是说好了在出站口等着吗？

乐乐想吃雪糕，我带她去买来着。小玲初见丈夫就被训斥，有些委屈。

爸爸，你哭了？乐乐跳到铁头身上，看他双眼通红。

那是见到你高兴的。铁振国一笑，接过小玲的包说，走吧，嫂子，我们回家。

坐在铁振国的桑塔纳上，乐乐看着窗外十分新奇，铁头偷偷牵着小玲的手，只觉得幸福不已，待一会儿到了，小玲还没回房间，就说要先铁头干活儿的地方看看，铁头只好牵着她进工地，还没到跟前，已经见到卡拉一群人敲锣打鼓吹口哨。

大伙儿，铁头铁夫人来喽，兄弟们吆喝起来，卡拉一声喊，一众人更是用瓦刀铿铿锵锵的敲着泥斗和搅拌机，来哟，铁娘子。

小玲羞得一低头。铁振国冲大伙儿叫道，得了，娘子是你们叫的吗？中午咱在工地聚餐。

众人叫好，小玲去屋里略一收拾，就跑去周玉花的厨房帮手，周玉华手脚利落，早已满满当当做了一桌子家常菜，拦着小玲笑说，别，你今天刚来，想干活啊，以后有你干的。

一会儿众人落座，高中春妮也来了，两人还在上次的别扭里，显得十分冷淡。孙大力抬手看看表，叫道，我邀请的人怎么还没来？

说的是我吗？冯美慧笑着走了进来。

对对对，你可是贵客，上次你采访的铁头，今天终于把老婆孩子接来，能团圆了。孙大力说。

哟，那我们今天得多喝几杯，冯美慧刚坐下，就看到正看着她的高中，不禁一愣，高中？你也在这儿？

你们认识？铁振国也微微吃惊。

他是我爸的学生。冯美慧一笑，就在铁振国身边坐了下来。

来来来，别的不说了，我们欢迎乐乐和嫂子，众人举杯，一饮而下。

冯美慧过去极少有这种场合，但此时和一群农民工在一起吃饭喝酒，只觉得非常畅快，然而她不知道，这席间有几人心中幽怨——春妮见她美丽大方谈吐不俗，更不知道她究竟和高中还是铁振国更好一些，铁振国见春妮和高中比肩而坐却格外冷淡，心中亦不是滋味，高中看到春妮看冯美慧与铁振国言笑晏晏，亦是神情异样，总之席间有种奇怪的气氛，自然孙大力一流不知，冯美慧只觉得春妮已看她几眼，便问高中，这位是？

哦，她是春妮，我……女朋友。高中说这三个字的时候，看了一眼铁振国。

冯美慧当下明白，只拿起酒杯说，来，我敬你们俩。

一边的贾长安看不过去，举杯和铁振国说，来，咱俩喝。

苦涩在心里，铁振国笑笑，一口酒闷了下去。

那边，冯美慧和孙大力卡拉已经开始划拳喝酒，十分热闹。

酒过三巡，众人醉意阑珊，孙大力一众都喝的七倒八歪，小玲看铁头还清醒，便与他笑着耳语几句，铁头一愣，看了看冯美慧，低声问小玲，能行？

咋不行，小玲说。

好，铁头一笑，就和高中说，高中，你嫂子来了，咱们明天一起去爬长城吧，春妮也一起吧？

两人点点头，铁头又走到冯美慧边上，笑着说，冯记者，您也跟我们一起去吧？

我？你们一家子，我去不合适吧？冯美慧愣了一下。

这有啥不合适，你看我们这儿就你这一个地道的北京人，还能给我们当当导游。

冯美慧看了铁振国一眼，就笑道，好，我和你们一起。

散酒时，高中坚持不要铁振国送，春妮也只好跟着，最后铁振国只送了冯美慧回家，深夜的二环路，车已很少，铁振国想着刚刚冯美慧与孙大力一众热闹成一片，不禁叹道，你真是厉害，连孙大力都搞得定。

那是，我们北京大妞，可不是吃素的。冯美慧爽朗笑道，摇下车窗，清凉的风倏地吹进来，不觉神清气爽。

好舒服的风，开快点儿，冯美慧笑道。

好，坐稳了你，铁振国一脚油门，车子飞驰在北京的夜色里，留下一串冯美慧清脆的笑声。

第十七章

高中一回到宿舍，就被何林神神秘秘的叫了出来，非要请他吃饭，两人便在学校餐厅点了小炒，高中喝了口啤酒说，无事献殷勤，非奸即盗。说吧，到底什么事？

何林一笑，压低声音说，对你来说就是探囊取物的事，替考。

替考？高中一惊，这怎么行。

他的声音太大，周围几人都循声看过来。

这事我干不了，你找别人吧。高中喝了口酒，皱眉说。

别啊，我问过几个人，这一上大学，好多知识都还给高中老师了。这次主要考数学，你数学底子好啊。何林低声说，关系都打点好了。成考，大家心照不宣的，监考老师都说好了。考场就在咱们学校，你就当周末上了两节自习。

这是铤而走险，被发现了要被退学的，高中阴沉着脸，摇头道。

五千，只要考过。何林说。

八千也不干。

一万，给你一万行了吧？先付一半定金，何林一咬牙。

这什么考试？能给一万？高中不免有些心动。

对咱们来说是小事，对他来说重要啊。我小舅的哥们儿，保证信得过。有事我小舅担着。你就帮哥们儿这一次，我可是在我小舅那吹下海口的。

他担得了？

绝对没事，成交？

钱果然是魔鬼，高中想。就看着何林从口袋里掏出一摞钱，又拿出一张叠得整齐的纸说，这是定金和合同。

你这真是逼良为娼啊，高中摇头说。

成考数学，他其实也是许久未碰，从考场出来的时候，他心里略略一算，觉得通过应该不难。

那五千块沉甸甸在口袋，他心里有几分得意，立刻打了电话约春妮出来，在西单商场见面。

春妮一直穿的太不起眼了，高中想。

第一次来这种商场，明亮的柜台和笑容可掬的店员，让春妮稍稍不安，低声和高中说，要不咱们还是去动物园买吧，这里我不习惯。

从现在起，你要学着习惯，高中拉住春妮的手。

春妮挽着高中的手臂，只觉得幸福无比，她走走看看，这里的衣服确实和金五星动物园不一样，灯光一打，十分光鲜明艳。

春妮在一套连衣裙前停下，呵，这真是好看，极淡的珍珠色毛料，配上黑色镶边，春妮只在清吧的时尚杂志里看过，还不知道这就是小香风，店员赶紧迎了过来，微笑道，小姐，您眼光真好，这件衣服刚上市的，今年秋季流行款，特别适合你的气质，又高贵又典雅。

高中浅浅一笑，说，取下来给她试试。

春妮平日看杂志，也会想自己穿这些衣服的模样，今天终于可以试试。她抱着衣服钻进试衣间，偷偷看了下吊牌，天，赫然标着 980，春妮倒吸一口冷气想，我也穿一回 980 的衣服，三两下套上之后，只觉得合适极了。

从试衣间出来，高中一看只觉得眼前一亮，果然人靠衣装，春妮身上那点儿顽固的土气，此时竟变得有些贵气。

好看，高中赞道。

价格也相当好看，我去换了。春妮开心的一笑。

换什么，穿着。高中说着问店员，多少钱？

先生，这是我们最新款的套装，您女朋友穿着这么合适，价格其实也合适，九百八，买一套呢。

不要不要，春妮叫道。

高中也不理她，拿出钱包数出一千递给店员说，把她那旧衣服帮我们装上。

春妮吃惊不已，低声叫道，你疯了，你跟我说，你这是干了什么坏事？

我非得干坏事吗？高中轻轻一哼，这个，这是我上学期的奖学金发下来了。整三千呢。

那你可以留学用啊，春妮不安道。

放心，留学的钱我自有办法。高中一笑，又说，走，我们再别处看看。

春妮当然没有再要别的，单是这件，她已经觉得十分不安，但女孩子那点儿恋爱中的小虚荣也是难免，心中十分甜美。

她当然不知这是替考的报酬，她更不知这段时间高中还迷上了赌博，何林带着他，老套路先赢后输，不到三天，他那点儿钱已输的精光。

还有五千呢，高中想着，等成绩下来，不就到手了。

果然，没几天，何林的舅舅吴兵就说要见他，和何林走到约定的地方，只看到吴兵和几个兄弟坐在栅栏上。

吴叔，何林笑笑，但吴兵一脸冰冷，只看着高中说，考试没过。

什么？高中惊得怔住，怎么可能，我都做出来了。

我说没过就没过，谁有空在这儿逗你。

高中不可置信的看着何林，我真的都做出来了，怎么会没过？

何林目光躲闪，转头说，吴叔，那你看怎么办啊？要不把定金退给你？高中也不容易，大周末的去考试，他也不是成心的。

定金肯定得退，不过得退两倍。吴兵冷冷的说。

凭什么啊？高中叫道，两倍，一万，他心里狠狠一凛。

凭合同，吴兵拿出合同，扔给他。

高中看了合同，果然是这么写的，自己签字的时候根本没看，何林又在一边打起哈哈，吴叔，他也不是故意的。这样，给我个面子，定金全还给你，算他白干了。至于两倍，哈哈，确实说不过去。

有什么说不过去，他耽误了我晋升！吴兵吼道。

就你这样晋升个鬼！高中骂道，唰唰撕了合同。

这是复印件，吴兵淡淡一笑，左右一看，那几个男人过来围住高中，吴兵说，三天时间，一万块，一分钱都别想少。

高中失魂落魄的回到宿舍，何林亦是大气也不敢出。

三天时间，高中想了想，只觉得绝望而恐惧。

工地那边，铁振国已经和胡胜利申请过让小玲去帮厨，有工资，铁头的负担小了些，然而铁振国看乐乐整日在工地跑跳玩耍，心里不是滋味，孩子是要上学的，不能这么耽误下去。

当天下午，铁振国就开着他的破车，径直来到了离工地最近的一个学校，刚刚下车，就看到保安盯着他，他走过去直接问道，兄弟，我想找你们校长。

您有什么事？保安问。

我，是来北京打工的，想问一下孩子入学的事。铁振国说。

小孩有本市户口吗？保安问。

没有，铁振国一愣。

那不用找校长，我都能告诉你，绝对办不了的。保安说，本市等着入学的小孩还多着呢，排都排不过来。

那我们这些外地的怎么办？铁振国有点儿着急。

去试试打工子弟学校，那边专收打工的小孩。保安说。

铁振国大喜，有这样的学校？你知道在哪儿吗？

我也只是听说，你可以打 114 问问，再不行问问媒体。

媒体……铁振国想了想，心里有了些主意。

他这时已经买了手机，拨通冯美慧的电话，不出一会儿，冯美慧就出现他车上，笑着说，哟，接到铁组长的电话，真是受宠若惊，我还当你把我忘了呢。

嗨，我这不是走投无路，只能乱拜菩萨了吗。铁振国笑。

诶，会不会说话你，冯美慧一瞪他。铁振国赶紧说，瞧我这嘴，没啥文化非要乱用词，您是救苦救难的观世音，行了吧。

说笑两句，前面一右转，就见一所学校在眼前，一个简单的木牌写着“乡音打工子弟学校”，两人下车，看到学校破旧的大铁门，墙面斑驳破旧，路面亦是崎岖不平。

看铁振国神色，冯美慧猜出几分，也叹道，打工子弟学校，大多都是这样，但总比没有好。

两人和保安打了声招呼，就径直往校长办公室走去，这教学楼亦是十分简陋，校长办公室不过几张斑驳的桌子，苍白的日光一照，老校长从桌后走来亲切与冯美慧握手。

冯记者，好久不见，上次多亏了你帮我们，不少人寄来了衣服和课外书，孩子们高兴坏了。

我只有这么大能量了，这次还得麻烦您。冯美慧轻笑了笑，又介绍说，这位就是我电话里和您说的铁振国。

你好你好，王校长与铁振国握了手，招呼两人坐下，又倒了两杯开水，随即聊了几句，便将乐乐入学的事商定好。

太谢谢您了，可真是帮了我大忙，铁振国说。

虽然尘埃落定，铁振国心里总觉得不是滋味，这不该是一个学校的样子，在北京这样的国际化都市，这校舍却连江宁的都不如。但一时无策，铁振国想了想，转去金五星，给乐乐把书包文具买齐，过几天，乐乐作为插班生，就可以来上学了。

但哪里想到，这日铁振国开车送乐乐，还没到门口，就见到一大群人将校门团团围住，他远远看到校长被挤在人群中，神色忙乱。

凭什么？说封就封，那我们孩子怎么办！一个中年男人叫道。

就是，得给个说法。

这也是没办法的事，希望大家理解，我们正在想办法解决。王校长摸着头上的汗，看起来无奈至极。

王校长，怎么了？铁振国问。

哎，王校长见是铁振国，叹道，市有关部门说教室有安全隐患，容易引发火灾，勒令我们停课整顿了。

停课整顿？乐乐一下抓紧了铁振国的手臂，二叔，我上不了学了吗？

我们正想办法解决。我刚才也给冯记者打电话了，希望她能来采访一下，反映下学校的困难。

她一个记者，能有什么用呢。铁振国急了，又问校长，那现在有解决办法了吗？这么多孩子上不了课，大人得看着孩子上不了班，这儿哪行啊？要不先上课，再一边想办法。

校长苦着脸摇头，指了指门上那把大锁说，上面人锁的，我们哪敢动啊。

眼看着家长和孩子越来越多，叫闹声一片，校长束手无策，铁振国看了看那锁，只问校长，今天老师们都在吗？

都在，都来了的。

他便没再多说，让乐乐在原地等着，自己回车后备厢翻出把瓦刀，拎着就过来。

校长惊叫道，你要干什么，不能这样啊！

先让孩子们上学！铁振国二话不说，扬起瓦刀连砍几下，咣当一声，铁锁坠地。

后面有相机的咔咔声，铁振国回头一看，冯美慧冲他一点头。

孩子们冲进校园，犹如赢得比赛般欢腾一片，冯美慧将校长引到一边做采访，铁振国正在孩子群里找乐乐，就听到里面一声哭喊，二叔——

铁振国惊得一看，见乐乐正从地上爬起来，捂着嘴大哭，二叔，牙掉了。他小手里捧着一颗牙，嘴边还蹭着血迹，铁振国心疼不已，冲过去抱起他说，别怕别怕，二叔带你去医院。

乐乐怎么了？冯美慧听到声音跑了过来。

摔倒了，铁振国边说边往车边跑。

老校长一路跟着，叹这操场地面不平，经常把孩子摔倒，又一面指给他们最近的医院，铁振国和冯美慧匆匆道谢就上了车。

看医生给乐乐做了简单处理，又说是乳牙问题不大，不妨碍日后长新牙。铁振国松下一口气来，医生又说，你们这些当父母的长点儿心，孩子就少受点儿罪。

一句话说的两人微微尴尬，又被嘱咐了几句就赶紧出了治疗室。

乐乐究竟是个孩子，片刻也就好了，待回到车上，自己老实的去坐了后座，铁振国看了看副驾上的冯美慧，笑说，

今天谢谢你啊，你现在去哪儿？我捎你过去。铁振国说。

回报社，我得马上把这篇写出来。冯美慧恢复了工作中的模样，又一顿说，把你砸锁也写进去，不过别说，你那一刻还真爷们。

不爷们行吗，谁让咱是孩子家长呢。铁振国大声笑道。

冯美慧又一窘，白他一眼。

等冯美慧下车以后，铁振国看乐乐在后视镜里傻笑，便问，你乐什么呢？

牙都没了。

二叔，你喜欢美慧阿姨吧？乐乐眼神狡黠，笑道。

什么？铁振国一愣的没反应过来，这才多大孩子！

反正我喜欢。乐乐笑得嘴一咧，又痛得叫唤。

乐乐记得，他刚来时大家一起去长城，美慧阿姨一直给他们拍照，那时候他爸爸和妈妈，高中叔叔和春妮阿姨，还有就是二叔和美慧阿姨，画面十分和谐。

冯美慧回到报社，不用多时写完了稿子，这篇名叫"请还我一个学校"的报道，占据了次日早报的二版头条。

铁振国忍着听完了铁头关于做事要冷静的絮叨，就拿着报纸去了胡胜利办公室。这几日胡胜利一直在为京师大学项目招标的事头疼，明里暗里几次想要铁振国通过马一方或冯启正帮忙，铁振国之前都没答应。这次，他等胡胜利看完报纸，对他说，胡总，你要答应出人帮他们修学校，我就帮你争取京师大学的项目。

胡胜利盯着铁振国，半晌才问，你确定？

嗯，铁振国点点头，我会尽我所能。

好，一言为定。胡胜利点点头，几天的工期换一个大项目，值。

这边胡胜利已拨了人，铁振国正在核算材料时，正好接到了马一方的电话。

振国，你修学校的事我都知道了。这好事可不能你一个人做啊。我已经安排下去了，集团里也要出一份力，你们修缮的材料我出，我给你最好的材料。十年树木，百年树人，盖再多的大楼，也没让孩子好好读书重要。

铁振国放下电话，心里感动不已，随即马一方的秘书就联系了他，两人敲定了所需材料的细节，不到一个小时，一切到位。

不出三天，这所打工子弟学校焕然一新，地面平整，墙面洁白，连老师的精神面貌似乎也好了些，铁振国看着十分欣慰。

晚上，冯美慧约了铁振国吃饭，又选在江宁小馆，铁振国看着桌上的水晶肴蹄、清炖蟹粉狮子头、金陵丸子，心里微微一暖，又举杯说，来，感谢你对中国民工子弟上学问题的关注。

冯美慧端杯一笑，我仅关注民工子弟上学问题，还关注民工的感情问题。

嗯？铁振国一愣。

忘了上次的采访了？冯美慧狡黠一笑，算是圆场。

铁振国恍然笑笑，又随意四下看看，入眼的尽是熟悉的家乡陈设，令他有一种异样的心情。

谢谢你选这儿来吃饭，这是我们工地的人最常来的地方，每个地方在北京都有自己家乡的饭店，这个地方就是农民工在北京的家，每次想家的时候，来这吃点家乡菜。

看不出你一大老爷们，还挺感性。冯美慧笑。

老爷们怎么了，老爷们也是人，也有感情嘛。铁振国看了看对面坐着的姑娘，想起其间种种，还是端了杯说，这段时间谢谢你的地方太多了，来，我敬你。

冯美慧喝了酒，放下杯子，看着铁振国说，有时候，我还真挺搞不懂你的，人都是多面体，但你真是有更多面，坚决的，果断的，温柔的，多情的……

停停，你说的这是我吗，铁振国笑着一抹嘴，你们这些文人，想法就是多，我其实就是一个建筑工人，从老家跑到北京来打拼，想过好日子，想在这儿扎下根，想干点不一样的事。

有这个想法，已经超越了大部分庸庸碌碌的人了。冯美慧说完，冲铁振国晃一晃杯子说，信不信随你，喝酒。

餐厅人不算多，老板换了音乐，是正流行的《新不了情》。

曾经拥有天荒地老，已不见你暮暮与朝朝。这一份情永远难了，愿来生还能再度拥抱。

两人听着都各怀心事，沉默半晌。

你有女朋友吗？冯美慧突然开口问。

铁振国一怔，只轻轻一叹。

那个春妮，你们好过对不对？

你怎么知道？

记者的敏感，还有，女人的直觉吧。冯美慧笑笑，证实之后，微微有些失落。

铁振国苦笑一下，说，歌里那个词咋唱来着？往事不堪回首，或许高中更适合她吧。大学生，前途一片光明啊，免得跟着我受苦。

他知道冯美慧在看着他，因此也不把目光移回来，他心里的那个位置一直留给春妮，即使对面坐着的姑娘再好，漂亮大方无可挑剔，他还是绕不过春妮的影子。

第二天，铁振国被胡胜利叫到办公室，他其实早有准备，当胡胜利问起他京师大学项目怎么拿下的时候，铁振国侃侃而谈，说完自己的方案，其实他哪里懂得这些，只是细细想了，觉得目前能做的是将公司重新包装。

然而他话还没说完，胡胜利就摆摆手说，你这思路还是没打开。

铁振国一愣，不知其意，就见胡胜利从沙发旁拿出一个纸袋，递给铁振国说，这里面是五盒茶叶，你找下高中，让他送给冯教授。这次评标，他的话很有分量。

这不是行贿吗！铁振国惊得站起，连声说，这不行，这事可不能拉高中下水，要去您亲自去。

我去要是有用还能找高中！胡胜利哭笑不得，看着铁振国不开窍的脸，只好说，不过就是几盒碧螺春，咱家乡特产，算什么行贿？再说了，他们是师徒，咱们工地拜师，不得送礼啊？

铁振国还是十分犹豫，胡总，这不好吧？万一传出去，人家会说咱们公司贿标吧？

放心吧你，胡胜利说，按我说的做，出了事算我的。再说了，这事可是你答应过我的。

铁振国踯躅不已，最终还是提了茶叶去找高中，一进宿舍，只有高中一人，失魂落魄的样子吓了他一跳。

怎么了这是？

没事，高中不耐烦的答。

和春妮闹别扭了？铁振国说完，似乎又觉得并不该问。

放心吧，我们好着呢，再说就算有事，也是我们自己的事。高中没声好气的答。

见铁振国苦涩一笑默不作声，高中又问，找我干吗？

铁振国把纸袋放在桌上，问道，你和你们冯教授关系如何？

有话直说吧。高中烦躁的往床上一躺。

我听说你们学校宿舍楼项目正在招标……

听到此话，高中突然坐起身来，想让我帮你们做冯教授的工作？

嗯，铁振国只觉得十分为难，将纸袋往前推了推说，我知道这事不好做，不过，这只是几盒茶叶，也算不上行贿。

行了行了，多大点事啊。高中看了一眼那纸袋，不耐烦道，都什么年代了，思路还打不开，交给我吧。

嗯，铁振国点点头，又拿出五百块钱递给他，多吃点肉，你看你脸色白的，行了，我走了，不打扰你了。铁振国说完转身而去，只听得高中叫了一声，二哥！

怎么？

你那儿还有钱吗？高中努力保持面色平坦。

怎么，这些还不够你花的？铁振国问道。

没有，我就问问。高中转过身去，不再看他。

需要钱就跟我说。大钱没有，每月供你几百块，问题还不大。铁振国笑笑，边走边说，茶叶尽快送过去，评标没几天了。

铁振国走后，高中懒懒的看了一眼纸袋，只觉得铁振国愚钝至极，投标这样的大事，竟然只送几盒茶叶。

他看了看表，今天还有时间，那么赶紧送去了事。

他漫不经心提着纸袋就往外走，提一提又总觉得哪里不对，似乎比茶叶更有些分量，高中想想不对，立刻回身打开一盒，即使意料之中，他还是惊呆了，里面满满的五摞钱。

一共五盒，就是二十五万。好家伙，出手真够大方。高中将盒子逐一盖上，盖到最后一个，动作突然慢了下来。

吴兵那张脸晃到眼前，高中只觉得浑身一凛。

他向后看看，空无一人，便将其中一盒拿了出来，塞在被子底下，这才匆匆地拎着纸袋走了。

他其实一路忐忑，心神不宁，以至于到了冯家看到刚刚回来的冯友琳，也是慌乱的有些无措。

他说是带来的茶叶，就不敢在往那边看一眼，一会儿冯友琳要拿那去泡茶，他急急的说那是专给冯教授的，总之十分不自然。冯友琳看他异样，只觉得也许是自己突然出现的原因，又坐下来温柔的问他，留学的事准备的怎样了。

高中想想被子里的茶叶盒，点点头道，差不多了。

真的？冯友琳十分欣喜，那什么时候去？

去哪儿？高中一愣。

去美国啊，高中，你今天怎么了？冯友琳疑惑道。

没事，我很好，我先走了，记得把茶叶给冯教授。高中起身匆匆走了，冯友琳耸耸肩，不知所以。

不过她到底是太年轻的女孩，打开电视正是《还珠格格》，跟着小燕子癫狂笑闹了一阵，直到冯启正回来，才重新想起茶叶的事。

爸，高中今天给你送茶叶来了，说是替他表哥打工的建筑公司送的。冯友琳坐在沙发上，随手一指茶叶。

冯启正一愣，他虽是高校教授，但也参与项目多年，定标之前收到开发商的礼物，怎会是茶叶这么简单。

一打开茶叶盒，果然。

冯启正为人清正，平日想行贿之人根本进不了他的家门，他重重的将纸袋一掷，怒道，高中这不成器的东西，本来我还想给他留下保研的名额，想不到竟然充当行贿的角色，他不配做京师大学的学生，更不配做我冯启正的学生！

冯友琳这才惊得起身，一看才明白为何刚刚高中方寸皆乱。

爸，高中不是这样的人，他肯定被蒙蔽利用的。冯友琳急急说道，她熟知父亲的为人风格，高中这保研，可能真的悬了。

冯启正不再提高中的事，只从抽屉中翻出名片，约了胡胜利在办公室见面。

胡胜利满以为大事已成，一路吹着口哨走进冯启正办公室，没想到这教授面色平平，见了他只将地上的纸袋一递。

我胃不好，喝不了碧螺春，你拿回去。

胡胜利一怔，不由的俯下身来，低声说，冯教授，这……您放心，这事儿没人知道的。

没人知道？你我不是人吗！冯教授低低一声，却威严无比。

冯教授，看您这话说的。这都啥年代了？这种事儿，在我们这行，多少都会有点儿。

你们那行怎么样我不管，但在我们这行，一分钱也不行。怎么，拿着点钱就想贿赂我？冯启正压抑着怒气，只觉得再多和胡胜利多待一秒已是奇耻大辱。

然而胡胜利又说，冯教授，您如果嫌不够，我可以……

滚！再不走，我马上向上级反映，取消你们公司的竞标资格。

胡胜利惊得一颤，提起纸袋落荒而逃。

虽然他不是第一次受这个，但也气急败坏，这教授一个月能挣几个臭钱，就在这儿假清高，什么德性。

胡胜利气喘吁吁的坐在车上，将纸袋随手往副驾一扔，偏头一看，滑出四盒茶叶。

老子不是放了五盒吗？胡胜利狐疑的一翻，确实只有四盒。

王八蛋！阴到老子头上了，胡胜利狠狠一砸方向盘，一脚油门踩回工地。

他几乎是拎着纸袋冲到办公室，狠狠将纸袋往铁振国桌上一扔，叫道，好你个铁振国，学会暗度陈仓了啊！

铁振国一怔，抬头狐疑的看他，胡总，您这话总哪儿说起？

从哪儿说起？很多人在这干了十来年了，我都没给个一官半职。你才来几年？我让你管那么大一摊子不说，给你办公室，给你车。你还想怎么样？要钱可以明说，不要在关键时间拆我的台！

胡总你到底要说什么！我铁振国虽没什么大本事，但背后拆台，不是我干的事！铁振国亦气得起身与他对峙。

装什么大尾巴狼，胡胜利一指纸袋，那五万块呢？

什么五万块？铁振国一愣，但是他很快反应过来，惊叫道，什么，你说这里面装的是钱？

胡胜利气得直摇头，铁振国，难不成我费那么大劲，就让你送几盒茶叶？

你是真糊涂还是装糊涂？我给你五个盒子，现在只有四个了，还有一个去哪儿了？

铁振国更气得跳脚，早知道是钱，我就不可能去找高中，你这是行贿，你还把我和高中拉下水了。

行了行了，别装纯洁了，钱都私吞了，还嫌别人不干净！胡胜利气急败坏道。

我说过，这钱不是我拿的！铁振国火气上来，一把推开桌子，就往外走。

你去哪儿！胡胜利吼道。

给你找钱！又是一声吼，震得胡胜利一屁股坐下来，骂道，吼这么大声，到底他妈的谁是头儿。

铁振国几经周折找到高中，他正与春妮挽手在京师大学的湖边草地，铁振国停车几步过去，走到他们面前。

你来干什么？高中一阵紧张。

你跟我过来，铁振国冷着脸说。

春妮疑惑道，你们怎么了？

没事，我和二哥聊点儿事，你在这儿等我。高中对春妮勉强一笑，就与铁振国走到一边树林中。

钱呢？铁振国直接问道。

什么钱？高中强作镇定。

我再问一遍，钱呢？

高中只觉得额上淌汗，他看看铁振国，知道也瞒不过去，索性说，二哥，那些钱，反正也是胡胜利剥削你们来的，我这是劫富济贫。我想好了，回头分点给你和大哥。他没看到铁振国的青筋爆出，还继续说，你想，这种行贿的钱，胡胜利肯定不敢跟外人说，这事儿，胡胜利是吃了哑巴亏。

高中还没说完，只觉得一只拳头猛然砸在他脸上。

口中一股血腥的味道，高中抬头淡淡地看了铁振国一眼，抬手一拳上去。

积日已久的怨气此刻爆发，两人如天崩地裂般扭打在一起，咆哮声引得无数路人侧目。

别以为我不知道你，我和春妮在一起，你心里一直不痛快，你早就想找机会打我了，是吧，你打啊，高中嘶喊道。

我就是想打你！铁振国又是一拳。

住手！春妮远远的惊叫着跑过来，铁振国一怔，刚刚停了手，高中一个翻身起来狠狠一脚将铁振国踢翻。

这钱，我还给你。不过，我郑重地警告你，我高中，轮不到你来教训。

铁振国站起身，见春妮已经跑来，心中一痛。

你们到底在干什么？春妮眼圈一红，帮高中擦去嘴角血迹。

你问他。铁振国淡淡说。

没事，我们哥俩闹着玩呢。高中冷冷一笑，看着铁振国紧紧抱了抱春妮。

当天下午，铁振国将五沓人民币丢在胡胜利桌上，就往旁边疲惫的一坐。

行，我还真错怪你了。胡胜利拿过钱，快速的一刷。

这个项目，我是帮不上忙了，铁振国有些颓然，这么一闹，更得黄了吧？

没事，这才哪儿到哪儿，山不转水转，山路不通，晚上跟我一起走走水路。胡胜利说。

当晚，铁振国就见识了所谓水路，胡胜利叫来了玛丽，把此次负责招标的公司代理，灌得几近迷醉，末了把他送到车上，把装好钱和珠宝的箱子附送进去。

胡总，你这是，这是让我犯……这人话还没说完，就呼地倒在座椅上，胡胜利给司机交代了几句，看着车开走，轻舒一口气说，水路通了。

这是铁振国难眠的一个晚上，回到工地，吊灯一片白光，他将铁头叫起来，两人爬到最高一层。

已是深夜，城市灯火阑珊，铁头睡眼惺忪，只听得铁振国说，哥，你说咱们来北京到底为什么啊？

赚钱呗，铁头笑了笑，你这是怎么了？大晚上的把我叫到这儿来。

铁振国叹了口气，无奈道，你不知道，这几天跟着胡总跑项目，我算是开眼了。行贿、美色、拉关系，啥招都使了。我就在想，为了钱，真的啥事都能干？

铁头一惊，只赶紧问，老二，如果出了事，你不会也给抓起来吧？

我一个打工的，不关我事。铁振国说。只是，心里面有点儿堵得慌，好多事，都挺没劲的。

铁头没再说话，两人就望着远处的灯火，默然坐了片刻。

此时高中，却是坐立难安，傍晚时吴兵带着兄弟将他堵在宿舍，即使还有何林，高中也吓得两股战战，吴兵和手下将高中的床铺拆的稀烂，何林看不过去冲上去打，亦被吴兵一把推开，直到吴兵抄出了高中的学生证撕烂，高中才真正被激怒，怒喝一声挥拳打去。

很快，几人扭打成一片，一人腾出手来拿起个椅子看准高中正要砸下，门砰地一脚被踢开了。

住手！江河与冯启正，还有几名保安出现在门口。

宿舍一片狼藉，高中满面羞愧。

他欠你多少钱？冯启正看着吴兵，刚刚江河去找他，已经说了事情大概。

五千块定金，按合同约定，还一万。吴兵似乎理直气壮。

冯启正拿起合同略略一看，冷哼一声道，你请别人替考，本身就是违法行为。在此基础上，签署的合同还有效吗？

这……这合同是双方同意的。吴兵没想到事情反转，急急道。

行了。冯启正将合同收好，肃然道，公然寻找替考，在国家成人高考中作弊，违法姑且不论，你们单位如果知道了，别说晋升，你现在的职位能不能保还说不好呢。

瞬时，吴兵几人变了脸色，高中欠我们的钱，不要了，这事咱们两清了。吴兵说完，就想往外走。

是不是两清，公安局说了算，保卫科长上前一步，逼近吴兵。

领导，我知道错了，求你抬抬手，吴兵满脸堆笑，几乎是央求。

不行！保卫科长正要发作，冯启正将他拉到一边，轻声说，要不，这事先这么算了，事情闹大了，对孩子也不好，你可以把情况反映给公安局，让他们处理。

冯主任，您对学生真是用心良苦啊，保卫科长轻声叹道，看了高中一眼，才回身对那几人说，看在你们认错态度较好的份上，这次就这么算了。再有下次，我马上打 110。

那几人忙不迭的走了，高中看着地上那学生证碎片，他的照片被撕成几半，只觉得浑身颤抖，眼泪在眶中打转。

余人也都陆续走了，江河和何林帮高中把碎片捡起，低声说，没事，拿胶带一粘就好。

破了的东西，还粘得好吗？高中此时只觉得一颗心，像那掌中那种轻薄的，战抖的碎片一样。

然而这并不是最糟的，他替考的事学校已知道，冯启正再心痛不舍，也只得告诉他，他要被京师大学劝退了。

第十八章

高中跳河了。

当然，很快被路人救了上来。

他狼狈极了，在围观人们对他“你这么做对得起谁”的谴责声中，他浑身湿透，哭泣嘶吼道，你们可知道我失去了什么，又凭什么这么指责我！

他向救他的人微微鞠了一躬，就跌跌撞撞的去了清吧。

任建在门口刚要拦他，被他直冲冲一拳过去，任建惊得一闪躲开，高中一个踉跄跌倒在地。

唐郁梦出来一看，亦是一惊。

高中从地上起来，看着唐郁梦也不说话。

春妮她不在，唐郁梦说。

她去哪儿了？高中失魂落魄问了一句。

听说去她舅舅那儿了。

高中默默点点头，就转身走了。

工地上的春妮，正与周玉花小玲一起洗衣说笑，铁振国远远地看她一眼，独自坐到窗边去抽烟。孙大力过来在他身边坐下说，你的心情我最明白，咱俩现在都是啥来着？为情所困。

连孙大力都会用成语了，铁振国无奈的一笑。

突然只听得窗外一声惊叫，高中！铁振国起身一看，浑身湿透的高中不知几时出现在春妮面前，那眼神绝望的让人胆寒。

春妮，我想回家，高中喃喃说完，像一摊湿水的泥塑一样兀地瘫软在地上。

高中，你怎么了？春妮心疼不已，冲过去将他抱住，紧紧揽在怀里，高中，你告诉我，发生了什么。

我连续考了四年，才考上大学。我终于堂堂正正地跟别人说，我是高中的中，而不是一直读高中的高中。他们……他们竟然说开除就开除。高中涕泪交加，泣不成声。

开除？春妮大惊，过来的铁振国亦是惊得目瞪口呆，他几步过去一把抓住高中叫道，你说什么，你被开除了？

高中抬眼看他，满面狼狈与委屈。

你跟我过来，铁振国一把扯过他，去那边说！

振国，春妮又快哭了出来。

你放心，我保证不打他。铁振国看了看春妮，拉着高中走到一边，四下已不见熟人，才问他，说吧，怎么回事？

有小流氓到学校欺负我，我和他们打了起来。高中颤巍巍说。

他们为什么欺负你？铁振国盯着他问。

我……高中哪里说得出口。

说！铁振国怒吼一声。

我欠了他们钱，高中艰难的说。

欠钱就能开除？铁振国喝道。

他们让我替考，给了我五千定金。结果考试没过，他们让我双倍还定金。

铁振国简直不能相信，怒喝道：你连这种钱都赚?！我和大哥给你的钱不够你生活吗？

你吼什么！高中也终于愤怒起来，你以为那点钱有什么用？我想出国留学，光保证金就要好几万，你以为你每月施舍我几百块钱能帮多大忙？

施舍？你说我施舍？铁振国又惊得目瞪口呆。

不是吗？你不就是看我父母都不在了，才假惺惺地照顾我吗？别以为我不知道，你做的一切，都是给春妮看的，让别人以为你不记仇，让别人说你重兄弟感情。其实，全他妈狗屁，狗屁！

高中，你他妈就是个混蛋！铁振国咬着牙一拳过去，却在高中面前兀然停下。滚！他几乎是嘶吼道。

春妮从身后出来，看了眼铁振国，过去抱住高中，像母亲一样轻轻拍着他的背说，没事了，不怕，我们再想办法。

铁振国心里无限苦涩，只得大步离去。

他几乎想了一夜，铁头也来劝他，虽说打死不离亲兄弟，但现在不比儿时，已越打越不是滋味。即使他不记仇，也难说高中不记，但是，这次他真的能不管他吗？铁振国想来想去，只对自己丢下一句，算了，我上辈子欠你的。

另一边，冯友琳也对父亲表现出格外的殷勤，只为了替高中说一句好话，但冯启正何等清正耿直，不由分说连带冯友琳一起痛批，冯美慧才赶紧把妹妹拉到外面去说话。

干吗啊你，明知道爸爸一向眼里揉不得沙子，你还求他？他又是赌博又是打架的，爸爸能容得下他？冯美慧不懂一向冰雪聪明的妹妹是怎么了。

他也是为了挣钱留学。冯友琳说的毫无底气。

冯美慧一愣，看着她这古灵精怪的妹妹，只觉得哪里不对，诶？你不会看上高中了吧？

没有，我只是想帮帮他。冯友琳掩饰道。

真的？冯美慧将信将疑，索性说，没有就好，我那天去和他们吃饭，知道他可是有女朋友的，叫什么李春妮。

冯友琳一时怔住，即使和冯美慧挽着手回到屋里，久久未回过神。

高中已默默收好了几个箱子，宿舍的人都不敢大声说话，悄声关了门出去。高中独自躺在床上，父亲的遗像静静摆在桌上，他从前都不敢把这相框拿出来，今天就要离开这宿舍了，还怕什么。然而他哪里敢看父亲的眼睛，他深深叹了口气，只觉得一步步运气坏的离谱。

门被推开，铁振国走了进来，高中见是他，只抹了把泪，一动未动。

铁振国走到桌前，看到高玉林的遗照，也是心里一痛。

可惜啊，姑父他一辈子的愿望就是回到北京。本以为可以沾儿子的光明正大的在北京落下户，没想到，还是得回到田园村。

你说够了没有！高中愤然吼了一声，眼泪又流了下来。

哟，铁振国一看高中，笑了起来，行，你小子这样就还有救，等着我吧。

说完，他小心的端起高玉林的遗照，装进一个包里，就向外走去。

京师大学的一间会议室里，胡胜利正与其他几个大老板一一握手，他的得意溢于言表，那几人经过打点，刚刚都成了陪标，加之投标的负责人已经伺候妥当，这场名义上公开公正的竞标，几乎毫无悬念的落袋胜利建筑公司。

冯启正自嘲的笑笑，先人几步走了出来，这虽是意料之中的结果，也还是意难平。他笑也不过笑自已守着这迂腐，不知与时俱进。

冯老师？

冯启正回头一愣，只觉得略略眼熟，你是胡胜利公司的？

对，我还是您学生高中的表哥。铁振国一笑。

冯启正听了脸色一变，又看了他手中抱着的包，冷笑道，让高中送礼的就是你？你们公司不是已经中标了吗，何必又来送礼？

送礼？铁振国一怔，摇头道，冯教授，这可不是送您的，真送您，您也受不起。

冯教授，这包里，是高中父亲的遗照。铁振国慢慢打开包，将照片拿出来摆在桌上。

你这是干吗？冯启正哪里见过这路数的人。

没什么，您放心，我不闹，今天我想跟教授盘盘道。铁振国叹了口气，缓缓说。

盘道？好，冯启正一笑，抬手示意让铁振国坐下。

冯教授一辈子教书育人，我就跟您盘盘教育的道理。

哦？冯启正不觉笑出声来，这新鲜，一个农民工要和自己谈教育。他正襟危坐，欲洗耳恭听。

我没读过多少书，但我知道一个道理，每个人都应该有受教育的机会。不过，冯教授，以您看，现在这受教育的机会公平吗？

冯启正直了直身子，“您继续说。”

你看看您班里的学生，有多少是城里的，有多少来自农村的？铁振国说着忽然激动起来，你知不知道一个农村的孩子考到北京有多难？他名字叫高中，但是他整整上了四年的高中。所以他才见人就是他是中状元的中，不是高中的中。

冯启正轻轻一叹，他何尝不知农村孩子不易，尤其高中天赋异禀，也令他扼腕叹息。

他为什么这样？就是为了改变命运，不像我一样，在工地里、泥巴里刨食，走在大街上不被人白眼，在公交车上不被人看不起。他想完成我姑父的心愿，堂堂正正地做回城里人。说到这里，铁振国只觉得忽然伤感，他平日很少想起的自己的身份，在这种时候不得不赤身面对。

冯启正起身倒了杯水给他，坐下说，城里人、农村人，又有什么区别？你们这些观念，落后于时代了。

铁振国一欠身，一笑道，在你看来当然没什么，因为你习惯了城里的生活。可是对高中，对我们来说，城市和乡村太不一样了，来到这，我们受歧视，更要经受比城里人更强烈的诱惑。高中还小，他一时糊涂，做了错事。古人都说知错能改就是好的，您不能因为他犯了一个错，就用永世不得翻身。您知道，我是干建筑的，我们盖房子，不可能每块砖都砌的好，有时候砌歪了，咋办？难道这房子就不盖了？不可能，是不是，只能把墙拆了，重新砌。那栋高楼不是这样盖起来的？那次大比武，您跟我们讲过工匠精神，我想在学校里也一样，学生就是老师的作品，学生身上有不合格的地方，老师也得精雕细琢才行，不能一下子就废了啊。

一番话说的冯启正竟不知如何应对，这铁振国说不出多高深的话，却句句真实在理，难以辩驳。

铁振国看了眼桌上姑父的遗照，高玉林淡然沉静的双眼，但总有一丝挥不去的苦涩。他叹了口气说，高中身上背负的东西太多了，太沉了，他爸爸原本跟你一样，也是北京人。就因为当年下放到江宁，和我姑成了亲，才留在了田园村。他一辈子都想回到北京，都想做一个建筑设计师，可是却因病早逝，高中背负的是他父亲的临终的嘱托，他压力太大了。

什么？冯启正微微一惊，高中的父亲是知青下乡，下放到江宁的？

是啊，怎么了？铁振国一怔。只见冯启正拿过遗像来，细细一看，虽然已是历经岁月沧桑的老人面孔，他却越看越觉得熟悉。

高中……你姑父他叫？

高玉林。铁振国不明所以。

果真是你！冯启正忽然一阵悲怆，人生荒唐，他如何也想没到自己一直挂念的师兄，竟是这样辗转知悉，然而又已是这般光景。

高中颓然的坐在床边，这已成定局的事，不知铁振国能想出什么办法，一会儿铁振国捧着遗像进来，又轻轻的将相框放好，对高中静静说，还是处分，但不用开除了。

什么？高中几乎不敢相信。冯教授怎么说？

留校察看。不过，保研资格取消，这个改不了。铁振国叹了口气。

真的？高中几乎难以相信，跳起身抓着铁振国问，二哥，是真的？

是啊，铁振国笑了，他也如释重负。

哥，你真是我亲哥。高中狂喜不已，搂住铁振国，只差要亲上去。

行了行了，铁振国轻轻的推开他，笑道，不能保研了还这么高兴。

留得青山在，不怕没柴烧嘛。不保研，我能自己考，凭我的成绩，我肯定能考上。哥，谢谢你。

要谢，还是去谢的死去的爸爸吧。铁振国叹了口气，拉了把椅子坐下来。世界上真有这么巧的事，你爸爸，竟然是冯教授的师兄。

什么？高中惊得一愣，真这么巧，我只知道我爸以前在北京，不知道他还有个当教授的师弟，而且还是冯教授？

是啊，铁振国点点头，冯教授说了，你爷爷是他老师，当年，他和你爸一起下放到咱们江宁当知青，只是不一个村子。冯教授还说，你爸的天分比他要高得多。

那是，我们高家是建筑世家。高中略微恢复了神色，有些得意起来。

我可不管你什么世家，下次再有这样的事，我可不管。铁振国说完，又盯着高中说，还有，好好待春妮。

这是两回事，高中一听这话，立刻不耐烦起来。

答不答应？铁振国正色看着他。

答应答应。高中沉了脸色。直到铁振国走出宿舍，才咽下一口气，欢天喜地的将收拾好的箱子一一打开。他居然又留下来了，并且他的父亲竟是冯教授的师弟，这真是个奇迹。待中午舍友回来，也都十分高兴，他们其实觉得高中只是个性孤僻些，同寝室皆是兄弟，哪个愿他出这么惨烈的事。

很快，他就恢复了意气风发。

第二天见到冯友琳时，他似乎全忘了之前发生过什么，直到冯友琳望着他说，高中，你有个老乡叫李春妮？

高中一惊，心中慌乱不已，点头说，对，我们一个村的。

他的留学计划，不能没有冯友琳的帮助，这是关键时期。

她不是你女朋友吗？冯友琳声音平静，却似是无意盯着他的眼睛。

女朋友？开什么玩笑，高中掩饰着慌乱，笑道，你听谁说的，怎么可能。他努力搜索着记忆，想起前些天在工地一起吃饭是，冯美慧也在场。

听你姐说的吧？

冯友琳并未说话，不置可否。

高中一笑，嗐，她是我表哥铁振国的女朋友，从小青梅竹马那种。前阵子，两个人闹别扭，春妮，不，我表嫂，就不愿意理我表哥。有次吃饭，你姐美慧也在，她也看见了的，春妮都不愿坐我表哥旁边。

真的？冯友琳将信将疑。

当然是真的，别想那么多了。你还不了解我？难不成我和我哥的未婚妻在一起？我高中是那种没羞没耻的人吗？

高中一气说完，仔细观察冯友琳的神色，似是有所缓和。

果然，冯友琳轻松下来，狠狠一掐高中的手臂说，要是有一天我知道你做了花心韦小宝，我就把你变成真的韦公公。

好好好，那样我得挥刀自宫。高中笑着，不得不承认这姑娘的玩笑，有时也让他吃不消。

一会儿两人又聊起留学之事，这是高中最想听到的，这次处分自然会影响去国外申请奖学金，但冯友琳正帮他想办法，高中握起冯友琳的手就说，我的将来就交给你了。

放心吧，我会对你负责的。冯友琳笑道。

忽然，直觉一般，高中只觉得远处有什么人在看着自己，他兀地把手抽出来，定睛一看，真是春妮。

你看，我表嫂又来了，准是和我表哥又闹别扭了，我这些天尽给他们调停去了。高中轻声和冯友琳说，却是心跳不已。

冯友琳转头一看，一个好看的女孩正向他们走来，确是一脸冰冷委屈。

友琳，你先回去吧，我去做做表嫂的工作，你看她，眼泪都快出来了。高中说。

谁也不愿在别人面前难堪。冯友琳想着，就冲春妮微笑着摆摆手，见春妮脸色僵硬，只得耸耸肩转身走了。

高中强作镇定，走到春妮面前笑着说，你来了？

她是谁？春妮静静的看着冯友琳的背影，眼泪打转。

她呀，冯教授的女儿，她姐你见过的，就是冯美慧。高中笑着牵过春妮的手，却一把被她打开。

别碰我！你这脏手！

你？高中看着春妮，忽然像恍然似的大笑，你是我说刚握她的手了？就为这个跟我生气？春妮啊春妮，你真是让我哭笑不得。这次学校没开除我，你以为全是我哥说的话？跟你说吧，冯教授两个女儿都帮了忙。我刚才就跟人家握个手表示个感谢都不行？

就这么简单？春妮看着高中，多希望自己能相信他说的一切，然而刚刚那女孩的神情似曾相识，春妮已想起，她就是那种模糊照片上的女生。她静静看着高中，但是没有再问。玛丽早和她说过，等高中上了大学，年轻漂亮的女孩子不知多少，她那时不觉得，但这些蛛丝马迹早让她觉得不安，然而又能怎样，起初是高中追求她，现在却是她深陷其中。

她只能接受他的解释，当自己错觉。

晚上，清吧的包间里，胡胜利带着铁振国和司机张亮过来，为项目中标说要好好庆祝，刚坐了一会儿，唐郁梦就带着春妮和玛丽，笑盈盈的进来，说今天都是自己人，好好玩别拘束。

玛丽看了看，就去坐到了张亮一边，春妮站着不知所以，胡胜利搂着唐郁梦说，春妮，来，坐铁振国这边，你们是老乡。

不只是春妮，连铁振国都觉得尴尬，不过总比坐在张亮身边好，春妮在铁振国身边坐下，两人看着淡淡一笑。

然后就是推杯换盏的喝酒，气氛依然奇怪，唐郁梦时时会看一眼铁振国，包间里灯光昏暗暧昧，她很想把搭在自己肩上的胡胜利的手扔开。

那边玛丽和张亮喝完酒，胡胜利就说，春妮，你也要敬振国一杯啊，你们还是老乡呢。

春妮无奈举起酒杯，铁振国苦笑一下，给自己倒满了酒，正要一口喝下，又被胡胜利一把拦住。

你们这可不行，得喝出点儿老乡的感情来。胡胜利一把搂过唐郁梦，抬手端杯就说，来，我们教教他们怎么喝，唐郁梦微微皱眉，还是配合他的手臂一环，喝了交杯。

铁振国笑了笑，只仰头讲杯中酒一饮而尽，说，交杯酒可不是随便喝的，我得留着跟我媳妇喝。

他放下酒杯，余光看到春妮也喝了一口放在桌上，就浅浅一笑，起身说，我去洗手间。

灯光暗暗的舞台上，一个男人淡淡唱着，为了爱孤军奋斗，早就吃够了爱情的苦。在爱中失落的人到处有，而我只是其中一个。

铁振国找了张椅子独自坐下，听得不觉眼中一潮。他刚刚与他最爱的人坐在一起，她就在他身边，眼中没有一丝欣喜，他只觉得两人中间已隔了千万重山。

振国，谢谢你，帮了高中。春妮不知道几时出来，在铁振国身边轻轻的说。

他苦笑了一声，淡淡说，我们之间，只剩这些客套了吗？

振国，春妮心里微微一悸，你知道不是这样。

还是小时候好，什么都简简单单的。铁振国轻轻一叹。

人总要长大的……

长大了，我还是我，你还是你吗？铁振国苦涩一笑，起身说，我帮他，与你无关。

说完他就回到了包厢，春妮在那里坐下来，听台上那男人在唱，爱要越挫越勇，爱要肯定执着，每一个单身的人得看透，想爱就别怕伤痛。

她心里说了很多遍对不起。

春妮有时也不明白自己，她明明喜欢的是高中，但那天看到冯美慧与铁振国一起，甚至小玲还有意撮合，自己心里却有些不是滋味。玛丽说她贪心，但她知道自己并不是这样什么都想要的人，大概还是与铁振国，即使没有爱情，也有许多同窗之情。

散场后，胡胜利开车带着唐郁梦往西郊走，直到进了一个高档小区，胡胜利递给她一把钥匙，引她过去开门。

一开灯，入眼皆是奢华。璀璨的水晶吊灯下，唐郁梦稍稍有些眩晕。

这位置好吧，你看，这边是香山，那边是颐和园。胡胜利领她到窗边，指给她看。

夜色浓重，唐郁梦只看得幽幽一片，似有亭台楼榭，山峦起伏。

以后这房子就归你了，胡胜利从背后环抱她，又将脸贴过来，他的鼻息逐渐粗重，双手又游动起来。

你呢？唐郁梦浅浅一笑。

我？我什么？胡胜利顺着她的耳边吻下去，胡乱应答。

你归我吗？唐郁梦转过身，抓住他正四处游走的手。

你这……胡胜利只觉得正到劲头，又十分扫兴，皱眉道，你又无理取闹。

老胡，我已经三十了，不是当年的小姑娘。我需要的是一个家，而不是一个空落落的房子。唐郁梦看着胡胜利，神色平静，一句一句的说完，我要结婚，要一个可以靠得住的男人，你能给我吗？

胡胜利一时语塞，所有的男女关系到头来大概都是如此，女人要追男人想逃，他只轻轻的推开她，说，矫情。

唐郁梦浅浅一笑，提着包推门走了。

日子如常，京师大学的项目已由胜利建筑公司接手，铁振国成为项目经理，也是众望所归。

更多的兄弟开始和他说，不如铁振国以后自己做老板，他们都会死心塌地跟他干，铁振国只笑笑说，等他再安安生生打几年工，众人嬉笑着过去，唯贾长安放缓脚步，和他并肩说，他们说的不是全没道理。你就没想过单干？

马一方早就和他说过，不想的当将军的士兵不是好士兵，可他自知资历尚浅，时机不到，且先等等。他只笑笑对贾长安说，我要真有一天当了老板，一定重金请您。

贾长安没应这话，只自顾往工地走了两步，回头说，你好好想想吧。

工人在铁振国的带领下，工期推进的井然有序，这是他们第一次和大学合作，这个项目若是做好，日后必不愁高校的各种项目，那些分校，教学楼，宿舍楼，必然让胡胜利赚的盆满钵满。

这天冯启正带着几名建筑系的教授来工地检查，只见得处处井然有序，热火朝天，卡拉见领导过来，和众人叫道，兄弟们，校领导来工地看咱们，咱热烈欢迎。

一众人皆是精气十足的喜气，手边有什么就拿起什么，瓦刀击打砖块，钢筋敲着搅拌机，欢迎欢迎，热烈欢迎，乒乒乓乓十分热烈。

冯启正一笑，对众人抬抬手，又对铁振国说，我要的是工程质量。

铁振国看出冯启正其实放心，也是一笑。他哪里知道，此时田园村，乡亲几个正在念他。

乡村生活，总是这家吃了那家吃，十分温暖热闹，今日，铁国庆请王建安和几位乡亲在家喝酒，待鱼上来，铁国庆按惯例将鱼头往王建安那边转，王建安却一把扶住盘子，转回鱼头说，国庆，今天这鱼头酒必须得你喝。

主任，哪有这个道理。铁国庆为难不已。

你听我说，今儿这酒有讲究。王建安摆摆手，众人安静下来，齐齐看他。

第一，振国这两年干得不错，为了这个好儿子，你就得喝一口。

铁国庆端杯一笑，骄傲之色微微露出。

这第二呢，赵子林又为铁国庆满上酒，笑道，振国这么快就还完了债。你们老铁家无债一身轻，是不是得喝？

要不是他小子浑，也没那些债。铁国庆端杯一饮而尽。

眼看王建安又倒了第三杯，铁国庆连连摆手说喝不下了，他不知道这王主任今天什么打算。

不不，这杯你必须得喝，王建安说，这第三，是我还有事要找振国帮忙。

铁国庆一愣，就见到王建安说，我希望，振国回头带带村里的年轻人，让他们去出去闯荡闯荡。咱们是建筑之乡，干别的不行，可是盖房子，是咱们老祖宗传下的老本行。

原来村主任用意在此，铁国庆松了一口气，痛快喝下第三杯。

王建安接着说，有好多人来村里招工，我都不放心，我就觉得振国可靠，年轻人跟着他，偏不了。

一桌酒菜，几人吃的酣畅，喝的尽兴，一会儿王建安又说起村里河堤要加固，再不能出往年的意外，不想话音刚落，头顶就是一声惊雷。

夏末，几乎三分之一的中国都在下雨，工地暴雨如注，铁振国带着弟兄们收拾建材，雨地里来回奔跑，身上尽都湿透。收拾停当，众人各回工棚，铁振国习惯的打开收音机，新闻里正播放中国南方暴雨成灾，江苏南北皆是重灾区，一众人听得心惊。孙大力耐不住说，振国，我想请个假，最近雨太多了，我想回去看看。

怕啥，这雨还能把你房子冲跑？卡拉说完，自己亦是忐忑。

别吵吵，听广播，贾长安皱眉道。

由于6月中下旬长江发生1954年以来第二次全流域性洪水，国家防汛抗旱总指挥部发出《关于长江、淮河防汛抗洪工作的紧急通知》，要求各级领导立即上岗到位，切实负起防汛指挥的重任，迎战洪峰，战胜洪水。

真的发洪水了。孙大力几人惊叫起来，铁振国亦是心里一紧，一顿说，走，去食堂，那有电视。

不只江苏台，几乎所有的新闻都在滚动播出南方的洪灾，新闻里说这是百年不遇的洪水，冲垮了中国南方数以万计的农田和房屋，无数人流离失所。

记者泡在齐腰深的洪流中，紧紧抱住一棵树才站得稳，他的身后，一对父女正站在屋顶上。巨大湍急的洪水轰然流过，谁也没有发现，卡拉一双手已要将桌子攥出印来。

又是一阵洪峰，记者一回头，那刚刚还露着的屋顶已经消失不见，卡拉一声惊叫，看着直播里的小姑娘和男子被冲入水中，一队武警结绳下水。

绝望的哭声在食堂里响起，卡拉抱头蹲在地上，哀声道，爸——

振国，我要回家。

回到工棚以后，卡拉哭着和他说。

振国，我也要回去，我不放心，孙大力走过来说。

还有我，我，工友纷纷开口，都看着铁振国，如能救赦。

跟胡总商量下吧。谁家还没有个家小的。贾长安看铁振国为难，走过去对他说。

好，铁振国点点头，转身就进雨中。

如他所料，胡胜利本就是商人，还没听他说完就暴跳如雷，他责问铁振国大伙儿都走了活儿是不是他一个人干，欠下的工期亏了的钱谁来补。

该淹的已经淹了，回去看也于事无补，倒是项目工期，一天也耽误不起。胡胜利抽了支烟，略有些烦躁。

胡总，铁振国看着胡胜利，只觉得十分陌生，他不禁激动道，谁没有家，没有爹娘，家里发洪水，回去看看爹娘怎么了？

你这是什么话！胡胜利亦是激动起来，在你铁振国眼里，我胡胜利就是个冷血的人？我这是为了项目！咱们千里迢迢来北京干什么？不就是为了赚钱吗？你以为我老家就没被淹吗？

他说完不觉自己眼中有泪，他们本都是江宁出来，此刻其实本就是难兄难弟。

既然如此，你就该知道失去家、失去亲人的滋味！铁振国并不顾他亦情绪激动，就刚才，在电视里，卡拉他爸和妹妹，都被洪水冲走了，他亲眼看见的。

胡胜利惊得烟都掉了，你不早说！

他稍稍平复了下，作为整个工程的老总，自然不能太感情用事。

我胡胜利也不是冷血的人，这样，跟卡拉说一声，让他回去看看。至于其他人，打电话问问家里情况，如果没大事便留在工地，等雨一停，马上开工。

铁振国忧心忡忡的回到工棚，一群等着他消息的兄弟已望眼欲穿，然而当他开口说，卡拉回去，其他人暂缓的时候，一群人皆是跳将起来。

铁振国，算我看错了你！

我还以为你真心帮咱们兄弟，想不到一做了项目经理，马上就和胡胜利穿一条裤子！

不干了，我这泥腿子的命，去哪儿干不是干！

众怨已起，铁振国怒道，够了，我跟胡总穿一条裤子？我跟他穿一条裤子，就不会去找他！他掏出自己的手机扔在桌上，愤然道，都给家里打个电话，家里出事的可以回去。

我才不用他的电话，大光气呼呼地说。

这一句说得气氛凝滞，没有人动。

良久，贾长安走上前去，静色道，那我先打。

大家皆盯着他，直到忙音接通，看贾长安神色由忧变喜说，哦，太好了太好了，没事就好。

众人松一口气，又继续忐忑，孙大力犹豫片刻过来说，那我也打个电话。

也还平安。

大光犹豫的看着铁振国，铁振国叹气一笑道，打吧，瞧你那点儿出息。

所幸洪水过境处，这几人的家都还未被殃及。

大家喜悦过后，忽然看到蹲在床脚的卡拉，不由得都按下声来。

卡拉走了，铁振国和工友给他凑了些钱，为让他快些到家，铁振国又找冯美慧帮他定了机票。卡拉一直记得走的时候铁振国拍拍他的肩膀说，不管出什么事，都有兄弟们在。

他狠狠点点头，冲他们艰难的一笑。

工地没有卡拉的歌声，似是冷情许多，一时闲暇大家闷了，孙大力突然说，来，铁头，咱表演个节目。

节目？啥节目？铁头不明所以。

铁头功啊，你这名字可不是白叫的。孙大力笑道，你们别不信，铁头，来。

他抄起一块砖，根本没听铁振国的住手的惊叫，就往铁头脑袋拍去。

砰的一声，砖块粉碎。铁头摸摸脑袋说，真没事？

众人笑叫鼓掌，说就铁头这手艺，如果到街上卖艺，一小时得赚好几十块。

铁振国觉得奇怪，他从未听过自家兄弟有这个本事，他拿起一块砖看了看，往自家脑袋上砰的一拍。

亦是粉碎。

贾长安捡起地上的砖头碎渣，只用手轻捻了捻，看向铁振国说，这是粉末砖。

铁振国一惊，看着已建成的楼体，转头问，贾师傅，你没看错？

我干了这么多年，这点儿眼力还是有的。贾长安点头道。这砖能便宜不少。

铁振国脸一黑，霍地起身就走，刚走两步，又折回来拎走一块砖。

铁头急的大叫，老二，你别又犯浑！

犯浑？铁振国冷哼一声，我清醒得很。

第十九章

清吧歌舞如常，铁振国在一间包厢里找到胡胜利，将一块砖掷在他面前，脸色铁青。

胡胜利何等人，只一怔就抬眼笑说，别大惊小怪，这很正常。

正常？铁振国恨不得一砖拍上去。

来，坐下。胡胜利往旁边让了让，倒了杯酒给他。

铁振国只好先坐，端起杯一饮而尽，胡胜利往后一靠，拍拍他的肩说，你小子，什么都好，就是不知变通，这样可难成大器。

胡总，你这样做是不顾住户的死活。铁振国克制自己，压低了声音。

胡胜利摆了摆手，笑笑说，没那么严重。全国用这种砖的不止我一家，既然有人生产，说明它就能用。

用？胡总，你还有人性吗？事到如今，只有马上把这批转头换掉，免得日后出大乱子。

铁振国，你搞清楚，谁是老板！胡胜利从没见过这样手下，几乎要拍案而起。

你是老板，但这是我手底下过的工程！铁振国毫不相让。

我告诉你，我胡胜利不是一个黑心的人，你看看咱们的工程，所有的承重墙都是用的好砖，只有部分作为景观的设计，才用这种砖，浇上水泥，一样很结实。胡胜利不耐烦之极。识相的你就马上给我回工地好好干活！

干活？我告诉你，你如果坚持不换，我马上就向马总反映，让胜利建筑公司失去在江宁建设挂靠的资格。

老子还怕他？我也是暂时挂靠江宁建设，迟早要离开。你尽管去告。

好！铁振国甩门而出。

司机张亮一直在一边坐着，跟随胡胜利多年，他早知道几时才该开口。

胡总，这小子越来越不服管了。

他以为他是谁？我给他发钱，他不过是我胡胜利养的一条狗。胡胜利狠狠的一抹嘴，张亮却是眉目微微一敛，也只端起一杯酒来喝了。

一脚油门回到工地，铁振国几步过去扯下总电源，机器轰鸣声戛然而止。

所有人停下手中活计看他。

这砖是胡总捣的鬼，他要不换了，我们绝不开工。铁振国正色道。

然而他没想到，众人只是木然的看着他，随即各种劝慰反对的声音涌来，铁头说他不知轻重，大力说即使出事也找不到他们头上，大光怕停工耽误工钱，就连贾长安，亦是说，闲事少管。

铁振国怔在原地，他本以为大家皆是草根，能体会到挣钱不易，住的房子用这豆腐渣砖，谁能心安，然而此时众人怨声一片，他不禁怒喝道，别人住你们就不在乎了？将来房子如果塌了，砸死了人，你们也无所谓？我可真想不到，你们变得跟胡胜利一样冷血！我是这个项目的项目经理，有什么事，我担着。我再说一遍，不把这些砖换掉，谁也不许开工。

众人惊得面面相觑，最终，终于扔掉手里的工具，坐了下来。

日头一寸一寸的移动，钢筋被晒的发烫，无事可做的人三三两两坐下，闲聊亦是昏昏欲睡，突然，只听得一阵车鸣，胡胜利从车上下来，指着众人就吼，都给我起来！你们不想干了是不是？

众人不语也不动，只扭头看着铁振国。

铁振国起身，看着胡胜利正色道，我说过了，除非把这批砖换了，否则绝不开工。

放肆，这工地谁说了算！他一个一个指过地上那些的工人，吼道，都给我干活去！我话撂这，谁在给我怠工，别怪我胡胜利翻脸不认人！

众人本就心虚，此话一出硬是让人心惊胆战，几个胆小的迅速起身归位，孙大力贾长安一看，也是默默低头往工地去，直到最后一个人也走了，胡胜利狠狠的瞪了铁振国一眼，便往项目处走去。

不成器。铁振国气得一拳砸在旁边的砖跺上，看着砖跺毫无悬念的裂开，他脸一沉，拿出了手机。

这等龌龊事他管不了，但总有人可以限制胡胜利，不出一会儿，一辆出租车在工地门口停下，冯美慧带着冯启正下来，躺在钢筋上悠然看天的铁振国一看，赶紧笑眯眯的起身迎接。

冯启正其实还莫名其妙，今日冯美慧采访，不知何故非要叫他一起，还美其名曰来工地体验生活，铁振国暗藏得意笑道，冯教授，您过来也不打个招呼。

冯美慧狡黠一笑，说，要是打招呼能看到你们工地的真实情况吗？这叫什么来着？微服私访，是吧皇阿玛？

行了，你这是还珠格格看多了。冯启正笑笑，便由铁振国带着，一队人四下看看工地。

铁振国的工地从来秩序井然，冯启正不住点头说，不错，南方洪水，你们仍然坚守在工地，进度一点都没落下，我会跟校领导反映的。

铁振国爽朗一笑说，下雨怕什么，我们这些工友下砖头也不会怕。

来我们给冯教授表演一个。孙大力叫道，他不过想在冯美慧面前好好表现，铁头的脑袋都迎上来了，他还是抄起一块砖，砰的就砸向自己的脑袋。

冯美慧惊得掩住了嘴，却见转头粉碎，她叫道，你没事？

我没事，不信你看，孙大力抓起冯美慧的手就在自己脑袋上摸摸，一时心里极美。

冯启正却觉出不对，他俯身捡起一块碎渣，只稍用力一捻竟成粉末。

胡胜利人呢！冯启正低声一喝，铁振国反而狡黠一笑。

只用了一通电话，胡胜利就知道，他必须下令停止施工。

他狠狠的捶了一下桌子，心里暗骂道，铁振国！

他真想一怒之下将他扫地出门，但现在没有确凿证据，铁振国必定不会承认是他告密，而就算他是条汉子承认此事，因此开了他，马一方那边必然说不过去。胡胜利心里冷笑，只觉得铁振国和他斗还太稚嫩，只要他上心，哪有他对付不了的人。

至于这批砖，倒是司机张亮贡献了一个好点子，他即刻以材料买多了为由，将砖低价转手给赵大富那几个地产商。

眼看着一车车粉末砖被拉走，铁振国安心了些，夕阳之下，整个工地一片静谧。这是工友们每天最好的时间，三五成群的聊天打趣，听收音机，孙大力还在和铁头讨论城里人看不看得上农民工的问题，铁振国手机一响，见是一条短信。

铁经理，我帮了你这么大的忙，你是不是该请我吃个饭啊？

看着冯美慧发来的短信，他笑了笑，回复道，没问题，时间地点你定。

她回复了一个笑脸。

直到有一天夜校下课，如常给铁振国答疑之后，冯美慧才问，晚上有安排吗？没的话我请你吃饭。

怎么变成你请我了？铁振国笑，这不行。

不，今天我说了算。冯美慧爽朗一笑，就往外走。

铁振国跟着她走进一家西餐厅，灯光温暖，音乐轻柔。

他不会用刀叉，显得十分笨拙，冯美慧教了两次见他仍不得要领，便扔下刀叉说，来，没那么麻烦，咱们用手。

看她抓起一块披萨就吃，十分香甜自在，铁振国也把刀叉一扔，拿起一块，笑道，对嘛，这样多好。

冯美慧和那些城里的姑娘不太一样，铁振国和她在一起并不局促，她大方爽朗，铁振国不知道北京有个词叫飒果，是专门形容这类姑娘，大气，又侠义，当然更是美人儿。

西餐厅中央，有人在弹钢琴，是《My heart will go on》。两人静静听了会儿音乐，冯美慧喝了口酒说，真喜欢这首歌，那电影你看了吗？

什么电影？铁振国问。

泰坦尼克号啊，我看两遍了，每次都看哭，他们的爱情太感人了。冯美慧笑笑。

呵，上次看电影还是《铁道游击队》呢，看什么浪漫的爱情电影，哪是我们建筑工人的事。铁振国说。

谁说的，冯美慧笑道，看电影听音乐是每个人的权利。

铁振国没说出，他不怎么看电影，但是喜欢听歌，《茉莉花》他百听不厌。

谢谢你今天陪我过生日。冯美慧嫣然一笑，端起酒杯。

铁振国这才明白过来，恍然道，你生日，不提前说，我都没准备礼物。

也许是红酒作用，冯美慧脸色微红，十分动人。

有铁经理陪着，这已经是最好的礼物了。

生日快乐，铁振国举杯与她轻轻一碰。

冯美慧暗自一笑，想起连父亲都暗示过自己，铁振国是个难得的年轻人，她不知从几时对他有的好感，当然可能不算爱情，但她愿意帮他，愿意和他在一起。

之前看你买一些建筑方面的书，看得怎么样了？冯美慧问。

基础太差，只能多努力了，不过，跟专业的没法比。

别以为专业的就多唬人，我爸是这方面的专家，以后有不懂的，可以来我家找他。

那太好了，我正想多提高提高。铁振国开怀一笑。

一会儿订的蛋糕也来了，冯美慧点了蜡烛，烛光闪闪，她双手合十许了个愿。

今天高兴，我得告诉你个秘密，冯美慧笑道，我刚刚许的愿望，和你有关。

铁振国淡淡一笑，这顿饭，他实际上，多少次，想起了春妮。

就这时，他的电话真的响了。

铁振国接起电话，听了两句就脸色不对，他起身对冯美慧说，对不起，我不能陪你过生日了，春妮不见了.

你……冯美慧看着急急出去的铁振国，简直哭笑不得。只得拿出几张百元钞留下桌上，拎包匆匆追去，一看铁振国都发动了车，她几步过去一拉门坐在副驾，嗔道，你怕春妮丢了，就不怕我丢了啊？

两人相视一笑，也没多说，冯美慧系好安全带，铁振国一脚油门，片刻即到清吧找到了唐郁梦和玛丽。

一聊才知，春妮今日去参加高中的同学聚会，不知怎么就哭肿了眼睛回来，唐郁梦和玛丽还都在忙着，春妮径直到宿舍收拾东西，背包出来和唐郁梦说了声谢谢唐总的照顾，还不及两人反应，就出门不知去向。

铁振国听着几乎就捏紧了拳头，转身回到车里，冯美慧匆匆跟上。

与冯美慧猜的一样，铁振国几乎是冲进了高中宿舍，此时高中正与几个舍友继续喝酒，刚刚他气走春妮，只因听到同舍的女友不是北大就是美院，而春妮竟说，改天请大家去我们清吧喝酒唱歌，大家才知春妮是清吧驻唱。高中一时觉得脸上难堪，全程黑下脸来，加之又喝了酒，待离席以后，高中一把甩开春妮，说她是酒吧小姐。

春妮哭着跑开，舍友让高中去追，他醉眼朦胧说不能惯她这毛病，便跌跌撞撞回了宿舍，与舍友继续喝酒。

铁振国推开门看到醉的脸红的高中，几步进去将他连拖带拽扯出宿舍，丢在走廊尽头的角落里。

教训了高中一番后，你根本不配和春妮在一起。铁振国狠狠扔下一句，和冯美慧转身离去。

高中愣愣的在墙边坐着，窗外不知几时开始淅淅沥沥下雨，他看看外面模糊一片，有水在脸上落下，分不清是雨是泪。

他摆脱不了自己的心魔，他看不起春妮，就像看不起自己的出身，他又离不开她，有时候骂她折磨她，才能释放一点儿自己几近扭曲的压抑。

火车站日夜都是熙熙攘攘，铁振国好不容易排到售票窗口，却被告知去江宁的票没了，铁振国急忙问站票，北京口音的售票员说昨天就卖完了，铁振国一怔，继而一喜，这么说，就是春妮还在北京。

两人又跳回车上，冯美慧气喘吁吁问，这回去哪儿找？

铁振国顿了一下，他其实也全无主意，就开着车在路上慢慢走。

雨一直下，冯美慧看着模糊的后视镜，对自己无奈一笑。

春妮有个这么关心她的人，真是她的福气。她淡淡说。只是有些话，我也不知该不该说。

铁振国轻轻一叹，说，你是想说，既然春妮已经是高中的女朋友，我就不该老想着她。

你都明白的。冯美慧顿了一下，看着前方说，或许，你可以试着重新开始一段感情。

铁振国心里一痛，看着雨哗哗的落在车窗上，苦笑道，从我小时候喜欢上春妮那时候起，我对她的感情就没断过。你告诉我，这感情还没断，我怎么开始新感情？

原来这样，冯美慧一时心中微痛，缓了一缓才低声说，你可知道这样会让关心的你的人心疼。

铁振国没再说话，他知道冯美慧的情意，只是真的做不到。

铁振国与冯美慧在护城河公园坐了一夜。

冯美慧劝了几次，他都不回去，这是过去春妮常来的地方，万一就遇见了呢。冯美慧苦笑一下，也在他身边坐下。

两个人撑了一把伞，不知几时靠着睡着，再醒来时，天已渐亮了。

护城河渐渐被照亮，角楼露出轮廓，一片清新的光。

回去问问唐郁梦吧？说不定已经回去了？冯美慧说。

好，铁振国点点头，两人便往清吧走去。

等等，眼看快到清吧，冯美慧一把拉住了他。

顺着冯美慧的眼光一看，铁振国看到远处两个人挽着手走来，是的，是高中和春妮，在晨光里面走过来，两人都是一脸幸福甜蜜，铁振国看得怔住，只觉得心里狠狠一疼。

我们走吧。冯美慧说。

铁振国一言不发开着车，路边人影匆匆掠过，他几乎不知道要去哪儿，也还是努力保持着清醒。

你没事吧？冯美慧有些担心。

我很好啊。铁振国木然的笑笑，春妮也找到了，我放心了。对了，你去哪儿？我送你。

到底是一夜没怎么睡，冯美慧打了个哈欠说，我有点儿困，想回去休息，不用送了，我自己打车。

好吧。铁振国说。

冯美慧真只觉得哭笑不得，暗骂这人怎么呆傻至此，她看着铁振国将车停在路边，只好无奈的下车，挥挥手走了。

铁振国驱车回到工地，远远看到春妮在门口，他怔了一下，停下车浅浅一笑，就往里走。

振国？春妮叫了一声。我想和你聊聊。

铁振国怔了怔，回身朝春妮走去。

我们去那边吧。春妮笑笑。

两个人走在京师大学的校园里，走过高中的宿舍，走过高中的教室，春妮会说，自己也想过考大学，还好有高中帮她完成了愿望。两人随意聊了几句，就走到一个亭子里，不再说话。

其实，这么多年，我一直把你当亲哥一样。春妮说，她头发被风轻轻吹起。

呵，哥哥。铁振国苦涩一笑。

冯美慧对你很好，看得出她也是很不错的女孩。

铁振国没有说话，停了片刻，静静转身，独自走了。

日子天天过去，铁振国他们的工程进度照常，卡拉早就回来，这场史无前例的洪水卷走了他的父亲，他将家里安顿好回到工地，见到一群兄弟，抱着痛哭了一场，第二天照常上工。

而高中那边，也到了毕业季，他很奇怪最近冯友琳的信少了，他突然想到那天和春妮回来好像隐隐看到铁振国和冯美慧，必定是冯美慧和她说了什么，想到此处，他赶紧回到桌前，摊开信纸。

友琳，你好！好久没有收到你的回信，不知你最近还好吗？我马上就要毕业了，不知出国留学的事，你联系的怎么样了？就算有再大的困难，我也要出去，去找你。

前阵子，那个春妮好像真的爱上我了，为了这，还闹了些小误会。不过你放心，我心里只有你。这一点，你是最清楚的。我每天想你，念你，盼望着你的消息。有时间的话，请给我回信，慰藉下我如火炬般炽热的相思。

写完信，他长长舒了口气，对哄女人这种事他不知哪里来的天分，他为此非常得意。

拍照，扔学士帽，带着优秀的毕业设计，春妮帮他接过行李，两人走出校园，他的大学生涯就这么结束了。

毕业后和女友同居，是多数大学生的选择，一来情侣本就恨不得连体，二来省钱是最现实的考虑。高中跟着春妮走到一处老旧的民居，几辆自行车歪歪斜斜停在单元门口，煤球和杂物堆在一边。

这什么地方，要上去你自己上去，我可不愿上这样的楼。高中看着嘟囔道。

放心吧，不让你上楼，春妮笑笑，牵着高中的手就往楼梯下走。

地下室？高中惊叫完，叹了口气。

地下室是很多北漂的记忆，多是防空洞改建，一层或二层，终日不见光，好处倒是隔成很多房间，彼此独立，比一个三居室住十个人来的清净。

高中即使再不满意，也只有在这里住下，屋子被春妮收拾的干净整洁，一会儿安顿下来，春妮才问起高中找工作的状况。

没合适的，高中恹恹的说，也不知道那些国企单位的领导都怎么回事，像我这样的优秀毕业生都不招，你说他们是不是脑子坏掉了？只能说，现在的国有企业改革，已经是迫在眉睫了。怪不得这么多国企的工人下岗，像这样能不下岗吗？

春妮有些疑惑，这不是在说工作吗，高中说什么下岗呢，她看着高中无趣的躺在床上，就很小心的说，要不，去胜利建筑公司试试？那边还有铁振国和铁头照顾你。

我堂堂大学生，还用那两个农民工照顾？高中坐起来一拍床，吓了春妮一跳。

急什么，巴尔扎克说，人类所有的力量，只是耐心加上时间的混合。所谓强者既有意义，又有等待时机。放心吧，我肯定能找到好工作。

春妮听得似懂非懂，就抱了他一下，去一边的电磁炉上准备晚饭了。

另一边，铁振国匆匆走进胡胜利的办公室，见工地中层皆已坐好，胡胜利示意铁振国来坐在他的身边，铁振国过来低声问，现在正是工程紧张的时候，怎么把我从工地叫过来？

胡胜利手一抬，示意甲方负责人韩滨说，这位是咱们剧院 1 号项目的负责人，韩总。韩总，这位是这个项目的项目经理，铁振国。

铁振国起身握手，那韩滨看也不看他，只对胡胜利说，胡总，没什么好研究的了，这个设计必须要调整。

调整设计？铁振国听得一惊，不由说，韩总，现在工程已经开始了，这个时候改设计，不太好吧？

有什么不好的？难道非要出了问题再改吗？韩滨始终冷脸。

话不是这么说。这设计我看了，很有创新。再说了，现在改设计，那前期的工作岂不全白干了？搭我们工夫不说，也浪费你们的财力、物力啊。铁振国说完，看到胡胜利投来激赏的目光，才知要他来的意图，然而似乎并没用，韩滨叹了口气说，我也不想啊。不瞒你们说，这个项目的设计，抄了澳大利亚一个设计师的设计。我们公司领导知道后非常生气，要坚决调整，决不能建成模仿之作。

说完他就把一个文件扔到铁振国面前，说，就这么定了。记住，方案调整，工期不变。

这天傍晚，铁振国拿着那图纸和贾长安翻来覆去的看，也研究不出名堂，如果真按这个来，需要大幅度返工，工期是不可能赶上的。

春妮接来一看就笑了，这个可以找高中啊，这是他的专业。

第二天春妮一下班，就匆匆回到那小地下室，高中头也没回，正没声好气的吃着泡面。

不一会儿铁振国也来了，微微皱眉坐下，拿出图纸递给他说，春妮都和你说了吧？你先看看。

高中接过图纸草草一看，就问，有什么要求？

没别的，跟原来相比少调一点，不然返工太多，工期来不及。铁振国又拿出另一张图纸给他，高中细细对着看，淡淡说，这个会者不难。

铁振国十分欣喜，对高中说，既然是公司的项目，钱肯定少不了，这个数。

他竖起一根手指，高中看了看犹疑道，一千？你看我像为了一千块出卖才华的人吗？

是一万。铁振国一笑。

高中心里暗暗一惊，差点儿喜形于色，然而还是定了定神说，一万块当然也不是小数目。不过，知识是无价的。我要在设计方案上署上我的名字，如果不行，再多的钱也没用。

第二十章

铁振国回到办公室，只见到贾长安一人闷头抽烟，原来刚刚他与高中闲谈，作为春妮唯一的亲人，他一直不能接受两人同居，但当他问到高中准备几时结婚，高中却说我们的事你少管。一句话将贾长安气得发抖，高中却装了钱扬长而去。

你说两个人就这么不明不白地住一起，算什么事啊？贾长安对着铁振国长长一叹，多后悔当初阻拦了他们。

铁振国瘫坐在沙发上，慢慢闭上眼睛，许久未说话。

怎么？方案没过？贾长安问。

过了，但他们不答应给高中署名。铁振国叹了口气。

不给他署也好，这小子，长点本事就翘尾巴。贾长安气得掐灭了烟。

铁振国揉了揉太阳穴，沉吟片刻说，不说这些了。眼下，工期也比较紧，这样，咱们成立三个工作组，我负责总体协调，师傅，你带队具体实施局部墙体的修改，那些不符合新设计的，由大力带人拆除。铁头，还是负责材料。

好，我马上和他们去说。贾长安说着起身。

还是那句话，不管活怎么赶，工程怎么难，质量是我们的生死线，决不能出问题。

贾长安点点头，走了出去。

铁振国在桌边坐下，高中署名的事看来没戏了，他正想着怎么交代，却看见办公桌上斜放着一张春妮的照片，铁振国一惊，看他的抽屉已被翻乱，刚刚是高中坐在这里。

他看了看照片上的春妮，仍是一眼万年的心动，但如今这颗心，有风吹草动就揪扯的疼，他把照片放回书里，带着那一万块钱出了门。

高中从他这儿出去，就先去公主坟买了手机，是最新的诺基亚 7110，世界上第一款支持 wap 的手机。他还不太明白什么是 wap，也不知道智能手机在后来怎么改变了整个世界，他当时急切的愿望是能打电话给冯友琳。

去营业厅办了国际漫游，一问话费贵的咋舌，但还是拨通了电话。

那是地球另一边的黑夜，冯友琳披了睡衣站在阳台上，又一次被他的花言巧语所击败。高中的大学她已经申请好了，现在只要高中能凑到5万块钱，就可以马上到美国。

高中想着钱的事喜色稍敛，挂掉电话，往自己的出租房走去。

他今天从铁振国抽屉中翻出的春妮的照片，看着那姑娘笑盈盈的，他只觉得胸中怒火腾地升起，春妮是他的，他爱与不爱都是，别的男人觊觎什么！

不想快到出租房门口时，却看见铁振国刚把车停在路边，他停了一下，看着铁振国拿着公文包下来，就正色问，怎么样？设计没问题吧？

甲方很满意。铁振国点点头。

意料之中，署名呢？他们怎么说？

铁振国抱歉的笑笑，从包里又拿出一万块递给高中，“名字署不了，这是胡总给你的。”

哼，我就知道，高中一冷笑。你这一手，我早就听说了。

你什么意思？铁振国瞪着高中，都没发现春妮正提着菜从一边走来。

高中冷哼一声，斜睨他一眼说，随便拿点钱，让别人帮他们出方案，然后随便找个理由，就说不能署名。再然后，神不知鬼不觉地署上自己的名字。铁经理，你入行不久，行规倒是很懂呢！但是两万块钱就想买自己兄弟的署名，是不是少了点，行规可不止这些。

你胡说什么！

两人一回头，见是春妮走了过来。

你二哥他不是那样的人！春妮大声道。

高中看着她冷冷一笑，说道，你到底是谁的女朋友，胳膊肘往外拐啊。

高中，你混蛋！春妮气得将菜篮砸在地上。

高中看着散落一地的菜，又看看春妮怨气的眼神，不禁狞笑道，铁振国：很好，你想要的都实现了，在春妮那里装好人，你成了老好人，我成了混蛋，真是高明啊！

高中！铁振国禁不住嘶吼道，你怎么变成了这副样子！

我是什么样子也比你好！起码，我不会利用自己的兄弟，更不会惦记自己兄弟的女人。

闭嘴！铁振国一拳过去，打得高中往后几个踉跄，嘴角流下血来。

住手，你们给我住手。春妮哭着蹲在了地上，铁振国心里一软，捏紧的拳头稍松了松。

铁振国，你记得这是你第几次打我吗？高中擦了擦嘴角的血，冷冷的说，你大概不记得，我可都给你记着呢！

说完，他也不管春妮，就径直往屋里走去。

铁振国一拳重重的砸在车窗上，玻璃砰的一声碎了，他满手是血，呆呆的站着。

春妮在一边哭泣，听得铁振国的心一阵阵疼，他扭过头说，哭什么哭，这样的男人，根本不配你。

她抬起头来，怔怔的看着铁振国，一字一顿的说，我现在除了他，已经什么都没有了。

铁振国只觉得心如刀割，一句话也说不出，大步往车前走去，一脚油门离开。

春妮的泪又无声的落下来，滴滴答答的落在地上，她慢慢的过去将散落的菜捡好，在楼道里怔了一会儿，开门进了屋里。

高中斜斜的在床上躺着，她看了一眼，就去一边准备晚饭。

然而她越想越委屈，眼泪止不住往下掉，高中这些日子为什么变得越来越陌生，像怀着什么巨大的秘密，然而她根本不敢问，一切也许只是她的错觉，只是因为他压力太大，都只是暂时的呢。

突然一双手环抱住她，轻声说，别哭了，乖。

春妮只觉得心里一颤，哭得更是止不住，说什么会一直照顾我，你一直就是在欺负我。

高中把头靠在春妮背上，轻声说，我也是被他气昏了。我是在乎你，才会说这些的嘛。要是换作别人，铁振国随便对他怎么好，我也不会生气。

你就会说这些。春妮轻声说，哭声慢慢停下来。

和往常每一次争吵一样，春妮甚至认为情侣之间就是这样，争吵哭泣再被哄好，她也很无奈，甚至不知道别人的爱情是什么样。

吃饭，拥抱亲吻，春妮又回到清吧上班。

今天的清吧，来了一位光头，络腮胡子的中年男人，唐郁梦叫来春妮，介绍说这是非常有名的音乐制作人方青山，捧红了许多歌手，春妮暗喜，便应要求唱她最爱的《茉莉花》。

这方青山腕大，若不是唐郁梦极力推荐，他根本不会听，但这一听还有点儿意思，这女歌手声线清亮自然，虽然驻场这么久，也并未沾染风尘气，似是可塑。

只是突然，一个严重的走音，让他拍着节奏的手兀然停下。

方老师，春妮昨晚上夜班没睡好，嗓子没恢复状态。唐郁梦急忙解释。

不必说了，一个优秀的歌手，只要站到舞台上，必须拿出最好的状态。方青山摆摆手，拿着包就起身走了。

别啊方老师，唐郁梦起身追了两步，尴尬不已。

春妮，唐郁梦不解的看着她说，这关键时候怎么能掉链子，你知不知道我为了请他来费了多大劲?

春妮？她看着春妮好像不太对劲，只见她身子一晃，突然就倒在了地上。

长安街上，唐郁梦的车一路风驰电掣，玛丽扶着春妮坐在后排。

你没事的啊，不怕，玛丽轻轻的说。

待到医院做完检查，春妮也稍缓过来，随即医生拿来报告，问她最近是不是经常头疼，她疑惑的点点头，见医生神情严肃，不免紧张起来。

根据她的检查结果，我们怀疑病人脑袋里有一个肿瘤，压迫到了神经。

几人大惊，春妮不觉握住了唐郁梦的手。

不过你们别太紧张，很可能是良性的，但必须非常注意，不能着急，着急会导致大脑内部颅压升高，神经受到压迫，容易引起其他并发症。

那要手术吗？春妮脸色发白。

现在做手术太冒险了，而且如果确定是良性的，没必要做手术，先观察一段时间，好好休养，心情很重要，而且，需要尽快做一个全面的身体检查。

春妮扶着玛丽和唐郁梦，恍恍惚惚的走出诊室。

一抬头却看到铁头与小玲，一问才知，小玲来医院检查，医生却说她是假孕，两人都有些失望。他们又问春妮，春妮犹豫着没说出口。

走过昏暗逼仄的楼梯，春妮到了小屋门口，她深吸一口气推开门，不想吃了一惊。

房间没开灯，一个小蛋糕放在桌上，烛光隐隐。

今天是什么日子？春妮心里一亮。

因为今天有好事要向你宣布。高中满面喜色。

高中，我也有事和你说……

高中一怔，看着春妮神色不对。

你先说。

不，你先说吧，春妮勉强笑笑。

我出国留学的事定下来了。高中看着春妮，兴奋不已。

定下来了……蜡烛越燃越短，春妮脸上的光一寸一寸的暗下去。

我知道，你肯定舍不得我，我也舍不得你啊，但是你想，现在我在国内，也找不到合适的工作，难道你愿意和我一起住在这破地下室里？

春妮淡淡一笑，说，只要跟你在一起，住哪我都愿意。

你愿意我也不愿意啊。我怎么舍得让我美丽、善良的春妮，住在这样的地方呢？高中笑着说。再说了，我到国外呆两年，很快就回来了。到时候，我可就不一样了，那时候，我就是海龟，还用担心工作的事？不知多少大公司求着我呢。我好了，你也好了。说不定，还可以帮你做明星。

春妮没说话，只轻轻咬着嘴唇。

高中握着春妮的手，现在，一切都不是问题了，就差留学保证金。只要再有三万就行。

三万？春妮一惊，抬头看着高中。

对，就三万。高中说完，就看着春妮轻声试探道，春妮，你那还有钱吗？

没有，春妮摇了摇头，我上哪儿弄这么多钱去。

高中脸色稍变，语气也没刚刚那么柔和，春妮，我知道你在清吧的工资不低，有时候还有小费。

我能挣多少钱？春妮一叹，她以前还好，稍稍能攒下钱来，然而现在要房租水电，买菜煮饭，哪一样都要钱。

哼，我真没想到，你也没把我当一家人。高中冷脸相对。

高中，你当我是你的人了吗？你有一刻关心过我吗？春妮的眼泪无声的流下来。我今天去了医院。

啊？你病了？高中一惊，见春妮头扭向一边不说话，又试探道，不可能，你在说气话是不是？你是舍不得我走，故意骗我的吧？

你自己看吧，春妮从包里拿出医生的诊断，轻轻放在一边。

烛火只剩最后一截，一点点光猛烈地跳动，春妮忽然哭出了声，挽住高中的胳膊说，高中，我会不会要死了，你别离开我，我害怕。

一室寂静，只有春妮低低的抽泣声。

春妮，也许是误诊？他语气冰冷，像暴雨之后的平静。

我也希望是，医生让我再去做个全面检查，我好害怕，我怕肿瘤是恶性的。春妮低声说。

检查要花很多钱，我出国怎么办。高中眼中的光也早就黯淡下去。

高中，你有没有良心。春妮无力的闭上眼睛说，要不，你问问振国吧。

别，我不想欠他的。

春妮嘴角微微一动，不再说话。

工地食堂，众人吃饭，铁头又去给小玲盛了碗汤，被周玉花笑道，铁头，你啥时候这么知道疼人了？

孙大力大笑道，花嫂子，贾师傅不疼你啊？我们疼你。

你个浑小子，小心我撕烂你的嘴。周玉花一汤勺敲去，众人都笑。

对了，花嫂子，我今天在医院看到春妮了。小玲边喝汤边说。

她怎么了？周玉花问，贾长安也抬起了头。

好像病了，看她脸色也不太好，不过没细说。

铁振国放下碗筷，只是一瞬间，觉得一口都吃不下了。

周玉花匆匆把贾长安拉进屋里，事实上他俩都在猜测春妮是不是怀孕了，贾长安自从上次和高中见面，就一直惴惴于心，若真是怀孕，可怎么和她死去的妈交代，贾长安兀地坐在床上。

今日的江宁小馆，一群工友早就要好酒菜，推推搡搡的把铁振国拉进来坐下。

振国，今天这酒可是专门为你办的啊。孙大力说。

行，喝。铁振国拧着眉头坐下，环视了一圈，问，贾师傅呢？

贾师傅心情好像不太好，也不知怎么了。他让我全权代表他。孙大力说。

铁振国心里一沉，也只有点点头，给自己倒满了酒。

众人一交换眼色，孙大力端起杯子说，来，振国，剧院一号项目，现在总算有点眉目了。咱们先喝这第一杯，算是给咱自己庆功。

好，一众人仰头喝尽。手一扬，再倒满。

第二件，是咱们今天的正事。孙大力收敛了笑，满面正经，看的铁振国一愣。

振国，在胡总这儿干得怎么样？孙大力轻声问。

铁振国看着众人，皆是一个期待的表情，显然都通过气。

你们有话直说！

我们知道，胡胜利搞得那些手段，别人能看惯，你铁振国能看惯？我们想让你拉旗帜，咱一起自己干！

铁振国心里一热。

胡胜利一心自顾自己赚钱，留不住人心，跟着铁振国日久天长，这帮兄弟早就想另起门户。他们信得过铁振国，一向木讷的大光都说，只有有口饭吃，我给你白干三年都愿意。

搞建筑队，你们还真敢想。铁振国说，见众人一怔，就大笑道，一个建筑队有什么出息？我告诉你们，要干就干大的。建筑队有什么好干的，咱们得干建筑公司，起码不能比他胡胜利差了，赶明咱们还要去国外盖房子。

众人一片呼声，唯独铁头说，老二，一口可吃不了胖子。

铁振国点头道，我哥说的对，现在其实还不是时候，不过咱们迟早要出来干，我感谢兄弟们信任，来来，干了这杯。

江宁小馆里，一片火热气氛，一群男人在这小小的包厢里，即使身为民工，也觉得十分快意。

贾长安仍在屋里气闷，就看的春妮远远过来，似是铁振国不在，她就在外面等着，贾长安使了个眼色，让周玉花去把她叫进来。

春妮自从和高中在一起，因怕贾长安生气，也很少过来，但看到舅妈出来亲热的叫她，突然十分难过。

但一进门，就看到贾长安一脸忧闷，周玉花则拉着她在床边坐下，说，春妮，现在没外人，告诉舅妈，你是不是怀孕了？

春妮恍然，想起那天在医院遇到小玲，大概是误会了，便摇头说，没有。舅舅舅妈，不是你们想的那样。

那你去医院干吗？

医生说，我脑袋里长了个东西。春妮说着神色一暗。

啊？贾长安惊得脸色一变，春妮赶紧说，也许是良性的，你们别担心，真的，医生说再去检查检查。

高中呢？你都这样了，他怎么让你一个人往外跑！贾长安气的起身。

春妮无奈一苦笑，说，他现在满脑子都是出国的事，根本顾不上我。她眼泪打转，忍了半天，就起身说，真的舅舅，我没事，想你们了，过来看看你们，我还有事，我先走了。

春妮，你怎么这么傻！贾长安狠狠捶了一下桌子。

孙大力一众正好三五成群的回来，和卡拉一起唱着不着调的歌，抬头一看春妮却都闭了嘴，她那神色恍惚吓了大家一跳，就纷纷识趣的走开，只留了铁振国一人。

夕阳斜照，两人坐在护城河公园的长椅上，风吹过来，春妮脸上的泪也干了。

然而他本来以为春妮借钱是去治病，听说她要给高中出国用时，只觉得一口闷气在胸口，半天也未缓解。

振国，算我求你。春妮低声说。

铁振国没做声，心中像有一柄小刀一下一下的扎着。

算了，对不起。春妮起身要走，听得身后一声，等一下。

他拿出一张银行卡递给春妮，这里面有三万块钱，密码是你的生日，我知道我劝不住你，但不管怎么样，春妮，我铁振国不会不管你的，更不能眼睁睁看着你有病不去治。

振国，对不起。春妮的泪又掉下来，接过卡就转身走了。

在春妮的意料之中，高中欢天喜地的拿到钱，就去交了保证金。春妮心里狠狠疼了一下，只是高中又哄她，说他马上去找钱，有了钱就去检查，若是结果不好，他就留下来陪她。

事已至此，春妮只觉得自己毫无选择，只能再信他一次。

外面车流声不绝于耳，工地上机器轰鸣，工人照常上工下工，他们只觉得近年工期排的极满，却不知此时中国正在推行房改统一政策，企业房改，将让建筑行业迎来前所未有的盛世。

京师大学的家属楼里，冯启正说，铁振国这孩子，踏实肯干，有闯劲、有智慧、有情义、有担当。将来，说不定可以成就一番事业。

冯美慧一笑，爸，您又不是选女婿，管那么多干吗？

我说选女婿了吗？冯启正笑，女儿的心思他当然心知肚明，即使门户有差，他亦觉得他和女儿都没看错。

不过，他想要成为一个企业家，还差得远。冯启正说。

那您帮帮他？

我一个做设计的，怎么帮他？不过，若是我猜的没错，中国房地产的黄金期马上就要来了，能不能搭上这班车，就看他自己的造化了。

他肯定行，冯美慧这么想着，不过另一方便，她的新闻敏感，让她又打算去基层写一篇农民工的深入报道。

铁振国电话一响，接起来听到冯美慧清脆的声音。

铁经理，想对你做个采访，不知道有没有空？

随时欢迎。铁振国一笑。

那好，开门。冯美慧笑道。

她果真在门口，一派记者知性干练的模样。

铁振国倒了茶来坐下，见冯美慧已经拿出录音笔和笔记本，就问，冯老师今天想问什么。

别急，多着呢，冯美慧一笑，又恢复了职业神色。

你当初为什么来北京？她拿起笔来，准备开始记。

在家闯祸，欠了别人债，来赚钱还债。

哈哈，你这让我怎么写，冯美慧把笔放到一边。有没有别的理由？

没有，我就是实事求是啊。铁振国说。

好吧好吧，冯美慧舒了一口气，那你当时来北京的梦想是什么？

我刚说了啊，来北京是因为欠债，梦想，就是把债还完了。

冯美慧又停笔，无语问，那这么多年你就没什么其他梦想？

铁振国想了想，认真说，我最开始的梦想，就是还债，赚钱，让春妮过上好日子。

冯美慧低头飞快的在纸上记着，心里稍一黯然。

现在，我更多的想法，是做自己的公司，带领一支优秀的建筑队伍，盖最好的房子，让每个人都有个体面的地方住。

冯美慧听着就笑了，你看你这两个想法，一个这么俗，一个又这么远。

不远，铁振国看了看桌上春妮的照片，自从那日见了高中之后，他便堂堂正正的将这照片拿出，压在了玻璃板下。因为我身边就有人住在只有几平方米的地下室，只有一点阳光照进来，巴掌那么大的一点阳光。还有我们的建筑工人，不管天多冷多热，都只能住简易的公棚。

安得广厦千万间，大庇天下寒士俱欢颜。冯美慧一笑，点点头。

啥？

就是……没事，我知道怎么写了。

夕阳照进来，一室柔光。

铁振国没想过这篇文章见报会如何，当胡胜利看到后暴跳之下，一夜之间给他安排了一个副手过来，贾长安看得出缘由，但铁振国不以为然。

正好，田园村的王建安来北京开会，他们还约了在铁振国的办公室见面。一看到王建安捎来的家乡酱菜，铁振国心里一暖，又听王建安说家里现在都好，只是他那些个童年伙伴，很多还没正事，有机会让铁振国把他们带出来。

这是好事，铁振国想了想也觉得可行，两人又亲热的聊了一会儿，王建安才匆匆赶去开会。

他例行又去工地查看，铁头和泥，贾长安砌砖，孙大力与大光正往脚手架上抬钢筋，一片秩序井然。

头顶一群鸽子飞过，哨声清脆，只在突然间，铁振国听到砰的一声响，一抬头见一根钢管崩断正冲着孙大力砸去。

小心！电光石火间铁振国跳起将孙大力一把推开，钢管直直的砸在他的手臂上。

血流如注，他倒在地上，只听得呼喊他的声音慢慢模糊，天空也渐渐失去了颜色，变成一片黑灰。

第二十一章

残阳如血，一辆救护车急鸣，在街道上奔驰。

走廊上，医护人员快速推着担架。铁振国躺在上面，已是脸色发白昏迷不醒。他徒手为孙大力挡住钢管，如今手臂尽是鲜血，身下的担架亦是染红，触目惊心。

快点，快点。孙大力几人边跑边喊，揪心不已。

待送进抢救室内，一众人等在外面，那门上红灯不停闪烁，孙大力眼中噙泪，抱着头坐在椅上。

振国是为了救我才被砸的，他是为了救我。他喃喃自语，铁头无言地拍拍他，眼泪却径自滑落。

一分一秒都觉得煎熬，直到抢救室的门大开，医生出来，一众人围上去问。

手术还不错，他已经醒了，你们现在可以去看他，不过不要太久。

医生，他的胳膊没事吧？孙大力抓着医生问。

你们是建筑工人？医生看他们装束，心里一沉，他这胳膊，怕是干不了重活了。

医生，这叫什么话，孙大力痛苦叫道，他是为了救我受的伤，你把我胳膊换给他！

大力，贾长安一把拉住他，你嚷嚷什么，这是医院，我们先进去看看振国。孙大力一拳砸在墙上，眼眶红红，跟着众人进去。

胡胜利一出来便找到医生，问清了铁振国从此难做重劳力，他回到车上，广播里正说建设部发布了新的房屋建筑工程质量保修办法，对竣工验收后在保修期限内出现的质量缺陷，必须予以修复，并做了法律规范。

哼，胡胜利冷冷一笑，能给你修就不错了，还限定时间？都这样保修，我们还盖不盖房子了？而且这造化弄人，铁振国，没想到老天不给你机会。

春妮晚上回了住处，见高中又在吃泡面，他明明知道铁振国受伤，竟不想去看他一眼。

这么多人关心铁振国，少我一个也不少。高中说。忽然他又反应过来，铁振国现在是自己的债主，便三言两语哄好春妮，说两人明天一起去看铁振国。

月光如水，高中早已睡下，春妮怔怔看着窗外，轻声说，高中，你的签证到底办下来没有？

高中不动，春妮又推推他，高中？

嗯？

你的签证办下来没有？

没……没有，听说国家的政策有变动，都在等。

我这几天，时不时就头晕一下，我真担心……

春妮，我正在想办法找同学借钱，一拿到钱，马上带你去检查。高中翻过身来，替她揉了揉太阳穴。让我伺候一下我老婆。

听这一声老婆，春妮靠近高中怀里，她贪恋他的温度和味道，一时十分伤感。

病房里的电视，正在播《情深深雨濛濛》，那陆飞又在劝感情一再失意的茹萍，铁振国看着一苦笑，轻轻一叹。

一抬头，却是高中与春妮来了。

二哥，我昨天听春妮说你受了伤，担心的不行，一早就催着春妮来看你。高中微笑道。

铁振国没说话，春妮将保温饭盒打开，拿了粥出来。

振国手没好，高中你喂他喝点儿粥。春妮轻声说。

你来吧，高中对着春妮示意。女孩子家心细。

春妮小小吃了一惊，看向高中半晌没说话。

我这只手还能用呢，真当我是废人啊。铁振国一皱眉，我一点儿不饿，一会儿再吃。

气氛微微尴尬，春妮左右看了看说，我去收下垃圾，就起身将些琐碎之物收到袋中，拎着出去。

二哥，你这胳膊没事吧，高中拿了张椅子，在一边坐下。

高中，春妮的病，你一定得上心，别老想着出国的事，平安健康才是最重要的。铁振国板下脸来。

高中亦是不悦，声音四平八稳，我女朋友，我自会关心。

我知道你从小就有理想，可是你现在既然跟她在一起了，就得一辈子对她负责。

行了二哥，高中已然不耐烦，我可不是来听你教育我的，我倒想跟你说几句话。小时候我崇拜你，觉得你特别英雄，可现在我不这样了，我觉得你太古板，不知道变通。现在时代不同了，一切都围绕名利转。

小小年纪，怎么这么多歪道理，我告诉你，别的我不管，就是春妮，你要敢对不起她，我饶不了你。说道气急，铁振国还是软下来，缓缓说，高中，听哥的，跟春妮结婚吧，就算你要出去，也结了婚再出去，也算对她有个交代。

结婚，说得容易。我要真结婚，也不能这么一事无成一穷二白结婚，我得办一个让所有人都惊叹的豪华婚礼。

站在门外很久的春妮，靠在墙上，苦涩一笑。

铁振国到底年轻，很快出院。胡胜利开车接他回了工地，一路上只不停从后视镜打量他的手臂。

还没进工棚，就听到卡拉带着一众人难以描述的粗粝歌声，归来吧——归来哟，浪迹天涯的游子。归来吧，归来哟，别再四处漂泊。

欢迎过后，孙大力冲上去紧紧一抱，铁振国爽朗一笑，只听胡胜利说，各位，振国今天回来，我在江宁小馆订好位置了，晚上大家伙一起啊。

江宁小馆，酒菜已备，众人围桌而坐，胡胜利举杯道，来，为了庆祝铁经理出院，干。

众人喜，举杯饮下。

振国，这几年你为公司做了不少事，帮了我不少忙，来，我个人再敬你一杯。

铁振国一笑，谢谢胡总，又仰头饮尽。

胡胜利开怀一笑，短短几年时间，你小子从一个小工，不对，还是实习的小工，成长为项目经理，不得了，了不得啊。

来来来，再喝。贾长安起身倒酒。

话不多说，庆祝振国回来，大家一起，干！

只听得啪的一声，铁振国手下的酒杯摔的粉碎。他亦是怔了一下，就听大力说，拿不住杯子了？一室俱静。

贾长安猛地踩了孙大力一脚，他才意识到失言，然而他们看胡胜利，只是自顾吃了口菜，头都没抬。

服务员又拿了新酒杯来，铁振国看看，竟一时难以自持。

振国，胡胜利说着，打开包拿了三摞钱出来，推到铁振国面前。这三万块，你先收着。

胡总，您这是？铁振国沉下脸。

工地里太危险，到处是砖头钢筋的，我怕你再出什么事。我想了想，要不你先回家养伤，等将来伤好了再回来。

胡总，你这是要辞了老二啊？铁头失声叫道。

怎么叫辞呢？胡胜利冷冷一笑，我话很清楚嘛，等振国伤好了，可以再回来。再说，这事也不知道谁跟建委说了，虽然只是小伤，可难保不被竞争对手拿来做文章，说我们的工地安全不到位，那可就麻烦了。

铁振国低头未语，只在心里冷冷一笑，这一幕，也终于轮到他了。

振国这几年可没少为公司出力，咱可不能就这么卸磨杀驴啊。贾长安实在看不过。

这是什么话？振国，我也没亏待你吧？胡胜利瞟了一眼钱说，收起来。

一条胳膊三万块。行，铁振国冷笑一声，拿起钱，竖着在桌上磕了磕，看来我铁振国还挺值钱，谢谢胡总。哪天缺钱了，我就再来卖你一条胳膊。说着他起身就往外走，走了几步，又回头看了胡胜利一眼。

哦，不过胡总别忘了我姓什么，铁，我铁振国是铁打的，不会就这么废了。

检查结果当天还未出来，春妮却觉得愈发疲惫，这样重要的检查高中从不出现，唐郁梦替她轻叹一声，就将她送回家里。

然而一打开门，两人都惊呆在门口。

一地狼藉，衣橱打开，衣物散落，只像经历了一场不小的震荡。

是高中，高中——春妮冲进去，发疯似的叫道，她在屋里团团打转，泪水滂沱，唐郁梦拿起桌上的一张纸条。

春妮，对不起，我考虑了好久，只能以这种方式不告而别了，我不敢告诉你。我的签证早就下来了，可是我害怕跟你说，我怕你会哭，怕你不让我走。春妮，对不起，我要去追我的梦想，就算死我也要去，对不起。

天旋地转，春妮只觉得头剧烈一痛，便晕了过去。

射击场上，接连十声枪响。

取来一看，每枪皆在九环以上。马一方一笑，放下枪。

振国，该你了。

铁振国看了一眼，一叹道，我还是算了，你军人出身，我哪能跟你比。别说枪，我连瓦刀都拿不起来了。

摔了这么点跟头，就站不起来了？马一方笑笑，走到他面前，从耳朵里拿下一个东西，喏，没这个助听器，我就半个聋子。

这里，现在还有两条钢板呢，马一方敲了敲自己左腿。你那算什么？

铁振国有点不敢相信。马一方却很坦然："那次任务，我不光耳朵受了伤，左腿也摔得粉碎性骨折。也就因为这，我才转业到了地方。"

马总，我真没想到，铁振国怔怔地看着马一方，十分惊讶。

马一方笑笑，当年，我本想一辈子留在部队，我太喜欢枪了。那时我在东北当兵，冬天的时候，大家都不愿意摸枪，说它太冰。可不知怎的，我摸着它的时候，倒觉得暖暖的。后来到了工地，我发现这工地跟战场也差不多，瓦刀和钢枪,温度也差不多。从这个地方摔下去,也可以从别的地方爬起来。你说呢?

怎么样?去我那干?马一方扭头看着他。

我不能就这么去您那儿,您那儿又不是养老院。铁振国摇了摇头。

瞧不上我?马一方挑衅问道。

不是马总,我知道你理解我。铁振国起身,用力端起了枪,我铁振国不是一个㞞包软蛋,有点困难就退缩,我想着这也许是老天爷给我的提醒,让我好好想想,以后到底该干吗,该怎么干了。

他双手颤抖,努力瞄准了靶心。砰的一声,枪响,子弹射出,一环。

两人朗声一笑。

振国——只听的卡拉远远跑来,快,出事了,高中跑了,春妮晕倒了。

病人现在是暂时性昏迷,她今天的检查结果我们做了加急,很幸运,肿瘤是良性的,不需要做手术,但得好好休养,按时服药和做检查。不过,一定要让病人保持好心情,千万别着急伤心了,如果造成肿瘤破裂,那可就麻烦了。

听医生说完,铁振国稍稍松了口气,太好了,没有危险就好。

不过,一定要让病人保持好心情,千万别着急伤心了,如果造成肿瘤破裂,那可就麻烦了。

好好,谢谢大夫,铁振国搓着手,在春妮身边坐下,她插着氧气管,满脸苍白,浑身无力。

过了些时候,余人都回去了,铁振国握住春妮的手,在床边轻轻趴下,这么静的与她靠在一起,大概还是第一次。

振国……春妮的手轻轻一动。

春妮。铁振国抬起头,见春妮正看着她。

别怕,医生说了,你的肿瘤是良性的,好好养着就会好的。铁振国轻声说。

振国,春妮的泪忽然落下来,我想回家。

好,咱们回家,我跟你一起回。

与兄弟们喝酒告别,不愿洒泪,但有人还是哭了。

磨叽啥,来喝酒。卡拉咽了眼泪。

杯子碰在一起,本就是你中有我,我中有你。

你们好好干,我铁振国到北京最大的收获就是有了你们这帮兄弟。他忍着哽咽,故作豪情。

你还回来吗?

回,干吗不回,你们等着我,可我不能随随便便地回来。

工地的另一边，春妮也在向舅舅舅妈道别。贾长安拿出一个存折，这是春妮这些年隔三岔五拿来的钱，他们分文未动。

帮你攒着呢。本来想给你当嫁妆用的。贾长安一句话说得几人动容，又赶紧换了话题，将存折直塞在春妮手中。

回清吧时，已是夜里，她远远看着梦乡的招牌，心里微微暖意，这些年，清吧已如同她的另一个家。

推门进去，客人仍是不少，见她进来，便有几人喊道，小茉莉，来给我们唱歌。

你再不来啊，他们非拿酒瓶子砸我不可。玛丽从台上下来，尴尬笑道。

春妮笑笑，上台却良久未语，半晌终于开口说，今天是我最后一次站在这个舞台上唱歌。几年前，为了梦想，我来到了这里。那时候，我一直想做一名歌星。现在，我还想做歌星，可是我知道，这个梦离我太远了。今天，我把最后一首歌，献给大家，《再见理想》。

独坐在路边街角，冷风吹醒，默默地伴着我的孤影。只想将吉他紧抱诉出辛酸，就在这刻想起往事……

几许将烈酒斟满那空杯中，借着那酒洗去悲伤。旧日的知心好友何日再会，但愿共聚互诉往事……

南下的火车上，铁振国与春妮坐在窗边，城市迅速后退，变成了碧绿的树木和农田。

日落时分，两人终于走在通往田园村的路上。这已是一条平整笔直的公路，两边田野一片金黄。

家乡和离家时有些不同了，然而这样回来，除了深的伤感，两人谁也没有说话。

妈，爸。

走到家门口，见两个老人正弯腰收拾去年的玉米，铁振国轻轻叫了一声。

你……你们，怎么这个时候回来了？隋丽芳与铁国庆又惊又喜。

不想在北京干了。铁振国淡淡一笑。

叔，婶。春妮也羞涩地笑了笑。

哎哟，春妮，这好几年没见，比以前更标致了。隋丽芳乐得合不拢罪，忙放下手中的活，把手在衣服上擦了擦，拉着春妮就往里走。

现在咱农村日子也比以前好过了，店里生意现在越来越好，我根本忙不过来。春妮，你来了就好了，以后，店里的事就交给你了。隋丽芳笑道。

春妮微微尴尬，铁振国亦是没说什么，铁国庆似是看出些什么，轻轻叹了口气。

来，帮我翻玉米。

哎。铁振国拿起地上的木锨，谁知刚一动，手臂如钻心痛，砰的一声，木锨就掉在地上。

咋了？铁国庆大惊

没事。铁振国忍痛摸了摸左臂，就低头进了屋。

堂屋里只剩下父子两个，沉默片刻，铁国庆兀自倒了杯酒说，准备啥时候办事？到底是农村，若是不结婚就住在一个屋檐下，必然免不了邻里闲话。

爸，我不瞒你。铁振国低了头，轻声说，我喜欢春妮，但春妮心里头喜欢的是高中，虽然现在高中不告而别了，可我不能乘人之危。我就想让春妮在咱们家好好养病，病好了，她愿意留下就留下，想走，我也不拦着。

铁国庆一怔，如今的年轻人他当真不明白。只听得铁振国说，您就别操心了，而且现在春妮身体不太好，得好好静养。

这边隋丽芳也问了春妮铁振国的手臂，眼圈红红的回来，铁国庆得知详情，虽是心疼，也到底觉得这是铁家的儿子，十分有种。

阔别田园村几年，再回来时，两人都觉得十分亲，春妮边走边采路边的野花，就像他们小时候任何一次一样。

振国……

嗯？

你说高中，现在是不是到美国了？

铁振国不禁愣住，黯然道，春妮，他这么对你，你还想着他。

我也不想，可我控制不住，爱情真是个折磨人的东西啊。我整天都在想他吃饭了没有，习不习惯那边的生活，有没有想我。他应该会给我打电话的吧？我知道，他不告而别是怕我伤心……糟糕，我不在清吧了，他不知道我回老家了，可能找不到我。我得告诉唐姐，有高中的电话得联系我，对，我，我得马上给唐姐打电话……

铁振国看着春妮，只觉得心中五味杂陈。

此时高中，正在美国与同学们聚精会神地听课，他打扮入时，举手投足间多了些美式的自信与随意，偶尔回答问题，也能与同学一样侃侃而谈。

他偶尔会想起春妮，那天他翻一本书，看到很久之前给春妮的画像，微微怔了一怔，冯友琳端着牛排过来，抬起脸向他索吻。高中微微一笑，合上书给她轻轻一吻，又拿出一摞纸给她。

琳琳，这是我的客厅作业，得了 A+，全班最高分。

哇，高中你太棒了。冯友琳热烈的一跳到他身上。

这才哪儿到哪儿啊，我将来一定要成为全球著名的设计师，你呢，就是著名设计师夫人。

我啥时候才能当上啊。冯友琳撒娇。

放心，不会太久。

好嘞。冯友琳给他一吻，未来的著名设计师，洗手，准备吃饭。

得令。

自铁振国回来以后，铁国庆就觉得血压不稳，这一量，直上200。

你吃药了没啊，这血压多高了。隋丽芳叫道。

吃了，这几天老是晕乎乎的。

得换药了，这药不管用了。

我是犯愁，铁国庆叹口气振国这伤，还有这两个孩子感情的事，想着都脑仁疼。

能咋办，咱有啥话都憋肚子里。

是啊，我想起那句老话了，儿孙自有儿孙福，咱们呀，管不了。

他们不知道，此时屋里一片静谧，铁振国带回了不少建筑的专业书，正看得专心，春妮则在一边抱着吉他，轻轻弹唱。

胡胜利，我最后一次问你，你到底什么时候能和我结婚？

咖啡馆里，唐郁梦坐在了胡胜利对面，静静看着他问。

怎么又是这个问题？胡胜利厌倦无比，我说过了，现在不是谈这个的时候。

你还爱着她？你要和她复婚？唐雨梦盯着他，心底只有一片绝望。

郁梦，咱们都多大岁数的人了，张嘴闭嘴情呀爱呀的，寒碜不寒碜？你不知道刘芬老是跟我闹啊？她可带着我儿子呢，还是我公司的股东。我要是跟你结婚，她就敢拿菜刀来砍我。胡胜利说得气急败坏，端起咖啡只当茶喝，涩了满口。

那又怎么样？我认识你的时候，你们就离婚了，我们结婚，她管不着。

她已经快哭了，还留着最后的自尊，和一丝自欺欺人的希望。

如她所想，胡胜利从包里拿出一把钥匙，郁梦，别那么幼稚了，这是上次那房子的钥匙，拿着吧。我们现在多好，跟结婚有什么区别。

唐郁梦冷冷地把玩着钥匙，笑了一笑，胡胜利，你是打算用这套房子来买我们的过去？

随你怎么想吧，反正婚，我现在不能结。

咱们的过去，我已经忘得一干二净，不需要你来买，唐郁梦凄凄一笑，我也不会再和你这样不明不白下去。

别以为我不知道，你心里还是有那个铁振国。胡胜利冷冷一笑，有也没用了，他一条胳膊废了，已经回了老家，再也不会回来了。再说他有什么好，他现在就是我养的一条狗，现在狗腿断了，我不要了。

胡胜利，你无耻！唐郁梦再难忍耐，起身劈手将钥匙扔到胡胜利脸上，至少，铁振国是个男人。而你，根本不算男人。

说完，唐郁梦头也不回地走开了。

胡胜利，你这么对铁振国，就别怪我无情。

第二十二章

此时清吧,只有寥寥几桌客人,近日各种不顺遂,唐郁梦也愈发无心打理。

冯美慧进来四下一打量,便在唐郁梦边上坐下:“你这生意好像不如以前啊。”

怎么,冯大记者是专门来照顾我生意的?唐郁梦抽了口烟,淡淡说。

冯美慧一笑,我就直说吧,你能联系上铁振国吗?

铁振国?你找他做什么?唐郁梦打量着她,一笑道,你和她到底什么关系?

朋友。

唐郁梦浅浅一笑,又抽了口烟,似是打算不做答复。

服了。冯美慧一皱眉,是这样,有个教育基金会要在全国捐建希望小学,我记得铁振国说过,他们村里的学校因为太破,已经被撤并了。我想,或许可以帮帮铁振国,但却联系不上他。

原来这样,唐郁梦稍稍心安。

他受了伤,回老家了。

受伤?冯美慧一惊,怎么回事,严重吗?

工伤,一条胳膊算是废了。

冯美慧心里一疼,顿了顿说,我想去看看他。

唐郁梦会意一笑,打量着冯美慧,你明明喜欢他,否则,你犯不上这么关心他。

冯美慧一笑,不置可否,我听说胡总和铁振国他们都是老乡,我想你应该能联系上他。

不瞒你说,他走了之后,我打过很多次电话,可都打不通。看来他是不准备再回来了。唐郁梦说着也是黯然。

他哥不是在胡总的工地干活么,找到他哥,还愁找不到他?

我不想去找胡胜利。唐郁梦按灭了烟,抬眼一看冯美慧,我们直接去找他。敢去吗?地址我早弄到了,可我不敢自己去,我们可以一起去。

冯美慧一惊,又细看了看这女人,心中虽有一丝醋意,还是点了点头。

休养这几个月，铁振国将两摞砖头用绳捆好，每天像练哑铃一样，得空便反复托举，受伤的手臂已不像过去那么抖，虽然与之前相比，力量还是差很多，春妮在隋丽芳的商店帮忙，却是时时发呆。

是的，她无时无刻不在想着高中，那个人像个影子一样在她面前挥之不去，小商店的电话铃声一响，她的心便怦怦直跳，然而哪一次都失望。所幸铁振国又带她去了县医院，脑CT结果显示她的肿瘤正在慢慢缩小，铁振国只觉得是自己又捡回一条命。

这天两人回到家，站在门口便猛吃了一惊。

铁经理，好久不见。还在和隋丽芳攀谈的冯美慧怔怔地起身，她看了一眼铁振国身边的春妮，勉强一笑说，我才出差几个月，怎么什么都变了。

其实……春妮刚要说话，被铁振国一把拦住，只一笑不置可否。

唐郁梦看着他欲言又止，铁振国冲两人笑了笑，一时有些百感交集。

春妮，你好些了吗？唐郁梦起身，将她慢慢扶进屋里。

咱们出去走走？冯美慧看着铁振国说，与目瞪口呆的两个老人打了声招呼，就出门往田埂走去。

稻田一片金色，晚风吹过，倒是十分凉爽。

当初，我妹妹说春妮和你是一对儿，我还不相信。冯美慧无奈一笑。

你妹妹？铁振国有些疑惑。

对啊，友琳，高中的女朋友。冯美慧说。

高中女朋友？铁振国惊得停步。

冯美慧笑笑，怎么？你不知道？一开始，我以为春妮和他是一对，友琳坚持说春妮是你的女朋友。那时，我只感觉到你对春妮有好感，没想到，你们真是一对儿。

你等一下。你的意思是，高中有个女朋友，是你的妹妹？

冯美慧木然点点头，不明所以。

混账东西！铁振国一拳砸在树上，定了定神又问，你能和你妹妹联系上吗？

片刻，冯美慧便拨通冯友琳的电话。

友琳，高中在吗？让他接下电话，姐有事和他说，嗯嗯，好

冯美慧看了铁振国一眼，把电话递给他，你自己说。

铁振国不可置信的接过电话，走到一边，里面竟真是高中的声音，姐，找我什么事？

高中。半晌，铁振国低低说了一句。

高中惊得险些扔了电话，二哥？

你怎么和冯记者的妹妹在一块？他强忍着愤怒。

高中瞥了眼不远处喝咖啡的冯友琳，低声说，这和你没关系。

高中，你他妈就是个混蛋！好，这事先不说，我问你。这么长时间，为什么一直不往家里打电话？你知不知道春妮天天在念叨你？

我到美国以后，行李全丢了，幸好护照放在兜里，不然连护照都丢了。我没了你们的电话，写出的信也没有回音。

少他妈给我瞎扯！铁振国怒道，春妮脑子里有肿瘤你不知道吗？你竟然不告而别，她差点死了。

二哥，我不是不告而别，是不知道该怎么告别，我也没办法，我要追求我的理想，我不能被感情牵绊……

铁振国刚要再骂，就听到里面有个女声说，高中，我姐没事吧？

没事，一句挂了。高中啪的挂了电话，铁振国听着一串忙音，怒得浑身发抖。

待回到家里，隋丽芳已备好了晚饭，家里突然有了三个女人，老两口只觉得尴尬而微妙。

来，你胳膊有伤，吃啥补啥。唐郁梦给铁振国夹了块鸡腿。

铁振国笑，那我不是要多长出一条腿出来？

哟，三条腿的男人，我还真没见过。唐郁梦笑。

春妮也浅浅一笑，低头喝汤。

看不明白眼前事，铁国庆随意找了借口，拉着隋丽芳进了里屋。进去也不说话，只闷头看电视，隋丽芳不明所以，就问，你这老头子，拉我进来干什么？

铁国庆没好气地白了她一眼，孩子们一起，咱们在那掺和啥？

我还不是想好好给振国挑一个吗？隋丽芳一笑，推了推他问，哎，要让你挑，你选哪个当咱儿媳妇？

你还真敢想，挑？你当振国是皇上啊？

我看，那两姑娘都不错，哪个做振国的媳妇都好。要说，春妮也是百里挑一的模样，可是，毕竟跟咱振国走不到一路。

行了行了，别瞎操心了。知子莫如父，他隐隐能感到儿子的心思。

饭后，唐郁梦陪着春妮去早早睡了。

月光下，乡村静谧美好。冯美慧叫着铁振国，又说去散散步。

刚才吃饭，感觉怪怪的。冯美慧看着远处模糊一片的山，轻轻一笑说，郁梦对你那么好，春妮倒好像一点也不吃醋。

铁振国心里一苦笑，并未说话。

冯美慧也不再问，只说，其实，我这次来，并不是为了来看你的，我有好消息要告诉你。有个教育基金会，想在全国援建一批希望小学。时间紧急，需要尽快汇报名单，我联系不上你，所以就和郁梦一起来了。

一听此事，铁振国心里阴霾瞬时扫去，不禁握住冯美慧的手，太好了，现在村里正需要这样的机会。美慧，谢谢你。

冯美慧脸一红，嗔道，一句谢谢就完了，准备怎么感谢我？

铁振国竟认真想了想，说，你这个忙帮的太大，说真的，我还真不知道该怎么谢你。你等着，我现在就去王建安叔家，跟他商量商量这事。说着，铁振国就大步向王建安家走去。

摸着自己的右手，又看着黑暗里越来越模糊的身影，冯美慧一声叹息，转身自己回去。

回了屋里，却看到唐郁梦躺在床头抽着烟。

你们俩聊什么了？她似是不经意的问。

冯美慧没有正面回答，只说，你有没有觉得铁振国和春妮有点怪？今天给高中打电话时铁振国走的远声音低，她不知内情。

唐郁梦看着冯美慧的眼睛，放到世俗关系，这女人是他的情敌，但此刻，两人又更像战友。

冯美慧没接唐郁梦的眼神，就说，他俩好像有啥事别扭着，不像是正常情侣。

有吗？我看他们俩很正常啊，唐郁梦一叹，摇摇头说，不正常的是我们，千里迢迢跑过来，打扰人家的生活。

我是为了希望小学的事才来的。这事办完，我马上就回去。你才是故意来打扰的。冯美慧不甘示弱。

哼，你放得下他？唐郁梦弹一弹烟灰，几缕青烟上去，淡淡的散了。

你说的对，咱们不该打扰人家生活。冯美慧一顿，看着她说，对了，你什么时候走？

唐郁梦未语，冯美慧却是走到一边，默默收起了东西。

王建安听了要建希望小学的消息激动不已，只等资金到位。第二天早饭时，铁振国和冯美慧说起此事，冯美慧放下碗筷就拿出手机。

阿姨，你们先吃，我打个电话。冯美慧边拨边走远，见铁振国还在看她背影，唐郁梦笑笑说，放心吧，有冯美慧出马，这事儿一准行。

从人家那要钱，哪那么容易？铁国庆叹道。

但不出一会儿，冯美慧便向堂屋走来，对铁振国笑道，杨主席说了，他会马上和江苏省、江宁市有关部门联系，江宁市教育局的人协助考察。如果没有问题，资金很快就打过来。

太好了！铁振国喜不自禁。

冯记者，你真有本事。要是你早点跟这个杨主席说，乐乐也不用跑到北京上学了。隋丽芳看着冯美慧，心里说不出的喜欢。

快，美慧，坐，今天我要好好敬你几杯。铁振国为她倒上酒，端杯一请。

来。冯美慧淡淡一笑，端杯一碰，一饮而尽。

来，春妮，振国，我敬你们。冯美慧起身为铁振国和春妮倒了酒，举杯说，

春妮，你刚到北京的时候，在我们家工作，我们一家人都很喜欢你。你细心、体贴、善良，有你照顾振国，我们就都放心了。叔叔阿姨，你们说是吧？

美慧，你喝多了。铁振国听着不忍。

美慧姐，其实……春妮一怔，就听冯美慧说，别说了，喝酒。

铁振国没有举杯，春妮亦是静静放下酒杯，冯美慧自顾喝完，又给自己满上，对铁振国一笑，好了，学校的事办完了，我也该回去了。来，振国，我们干了这杯，就当为我送行。

还不及铁振国举杯，冯美慧已饮尽。

你们慢慢吃。她微微一笑，便转身向里屋走去。

一众人怔住，隋丽芳向铁振国努努嘴，铁振国看了春妮一眼，春妮点点头，他才起身追去。

进了里屋，见冯美慧行李都已收拾妥当。

真决定走了？铁振国问。

嗯，冯美慧轻轻应了一声，只想着你可不可以说一声别走，然而铁振国只说，也好。你们做记者的，都比较忙。建学校的事，已经帮了我们大忙了，再耽误了你的工作，我罪过就大了。

呵，冯美慧一苦笑，轻声说，榆木疙瘩。

什么？铁振国没听清。

冯美慧回头，对铁振国笑了笑，没什么，我说你很会为别人考虑。

说完又沉默下来，屋里一时安静，微微尴尬。

我，还是要谢谢你。铁振国说。

铁振国，我做这些不是为了听你谢我的。冯美慧转过身来，看着铁振国，定定问，如果没有春妮，你会选择我吗？

我……铁振国一怔，实在不知如何回答，我们……不是一个阶层。再说，你是我老师，师生恋可不好。

借口。

你就别逼我了。铁振国挠头不知所措。

冯美慧倒是一笑，我告诉你，我不会死心的，我知道，你肯定会回北京。

铁振国笑了，这个北京大妞有时确实可爱。

来，这是我从我爸书架上找的，冯美慧从包里拿出一摞书，扔在他手上，有关建筑行业的最新的书，我知道你心里想着呢。

你这火眼金睛，真是孙猴子啊？铁振国捧着书摇头叹道。

我还是如来呢，总之你逃不出我的五指山。冯美慧大笑，就又去收拾起行李，边收边说，我爸干了一辈子设计，也常年在工地上跑，我当记者这些年，有关建筑的采访也做了几十个。振国，跟你说句实话，这个行业是一个跟着时代走的行业，每天都有新技术新变化，你要想将来在这行有所作为，不光得打好基础，更得着眼未来。

许久未听到这些信息，铁振国只觉得十分受用，他正色道，谢谢你美慧，我也只有跟你还能聊聊这些，你的话，太好了，太重要了。

而且……我觉得你有很多城市里的设计师没有的优势，你有家乡，这里的风景、老房子和人，它们会成为你取之不尽的灵感源泉的。冯美慧真诚一笑。

真的？铁振国兴奋不已，说实话，我在城里看见那些高楼大厦，也一直暗暗琢磨，我要盖房子，最想盖啥样的房子。

两人又说笑一阵，就见春妮和唐郁梦进来。美慧姐，明天再走吧，去北京的车是早晨八点，现在去也赶不上了。春妮轻轻一笑。

明天我们一起走。唐郁梦说。

夕阳西垂，田园村在一片金色之中。唐郁梦叫了春妮，说是出去走走。

这几年，她看着春妮渐脱稚气，但她到北京是梦想做歌手，现在歌手也不做了，还回了田园村，她不禁问，你能告诉我吗，你到底想要什么？

春妮沉吟片刻，看着远处渐渐升腾的炊烟，静静说，看到那些烟了吗？烟下面是烟囱，每个烟囱下面是一个厨房，每个厨房里都会有一个女人，在给一家子人做饭吃。

你想做个煮饭婆？唐郁梦轻轻一笑，春妮，你变了。

不，我没变，春妮淡淡说，我想做明星，是因为那时候我没有我爱的人。现在，我只想在炊烟底下，给一家人静静的煮饭。

唐郁梦怔了半晌，问道，你爱铁振国吗？

不，她轻轻摇摇头，我的心里只有高中。

既然心里只有高中，就不该还霸占着铁振国。唐郁梦淡淡说，你理所应当地承受着他对你的爱，虽然有些愧疚，但你还是接受了。你这样做，是不是太自私了？

春妮并不是第一次接受这样的拷问，她亦时常问自己，但是没有答案。

你回答不出来，那我告诉你。因为你已经习惯了铁振国的爱。也或许，你其实一直爱着他。

不，我爱的是高中。春妮拼命摇头。

唐郁梦微微笑了，爱最奇妙的是，有可能连自己都不知道。

清晨，铁振国提着两人的行李，唐郁梦还在与隋丽芳道别，春妮却在一边挽着冯美慧的手臂，两人边走边聊，随意说了闲话，待到临别说，春妮一怔，轻声说，铁振国是个值得去等的男人，如果有一个人值得和他在一起，我希望是你。

冯美慧一愣，着实不明白这两人究竟怎么回事，正欲说，已见到前面黄毛开着拖拉机过来，要将她们送到车站。

黄毛笑道，冯记者，我这越野车你可上不去，不比你们城里的小轿车，还是让我振国哥抱你上去吧！

铁振国狠狠瞪了黄毛一眼，他确毫不在意，冯美慧自己试了几次，确实困难，铁振国抬表一看只觉得心急，过来将她拦腰一抱递了上去。

放心，我一定照顾好两位嫂子。黄毛大笑道，突突突的开走了拖拉机。

彼此遥遥挥手，大概一边觉得解脱，一边觉得怅惘。

连熬几个通宵，高中参加这次世界青年建筑设计大赛，他的作品新颖另类，创意和未来感十足，但此时图纸完成，必须做成模型，才能正式参赛。

又是两千美金，毫无悬念的，冯友琳给父亲打了电话，谎称自己用钱，全力资助高中，而他确实才情极高，一个下午，他将冯友琳约到一家高档餐厅，告诉了他作品入围决赛的好消息。

太好了！冯友琳几乎兴奋的跳起，干杯干杯。

友琳，谢谢你。高中看着她的眼睛，抬头打了个响指，一名穿晚礼服的小提琴手缓步过来，轻轻一鞠躬，弦搭琴上，乐音悠扬。

友琳，嫁给我。高中走到冯友琳座位旁，单膝跪地，从西装口袋里拿出了一个小盒子，微笑打开。

她只觉得惊喜交加，不知所措。

刚刚还在用餐的客人，都放下刀叉起身，竟和变戏法一样从桌下拿出小提琴。瞬时，只听得一屋子协奏曲。

冯友琳小姐，请嫁给我吧！让我用一生的时间，好好地爱你，疼你！

这些人都是你请的？

不，是他们被我的爱打动，自发帮我求婚的。高中看着她的眼睛，都是笑意。

小姐，你还是嫁给他吧，否则他会让街上的人都变成音乐家的。小提琴手轻轻一笑：

原来幸福来临真会眩晕，她伸出左手，让高中将指环轻轻套在她无名指上。我会永远爱你，高中起身，两人紧紧相拥，在优美的提琴声里，吻得地久天长。

田园村希望小学的事基本落定，资金到位，但人工需自已出。

王建安本觉得这不是事，有铁振国在，集结起村里的青年劳力，必是小事一桩。然而铁振国自伤了手臂，虽是每天都在恢复练习，仍是不敢碰砖瓦。

振国，你放心，不用你亲自施工，你就做好管理，领着他们干就行。王建安叫了一群年轻人，又请来铁振国一同吃饭。

对，干活有我们呢，黄毛和几个年轻小伙子拍拍自己。

铁振国看了看黄毛几人，就你们？

你别看不上我们呢，黄毛叫道，我们是没干过，可谁也不是生下来就会盖房子的。

铁振国夹了口菜，目光不看众人。

你也是个见过世面的人，就胳膊这点伤，你就经不住了？你前阵子天天吊着砖头是白练了？亏我还以为你是爷们儿！黄毛气恼了。

别说了！铁振国筷子重重一放，还不容人想想啊！

此话一出，大家心中都大喜过望，他不再一口拒绝，应是有戏，果然不出几日，他就集结起一帮工人，材料一卡车一卡车的拉过来，建材卸完，王建安大声喊，来，大家都过来一下，请振国说几句话。

建安叔，还是你说吧。铁振国一笑。

振国，这工地以后是你负责，大家都得听你的，你来。

好。一阵掌声，铁振国跳上砖跺，对众人抬抬手，

这次，大伙儿赶鸭子上架，让我领着一起干。第一条，我感谢大家对我铁振国的信任。第二呢，咱们翻建学校，关系到村子里孩子们上学的大事。咱跟城里人缺啥？要我说，就缺文化。咱们读书少，不能让孩子们也跟咱们一样。所以，咱们大家一起好好干，一定要盖出咱整个江宁市、江苏省的样板希望小学来。怎么样？

好！众人齐声叫道。

不过我丑话说前面，到时候谁要掉链子，别怪我铁振国不客气。我这只手坏了，另一只手，揍你们两三下还没问题。说完他咧嘴一笑，大手一挥，行，不多说了，开干。

开工鞭炮噼噼啪啪地炸响，听得振奋人心。

弟兄们，干起来！铁振国喊道。

干起来！众人亦是群情激奋，热情似火。

但到底是没经验的一群小伙儿，尤其黄毛，不多久，就靠着未拆完的破墙头坐着，呼哧呼哧出着汗。

黄毛哥，咱们还是赶紧干吧！一会儿振国回来了，怕要不高兴。一人说。

黄毛连连摆手，不行不行，别说铁振国，就是天皇老子来了也不行。累死我了！我哪受过这苦啊！

一人有些好奇，就凑过来坐下问，黄毛哥，听说你当初在北京混得很好，你咋回来了呢？

是啊，听人讲，振国哥都是你带到北京的？

黄毛一笑，爱吹牛的劲儿又上来，这话倒不假。别看铁振国现在混得还行，要是没我，他也就跟你们现在一样。

几人听得起劲，他亦说得吐沫横飞，这时就只听得铁振国一声吼，

歇够了没？歇够了起来干活！

众人一惊，都要起身，唯黄毛不动。振国，何必呢？公家的活，慢慢干。多干一天，多一天工钱。

铁振国盯着黄毛，这是他最厌恶的论调态度，他不禁吼道，你们口口声声好好干，这就是你们的好好干？我告诉你们，还想偷懒，还想把钱给挣了，别的地方不好说，在我铁振国这，门都没有！

众人悻悻起身，大气也不敢出。

好啊。另一个好消息呢？

这个消息，你听了肯定要高兴得飞起来，王建安微微一停，看着铁振国说，我在市建委办手续的时候，建委秦主任正好跟我说到了北京的一个项目。秦主任说了，只要咱们把学校盖好，他愿意帮我们争取下那个项目。

见铁振国眼睛一亮又暗下来，王建安问，怎么？拿架子？机会可别错过啊，秦主任既然这么说，这事估计就有八九成把握了。

北京，我不敢轻易回去。铁振国看了看自己左臂，说，也不只因为这个，我这次摔得这么惨，再回去，怎么也得弄出点动静来才行。

对，振国，咱组个建筑队，小伙子们跟你一起！咱俩之前聊过，我一直想把咱村里的闲散劳动力集中起来，出去闯事业。这个头，必须你来带，最好马上就带。王建安看着铁振国，想要他马上点头。

责任太大，我……

你振国如果都带不了，那就没人行了。王建安拍拍他的肩，笑道，啥也别说了，你也别急着回答我，反正，这工地的活还得一阵子，你多想想。

已是夕阳，炊烟四起，铁振国招呼了一声，工友便四散回家了。

他慢慢往回走，只听背后一声清脆的，振国。回身一看，春妮站在田边。是深秋的稻田，刚收割的水稻还起齐整整的码在一边，春妮静静站在哪里，美如塑像。

两人在田间小路走着，忽然如同回到幼年，那是放学两人在田间追逐，雨

前大群的红蜻蜓低低飞过。

振国，我想回北京了。春妮突然轻声说，一直在这住着也不是办法，我恢复差不多了，正好去北京到大医院检查一下。而且……你也有自己的路要走，不能这样被我拴着。

春妮，铁振国只觉得眼睛一湿，你知道我愿意被你绑着。

振国，建安叔让你带队伍去北京，为啥不答应？原来刚才与王建安的对话，她都听到了，就狡黠一笑，以前可以说你为了我，可明天我就走了。

铁振国轻轻一叹，我怕让乡亲们失望。

你就不怕我失望？春妮轻轻一句，似能抵了万斤。你以前可是个天不怕地不怕的人，现在怎么前怕狼后怕虎了？胳膊受点伤，就爬不起来了，这可不像你。

记得小时候，一有人欺负我，你马上就站出来。有一次，你被赵庄的几个男同学打得趴在地上，我都吓得哭了，结果，你不但站起来了，还拿起砖头要跟他们玩命。倒把他们几个给吓跑了。

如果现在有人欺负你，我还会跟他们玩命。铁振国浅浅一笑。

可我不需要你玩命了。春妮看着他，我需要的是你能站起来，像以前那样。

第二十三章

鞭炮声“噼噼啪啪”地在田园村小学门前响起，一片欢腾中，教育局赵局长与建委主任秦楚共同揭下红布，“田园村希望小学”赫然眼前，掌声四起。

铁叔，你看振国厉害的，记者们都给他拍照了。黄毛凑到铁国庆一旁，啧啧赞道。

这小子，也算是给村里办了件好事。铁国庆抑制着脸上的自豪，刚刚鼓掌却是十分用力。

赵局长对记者笑着说，你们不要总拍我和秦主任嘛，要多拍振国。学校能建起来，全是他的功劳。

是啊，秦楚接口道，资金是他找来的，楼也是他盖的，我和赵局长，连打杂的都不算哦。

见记者们的镜头纷纷对准自己，铁振国有点不好意思，赵局长和秦主任言重了。我就是个干活的，以前在北京是，现在在家里，还是。

又回答了几个问题，记者终于把镜头转向别处，秦楚笑笑，就走到铁振国和王建安身边，“上次的事考虑的怎么样了？”

嗯，王建安顿了一下，还缺个带头人。

这不是现成的吗？秦楚疑惑地看了看铁振国，见王建安没有吱声，便说，秦楚，要是政策上的事，我来想办法。

不不，是我个人的问题。铁振国硬头皮回答。

哦，秦楚稍稍意外，还是看向他说，大力发展建筑之乡的特长，组建以村为单位的建筑队，这对咱们江宁是件大事，铁振国，你好好考虑一下。

还不待铁振国回答，赵局长也走了过来，握着他的手就说，振国，你打造了一个示范希望小学，是咱整个江宁市的骄傲啊。我替咱们江宁市教育局，谢谢你，但我看了，你的肩膀，可以担更重的担子啊。

随后庆功宴，秦楚与赵局长有事先走，王建安叫了一众村里的青年老少，并铁振国黄毛与工友，摆下六七桌酒菜。

来来，我先说两句，王建安端起酒杯。

各位，今天咱们村里的老少算是都聚齐了。在这里，我提议大家一起敬振国和所有施工的小伙子们一杯。

好，一众人情绪极高，仰头一饮而下。

王建安却不坐，又令人倒满了酒。这些年，咱们村里很多人出去打工，盖房子的、做保姆的、当服务员的，干啥的都有，但是，干那些体面工作的，少而又少。城里人可以在大办公室里工作，咱们为啥不能？说到底，就是教育不行。尤其是这几年，学校因为房子有问题，不少孩子只能到镇上读书，五六里路啊，一到下雨天，有的孩子……

说到此处，王建安有些哽咽，身为村主任，实是觉得不忍。他拿酒杯向铁振国一照，振国，你为咱田园村办了件大好事，积了大德啊。来，我再敬你一杯。

主任言重了。铁振国端杯一饮而尽。王建安望向他一笑。

继而，便是一众人推杯换盏，筹光交错，只有铁振国微微心不在焉，他明白王建安那一笑，又想起刚刚秦楚与赵局长的话，春妮的话，他亦不能接受自己如此畏首畏尾，只是……

今天是 2001 年 7 月 13，国际奥委会将宣布申奥成功的国家。他在北京时，知道中国为这一天等的太久，此时饭店里，一众人也放下碗筷，切切看电视直播。

是熟悉的北京，天安门，每个清晨太阳跳出地平线时，升旗手捍护国旗昂然走出，还有后海，地安门，西直门的新建筑，城铁飞速，一个个镜头，看得铁振国不禁心中悸动。

铁哥，要不你带我们去吧！我长这么大，还没去过北京呢。一个青年叫道。

你还没去过月球呢，我也带你去看看？铁振国揶揄道。

振国，去吧！王建安接着说，你这学校能建这么好，咋就不能回北京接着干？村里的年轻人都指着你，我们也指着你干成大事，再回报乡亲们。再说了，咱们老祖宗传下来的手艺，也不能就这么断了，你带着人干出成绩来，年轻人就知道搞建筑有钱赚，有希望，就愿意干这个。

半晌，铁振国终于开口，建安叔，你说这些，我都懂，只是这不比我一个人出去打工，干不好了就回来，我得对得起弟兄，对得起把他们交给我的父老乡亲，要做，咱们就做最牛的，所以……

好了，不说这个了，来，喝酒，喝酒。铁国庆看不下去，对王建安晃了晃杯子。

电视机里，仍是申奥直播。

有人好奇道，奥运会到底是啥样的？

黄毛自诩见多识广，一嗤笑答，那还能啥样？全世界各地的人，到时候都会来，黑种人、白种人、红种人，五颜六色的。

我是真想去北京看看。

能不能申奥成功，还是另一说呢。铁振国闷头说。

要能成功就好了，咱们也扬眉吐气一回。王建安喝下一口酒，紧紧盯着电视。

“来了来了。”终于要到宣布2008年奥运会申办结果的时刻，所有人紧张地盯着电视鸦雀无声，直到听到一声——北京，几桌人齐齐沸腾，起身鼓掌大叫。

成功了！成功了！电视里也一片沸腾，天安门广场挤满了狂欢的人群，烟花随之响起。无数尖叫声令人热血沸腾。

振国哥，你带我们去北京吧，我想看奥运会。又有人几乎是哀求道。

振国，你干建筑也有些年头了，要是能参建奥运场馆，那可是让全世界的人都看到咱的本事啊。王建安苦口婆心。

振国哥，只要你一句话，我们都跟你干。

众人齐齐看着铁振国，看得他一腔热血涌起，只听啪的一声，他将酒杯往桌上一拍。

你们大伙的心思，我都知道，但带着大伙出去搞建筑，这事责任重大，要对得起父老乡亲们的厚望，我不能轻易吐口。现在申奥成功了，北京肯定会掀起建筑业的高潮，这可是千载难逢的机会，不能错过。况且，建安叔，秦主任都等着我下决心，我如果再推辞，就是不识抬举了。我铁振国一只胳膊不好使了，但身板、脑子都还好着，这事，干了。

王建安亦是激动，拍着铁振国的肩膀道，振国，我果然没看错你。

建安叔，你放心，我一定给咱们村带出一支响当当的建筑队伍来！他一转脸看向这群眼神熠熠的年轻人，大声说，

不过咱们话得说在前头，咱们出去，代表的就是江宁上百年的建筑人，是老祖宗，是父老乡亲，所以不管怎么样，也不能丢了江宁的脸。我们不是工人，是工匠，啥叫工匠？工匠就是你盖的房子，一百年之后人家看着都会说：瞧瞧，这砖砌的，这缝抹的，工匠盖的房子，跟雕塑家雕的一样，那是艺术品！

对，我们都要当工匠，来，喝。黄毛举杯，众人齐齐端起，杯子轻轻相碰，一张张满脸喜悦的脸。

一个月后，当铁振国再带着二十多个青年走出北京站口，他重新打量这座城市，此时已处处可见奥运标语，车水马龙行人熙来攘往，一众人看得新奇无比。

铁振国的背包硕大，又手提几件行李。黄毛过去一手接来，又一愣，“里面

装的啥呀？这么重。”

铁振国拍了一下笑道，这可都是好东西，我在家这段时间啊，也没闲着，恶补了好多建筑知识。

哟，这知识比砖头还沉。

砖头没法比，我告诉你，这里头的一个字，能顶一栋楼。

黄毛吓一跳，啥？

铁振国指着对面的高楼，你们看这些楼，用多少块砖，使了多少钢筋，地基该怎么打，这可都是设计师们设计好了的，这都是知识，没有这些，盖的房子都不牢。

你这么说我明白了。黄毛频频点头。

铁振国便走便说，这回咱们进京，不是来打工的，是来赶考的，考得好，功成名就，考不好，滚蛋回家。

可咱到底咋干呀？

嘿，你们以为我前段不同意出来，是不敢？铁振国拍拍自己的脑袋，我是在盘算事儿，第一步第二步第三步，跟走象棋一样，都在我脑子里呢，走，第一步，先迈左腿……一群人哈哈大笑，迈开大步，激情万丈走在北京的街头。

早就有秦楚联系好，铁振国带着一众人径直来到工地，项目部经理倪君一见他便起身相迎。

你就是铁振国？总算把你盼来了，欢迎欢迎。我听秦主任说过很多次了，听说你现在也有自己专门的团队？

铁振国点头，向外一指，他们就在外面。倪君探头望去，笑容僵在脸上，稀稀拉拉不过二十多人，散乱的立在外面。

就这些人？

铁振国点点头，都是我家乡的兄弟。

好，人少有人少的干法，反正你们也就在我这干个分包。走，我先带你们到宿舍。说着，倪君带着众人往宿舍走去。

这是一间大宿舍，有些床铺早有其他工人的被褥，铁振国四下环视，总有些说不出的熟悉。

工地简陋，大家将就一下。倪君笑笑，大家随意选自己的床，以后就睡这儿了。

这个靠窗，我先占了啊，黄毛几步过去将行李一扔。

哎，倪君一愣，过去就盯着黄毛那腿，你有点儿瘸？

众人一惊，黄毛紧张道，没有没有，就是不小心磕着了。

真的？倪君面有疑色。那我带你去医院看看？

这，这就不用了吧，黄毛脸色变得难堪。

倪经理，他的腿瘸了。铁振国看着倪君，不顾黄毛瞪他。

你说这干啥？黄毛微微蹬了铁振国一眼，抹汗说道，倪经理，他开玩笑的。

我没开玩笑，铁振国淡淡说，他知道工地收的新人，身体健全自是前提，于是便说，倪经理，他的工资我来付。

什么？倪君不可思议的笑道，你也是打工的，不是老板。

没错，我也是打工的，所以我更知道打工的不容易。铁振国一叹，当年，我因为胳膊受伤，被赶出了工地。我永远忘不了那个滋味。今天，我不能让我的兄弟，像我当初一样，被赶出工地。

倪君微微怔住，这个秦楚和庞江都极力推荐过的铁振国，果然与众不同。他微笑着点点头，又略略安排，便向外走去。

振国哥，谢谢你，黄毛眼眶一湿。

多大点儿事，铁振国一笑，自顾往前走去。

三元桥大厦的办公室里，铁振国与马一方相对而坐。

振国，我就知道你肯定会回来。不过，我没想到，你这么久才回来。马一方满面喜色，他果然没看错这小子。

惭愧啊，上次那个跟头摔的。铁振国笑着摇头，从包里拿出几本书，这是你当初送我的书，现在完璧归赵。

嗬，大老粗都会说成语了？书好看不？马一方一笑。

全看完了，还看了不少其他书，长见识啊。铁振国笑道，马总，这段时间我想得很多，我知道自己天生就得干建筑，一辈子也离不了这一行。

好，马一方十分欣慰，既然选择了这一行，不管什么时候，都得挺住。怎么样？在我这干吧！我正在谈一个奥运工程项目，这要拿下来，可是一个了不得的工程。

铁振国笑笑，这次回来，秦主任已经帮我介绍了项目，我不能把他给涮了。再说，我也想练练自己的兵，不能光想着背靠大树好乘凉。

马一方哈哈一笑，行，别人都是道义放两旁、利字摆中间。你正好反过来。你还是我认识的那个铁振国。

我这次来，一是看望您，第二个嘛，要把您给我的书还了，第三个……

呵，还一二三起来了，说吧！马一方看着他，听得饶有兴趣。

第三个是拜师，您得手把手教我。

哟，那你怎么也得给我买两瓶拜师酒吧？

铁振国爽朗一笑，从包里又拎出两瓶家乡酒，您看，备着呢，不过菜得您请，好酒得配好菜。

马一方哈哈大笑，行，亏本的买卖一点不干，你可以。

出来已是黄昏，车流在夕阳中缓缓移动。铁振国拦了辆的士，直奔梦乡清吧。

这里愈发冷清，唐郁梦坐在窗前，独自喝着红酒。外面是喧嚣的街，年轻的男人女人欢声笑语，她只觉得有个影子似乎靠过来，回身一看。

振国？她失声叫道，怔了一下，扑上去一把抱住他，站着一动不动，只听她说，振国，终于你回来了。

半晌，她才松开手，去吧台给他倒了红酒。

你回来的比我想象的还快。她莞尔一笑。

我在这儿丢失的东西，我都要找回来。

我算你丢的吗？唐郁梦晃晃杯子，媚眼看他。

嗯……铁振国一时语塞，就听唐郁梦笑道，不开玩笑了。来，欢迎回来。

两天轻轻一碰杯，铁振国浅浅一笑，又四处打量，怎么还没客人？

哎，这春妮啊，她来之前，我这倒也有一批熟客。来了以后，慢慢的，很多客人就冲她的嗓子。后来倒好，她一走，有些客人也跟着不来了。

春妮没有回来？铁振国有些疑惑。

春妮回来了？唐郁梦一怔。

是啊，她几个月前就从江宁来北京了，我以为她回了清吧。

没有，我都不知道她回了北京，唐郁梦抬头看他，你们还是没在一起？

铁振国一苦笑，径自拿酒喝了一口。

待他回到工地，老远只听得一片欢声笑语，那个难听的声音在唱，俺们这儿旮都是东北人，简直就像卡拉，铁振国一喜，几步快跑过去，推门一看，嚯，铁头，孙大力，卡拉，大光，一个不少，正在与黄毛那群人喝酒吹牛，一见他来，孙大力几乎是一跳上去，抱住他说，振国，你总算回来了。

大力！铁头轻声训斥，当心老二的胳膊。

哎呀，对不起啊振国。孙大力跳下来，满面歉意。

没事，铁振国一笑，我好多了。我还想着去找你们呢，没想到，你们先找过来了。你们怎么知道我们在这？

还怎么知道？我们就在这干！铁头笑道。

这么巧！铁振国大笑，那贾师傅呢？

自从你走了以后，贾师傅就很少喝酒了。我们慢慢也就不叫他了。

我去找他。铁振国说着往外走。

嗐，着什么急？先喝酒啊！孙大力嚷嚷着拎起一瓶酒，被大光一把拦住，喝酒有的是机会！大光瞪了孙大力一眼，转头对铁振国一笑，去吧振国！

他浅浅一笑，走了出去。

振国？一开门见是他，贾长安喜不自禁，我下午听大力说你们在这干活的事了。咱们又在一起了。

咳，铁振国无奈一笑，当初是胡胜利把我从这赶出去的。我万万没想到，这个项目的总包竟然是还是他。转了一圈，又到了他这里。

怎么？怕他了？

我的性格你还不知道？

那不就得了。听我一句劝，从哪里摔下去的，就要从哪爬起来。

铁振国微微点头，随后又迟疑问道，贾师傅，你有没见过春妮？

贾长安叹了口气，跟着你嫂子在工地做饭，闲下来的时候，就一个人去路边唱歌。

那现在……他想的心酸，想马上见到她。

我带你去。

晚霞绚烂，护城河边，熟悉的歌声伴着吉他声远远传来，铁振国循声望去，春妮穿简单的白衬衫牛仔裤，拨着吉他，歌应该是她自己写的，她在田园村写了不少歌，有时唱给他听。

一个纸盒在她面前，过路的行人偶然停步，听一段也放些零钱进去。

怎么说都没用，非要在这唱。贾长安轻轻一叹，给铁振国摆摆手，就转身走了。

直到最后一曲，铁振国才疾步过去，到她面前，却相顾无言。

你回来了？春妮一笑。

脑袋里的肿瘤……检查过了吧？铁振国问。

她轻轻一笑，放心，没事了，医生说已经非常小了。你的胳膊也没事了吧？

好多了。

那就好。

两人一时无言，只听得夜风阵阵吹来，半晌，铁振国终于忍不住问道，春妮，你还在等他？

春妮停下来，靠着河边的护栏，路灯映在水面，一晕一晕橘色的光。

我也不想啊。可是，没有他，心里还能装什么呢？不知道他在那边怎么样了？什么时候能回来？

你真的以为他还会回来？铁振国苦苦一笑，想起那天高中的电话，只觉得气闷。你为什么这么傻？他走这么久，一个电话都不给你打，你还相信他会回来？

春妮勉强笑笑，他一定有他的苦衷。你也说过的，兴许是美国那边，不方便打电话呢。

春妮！铁振国只觉得胸口一股闷气，一把抓住她的肩膀，春妮你面对现实好不好？

春妮拼命摇着头，已是泪如雨下，现实，振国，你告诉我什么是现实？

现实就是他走了那么久，却一次没有跟你联系。说不定他已经……

已经什么？春妮扭过头直盯着他，你有他的消息？

没有。看着她的眼睛，铁振国生生把话咽了下去，还是再等等吧，等她的病好了再说。

振国，你说的现实，是他的现实。你想听听我的现实吗？春妮定定地看着铁振国，凄凄一笑，我的现实就是，从他走的那一天起，我没有一天不想着他。你说，我该面对哪个现实？

他怔怔看着春妮，良久都未回神。

纽约的一所公寓里，一阵敲门声起，高中开门见了房东太太，先倒吸了一口冷气。

您知道，家里还没有寄钱来，我的意思是，房租可以晚一点付吗？

不，高先生，房东太太微笑着，我想你应该像其他的留学生一样打工挣钱，而不是靠家里救济。你已经成年了，不是吗？

格林太太，我花谁的钱，不关你的事。高中明显不快。

你花谁的钱当然是你的事，不过，我的房租你可不能晚付。

娘的，高中不耐烦，不觉用中文骂道，什么狗屁美国文明，一点人情味都没有。

你说什么？房东太太看着高中的神色，似是觉察。

高中一笑，没有，我在赞美贵国的契约精神。

谢谢，既然如此，请马上付房租。我一天也不能等。

我就晚两天怎么了？高中跳脚起来。

太粗鲁了！不敢想象！房东太太气得脸色赤红。你那女朋友呢，我要和她说。

她出差了！高中冷冷说，但再一眼，就看到冯友琳竟拖着行李箱正走过来。

如此难堪，高中铁青着脸，回身一屁股坐在椅子上。

冯小姐，正好你回来，真不敢相信，你们欠我的房租，竟然还对我如此无礼。房东太太赤红着脸，叫住冯友琳。

对不起，对不起，冯友琳看了一眼高中，将旅行箱一放说，我去了趟芝加哥，没能及时付您房租，是我的错。说着她马上从包里拿出钱。

那老太太长吁一口气，皱眉道，好吧，房租我收下，不过，我请你们搬出这里，我不想让你们继续住我的房子。

高中噌的站了起来，冯友琳忙按住他，转过身对忙不迭的说，对不起，他最近心情不太好，出言冒犯。你知道，他一直是个很有修养的人。

不，不行。

过来道歉，冯友琳低声用中文和高中说，你要让我们睡大街吗？

高中懒懒起身，无奈一笑说，好吧，对不起。

房东太太手一摊，叹了口气，走时对冯友琳轻声说，这么大的人了还靠家里养着，冯小姐，恐怕只有你，才受得了这样的先生。

冯友琳回到屋里，闷闷地收拾着自己的行李箱。

她刚才是不是说我坏话了，唯利是图的美国人。高中冷冷说。

冯友琳有些不耐烦，轻声说，不知道是谁在背后说人坏话，再说人家说的也是事实，自从我们在一起以后，我每个月都要跟我爸多要几千块钱。

你不愿意可以不跟我过！高中怒而起身，这是他不可触的痛点。

你如果这样想，我们还在一起做什么！

冯友琳小声啜泣，高中闷坐许久，终于过来替她轻轻擦着眼泪。

对不起，是我不好。高中搂住冯友琳，你也知道，我父母都不在了，她说我靠家里救济，这话我受不了。

可你动不动就发脾气，我们分开一个星期，刚回来你就跟我吵。冯友琳委屈极了，高中却不再说话，就在她额上腮上轻轻一吻，紧紧抱着她，不再说话。

你今天究竟怎么了，冯友琳停了哭泣，轻声说。

对不起，我今天在学校里，跟几个美国同学辩论，我们讨论了中国传统建筑和西方传统建筑的优劣，我提出以中学为体西学为用的方案，教授很赞赏，但美国人不这么看，其实美国有什么传统建筑？传统西方建筑都在欧洲，在德国，在意大利。他们根本不理解我的设计，我这是有未来感的设计。未来是什么？就是酷、炫，就是眼花缭乱的色彩……他们不理解！

高中，不值得为这个生气。冯友琳轻轻拍他。

我将来一定要设计出最牛的作品，让他们心服口服。

这日上工，田园村的一众兄弟，哪里见过这样大的工地，搅拌机轰鸣声，吊塔将混凝土块高高吊起，在头顶缓缓移动。黄毛与工友拌水泥轧钢筋，忙得不亦乐乎。

哎呀，不行了不行了，一人提着泥斗大汗淋漓，呼哧呼哧的说，振国哥，你哪来那么大力气，说完将泥斗一倒，又去接下一桶。

铁振国笑笑，拿着瓦刀上下飞舞，只见墙噌噌的高上去。放心吧你们，多练练，将来肯定超过我。

他没留意，远处，倪君正带着胡胜利与张亮过来，远远看着黄毛几人，胡胜利只觉得脸生，就随口问道，这些是新来的？

是啊，秦主任专门介绍的，据说他们以前在北京干过。倪君说。

江宁在北京干的，还有我胡胜利不认识的？胡胜利边走边往前看。

带头的叫铁振国，听说有点本事。

什么？铁振国！胡胜利猛然一愣。

倪君怔住，茫然地看着胡胜利，还未说话，就见他已甩开大步往里走去。

怎么了这是？倪君轻声问张亮。

你啊，怕是惹上大麻烦了。张亮看着那群人，摇摇头说。

铁振国的墙面，出现了一个影子，他一怔回身，见胡胜利正背手看他。

胡总，铁振国微微一笑。

振国，这就是你的不对了，回北京怎么不跟我打声招呼。胡胜利突然大笑，毫无防备，吓得旁人一惊。黄毛几人见状，也围了过来。

我也没想到我们还会碰上。铁振国淡淡说，又码了一块砖。

你看，这话说的，不知道的，还以为我们有什么仇啊怨啊的呢。

黄毛，这位就是胡总，铁振国看了眼黄毛。

胡总是谁？有人轻声问黄毛。

就是当年把振国赶走的那个。黄毛看着胡胜利说。

娘的！有人轻声骂道。

他瞟了黄毛他们一眼，这就是你带出来的？振国就是仁义啊，什么时候都不忘带上兄弟。哪怕连自己都顾不上的时候。啊？哈哈！

胡总放心，我还顾得上自己。

胡胜利点头阴沉一笑，走到他身边，拍拍他那受伤的手臂说，胳膊好了？

谢谢胡总惦记，还好，铁振国强压火气。

按说呢，你还跟着我干，这事儿我没意见，不过，你也知道，市场经济嘛，我这也不能养闲人。你说好了，拿什么证明？

铁振国脸沉下来，放下瓦刀看着他说，你想怎样？

很简单，咱俩比一场，你要能赢过我，就留下。你要输了，那也怪不得我。胡胜利叉腰一笑。掰手腕！用你左手。

胡总，振国左手受过伤，你是知道的。黄毛忍不住叫道。

他没受过伤我还不跟他比了呢。胡胜利把烟一丢，在桌前坐下。

行，左手就左手。铁振国一把挡住黄毛，将左臂放到桌上。

振国，加油，黄毛的不觉握紧了拳头。

远处，孙大力铁头几人也得了消息，无不咬牙切齿。

娘的，老胡也太欺负人了，明知道振国左臂受伤了。孙大力吼道。

一直没出声的铁头紧紧盯住他们，突然狠狠骂道，他要是把振国的手再弄伤了，我非跟他玩命不可。

众人看了看铁头，皆一惊。认识许久，这是他第一次发飙。

贾长安叹了口气，缓缓道，输也好，赢也罢，这一关，振国早晚得过。

是的，胡胜利何许人，当年既是亲自赶走了铁振国，如今他重回工地，又怎会轻易放过。

一声开始，两人的手抓在一起，开始较劲。

毕竟受过重伤，片刻铁振国额上已是细汗，黄毛的心提到了嗓子眼，不由地低声喊，振国，加油，那一众兄弟亦是跟着，加油，振国，胡胜利脸上青筋爆出，铁振国的手腕被越压越低，加油，加油，铁振国加油！兄弟们声音汇聚到一起，越来越响。

眼看就要被压倒桌上，铁振国怒吼一声猛一发力，啪的将胡胜利的手腕按倒。

赢了赢了！一片欢呼，几人都险些将他抱了起来。

行，有种！胡胜利狠狠看了他一眼，冷冷起身，就带着倪君张亮往外走。

胡总！有人叫了一声，胡胜利一回头，见远处贾长安小跑过来。

贾师傅，有事？胡胜利不快。

也没什么大事，贾长安赔笑道。

长话短说。他看了远处孙大力一众人正盯着自己。

那个，振国不是回来了吗？贾长安稍稍吞吐，我和大力，以前都是跟着振国干。现在，我们还想继续跟着他干。

这也是他们的意思？胡胜利向孙大力那边努努嘴。

是，贾长安点点头。

胡胜利冷冷一笑，贾长安，这些年我待你不薄吧？工资少？

不是不是，贾长安赶紧摇头，我们就是想着和振国一起干，舒坦。

跟我干就不舒坦？贾师傅啊贾师傅，我是怎么想也想不到，关键时候，竟然是你带头搞叛变。胡胜利冷哼一声，我告诉你，就算你叛变了，你以为你就是铁振国的开国功臣了？到那面也是他铁振国说了算！

我没想当开国功臣。贾长安亦是冷冷一句。

这就对了嘛，好好跟着我干，回头我给大家加工资。

贾长安不语。

你是王八吃秤砣铁了心了？真他妈的喂不熟啊！

胡总，你放心，我们到振国那边，一样给你好好干。

胡胜利终于跳将起来，指着贾长安叫道，我要是不答应呢，我告诉你贾长安，你们的合同可都在我这。《合同法》懂不？你们要是现在离开，不仅这个月工资拿不到，还要赔我违约金。

贾长安愣住，胡胜利这才将口气缓和下来，回去吧，跟大伙儿说下，下个月给你们涨工资。

到了车上，胡胜利方觉手臂微微发酸，不禁骂道，娘的，刚来我这第一天，就想把我的人都挖走。我这些年就培养这些成熟的工人，他还真干的出来。倪君略有不解，他直觉铁振国并非这种阴损之人，但无法开口，继而就见胡胜利眼珠一转，冷哼一声，对了，铁振国包的活儿，我前期垫付了五百万的材料费，你跟铁振国说下，让他尽快把这钱给我。

倪君心里叹息，也只得点头应下。

夜幕降临，江宁小馆灯火通明，客人来来往往，十分热闹。

怎么？你们把我叫来，就让我陪你们傻坐着，你们不吃，我可吃了。铁振国看着一桌沉默的人，拿起筷子吃了起来。

哎，我气不顺。贾长安叹了口气。

老二，大家还是想跟着你干，你倒是想想办法啊。铁头喝了口酒。

我能想啥办法？合同没到期，人家说的没错。铁振国吃了口菜，说道，我也想你们跟我一起干，可咱们既然干这行，就得按这行的规矩来。合同签了，咱就得按合同办。

振国，你这胳膊伤了下，人怎么也变得不硬气了？孙大力拍桌叫道。

一时众怨，铁振国放下筷子，看着这一众热血兄弟，恳切道，我知道大伙儿想跟着我干。我铁振国没什么大本事，但有各位帮衬，我心里就有底了。但是，眼下咱们在做项目，如果各位来我这边，胡总那边不高兴，说不定我这边项目就得黄。到那时候，咱们怕是连活儿都没有了。

我就不相信，凭咱们的本事，还找不到活儿？孙大力说。

那咱们也不能对不起手里的项目不是？铁振国皱眉道。

贾长安叹了口气，反正，我还是希望你能够扯大旗。

放心吧。铁振国端起酒喝了一口，恢复了往日神色。

会有那么一天的，但我们要做的事，可不仅仅是单干那么简单，我们得考虑的更长远，说得夸张点，得有全国的甚至全球的眼光。你们到网上看看，现在的房子已经改成啥样了？可不是砖头钢筋水泥那么简单了。前一段我看了一个视频，一栋大厦盖起来，根本不用砖结构，全是钢筋结构，快、稳、好，而且特别环保。我这段时间留意了下有关建筑的新闻，我觉得将来绿色、环保肯定是一个趋势。

他越说越兴奋，直到发现一桌人目瞪口呆，才一笑收了口。

你还是铁振国吗？孙大力不可置信的笑道。

第二天一上工，倪君走了过来。

振国，有件事要和你说一下。

啥事？看他满面为难，铁振国心里怔了一下。

你分包的这块工地，公司前期垫付了五百万的材料费，这个钱，按规矩得先交了。

什么？铁振国急了，凭什么？我来给你们干活，钱还没赚到，倒先给你们钱了？这是什么规矩？是胡胜利说的？

振国，你这么说就没意思了，当着众人，倪君脸上有些挂不住，沉下脸来说，别管谁定的规矩，反正胡总这么要求了，你爱干就干，不干拉倒！

你是真不想干了？吃饭时，看着一直发愣的铁振国，铁头闷声问了一句。

那你说咋办？五百万，偷都没地方偷。铁振国将盒饭一放，眉头一皱。

春妮帮完厨，就自己端了一碗来往铁振国身边一坐，振国，你要是这样就不干了，正好遂了胡胜利的意。

你说的这些我都明白，现在不是我不想干，而是我拿不出这五百万。铁振国眉头紧缩，心气郁结。

春妮也不理他，就说，我以前在唐姐那干的时候，有次我跟唐姐说，唐姐，咱们买的酒是不是太贵了点？你猜唐姐怎么说？她说，没有投资哪有回报。你能出多大的本，才能赚多大的钱。

铁振国一笑，无奈道，这是两码事。你们歌厅里，上周买的酒，这周可能就卖出去了。这可是五百万啊。什么时候能把钱赚回来还另说，万一打了水漂怎么办？

你就感觉这些钱一定会打水漂？以前你可不是这么婆婆妈妈的。说完，春妮不理他，就自顾吃起饭来。

铁振国看了看春妮，心里有一丝安定，也先端起碗，大口扒拉起来。

两天过去，倪君战战兢兢在胡胜利办公室，见他再次气急败坏。

什么？铁振国把五百万搞定了？胡胜利瞪着倪君。

据说是他们村子向银行贷了款。

啊，真是小看这小子了。胡胜利半天才缓过神来。

胡总，毕竟是秦主任介绍给咱们的，既然已到了这份上，就让他们干呗，反正活给谁干不是干。

呸！秦主任算个屁！他介绍的怎么了？这是在北京，老子说了算！

倪君收了声，屋里一时安静，只见得胡胜利来回踱步，片刻忽然一停。他铁振国不是有能耐吗？你告诉他，把工程在一个月内给我完成！

倪君一惊，胡总，这不太好说吧，总工程还有半年时间呢，要求他一个月内完成，总得有个说法吧？

说法？胡胜利狠狠地用手指敲着桌子，一字一顿，我就看他不顺眼，我就想给他使绊子！行不行？你告诉他，能干就干，不能干，趁早卷铺盖滚蛋！这就是说法！

第二十四章

夕阳时分的工地，一片静谧，众人捧着碗坐在水泥袋上吃饭，闲谈说笑，唯有铁振国愁眉不展。

怎么了？五百万的事不是解决了吗？贾长安问。

铁振国苦笑一声，真是不怕遇见别扭，最怕别人故意找别扭，倪君昨日又来，告诉他本来本年的工期，现在要一个月完成。

这是明着为难他，他现在能说一句不干了吗，那刚刚从银行贷出的五百万怎么办？他骑虎难下，进退两难，眉头都拧成了一个疙瘩。

一众人也不知怎么办好，贾长安想了想走过来说，振国，我有个办法。他看了看四周，都是自己兄弟，反正我那边的工地，胡胜利催的也不紧，干脆，我私下带人帮着你干。

铁振国一惊，这事要被胡胜利发现，可非开除了贾长安不可，他连连摇头。

没事，胡胜利和倪君都不怎么来工地，他们发现不了。

孙大力也凑过来说，我觉得行，都这时候了，还管得那么多？再说有贾师傅的威望，只要他一句话，这事也没人敢说出去。

黄毛亦在一边聒噪，铁振国仔细想了一会儿，觉得别无他法，便说，眼下看来也只能这样了。不过，我话先说前面，凡是来我这帮忙的，工资上，我绝亏不了大伙。

振国，你知道我们不是为了钱。贾长安说。他知道如果要拿这钱，肯定是铁振国自己出。

我知道，但这钱要是你们不收，我宁愿不要大家帮忙。铁振国说。

贾长安还要坚持，铁头也站起来说，贾师傅，听振国的吧，我铁头真是替我家老二谢谢大家了。

大力，你负责放哨，我回去招呼人。贾长安一拍大腿起身走了，不一会儿，一群人拎着瓦刀泥斗过来，铁振国只觉得心里一热，呆呆看着。

过来干活啊？怎么，我们帮你干活，你当起甩手掌柜的了？贾长安丢给他一把瓦刀。

铁振国一把接住，挽起袖子大笑道，来，干活，咱俩比比，好久没跟高手过招了，我这手还真痒痒。

哼，你小子别得意，别看你胳膊受过伤，我也不让着你。

两人砌各自的墙，卡拉在一边歌声嘹亮，铁振国觉得这是他最爱的时刻，胜过他在这城市里的一切欢愉。

当然，除了与春妮在一起的时候。

一道残阳铺在水中，半江瑟瑟，唐郁梦与春妮凭栏而望。两人皆是长发盈肩，十分动人。

跟我回去吧！很多人来点名要听你的歌。唐郁梦轻声说，你也不能一直这么下去。

春妮淡淡地笑了笑：现在这样很好啊，我从来没有这么自由过，也从来没有离梦想这么近过，而且，我还能唱自己写的歌。

振国刚回来，就去酒吧找过你。唐郁梦说。

我听舅舅说了。春妮轻声说。

唐郁梦看远处夕阳渐渐变暗，叹道，姐跟你说句心里话，像铁振国这样的男人，过了这村就没这店了。

唐姐，我知道你喜欢他，春妮说，冯记者也是。

唐郁梦脸微微一红，又笑道，你就不怕我们把铁振国抢走？

春妮眉间略有一动，也未答话。

你啊，是看准了自己能降住铁振国。放心吧，铁振国谁也抢不走。唐郁梦一笑，笑过只觉得微微酸楚，她心里清楚，这个男人只属于春妮，而且她与胡胜利纠葛这么多年，又如何能面对铁振国。

几天过去，铁振国工地的墙体已小有模样，贾长安带着人加班加点，丝毫不怠，铁振国心里感激不已，贾长安却说，谢什么，要不是春妮那孩子迷了眼，咱们早就是一家人了。

铁振兀地收住了笑，这事就别提了，我们这是……没缘分。师傅，不说了，咱们干活吧。

贾长安叹口气，也继续操起了瓦刀。

孙大力今天负责放哨，正坐在脚手架上无趣的很，却突然看到远处倪君正往工地走来。

来了来了，孙大力惊得叫道，贾……孙大力刚要大叫，却被工友一把捂住嘴说，别喊，你这不是等于告诉倪君吗？

那咋办？孙大力慌了神。

唱，咱们唱歌，唱歌报信。那工友也是慌慌张张。

孙大力一清嗓子，吼道，山丹丹的花开哟——

远处，倪君看了看脚手架上的孙大力，喃喃道，这干劲还真足。

乖乖，这世上真有人唱歌这么难听，卡拉捂住了耳朵，大光亦是看了看卡拉说，以前我以为你唱歌就够难听了，看来我冤枉你了，诶，你看大力，他还边唱边指挥呢。

指挥？几人顺着一看，果然孙大力在急急招手，贾长安迅速反应过来说，唱啥歌，这是暗号，快走！

铁振国一惊，就看的贾长安已经带着铁头几人快速离开，但毫不知情的倪君已快步走来。

水来土掩兵到将挡，铁振国沉下一口气，紧紧盯着正在回自己工地的贾长安。然而再怎么快，倪君还是会在他们前面。

随即倪君已到了脚手架下，抬头冲着孙大力一笑，大力，不错嘛，你这嗓子一亮相，以后咱们工地再也不用买锣了。

那是，孙大力嘿嘿一笑，倪经理记得给我加工资。

贾长安几人躲在砖跺后面，紧张不已。

大光，给我个烟。卡拉压低声音，伸手就拿出大光口袋的烟盒，一猫腰闪出来，站在倪君身后。

倪经理，请您抽烟。

抽啥烟啊？我来找你们贾师傅，让他下午去我办公室开会。对了，贾师傅呢？

抽烟抽烟，卡拉硬生生把烟塞道倪君嘴里，又帮他点上。另一边，贾长安正带着那几人猫着腰快步离开。

抽啥烟啊，你这孩子，我来找贾师傅有事，倪君丈二和尚摸不着头脑，却听见远处贾长安高声道，倪经理，我知道了，我下午去找你。

铁振国长长舒了口气，对卡拉竖了个大拇指。

倪君一离开工地，就径直往胡胜利那儿去，他如何也没想到铁振国的工地有条不紊，进度令人吃惊。并且不只是快，他仔细检查了那些墙体接缝，又平又直，毫无瑕疵。

真是不可思议啊，倪君说，他又一顿，说了他深藏许久的疑问，胡总，铁振国不过就是个干分包的，要我说，您何必跟他一般见识？

胡胜利对倪君轻轻一笑，有些人，躺下是只猫，站起来就是条虎，我得让他躺着，别起来，起来保不准就要咬人。

他铁振国有这能耐？倪君有些不敢相信。

胡胜利点点头道，当年人家也瞧不上我胡胜利，我现在比他们都强。他胳膊伤成那样都能挺过来，还自己拉了队伍到北京，他不是一般人。

继而他又一顿。

可惜，他遇见的是我胡胜利。

这阵子兄弟们都累坏了，贾长安怕胡胜利察觉，自己工地那边也丝毫不敢懈怠，于是白天晚上都是赶工，他的腰本来就有旧疾，每晚回来，周玉花都要给他热敷很久。

这些天春妮一直住在他这儿，白天给周玉花帮厨，空闲就去护城河边上唱歌，知道贾长安这几日劳累，今日她与周玉花多做了些菜，待贾长安回来，那腰真是微微一动就疼，令两人心疼不已。

周玉花忍不住埋怨，让你少干点少干点，就是不听。真当自己还是十年前啊。

贾长安一笑摆摆手，只说吃完好好睡一觉，明天必然完好，末了又让春妮把他那白牛二拿来，他其实越发觉得年岁老了，近日连睡觉都轻，喝些酒一觉睡的舒坦。

春妮给他倒了酒，想了想又给自己倒了些，端起杯子来说，舅舅，谢谢你。

谢我啥？贾长安一愣。

谢谢你帮振国。春妮轻声说。

贾长安会意，轻轻笑了笑，喝了点酒放下杯子，就说，要说振国这孩子，一开始我还真看他不怎么顺眼。后来，倒是越来越喜欢他了。你妈走的时候，让我好好照顾你。这些年，我把你带到北京，饭是没让你饿着，可其他的，我就没管好了。我对不起你妈啊。

春妮没说话，只觉得心里无力的一叹，倒是周玉花看出了，就对贾长安说，哪儿那么多话，喝你的酒。

贾长安笑笑，一时吃菜喝酒，但不过多时又说，春妮，你见识多，不像舅舅，一直在工地里待着。有些事，你可能比舅舅看得明白，舅舅也年纪大了，你们年轻人的想法，我也琢磨不透。如果你跟振国真结婚了，该多好，该多好啊。

气氛变得令人惆怅，只有周玉花轻声说，别听你舅舅的，他一喝酒就爱胡扯。

我没喝醉，贾长安揉了揉眼睛，觉得微微头晕，酒精作用下腰疼似乎好了些。

一觉醒来，第二日继续上工。

楼层天天见高，如今已是七楼，吊车将泥斗一个个运上去，卡拉再踩着脚手架一个个送到贾长安处，一帮兄弟相处久了，已是十分默契。

卡拉，慢点儿，不用那么急，贾长安看着卡拉的背影一笑，这小子近年十分长进，然而他突然听到吱呀一声，就见卡拉踩着的脚手架摇摇晃晃。

别动！贾长安大惊。

卡拉本浑然不觉，这才猛的收住脚步。沿着贾长安的目光看去，这处脚手架的绑缚钢条似乎稍稍松动。卡拉看了一眼脚下，正离地面几十米高，忽然觉出恐惧。

回来，步子放轻。贾长安说。

卡拉屏住呼吸，轻轻转身，一步一步终于走到贾长安边上，长长舒了一口气，贾长安却拿了一把细钢丝，就往那边走去。

贾师傅，你要干吗？孙大力一惊。

不能让脚手架这么晃着，我去修修，要不非出事不可。

那脚手架摇摇晃晃，看得人心惊，孙大力急忙要去找安全带，却都不在楼上。

要啥安全带，快把钳子给我。贾长安一笑，我在工地了混这么多年，这点技术还是有的。去取安全带又要耽误时间，掉下来可就麻烦了。

孙大力见执拗不过，只好拿起钳子递了过去，贾长安将钳子往腰间一别，就慢慢走过去，松动的脚手架在头顶的方向，贾长安毕竟经验丰富，仰着头用钢丝钳子三两下就固定好，成了，他看了一眼，却不觉得上面阳光一晃头一偏，突然腰痛钻心，他几乎是本能的一扶，不想身子一晃失去平衡。

他重重的跌落下来，从七层高的脚手架上。

鲜血染红了地面，一阵惊呼声中，贾长安被送到附近最近的医院。

等待的时间十分煎熬，众人紧张极了，周玉花几乎快晕厥过去，还是强撑着精神，贾长安送来时只有一息尚存，情况十分不乐观。

放心舅妈，舅舅不会有事的，不会有事的，春妮抱着周玉花，自己也是眼泪汪汪。

都怪我，是我害了老贾，铁振国靠着墙，一颗心揪得直痛。

抢救室的门缓缓打开，几人齐齐盯着眼睛，紧张的说不出话来。

谁是贾长安家属？

我！春妮和周玉花同时起身。

去一个吧。医生说。

舅妈，你去吧，春妮泪流满面，周玉花艰难的点点头，跟着医生往里走。

她第一次进抢救室，穿过各种未见过的仪器，看见贾长安在一张床上躺着，她急忙走过去，见他半睁着眼睛，已是气若游丝。

老贾，周玉花握住他的手，又是一句话也说不出。

对不起，我可能不能再陪你了。贾长安的声音那么轻，又像一枚巨石砸在她心上。

你别胡说！周玉花的泪喷涌而出。

这些年，你跟着我，没少吃苦，贾长安笑了笑，他此时眼里全是爱意与不舍，然而知道大限已至。我欠你的，恐怕只有下辈子才能还了。

你赶紧给我好起来，把欠我的都还过来。谁要下辈子，这辈子我还没过够。周玉花已哭的泣不成声，完全没想到离别来的这样突然。

玉花。

哎。周玉花擦了擦眼泪。

替我告诉铁振国，让他好好照顾春妮。

嗯，周玉花点了点头，泪如雨下。

工地又出人命，胡胜利自然难辞其咎，他匆匆去医院看了一眼，远远看到哀哭的周玉花，就打电话将铁振国叫了出来。

在僻静处，胡胜利递给铁振国一个皮箱，这里面的十万块钱是安抚金，铁振国只觉得胸中一闷，他在工地十几年的师傅就此刻就用一个皮箱了结，他万万不能接受。

一条人命，在你这里就是几万块钱吗。铁振国没接箱子，淡淡说。

还能怎样？建筑行业本身就有危险，出这样的事，谁都不想的，可事情已经出来，说什么也没用了。老贾跟我干的时间不短了，也是念着这些年的情分，我多给他赔偿。

这根本不是钱的事，铁振国摇着头。

行吧，我知道你在周玉花和春妮那能说上话，我胡胜利愿意个人再赔偿给老贾一些钱。胡胜利向张亮使了个眼色，张亮又拿过一个皮包打开，里面满满的还是钱。

这就是你眼里农民工的命，铁振国冷笑了一下。胡胜利每次急不可耐拿钱息事宁人，已让铁振国再难忍耐。

忽然只听得一阵噗噗的镁光灯声，冯美慧和一群记者赶来，此时北京正在进行建筑安全大检查，这个节骨眼出的安全事故，更不比往日。

面对记者七嘴八舌的提问，胡胜利只用手臂掩面便走便说，无可奉告。直到进了电梯记者还要再追，被张亮一把推出。

然而，第二天的北京晚报消息还是铺天盖地的来了。

即使在电话这头，胡胜利依然能感到庞江不怒自威的气场，倪君赶紧下车去路边买了份报纸，胡胜利看着二版头条赫然一篇《工地安全事故何时休》的评论文章，惊得手机都掉在座位上。

他又颤巍巍的拨通庞江的电话，只听那边冷冷的说，看到了？

看到了，他硬着头皮答。

胡胜利，你还想不想干了？

庞主任……这事不怪我，胡胜利垂死狡辩。但是，我也愿意承担死者家庭的抚恤费用。

你以为一切都能用钱搞定？庞江怒不可遏。

庞主任，我马上号召工地所有员工，一起学习安全法规。胡胜利急得冒出汗来，然而还是听到最糟糕的结果。

已经晚了，你们工地暂时停工整顿，等建委通知！不顾胡胜利拼命解释，庞江挂断了电话。

停工一天得损失多少，胡胜利气得将手机狠狠丢在座位上，一口气正没缓过来，倪君又说，胡总，这次是因为没有安全带造成的，属于重大安全事故，弄不好，是要坐牢的啊。

这正是胡胜利最担心的，然而他江湖老手，稍作镇定说，有什么好怕的，不就死个人嘛，工地死人的事多了，这件事还难不倒我胡胜利。你跟铁振国说下，让他马上到我办公室商量事故处理方案。

贾长安昔日的宿舍，尽皆缟素，众人披麻戴孝，春妮与周玉花红肿着双眼，铁振国一列人站在门外，轮着上香。

进去看到贾长安的遗像，想到昨日还与自己谈笑风生的师傅，无人不觉得心痛，铁振国重重跪在地上，声泪俱下。他知道若不是这些日子两边赶工，贾师傅不至于疲劳至此，他一向是小心谨慎之人，铁振国狠狠磕头在地，哭道师傅你都是因为我。

一众工友不无动容，而这是倪君却从一边走来，想到他是胡胜利那边的人，孙大力气得跳起说，你还敢来。

大力！铁振国一声呵斥。

振国，你要师傅怎么闭眼？孙大力泣道。

你让师傅安安静静的走好不好？铁振国亦是痛苦。

倪君上前对遗像鞠了三躬，默然片刻，回身对铁振国说，振国，胡总找你有事商量。

众人一惊，皆看向这两人，铁振国也不解道，找我干吗？

去了就知道。倪君不好再说什么。

不行，肯定没好事，要去我们一起去，卡拉喊道。

没事，我自己去，我很快就回来。铁振国沉吟片刻，就与倪君走了。

胡胜利坐在沙发上静静抽烟，想到这件事他早有两手准备，心中不禁阴鸷一笑。

什么事，说吧？铁振国看着他，像看一个陌生人。

坐。胡胜利语气平淡。这次来，想跟你聊聊那五百万垫资的事。

听到不是着急处理贾长安的事，铁振国心里还稍稍好受。

最近，甲方那边跟我联系了，材料费的钱，他们愿意出，也就是说，咱们不用垫资了，你那五百万，现在就可以还给你。

哦？铁振国微微点头。

不过现在有点儿麻烦，胡胜利弹了弹烟灰，这五百万只能打给总包，你呢，现在只分包了我下面的一小块工地，甲方核算了下，说你那块工地，材料费要不了那么多。

这叫什么话？铁振国着急起来，当初让垫五百万，可是你跟我说的。

话是这个话，可是，你也知道，这行里，不是谁都讲道理的。胡胜利慢慢说。

铁振国轻声一嗤。

现在有个办法，咱俩把合同改一改。胡胜利说。

改？铁振国抬头看他。

对，说起来很简单，当初咱们合同签的不是就分包那一小块工地吗？现在，改成这个项目的活，我全转包给你就可以。胡胜利说的风轻云淡，却在看他神色。

就这么简单？铁振国犹疑道。他打量着胡胜利，心里暗自琢磨。

你考虑一下吧，说着胡胜利走到办公桌旁，拿起一份早就准备好的文件，如果同意呢，就把合同签了。如果不同意也没关系，反正这五百万是村里帮你借的，早还晚还也无所谓，利息嘛，一天也没多少。

铁振国向来做事不喜拖泥带水，沉吟片刻便说，行，我签。

他到底涉世未深，哪知这一纸合同，一笔签名，之后接踵而来的是多么胆战心惊的经历。

第二天，一辆警车呼啸着开进工地，工友皆以为胡胜利的报应来了，却不想警官一出来先押住了铁振国。

众人大惊失色，唯有胡胜利嘴角露出一丝冷笑，春妮和周玉花疑惑不已，铁头一众工友直冲冲到警官前说，你们一定抓错人了，这事和铁振国没关系！

有没有关系，调查了才知道。警官说着，就要把铁振国押进车里。

你们不准！铁头拿起砖头就要砸车，孙大力也抄起钢筋过来，你们要是敢抓人，我就砸你们的车！

你们干吗？铁振国急道。

老二，放心，哥绝不会让他们把你带走！铁头举着砖，激动的脸色赤红。

警察同志，让我和他们说几句话。铁振国回身请求道。

有什么好说的，警官看一眼胡胜利，胡总，这就是你平日请的工人，你也得好好管管了。

胡胜利一笑说，警察同志，我这些日子一直在外面，管得少了，再说，他们也不直接经过我管，隔了一层。他脸上愈发浮起得意的神色，倒是一边的倪君眼中有叹息。

如果您不让我说几句话，今天这里非要出大乱子不可。咱们谁也不想出事，是吧？铁振国看着那警官叹道。

警官看一下确实群情激奋，看起来这铁振国声望极高，让他简单一下处理也是好的。就点点头松了手，说去吧。

铁振国上前去轻轻把铁头的手按下，又对孙大力抬抬手，示意他把钢筋放下。

老二，你放心，有哥在。铁头仍然激动。

哥，我知道，铁振国微微动容，他走到一处砖跺上，环视众人说，你们的心情我理解，大家对我的情，我铁振国记住了。警察同志既然要带我走，我相信，肯定有他们的理由。我相信，政府一定会给我一个清白。

众人神色稍缓，春妮在人群里，怔怔看着铁振国。

大家放心，等我回来，铁振国的目光扫过春妮，又停了看了她一会儿。便转身上了警车。

警察同志，你们一定要好好查，不能放过坏人，也不能冤枉好人啊。胡胜利上前与警官握手，却不想警官手一搭抓住他说，你也去，这工地你是总承包，也要接受调查。

胡胜利一惊，意味深长的看了倪君一眼，也跟着上了警车。

铁振国被羁押的消息很快传开，此时周玉花不明所以，真以为是铁振国害死的老贾，直恨不得与铁振国断绝了关系，春妮日日在遗像前哭的肝肠寸断，她不知这事究竟与他有无关联，舅舅是她最后的亲人，她只觉得自己此时就真成了一个孤儿。

但铁振国此时也在看守所里，未来不明。又怎可能真的不担心呢。

好在冯美慧及时出现，两人一商量，觉得只有一人可以帮他。

唐郁梦。

她其实很久没去胡胜利那儿了，但为铁振国的事，还是很快出现在胡胜利的办公室里。

胡胜利看着她轻轻一笑，心知肚明，又拉过来想要轻薄一番，唐郁梦强忍着嫌恶，抓住胡胜利到处游走的手问，铁振国到底怎么了？

到底他是你男人，我是你男人？即使意料之中，胡胜利还是微微扫兴。

你爱说不说，唐郁梦起身，整好衣领。

胡胜利笑笑，走到桌上拿了本合同丢到唐郁梦面前，叹道，这整个工地都转包给他了，这里的所有事，全是他的责任。要不，你还想让我进去？

唐郁梦看那合同，迷惑不已，铁振国怎么会在这节骨眼签这种合同。

胡胜利，这是不是你骗他签的？唐郁梦盯着胡胜利，见他冷笑一声说，他自愿的。

混蛋！你真卑鄙！唐郁梦一时怒不可遏。

哼，咱俩一个混蛋，一个婊子，正好一对。胡胜利冷哼一声。

唐郁梦只觉得热血上头，一掌掴去，又一抬膝盖猛地撞在他裆下，只听得胡胜利一声惨叫蹲在地上，唐郁梦看了他一眼，掏出手机将合同拍下，扬长而去。

很快，冯美慧就找到了律师，然而当律师细细看完照片里的合同，却皱眉摇头说，按照这个合同，铁振国确实有不可推卸的责任，至少面临有期徒刑两年。

什么？春妮失声叫道。

不可能，依我对胡胜利的了解，这份合同应该是他补签的。唐郁梦慌忙说。

那律师又拿起图片仔细看了看，摇头说，你看，这上面有时间，是一个月以前。这份合同写的明明白白，还有铁振国的签名，我想警方看到的也是这份合同。

春妮已慌了神，冯美慧尚冷静些，杨律师，我们还有什么办法？

我没什么办法了。除非你们能证明这份文件是当事人在被胁迫或诱使的情况下签的，才能使合同作废。否则……

否则怎样？

否则，你朋友这牢是坐定了。

第二十五章

探视间里，铁振国与铁头隔桌相对而坐。两人皆是一脸憔悴，突如其来的变故，让这对铁家兄弟一时难以适应。

贾师傅后事办怎么样了？铁振国问。

铁头叹了口气，过几天花嫂子就准备带着贾师傅的骨灰回去了。

铁振国心痛难忍，贾长安的死虽与他没有直接责任，但若不是帮他赶进度，也必不至此，铁头知他心中内疚，就只劝道，不想那些，现在咱们该想的是怎么把你弄出来。

铁振国在里面这两天，日日审问也听出点儿门道，确实是胡胜利把工地转包给他，因为贾长安的死由他负责，他想起那份合同只觉得如鲠在喉，要不是为了早些拿回垫资，他哪会那么轻易答应，就此中了胡胜利的圈套。

这胡胜利，等我出去一定饶不了他！

铁头听完事情的来龙去脉，只觉得热血攻心，沉着脸说，你放心老二，哥绝对不让让你吃冤官司。

铁振国见铁头脸色不对，急忙劝道，哥，你们听我的，别闹事，好好回去，该干什么干什么，等这件事完了，咱们还得接着干呢。我命大，再说中国的建筑业，咋能少了我呢？

铁头笑不出来，不久探视时间就到，他只好闷闷的出来，孙大力一众人已经等在外面，见铁头这模样又闹着要去砸警局，铁头怒喝一声，别闹了！众人一怔，只见他似是压抑着怒火，大步就往前走了。

铁振国刚回到拘留室，就有警官过来说，铁振国，又有人来看你了。

谁啊？铁振国起身往外走。

警官一笑说，两个女的。

难道是春妮和周嫂子？他只觉得心里一喜，那天被带走时春妮的眼神他一直记在心里，成为这些天唯一一点慰藉。他理了理头发，就快步往外走。

然而看到坐着的是冯美慧和唐郁梦，他只有努力收敛神色，又礼貌的笑了笑。

你们怎么来了？铁振国坐下说。

我们已经请了律师，你一定会没事的。唐郁梦看着他，揪心不已。

谢谢，又麻烦你们了。铁振国微微点头。

你放心，就算倾家荡产，我也一定救你出来。唐郁梦恨不得马上握住他的手。

不想铁振国却苦笑了下，摇了摇头，这次我是认栽了，这些年，我铁振国也没少栽跟头。但凡有些办法，我绝不认输。这一次，不一样，白纸黑字，确实是我签的，虽然是被骗，可抵赖不了。

不，我再去找胡胜利，这事是他搞的鬼！唐郁梦焦急道。

你别去找他，离他越远越好，这种人，只会害了你。铁振国看着唐郁梦说。

她一时觉得心痛，说不出话。

你们回去吧，没什么事不要再来了，如果我真的被判刑……你们就好好过自己的生活。

铁振国看着两人笑了一笑，便起身往里走去。

两人默默的出来，唐郁梦说，这事你怎么看？

冯美慧其实早就找过父亲，但确实无能为力，她说要不发动媒体，给胡胜利施加压力。

唐郁梦到底历练更多，此时已是胡胜利占上风，没有证据的情况下再有媒体加持，铁振国必定更难脱险。

现在要紧的，是找到关于证明合同有假的证据。

唐郁梦沉吟片刻，突然说，再去趟胡胜利那儿。

两人迅速上了车，待确认了胡胜利此刻不在办公室，便径直去找到倪君。

唐总。见是唐郁梦来，倪君自然笑脸相迎。

唐郁梦千娇百媚的一笑，令冯美慧这个女人都膝下一软。

倪经理，你在这正好，你快带我去把这几天胡总办公室的监控录像找出来看看。我跟胡总说过了。我有件项链前几天来的时候，弄丢了，我想看看，有没有人拿过。

唐总，这个，监控录像可不是说调就能调的，再说唐总的东西谁敢拿，咱们直接去胡总办公室找找就行。纵使她非常迷人，倪君还是相当冷静。

我和胡总找过了。别耽误时间了，快，带我调录像。唐郁梦要变了脸色。

你这么推脱，莫非这事情和你有关，冯美慧也盯着他。

你！面对两个女人，倪君几乎毫无办法，只好带着他们往保安室走去。

然而当唐郁梦要看上周四的录像时，倪君还是吃了一惊，就是那天他们偷换了铁振国的合同，并让他签了字。

倪君端详着唐郁梦，缓缓说，上周四是铁振国被抓起来那天，那天，如果我记得没错的话,唐总并没来过我们这。

不想唐郁梦眼波流转,看着倪君一笑说,你怎么知道我那天没来,我和胡总私下见面,难道还得让你知道?

这……倪君一时语塞,不得不赞叹这女人厉害。

诶,那天的录像没了。保安室小李疑惑道。

没关系,就算删除也能找到,冯美慧抢过鼠标。

不,已经格式化了。小李说。

倪君似是松了一口气,笑说,唐总,看来您的项链是没法找了,要不,让胡总给您买条新的?

一辆黑色的奥迪车从工地开出来,胡胜利眯着眼和着车里的音乐,正想闭目养个神,却不想突然一个人影闪到车前,张亮一脚刹车,胡胜利幸而系着安全带,才没有一头撞在玻璃上。

定神一看,铁头手里拿着块砖头站在车前,满面怒容。

铁头,你干吗!活腻歪了是不是!胡胜利跳下车,指着他大骂道。

铁头一向孱弱,此时却直直瞪着胡胜利叫道,你现在跟我一起去派出所,帮我们家老二把事说清楚。

什么?胡胜利几乎笑了起来,铁头,我今天还真对你刮目相看了,但铁振国的案子到底怎么回事,是警察说了算啊。

你去不去,铁头举着砖头,一字一顿。

张亮也下了车,几步走到铁头面前,却被胡胜利挥手示意离开,就听得铁头继续说,我铁头没啥本事,但是谁敢欺负我们家老二,我绝饶不了他。

胡胜利往前走了一步,冷冷说,你饶不了我,那你说说看,你想怎么办?

铁头又举高了砖块,心中愤怒又惊惧。

来,朝这儿砸,胡胜利拍拍自己的脑袋,投去鄙夷的一撇。

别逼我,跟我一起去警局说清楚,我就放过你!铁头叫道。

哼,砸!不砸你就是孬种!胡胜利恶狠狠道。

王八蛋!铁头气得青筋爆出,一咬牙抡起砖头就砸过去,谁料张亮一步冲来一把攥住他的手臂,反手一剪就绞在了背后。

放开我,放开我。铁头极尽挣扎,破口大骂,胡胜利,你这个没良心的王八蛋,我们家老二为你干那么多活,你还害他。

给我消停点儿,张亮猛的推开铁头,又一脚踢向他胸口。使得铁头连连退后几步,一口血咳了出来。

胡胜利,你不是人!

胡总,我去?张亮等胡胜利的指使,不想胡胜利只对他摆摆手说,算了,上车,跟疯狗斗,闹不好还被狗咬伤。

望着胡胜利的车扬长而去，烟灰遮住了他的眼睛，铁头只觉得深深绝望，他没能耐，保护不了自家兄弟。他久久伏在地上，两行泪掉下来。

铁振国若是知道，此时每个人都想倾力救他，必定唏嘘不已。

唐郁梦再次约了胡胜利见面，并且一见他就只说了一句，放过铁振国吧。

胡胜利悠悠一笑，脱了外衣扔在床上，你果然是为他来的。

只要你放过他，我什么都答应你。唐郁梦说的十分艰难。

放过他，那谁放过我？铁振国出来了，那进去的就是我胡胜利，你就舍得把你男人弄进去啊？胡胜利冷笑着问他。

这件事，铁振国是无辜的。唐郁梦恳切道，她至今抱着一丝幻想。

而胡胜利只露出阴鸷的神色，是不是无辜的，你说了不算，我说了也不算，后天法官说的才算。

你就不怕遭天谴吗！唐郁梦说完，几乎是眼圈一红，胡胜利，算我求你了，你再想办法。你说什么我都答应你。

是吗？胡胜利扔下烟，抱起唐郁梦，在她那明艳的红唇上亲了上去，那浓烟的气味让唐郁梦只欲作呕。

我帮你救出铁振国，你就一辈子做我的情人？他盯着她，轻轻一笑。

愣了几秒，唐郁梦艰难的点了点头。

不想胡胜利突然大笑，他托起唐郁梦的下巴，悠悠道，唐郁梦啊唐郁梦，你真以为你还是当年的小姑娘呢？比你年轻漂亮无知又懂事的姑娘，真不知有多少还在扑上来。

始料未及，句句锥心，唐郁梦只觉得狼狈不堪，气血上涌。

送你一句话，永远不要为了另外一个男人而求一个男人。他直直盯着她，凑到她耳边，一字一顿说，他只会更瞧不起你！

啪的一声，唐郁梦一记响亮的巴掌过去，喝道，畜生！我告诉你胡胜利，你别以为自己什么事都能摆平，这么多年你干的缺德事太多了，早晚要遭报应。

说完，她拿起自己的包就大步走了出去，一阵冷风吹来，更让她觉得清醒明亮。

这几日，拘留室的警察都有些感慨，不知铁振国何许人，探视的人一波一波，这次与他相对而坐的，是马一方。

他得知消息略有意外，胡胜利为人他十分了解，铁振国涉世尚浅个性耿直，栽在胡胜利手中是迟早的事，只是没想到这次如此严重。

知道自己错在哪儿了吗？马一方看着形容憔悴的铁振国，无奈问道。

他只叹了口气，没说话。

一是错在你经验不足，中人圈套。二是错在你只是个包工头，没有自主权。我知道,你志向不会这么小,要想在这行闯出去,就得自己接项目,就得干出自己的品牌。

铁振国摇摇头,叹息道,说什么都晚了,这回翻身太难了。

这就怂了?马一方说,别灰心,我们都在想办法。

他没说话,停了半晌说,马总,如果我真出不去了,我有件事拜托你。

你呢。

我那些兄弟,干活个顶个的好,你得给他们口饭吃。铁振国说。

马一方无奈一笑,这个时候还记得兄弟情意,确实是他铁振国。他点头应下,又拿出一摞书来。

行了,别那么多感慨,你在里面,就好好想想将来建筑该怎么干吧。

铁振国一看有书喜出望外,他还正是每日无聊,难免胡思乱想。

这些天就当上了一个大自习。

眼看离法庭宣判时间愈近,唐郁梦终于约出刘芬,这个彪悍闻名的胡胜利的前妻,在见到她时依然自持着可怜的自尊。

我想跟你做笔生意。唐郁梦说。

刘芬微微吃惊,毕竟吵了这么多年,她也够了。

但听唐郁梦说完,她那个并不蠢的大脑飞快的运转,还是在气势上不输人的问了句,你凭什么以为我会答应你。

你只需把资料给我就行,救出铁振国就会远走高飞,以后再也不跟胡胜利来往。到时候,胡胜利就是你一个人的了,你们想复婚,想怎么着都行。这生意,你很划算。唐郁梦静静的看着她说。

刘芬一笑,露出十分的鄙夷,胡胜利他本来就是我男人,我又何须你让我。

唐郁梦轻轻一笑,从手袋中拿出一只优盘握在手里,刘芬,我手里还有一张底牌,但我不想用,不管怎么说,胡胜利也对我好过。他这些年干的坏事,我这里有很多证据,你们如果逼我,我就把这个交出去。

你这女人!刘芬始料未及,几乎气急败坏,你交出去好了,这男人我早就不稀罕了。

别嘴硬了,你在不在乎他,你心里有数,你不在乎,可你们之间的孩子在乎,你在公司里的股份也在乎,他进去了,你的钱也得被查封。我只问你一句话,你愿不愿做?

刘芬一时气焰熄灭,沉默不语。

你说话可算数?我帮你做,你必须永远离开这座城市,并且再也不跟胡胜利联系。刘芬沉吟许久,抬头盯着唐郁梦。

一言为定。

曾经贾长安的宿舍，如今是周玉花与春妮形容枯槁的坐着，他的黑白照片在桌上静静放着。

对于贾长安猝然离世，周玉花的悲伤无处可放，仍把一腔怨气冲向铁振国，明日就是法院庭审的日子，春妮其实内心煎熬，但周玉花根本听不得铁振国的名字。

敲门声起，铁头在门口叫，春妮，嫂子。

出去！周玉花说。

嫂子。铁头站在门口。

出去！周玉花咆哮了一声，又呜呜哭了起来。

铁头嘴角微微抽动，低头进来，径直走到贾长安像前，点了三炷香，恭恭敬敬的上好。

贾师傅，你走的太早了。铁头蹲在地上，像平日在工地席地闲聊一样。记得我和振国刚来的时候，总惹你不高兴，尤其是振国，这小子爱犯浑。为了这，他没少吃亏。

咖啡馆外，唐郁梦焦急不已，刘芬迟迟不来，而庭审马上要开始。

她没经历过这样的时刻，被告席上的那个人，在等着她手里的重要资料。

可以救自己爱的人，对她来说是幸福。

一辆宝马倏地在她面前停下，刘芬摇下车窗，唐郁梦松了一口气。

说话算数？刘芬拿出一个优盘。

放心，我都做出这样的事了，就算想跟胡胜利，他也不会要我了。唐郁梦一笑，接过优盘装进手袋。

谢谢，她转身疾步钻进车里。

法庭庄严，铁振国的一众兄弟都来了，春妮和冯美慧也在一边旁听。

看着坐在被告席上的铁振国，几人皆是揪心不已，就要开庭，铁振国回头看向众人，目光与春妮相遇，突然觉得如微风拂面，心里亦是安定了许多。

肃静，开庭。法锤一敲，铁振国回过头来。

被告人铁振国生于1980年9月18日，江苏省江宁市田园村人，汉族，文化程度，高中。现于胜利建筑公司承包工程。2001年11月23日，因工地存在重大安全隐患，工人在没有安全防护带的情况下进行施工作业，造成工人贾长安坠落脚手架，不治身亡。根据《中华人民共和国劳动合同法》，铁振国于11月24日下午16点27分被依法逮捕。本庭今日依法对其进行公诉。

众人满面紧张，包括倪君，只有胡胜利一脸轻松。

被告人，你对起诉书有没有意见？公诉人问。

有没有意见，铁振国能说什么，他沉吟了片刻，摇摇头道，没有。

老二，你是疯了还是傻了，瞎说什么？铁头跳起身喊道。

肃静！审判长猛敲法槌，又看了一眼铁振国说，被告人，请对案件事实做简要陈述。

铁振国正正神色，说，审判长，贾长安确实是在工地坠落，但是并不是发生在我的工地，而是在胡胜利的工地。所以，他的死和我无关。

倪君看向胡胜利，他却目不斜视，一脸胜券在握。

被告人，你是否和胜利建筑公司签署了工地承包合同，合同规定，胡胜利所承包的美梦花园项目，全部转包给你。是否属实？

不是，那个合同，我本来并不知道。铁振国说。

公诉人面无表情，我只问你，是或不是？

这要如何回答，铁振国有些丧气，是。

众人情急不已，杨律师心知胜算不大，但依然站起来说，审判长，我请求我的当事人详细说明当时签署这个转包合同的细节。

胡胜利微微紧张，收敛了刚刚的得意神色。

我本来只承包了胜利建筑公司的一小块项目，并不包括贾长安出事的工地。后来，贾长安出事以后，胡胜利为了推卸责任，骗我签了合同，按照新的合同，全部项目都承包给我了。

被告人，胡胜利当时以什么名义骗你签了合同？杨律师问。

他说只有我签了合同，项目甲方才能付给我材料垫资款500万元。

一众人眼中熠熠，似得一丝希望。不想随即公诉人要求胡胜利作为证人，胡胜利对铁振国刚刚的陈述只说了四个字。

一派胡言。

你这骗子，奸商！铁头与孙大力哪里还坐得住，嚷嚷的审判长法锤越来越响。

胡胜利淡定道，铁振国是经过别人介绍到我的工地上来，因为和他是老乡，再加上他在北京不容易，我就以比较低的价格，把全部项目转包给他了。没想到，他竟然如此不注意工地安全。审判长，这事我也有责任，不该把工地转包给这样的包工头。

你胡说！铁振国忍耐不了，起身叫道。

肃静！又一声响锤。

似是毫无悬念，杨律师也是叹息回到原位，对冯美慧轻轻摇头。

一片寂静中，审判长打开文件，开始宣读，铁振国从没想到从前电视上听到的词现场听到，并且主角还是他自己。他一低头，静静听审判长的平静遥远的声音。

根据《中华人民共和国劳动合同法》，铁振国在承建美梦花园项目中，工地存在重大安全隐患，从而造成重大安全事件，证据确凿。本庭宣判，铁振国犯罪事实——

他闭上了眼睛，春妮的眼泪就要夺眶而出，铁头抱着头不再说话，只有冯美慧神色焦急不时望向入口。

等一下——

唐郁梦气喘吁吁冲了进来，将一个U盘交到杨律师手中。

审判长，我请求传呈新的证据。杨律师微露喜色。这是胡胜利和铁振国当日签署合同的现场录像。

胡胜利简直感觉如惊雷炸起。倪君更是不知所措，他知道，大事不好了。

投影仪上，胡胜利与铁振国商量签合同之事，而在铁振国决定落笔之前，胡胜利趁其不备调换了合同。

事情明明白白，铁振国一喜，回头一望，唐郁梦正坐在春妮与冯美慧中间，紧紧握着两人的手。他稍稍有些尴尬，但更多的是感激。

胡胜利，你还有什么话可说？杨律师问。

胡胜利心中一番兵戈铁马已过，只得站起来说，审判长，这我确实没想到，如今想来，确实存在调换之实。不过，原始合同系我的项目经理倪君和铁振国所签，此事，我也被蒙在鼓里。审判长如果不信，可以传问倪君。

倪君早已落下汗来，他没有别人预料到的起身争辩，而是欲言又止，眼里的光渐渐黯淡下去。

他呆呆的坐在椅子上，审判长的声音变得遥远，胡胜利拿了重金要他万一出事便顶包的情景还在眼前，那满满一皮箱钱当时那么晃眼，胡胜利说若出事，钱便都是他的，也不过关一两年就出来，若没事，钱也有他的一半。他当然犹豫了，然而胡胜利又说，他们早已是一条船上的，发财一起发，出事一起扛。

他便连犹豫的权力都没有，只得收了钱。

结果已分明，倪君罪名成立，有期徒刑两年，当即执行。

众人欢腾声一片，那群弟兄们冲去抱住铁振国，要将他高高举起，他却在人群里看到春妮，她几乎是喜极而泣，他开心极了，大笑着与众人向外走。

路过胡胜利时，只见胡胜利冷冷一笑说，恭喜你啊。

也恭喜你。铁振国一字一顿，直盯着他。

没想到啊，这样你都没进去，福大命大啊。胡胜利仍是那一副皮笑肉不笑的嘴脸。

我也没想到你还有这一手，我希望你一直福大命大。

铁振国说完便走，不与他再做纠缠。

刚刚看到铁振国与春妮四目相对，冯美慧与唐郁梦相视轻轻一笑，就走了出来。

你去哪儿，我捎你。唐郁梦说。

不用，我回报社，很近。冯美慧笑笑。

那好吧，再见，唐郁梦对她挥挥手，就开门上了车。然后发动了车又摇下车窗，看着冯美慧的背影怔了一下。

美慧！

冯美慧转过身，看车里的唐郁梦微微有些异样。

照顾好铁振国。

她说完就摇上车窗，开车走了。

事实上从法庭里走出来，她就知道自己这一段经历该落幕了。她想了想，去了自己的美发厅，叫来驻店经理。

帮我剪个头发。她坐下来，淡淡一笑。

唐姐，要做什么新发型？

剪短，理成板寸。她说，其实也是早就想好。

那经理一惊，手握起她那那明艳的栗色长卷发，只觉得无比可惜。

您真的想好了？

当然，动手吧。唐郁梦一笑。

留了多年的长发，咔嚓一剪就落了地，人总要断点儿念想才行，她对镜子里的自己，努力笑了笑。

陪我去个地方，就一次。

唐郁梦说完，就专注开车，骑车驶向西山，铁振国按下车窗，风冷冷的吹进来。

是香山，这时早无红叶，今年的初雪也还没来，一片肃杀景象。

没有车路，两人便下车慢慢往上走，待到顶上，终于看到北京万丈红尘灯光璀璨。

为什么带我来这里，铁振国看了看，她剪了头发，还是很美。

在北京这么久，我连香山的红叶都没看过。

红叶要在秋天，早就过了季节。铁振国说。

今天是我第一次在这么高的地方看北京城，可能也是最后一次了。唐郁梦淡淡的说。

铁振国微微一怔，你要离开吗？

嗯，唐郁梦点点头，我明天就离开北京了。她说完有些动容，不顾铁振国的惊讶，轻声说，这座城市终究不属于我，我把最好的青春都投入在这里了，但……是到走的时候了。

已经这么久了,你怎么舍得?铁振国看着远处的灯光,那是他始终眷恋的一个城市里的安稳气息。

唐郁梦轻轻笑了笑,我十几岁的时候就在这个城市生活,那时我还不到十六岁。如今,我已经三十多了。在我过去的三十多年里,有一半的时间是在这个城市度过的。要说舍得,哪那么容易舍得?

铁振国轻轻一叹,知道也无从劝说,只问,胡胜利知道吗?

我和他本来就是恋爱关系,好聚就行,好散就不必了。

她年轻时以为,胡胜利是一棵大树,靠着他衣食无忧,但后来渐渐明白,钱能买到的,终究无法让自己心安。

你准备去哪儿?铁振国问

唐郁梦从手袋中翻出两张机票,递给他看。

北京到悉尼,一张唐郁梦,一张铁振国。

振国,你愿意和我远走高飞吗,离这里越远越好,到了澳洲,依然有很多可做的事情,我也可以帮你实现梦想。

铁振国心里微微一颤,身边这女人一片深情,却是难以背负。

你知道我最大的梦想是什么吗?铁振国看着远处,就是和自己爱的人在一起,干自己喜欢的事。

微微一顿,唐郁梦就笑了,似是非常释怀。

我其实知道你不会和我走,可我还抱着万分之一的希望,如今这样好,该了断的我都了断,也能走的轻轻松松。

对不起,我欠你太多了,铁振国还是微微动容。

不,你不欠我,一切都是我自愿的,我还要感谢你,感谢你出现在我的生命力,让我知道自己还可以爱,让我觉得没白活。

唐郁梦顿了一下,看了一眼铁振国忽然万分伤感。

振国,让我抱你一下好吗?

他看着她,将她抱进怀里。

答应我,好好爱自己。

他点点头。

如果有来生,我一定要比春妮更早认识你。她在他额上轻轻一吻,就将他推开。

让春妮明天一早来清吧找我吧。唐郁梦笑了笑。

第二天,竟是北京的初雪,天反而没那么冷,细细的雪花落下,整个城市在一片温柔之中。

春妮不知道唐郁梦要她去清吧做什么,就低着头往里走,却是任建一见她先一鞠躬，她一怔，向任建礼貌的笑笑，待走进清吧，一众服务员鞠躬道，春妮姐。

她愣在原地，玛丽过来说，春妮，你总算来了。

唐姐呢？春妮疑惑不已。

走了啊，你不知道吗？

走了？去哪儿了？春妮一惊。

春妮，唐总把这个清吧送给你了，她今天去澳洲了。玛丽说。

春妮只觉得一刻眩晕，抓着玛丽问，她什么时候的飞机？

玛丽看看表说，十点半，应该还有两个小时。

春妮说了就冲了出去，在雪地里拦住一辆出租车。

机场，快！

唐郁梦接了胡胜利最后一个电话，挂断之后，更是对那段过往没有一丝眷恋，她想了想，终于是关了手机，打开后盖，将 sim 卡扔在垃圾桶里。

唐姐！唐姐！

她听得一个气喘吁吁的声音，转过身来，见春妮跑得脸色赤红。

终于到她面前，停下望着她。

这边来吧，唐郁梦引着她走到巨大的玻璃窗前，外面白雪茫茫，飞机起落。

唐姐，别走，清吧离不开你。

她却没接话，只看着窗外说，好美的雪，只可惜，很快就要化了，到时候什么都没有了。

春妮不懂什么是白茫茫大地真干净，怔怔的看着唐郁梦，她脸上有种淡然的决绝。

我在北京也是这样。这些年，我看似什么都有了，房子，车子，清吧，美发厅，当然，还有男人。

是啊，春妮说，怎么能这样就都放弃了。

其实我什么都没有。房子、车子、清吧、美发厅都是胡胜利给我的，但是，这个男人并不属于我。他都不属于我，他给我的东西，又怎么能属于我呢？唐郁梦笑了笑，转脸来看着春妮说，你不是一直把唱歌当成自己的梦想吗？清吧就算我送给你的礼物了。

不行唐姐，我不要。

唐郁梦叹了口气，无奈道，别有心理负担，我不是为了帮你，而是为了帮另外一个人。那个人，把你的梦想当成他的梦想。我帮你，就等于帮他。

原来是这样，春妮会意，不再说话。

我得走了。唐郁梦看看表，对春妮一笑。

唐姐……再见。春妮说的十分艰难，也马上就要哭了。

再见，不过怕是再也不见吧。她拥抱了春妮一下，对她一笑说，记住，珍惜眼前人，如果你不珍惜，就请你放过他，他爱你爱的……太苦了。

春妮一愣，唐郁梦已拖着行李箱过了安检。

再见，北京。

再见，我不可得的爱人。

第二十六章

铁振国回到工地,走近了都听不到一点儿动静,这帮家伙,看我不在干活就偷懒,他正默默念叨,一抬头却见自己负责的楼体已建成大半。接着,就是一阵他最熟悉的工地锣鼓,对,瓦刀敲击钢管,钢筋敲打机器。

归来吧归来哟,浪迹天涯的游子。归来吧归来哟,我已厌倦漂泊……

就听到卡拉的歌声,黄毛孙大力一群,忽然齐齐跳出来叫道,铁哥,你回来了!

这一切让铁振国眼眶微湿,不仅是这帮弟兄,就连这里熟悉的一切,搅拌机,砖头瓦块,都让他觉得格外安稳感动。

你不在,活儿一点儿没少吧?铁头笑道。

振国,你回来就好,以后我们都跟着你干了。孙大力说。

对,跟你干!铁振国,你收留我们不?众人喊道。

铁振国喜不自禁,又语重心长道,不是我收留你们,是你们收留了我。兄弟们,这些天我虽然受了冤枉在里面,可也没闲着,我想明白了很多事……

然而话音未落,就见众人突然安静下来,铁振国往身后一往,见胡胜利与张亮走了过来。

怎么不唱了?胡胜利冷冷说。

众人不语,却都是一脸不惧。

胡总,您也看到了。我这边的工程已经完工了,咱们的款项是不是也该结了?铁振国说。

没问题,这点小钱,我胡胜利还不放在眼里。记住,你不过是给我打工的,说到底,你还是端我的饭碗。

你错了,我铁振国挣的每一分钱,都是凭我自己的双手挣来的。铁振国看着他冷冷的说。

对,我们也是凭本事吃饭,不是什么端你的饭碗。孙大力几人叫嚷道。

哟,都长出息了。胡胜利盯着孙大力,你们这什么意思?

我们要辞职。孙大力说,他一扭头问众人,是不是啊兄弟们,那些人齐齐喊道,对,我们都要辞职。

这个月工资不要了?胡胜利皱眉道。

胡总，您大概忘了吧？前天，我们这个月工资已经发了。孙大力狡黠一笑。

胡胜利一惊，继而又说，别忘了，咱们可是有合同的！

孙大力笑笑说，对，是有合同。你最好把这事抖出去，让建委的人都来看看，咱们签的是什么合同。如果建委的人看不明白，我孙大力愿意帮忙解释给他们听。

你！胡胜利再次气急败坏，他指着铁振国说，你给我等着，你会知道在这北京城，谁才是江宁建筑业的老大。

好，我等着，你也等着，咱们看看到时候谁盖的楼高，谁盖的结实。铁振国几乎是咬着牙说。

看着胡胜利怒气冲冲离去的背景，铁振国转身一笑，对着众人说，兄弟们，以后咱们可真得赤着膀子干了。

维克特瑞！干！一众人齐声喊道。

周玉花要回去了，铁振国带着把金瓦刀跪在贾长安像前，往事历历，他劝不住师娘，即使说好了新项目必将她安排的妥妥当当，周玉花依然微笑着摇了摇头。

你们的心意我领了。只是，老贾走了，我在这也怪孤单得慌，还是回老家吧。我知道，咱们老家这些年日子也好过了。人都说叶落归根，我老了，得回去。

舅妈，还有我呢，春妮泪眼涟涟。

要说我在这还有什么念想，那也就是你了。我走了以后，你要多听振国的。

将春妮托付给振国是贾长安的遗愿，周玉花已明里暗里和春妮说了多次。

春妮不语，倒是铁振国答应了一声，师娘，您放心。

她又和接班的小玲说，以后这些浑小子就交给你了。要把他们养瘦了，我可不依。

小玲连连点头，一众人也皆是伤感。

春妮说过，她不知道该怎么忘了高中，高中自去了美国就再无音信，这还真不如干干脆脆和她分手，她一想起高中只觉得痛苦不能自抑，对于铁振国，依然是十分抱歉。

她哪里知道，此时高中，已经和冯友琳订了婚，他将很快拿到美国绿卡，成为他自己的人生赢家。

当然她也不知，苍天到底没饶过谁，高中正在屋里剪喜字的时候，冯友琳接到了姐姐的越洋电话。

友琳，我有话要和你说。

正巧，我也有件大事和你说，你先吧。冯友琳笑得甜蜜。

别告诉我你要准备结婚了。冯美慧听的异样。

诶，没劲，这么容易就猜到了。冯友琳笑。

他现在在你旁边吗？冯美慧的声音变得严肃，正在喜悦中的妹妹却没听出来，笑道，在啊，你找他啊？高中——

别别，我不找他，我有话私下和你说。冯美慧急忙说。

然而高中已经过来，绕在冯友琳边上，顺势就在她颈上一吻，低声问，有何吩咐？

冯友琳握着电话一愣，就对高中一笑说，没事，你先忙着，我和姐说会儿话。高中满面狐疑，还是被冯友琳撒着娇推开。

你不能嫁给他。冯美慧说。

What？冯友琳一惊，姐，你没开玩笑吧，我们已经订婚了。

那也不行，你还记得春妮吗？他出国之前，春妮已经生病了，可他还是不告而别，还拿走了春妮所有的钱。

冯友琳惊得半晌没说出话来，姐，你说的是真的？

千真万确，琳琳，听我的，这样的男人，赶紧离开。

冯友琳怔在原地，连声再见都没说，就木然挂了电话。

她转身过去，给了高中一巴掌。

其实刚刚的电话他早听出几分，此时便竭力解释，一说不告而别是怕春妮缠住他，又说那钱是借的迟早要还，总之一切为了与冯友琳在一起。

高中，你不择手段。你昨天可以这样对春妮，明天就可以这样对我。

怎么会呢，高中觍着脸笑，我们马上就是夫妻了，只要我们结了婚，我拿到绿卡，就能留在美国，国内那些事都和我们无关啊。

这个时候你想的还是绿卡？冯友琳打量着高中。

对啊，有了绿卡，我就可以一直在美国陪你啊，你看，喜字我都剪好了。

那正红的喜字像一团火一样燃烧着冯友琳的眼睛，她一把夺过来，撕了个粉碎。

见那一团红纸散落，高中变了脸色，他向来不惯女生，对冯友琳已算宽待，这时却也忍不了了。友琳，你这可就过了啊。就算我和她曾经有过什么，那也是过去。那时候，咱俩还没开始呢。我有权利和别人谈恋爱，你在美国这么久，怎么还跟中国人一样保守。

高中，你让我恶心，她盯着面前这个男人，心里有再也挥之不去的厌恶。她的声音平淡却不容置疑，咱俩完了，不纯粹的爱情，我死也不会要。

高中怔了一下，却冷笑起来，冯友琳，你以为你能威胁我吗？我是喜欢你，但一部分当然是看中你的身家条件，你帮我出了国，现在我学上完了，大奖也拿到了，你爱走爱留，爱嫁不嫁，我根本无所谓。

高中……冯友琳面如死灰，她抄起手边一只模型，就狠狠砸了过去。

滚！

为妹妹揭开了高中的真相，冯美慧也像去掉了一处心病，而她又一直记得唐郁梦走时和她说的话，那天晚上唐郁梦又约了她出来，两个女人在夜里三环路上开了一阵飞车。她问唐郁梦为什么不勇敢些去追求，唐郁梦说自己自从与胡胜利在一起的那天起就不配了，这话她虽然不认可，但现在，确实只剩她一个人了。

这日一间办公房前鞭炮炸响，铁振国大手一挥，一块红绸掀开，赫然露出振国建筑公司的招牌。

掌声响起，铁振国目光看过众人，高声说，今天，公司能够成立，全靠大家的共同努力。从现在开始，咱们一起加油，给北京城，也给咱们自己，建出最好的房子来。

好！黄毛叫道，众人一片嬉笑，突然身后有镁光灯闪，铁振国探头一看，笑道，美慧，你来了。

那是，铁老板公司开张，我如果不来，以后还在不在北京城混了？

铁振国大笑，要说这公司名字还是冯美慧起的，他再一看，远远一辆三轮车拉着一堆花篮过来，冯美慧笑道，来，大家帮把手，把花篮抬进来。

十分热闹且有气氛的开端，随即办公室收拾好了，冯美慧在铁振国对面一坐，打量这办公室，振国，这第一枪算是打响了，接下来的路，该怎么走，你想好了吗？

铁振国苦笑一下，指指脑袋说，脑袋都想疼了，也还不知道。

是么，说来给我这个顾问听听。冯美慧以手托腮，看着他。

呵，这就成顾问了，不过你确实比我见多识广，正要跟你讨论讨论当前建筑业的现状和前景呢。铁振国起身给她倒了杯水。

根据我个人这段日子的观察和思考，我感觉，中国的建筑业要迎来一个大爆发了。这个爆发，是两方面的，第一个是中国很可能会进入一个盖大楼的高峰期，快车道，各种商业楼和居民楼都是。因为我们的经济已经发展到这个地步了，人们想住好房子，想去高档的地方吃饭看电影，有需求，就应该有市场。

嗯，不错，观察准确，第二呢？冯美慧把杯子给铁振国一递，先喝口水。

他想也没想再接来喝了，喝了才觉得有些异样，赶紧又放回桌上。

第二个，中国的各大城市，很可能要迎来一大批标志性建筑，包括北京。一个城市没有标志性建筑，等于一个人缺少了名字。北京申奥成功，各种场馆的建设，必将带动一大批现代建筑起来。

嗯，真行，有两把刷子。冯美慧不停的点头，可这些和你有啥关系呢？还有你的公司？

有啊，第一个市场好，我们这种小公司就有生存空间，总能接到项目。第二个嘛，是我的私心和梦想，如果我也能去参与到盖最先进的房子，那该多好。

棒！冯美慧鼓掌，一是逗他，二是她真欣赏这男人。以后得让我多来采访，好多点儿稿子。

没问题，想采访谁就采访谁。铁振国笑。

就采访你一个啊。她这明显是调戏。

我哪行，我一个大老粗。铁振国打哈哈。

我就喜欢你这样的大老粗。冯美慧笑眯眯的。

你又来了啊。铁振国假意生气，还是忍不住笑。

反正我已经想好了，从现在开始，我要大胆地、勇敢地、无惧地追求你了。

哟，铁振国扑哧一笑，他们之前其实已习惯了这种玩笑。我劝你还是别为难我了，我现在只想着怎么把公司做好，我还想将来拿到建筑业的鲁班奖呢。

冯美慧不依不饶，睁眼说瞎话，你心里想着谁，别以为我不知道。行，不谈感情，那我就跟你一起做公司，给你当助理，然后早晚有一天，我变成这里的老板娘。

哎，铁振国无奈叹了口气，你这做记者的，怎么和写电视剧的一样？净说些没边儿的。

冯美慧白了他一眼，坐直了说，对了，你不是说要找项目吗？

对啊，铁振国这才看她一眼。

这点你就要学着胡胜利了，像你们这样刚成立的小公司，谁愿意把项目承包给你们啊？眼下，你们得把公司挂靠到一家大型公司那里去。

诶，铁振国还真没想到，此法可行。

怎么样，我的本事，可以当老板娘吗？冯美慧一仰头，挑衅的看着他。

嗯，下辈子。铁振国大笑之后，马上给马一方打了电话，约了一会儿去找他。

马一方的办公室明亮简约，落地窗前，两人相对而坐，铁振国说明来意，见马一方还没应下，就说，如果不行，那我想别的办法。

你还有别的办法吗？马一方笑道。

没有。铁振国老实回答。

那不就结了，马一方大笑，不过先别高兴太早，挂靠到我这不是不行，但是，和其他江宁的公司一样，也得按年给集团交利润的。最重要的是，绝不能干违法乱纪的事。

这个您放心，铁振国喜不自禁。

江宁建设这几个字，是咱江宁市，甚至江苏省建筑企业的脸面。什么事都可以,毁招牌打脸的事,可是一件都干不得啊。

没问题,他频频点头。

还有,你现在大小也是个老板了。这干企业,和当包工头可不一样,要想做好做大,光靠那把瓦刀可不顶用,必须得有知识,还得有新知识。你手下的人也是,光你一个人,再厉害也没用,只有带出来各个独当一面的队伍,才算成了。

这个说到铁振国软肋,事实上他一直在想这些问题,并且考取建造师列入了个人计划。现在和他当工人当然不同,他要管理、要统筹、要控制成本,各个都是学问,不过他不怕,再说有马一方这样的师傅带着,也是十分幸运。

一辆出租车在长安街上疾驰,车载音响一般,汪峰有些声音空洞的唱着,昨天你对我说你要离开,这种生活让你觉得悲哀。你问我今后有什么打算,我笑笑对你说了声 BYE BYE……

高中坐在车里,看窗外匆匆而过的北京,长安大戏院,中国海关大厦,再开一段,又经过王府井和天安门,西单已有许多新建筑,玻璃在阳光下熠熠发光。

刚从国外回来吧?司机问,北京的司机不但是活地图,还多是侃爷,能把中南海说成自家后花园。

你怎么知道?高中一笑,调整了坐姿。

一看您这气质就不一样。跟您说,我开出租这么多年,什么样人没见过?司机又看他一眼,问道,您这次回来是要投资国内吧?

嗯,有这个想法,高中淡淡的说。

嘿,要投资您就投资房地产。司机一开口就停不下来,知道吗?去年年底,回龙观小区开售时,那家伙,大半夜的在售楼处排队,也不知他们冷不冷。我听说,两万多人排队,只有三分之一的人拿到房号,能不能买着,那还是另外一回事。就算买着了,也得两年以后才能住。房子,现在还在图纸上呢。不过这换了谁也得去抢,多便宜啊,两千六一平。

我在美国看报纸,说去年中国商品房均价也就两千。高中说。

哟,您不能跟全国比啊?北京去年均价四千七,这么一比,你说两千六便宜不便宜?现在是什么情况,光去年上半年,北京房价上涨 25%。现在,市中心一万,三环八千,五环五千,四千以下的,全在郊区。

司机还在不停的说,说不出几年北京房价要破两万。这职业其实当真见多识广,他非常笃定地对高中说,所以啊,您听我的,投资房地产,准没错。

高中笑笑,汪峰的歌还在耳边,刚刚经过了梦乡清吧,他心里突然顿了一下,他微微偏头一看,车子已飞快驶过。

他回来了,带着哥伦比亚大学建筑系的学位,还有世界青年建筑家的大奖。几天之后,他就径直来到江宁建设北京代表处,接待他的是马一方。

他将一摞厚厚的证书放在马一方面前，简单介绍了自己。不想马一方却摆摆手说，你的情况我都很清楚了。咱们江宁能出一个这样的建筑专家，是整个江宁市的光荣。

马总过奖了，高中浅浅一笑。

我听说你是铁振国的表弟，是吗？

一听到铁振国的名字，高中不知哪里来的反感，忍住不悦说，对。

振国这两年发展得不错，最近，他刚刚成立了自己的公司。你为什么不考虑去帮他呢？他很需要你这样的人才帮他打江山啊。

马总，我表哥是我表哥，我是我。我希望，靠自己的本事，闯出另外一片天。高中说完，脸上都没有一丝波澜。

这话让马一方赞赏，之后便将他介绍给设计部总经理，而他的职位，是首席设计师。穿过一个皆是隔断的大办公区，高中没想到自己的第一份工作就拥有了独立办公室，待来人走后，他重重的坐在老板椅上，巨大的落地玻璃窗下，长安街尽收眼底。

北京，我回来了。

清吧依旧在营业，但春妮到底不会经营，生意大不如前，这日客人寂寂寥寥，玛丽送酒的时候脚下一滑，啤酒洒在了客人身上，玛丽赶紧好生道歉，不想客人说他那衬衫是阿玛尼，一个巴掌打在玛丽脸上。

春妮疾步过来，一看状况，学着唐郁梦的样子说，多大点儿事，我给您件新的，那人却看出她心中胆怯，将一瓶酒放在春妮面前说，来，把这个喝了，这事算完。

春妮一笑，强做镇定说，你这就太过分了吧，那客人却嚣张不减，不但如此，他身边几位男男女女都站起来，拿起啤酒瓶随时要砸的样子。

喝！这人端起杯子，递到玛丽面前。

春妮此时只恨自己不是唐郁梦，她以前虽常见唐姐应付场面，终于是学不来。这一帮人气势汹汹张扬跋扈，她一时慌了神，只壮着胆子喊了一句，你们给我出去！

突然就身后一只大手伸来，接过那只杯子，哗的将酒泼在那人脸上。春妮回头一看竟是铁振国和任建，只听得砰砰几声，那桌人已敲碎了酒瓶就要砸来，铁振国一把按住刚才那人，双手一绞扭翻在地，吼道，东西都给我放下！

那人疼的哇哇直叫，众人无奈，只得放下酒瓶，铁振国又一用力，那人一声惨叫，铁振国吼道，都滚出去！

几人灰溜溜的走了，铁振国松开手，还在那人屁股上踢了一脚，骂道，就凭你这点儿三脚猫功夫，还学人家当流氓，滚！

见一众人逃散，春妮终于松了一口气，对铁振国说，幸亏你来了。

铁振国一笑，却是任建说，春妮姐，你不知道，振国常下了工，在这附近转悠。

没有没有，只是正好路过，铁振国瞪了任建一眼。

春妮心下明白，浅浅一笑。

唐郁梦的办公室，如今已属于春妮，铁振国与她对面坐着，只觉得微微恍惚，不过几年，世事变迁让人来不及反应。

事实上春妮接手清吧之后一直苦恼，她不善经营，每月去掉房租水电开销，再发完人员工资，基本进账清零，她也不知和谁商量，更不知下一步怎么走。

两人商量了许多，也找不出可行的办法，顿了片刻，铁振国说，实在不行，就把清吧卖了吧。你不是喜欢唱歌吗？好好追求你的唱歌梦。

振国，你不是不喜欢我唱歌吗？春妮心里一疼。

铁振国轻轻笑笑，我不喜欢你唱歌，你不是也唱了这么多年了吗？倒不如支持你，让你做你喜欢做的事。

春妮微微一笑，心里确实无比酸楚。

如果你早一些支持我，恐怕我们也不会像现在这样。

振国建筑公司开业以来，还只接的到些零星小活儿，兄弟们前路无保障，铁振国亦是焦虑，还好，很快经人介绍得知一个海怡花园的项目在竞标，只是非常棘手的事，胡胜利的公司亦在竞标。

他当时被马总赶走，凭着谙熟江湖的手腕和人脉，很快挂靠到吴越建设，仍是一级资质。

办公室里，铁振国与兄弟们大概说了情况，众人都觉得不十分乐观，胡胜利在整个北京建筑圈都算有名，手腕多关系硬，跟他抢项目，确实不容易。然而铁振国自不是轻易服输的人，他点点头说，不怕，我不管那么多，这块肉，胡胜利想吃，咱们也想吃。关键就看谁能吃到。

什么肉啊，说什么呢这是？

众人一扭头，见冯美慧笑盈盈走了进来。

振国哥，你先忙，我们先出去了啊。黄毛一笑，对众人挤挤眼睛。

对对，我们要出去办点事，一时半会儿回不来，大家嬉笑道。

诶诶，别啊，咱们的事还没商量完呢。铁振国叫道，但就连铁头都笑着出去，还带上了门。

这些人，刚刚还好好的，铁振国皱眉道，略有尴尬。

你看不出来啊，他们是给你创造机会。冯美慧拉过把椅子在他对面坐下。

我需要什么机会，铁振国悻悻道。

行了，我需要行了吧。冯美慧一哼，很快又恢复了正经，对了，你们刚才说什么来着？抢什么项目？

现在有个项目，我们想竞标，胡胜利他们也想竞标。说真的，我还真担心抢不过他们。铁振国脸上微微忧色。现在带一帮人，不像当年，输不起了。在这个行业混这么久，我知道很多事不是光凭活干得好就行的。

哟，想不到天不怕地不怕的铁振国，也有担心的时候。冯美慧笑道。不过你能这么想，说明你向一名优秀的企业家又进了一步。一颗冉冉升起的房地产界新星，正在黑暗中闪现出来。

铁振国苦笑一声，还什么新星，他现在连标书怎么做都不知道。冯美慧却不失时机的问了一声，标书做好了吗？不会就找我爸，我从小看过的标书可比你听过的都多。

苍天当真厚待我。铁振国喜出望外，随即与冯美慧打车来到她家。

冯启正在桌前端坐，听铁振国细细讲完了投标计划，一边冯美慧不停的软磨硬泡，爸，铁振国特别需要这个机会，爸，这次您一定得帮帮他，爸……

听得他心中不由一笑，想我几时说不帮了，然而嘴上却和铁振国说，茶得慢慢泡，事儿得慢慢来，小伙子，标书难这不是问题，凡是你能发现的问题，都不是问题。

铁振国被绕的一怔。

你现在知道制标书难，没关系，我们克服它就是了。不外乎一些技术参数、市场预期、经营核算这些东西，下一番功夫就行了。实在不行，还有一批像我这样的老头子，这辈子啥也不会，就会弄这些专业了。

铁振国的心安下一半，只觉得十分感激。

冯启正沉吟片刻说，胡胜利此人，惯于旁门左道，打点关系。我最看不上他的，就是这一点。而眼下，你想与他争肉吃，就得以其人之道，才能治其人之身。

嗯？这文绉绉的话，让铁振国又似懂非懂。

笨啊，冯美慧已然明白，便敲着铁振国的脑袋说，你要和胡胜利争，行贿那套固然不行，但他去送礼，你就带着诚意和有说服力的作品去啊。

铁振国这才恍然大悟，想想似乎可行，冯启正看看表说，行了，你们聊着，我要去上课了。一会儿，还得给一些你们建筑行业的职业经理人进行夜校培训。

冯美慧正想说好啊，却见铁振国一脸真诚望着父亲，冯教授，我可以去听吗？

在马一方那边的高中，工作已入正轨，然而他素不容人的个性，不久就与同事关系紧张，并且他完全不知，马总招他进来以及给他的待遇，却是因为铁振国。

高中作为首席设计，与公司的设计总监针锋相对，那人明着处处避让，却让高中在同事和领导眼中，暴露了毫无职场情商的弊端。

马一方不时目睹这一幕，好在他见多识广，高中才情尚佳，又看在铁振国的面上，留用也没有问题。

在冯启正的指导下，铁振国的标书做好，这日他与铁头打听好地址，装好标书，几经犹豫还是带了些江宁特产，上了出租车。

按照地址，车在三元桥大厦门口停下，明亮的旋转门让铁头稍稍迟疑，他俩互相看了一眼，铁头笑道，老二，我就算了，你咋还是泥腿子打扮。

铁振国在玻璃倒影看看自己，还是简单的拉链衫，再看进进出出的皆是西装革履光鲜明艳，不过他倒不十分在乎，还是与铁头走到前台。

请问你们找谁？甜美的前台小姐问。

嗯，我叫铁振国，和你们梁董事长约好的。他说的面不改色。

好的，梁董事长在612办公室，出电梯左转，前台小姐微笑道。

进了电梯，铁头不禁问，振国，你真约好了？

铁振国一笑说，兵不厌诈，要不怎么进来。

说着，两人就走到612的门口，正欲进去，却看见胡胜利从里面出来，见面皆是一惊，但胡胜利上下打量他们，十分不屑的一笑，便继续走了。

铁振国也轻哼了一声，就轻轻敲门。

进。梁止观头也没抬。

董事长您好，我是振国建筑公司的总经理，我叫铁振国。铁振国一笑。

梁止观这才抬起头来，看到他们疑惑道，我和你约过吗？

嗯，铁振国一怔，如实摇了摇头，但还未说话，梁止观已经沉下脸来，拨通前台电话，极其严肃的质问过去。

铁振国忙说，对不起对不起不关她事，但也被梁止观挥挥手说，你们走吧。

梁董事长，我们公司各方面都很优秀，希望你能给我们一个机会，让我讲一讲我们的竞标理念。铁振国着急道。

要想竞标，就走公开竞标，别单独找我。我一会儿还要开会，走吧！梁止观起身。

就一分钟，我保证。

哎！梁止观叹了口气，坐下说，好，给你一分钟。

梁董事长……是这样……这个……铁振国突然吞吞吐吐，急得流下汗来，梁止观抬头看他，铁振国索性一抹汗，一股脑说，梁董事长，我之前准备的词都忘了。我没读过多少书，说不好那些漂亮话。不过，我可以承诺，我们振国建筑公司，愿意用最低的价格、给你最优的施工方案，同时，还要用最快的工期。

说完了？梁止观笑。

嗯，铁振国点点头，期待的看着他。

而梁止观只是一笑，说，现在都是竞投标，是否是最低价格、最优方案，需要竞投以后才能知道。

那您看看我们标书。铁振国马上拿出标书递上去，又掏出一张名片。

梁董事长，我叫铁振国，你喊我小铁，或者振国都行。

好的，回头我一定看，梁止观无奈道。你们还有别的事吗？

铁头这才慌忙拉开背包，讲一盒点心放在梁止观桌上，笑道，这是我们江宁的特产，您尝尝。

梁止观眉目一敛，从桌下拿出一个纸袋，刚才有人也送了江宁特产，跟您这一样吧？和你们说，我最讨厌这套，给我拿走。

这……铁头还欲再说，被铁振国使了个眼色，只得乖乖装回包里。

对了，都是江宁的，胡胜利你们认识吗？梁止观问。

认识。铁振国答。

那正好，梁止观一笑，把那纸袋递给铁头，你把这个也替我还给他，谢谢啊。

两人面面相觑的出来，待走出大厦，却看见胡胜利正倚着他的奥迪，一脸意味深长的看着他们。

怎么样？被扫地出门了吧？胡胜利笑道。

铁振国两人走过去，铁头将手中纸袋一递说，你送的，人家托我还给你。

胡胜利一时尴尬，接过来往车窗里一丢，转脸又和他们说，我告诉你们，这个项目其实我根本看不上，不到一百万的利润，一忙大半年。但就因为你铁振国看上了，我反而一定要搞到手了。

他说完冷冷一笑，就钻进车里走了。

看着一旁退回来的纸袋，胡胜利冷哼一声，拿出手机给赵大富几人打了电话，请求他们再次陪标，并且保证他中标后，会原价转包出去。

有行家出手，铁振国的标书果然十分出色，梁止观越看越有兴趣，这家公司虽小，但挂靠江宁建设，应该错不了，并且价格最低，设计方案也最好，梁止观不时拿笔批注，待合上最后一页，他叫秘书小荣进来，一是安排会议让大家讨论一下，二是要小荣与铁振国联系，以明确其中几个小问题。

接到电话的铁振国十分兴奋，他预感这个项目将是他的第一桶金，而且势在必得了。

而小荣刚挂了电话，就见胡胜利的电话打来，他犹豫了一会儿还是接起，就听到胡胜利问,荣总,上次送您太太的礼物,她还喜欢吗?

胡总,您有事说事。小荣咳嗽了一下。

上次我送的方案,梁董事长看了吗?胡胜利笑了笑。

嗯,看了。

怎么样?董事长怎么说?

嗯,他没说什么。小荣有些为难,梁止观确实看了,然后就放在了一边。他想起胡胜利到底送了礼物,就又加了一句,不过梁董事长好像挺看重铁振国的。

什么?胡胜利大惊,这远远出乎他的想象。

荣总,铁振国他们公司刚成立不久,什么大活都没接过,他们的方案好在哪?

胡总,这您就得问梁董事长了。我这边有个会我先挂了啊。

胡胜利听着手机的里滴滴声,愣了半响,继而,他看了一眼张亮,狠狠道,看来,我们又得冒着犯规的危险,打打擦边球了。

张亮一愣,他跟随胡胜利多年,自然谙熟他那套行事规则,就担心道,胡总,这样是不是太冒险了。

掌握好尺度,擦边球,决不能出界,明白吗?胡胜利眼神阴鸷。

好,小张点点头,一脚油门,在三环路上留下一道白烟。

第二十七章

一座童话城堡一样的幼儿园，正是放学时候，一个黑衣男子在校门口看了一会儿，径直向一个孩子走去。

这孩子正在老师边上，这男子蹲下来，笑道，小泰，今天叔叔来接你。

孙……孙叔叔？小男孩好像认识他。

他点点头，对老师说，您好，我是梁董事长的朋友，也是小泰的叔叔，今天梁董事长和梁太太都在开会，派我来接小泰回去。

老师有些迟疑，这孩子向来是他妈妈或家中保姆来接，从未让陌生人接过，就拉住小孩，对那人说，你给她妈妈打个电话？

那人一叹气，凑近老师低声说，老师，其实是这样，小泰的妈妈突发疾病，快不行了，梁董事长正在抢救室外，不敢让孩子知道，所以派我来……而且，您要是再不让我带小泰过去，他可能再也见不到妈妈了。

老师大惊，慌乱中仍不忘给孩子妈妈拨去电话，然而一直忙音。

那好吧，小泰，到家了和老师说一声。老师不放心的松开手，那黑子男子将他抱进车里，就开车疾驰而去。

这老师刚刚走回教室，就接到小泰妈妈的电话，老师，我刚刚堵车，马上就到啊，手机刚才一直有骚扰电话，打都打不成。

老师惊得差点儿摔掉手机，语无伦次的和她说了刚才的事，好在她还记下了那个人的车牌号码，挂了电话，她几乎瘫软在地。

三元桥大厦的会议室里，梁止观正在与公司中层领导开会，明日开标，其实他心中已很有定论，然而就在这时他电话响了，妻子几近崩溃的声音，得知儿子被别人接走，他猛地一惊，脸色差的吓坏了开会的同事，会议不得不终止，就在他犹豫要不要报警的时候，他的电话又响了。

喂，梁董事长，是一个略有记忆的男人声音，然后他听到了电话里儿童的叫喊声。

你是谁？

您贵人多忘事，我去过您家里很多次了。

别伤害我孩子，你到底想怎么样？

梁董事长别着急嘛，我只是带孩子在游乐场玩玩，很快就能把他送回去。我知道你工作忙，没时间陪孩子玩，你们的项目招标……哈哈，这是大事，您得好好选，必须选一个能服众的，您知道我说的是谁。

原来是胡胜利的说客。梁止观心里一阵厌恶。

说客还是刺客，都看您的决定了。那人冷冷说完，便挂了电话。

梁止观心里一阵寒气，他怔怔坐了许久，招呼秘书过来。

把这次项目竞标书，都拿来，我要再考虑考虑。

不是刚刚定了吗？

情况有变，需要重新讨论。梁止观阴沉着脸，小荣才觉得这事非同小可。他刚刚转身去拿，就听到身后一拳砸在桌上的声音，然而他也不敢回头，只加快了脚步。

铁振国的办公室里，今日十分热闹，熟食凉菜铺了满桌，冯美慧又端了汤上来，只听得身后黄毛说，嫂子，今天可够你忙活了。

又不是我做的，是大嫂做的，我就是帮厨。冯美慧笑。

哟，美慧姐，我说的就是大嫂。黄毛嬉笑道，见冯美慧作势要打他，又嬉笑道，不过早晚是，早晚是。

好了，算你会说话。冯美慧收起拳头。

众人坐好，铁振国举起杯子笑道，来，为了庆祝我们的第一个项目即将成功，干。

抬杯一饮而下，十分痛快，又倒第二杯。

这第二杯，我要感谢大家，大家跟着我铁振国开公司，但是这阵子一直接不上正经项目，到现在为止，连大家的工资都发不上。这项目争取来以后，第一笔款一到，马上给大家发工资。

来来，为了工资，干一杯，众人振奋不已，卡拉笑道，不对，为了咱们的梦想干一杯。

说得好，铁振国叫道，众人杯子碰到一起，正要喝下，铁振国手机响了。

是小荣通知，下午就开会宣布投标的事。

另一间办公室里，胡胜利收到梁止观的短信，下午开会，你得到你想要的，我得到我想要的。

胡胜利一笑，删掉了短信。

下午一点半，梁止观的会议室里，已坐满了此次投标的建筑业老板，铁振国这回穿了西装过来，胡胜利冷冷看他一眼，浮出得意的神色，冯美慧与一众地产版块的记者坐在一起，梁止观进来，对他们客气的点了点头。

然而与往日不同，今天他的声音毫无激情，机械了做了开场白。

梁止观目光看过众人，声音毫无激情：这次怡海花园项目，在市建委领导下，我们也经过了严格的招标过程。招标、投标、竞标、开标，全程公开。另外，我们今天还专门请了媒体的朋友，感谢大家。

本次共有五家企业入标，分别是胜利建筑公司、振国建筑公司、岭海铁建、北京时代娇子和东南国际建设集团。经过严格评标，最终竞标成功的是——

铁振国直了直身子，后面的孙大力已做好了鼓掌的准备。

是胜利建筑公司。

什么？铁振国几人愣住，孙大力的手僵在空中，只有胡胜利那边鼓起掌来，稀稀拉拉的很快也停了。梁止观没再说话，合上文件夹往外走去，经过胡胜利时，冷着脸低声说，这下你满意了？

满意，您也放心。胡胜利一笑。

走廊里，几名记者堵住梁止观，因之前明明是铁振国的公司传言胜算最高，忽然易帜实属意外，然而梁止观似乎什么也不想说，推开众人就上了电梯。

会议室里，铁振国还瘫坐在椅子上，胡胜利走到他边上，冷笑道，怎么样？我说过的，只要我胡胜利看中的，谁也别想吃。跟我斗，小子，你还嫩了点。

你肯定做了手脚，孙大力瞪着他，握紧了拳头。

诶，话可不能乱说。现在是法治社会，今天这么多记者来，你这么说，是诽谤我胡胜利。他说完，就笑呵呵的转身走了。

电梯门一开，梁止观就看到前台小姐牵着小泰，他几步过去紧紧把他抱在怀里，亲了又亲。

儿子，为了你，爸爸也是不得已。他长长一叹，皱紧了眉头。

爸爸，你说什么？小朋友天真问道，我们去找妈妈吧。

梁止观没说话，又紧紧抱了抱他。

西单商场外的一片空地，搭起一个简单的舞台，这是一家小公司的开业庆典，请了些不知名的歌手和模特表演，此时春妮正在台上，一边弹吉他，一边唱自己的歌。

台下来人熙熙攘攘，不时有人拿手机拍照。春妮唱完一曲，众人掌声如潮，她轻轻鞠了一弓，走到台下。

这样的日子她已经习惯，相比挣钱多少，能唱自己的歌对她才是最大的满足。不想她一抬头，看到铁振国也在，他轻轻一笑，春妮有些意外，又说，这是第一次也有熟人捧场。

这时，主办方那边的经理走了过来，递给她八百元钱说，春妮小姐，你唱的太好了。

春妮看了看钱疑惑道，不是说好了三百吗？

这五百是他给的。那个指了指台下，一个黑框眼镜男子正打着手机，冲她微笑致意。

这钱我不能收，春妮拿了其中三百，礼貌笑道，谢谢你的好意。

那黑框男子这时走来，向她一伸手道，你好，我姓尚，叫尚名前。

呵，你还真是贪心，又要名又要前的。铁振国略有不悦。

尚名前微微一笑说，我是前方的前，不是金钱的钱，说完他掏出一张名片递给春妮，我是个音乐制作人，对你的歌很感兴趣。

春妮接过名片扫了一眼，淡淡说，对不起，我没听过。

那人却笑笑说，那可能是您对这行不太了解。没关系，以后，你就了解了。这么说吧，我想做你的经纪人，捧红你，让你先有名后有钱。

行了，别说了，春妮淡淡一笑，像你这样的骗子我见得过了。

骗子？那人失声笑道，就从口袋里拿出两张照片，你看看，不认识我，总认识他们吧？

春妮接过一看，竟是与王菲和那英的合影，都是两个人笑吟吟的站着。她心里一惊，又认真看了看说，真的是你？

怎么不是？你看那小眼睛，除了我，谁的小眼睛这么有神？

春妮噗嗤笑了，铁振国却听得厌恶，想拉着春妮就走。

然而春妮却看着尚名前，你直说吧，要多少钱？

尚名前一愣，笑道，姑娘，我是要包装你，一分钱不要，放心啊，别让过去那些骗子迷了双眼，误了我这明珠。说完他一看表，摇了摇手机说，回头我联系你，我今天还有点儿事，先走了。

走，我们吃饭庆祝一下，春妮眉开眼笑，和铁振国说。

两人去了江宁餐馆，点了些爱吃的家乡菜，很久没见，一聊近况，春妮才知道铁振国的公司并不顺利，工资一直发布下来，再这么下去，只怕离破产不远。

要不我帮你周转一下？春妮说。

谢谢，你那点儿钱，留着自己用吧。铁振国笑着摇头。

你也太小看我了，清吧我卖了二十万，我把以前租的地下室买了下来，先走还剩下些钱，一会儿去我那儿拿。

铁振国一怔，你……还住在以前的地下室？

看到铁振国微微失落，春妮也没再说话，她还住在那里，是的，万一高中回来，还可以找到她。

不说了，就这么定了，一会儿跟我去拿钱，就当我借你的，以后有钱，再还给我。

铁振国想想一群两个月没发工资的兄弟，也就依了春妮，与她回去取了钱，五万块，装在包里沉甸甸的，他想快些离开那个地方，那个地下室，依旧是逼仄阴暗，让他心里阵阵酸楚。

说这段时间大家心里不悬着是假的，谁都等着用钱，要养活老家的老婆孩子，然而他们也知道铁振国难，更知道铁振国但凡有，绝不会亏了他们。

一阵脚步声响起，众人抬眼，见铁振国拎着包走了进来，将包往桌上一放，拿出几摞钱来。

这段时间，大家跟着我没少操心，也没赚到什么钱。大家都是我带过来的，我对不起大家。大家放心，我铁振国没那么容易被打倒。当年，我断了条胳膊都能接着干，今天，我全胳膊全腿的，难道还过不了这点小关？

众人赧颜，刚刚还私下里军心动摇。

我今天向各位保证，我一定会带领大家尽快让公司走上轨道。我希望大家能继续一起干，因为我相信成功很快就会到。但是，如果这个时候放弃，我们之前所有的努力，就全是白费。这五万块，是春妮借给我的，专门给大家发工资用的。

听到春妮的名字，冯美慧唇角微微一动。

算了，振国，这工资先不要了，黄毛说。

对，不要了，孙大力也说，这段时间，最累的是你，最委屈的也是你。

不行，这钱必须得拿。铁振国坚定道。

振国，这工资我们先放你那，以后公司好了，你再补给我们。大光说。

振国哥，现在是公司最难的时候，你要这样的话，让我们以后还怎么在公司干？黄毛说完，大家纷纷附和，是啊振国，这是大家的心意。

铁振国心里一热，顿了一下说，好，大家的情我记下来了。大家这两个月的工资先存我这，算是大家在公司的股份，以后公司发展起来，每人都有一份。

这么说，以后大家都是老板了？众人乐道，笑成一片。

一家咖啡馆里，靠窗的位置，尚名前正在用电脑看几个网页，春妮走来一笑，在他对面坐下说，这么急找我来有什么事？

给你看个好东西，尚名前一笑。

说着他打开一个视频，将电脑转向了春妮。

是我？春妮惊讶的看到视频里她在台上唱歌，而标题是，打工妹天籁之音震惊中国。

你怎么弄到网上去了？春妮惊喜道。

你啊，得懂得最流行的传播方式。你在清吧唱歌，一次也就几十上百个观众，在广场上唱歌，几百上千个观众，放网上呢？你看看，尚名前转过电脑看了一下，又指给春妮，看这个点击量。

春妮几乎是捂着心脏，看那串数字，个十百千万十万，天呐，十三万点击。

对啊，知道知道十三万什么概念吗？中国十三亿人，每一万个人，就有一个人在网上听过你唱歌，而且这个数字还在不断扩大。尚名前笑道。

这么说，我……我红了？春妮看着尚名前，不可置信道。

尚名前点头笑道，对，而且是非常红。

他说的不假，大街小巷都开始放春妮的音乐，那首她改编的《茉莉花》，在这城市如一股清流，温婉动人，春妮面对突然的走红用了好几天才适应。

尚名前要开始运作了，说白了是炒作，他在继续造势，同时要帮春妮改变一下形象。

好，就照王菲那样。春妮说。

那不行，尚名前笑了，他十分有经验，王菲是王菲，你是你。在形象上，你不仅不能变得更时尚，还得变得更土。

更土？春妮似乎没听过这种包装法，但尚名前显然谙熟此道，十分自信对她说，这方面你不懂，你按我说的做就行了。保证你要名有名，要钱有钱。

钱我不在乎，我就想让更多的人听到我的歌。

尚名前微微一笑，这真是合他心意的人选。

这天高中经过大办公室，只听的几个同事围了电脑窃窃私语。

这个我也看过，听说是江苏的姑娘。这首《茉莉花》，是她的成名作好像。

高中微微一顿，几乎是下意识的一侧脸，看到屏幕的姑娘，不由得惊呆。

他们多久没见了。高中回到自己的办公室，瘫坐在沙发上，久久不能回神。

这晚铁振国与高中都收到邀请，江宁建委的领导来了，田园村的王建安也在北京，马一方安排了饭局。

铁振国早早就到了，在包厢里见了马一方，就先万千嘱咐了照顾高中的事一定别告诉高中，马一方偶尔听说过两人往事，心里唏嘘铁振国太讲情意，实在令他佩服。

正说着，高中就来了。许久没见，铁振国上前一抱他，你小子，回来了怎么也不去找我。

高中笑笑说，最近事情比较多。很快胡胜利带着赵大富几人进来，见到铁振国一愣，阴阳怪气道，哟，铁老板也来了，马总怎么没说一声？

看铁振国已有不快，马一方笑道，两位，今天是咱们江宁建筑企业家的聚会，不谈工作，只聊乡情。

胡胜利一笑，在饭桌旁的椅子上一坐，叹道，现在干建筑的门槛真是越来越低了，拿几把瓦刀就算企业家了。老赵，要这么算的话，你们公司起码有四五十个企业家。啊？

那赵大富笑道，不能这么说，市场经济嘛，什么样的人都得有。你胡总赚大钱，也得有人赚小钱啊。

铁振国脸色难看，几乎想捏紧了拳头。揍他们一顿。马一方凑在他耳边悄声说，冲动没有用，要想不被嘲笑，就超过他们。

铁振国微微一怔，给马一方投去感激的一眼。

正这时，江宁建委的秦楚与王建安走了进来，众人慌忙起身，都与秦楚握手，铁振国一见王建安十分的亲，就拉他到一边叫道，建安叔，几时来的？高中见状也凑过来，王建安见家乡出去的孩子都出息许多，十分欣慰。

胡胜利本要靠着秦楚，不想秦楚却在马一方身边坐下，于是众人一一落座，铁振国与高中自然坐在最下首的位置，他们参加多了饭局，也渐渐懂了座次。

王建安与多数人都是初见，秦楚简单介绍后，他拿出几袋田园村的当地特产，一一分给众人品尝。

现在，我们村也有了自己的村办企业，专门搞绿色农业产业化经营，主要是把咱们自己生产的农产品，销到外地。现在，有些已经销到国外了。下一步，我要带领村民们一起，将公司进一步做大，争取成为江苏省乃至全国的龙头。

铁振国听得满面兴奋，胡胜利却不屑道，就这东西，还销往国外？外国人缺这些？

秦楚笑着摆了摆手，老胡，这个你就不懂了，这些东西，在国外，吃香得很呐。你可别小看王主任说的这个村办企业，下一步，王主任还要仿照美国明尼苏达州在20世纪90年代试验成功的精准农业模式，用高科技指导农业生产和流通呢。这位是高总对吧？你刚从美国回来，应该最清楚。

高中赶紧正襟危坐道，对对，是这样的。

现在的江宁，已经不是以前的江宁了，秦楚笑笑，我这次来，就是想邀请大家回家乡发展。家乡很需要你们啊。

秦主任，家乡需要我们不假，这北京都快办奥运会了，北京更需要我们啊。胡胜利爽朗笑道。

好，只要是办实事，在北京还是在江宁，我都支持。秦楚说完，又招呼众人一起喝酒。

高中在一边暗中打量这些人，记着每个人的措辞姿态，只听得间歇铁振国低声问他，见她了吗？

谁？高中明知故问，铁振国笑笑，不再说话。

待饭局散后，高中略有些醉意，上车后和司机说，我们去趟梦都。

然而这儿名字都改成了“惊梦夜总会”，高中恍惚了半天，直到看到门口仍然站着任建，才下了车，与任建聊过几句，方知唐郁梦将店送给了春妮，春妮又将店转了出去，她虽也有了钱，却还住着以前的地下室。

高中心里一怔，又转身缓缓走了几步，过去一幕幕重现，酒精作用下，他也觉得异常脆弱和酸楚。

附近有家花店，他买了一大束红玫瑰，让司机把他送到原来那个破旧的家属楼下。

你先回去吧，不用等我了。高中对司机淡淡的说。

楼前那棵梧桐长大了，枯黄的大叶子落下来，一堆一堆的在街边，他慢慢往那楼道走，感应灯亮了，他站了一下，听到了最熟悉的声音。

没有余力伤悲，爱情像难收的覆水。长长来路走的太憔悴，你只留下我收拾这一切……

这歌声让他心碎，他不知明天酒醒后如何，但这个夜里，他格外想念春妮。

不让我的眼泪陪我过夜，不让你的吻留着余味，忘了曾经爱过谁，慢慢习惯了寂寞相随。不让我的眼泪陪我过夜……

高中在门口停了许久，终于抬手敲响了房门。

门开了。春妮愣住，过了许久，直到看得高中眼中含起了泪，才说了句，

你回来了？

回来了。高中一把紧紧的抱住她，把玫瑰花扔到一边，疯狂的吻她。吻的她也满脸是泪，吻得几乎耗尽了力气，春妮轻轻的推开他，像推开一个幻觉。

为什么还要回来？她淡淡问。

我想你。高中几乎是脱口而出。

是嘴上想，还是心里想？是在美国的时候想，昨天想，还是现在这会儿才想？

春妮……高中语塞，不知如何回应。

在我生着重病的时候，你不在身边，我去医院检查，你不在身边。现在，你还回来干什么？春妮几近咆哮，失声痛哭起来。

我该死，是我不对，高中紧紧抱住她，也是哭出了声。

可是为什么，我就是忘不了你，她在他怀里哭起来，哭了有一个钟头那么长。

春妮，我们再也不分开了好不好。

夜色温柔，如一张温柔的毯子。

春妮的视频点击率，已经破百万了，在尚名前的运作下，已经有电视台，网站邀请她演出，她经历了人生从未有过的忙碌，她在奔驰上补妆，是尚名前指导下那种很“村”的妆，但观众喜欢这个，他们喜欢在她身上找到自己实现的可能，她在一个个璀璨的舞台上唱歌，去为房地产开盘站台，和煤老板喝酒，尚名

前收着一笔又一笔钱，按比例分给春妮。

她不再为金钱发愁了，不演出的时候她白色皮草和金色高跟鞋，随意出入西单燕莎和奥特莱斯。这日尚名前为她推荐一位老板，说是以后将涉足地产界，春妮想了想，就约了铁振国一起去见。

当然，他们先来到燕莎，春妮说要给铁振国好好选几身行头。

看春妮片刻就挑好几件搭在手上，铁振国不知为何没有甜蜜，反而泄气道，春妮，不用再买了。

多买几件，又不用你花钱，你现在怎么说也是老板了，人靠衣装佛靠金装嘛。一会儿还得见李老板，人家可是山西有名的煤老板，开跑车的。

铁振国无奈，只得依她。

先生，太太对您这么好，您应该高兴才对。导购十分开心。

铁振国讪讪一笑，这样的太太我可养不起。

去，你想养也没有机会。春妮一笑。随即就去收银台，铁振国跟去一见一共一万八，倒吸了十口冷气，叫道我不要。

不要什么啊，我给你买的，必须要。春妮不由分说，刷卡结账，把提袋塞到铁振国手里。

一会儿在香格里拉餐厅，春妮带铁振国径直找到包间，那煤老板早已来了，见了春妮就迎上去伸手一握，铁振国看的不悦，黑着脸在一边坐下。

小茉莉小姐，今天你能赏光，我非常荣幸啊。煤老板好容易放开她的手。

春妮呵呵一笑，说，我给你介绍一下，这位是铁振国铁老板，北京市著名的建筑企业家，今天也是百忙之中抽空过来的。

咳咳，铁振国略有尴尬，干笑了笑。

铁老板，能够认识您非常荣幸，坐，快请坐。那煤老板笑笑，金牙一闪，就叫来服务员给三人倒上红酒。

我不喝酒。铁振国声音僵硬，拿手盖住了杯子。

少喝点儿嘛，煤老板脸上挂不住，微微不悦。

一口也不喝。铁振国看也没看他一眼。

李老板，春妮娇声一笑，就说，他不会喝酒，咱们就不勉强了。他们做建筑的，不能喝酒，不然的话，盖出的房子也会醉。

煤老板这才哈哈一笑，与春妮端起杯子道，还是小茉莉小姐会说话，您比我在网上看到的还漂亮，我这酒还没喝，人都要醉了。

春妮掩口笑道，哪里，李老板又取笑我，以后还要李老板多多照顾。

铁振国实在看不下去，起身说，对不起，你们忙，我有事先走了。春妮和煤老板一怔，铁老板，您这是？

铁振国理也没理他，拿起包就走，春妮起身去追，一看铁振国都走出去好远，只好又回身对煤老板说，对不起李老板，我刚想起来，我和铁老板还有点重要的事情要谈，要不我们先失陪一下？实在不好意思啊。

看煤老板黑下脸来，春妮还是拎着手袋匆匆出去。

振国！出了酒店，见铁振国已站在护城河边。春寒料峭，话说出口皆是一团白气。

你这是干吗！春妮十分不快。我专门给你介绍大老板认识，你倒好，一点不给人家面子。你知道多少人想见他一面都见不到吗？

是，你面子大，人家百忙之中才抽出时间来。铁振国悻悻道。

哎，你呀，春妮叹了口气，在北京这么久了，臭脾气怎么一点儿都不改，怪不得接不到项目。

我就是公司倒闭，穷死，饿死，也不去求这个求那个。铁振国越说越气。

振国，你成熟点儿好不好！

铁振国转头开看着春妮，这个妆容精致，已是一派城里人打扮的姑娘，眼角眉梢都有他说不出的陌生。

春妮，你变了。你变得我快不认识了。

春妮一怔，接着无所谓的笑笑，看着远处角楼说，你说你不认识我了，其实，我也快不认识我了。我看着他们给我画过的妆，我也经常问自己，这个人到底是谁？她是我吗？可是，如果不变成这样，我就当不了明星，我就不能成功，不能实现自己的梦想。

那你现在实现梦想了吗？铁振国问。

我实现了啊，我用自己的实力征服了观众。振国，你以为我喜欢和那煤老板应酬吗？我只是明白了，要成功，就要付出代价。

值吗？铁振国叹了口气。

春妮淡淡一笑，值不值，或许以后才知道。

两人沉默许久，春妮说，对了，我有件要告诉你，高中……去找我了。

铁振国一愣，简直是苦笑了一声，他，他还有脸找你。

春妮点了点头，淡淡说，我知道你瞧不起我，觉得他一次次伤害我，可我还是忘不了他，振国，我也不知道为什么，我就是……

别说了，铁振国不能再听，只说，这是你的事，而且现在你有名了，谁也伤害不了你了。

振国，我这辈子唯一对不起的人，就是你。春妮一低头，心里隐隐不忍。

铁振国拍拍身上的西装，勉强笑道，没有，有这身衣服，我就足够了。你和高中好好的吧，春妮，只要你好，我都行。

说完他就转身大步离去，直到下了地铁站，进了洗水间，打开水龙头使劲拍脸，再抬头看着镜子，眼睛已不那么通红。

2003年的春天，一场无解的瘟疫从南边蔓延，振国公司的人皆围着电视，新闻里都是非典的报道。

非典是啥啊？大家皆是一惊，北京没事吧？

应该没事吧？

但不出几日，疫情就到了北京，且每天感染人数都在增加，街道上戴口罩的人越来越多，地铁公交上有人咳嗽都会被退避三舍。

工地仍然接不到活儿，人心开始不稳。

工棚一片寂静，半晌黄毛说，我先去吧。

黄毛进了铁振国办公室，吞吞吐吐说凤英怀了孕，他想回去照顾，铁振国爽快的答应，又让他去小玲那儿结工资，然而话音未落，大光也走了进来，接着是孙大力，卡拉。

振国，我也想辞职回家。大光说。

你们也是要辞职的？铁振国一愣，看着众人。

没人说话，全都低下了头。

全都是因为非典的事？你们要相信政府，非典肯定能过去。铁振国说。

又是半晌沉默，大光说，也不全是。振国，你别怪我们。

铁振国瞬间明白，只叹了口气说，我怎么会怪你们，是我没把公司带好，大家……正说着，铁振国的电话响了，他示意大家等等，先接了电话。

不想他的眉头越来越舒展，连声说，好好，放下电话，就看着众人问，养兵千日用兵一时，如果现在有活儿干，大家还走吗？

真的？众人几乎不信，但又都笑逐颜开。

当然真的，是块硬骨头，但我们必须啃下来！铁振国说完，只觉得胸中腾腾热火又升起，你们还愣着干吗，让我一个人做标书啊？

第二十八章

那个及时雨的电话,告诉铁振国现在市建委要在十天之内建起一家隔离医院,专用于非典病人救治,但时间紧任务重,铁振国几乎是一口应下,一是此时他没有别的选择,二则能为国家救急,他确实心甘情愿。

但他自公司成立以来,胡胜利当真处处与他作对,利润再小的项目都与他抢,胡胜利说过,根本不是我看得上那些项目,我就是不想看到你有出头那天,他不知道这次的项目胡胜利会不会又从中作梗,但总要再拼一拼。

胡胜利家,平静的敲门声起,他起身一开门,着实吓了一跳。

半晌他才回过神来,堆满笑说,倪经理,你出来了?怎么也不说一声,我带车去接你啊。

胡总那么忙,哪敢劳您大驾,倪君说着就进来,将包往沙发上一扔,坐了下来。

看您这话说的,不管多忙,接倪经理的时间还是要挤出来的。今晚说什么也不能走,我安排。

那当然,我还要靠胡总赏饭吃呢。倪君冷冷一笑。

胡胜利一怔,觉得头皮发麻,就勉强笑道,好说,好说。只是,倪经理这些年一直做项目经理,我现在手头上也没什么好项目,只怕委屈了倪经理啊。

我就是来给胡总介绍项目的。倪君淡淡望了他一眼。

真的?胡胜利一喜。什么项目?

非典隔离医院。倪君一笑,笑的意味深长。

另一边,铁振国已与兄弟们做起了标书,他正考虑这次材料全由市建委出,他们只包工,黄毛说这样赚不了多少钱,铁振国却觉得这是公司异常关键的一步,当然更关系非典病人的救治,说到底,当然命比钱重要。

众人心服,但再次担心起胡胜利从中作梗,这时门口忽然响起一个声音,

胡胜利已经确定参加了。

众人一惊,见倪君拎着公文包站在门口,年纪轻轻,头发已白了一半。

倪经理?铁振国疑惑道,你怎么来了?

我来帮你们做标书。他几步进来，将包往桌上一放。

等等，我凭什么相信你？铁振国皱眉道。

倪君目光淡漠，冷冷道，凭我被胡胜利坑得坐了牢，凭我了解胡胜利，更凭你是铁振国，我信你。

铁振国看着倪君，他眼里确实没有闪烁，铁振国点点头说，好，不过我得告诉你，我竞标，不是为了跟胡胜利争你死我活，是为了我的企业生存，也是为了国家出一把力。

我都听你的，铁总。

庞江的竞标会上，几位建筑老板依次而坐，见铁振国来，胡胜利又是一副胜券在握的样子。

各位，眼下的形势大家也很清楚，全国各地，都在抗击非典，不少学校已经隔离起来。中央和市里已经部署了，要我们克服一切困难，打好这场硬仗。

众人皆看着庞江，频频点头，铁振国目光坚毅，这些天新闻里皆是非典，路人行人愈发稀少，不时有救护车呼啸而过的声音，整个城市一片肃杀之气。若能此时出一份力，亦是他铁振国心中所愿。

这次投标，大家都拿出了非常好的施工方案，给的标底也都很低。在这里面，两家企业的方案价格最低。第一个，是胜利建筑公司，我算了下，只有5%的利润。

这实在很低了，大家惊异的看着胡胜利，不禁鼓掌。

胡胜利笑笑说，抗击非典是大事，这个时候，我们企业家，就应该想着怎么回报社会，体现我们的社会责任。如果在这个时候还想着赚钱，那我们和旧社会的资本家有啥区别？

庞江点点头，胡总说的很好。另外一家，是振国建筑公司，他们不仅施工方案科学，利润率更是低得惊人。大家猜猜是多少？零利润。

众人大惊，胡胜利更是猛的看向铁振国，他竟要败了这一次吗？倪君目视前方，嘴角微露一扬。

怎么回事？胡胜利看向倪君，仿佛才明白什么。

对不起胡总，我辞职了。倪君一笑，起身走了。

终于拿到项目，铁振国一众都跃跃欲试，然而此次当真不易，只有十天，时间紧到不能再紧。

振国，十天时间，就是连地基也打不完啊。众人不无忧虑。这个时间，搭个棚还差不多。

振国哥，要不你和市里的人说一声，搭个棚，以后非典过去，再拆了就是。黄毛说。

这就是你们对工作的态度？铁振国环视众人，猛然敲了敲桌子，我告诉你们，我已经在建委庞主任那立了军令状，这项目不仅要完成，还要建成旗帜工程。咱们建筑公司，就是要把不可能变成可能。咱们干建筑的人，不能仅仅为了钱，更要在国家最需要的时候，盖出最好的房子，替咱江宁市、江苏省争脸。

他真适合当将军，几句话鼓舞的士气大涨，每个人眼神熠熠。

在咱们这儿，只有敢不敢干，没有干不成。我话先说到这了，谁要是临阵退缩，就别说是我铁振国的兄弟。兄弟们，加油！还有一点，我得跟大家强调一下，这回这个项目跟以往的不一样，它的技术含量非常高，你们呀，长点心，趁机好好学点新东西。明白吗？

明白，众人齐声喊，说完纷纷奔赴工地，一派热火朝天。

待工人散尽，冯美慧凑到铁振国一边，笑道，行啊铁老板，真有一套。

赶鸭子上架，拼了，铁振国笑笑，眼中稍稍忧虑，我这是把自己逼进死胡同，想看看自己有多牛，说实话，还真是没什么信心。

那你还夸下海口？冯美慧一惊。

所以啊，有件事想请你帮忙。铁振国说。

说。冯美慧一抬下巴，眯眼笑道。

这样的项目对技术要求非常高，而且任务很紧张，我想请冯教授担任技术顾问，不知道他有没有时间？

冯美慧狡黠一笑，别人请不行，你请，他一定会来。

那好，我也正好有机会每天和他请教学习。铁振国说。

哟，算盘打得精，那你这学费，当欠着我的。

行。铁振国爽朗一笑。

其实吧，我发现你这人心机挺深。冯美慧坐下来，和他一一数算。

别人都以为你是零利润，可你从来不做亏本的事，这个项目钱你虽然没赚到，但你们公司的名声肯定一炮打响，这要是广告费，几十万都不一定有效果。还有吧，你锻炼的队伍打硬仗。第三个就是，趁机把国内最先进的技术尝了个鲜，为你们以后接项目打了基础。怎么样，我有说错没？

真是什么都逃不出这小女子的火眼金睛，铁振国心中一叹，握紧了拳头，对自己说了声，加油吧。

马一方的办公区，每个人都十分忙碌，高中看了一会儿手上的图纸，起身去了马一方办公室。

诶，高中，我正好想找你说点儿事，马一方见是他，很快招呼他进来。

高中微笑着点点头说，我也有事想与马总交流。说完，他将手中的设计图递给马一方，马总，这是我做的天蓝晴项目的设计，您看看。

马一方看了看，点头道，不错，看得出你用心了。

马总，这个设计用了全球最先进的建筑理念，我相信，按这个设计来做，一定能建成北京的标志性建筑。高中眼中都是喜色，而马一方只是微微点头，将图纸放到一边，这项目的设计早有其他设计师做好，项目方也很满意。

马总，我看了赵总的设计，明显的特色不足嘛，高中说。

马一方笑笑，有的建筑是为了体现设计师的个性，有的则是为了使用者的实用性，不一样。他没再说下去，事实上高中来了这么久，他已经渐渐发现了这个年轻人不只是脾气性情的问题，他需要去接触大量的实例，才能去掉些设计中的浮夸和浮躁。

高中，有件事我跟你商量下，马一方一顿，是这样的，振国的公司中标了非典隔离医院，这个项目，关系到非典病人的救治，意义重大啊。我是这样想的，这段时间，咱们设计部正好也不忙，我希望你能去他那里帮帮他。

马总……高中十分不悦，铁振国他连高中都没毕业，他能做什么？

高中没毕业怎么了，我还没上过高中。马一方脸色略沉。

马总，我不是那个意思。高中有些尴尬，就听得马一方说，高中，有学历当然好，没学历，也没什么大不了。咱们干建筑的，很多都没有学历，不也干得很好吗？好了，你下午就过去吧。

铁振国此时正与冯启正伏案研究一张图纸，两人一直在探讨这次用不用新材料，建筑业这些年发展迅猛，材料却更新很慢，冯启正也早想尝试用新材料代替传统方法。

对于铁振国说的走廊搭建选用钢结构，冯启正非常感兴趣，钢结构强度高、自重轻、整体刚性好、变形能力强。走廊的跨度比较大，用钢结构再适合不过。而且这个项目和一般的项目不一样，必须追求速度，而钢结构只要设计做的好，能节省非常多的时间。

好，虽然这个项目最早的设计不是这样的，但因为是紧急情况，很多事情要边施工边讨论，这个提议我会尽快提交给项目组，我觉得问题不大。冯启正说。

正说着，高中一身笔挺的西装来到工地，

高中，你来了？铁振国与高中一笑，冯启正一抬头，与高中四目相对，便低头继续看图纸。

气氛微微尴尬，铁振国笑笑说，冯教授，高中是我专门从马总那请来帮忙的，要不先让他跟你学习学习？

冯启正还是没说话，铁振国对高中笑笑，想让这师生二人单独相处，便与冯启正招呼一声便去了工地。

冯老师……您最近身体还好吧？高中只得找话。

冯启正抬起头来，淡淡看了他一眼，说，我劝您还是在马一方那好好干吧，虽然振国这也属于江宁建设，毕竟，振国建筑公司也是独立的法人。您这样脚踏两只船，不好。

我是马总派来这儿的，也是铁振国请我来的。就算我脚踏两只船，那也是工作安排。高中冷冷说完，拉过椅子就在周边坐下。

他虽与春妮复合，但感情终究不如最初，伤痕累累的春妮已不再是过去那个逆来顺受的小丫头，而春妮只要一提到铁振国，他就不知哪里来的暴躁，他知道春妮曾在铁振国家里住过一段，每当想到此处就觉得浑身不适，在又一次暴烈的争吵后，春妮并不如往常只是伤心哭泣，甚至眼神都变得冷淡，高中觉得不能再这么下去。

这日春妮回来，高中突然闪到她面前，将一条白纱裙子捧到她面前。

喜欢吗？

天这么凉，哪里能穿裙子，春妮淡淡说。

过些日子就能穿了啊，我们不能光想着眼前，更要想这将来啊。高中笑着看她。

将来？春妮苦苦一笑，我们还有将来吗？

我们有过去，有现在，为什么没有将来？如果没有将来，我们所有的过去，不是白过了？高中看着她的眼睛，伸手从口袋里拿出一个小盒子，对着春妮打开。

竟是钻戒。

春妮微微一恍惚，这是她渴望了多久的时刻，为何现在全然不觉惊喜。

春妮，嫁给我吧。

春妮怔了好一会儿，看着他说，高中，你不觉得自己有些分裂吗？一会儿冷得像冰头，一会儿热得像火。你告诉我，哪个才是你？

高中不理她，只拉过她的手来要给她戴上，春妮几次挣脱了手，还是被高中捉住。

高中，你是我见过脸皮最厚的人。看着无名指上熠熠发光的戒指，春妮不知该哭还是该笑。戒指戴上了，你可要养我一辈子了。

不是说好了你养我吗？高中在她唇上吻上去。

小小的地下室，一室安然。

铁振国那边，弟兄们皆是非常给力，加之用了冯启正指导的新技术，工程进度令人十分满意，因是重点项目，庞江等建委领导不时来视察，此时还有三天就可以全部完工，但形势严峻，需要隔离的病人越来越多，如果工期能往前赶一天，就能更有效的控制病毒蔓延，铁振国与冯启正连夜研究图纸，终于找出新的方案,工期又可以提前一天。

项目完工这天,庞江和秦楚亲来剪彩,江宁建筑又一次让他们惊叹,当下决定这项目作为当年的鲁班奖报上,亦可以参评特别贡献奖。

现场十分热烈,铁振国一直向各方致谢,庞江也走到他身旁,伸出手来紧紧一握。

振国,你们公司头一个项目,就取得这么大的成功,不到十天时间,建好隔离医院,这叫什么? 叫江宁速度吧!

对,江宁速度,也是北京速度,中国速度。马一方点头道,铁振国到底是他带出来的人,他十分骄傲。

铁振国一笑,说,庞主任,我们干建筑的,别的想法没有,就想多盖楼,盖好喽。

好! 庞江赞道,最近,我正在准备奥运场馆的招标工作,有兴趣参加吗?

此言一出,孙大力几人几乎兴奋的跳起,铁振国几乎是呆住,铁头戳了戳他才大声说,有有有,真是太有了,感谢庞主任给我这个机会。

庞江哈哈一笑,摆摆手说,我给你什么机会了? 能不能参加,还要看竞标结果。怎么? 想找我开后门啊? 拍马屁不好使。

众人大笑,已是乐得开怀。

这一开局打得漂亮,人心也顺畅许多,第二天,铁振国敲响了马一方办公室的门,进去看到他桌上有张报纸,二版头条《铁军:创造奇迹,振奋国人》。这自然是冯美慧写的,马一方拿着报纸说,你看看这标题取的多好,不光你出名,连你带的队伍都有了自己的名字,铁军。

铁振国凑近看了两眼,就说,我其实有点担心,工程还是赶了点,好多细节不到位。我就想好好盖房子,盖最结实最好的房子,像工匠那样,这些虚名,没啥用。

马一方一笑,心里却是欣慰,随即铁振国说明来意,他十分有意丝绸故乡博览园的项目,但自觉资历仍是不够,就要马一方给他推荐些人才。

马总这里要是有那么一两个,两三个用的不太顺手的设计师、工程师啥的,可以下放到我那里,锻炼锻炼。铁振国丝毫没不好意思的笑道。

呵,都开始当面挖我的墙角了啊? 马一方说。

我这不是替您分忧解难嘛,铁振国说完,两人哈哈大笑。

没过几日,铁振国办公室就多了两位年轻的新设计师,皆是京师大学与清华大学毕业,高中对此十分敏感,依然时时端着架子。

对铁振国要竞标奥运场馆,他的心情依然复杂,一则想参与其中,但更深的是不愿铁振国再次成功,实际上非典项目剪彩的热烈场面,他看在眼中,已是十分不适。

这确实不是个简单项目，他几次想要铁振国打退堂鼓，然而铁振国毫无惧意，他只好先按下不说。

铁振国确实也有难处，只是他初生牛犊的那股劲儿始终还在，这日他又来和冯启正请教，不想连一向严谨的老师亦说这次难以帮他。

不是我不愿意帮你，这一次，恐怕我帮不了你了。你知道现在有多少家企业竞标奥运场馆吗？你知道你的对手们都是谁吗？

铁振国连连摇头。

资金、资质、技术、人才、市场、知名度，你算算看，哪一项你铁振国立住了？

铁振国又摇头。

冯启正笑了，说，也不至于全摇头，因为非典隔离医院的事，你还是有了些知名度的。

嗯，铁振国稍稍喘过一口气。

不过其他几项短板太严重。别人是一堆长处，一个短板；你是一个长处，其他全是短板。你要想胜出，正面强攻是不行了，必须找到和别人不一样的创意点。

创意？铁振国苦想了片刻，那我还用新建材？

恐怕不行，冯启正摇摇头，建材更新换代很慢，你能用到的新材料，其他人也会用。

那我把成本做到最低？

这个项目大家都不图钱，你能低哪里去？全世界的技术发展，都沿着更低成本的方向努力，做低成本也是需要本钱的，用好材料好技术还要低成本，这个不是那么容易的。

铁振国一时答不上来，冯启正叹了口气，知道摆在这个年轻人面前的是个大难题。

出来时暴雨如注，铁振国上了一辆出租车，一直怔怔看着窗外大雨，这次挑战前所未有，冯启正提醒他突破口是不同创意，而他此时两眼皆是一片茫然，脑中空空如也。

怎么开的车！就听得暴雨中有人叫骂。原来车行驶到积水潭，天桥下尽是避雨的人，车轮压过积水，溅起行人一身。

司机叹口气说，我愿意啊？这地方一下大雨就积水，不光是这儿，好多稍微低点儿的地方都这样。

不是有排水设施吗？铁振国望着外面越积越深的水，十分迷惑。

司机摇摇头说，排水设施是有，可也经不住这么大的雨。地上的水流快了，就堵在下水口进不去；流慢了，就路上全是水。城建也不好干。

铁振国微微点头，想起北京每年暴雨，确实积水能深掩过半个人。那么，若是把水先存起来，慢慢流呢？他又往深处想了想，越想越兴奋。

师傅，掉头，掉头！

冯教授，我要把城市里的水蓄起来。铁振国疾步进来，第一句话就把冯启正说晕了。

然而饶有兴趣的听他讲完，冯启正亦是兴奋不已。虽不能真把一个城市的水蓄起来，但在一个场馆，将水吸在路面上，让它慢慢向地下渗透，既减缓了水流速度，又不会在路上形成积水，还是十分可行。

嗯，非常好，这样，在设计的时候，可以加强绿地、花园，同时配套可渗透路面，雨水通过这些“海绵体”下渗、滞蓄、净化、回用……冯启正更为专业的词汇复述一遍，向铁振国肯定的点了点头。

大办公室里，铁军骨干们各自翻阅资料，铁振国的新想法让他们兴奋，当然亦有不安，此时铁振国大步进来，板着面孔说，我上午和建设部门沟通过了，咱们那个海绵方案，领导说，振国，你这是异想天开。

众人一愣，皆看着他。

不过，这办法可行！铁振国大笑起来。众人跳起来，喜道，来来来，说干就干，继续研究标书去。

这时高中进来，将一摞资料递给铁振国，这是我的设计方案。

好，铁振国匆匆翻开，一看，怎么没有我说的海绵设计？

振国，那个方案行不通，高中笑了笑，就算领导认可又怎样？积水是那么多领导都没解决的问题，就凭你能解决？

铁振国一怔，随即看着他淡淡说，对，就凭我。去把这条加上。他说的不容置疑，高中一愣，将那材料往桌上一扔，扬长而去。

兄弟已不是当年的兄弟，再凭铁头如何劝，铁振国也觉得心中哽咽。铁头不知，冯美慧和铁振国说了，高中当时在美国与她妹妹已订婚的事，并且现在似乎仍藕断丝连，铁振国怒不可遏，要冲去告诉春妮。

冯美慧看得心里一凉，但还是因女人间更好沟通，便自己去约了春妮。

再次听说高中不轨，春妮已觉得心中凉透，她准备一顿烛光晚餐想要客客气气送别高中，然而相似的事情再次发生，高中以他痛苦纠结是结婚拿绿卡还是回来找春妮为由，再次打动了春妮。

事情不了了之，不知冯美慧是何感受，铁振国必定气郁于胸。

街道上，高中漫无目的地走着，不论是马一方还是铁振国这里，他都觉得越来越找不到自己的位置，他闷着头，踢开了一个石子。

一辆黑色奥迪鸣笛，在他身边停下，胡胜利探出脑袋。

上来吧。胡胜利说。

高中一怔，拉开门钻进车里。

车缓缓的开启，已是黄昏，路灯渐亮。

高中，到我公司来，咱们一起干。铁振国根本不是我的对手，这两年我为什么和他争项目，不是我看上了那些项目，而是因为我看不上他铁振国。

这话说的他心里一震，停了片刻，高中问，你能给我什么？

我可以给你很多铁振国不愿给你的东西。比如，可以让你做公司副总，兼着首席设计师。

你凭什么以为我会答应你？高中冷冷的问。

胡胜利阴冷一笑，因为你跟我一样不愿意看着铁振国好。

忽然被说中心事，且是胡胜利，他几乎不能接受，冷着脸说，这你就错了，铁振国是我表哥。我虽然讨厌他，但是，你比他更领我讨厌。

胡胜利笑了笑，讨厌我没关系。你不讨厌钱吧？

二十万，明天一早到我账上。

哈哈，胡胜利大笑，我就喜欢和人谈钱。在我胡胜利看来，不谈钱的事，基本都成不了事。不过我能问一句，你什么这么急着要钱吗？

因为我现在谁也不信，只信钱。

好，我越来越喜欢你了。钱没问题，而且，我一会儿就可以给你。不过，你也得答应我一件事。你除了要负责设计以外，还要给我弄到铁振国的标底。

高中心尖一凛，只定神看了看远处，没有说话。

这日，铁振国办公室里，他正与铁头一家子吃饭，前段时间太忙，几人连好好吃饭都顾不上，今天算是自家人一聚。

忽然乐乐问，爸，为什么表叔很久没跟我们吃饭了？还有春妮姨呢？我都想她了。

几人不知说什么，就小玲瞪了乐乐一眼说，小孩子家，吃饭还堵不住你的嘴啊，铁振国却笑笑说，好，乐乐，回头我带你去找他们。

正这时，却见高中拎着酒菜走了进来，笑道，家庭聚会，怎么也不叫上我？众人一愣，小玲才起身招呼他落座。

来就来，还带菜干吗？铁头帮他将酒菜一一打开。

“我就是来热闹热闹，好久没这么聚聚了。”高中说完看了一眼铁振国，又将菜往铁振国前推了推，“二哥，吃菜。”

铁头见两人脸上都写着尴尬，吃过几口，便将乐乐与小玲叫走，只留下高中与铁振国二人。

二哥，我今天是专来和你赔罪的。高中给铁振国倒了杯酒，轻轻放在他面前。

你有什么罪？铁振国头也没抬。

高中叹了口气，缓缓道，其实，春妮的事，我一直感觉对不起你。我知道，你从小就喜欢春妮，可是，你知道吗？我也很早就喜欢她。

铁振国未语，只端起杯子，仰头喝下半杯，二锅头的烈味划过心肠。

到了北京，我清晰的记得在工地里见到春妮的样子。她比以前在田园村的时候更漂亮。我当时就想，如果真有女神，恐怕也就是春妮那样了。我知道你喜欢她，但爱情这东西，我也控制不了啊。

呵，铁振国苦苦一笑，我是喜欢她，但她要有值得爱的人，我也不会拦着，但你难道是爱春妮的人？你真爱她，会在重病的时候去了美国？你真爱她，还和那冯友琳订婚？

他又仰头闷下一杯，他们哥俩这么对话，还是第一次。

高中一叹，将酒给铁振国满上。

我当时也是没办法。要想有大出息，我必须去美国，否则我怎么跟九泉之下的父亲交代？二哥，我错了。我知道，我对不起春妮，更对不起你。

说完，高中喝了口酒。

铁振国心中一叹，举杯又一饮而尽。

酒过三巡，已有微微醉意，高中说，我这次回来，只想重新做人，好好对春妮，好好向你补过。

我怎么相信你？铁振国已醉了七分。

高中一时语塞，半晌只得举起手来，我……我发誓，如果我再做出对不起春妮的事，就让我不得好死。

铁振国醉眼迷离，一把抓住高中的手，如果你早明白这一点，就不会有这么多事。好了……好了……

二哥，过去是我不懂事，我想过了，咱哥俩合作，必定要在北京杀出一片天地，那个奥运项目的标书做好了吗？

铁振国迷迷糊糊的点点头，说，你二哥做事，你放心吧。

来，再喝一杯，祝你马到成功，高中又给铁振国倒了酒，但还没倒满，就见铁振国拿着的酒杯咣的掉在桌上，他亦趴在桌上睡着了。

高中仔细观察了他一会儿，见确实毫无动静，便蹑手蹑脚走到文件柜边，但翻看几遍一无所获，他又四下打量，见铁振国腿边还有个小柜子，只不过他的腿紧紧靠在上面，高中轻轻移步过去，试探着慢慢挪开他的腿，不想铁振国微微一动，呼噜声止，高中惊得手停在空中，直到铁振国鼾声重起，他才轻轻拉开那柜子，一份写着“丝绸故乡博览园项目竞标书”的文件赫然眼前。

高中？他惊得一偏头，见铁振国正看着他。你在干吗？

没有，高中神色惶恐，惊慌道我看你喝醉了，想帮你找找有没有解酒的药。

我没事，铁振国摆摆手，刚刚有点儿晕，已经好点儿了。

那就好，那我先走了，高中笑笑，就提起包快步离开。

铁振国正迷惑不解，一低头看到那打开的柜子，瞬间酒醒了大半。

明天就是开标的时间，拿不到标底，确实没法向胡胜利交代，高中闷头在路上走，就接到胡胜利的电话。

有那么一刻，他已经想把那20万退给胡胜利，铁振国已经不相信他，这令他心中终究有一点儿异样。但是那边胡胜利说，高中，铁振国不相信你，但有一个人，他一定相信。

高中一怔，挂了胡胜利的电话，独自在街头走了一会儿。

春妮，我有件事要对你说。他将春妮约到一间KTV的小包厢，将她搂在怀里。我从振国那里辞职了。

什么？春妮一惊，转头看他。

你别急，慢慢听我说。高中递给她一杯果汁，淡淡一笑说，那天我和二哥喝了一场酒，把这些年心里的过节都说完了，之后我就觉得特别对不起他，二哥这些年一直对我这么好，是我自己不是东西。

高中，别这么说。春妮微微不忍。

所以，我也一直想找个机会来赎罪。这不，最近振国和胡胜利现在都在盯着奥运场馆的项目。为了帮振国，我就到了胡胜利的公司，想帮振国把这个项目竞争到手。

春妮还不明白，高中点了点她的鼻子说，卧底你知道吧？这次我就是到胡胜利那卧底。我现在想知道振国的标底是多少，只要知道了振国的标底，我就可以鼓动胡胜利把标价比振国的高一点。这样一来，振国岂不赢定了？

好办法，春妮一喜，高中终于肯帮铁振国了，她拉着高中就起身说，走，我们现在去问振国。

不行，高中按下春妮，我问过他，他没说。

为什么？春妮不解。

高中苦涩一笑，叹道，他还是不愿意相信我。毕竟，在感情的事上，我对不住他。他说完看着春妮，现在，唯一的办法，就是你去问振国，算我求你了春妮。

这没问题啊，我去就是，只要对振国好，我一定帮，春妮说完，又突然意识到失言，没想到高中毫不介意，只浅浅一笑说，我们都是为了振国好嘛。记住，千万别说是我问的,我不想他知道是我在帮他,我怕他又多想。

很快,春妮就出现在铁振国办公室门口,铁振国一见是她,喜得忙起身去迎。

两人坐下,随意聊了几句家长里短,春妮打量着办公室,就问,对了,你的奥运设计场馆竞标的事,准备的怎样了?

铁振国一怔,看了看春妮问,你怎么也关心起这事来了?

我随口问问,春妮笑,却在他那些文件柜上四处打量。你说,胡胜利的标底会是多少呢?

春妮,你什么时候连标底这么专业的词都知道了?铁振国看着她,心里一片酸楚。

哦,春妮目光闪烁,笑笑说,是高中和我说的,经常听他说,我也跟着了解了一点儿。

胡胜利竞标的事,也是他跟你说的?

哦,什么?春妮有点儿慌乱,哦,那个不是。

铁振国笑了笑,他最不愿相信的还是发生了,他淡淡一笑,起身说,春妮,你先坐会儿,我找大力他们有点儿事,一会儿再过来。

好,你快去忙,春妮脸上有些喜色。

铁振国带上了门,在门口停了一会儿,本想去隔壁会议室,那边的百叶窗只要按下一条,里面便看得清清楚楚。

但他想了想,还是径直走了。

春妮很快在那个柜子里找到了标书,翻看了两眼并不知标底在哪儿,索性塞进包里,匆匆走了出去。

高中拿到标书便直奔胡胜利而去,胡胜利大喜一把夺过文件袋,翻看几页,抬头问,这就是你弄来的标书?

你这没用的东西!胡胜利狠狠把标书摔在高中面前,这标底是空的!

第二十九章

北京市建委外，铁振国看着这最熟悉不过的大楼，对一旁的高中和铁头笑了笑。

又一辆黑色奥迪停下，胡胜利带着几人下来，看到铁振国冷冷一笑，

铁总，我们又碰面了。胡胜利说完，又意味深长的看了高中一眼，眼里皆是恨意。

是啊，幸会，胡总。铁振国一笑。几人便一同往里走去。

会议室里，庞江等领导与一众建筑企业老板相对而坐，胡胜利看似沉稳，心中却十分忐忑。

只见得庞江面前一摞标书，在简单通用的开场白之后，他环视众人，看到铁振国时微微一笑。

此次丝绸故乡博览园项目招标，各投标企业都给出了最低的价格，最优的方案，而在此之中，有家建企业，成立时间较晚，算是建筑企业的新军，但是，他们给出的设计，却从城市实际出发，直面城市发展中的广泛存在的内涝问题和“热岛问题”，极具推广意义。他们出的海绵博览园概念，获得专家们的全票通过。我相信，海绵博览园经验的推广，将更加有利于宜居北京、绿色北京、人文北京的建设。

庞江顿了一下，现在我宣布，丝绸故乡博览园项目的中标单位是，江宁建筑集团的振国建筑公司。

掌声雷动，铁振国与铁头大喜，起身抱在一起。庞江下来走到铁振国面前，伸手紧紧一握说，振国，再次恭喜你。

终于又一次胜出，他当真觉得欢天喜地。

所以当作为记者的冯美慧走到铁振国一旁，对他举起话筒时，他抑制不住的兴奋。

对不起，我现在心情有点激动。我们公司能中标，离不开很多人的帮助，但今天我不想说谢谢，因为我想评委选我们，也不是为了让我感谢的，而是选一家能代表中国建筑精神的公司，参与到这个工程中来。我替我自己，替整个建筑公司的弟兄们，感到骄傲和自豪。振国建筑公司是新兵，但我相信，经过这次项目的锻造，我们一定会从一群新兵成长为一支铁军。最后，我只想说，

请北京相信我们，请江宁的父老乡亲相信我们，请全国人民相信我们，我们一定用最严格的工匠精神、最高的国际化标准，建好这个项目。

胡胜利恨恨地瞪了高中一眼，夹着包就往外走，高中一低头，也赶紧跟了上去。

铁振国余光看到，只对冯美慧说了声失陪一下，几步追出去，叫住了高中。

有事吗铁总？高中声音冰冷，他身后，胡胜利也停了下来。

你为什么要这么做？铁振国盯着他问，是你叫春妮来偷标书，对不对？

你现在是胜利者，还关心这些吗？高中笑笑，往身后一看，胡胜利还在等他，他转身走了两步，停下扭头对铁振国说，对了，铁总，我辞职了。

说完，便与胡胜利扬长而去。

当晚，香格里拉酒店的大包间，只有胡胜利与高中张亮三人坐着，这年头确实能将人请到才是本事，胡胜利看了看表，与庞江几人约定的时间已晚了一个小时，他们必然不会来了。

他们必定去了铁振国的庆功宴。胡胜利想着，就不禁捏紧了拳头。

胡总，那铁振国不过是走了狗屎运，蹦跶不了几天。高中淡淡说。

胡胜利略带鄙夷一笑，盯着高中，你不是说铁振国的设计没戏吗？你不是专门学设计的吗？有时候我真想不明白。按说，你要学历有学历，要本事有本事，人也不比铁振国傻，为啥你就赶不上他呢？

高中难堪的一笑，我没他那么会做人。收买人心那一套，我做不来。

是啊，人家连你身边的女人都能收买，还有谁是她收买不了的？

高中心中一凛，这是他最难忍受的事，他拉下脸说，胡总，我不想和别人聊我的私事。

胡胜利却继续意味深长，私事我是不关心的，只是，这私事若是影响了我的公事，我作为公司老板，总还是要问问的。别怪我没提醒你，家里的门还是关紧点好。

这夜，高中醉醺醺的回来，开门便倚在门口，直直的看着春妮。

你又喝酒了？春妮本在床上看书，赶紧起身去扶他。

别碰我！高中猛的甩开她的手。

怎么喝这么多，春妮并未理会，还是将他扶到床边，又去倒了蜂蜜水来，说是醒酒。

我没喝多，我清醒着呢。高中一手打翻了水杯。

高中，你怎么了？春妮怔在原地，不知所以。

这话应该问你，春妮。高中直直的看着她，似笑非笑，令她心里一紧。

高中，你别这样看我，我害怕。

哈哈哈，你现在知道怕了？高中突然大笑，将春妮猛然一把推到墙角。

你和铁振国合起伙来骗我，让我在胡胜利面前没法做人的时候，怎么不知道怕？你知道吗？就因为你们，项目被铁振国弄走，我和胡总什么都没得到！

春妮实在不解，高中，你在瞎说什么？

高中冷冷一笑，别跟我这装糊涂！我让你去铁振国那拿标书，你倒好，竟然拿出一个假的给我。你们害得我被胡胜利看不起，连到手的二十万，都吐还给他了。

你说什么？春妮惊得不敢相信，你和胡胜利做局骗振国？

做局？我和胡总做局，那还是生意往来，兵不厌诈！你们呢，你们这做的是什么局？

春妮这才明白，上次要她去偷铁振国的标书，缘由竟在此处，这么龌龊的事她居然参与了，并且现在，被她认为最爱的人误解至此。

高中，你总算说出你的心里话了。春妮苦笑一声，却是笑出泪来。这么多年，我才发现，我竟然一点都不了解你。

呵，高中冷笑，指着春妮说，可我了解你！你口口声声说爱我，可你跟铁振国不清不白，不要以为我不知道！

春妮气得浑身颤抖，她看着高中又一次觉得陌生无比，两行泪静静滑下来，她轻声问，高中，你还爱我吗？

爱？高中哈哈大笑，酒精作用下几乎显得狰狞，我爱你，可是爱情不能当饭吃，不能给我想要的事业和荣耀，我早不是当年的我了。你走吧。

看着眼前癫狂一样的爱人，春妮一颗心像被狠狠拧了一把。

不，不对，这是你的家，高中环视四周，摇摇晃晃说，那我走，祝你和铁振国幸福！祝你们幸……幸福！

说完，高中踉踉跄跄地走了出去。

屋门砰地关上。春妮痛苦地闭上眼睛，苦笑到一脸的泪。

高中不知道，其实是春妮说了几次他都没仔细听，自从上次得罪了煤老板，撤回了本要给她出唱片的大部分投资，那尚名前说重新运作又需要钱，春妮便把买了房仅剩的十万块钱全给了，但从此尚名前再无音讯。本来她也是一夜走红，不继续炒作很快会被遗忘，此时的她，身份也开始略微尴尬。

她本以为还有高中，虽然她始终将信将疑，但还是将一颗心全然交付，然而，春妮对自己苦笑了几声，叹自己如此可怜可鄙可笑。

无意帮高中偷了标书，她想起那天铁振国似是特意避开，为了给她机会，想到此处，她觉得自己真是毫无颜面见任何人。

万念俱灰。

一觉醒来，铁振国拿起电话，昨天高中那么回去，他实在不放心春妮。

其实那天察觉高中有意标书，铁振国就立刻重新印了一份放在原来的位置，只不过标底留白，不想他竟叫春妮来取，实在可恶。

春妮的电话关机，铁振国又拨宅电，仍是无人接听。

铁振国心中一沉，给高中打了电话，高中睡意微醒的声音传来，铁振国问，高中，你在哪儿？

我在哪儿，关你什么事。高中没声好气。

春妮为什么关机了？铁振国强压怒火。你是不是又欺负她了？

我就欺负了又怎么样？她是我的女人！高中烦躁道。

隔着电话，铁振国都想一拳砸过去，高中！你说的是人话吗？我问你，春妮到底在哪里？她要是有个三长两短，我跟你没完！

有本事自已找。高中懒懒说完，啪的按断电话。

铁振国拿起车钥匙就冲出房门，先去春妮最爱的护城河边，并无人迹，就径直开到她住的小区，春妮买的一楼，铁振国跳进花园趴在窗边一看，透过薄纱窗帘，春妮隐隐的斜躺在床上。

铁振国冲进去使劲砸门，然而毫无动静，他退后两步，猛然一脚踹去，门轰然开了。

春妮！铁振国看此刻毫无血色嘴角白沫的春妮，心痛难抑，只一把抱住她，急往医院赶去。

几名医生匆匆上前，将春妮扶上病床推走，铁振国喘着粗气，靠着墙慢慢蹲下来。

不知过了多久，春妮慢慢睁开眼睛，白色的屋顶，玻璃吊瓶里的液体还剩一半，她缓缓侧过头，见铁振国在她床边趴着，睡得正沉。

看着他只觉得百感交集，为什么又一次来救她，她隐隐还记得药效发作时她的绝望，电话就在手边好几次想打给铁振国却忍住了。

躺了太久，她微微欠了欠身子，窗外一片绿意盎然，阳光温和。

春妮，你醒了？铁振国醒来，看到春妮，两眼通红也都是欣喜。

春妮看着铁振国，淡淡一笑。

医院的后院，鸟语花香，几个老人被自家姑娘扶着慢慢遛弯儿，孩子追逐打闹，一片欣欣之气，铁振国扶着春妮，在一条长椅上坐下，有路过的病友笑道，你醒了？你昏睡这几天，你丈夫一直陪着你。

春妮一怔，淡淡笑了笑，就望着铁振国，反倒是他不好意思，就低下头笑了笑。

春妮靠在椅背上，只觉得风轻云淡，她微微闭目，哼起歌来。

只是刚哼几句，春妮就觉出不对，以前唱歌时那声线感觉怎么找不到了，她又小声唱了几句，连铁振国都感到了异样。

振国……我……春妮惊恐的看着他，捂住了自己的嗓子。

春妮，别怕，你这是还没恢复好，等养好身体就行了，铁振国焦急道，他只觉得自己这一刻比春妮更怕，唱歌对春妮来说是比他更重要的东西。

春妮失魂落魄，连泪都没有了，只如呓语一般，喃喃道，振国，我唱不了歌了，唱不了歌了。

她疯了似的跑回病房，沙哑着声音抓住医生，却急得连话都说不出。被护士扶回了病房。

医生，春妮她这是怎么了？铁振国跟着医生走到外面，也红着眼睛问。

她吃安眠药太多，虽然洗胃救回一条命，但嗓子是伤着了，唱歌恐怕是不行了。医生顿了一下又说，她不光是嗓子的问题，春妮一直精神压力过大，抑郁症比较严重，现在一刺激，恐怕——我建议你最好选个安静的地方，让她好好静养一段时间，可能会好一些。但好到什么程度，可不好说啊。

铁振国将春妮送到北戴河疗养院住下，这里海风阵阵，天蓝如洗，他每隔几天就来看她，也觉得春妮精神愈发好了。

这日又来，天气甚好，见春妮已是神采奕奕，便与她又去海滩走走，远处白帆点点，海鸟低飞，幼童在海边追逐嬉戏，潮湿温暖的海风吹来，春妮不禁张开手臂，望着远方。

铁振国往海里走了几步，浪花层层涌过，拍打着他的小腿。

振国，小心，她看着铁振国对她回头笑笑，又继续往里走，海水都要漫过他的腰部。

春妮，下来。铁振国回头站好，对春妮笑道。

春妮一怔，在这无垠的大海面前，她忽然有种豁达。

有我呢，别怕，铁振国张开双臂，向她笑着。来，春妮，你不迈出这第一步，就不知道大海都有美。

春妮一笑，笑意融融的，她就看着铁振国朝大海走去，海水漫过她的小腿，漫过她的腰际，铁振国上前一把扶住她，海风吹起她的头发，身体在水中变得轻盈，她微闭上眼睛，热烈的阳光直直照下来，灼得一颗心都暖过来。

振国，谢谢你。要不是你，我恐怕没有勇气活到今天。

一辆奔驰停下来，铁振国与春妮下来，她看着眼前振国建筑公司的鎏金大字和气派的楼宇，不禁微微一笑。

振国，你这两年没白忙活。

这可不是我最大的成就，铁振国一笑，我最大的成就，是把你找回来了。

春妮微微羞涩，铁振国笑道，走，带你去公司看看。

略略走了一圈，铁振国带春妮来到一间办公室，窗明几净，碧绿的大叶子植物郁郁葱葱在落地窗前，还有一台录音机十分显眼。

办公室都这么漂亮，春妮赞叹道。

这是你的办公室，春妮，铁振国看着她，从现在起，我正式聘请你为振国建筑集团的企业文化部经理。

我？春妮一怔，我哪儿做得了经理？

我说你可以就可以，铁振国笑。

对了，美慧最近怎么样？春妮四处也没有看到她。

铁振国点点头，很不错，听说已经做到北京晚报采访部主任了，工作上顺风顺水。

你知道我不是问这个。春妮看着他。

那是什么？

感情。春妮一叹，不知他真呆假呆。

哦，追求她的人好像不少，都是重量级的。

春妮莞尔一笑，那你就不担心，她被别人抢走了？

铁振国一怔，反而有些不知所措，春妮，你知道，我的心里只有你。

好了振国，春妮突然觉得伤感，然而还是说，这么些年，还跟我说这个。咱们，都不是当初的小孩子了。

铁振国并未理会，只笑笑，拿出一张图纸来，指给春妮看。

这是你家，这边，是村东那条路。记得我们在海边的话吗？这段时间，我一直在偷偷做这个，谁也没告诉。我当年带着人出来组建筑队的时候，就跟我爸承诺过，等我有了能力，我一定回家去盖房子。

春妮笑笑说，你家的房子，是得修修了。

不不不，铁振国连连摇头，不，我要盖的可不是我家的房子，是全村的房子，而且，我想把咱们村子盖成一个从来没有过的村子。咱们村虽然叫田园村，可是还算不上真正的理想的桃花源，我想着，要把田园村变成全中国乃至全世界最美最宜居的村庄。

春妮看着眼前的铁振国，只觉得他完全不同从前，如今他真像一个大企业的老板，运筹帷幄志在必得，只是，她一想起又微微伤感，毕竟，她却不是从前的春妮了。

铁振国仍看那图纸，皱眉道，可惜我基础差，设计稿做了很久，还是有很多难点解决不了。

那就请高人指点呗。春妮眉眼一笑。

高人？

冯美慧的爸爸啊，春妮笑道。

一张方桌被铁振国的稿纸铺满，只在角落里有几样清爽小菜，一瓶酒。

冯启正一手端着酒杯，一手指着设计稿给铁振国看，这儿，你得想清楚，你无论如何是在做民居，农民的民居，必须考虑到他们生产生活的方方面面，实用性绝对不能将就。

对对，铁振国频频点头，我就是在实用性和艺术性上掌握不好平衡。

冯启正如同在高校教书，娓娓说道，中国传统建筑，最特别的地方就是天人合一，它从来不强求改变自然，而是顺着自然的趋势，再去建造。你看陕北，黄土高原，老百姓聪明啊，直接在黄土崖上开窑洞，不用打墙，还冬暖夏凉。这就是顺其自然。

真是一语惊醒梦中人，铁振国一恍然，觉得十分受用，冯老师，你算是点醒我了，我敬你一个。

两人酒杯轻轻一碰，各自喝下，就继续看稿。

冯美慧笑吟吟又倒上酒，摇头道，我见过看戏下酒的，看书下酒的，从没见过看建筑设计稿下酒的。

两人也不理她，只越谈越酣，冯启正强烈预感到铁振国要做的非常超前，也非常有价值，他必须帮他做下去，而不是停留在纸上谈兵。

又继续聊了一会儿，铁振国叹道，我明白了冯老师，任何建筑，不管怎么标新立异，怎么高科技，最终的目的，还是人，是人的生活。所以我这个项目的核心目的，并不是房子的样式，街道的宽窄，而是从所有的细节上让人觉得这是一个可以休息身心、安顿灵魂的地方。

没错，冯启正点头，德国的大诗人荷尔德林有一句诗，叫做，人，诗意地……

栖居在大地上。铁振国一笑。

哟，你都开始读诗了啊？冯启正和冯美慧几乎是同时说。

铁振国不好意思地一笑，我就会这一句，前一段我们招聘了几个大学生，有一个学中文的，老在公司念叨。我整不明白啥意思，今天和您一聊天，我有点明白了。我的家园项目，就是让人诗意地栖居的地方。

高中如今在胡胜利的公司，也算顺风顺水，下午他要带队去验收一个污水处理厂的项目。

然而此次并不顺利，污水处理厂的王经理带着技术人员检查数次，沉淀池的防腐效果还是不达标。明天就要项目总验收，事关重大，胡胜利十分暴躁。

赶紧给我弄好，弄不好赶紧给我滚蛋！

高中无奈点头，然而他到底经验少，万般无奈，只好厚着脸皮去了铁振国工地径直找到铁头。

寒暄几句，铁头便看出他必有来意，污水处理铁振国更有经验，铁头稍稍为难。

大哥，我知道你一直担心和我二哥的关系，是我对不起他，你帮我把这个项目弄完，我马上就去找二哥道歉，行了吧？高中说。

这话听得铁头欣慰，没再犹豫就应下了。

天空下着小雨。污水处理厂工地上，灯火通明。铁头与高中在沉淀池旁检查，原来是沉淀池的通风口过窄，使用的防腐漆也不对，必须更换。

这是耗时耗力的活儿，况且此时天气通风差又是夜里，也不适宜作业，但高中说明天必须交差，铁头一想高中的承诺，便打算破釜沉舟帮他一把。

他转身安排几个工人去扩宽通风口，又带了几人下去，要再涂一遍防腐漆。

涂漆是特种作业，铁头亲自下去让高中隐隐担心，但似乎别无他法，工地在铁头的安排指挥下，一时忙碌起来。

一人来分发防毒面具，工人们一个一个戴上。铁头拿过一个防毒面具，戴好深呼几口气就感到异样。

这个防毒面具有问题！铁头摘下来说。

怎么回事，高中回头问那工人。

工人不好意思地说，这个防毒面具之前坏过，但我们一直在赶工期，没顾上去修理。

时间紧迫，铁头把防毒面具放到一遍，问那几个工人，鼓风机没问题吧？

一直没问题。工人说。

行，时间紧，咱们下井。铁头一招手。

这是防腐漆，富含氯磺化聚乙烯，幸而此时还有鼓风机排风，铁头只觉得微微头晕，再坚持一下吧，铁头想。但鬼使神差一般，那个通风口的鼓风机咔咔几声就停了转动，风雨之夜，无人察觉。

头越来越晕，胸口有如沉铅，铁头连喊都没喊出一声，就咚的倒在地上。

有人晕倒了，有人晕倒了！快拉我们上去！几个工人手忙脚乱大喊。

救护车呼啸着开到医院门口，医生推着铁头下来，高中焦急地看着眼睛紧闭的铁头，他从未觉得这么恐惧，连说话时语气都颤抖不已。

医生，你们一定要救他，医生，求求你们。

医生麻利地将抢救设备连接到铁头身上，然而那心电图机上，铁头的心跳已极为微弱。

几名护士急促的声音不时传来，病人多脏器出现功能衰竭！病人需要紧急进行心肺复苏！

高中慌乱不已，冲进去把几摞钱放在病床上跪下哀求道，医生，不管花多少钱，一定要治好我哥，我求求你们了！

赶紧出去，不要耽误对病人的治疗。

他被几个工人拖出去，颓然的靠在墙角，他真是没有那么害怕过，他正微微发抖，只觉得被一拳砸在脸上。

他一个趔趄站立不动，嘴上渗出鲜血。铁振国又是一拳，将他打的一口血喷出。

有本事你下井啊！大哥要是有个三长两短，我要你偿命！铁振国疯狂的抓住高中的衣领，双眼通红吼道。

我也不想啊！我怎么知道会这样？高中痛哭不已。

铁振国怒吼，你不知道？你知道什么？你脑子里只有钱！你还记得他是你大哥吗？防毒面具坏了你不知道吗？

高中的脸上，泪水混合着血水，他的人生至今只觉得痛苦不堪，你拿我当兄弟吗？你要是肯帮我，大哥会这样吗？

你还有脸说！铁振国怒不可遏，想着如此憨厚的大哥正生死未卜，他扑上去摁倒高中就暴打。

铁头怎么样了？铁头怎么样了？走廊尽头，小玲带着乐乐哭着跑来，见两人暴打成一团，哀号道，别打了！你们兄弟俩是要把铁头气死吗？

铁振国这才住手，一把推开高中，长吁了一口气，坐在一边闭上了眼睛。

谁是病人家属？医生走出来，望着人群静静说。

我，我是的弟弟，铁振国起身指了指小玲，这是他爱人。他神色紧张，盯着医生大气也不敢出。

医生对他们轻轻一招手，走到静处，小玲才哭出来，医生，我丈夫到底怎么样了。

你们要有个心理准备，医生摇了摇头，氯磺化聚乙烯毒性太大，患者中毒太深，情况不太好。

小玲瘫软在地，得到医生允许后，铁振国扶着小玲进了重症监护室，见铁头满面黑紫躺在床上，眼睛似睁非睁，仅仅一息尚存。

小玲已伏在床边哭成泪人，铁振国紧紧攥住铁头的一只手，亦是流下泪来，哥，你放心，我让最好的医生，用最好的药！你一定会醒过来的，你一定要醒过来。咱来北京十年了，我们垒了多少砖，砌了多少墙，建了多少房子，一间一间的，都数不过来。你说过，你想回田园村，你想看田园村现在的样子。哥，我带你去啊。

铁振国泣不成声，两行泪从铁头眼角流下，他轻轻的回握了一下铁振国的手，眼神看下小玲，艰难的说，我想咱爹咱娘了，你要替我照顾好他们。

小玲摇头大哭，不，不，你和我一起照顾，你和我一起照顾爹娘。

铁头勉强的一笑，这么多年，跟着我东奔西跑的，总觉得对不起你。

那你以后好好疼我，别扔下我一个人。她此时只觉得天地万物不复存在周身一切皆可夺去只要留得铁头性命。

而铁头的声音已极为微弱，我——想——回——家。

说完，他就闭上了眼睛，两行眼顺着脸颊流下来，脸上似有微笑。

哥，大哥，你醒醒，大哥！铁振国惊恐不已，不禁抱住铁头号啕大哭。

小玲怔怔地看了一会儿，忽地晕倒在床前。

守在门口的孙大力哭着喊道，医生！医生！快来救人！

高中静静地看着，大颗大颗的眼泪滚下。

窗外雨变得越来越大，树枝在风中摇晃。

生活必要继续，安顿好铁头的后事，铁振国将小玲和乐乐送回江宁，又安排好乐乐的学校，再回来时，只觉得自己孑然一身。

高中还未从失魂落魄中回神，就被胡胜利叫到办公室，他知道，最可怕的终于来了。

铁头的死，我和你一样，也很伤心，但人啊，还得往前看，这起事故，得有人承担责任。胡胜利阴沉沉看他一眼，不动声色说，高中，这个事情，我很想帮你，但这个项目从设计到施工，一直都是你负责的，公司董事会认为，责任应该由你来担。

我担？高中心里一声哀号，胡总，您是老板，我所做的一切，都是听您安排的啊？

我安排？是我安排你让铁头带一个坏的防毒面具下井吗？

高中不语。

胡胜利叹了口气，我做这行这么多年，一直严格施工，出过啥事？这个项目的损失，我就不提了，但责任，肯定是你担着。

胡总！这些年，我没少帮你挣钱吧，你就不能替我想想办法吗？高中还想垂死挣扎。

胡胜利往沙发上一靠，冷笑道，是，这些年，你没少给我帮忙，你放心，这设计总监的位置，我还给你留着。

高中一声苦笑，如哭一般，瘫坐在桌前。

审判结果很快公布，有期徒刑三年，剥夺政治权利一年。

国徽庄重肃穆，高中穿着囚服，被押进牢房前，又看了一眼天空。

他这次不再挣扎，不知为什么，似乎还有一丝释然。

咖啡馆里，春妮和冯美慧相对而坐。

怎么还不来？春妮不时看看窗外。

你匆匆忙忙约我来，到底要见什么重要的客人？还弄得这么神秘。冯美慧说。

春妮看着她一笑，铁振国。

冯美慧一愣，很快就明白过来，只假意释然一笑，春妮，你什么时候学会做红娘了。

春妮笑笑，看着她却一脸真诚。

冯美慧端起咖啡浅浅喝了一口，微笑说，我看你还是别费心了。振国的心里只有你。

我们俩不可能的。春妮低头无奈一笑。

她们不知，此时铁振国刚刚停车下来，只是看到春妮约来要他见的是冯美慧，他顿了一下，摇头一苦笑，就转身驾车离开了。

时间过去很久，冯美慧笑笑说，春妮，铁振国不会来的。其实，这么多年，振国对你这么好，你为什么不跟他在一起呢？

春妮不知如何答，只言不由衷说，你知道的，我的心里只有高中。

真的吗？冯美慧浅浅一笑，她其实早看得清。以前，我也以为你心里只有高中，不怕你笑话，有一段时间，我还吃了唐郁梦的醋，因为我发现，她像一个姐姐关心着振国。在她那里，振国像个孩子，郁梦能给他温暖，这些我给不了他。但你能让振国安心，你能让他快乐，也能让她难过。

让人难过也是好事吗？春妮摇头苦笑。

嗯，只有爱才能让人一会儿笑成疯子，一会儿又哭成傻子。冯美慧一顿，看了看窗外，这些年，你总关心着振国这个那个，你给他哪怕一点点的关心，他就像过节一样。其实，这才是最让我吃醋的。

你们两个，已经分不开了。

春妮回过神来，才想起她要冯美慧来，明明是想成就他们。你误会了，我和振国从小一起长大，也许，这种关心是一种习惯吧，对，就是习惯。

他早就习惯了你，你也早就习惯了他，爱，本身不就是一种习惯吗？

你说的或许对，但我不是振国心里的那个春妮了，春妮一黯然，低头说，我早就配不上他了，我现在只希望，振国身边，能有个知冷知热的人，那个人只能是你。

冯美慧用勺子搅了搅杯子里的咖啡。轻轻摇了摇头说，我现在慢慢觉得，就这么远远地喜欢着他，也挺好。爱，有时候并不一定就是在一起。

城郊监狱，高中躺在床上，脑中空白一片。年纪轻轻害死了自己大哥，入了牢狱。他不敢想关于未来的一丝一毫。

高中，有人来看你。狱警过来说。

高中茫然的起身，猜不出会是谁。

不想却是铁振国。

高中一愣。在他对面坐下，他已剃了光头，穿着囚服，戴着手铐。铁振国心里一疼，到底是弟弟。

你怎么会来看我？高中淡淡的说。

铁振国推了推桌上的一个包袱，看你死了没有。

高中一苦笑，看来让你失望了。

呵，不说这些，我只是有个消息要告诉你。铁振国看着他说，京师大学牵头，做一个世界建设设计大赛，要历时两年时间找出最优秀的作品来。前几天我见冯教授，他说还没找到满意的设计。

高中一怔，继而又苦笑道，你跟我说这些？我现在已经是个废人了。

也是，我何必跟一个废人浪费口舌。铁振国冷哼一声，什么少年时期的梦想，看来也不过是说说罢了。我真为姑父寒心。

我不许你说我爸！高中激动起来。

我为什么不能说？你对不起他还不能说？铁振国瞪着他。

我是因为不小心失足，才变成今天这样。高中痛苦叫道。

失足？铁振国盯着他，摸着自己的良心问问，你这些年所做的事，你今天坐在这牢房里，全是因为你失足吗？你害得大哥那么早就走了，害得春妮差点发疯，这都是因为你的不小心失足吗？

少跟我说春妮！是，我是做过对不起春妮的事，可你呢？你就对得起春妮，对得起我吗？没有你，我早就和春妮在一起了！我当初为什么来北京？就是春妮告诉我，如果我考上了北京的大学，她会做我的女朋友，我们才是一对！

铁振国冷冷看他一会儿，静静道，如果你真的对她好，她会离开你吗？

我要实现自己的梦想！我有什么错？高中几乎哭了出来。我要在北京立足，我要出人头地，我要让所有人看到我设计的作品！

那你就靠自己的本事，踏踏实实地证明给别人看！铁振国怒的又想一拳砸上去。

靠自己的本事？铁振国，你靠自己的本事了吗？我们读书的时候，你成绩那么差，我呢，奖状贴了一墙；你连高中都没毕业，我辛辛苦苦上大学，又去美国读书，还得寄人篱下打工，而你却轻轻松松就有了自己的建筑集团；有了事业，有了钱，你凭什么！你比我有本事吗？还不是运气！

呵，铁振国只觉得啼笑皆非，高中，我告诉你，实现梦想的过程，就像是盖房子，容不得你去偷奸耍滑，容不得你去偷工减料，否则，你的房子建得越高，你的根基就越不稳，摔得也越惨！

那你让我怎么办？我怎么办，我已经这样了，我是个废人了！说到这，高中的泪止不住的流出来。

铁振国看着眼前失魂一般痛苦的高中，突然笑出了声。

高中，你还有救。

高中抬头看他，眼中已没怨恨。

高中，你这么聪明，会想明白的。老天爷让你栽这么多跟头，就是想救你，关键得看你自己。说完他起身，将带来的一包书推了推，我走了，有时间再来看你。

二哥？高中突然叫住他，你刚才说的什么建筑设计大赛来着？什么时候截止？

第三十章

出去了就不要回头。

狱警高声一喊，高中一顿，背身对他们挥挥手，就继续往前走去。

阳光照在脸上，风从许久未见的地平线上吹来，是自由的空气。

他闭上眼睛，觉得恍如隔世。

高中。

他一睁眼，见一辆奔驰在他身边停下，铁振国下来，几步过去紧紧抱住他。

谢谢你来接我。高中眼中一湿。

不光我，还有一个人。铁振国笑笑。

高中一怔，见车门一开，春妮出来，向他微微一笑。

三年未见，街道愈发繁华，四处可见奥运花坛和北京欢迎你的五只憨态可掬的福娃。

这城市变化真大，高中坐在后座，看着窗外，变得都快认不出了。

这可是你的故乡，铁振国说，见高中一愣，便又说，姑父以前家不是在北京吗？不记得了？

对，故乡，有时都分不清哪里是故乡了。高中淡淡一笑，他从家里出来十三年，学校四年，在美国待了几年，又在牢房蹲了三年。

对了，上次那个设计方案怎样了？铁振国问。

我寄到了主办方，但是又被打了回来，说我没有竞标资格。高中淡淡一笑，也没什么，毕竟，我做错过那么多事。

你的方案还在吗？铁振国怔了怔问。

嗯。高中微微点头，没再说话。

车在一座豪华公寓前停下，走，进去，铁振国拍拍他的肩，开门进了房间，只闻得扑鼻的饭香，原是小玲又回来，已备了一桌家乡菜等他。

好久没吃过这么好吃的饭了，高中吃着吃着，眼泪就滚落出来。

铁振国拍了拍他，没多说话，小玲又夹了一筷子菜给他。

饭后，铁振国问高中要了他的设计，径直来到冯启正办公室。而冯启正只草草看了一眼，就笑说，振国啊，你挺聪明的，怎么一到高中的事情上就这么笨呢，你现在也是建筑集团的董事长了，做过那么多项目了，这样的设计，也能入你的眼？你如果是这个水平，你的家园项目，我劝你还是趁早收手吧，免得将来劳民伤财。高中这个学生，是我师兄的儿子，我本来对他抱着很大希望，没想到，他的人品竟然……怎么说呢，和他的设计一样，没有灵魂。

没有灵魂，铁振国念叨着这句话。

冯教授，总得给人一个改过自新的机会，您刚才说的建筑的灵魂，能给多我解释一下吗？

灵魂，建筑的灵魂是什么？是人，永远都是人，即使那些后现代建筑，里面包含的也一样是对人的关怀。高中的设计，我只看到了钢筋水泥砖头，看不见人。

铁振国使劲一拍脑袋，瞧我这笨的，这话前一段咱们还聊过，我咋给忘了，不对，不是忘了，我是以为一个设计比赛，又不是真的项目，忽略了。我明白了，冯教授，这回彻底明白了。放心吧冯教授，我知道怎么跟他说了。

冯启正笑笑，作为一个父亲，他对高中确实耿耿于怀，但确实也是过去了，他告诉铁振国，这次提交上来的设计，确实还没有让他眼前一亮的，所以，高中还有机会。

哦，对了，你不妨让他看看你的家园项目，对他有帮助。

我知道了，谢谢您。铁振国诚恳的一笑。

而校园里，春妮和冯美慧正边走边聊。

你和振国有什么打算？冯美慧向春妮一笑。

我们能有什么打算，春妮脸微红，他倒是跟我提过几次，只是……嗐，我也没想好。

听说高中出来了？冯美慧问，她确实还有那么一点儿担心，担心铁振国再次失去春妮。

春妮却轻轻一笑，跟他出来倒没关系。就算他不出来，也满地里都是他。就拿这校园来说，操场、教室、宿舍，我们哪里都去过。当然，还有这湖边。她微微一顿，不是放不下，而是忘不了。

那你打算和振国一直这样耗下去？

春妮轻轻摇头，无奈一叹，如果我不能用我的全部来爱他，我就不能接受他。否则，我就对不起振国对我的感情。

冯美慧笑了笑，未语。

别光说我们了，你呢？

我？冯美慧爽朗的笑笑，我被你的铁振国无情的一次次看不上以后，已经弃暗投明了。现在，姐姐我也是名花有主的人了。

夜里的烧烤摊，几人吃烤串喝着啤酒，不远处，有歌手一边弹着吉他一边唱歌，是齐秦的《外面的世界》，在很久很久以前，你拥有我，我拥有你。在很久很久以前，你离开我，去远空翱翔……

歌声清亮，几人听得出神

高中，你别想太多，冯教授能答应再给一次机会已经不容易了。他说，这两年一直在等一个让他眼睛一亮的设计，可是一直没有等到。

高中有些难解，眼睛一亮是什么标准？

铁振国想了想，问道，高中，你觉得说到底什么才是一个建筑的灵魂？

嗯，高中顿了一顿，设计师就是一个建筑的灵魂，它的每一块砖头都要为设计师的设计服务。

错了，大错特错。铁振国把酒杯一放，面对高中，我最近听说了一句话，叫人不能因为走得太远，而忘记为什么出发。也就是说，人不能忘本，建筑，也不能忘了最初的目的是什么，是人，是为了住的，是保护人的，让人能休息身体和心灵的。设计师，只不过是实现这一点的一个角色。

一番话说得高中愣住，最初的目的，是人。

你好好想想吧，如果你能想明白，在一定层面上，设计师是这个行业里最不重要的，或许就懂了。

高中略作沉吟，一笑，不管怎么说，我会再试试。

你这么想就对了。明天先去我公司那边帮忙吧，胡胜利又跟我抢项目了，这一次，你必须得帮我。

高中面有惭色，却坚定地点了点头。

这晚，高中在那豪华寓所，看楼下街市人来人往，远处一座座高楼灯火通明，

十三年了，我们都老了，梦还年轻吗？

任命高中为公司的副总经理和首席设计师，铁振国顶着巨大的压力，孙大力这些公司元老都十分不满，

董事长，首席设计师这个职位非常重要，不是随便就能任命的。

对。黄毛也说。

我像是在随便任命吗？高总家从爷爷那辈开始就做建筑，他的祖父是新中国成立初期全国著名的建筑设计师。高中本人，又是京师大学的高材生，在美国留学的时候也专门学建筑设计，还得了世界青年建筑设计大奖。他如果

不够资格，你们告诉我，谁够资格？

高中心中一阵感动，狱中三年，他说不上脱胎换骨，却终于不同。

首席设计师关系到咱们公司的形象，不是谁都可以当的。卡拉亦是不满。

说得好！铁振国顿了顿，不过，我认为高中先生完全可以代表我们公司的形象。

见铁振国一意孤行，卡拉等人如泄气一般，不再说什么。

振国，我不能做这个职位。高中起身，对大家微微一鞠躬。

卡拉说的对，我现在的确不适合做咱们的首席设计师，我这次来，是想从最基层的泥瓦工干起。

铁振国一惊，就只听高中继续说，昨天我独自走了很久，也想了很多。这十年发生的事，就像放电影一样，在我脑子里过了一遍。看着那一座座大楼，我就想，建筑行业的基础是什么？是地基。如果最根本的地基还没筑固好，谈何承受百尺高楼？跟你们相比，我缺的就是地基，缺的就是脚踏实地拌泥、垒砖。我要弄明白每一块瓦是怎么做出来的，每一根钉子是怎么钉进去的。我不仅要做设计师，更要做一个真正的建筑人。

高中说完，众人怔住，之后是一阵暴烈而真诚的掌声。

第二天的工地上，高中便和众工人一起搅拌水泥、轧钢筋、垒墙。有人窃窃私语，说他是铁总的弟弟，余人皆是不信，高中笑笑，也不解释。

过了许多日，春妮来工地找他，高中怔了一怔，就说，我们去上面坐坐。

两人爬到最高一层，见到金色的云朵在天边。

高中看向远方，静静说，知道吗？当年我和大哥二哥曾在这里立下志向，我们在这里诉说梦想，说很多不着边的事。

春妮微微一笑，有梦想真好。

是啊，每次想到梦想，就感觉自己还很年轻，像十三年前一样。

你的梦想实现了吗？春妮轻声问。

高中笑着摇头，不过，去实现梦想的过程，比梦想实现本身更动人。

高中，你真的变了。微风拂面，春妮的长发散落在肩上，夕阳的光十分暖意。

过了许久，高中轻声问，如果现在的我重新追求你，我们还能回到过去吗？

那一瞬间，让春妮微微动容，但她只笑了笑说，过去的感情就让它过去吧，我们都应该往前看，何况，我现在很清楚自己爱的是谁。

高中一笑，伤感却释然。是的，只有他才配得上你。

高中，我来是想你参加明天的经营管理例会。春妮看着他一笑。

高中再次回到会议室，这日是商定一号项目竞标的事，标书已送至甲方，振国建筑公司做到现在,早已不只拼低价,而在业界他们的性价比高,已建立口碑,而这些年过去,胡胜利凭借广阔的人脉和谙熟的手腕,亦是发展的不错,又成为此次竞标最大的竞争对手。

正在商量,忽然卡拉说,怎么桌子在晃?

众人一怔,又觉得屋子也晃起来,不过片刻,正在看电脑的春妮见网页上弹出一条新闻,她略略一看,失声叫道,不好,四川大地震了!

是汶川,成都西北方向90公里处,7.8级。

很快,铁振国接到了马一方的电话,明日一早,江宁在京建筑企业老板开会。

是的,这是抗震救灾动员会,新闻一直在滚动播出汶川的情况,大量房屋垮塌,基础设施被毁严重,人员伤亡几乎无法统计,温家宝总理亲赴灾区。此时那里需要迅速搭起临时住宅,学校,集中避难场所,再往后,又必是面临大量的重建。

庞江声音沉重,国家有难,我们江宁的建筑之乡,在座的各位,为北京盖了一栋栋的大楼、桥梁。是你们,打造了一个新的北京城。今天,把大家召集过来,就是想号召大家一起,到汶川去,到灾区去,再打造一个新的汶川出来。

我报名。铁振国目光炯炯,举起手来。

铁振国,好。还有其他人吗?我们就是要扶持像振国建筑公司这样的有担当、有使命感的企业。

我报名!我报名!几个建筑企业老板也陆续举起了手,胡胜利面有难堪之色,几经犹豫,还是举起了手。

各位企业家,我代表灾区人民向你们鞠躬了。

庞江起身,向众人深深鞠了一躬。

众人亦站起身,无不面色凝重。

散会时,赵大富挤到胡胜利边,揶揄道,胡总,真想不到,这次你也爱上了不赚钱的买卖。

赵老板,这你就不知道了吧?今天庞主任那意思看还看不出来吗?这时候再不表现下,以后咱还能接着好项目吗?

哟,胡总,赵大富拱手作揖,还是您老谋深算。

我怎么感觉你好像在骂我?胡胜利盯视赵大富片刻,一甩手先走。

铁振国匆匆回到公司时,众人正围着电视默不作声,看着解放军从废墟中拼命挖人,温总理在一块黑板上写下多难兴邦,五星红旗在废墟中飘扬,观者无不泪流满面。

铁振国默默看了一会儿，拿起遥控器调低了音量，一众人才知他回来。

新闻大家都看到了，我也就不重复了。时间紧，我挑重要的说。第一，咱们公司要组织一支救灾队伍，帮助汶川灾后重建。第二，灾区那边的人现在生活都很困难，大家方便的话，就捐点。上不封顶，你捐一万，我铁振国也替灾区的人收着。当然，经济如果困难，少捐点也没关系。一块钱也是心意。一会儿想表达心意的，就到李经理那捐款。

春妮微微点头，向众人一笑。

捐钱都好说，只是，现在正在竞标，咱们这人都去了工地，项目咋办？孙大力问。

对啊，灾区发生事，咱们捐点钱就行了，没必要真过去吧。

是啊董事长，我看电视说，灾区那边现在挺乱的，有的地方连车都开不过去，咱就别过去添乱了。

咱还不如帮他们买点水啊方便面啊什么的托人送过去，这些更实用。

够了！铁振国忍无可忍，怒吼一声。

众人一愣。

这两天你们口口声声同情灾区人民，你们就是这样同情的？捐几百块钱，流几滴猫尿，这就是你们的同情？

振国，你不能这么说。高中看了看众人，对铁振国说，这每个人表达心意的方式不一样。按你这么说，全国老百姓都到汶川支援去？

不是每个人都要去，而是每个人都应该尽最大的努力去帮汶川。咱们建筑工人会干啥？这么多年，不就会盖个房子吗？这个时候咱不帮着使劲，啥时候使劲？

众人低下头，皆不说话，事关重大，又及生死，不能不犹豫。

半晌卡拉叹道，从“5·12”那天起，每天都在发生余震，一会儿这震一下，一会儿那震一下。说不好听一点，这时候去灾区，那不是送死吗？

就算送死也得去！这事儿就这么定了，我带头。铁振国的倔劲儿上来，怔住了一众人。

我报名。一个清亮的声音响起，是春妮。

春妮，你一个女人，算了吧！高中皱眉道。

春妮看了看众人，按说，这种事确实是男人们的事，但是，既然男人们都不站出来，那只好我们女人往前冲了。

算我一个。高中举手。

我也去。这是孙大力。

我也去。卡拉一拍桌子。

刹那间，众人纷纷举手。

铁振国看了看春妮，微微会心一笑。

只待散会,铁振国叫住春妮,看余人走尽,才说想和她与护城河边走走。

已是夜色,河水在橘色的路灯下,只听得哗哗的轻响。

你不准去。灾区太危险,我不放心。铁振国说。

地震都过去了,你就听他们瞎说,那些余震,哪有那么严重?春妮笑说。

不行,哪怕只有百分之一、万分之一的危险都不行。铁振国急着说,完全不像他今日誓师的模样。我不能让你冒任何风险。再说,我去灾区是抗震救灾的,你去了那里,我还得照顾你。

春妮娇声一笑,谁要你照顾了?

没有人要,是我自己要的。铁振国一笑,夜色里,他却有些不好意思。答应我,不去。

春妮怔了怔,点点头说,那你也要答应我,一定要好好照顾自己,不允许有任何危险。你要是敢有个伤啊痛啊的,看我怎么收拾你!

当真十分甜蜜,他索性厚着脸皮说,如果你能天天想着我呢,我就保证让自己没事。

又来!春妮嗔道。

怎么?反正你迟早是我的人,难道不该想我吗?

春妮笑而不语,见一轮渐圆的月亮在水中。

第二日,铁振国就带着一群兄弟到了灾区,因中央调遣效率极高,他带的机器也随后就到。

尽管有一路的心理准备,到了汶川,惨状还是给他胸口重重一击,来不及多想,脚下便是废墟,无数哀号绝望的哭声里,铁振国对着他带的人吼了一声,兄弟们,干活,救人!谁救出一条人命,我奖励他一百万!

震后的天空都是红色,所有人一刻不敢歇息,只怕多眨一下眼睛都要再失一个生命,搜救犬气喘吁吁,亦是持续高强度工作,不断有人被从废墟里抬出来,亲人或哀声痛哭或喜极而泣,铁振国一刻也不敢多想,所有的想法都只是救一个人,再救一个人。

一众弟兄也是如此,没有人敢多歇一口气。

一连几天,人困马乏,痛和泪交织,感动也在常。

在北京,春妮万般犹豫,还是给铁振国打去了电话,原来自来灾区胡胜利就一直盯着他们,见他们动用了 4 台挖掘机,北京工地便只剩 6 台,便联系招标组,说振国建筑公司所报的 10 台挖掘机是虚报,春妮极尽解释,公司还是被取消了竞标资格。

铁振国听得如鲠在喉,国难当前,胡胜利想的还是这些蝇营狗苟,只听春妮低声说，振国，唐姐之前从美国寄来过一个U盘，说里面是这些年她收集的胡胜利做过的坏事，必要的时候要你用来保护自己。

铁振国一愣，沉吟片刻，说，好，春妮，你知道该怎么做，如果我再不出手，他可能还会害更多的人。

挂了电话，高中看铁振国神色，过来问发生了什么事。

一号项目竞标失败了，铁振国缓缓说，胡胜利捣鬼，咱们动用四台挖掘机来这的事，被招标组知道了，他们说我们的竞标书涉嫌欺诈。

这是临时安排，他们不知道吗？高中急道，这可是个两三个亿的大单啊！

事情既然已经到了这一步，也只能这样了。铁振国一笑，岂能以一城一池论得失？这两天在这救灾，你还看不出来吗？你看看那些人，那些房子，这里曾经是他们的家啊，你看这里，有山有水的，多好的地方啊。可就因为一场地震，啥都没了。这几天，我感觉自己像到了另一个世界。离城市里那些名啊利啊的远了，我倒感觉活得更真实了。活着，一家人一起活着，在自己家里好好活着，比啥都强。

说完铁振国脱下安全帽，抹了一把汗，又往一边去了。是夜里，安全帽上带着小手电，许多微弱的光在夜空里汇聚，如一片缥缈的星光。

移出断裂的木料，机器做不得，都要人来，高中累得上气不接下气，铁振国还撑着一口气，一根接一根的搬走。

歇歇吧。见高中已体力不支，铁振国从他怀里抢过木头，直接扛在了肩头。你啊，从小就是拿笔杆子的，这工地上的事，根本就不是你干的活。

二哥……高中有些动容。

你看我这身板，天生就是拿瓦刀的料。铁振国扛起木头，走的笔直，高中怔了一下，就去他身后，将那木头往自己肩上一放。

是兄弟就得一起扛。高中说。

好，一起扛，一起扛。铁振国笑笑，不知为何眼眶潮湿。

要是大哥还在就好了。铁振国突然很伤感，他感到高中不再说话，就回头有些歉意的看了看他，高中，我不是故意提起大哥的，只是，这两年，我确实太想他了。大哥走了以后，我就越来越想家了。

你是因为春妮才留在北京？高中问。

两人第一次又提到春妮，铁振国略有尴尬。

你放心二哥，我和春妮早已经没有可能了。高中淡淡一笑，其实，春妮这些年心里一直有你。

瞎说？我怎么没看出来？

那是因为你根本不懂爱情。

臭小子，我不懂爱情，我喜欢春妮的时候，你还在穿开裆裤呢。

夜色里，两人都轻轻笑了，兄弟复合，成为他们这些天目睹无数离别唯一的一丝慰藉。

又一夜过去，众人吃了几口方便面，齐齐累瘫在一边，高中也喘口气看着远处对铁振国说，二哥，胡胜利开着奔驰来，你知道他们天天躲帐篷里干吗吗？打牌！吃肉喝酒，就和野营一样。他们根本就是作秀的。

卡拉瘫在一边说，有肉吃啊？我都快站不起来了。

半响，铁振国狠狠水瓶往地上一掷，起身道，你们先歇着，我让他野营！

铁振国径直往胡胜利帐篷走去，一掀帐帘，竟还有两套西服整整齐齐挂着，几乎和居家一样。

胡总，我带着兄弟们没日没夜的干活，你们倒好，还好意思在这打牌？铁振国劈头就问。

铁振国，你这什么话呢？胡胜利十分不快，打了个哈气说，你想做模范就做模范，拉我当垫背的干吗？我干多干少是我的事，我又不欠灾区的。

有你这么说话的吗？有几个路过的志愿者愤愤的探头进来，胡胜利一看，赶紧堆了笑，我就随便说说，大清早的开个玩笑，你看看你们，这么当真？走，上工地干活！抗震救灾，众志成城！

说完，胡胜利掸掸土，就向废墟中走去。

这才 5 月天，汶川都这么热了。看铁振国一众人拼命地抬卸坍塌的废料，胡胜利擦了擦额头的汗，想在一边坐下。

孙大力看他一眼不屑道，胡总，想吹空调您回北京去。胡胜利面上挂不住，就起身叉着腰，微笑摇头，你们啊，就知道傻干，行，干着吧。

谁也不知道，起重机因连日超负荷运转，一个螺丝无声地掉在地上。

一块石板轰然坠下。

危险！铁振国一把推开胡胜利，石板重重地砸在残裂的楼体上，轰的一声，铁振国和高中被压在了废墟之下。

烟尘涌起，众人惊地目瞪口呆。

振国——孙大力嘶吼了一声，大家才回过神来，疯了一样向废墟跑去，拼命地翻着砖头。

胡胜利从地上颤颤的起身，又差点倒下，他眼眶一湿，对远处自己的团队声嘶力竭地喊道，来救人，救振国……

天地霎那安静，太阳变得惨白。

振国，你可千万不能有事啊，咱们兄弟还没做够呢，你可不能先走啊。孙大力疯狂的刨着砖头。

胡说什么？什么走不走的，振国不会有事！卡拉声音颤抖，一脸泪。

胡胜利也在努力搬着砖头，他都不知自己已经泪流满面，铁子，你小子必须好好给我活着，你不是要跟我斗吗？你现在要是死了，你就是孬种！是男人的你就给我好好活着，咱俩再好好比。

畜生！黄毛瘸着腿过来一拳砸在胡胜利脸上。胡胜利捂着脸倒在一边，黄毛又是一脚，你个没地方死的，谁让你到这儿来的！

黄毛！卡拉嘶吼一声，你打死他又有什么用？

他害死了振国哥啊！黄毛突然蹲倒在地，抱头痛哭。

振国不会有事的，谁也不许哭！给我继续挖！卡拉一抹泪，又扑到那废墟上。

看了新闻直播的春妮一瞬昏死过去，庞江破例调用军用飞机，次日马一方冯美慧几人飞往汶川。

废墟之上，冯美慧强忍悲伤，速去做采访报道。庞江看着卡拉与胡胜利等人，皆是一脸失魂落魄，他自己亦是悲痛。

铁振国和高中为了抗震救灾，自己却被埋在了废墟之上。中央和市里对这件事都非常重视。现在已经是振国被埋在这里的第二天了，大家再加把劲！就像总理所说的，只要还有一线希望，我们就绝不放弃。

官兵，志愿者，都在这里搬着砖头，不远处一辆中巴车停下，春妮从车上跑下来。

撕心裂肺的叫道，振国——

众人无不动容，只得更奋力，

春妮，你不要激动，现在生死还很难说。冯美慧红着眼说。

我……我没事，振国他不会死，他不会死的……春妮已经搬起了砖头，振国，你等我，我一定会把你救出来。

众人纷纷泪下，马一方哽咽不已，大家伙儿，加把劲，把我们的英雄救出来！咱不能让英雄埋在这啊！

残阳如血，多数人已疲乏至极，停在一边，只有春妮和铁振国那几个兄弟还在拼命刨着砖头，每抬走一摞，他们的振国似乎就能呼吸一口。

振国，你不能死，你说过要照顾我一辈子的，你说过要娶我的，你不能说话不算数。我知道了，你是跟我捉迷藏，你放心，我一定会找到你。春妮已满手是血，满脸是泪，你太调皮了，这么大了还跟我玩捉迷藏。小时候你都玩不过我，现在你就能玩过我了？

看得一众人纷纷抹泪，然而，这已经第三天了。

庞主任，要不用挖掘机吧。一个救灾官兵过来说。

不行，一动挖掘机，他就算没死，也保不住了。胡胜利哀声道。

都已经三天了，不可能还活着！那人低声说，大家都疲惫至极。

他不会死，春妮转过头来，愤愤地看着那人，你们不愿救他，你们走，我一定会把振国找出来，就算把汶川翻个底朝上，我也要把他找出来！

来，大家加把劲！孙大力忍住眼泪，又冲上去。他们脸上又是泥又是泪，汗水大颗的滴下来，碎砖一点一点的变低。

又一次搬砖时，春妮一个踉跄摔倒在废墟上，她真是又绝望又疲惫，忍不住趴在那里大哭起来，振国，你到底在哪？你这个没信用的混蛋！你不是要娶我吗？你给我滚出来啊！

只是突然地，她好像听到了什么声音。

是轻轻的，敲击声，一下一下，微弱的似有似无。

你们听，你们听！春妮大声叫道。

众人循声慢慢走过去，声音越来越真切。

这里有人，他们在这，他们在这！

说着，众人发了疯似的那地方搬运砖头。

他还活着，他还活着！春妮眼睛潮湿，嘴角漾出笑容。

又搬起一块砖头，春妮高声叫道，他们在这！

一个狭小的空间里，铁振国用身子护着高中，两人眼睛紧闭，浑身是血，只有高中的手仍不自觉地敲着砖头。

振国——我找到你了。

在庞江的安排下，两人被以最快的速度送回北京医院，庞江找到院长，正要说照顾，院长却眼眶一湿说他已看了新闻，知道这两人是为救人埋在废墟里的。

院长，拜托您了，必须用最好的医疗资源，不惜一切代价救治铁振国和高中。

抢救室外，春妮泪如雨下。冯美慧抱住春妮，轻轻拍着她的肩膀，如安慰孩子一样。

一众人焦急等待，不知过了多久，抢救室的门悄然打开，院长走了出来，摘下下手术手套说，伤者高中已经过了危险期，另一名伤者铁振国……

院长一叹，可能永远不会醒来了。

不会醒来了。春妮只觉得天旋地转，眼前一黑就瘫软下去。

是的，他的心跳还在，脑电波还在，只是像沉沉地睡着了，病房里正放着春妮唱的《茉莉花》，春妮趴在他的床前，护士来换了药，见她也是不忍，但也知劝不住，她已经在这里守了十多天，睡也睡在床边。

她要等他醒来，要他国醒来时第一时间看到她。要不他又以为找不到她，他那么笨。

灯火辉煌的长城饭店，冯启正站在演讲台旁。

现在，我宣布，获得世界建筑设计大赛一等奖的是，来自中国的——高中。

音乐响起，掌声雷动。高中从观众席中阔步走上讲台。

PPT 上，是高中的作品，一座青黄色的大楼，立于水中央。

高中从冯启正手里接过奖杯，深深鞠了一躬。

谢谢教授，谢谢大家，高中站到话筒前，顿了一顿，同时，我还要谢谢我的两位表哥，他们是我的大哥铁头，和二哥铁振国。是他们让我明白了什么是建筑。刚才给我颁奖的，是我的恩师。不瞒大家我曾经交给冯教授一幅设计作品，但是，冯教授告诉我，说我的作品没有灵魂。

众人目光熠熠看着高中。

我就想，到底什么才是建筑的灵魂？几个月以前，我从牢房里出来，对，因为一件完全因我而起的安全事故而坐的牢。我从牢房出来以后，到我大哥和二哥当年工作的岗位，建筑生产一线，做了一名普通的建筑工人。我做大哥和二哥曾经做过的事，我突然懂了我大哥，懂了我二哥，懂了所有一线的建筑工作。

一个月以前，我和我的二表哥去了汶川灾区，在那里，我们看到一座座房屋倒塌，一家家妻离子散。我和二哥突然觉得，其实活着，在自己家里好好活着，和家人一起好好活着，比什么都强。建筑的灵魂是人，而且是普普通通的人，我们干建筑的，不管是设计，还是具体施工，都得以人为本，如果忘了人，那盖起来的也只是一堆水泥，不叫房子。

高中目有泪光：我想，这就是建筑的灵魂。

暴烈的掌声再次响起，冯启正亦是眼眶微红。

我想说的是，这个奖杯，属于我，更属于无数个像我大哥、二哥他们这样的人。他们是孙大力，大光，卡拉，贾师傅……

建筑的灵魂不是设计，是人。正是农民工的鲜血，染红了砖头；农民工的汗水与泪水，浇灌了这片土地。农民工的骨骼，才是这座大厦最坚实的脊梁。人们应该忘记那些设计师，而记住属每一位为这座城市默默付出的农民工。

说完，高中又向台下深深鞠了一躬。众人起身，掌声如潮久久不息。

铁振国仍在睡着，高中走了进来，将奖杯轻轻放在床边，春妮对他微微笑了笑，就让到了一边。

二哥，今天我去领奖了，世界建筑设计大赛，我是第一名。这个奖杯是咱们一起得的，你赶紧醒来，不然，我可要独吞了。

远处，有烟花此起彼伏的绽放。这是 2008 年 8 月 8 日，再过几个小时，奥运就要开始了。

电视上播起了奥运直播。

二哥,奥运设计场馆还是你建的呢,马上就要开幕演出了,你不起来看看?二哥,你不是这么懒的人啊。以前,你总说我懒,你倒好,这一睡就将近三个月。你怎么比我还贪睡?

高中说着握住铁振国的手,看他静静的躺在床上,只觉得往事历历而来,一片心酸。

二哥,快点儿醒来,我们等你。

突然,他只觉得铁振国的手突然动了动,那么微弱,如微雨在水面上落了一下。高中惊得大叫,二哥,二哥,你醒了?春妮也扑过来握住他的手,振国,你要醒了对不对,他们看着铁振国的眼角流出泪来,两人也禁不住大哭大喊起来,医生!医生!

烟花在空中绽开,留下一串中华赤子的脚印,整个北京城都在欢呼。这是中国,愈发强盛繁荣的,我的祖国。

铁振国缓缓睁开了眼睛,呆了好一会儿,看春妮扑到他怀里,他过了半晌才说,春妮,你说话算数吗?

什么?春妮喜极而泣。

你说让我娶你。他慢慢说,一字一句的,因为迟钝似乎还一时未缓过来。

后记

几年以后，铁振国婉拒了马一方想让他接班江宁建造的邀请，将振国建筑公司一分为二，留守北京的由高中管理，剩下的人与他回到江宁老家，将田园村建成了一个古典和现代融合，生活气息和自然环境结合的全新村落。

这既是他的家园项目，他说自己想回到最初出发的地方，给老家的人盖房子，盖好房子，要把中国农村里那种传统的、和谐的方便保留，但是也具备现代的村庄功能。

咱们盖的不仅是房子，更是每一个像咱一样的老百姓的梦。

他那天带着春妮站在自家门口，笑中带泪。

爸，妈，我们回来了。